천두슈 사상 선집

천두슈 사상 선집 중국근현대사상총서 006

초판 1쇄 발행 2017년 10월 16일
2쇄 발행 2019년 1월 10일

지은이 천두슈
옮긴이 심혜영
펴낸이 강수걸
편집장 권경옥
편집 윤은미 이은주 강나래
디자인 권문경 조은비
펴낸곳 산지니
등록 2005년 2월 7일 제333-3370000251002005000001호
주소 부산시 해운대구 수영강변대로 140 BCC 613호
전화 051-504-7070 | 팩스 051-507-7543
홈페이지 www.sanzinibook.com
전자우편 sanzini@sanzinibook.com
블로그 http://sanzinibook.tistory.com

ISBN 978-89-6545-436-6 94820
ISBN 978-89-6545-329-1 (세트)

* 책값은 뒤표지에 있습니다.
* 이 도서의 국립중앙도서관 출판예정도서목록(CIP)은 서지정보유통지원시스템 홈페이지(http://seoji.nl.go.kr)와 국가자료공동목록시스템(http://www.nl.go.kr/kolisnet)에서 이용하실 수 있습니다.(CIP제어번호: CIP2017021594)

중국근현대사상총서
006

천두슈
사상 선집

陳獨秀 思想選集

천두슈 지음 • 심혜영 옮김

산지니

일러두기

번역의 저본으로는《陈独秀著作选编》, 第一~五卷 (1987~1942)(任建树 主编 , 上海人民出版社 , 2008)을 택했다. 1897년부터 1942년까지 쓰여진 천두슈의 글을 시간 순으로 거의 빠짐없이 모아놓은 선집으로 지금까지 출간된 천두슈 선집 중 발표된 글의 출처와 시기가 가장 정확하게 밝혀져 있다고 판단했기 때문이다. 저본으로 삼은《陈独秀著作选编》에 본래 달려 있던 주석 중 소개가 필요하다고 생각되는 것들은 [원주]로 표기하여 첨부하였으며, 그 외의 것들은 모두 역주이다.

머리말

『신청년』 창간과 오사운동, 중국공산당 창당이 당대 중국사회에 몰고 온 파장이나 그 역사적인 의미를 고려할 때 20세기 중국 현대사에서 천두슈만큼 정치 사회 사상 문화 전 영역에 걸쳐 큰 영향을 남긴 인물도 흔치 않을 것이다. 신문화운동의 창도자, 오사운동의 총사령관, 중국공산당 창당인이자 초대 당총서기처럼 천두슈에게 흔히 따라 붙는 공식적인 호칭들 외에도 투사, 언론인, 선생, 사회운동가로서 다양한 활동경력을 가진 천두슈에게는 반전통주의자, 서구진보주의자, 세계주의자, 평화주의자, 우경기회주의자, 트로츠키파, 심지어는 한때 일제의 첩자라는 꼬리표까지 복잡한 사상적 이력을 드러내주는 다양한 호칭들이 있다.

그러나 이런 복잡한 호칭에도 불구하고 천두슈의 성품과 태도에서 일관되게 드러나는 특징은, 어떤 권위나 교조에도 굴하지 않는 독립적 사고와 도저한 저항정신 그리고 삶에 대한 지치지 않는 열정이라고 할 수 있다. 중국의 한 전기 작가는 천두슈에게 '영원한 반역자'라는 호칭을 달아주었고 한국의 한 연구자는 그를 '중국의 프로메테우스'라고 불렀다. 중국의 연구자들이 천두슈의 필명 가운데 들어 있는 '독(獨)'으로 그의 성품을 설명하는 경우도 같은 맥락이다.

천두슈는 자신의 삶을 어떻게 설명하려 했을까? 1919년 소년중국학회의 회무 보고에서 천은, 현실의 짙은 어둠 속에서 낙심하는 청년들에게 '세상을 사랑하며 노력하는 개혁주의자'의 삶을 이야기했다. 인간의 본성 안에는 밝은 면과 어두운 면이 공존해 있으며 그렇기 때문에 한 사람 한 사람의 부단한 노력과 투쟁을 통해 밝은 면으로 어두운 면을 개선해 나가면 세상은 반드시 보다 더 나은 방향으로 나아질 수 있다는 것, 그러니 낙관에도 비관에도 빠지지 말고 '세상을 사랑하며 노력하는 개혁주의자'의 길을 걸어가야 한다는 것이 그 요지였다. 어쩌면 그것이 천두슈가 자신의 삶에 대해 하고 싶은 설명이었는지도 모른다.

천두슈가 사회운동가로서의 활동을 본격적으로 시작한 1903~1904년 무렵부터 장진(江津)의 한 마을에서 고독하게 생을 마감하게 되는 1942년까지 그가 쓴 글들을 죽 읽어나가면서 역자에게 가장 인상적으로 다가온 것은 천두슈의 현실적 이상주의자로서의 면모였다. 단계마다 대상과 내용은 달랐지만 그는 시종 더 나은 삶을 위한 이상과 가치를 추구했고 그 이상과 가치를 현실에 뿌리내리게 하는 일에 온 열정을 쏟았다. 그러나 그런 열정과 노력이 일정한 결실을 맺고 뚜렷한 사회적 흐름을 형성하게 되면 천두슈는 다시 주변의 자리로 물러나 중심의 흐름에 대해 근본적인 질문을 던지곤 했다. "만세의 사표가 되는 성인이나 만세 동안 실행해도 다 맞는 제도나 만병통치의 학설, 이 세 가지는 세상에 절대로 있을 수 없다."는 소신을 표명하고 스스로 그 소신에 부합되는 삶을 살았다. 자신이 속한 조직 내에서 쉽게 도전할 수 없는 권위로 인정되었던 쑨원이나 스탈린이나 코민테른에 대해서도, 또 한때는 자신이 열렬히 숭앙했던 서구 근대의 가치나 마르크스주의, 소비에트 혁명의 권위에 대해서도 천두슈는 맹종하거나 거기에 고착되지 않았다. 원칙과 소신에는 굽힘이 없었지만, 부단한 자기 성찰과 자기 지양의 자세가 함께 있었다.

천두슈가 그런 자세로 한평생 변함없이 추구했던 이상과 가치는 크게 세 가지로 개괄할 수 있다. 하나는 독립적이고 자주적인 근대적 개인 주체의 수립이고, 둘은 민치(民治), 즉 국민주권에 기초한 진정한 민주주의의 실현이며, 셋은 그러한 기초 위에서 이룩되는 평화적인 세계시민공동체 건설이다. 『신청년』을 창간하던 시기부터 개인적인 차원에서 천두슈가 일관되게 추구한 것은, 자주적이고 독립적으로 사고하며 주체적으로 행동하는 근대주체 수립의 이상이었다. 또한 사회적인 차원에서 천두슈는 가난한 자들의 생존과 인권을 보장하는 사회경제적 민주주의와, 모든 체제와 이념을 넘어서는 보편가치로서 언론의 자유를 핵심으로 하는 정치적 민주주의까지, 민의(民意)에 기초하고 민(民)에 의해 시행되며 민의 이익과 민의 행복을 추구하는 민주주의에 대한 강한 신념을 시종일관 견지했다. 그리고 이러한 독립자주의 인격과 민주주의의 사회적 기반 위에서 궁극적으로 꿈꾸었던 것은, 너와 나를 가르는 국가의 장벽이 철폐되고 침략적인 무기가 폐기된 평화로운 세계시민 공동체의 건설이었다. 천두슈가 만년에 사회주의에 대해 기대했던 요구와 이상도 바로 형제애에 기초한 국제적 연대의 세계시민공동체였다. 이 점은 마르크스주의자를 포함하여 당시의 개혁적 지식인 다수가 강한 민족주의적 지향으로, 국가나 민족의 울타리를 단단하게 세운 부강한 근대국가의 건설을 이상으로 생각했던 것과는 다른 차원이었다. 이 세 가지 이상과 가치지향이 천두슈의 사유와 실천 전체를 관통하는 핵심적인 주제이다.

천두슈가 중화인민공화국 국부로 숭앙받는 쑨원에 대해 국민당 시절 신랄한 비판을 가하고, 후에 중화인민공화국 수립의 건국영웅이 된 마오저뚱의 옌안 노선에 대해서도 당시 끝까지 인정하지 않는 입장을 취했기 때문인지, 트로츠키파로서의 전력과 그에 대한 자기비판 거부 때문인지 혹은 그 모든 것들이 어우러져 만들어낸 결과인지, 천두슈에 대한 연구는 중화인민공화국 수립 이후 오랫동안 진행되지 않았다. 그렇게 묻혀 있던 천두슈에 대한 연구가 시작된 것은 개혁개방 이후인 1980년대 후반부터였고 1990년대에는 천두슈에 대한 연구가 한때 열풍을 이루기도 했다. 하지만 시진핑 정부가 들어서면서 그 열기는 다시 많이 식은 느낌이다. 아마도 인권과 언론 출판의 자유, 무엇보다도 당파에 반대할 자유를 민주주의의 핵심 가치로 내세운 천두슈의 정치적 입장과 세계시민적 이상에 대한 천명이 중화민족의 위대한 부흥을 '중국의 꿈'으로 표방하는 시진핑 정부의 가치와는 잘 융합되지 않기 때문이 아닐까 생각된다. 역사적인 인물들에 대한 후인들의 평가가 늘 그랬듯이 천두슈의 삶에 대한 평가도 시류에 따라 부침을 겪는다.

여기에서 번역 소개하는 글은 청년기부터 만년에 이르기까지 천두슈의 삶과 사유의 역정을 가장 잘 드러내주고 있다고 생각되는 것들을 선별한 것이다. 천두슈 사유의 골간이 되는 문제의식을 담고 있는 글, 현대 중국의 혁명사나 사상문화운동사 안에서 중요한 의미를 가지는 글, 천두슈의 개인적인 삶을 이해하는 데 도움을 주는 글, 그리고 천두슈 연구에서 비중 있게 다루어져온 글 등을 대체적인 선정 기준으로 삼았다. 수록된 글들은 시간 순으로 배열하였고, 「해제」에서의 시기 구분은 기존 연구를 참조하고 사유의 주제와 역사적인 상황의 변화 등을 고려하여 역자가 정한 것이다.

번역과정 내내, 한편으로는 천두슈의 글이 보여주는 치열한 문제의식과 번득이는 지성, 삶에 대한 깊은 열정을 만나면서 느끼는 기쁨과 감격을 만끽하기도 했고, 다른 한편으로는 역자의 능력의 한계로 그런 저자의 문제의식과 지성, 열정이 왜곡 없이 생생하게 전달되는 번역을 해낼 수 없지 않을까 하는 우려도 컸다. 결국 여러 차례의 수정을 거쳤음에도 불구하고 여전히 미흡한 부분이 많은 채로 번역서를 내게 되었다. 개인적으로는 부끄러움과 아쉬움이 적지 않지만 천두슈 사상의 윤곽을 전체적으로 조망하고 그의 글들을 구체적으로 검토할 수 있는 1차 자료가 아직 국내에 소개되지 않은 현실 속에서 부족하나마 천두슈의 삶과 사유의 역정을 이해하는 데 작은 도움이라도 되었으면 하는 바람을 가져본다.

번역서가 나오기까지 오랜 시간 도움을 주신 분들, 중국근현대사상총서를 기획하면서 엄두를 내지 못하고 있던 천두슈 글의 번역하도록 권고하고 독려해준 이종민 교수, 긴 번역기간 이후에도 여러 차례의 교정과정에서 수고와 번거로움을 마다하지 않고 끝까지 열심히 도와주신 출판사 편집부 선생님들, 천두슈 이야기를 대체 언제까지 할 거냐고 장난 섞인 푸념을 늘어놓으며 역자를 놀리던 사랑하는 가족에게도 이 자리를 빌려 감사의 마음을 전한다.

차례

01 안후이애국회 연설[1)]

安徽愛國會演說

우리가 오늘 이렇게 강연회를 연 것은 러시아와의 조약을[2)] 저지하는 문제에 대해 논하려는 것이다. 때마침 후베이(湖北) 학생들이, 베이징 사

1) [원주] 1903년 5월 17일 안후이 애국인사들이 안칭(安慶) 장서루(藏書樓)에서 반러시아(拒俄) 대회를 거행했다. 삼백여 명이 참가했으며 "대중들의 감정이 약동하고, 그 기상이 천만 배 치솟아 있었다. 천중푸(陳仲甫:천두슈)가 연설을 했는데… 그 어조가 비분강개하여 자리에 앉은 이들이 모두 흐느껴 울었다." 또한 이날 애국회 조직 발기를 제안하였는데 그 자리에서 전원 찬성하였다. 회의가 끝난 후 안칭 지역 학생들은 충의(忠義)심이 왕성하여 여기저기 다니며 이 소식을 서로 알려주었다. 러시아의 동삼성 점령 반대를 위해 수업을 거부한 학생들도 많았다.(『소보(蘇報)』 1903년 5월 25일과 30일 참조)

2) 1900년 의화단 사건을 빌미로 러시아는 동삼성 철로 보호 등을 명분으로 내세우며 동삼성을 점령하고 청조와 '신축조약(辛丑条约)'을 체결하였다. 의화단 사건 종결 후 팔 개국 연합군이 차례로 철군하면서 마찬가지로 철군을 요구하는 영, 미, 일 등의 압력에 의해 러시아는 1902년 4월 단계적 철병을 약속하는 '동삼성 반환 조약(交收東三省條約)'을 청 정부와 체결하였다. 그러나 러시아는 조약을 지키지 않고, 대신 1903년 4월 18일 청 왕조에 철군의 일곱 가지 조건(七项撤軍新條件)이라는 새로운 조항을 제시한다. 이 일곱 가지 조건은 일본에 있는 중국 유학생과 상하이의 각계 인사, 베이징대학의 전신인 경사대학당(京師大學堂)에서 광범위한 러시아 반대(拒俄) 시위를 야기했다. 여기에서 천두슈가 거론하는 러시아와의 조약이란 바로 이 일곱 가지 조항을 지칭한다.

범관(師範館), 사학관(仕學館)[3] 두 관의 학생들과 각 성(省)의 학당에서 돌린 공개서한을 우리에게 부쳐 왔는데 그 말이 침통하다. 혹 제군들이 두루 다 열람하지 못했을까 하여 여기서 특별히 그 편지를 한번 읽었다.

이제 읽기를 마쳤으니 다시 제군들에게 읍소하며 고한다.

러시아와 맺은 일곱 가지 조항의 내용은 각 신문에 두루 게재되어 제군들도 이미 보았을 것이니, 그 조약의 횡포무도한 점에 대해서만 간략하게 논하도록 하겠다.

조약의 제1조는 동삼성(東三省)[4]의 관제(官制)를 중국정부가 마음대로 바꿀 수 없게 한다는 것이다. 본국 정부가 본국의 관제를 바꾸는 것이 러시아와 무슨 상관이 있는가? 그것을 막으려는 이유는 두 가지니, 하나는 중국의 관직 개설권을 침탈하려는 것이요, 또 하나는 중국의 내정 혁신을 막으려는 것일 따름이다.

이 조약의 제2조는 동삼성이 항구를 개항하고 각국과 통상하는 것을 금한다는 것이다. 통상을 하고 안 하고는 마땅히 중국이 주권 내에서 자유롭게 선택하여 시행할 조치거늘 다른 나라가 어찌 그것을 간섭할 수 있는가? 러시아가 이렇게 하는 이유는 동삼성을 독점하고자 하여 다른 나라들이 그 이익을 나눠 가지게 될까 우려하는 것이다.

제3조는 동삼성의 광산 개발권은 러시아인에게만 주어야 한다는 것이다. 한 나라의 자원 가운데서는 광업이 태반을 차지하는 것인데, 러시아가 동삼성의 광업을 차지한다면 그건 동삼성 전체를 차지하는 것과 같다.

제4조는 철로를 러시아 군대의 보호하에 둔다는 것이다. 동삼성의 철

3) 사학관과 사범관은 베이징 대학의 전신인 경사대학당(京師大學堂)에서 운영하던 예비과와 속성과를 지칭한다.

4) 헤이룽장(黑龍江) 성과 지린(吉林) 성, 랴오닝(遼寧) 성의 동북 삼성을 가리킨다.

로는 이미 러시아 군대의 보호하에 있는데 지금 다시 이 말을 하는 것은 철로 주변의 땅들을 모두 러시아 군대가 점령하겠다는 것이다.

제5조는 동삼성에서 군사 훈련을 할 때는 반드시 러시아인을 청해서 해야 한다는 것이다. 병권(兵權)은 정권의 핵심을 이루는 것인데, 러시아인들이 이렇게 하는 속셈은 병권을 찬탈하면서 사람과 군량미는 중국에게 내도록 하려는 것이니 이 얼마나 교활한가!

제6조는 뉴좡(牛莊)[5]의 관세를 러시아인이 관리해야 한다는 것이다. 각 성(省)의 세리로 외국인을 채용한 것이 이미 잘못된 정책이지만, 그건 사적으로 그렇게 한 것이지 정부가 그렇게 하라고 압력을 넣은 것은 아니다. 그런데 지금 러시아인이 국력을 끼고 관리권을 가져가려고 하는 것은 자신들이 직접 뉴좡의 관세를 탈취하겠다는 것에 불과하다!

제7조는 러시아가 각 성도(省都)에 상무국을 설치하겠다는 것인데, 상무라는 게 포괄하는 것이 넓어서 일단 상무국이 개설되면 동삼성 지역의 여러 일들이 모두 그들의 관할하에 들어가게 된다.

진실로 이런 조약이라면 정권(政權), 상권(商權), 광산철로권, 병권, 관세권이 모두 러시아인의 수중으로 들어가는 것이니 동삼성은 이미 우리 소유가 아니게 된다. 그런데 거기다 또 우리 더러 관청을 세우고 병사까지 훈련시키라고 하는 것은 밭은 이미 팔았는데도 세금은 내라고 하는 것과 같은 이치이다.

우리 정부가 만약 이 조약을 수락한다면 각국은 반드시 이익 균점의 주장을 들고나와 우리 중국을 분할(瓜分)하려 할 것이고, 그 요구를 수락하지 않는다면 반드시 러시아와 전쟁을 해야 할 것이다. 우리나라가 러시아와 전쟁을 해야만 할 원한이 이처럼 단단히 맺혀 있는데도 우리나라

5) 랴오닝(遼寧) 성 남부에 있는 마을 지명.

사람 가운데 러시아와 결사항전을 하지 않으려는 자가 있다면 그는 사내대장부가 아니다.

러시아인이 우리 중국인을 학대한 건 하루이틀의 일이 아니다. 동삼성을 돌아다닐 때 나는 그런 상황을 직접 보았다. 중국인이 기차에 타고 있으면 그가 이미 표를 샀어도 술 취한 러시아 병사에게 종종 아무 이유 없이 캄캄한 밤 비바람 속으로 내쫓기거나 혹은 차 안에서 맞아죽거나 하는 걸, 그래도 중국인 관원은 감히 따져 묻지도 못한다. 그러니 철로 주변의 주민들이 받는 학대는 말로 다할 수가 없다. 재작년 진조우(金州)에서 러시아 병사가 여인을 강간하고 죽이자, 지방의 원로 향신들이 촌민 이백 명을 이끌고 러시아 관원에게 가서 따졌지만 그들은 전혀 아랑곳하지 않고 병사를 동원해 이백 명 전부를 사살했다. 러시아 관리가 뉴좡에 검역소를 열어 놓고 돈을 많이 바치는 자는 면해주고 그렇지 않은 자는 병이 없어도 시커먼 감옥 속에 가둬놓고 뇌물을 주지 않으면 풀어주지 않는다. 돈이 없어서 옥중에 갇힌 사람들의 이야기가 수시로 들려온다.

러시아만 이런 짓을 하는 것이 아니다. 인도나 폴란드나 무릇 망국의 백성은 다 이런 일을 겪는다. 그러니 각국이 장차 우리 중국을 분할한다면 그 참상은 또 어찌 생각이나 할 수 있으리오! 그런데도 우리 중국인은 마치 꿈속에 있는 것처럼 나라가 망해 노예가 될 비참한 지경인 것도 모르고 분할당할 처지인 걸 알면서도 태연하게 바라보기만 할 뿐, 일어나 구할 생각은 하지 않는다. 어쩌면 중국인은 그 성품이 죽고 사는 것만 중하게 여기지 명예와 치욕은 중하게 여기지 않기 때문에 구차하게라도 세상에서 살아갈 수만 있다면 나라가 망해 노예가 되는 것이라도 달갑게 받아들이는 것인가 보다. 외국인들은 성품이 명예와 치욕을 중하게 여기지 죽고 사는 것을 중하게 여기지 않기 때문에 국민으로서 살기 위해 죽을지언정 노예로 살려고는 하지 않는다. 서로의 성품이 이처럼 다르니 드러나는 현상도 또한 저마다 다른 것이다. 이 때문에 다른 나라 사람들이 감히 사력을 다해 중국인들을 모욕하면서 모두, 중국인은 애국심이 없고 오직 자기 사는 것밖에 모른다, 죽음을 두려워해서 이런 모욕을 당해도 저항할 생각을 하지 않으니 설령 중국이 분할되어도 중국인들은 절대로 할 말이 없을 것이다, 라고 하는 것이다. 오호! 우리나라 사람이 정말 그런가? 아니면 저들이 망언을 하는 것인가? 생각하면 한바탕 통곡을 할 일이다.

우리는 오늘 이러한 폐단을 힘써 경계하면서 평소 해오던 도피적인 망언을 물리치고 이 땅을 사수할 책임을 다해야 한다. 평소 가지고 있던 이기적인 사견을 버리고 집단을 이루어 애국의 목표를 지키며, 평소 관리를 욕하던 천견(淺見)을 바꾸어 독립적이고 책임 있는 정신을 진작해야 한다. 지금 러시아와의 조약은 시급한 사안이니만큼 힘닿는 대로 실질적인 방법을 강구해야 한다. 제군들도 분명 저마다 고견이 있을 것이다.

내 생각에는 이를 위해서는 세 가지가 필요하다.

첫째는 소식이다. 이번 러시아와의 밀약 사건은 이미 지난달에 일어난 것인데, 상하이에서는 이달 초에 그것을 알았고 하안이나 해안지역에는 이제야 두루 전해졌다. 이 소식이 다시 내지로 가려면 거기서는 어느 때나 알게 될지 알 수가 없다. 구미나 일본 같은 나라에서는 지난달에 이미 각 신문에서 다 선전을 했는데 중국인만 아직도 소식을 모르고 있으니 어떻게 그것을 막을 수 있겠는가?

둘째는 생각이다. 중국인에게는 본래 애국심이 없다는 말은 나는 절대로 믿지 않는다. 단지 그것을 제창하고 자극하는 사람이 없었기 때문에 사견(私見)이 그 심성을 가린 것일 뿐이다. 만약 탁월한 언변으로[6] 사람들의 머릿속에 들어 있는 애국 기관에 발동을 걸 수 있다면, 비록 압제가 애국을 불허하려 해도 그렇게 할 수 없을 것이다.

셋째는 기백이다. 우리나라 사람들은 모두 숨이 간당간당하고 생기가 없다. 만약 이대로 기백이 진작되지 않는다면 농, 공, 상, 광업 등의 산업과 같은 생존의 영역에서도 반드시 패배하여 살아남을 수가 없을 것인데, 하물며 병기를 잡고 사직을 지킬 생각을 할 수 있겠는가!

우리가 비록 수도 적고 힘도 약하지만, 이 세 가지 요건에 의지해서 실질적인 방법을 마련한다면 국사(國事)에 전혀 영향을 미치지 못하지는 않을 것이다.

오호! 이 일은 온 나라의 존망에 관련되는 것임에도 전국의 사람들은 여전히 냉담하게 쳐다보기만 하여 우리를 낙심케 한다. 이 안후이 성만 놓고 보아도, 지금 집회에 모인 이는 고작해야 이백여 명밖에 안 된다. 이처럼 나라의 일을 가벼이 여기는 무리는 대략 네 가지 부류로 나뉜다.

첫 번째는 평소에는 입으로 충효를 말하고 다른 이들을 반역이라고 비난하지만, 국난을 당하면 그런 건 다 제쳐두고 공익을 위한 일은 절대 하지 않으려 하며 오로지 외국 은행에 돈을 모아놓을 생각만 하는 이들이다. 이들은 속으로 백성의 저항을 약화시켜 적에게 항복시키려는, 보신의 묘책만 생각한다. 이런 이들은 국적(國賊)이요 역당(逆黨)이니, 이런 국적이나 역당은 다 없애야 한다. 그렇지 않으면 나라는 반드시 멸망하게 될 것이다. 폴란드에서 매국 귀족들이 적의 군대와 내통하여 애국 의사들을 공격했던 전철을 귀감으로 삼을 수 있다.

---

6) 원문은 '運廣長舌'로 廣長舌는 부처님의 넓고 긴 혀를 말하며 아주 탁월한 언변을 지칭한다.

두 번째는 오직 자신과 가정의 안위만 생각하고 나라 일은 아랑곳하지 않는 사람들이다. 이들은 국가의 흥망성쇠를 모두 정부의 책임으로만 돌리며 인민들이 그것에 간여할 필요가 어디 있냐고 한다. 이는 국가가 지탱되지 못하면 정부만 그 해를 입는 게 아님을 모르는 것이다! 국가가 망하는데 각 사람 자신과 가정의 안위는 또 어떻게 지킬 수 있겠는가? 생각이 얕고 좁은 전국의 신상(紳商)들이 다 이 부류에 속한다.

세 번째는 생각이 개화된 듯하지만 개화되지 못한 지식인들이다. 빈말은 무익하며 실행이 중요하다는 말은 지극히 옳다. 그러나 절대로 실행을 할 수 없는 경우라면 빈말이라도 해서 사람들의 생각을 일깨우는 게 그나마 나은 셈이다.

네 번째는 초야의 어리석은 백성들이다. 러시아와의 조약이라는 긴박한 사안에 대해 알지도 못하고 나라가 분할될 처지에 놓인 것도 모르니 애국할 생각이 어떻게 나올 수 있겠는가? 온 나라의 시골 농민들이 다 이러하다.

무릇 우리나라 사람 중 십중팔구는 이 네 가지 부류에서 벗어나지 않으니, 나라가 어찌 멸망하지 않을 수 있겠는가! 우리 종족이 어찌 소멸되지 않을 수 있겠는가![7] 온 나라 사람들이 이처럼 깊은 잠에 빠져 깨어나지 못하고 있는 상황에서, 우리처럼 약간의 교육이라도 받고 조금이라도 아는 것이 있는 사람들조차 나랏일을 돌아보지 않고 내팽개친다면 이 신주(神州)[8]의 사 억 인구가 어찌 한 사람도 남지 못하게 되지 않으리오! 그러므로 우리는 나라 전체로 보면 비록 소수 중의 소수에 불과하지만 힘을 다해 나라 일을 짊어지고 나아가야 한다. 그러면 중국의 망국사

7) 천두슈의 이 말은 당시 재일(在日) 유학생들 가운데 팽배해 있던 '망국멸종(亡國滅種)'의 위기의식을 그대로 반영하고 있는 말이다.

8) 중국을 가리키는 말.

를 읽는 후세 사람들이 그때 중국에는 사람이 하나도 없었다는 말은 하지 못할 것이다. 이것이 오늘 대회를 여는 근본 뜻이다.

제군들에게 고견이 있다면 애국의 열렬한 가슴을 대중들 앞에 열어 보여주기 바란다. 만약 더 이상 망설이며 시기만 관망하려 한다면 오늘과 같은 집회와 연설을 하려해도 아마 꿈에도 할 수 없게 될 것이다! 오호, 슬프도다! 제군들의 신속한 가르침을 구한다.

1903년 5월 26일 『소보(蘇報)』, 서명: 천요우지(陳由己)

02 『안후이 속화보』 발간 취지

開辦『安徽俗話報』[1] 缘故

아! 사람이 세상에 태어나 그저 흐리멍덩하게만 지내며 어떤 한 분야에 대해서도 아는 게 없고 세상 돌아가는 이치도 모른다면 어찌 부끄러운 일이 아니겠는가? 날마다 집에 누워 아리따운 처첩을 끼고 온갖 진귀한 음식을 먹으며 살 수 있는 부자라면 아주 즐겁게 지내기는 하겠지만, 그도 세상 돌아가는 이치를 모르고 있다가 만약 전쟁이라도 당하게 되면 어디로 피난을 가야할지, 어디로 가서 먹고살아야 할지, 어디가 흉년이 들어 도적이 많고 어디가 무사한지, 이런 실제 사정을 알아야만 자기와 가족의 목숨을 지킬 수 있을 것이다. 가난한 사람이라면 더더욱 좀 더 아는 게 있고 세상 물정에도 훤해야 밖에 나가 사람을 만나고 먹고살 일

1) [원주] 『안후이 속화보』의 창간인이자 주된 기고자는 천두슈였다. 이 신문은 광서(光緖) 10년(1904년) 2월 15일 창간되어 다음 해 8월에 폐쇄되었으며, 그 사이에 삼 개월 남짓한 기간은 사정이 있어 발간되지 못했다. 지금 볼 수 있는 1기에서 22기까지는 32절판의 반월간으로, 상하이동다루도서국(上海東大陸圖書局)에서 인쇄하고 우후과학도서출판사(蕪湖科學圖書社)에서 발행한 것이다. 신문사도 이 출판사 안에 설치되어 있었다. 이 신문의 교육란을 전담해서 글을 썼던 팡즈우(房秩五)('殤武'나 '浮渡生'으로 서명)의 회고에 따르면, "『안후이 속화보』는 갑신(甲辰)년 정월부터 출판되어 매월 두 권을 냈는데, 한때 크게 유행하여, 당시 전국적으로 가장 이름을 날렸던 『항저우 백화보』와 거의 명성이 같았다."고 한다.

을 도모할 때, 보증을 서줄 사람[2]도 그를 좀 더 인정을 해줄 것이다. 하지만 지식을 좀 얻고 세상 물정에도 밝아지려면 반드시 모두 학교에 가서 공부를 해야 한다고 한다면 이 어찌 어려운 일이 아니겠는가? 그러나 한 가지 기가 막힌 방법이 있으니 바로 신문 몇 종을 사 와서 집에서 보는 것이다. 그러면 지식도 좀 얻고 세상 물정에도 밝아질 수 있으니 이게 바로 수고는 반만 하면서 효과는 두 배인 일이 아닌가. 하지만 지금은 일보(日報)니, 순보(旬報)니 하는 신문들이 여러 종 발간되고 있긴 해도 다 너무 어려운 문장들인데다 온통 지호자야의언재(之乎者也矣焉哉)[3]와 같은 글자 투성이니, 글공부를 많이 한 사람이 아니면 어찌 이해할 수가 있겠는가? 이런 생각을 하다 보니, 결국 가장 통속적이고 이해하기 쉬운 속화(俗話)로 된 속화보(俗話報) 같은 걸 만드는 게 제일 좋은 방법이라는 생각을 하게 된 것이다. 그래서 각 성(省)마다 좋은 일을 하려는 사람들이, 고향 사람들이 글을 모르고 공부를 하지 못해 아는 게 없고 세상 돌아가는 이치에도 밝지 못한 것을 안타깝게 여겨 속화보를 만들고 그것을 고향 친척과 친구들에게 보도록 하여, 지금은 이런 속화보가 이미 여러 종 나오고 있다. 상하이(上海)에서 『중국 백화보』, 항저우(抗州)에서 『항저우 백화보』, 사오싱(紹興)에서 『사오싱 백화보』, 닝보(寧波)에서 『닝보 백화보』, 차오저우(潮州)에서 『차오저우 백화보』, 수저우(蘇州)에서 『수저우 백화보』. 나는 이것들을 다 보았는데, 보면서 우리 안후이(安徽)성은 분명 땅은 넓고 공부한 사람은 많지 않은데 아직도 이런 속화보가 없구나 하는 생각을 하게 되었다. 안후이 성 남북의 오래된 산동네들은 상하이에서도 너무 멀어서 이런 신문들을 볼 수가 없다. 장사를 하

2) 원문은 '包管人家.'

3) 고문(古文)으로 된 글에 상투적으로 사용되는 허사(虛辭)들.

거나 수공업에 종사하는 사람들은 논외로 하고, 아주 우수한 성적으로 공부를 한 수재(秀才)라도 보는 신문도 없이 일 년 삼백육십 일을 집에만 들어앉아 있다면, 그건 북(鼓) 속에 들어앉아 잠을 자면서 바깥세상에서는 하늘이 뒤집어지는 일이 일어나도 모르는 것과 같은 것이다. 예를 들어 경자(庚子)년에 각국의 군대가 이미 베이징 성을 점령했는데 우리 안후이 성의 후이저우(徽州)와 잉저우(潁州) 사람들은 여전히 의화단(義和團)이 크게 이겼다는 이야기만 전하고 있었다. 그때 만약 이런 속화보가 있어서 보고 실제 소식을 얻었더라면 어찌 이런 잠꼬대 같은 말들을 했겠는가? 이런 이유로 나는 절친한 친구들 몇몇과 약속을 해서 같이 돈을 내어 우리 안후이 성에서도 이런 속화보를 발간하기로 했다. 우리 이 속화보의 취지는 아주 쉽고 평범한 것이니 여러분은 우리가 무슨 기이하고 무서운 논의를 하려고 하나 하는 의심은 하지 말기 바란다. 우리가 이 신문을 발간하면서 가지고 있는 두 가지 생각을 여러분이 안심할 수 있도록 아예 솔직하게 말하겠다. 첫째는 여러 곳의 실정을 우리 안후이 사람들에게 알려주어서, 모두들 북 속에 숨어 바깥일은 일체 모르는 그런 지경을 면하게 하려는 것이다. 하물며 지금 동삼성(東三省)에서처럼 하루하루 사정이 긴박하게 돌아가는 상황에서는, 좋은 소식이든 나쁜 소식이든 모두 신문에 실어서 알려야 다들 잘 대비할 수 있을 것이다. 신문을 만드는 우리는 여러분이 소식을 물어 알아볼 사람들인 셈이니 좋지 않은가? 둘째는 쉬운 지식을 통속적인 일상어로 풀어서 우리 안후이에서 돈이 없어 많이 배우지 못한 사람들에게 전해줌으로써 그들도 이 속화보를 보고 지식을 좀 늘릴 수 있게 하려는 것이다. 이 두 가지 생각은 다들 좋아할 만한 것이니 모두 안심하고 사서 보기만 하면 된다. 내 자랑을 하려고 하는 말이 아니라, 이 신문은 분야가 다양해서 어떤 방면의 사람들이 보아도 다 유익할 것이고, 신문을 만드는 사람들이 모두 안후이 사람이니 하는 말을 다 알아들을 수 있을 것이며, 값이 싸서 가난한 사람도 살 수 있다는 장점이 있다. 이 외에도 이 자리에서 다 말할 수 없을 만큼 많은 장점들이 있다. 글공부하는 사람이 보면 지식을 더 늘릴 수 있고, 게다가 본성과 타성, 본국과 외국의 사정도 모르는 게 없게 될 터이니 이거야말로 정말 수재가 문밖에 나가지 않고서도 천하의 일을 다 알게 되는 셈이다. 글을 가르치는 사람이 보면 또 글을 가르치는 기교와 방법을 배울 수 있고, 농사짓는 사람이 보면 또 각지의 한 해 작황이 어떤지 알 수 있으며, 수공업에 종사하는 사람이 보면 새로운 기술을 배울 수 있다. 장사하는 사람이 보면 각 곳의 시세를 알 수 있고, 벼슬하는 사람이 보면 각 지역의 좋은 점과 나쁜 점을 분명하게 알 수 있고, 군인이 보면 각 곳의 약한 점과 강한 점을 알 수 있다. 여인이나 아이들이 보면 글자를 알고 문법을 배울 수 있으며 또한 재미있는 소설을 읽고, 좋은 노래도 배울 수 있다. 돈 있는 사람이 아무 일도 하기 싫어서 아편 연등(煙燈) 옆에 누워 있을 때도 이 속화보를 한 부 들고 그 안에 있는 소설이나 희곡이나 우스운 이야기들을 보면, 그 역시 확실한 소일거리로 삼을 수 있을 것이다. 자녀들을 먹이고 입히기 위해 낮에는 동분서주하며 하루 종일 바쁘게 보내는 소상인이라도 저녁에 틈이 날 때 이 속화보 한 부를 사서 본다면 그 역시 기분이 좋아질 것이니, 사당묘에 가서 민담 설화를 듣거나 아편방에 가서 아편을 피우는 것보다도 훨씬 나을 것이다. 내가 말한 이런 장점들을 여러분이 만약 믿지 못한다면, 아래 장정을 다시 보기 바란다. 그러면 상세하게 알 수 있을 것이다.

『안후이 속화보』 장정[『安徽俗話報』 章程]

이 신문의 취지는 가장 통속적인 말로 우리 안후이 사람들에게 지식을 전해주고 세상 물정을 일러주어 모두가 지식에 통달하고 세상사에 밝아지도록 하려는 것이다. 절대로 재미없는 헛소리 같은 건 하지 않을 것이니, 여러분은 이상한 물건이라고 여기지 말고 애들 놀이 같은 거라고도 여기지 말아주기 바란다. 그래야 신문 만드는 이의 고심(苦心)을 저버리지 않는 것이다.

신문 한 부 안에 실리는 글은 모두 열세 분야로 나뉜다.

첫째 분야는 논설로, 당면한 사건이나 이치에 근거해서 사람들에게 이야기를 전한다.

둘째 분야는 긴급한 소식이다. 본국이든 외국이든 막론하고 긴급한 소식은 모두 망라하여 사실대로 게재한다.

셋째 분야는 본 성(省)의 소식이다. 안후이 지역 정국의 혼란과 안정, 수공업(工藝)의 성쇠, 작황의 호오(好惡), 학당의 상황 및 각종 기이한 재판사안들을 모두 알아내어 똑똑히 대중들에게 알릴 것이다.

넷째 분야는 역사다. 예로부터 지금까지 국정이나 민심, 성현이나 호걸에 대해 상세하게 이야기를 해서 모두에게 모범을 삼도록 할 것이니, 삼국연의(三國演義)나, 당(唐), 송(宋)의 이야기보다 훨씬 더 재미있을 것이다.

다섯째 분야는 지리로, 무릇 본성이나 타성이나 본국이나 외국의 산천, 도시와 시골마을, 풍속, 물산에 대해 모두 상세하게 써낼 것이다. 하지만 무슨 산의 무덤자리를 본다든가 풍수지리를 따진다든가 하는 것은 아니니 다들 오해하지 않기 바란다.

여섯째 분야는 교육이다. 이 분야는 다시 둘로 나뉜다. 하나는 글 읽는 방법으로, 가난한 집의 여성이나 아이들이 돈 내지 않고도 선생으로부터

책을 읽고 글자를 익히며 문법을 알 수 있게 하려는 것이다. 또 하나는 글을 가르치는 방법으로, 선생이 되려는 사람들에게 절묘한 방법을 배우도록 해서 남의 자제를 망치지 않게 하려는 것이다.

일곱째 분야는 실업으로, 농공(農工)이든 상업이든 무릇 새롭고 절묘한 방법, 배우면 돈을 벌 수 있는 방법을 모두에게 똑똑히 알려주려는 것이다.

여덟째 분야는 소설로, 인정세태(人情世態)와 재자가인, 영웅호걸들의 이야기를 다룬다. 『수호지(水滸志)』[4]나 『홍루몽(紅樓夢)』[5], 『서상기(西廂記)』[6], 『봉신연의(封神演義)』[7], 『칠협오의(七俠五義)』[8], 『재생연(再生緣)』[9],

---

4) 명대(明代)의 장편무협소설로, 주인공 송강(宋江)을 비롯하여 북송시대 양산박에서 봉기하였던 호걸들의 실화를 배경으로 지어진 작품이다. 『삼국지』, 『서유기』, 『금병매』와 더불어 중국 사대 기서(奇書)의 하나로 일컬어진다.

5) 청대 건륭(乾隆) 연간에 지어진 장편소설로 중국 최고의 고전 장편소설로 일컬어진다. 주인공 가보옥(賈寶玉)을 중심으로 설보차(薛寶釵), 임대옥(林貸玉) 삼 인의 남녀 사이에서 일어나는 사랑과 이별의 이야기, 장안(長安)의 대가문인 가씨 가문의 흥망성쇠를 주 내용으로 담고 있다. '홍루몽'이란 세상 부귀영화의 허망함을 뜻한다. 당대에 작품이 유행한 것과 더불어 이후 작품에 대한 연구도 거대한 붐을 일으켜 경학에 대비되는 '홍학'이 라는 말이 생겨나기도 했다.

6) 원대(元代)의 대표적인 잡극 작품 중 하나로, 당대(唐代) 전기(傳奇) 소설 『앵앵전(鶯鶯傳)』에 나오는 재상의 딸 최앵앵과 백면서생 장생(張生)과의 사랑 이야기를 다룬 것이다.

7) 대표적인 중국 고전 신마(神魔)소설 중의 하나로, 주무왕(周武王)이 은주왕(殷紂王)을 정벌하는 '무왕벌주(武王伐紂)'의 역사적 고사를 기반으로 한 내용이다.

8) 청대의 유명한 무협공안 장편소설 『삼협오의(三俠五义)』를 개편한 소설이다. 『삼협오의』는 북송(北宋)시대를 배경으로 하여 포공(包公)이라는 관리가 부임한 지역에서 의로운 선비들의 도움을 받아 많은 기이하고 억울한 사건들을 해결하는 내용을 담은 것으로, 중국무협소설의 시조로도 불린다.

9) [원주] 재생연은 장편의 탄사(彈詞)로 '화려연(華麗緣)'이나 '맹려군(孟麗君)'이라고도 부르는데, 여인의 학식과 재주가 뛰어난 것을 선양하며, 여성이 봉건적인 예교의 속박을 벗어나기 위해 분투하는 그런 사상과 행동을 긍정하는 내용이다.

『천우화(天雨花)』[10] 같은 것들보다도 훨씬 더 재미있을 것이라는 걸 보장한다.

아홉째 분야는 시사(詩詞)로, 흥미로운 시사나 가곡들을 찾아내어 소개한다. 사람들이 이것을 보고 신이 나서 비파나 현악기를 들고 노래를 부르게 될 것이니, '열 잔의 술(十杯酒)'[11]이나 '마청가(麻城歌)'[12], '선화조(鮮花)'[13] '화장대(梳妝台)'[14] 같은 노래들 보다도 훨씬 듣기 좋을 것이다.

열 번째 분야는 한담(閑談)이다. 고금을 막론하고 본국의 것이든 외국의 것이든 무릇 기괴한 일이나 재미있는 일이 있으면 되는 대로 몇 줄 써낼 테니, 다들 일이 없어 한가할 때 보면 마음이 즐거워질 것이다.

열한 번째는 시장의 상황이다. 우리 안후이 사람들의 장사는 장강(長江) 일대에서 가장 큰 셈이다. 이제 우리가 본성이나 타성, 본국이나 외국의 각종 시장 상황을 알아봐서 똑똑히 알려주는 것은 다 안후이 사람들이 특별히 큰돈을 벌기를 바라는 마음에서 하는 것이며 그렇게만 된다면 나는 기쁠 것이다.

열두 번째 분야는 중요한 문건이다. 무릇 여러 가지 중요한 장정이나 조약, 상소문, 고시문, 서신, 여행기 등을 다 통속적인 말로 써낼 것이다.

---

10) [원주] 천우화는 장편의 탄사로, 만명(晩明)의 어사(御史)였던 좌유명(左維明)이 정국태(鄭國泰), 위충현(魏忠賢)과 투쟁하는 이야기를 담고 있는 것으로 봉건 여성의 불행한 처치가 반영되어 있다. 그러나 명 말 농민기의에 대해서는 비방의 내용을 담고 있다.

11) 쓰촨(四川) 칭추안(青川) 지역의 민가.

12) 후베이(湖北) 성 동북 지역에 위치한 마청 지역의 민가.

13) 주로 후베이(湖北) 성 · 후난(湖南) 성 · 장쑤(江苏) 성 · 장시(江西) 성 · 안후이(安徽) 성 등지에서 유행한, 남녀 두 사람이 공연하는 민간 가무의 일종으로 청대 전국적으로 유행했다.

14) 동베이(東北) 지방에서 유행한 토착 민가로 여인이 정든 님을 그리워하면서 화장하는 모습을 상세히 묘사하고 있는 내용이다.

열세 번째 분야는 '문(文)'이다. 만약 신문을 보시는 여러분이 통속적인 말로 글을 써서 보내준다면, 본 신문은 거기서도 좋은 글들을 골라 게재할 것이다.

- 이 신문은 매월 1일과 15일에 두 차례 간행되며 비바람이 불어도 발행한다.
- 매 부는 20쪽이다. 만약 신문을 보시는 여러분들이 우리 신문이 잘 만들어졌다고 하시면 나중에는 몇 쪽 늘리거나 아니면 매달 한 부를 더 낼 수도 있다.
- 매 부의 정가는, 매번 한 부씩 따로 사면 동전(大錢)으로 오십 문(文)이고, 한 해 24부는 동전 일천 문이고, 반년치는 오백 문이다. 본성 안에서는 우편료 포함이고, 타성에서 일 년치를 주문하면 우편료로 은화 이 각(角)을 추가한다.[15]
- 만약 대리판매를 원하는 사람이 있으면, 열 부가 넘는 경우 대략 20%의 수고비를 지불한다. 다만 먼저 신문값을 내고 나면 그 후에 신문을 발송한다.
- 본 신문의 기본 자금은 전액 각 곳에 있는 동향(同鄕)들의 기부에 의존하게 될 것이다. 만약 동향간의 우의에 관심이 있는 지역유지들이 기부금을 내서 본보를 도와준다면, 기부액이 은화 5원을 초과할 경우 본보 일 년치를 보내드리고, 아울러 기부자의 성함을 신문 뒤에 게재하여 영수증을 삼도록 할 것이다.

---

15) 대전(大錢)은 청(清) 함풍(咸丰) 연간에 주조하여 사용되던 동전을 말한다. 여기에서 '文'은 동전 하나를 가리키며 지금 중국의 런민삐(人民幣) 0.2元에 해당한다. 일천문은 동전 일관(一貫)이며, 일각(一角)은 지금의 런민삐 0.1元에 해당한다.

- 여러 신상(紳商)[16]도 다 공고를 게재할 수 있다. 게재료는 특별히 싸며 그때그때 만나서 상의하여 결정한다.

- 시세가 너무 긴박하게 돌아가서 신문을 내는 일을 서둘다 보니 장정의 세부 내용들이 너무 불완전하게 제정되었다. 이후 또한 여러 동향들의 항상적인 가르침을 구하는 바이다.

1904년 3월 31일 『안후이 속화보』 제1기, 서명: 삼애(三愛)[17]

16) 만청시기의 사회경제적 변화 속에서 전통적인 선비계층과 상인계층이 결합하여 만들어진 새로운 계층.

17) 천두슈의 필명.

03 국어교육

國語教育

지금 각국의 소 학당에서 가장 중요하게 가르치는 과목은 바로 '국어'다. 무엇이 국어교육인가? 바로 자기 나라 말을 가르치는 것이다. 내가 이렇게 말하면 여러분은 분명히 우습다고 생각할 것이다. 외국어나 배우는 사람이 있는 거지, 어디 자기 나라 말을 못하는 사람이 있어서 그걸 학당에 가서 배우는 법이 있냐고. 하지만 여러분들은 그렇게 말하는 게 틀리다는 건 모를 것이다. 국어교육을 중시해야 하는 두 가지 이유가 있다. 하나는 어린아이들은 어려운 글이나 심오한 의미를 이해하지 못하기 때문에 고금의 여러 사건이나 인간의 감정, 사물의 이치 등을 우선은 자기 나라에서 통용되는 쉬운 말로 바꾸어 교과서를 만들어서 공부하게 하다가, 지식이 점점 더 늘어나면 그때 다시 어려운 이치가 담긴 글들을 읽게 해야 한다는 점이다. 또 하나는 우리나라는 땅이 너무 넓어서 어떤 지역에 사는 사람이 그 지역 말을 하면, 설령 같은 나라 사람끼리 만나도 서로 국어를 할 줄 모르기 때문에 외국인을 만나는 것과 마찬가지라는 점이다. 이러면 어떻게 같은 나라 사람으로서 친밀감을 느낄 수 있겠는가? 그러므로 반드시 국어교육을 해서 전국의 인재들이 같은 말을 할 수 있게 해야 한다. 아래 두 가지 이유를 생각해보면 국어는 반드시 가르쳐야 하는 중요한 과목임을 알 수 있다. 우리 중국의 아이들이 하는 공부는 모두 아주 어려운 문법이라 거인(擧人)이나 수재(秀才)도 이해할 수가 없으니 어린아이는 말할 것도 없다는 게 첫 번째 이유이다. 게다가 중국어는 열여덟 성(省)의 사람들이 열여덟 가지 말을 하고, 한 성 안에서도 각 부(府), 주(州), 현(縣)의 말이 또 각각 다 다르니 이것이 또 하나의 이유이다. 이런 상황에서 만약 국어교육을 중시하지 않는다면 어떻게 국가를 이룰 수 있겠는가? 예를 들면 우리 안후이(安徽) 성 사람들의 경우는, 안칭(安經), 루저우(廬州), 펑양(鳳陽), 잉저우(穎州), 츠저우(池州), 타이핑(太平)의 여섯 부(府)에서 쓰는 말이 다 같진 않아도 그 차이는 12%가 안 된다. 하지만 후이저우(徽州), 닝궈(寧國) 두 부의 말은 다른 곳 사람들은 한 마디도 알아듣지 못하며, 이 두 부 안에 있는 열두 현 안에서는 또 서로 다른 현 사람의 말을 알아듣지 못한다. 만약 다른 곳에서 학당을 여는데 이 두 부에서 서로 다른 부의 사람을 교사로 삼는다면 통역사까지 청해야만 학생들이 알아들을 수 있을 정도다. 그렇지 않으면 선생은 가르쳐도, 학생들은 그저 입만 떡 벌리고 바라볼 뿐 그가 뭘 가르치는지는 이해할 수가 없을 테니 기가 막힌 일이 아닌가? 그래서 나는 후이저우와 닝궈 두 부의 사람들이 만약 학당을 새로 개설한다면 반드시 교과목에 국어를 넣길 권하는 것이다. 설령 외국처럼 그렇게 완전한 국어 교과서는 만들지 못한다하더라도, 관화(官話)[1]를 아는 선생을 청해서 매일 한 시간씩은 관화를 가르쳐야 한다. 자기 나라 말이니 어쨌든 외국어보다는 배우기 쉬울 것이므로 3년 정도 배우면 아마 사용하기에 충분할 것이다. 그러면 앞으로는 관화를 한 자도 몰라서 다른 성, 다른 부에 가면 마치 외국에 간 것처럼 너무나 불편했던 일을 면하게 될 것이다. 만약 아이들이 이해하는 고금의 역사, 중외(中外)의 지리, 사람 사는 세태와 물

1) 관방에서 사용하는 표준어.

리, 아름다운 말과 선행 등을 뽑아 각처에서 통용되는 관화로 편집해서 교과서를 만들어 각 곳에 판매한다면 그건 더욱 좋은 방법이 될 것이다.

1904년 5월 15일 『안후이 속화보』 제3기, 서명: 삼애(三愛)

04 국가에 대해 논함

說國家

십 년 전, 집에서 글공부를 할 때 나는 매일 그저 먹고 자는 것밖에 몰랐다. 분발해서 한다는 건 고작 글이나 좀 읽어서 공명(功名)이나 좀 얻어 집안을 빛내려는 것뿐이었다. 국가가 뭔지, 그게 나와 무슨 상관이 있는지 어찌 알았겠는가? 갑오(甲午)년이 되어서야 비로소 사람들이 무슨 일본이라는 나라가 전쟁을 해서 우리 중국을 이겼다느니 하는 말을 들었고, 경자(庚子)년이 되자 다시 무슨 영국, 러시아, 프랑스, 독일, 이태리, 미국, 오스트리아, 일본의 8개국 연합군이 전쟁에서 중국을 패배시켰다는 소리를 들었다.[1] 그제야 비로소 나는 세상에 사는 사람들이 한 나라 한 나라로 나뉘어 있고, 이 경계 저 경계 사이에는 서로 우열이 없으며 우리 중국도 세계 만국 가운데 하나이고 나도 중국인의 한 사람이라는 것, 그리고 한 나라의 성쇠와 영욕은 모든 국민이 다 똑같이 겪는 것으로 어떻게 해도 나 혼자 피해 달아날 방도는 없다는 걸 알게 되었다. 생각이 여기에 이르자 나도 모르게 온몸에서 식은땀이 흐르고 너무나 부끄러웠다. 내 나이 스물이 넘어서 비로소 국가라는 게 있다는 걸 알고, 국가란

1) 여기에서 '갑오년'과 '경자년'은 각각 청일전쟁이 일어난 1894년과 의화단 사건이 일어난 1900년을 가리킨다.

모든 국민이 함께 살아가는 커다란 집이라는 걸 알고, 사람들은 모두 이 국가의 대의를 위해 온 힘을 다 해야만 한다는 것을 안 것이다. 이전에 나는 단지 내 한 몸의 즐거움과 내 한 집의 영예만 생각하며 국가 대사는 나와 무관한 것인 줄 알았다. 나무 전체가 말라 죽어가는데 어찌 가지 하나만 살겠으며, 둥지가 다 뒤엎어지는데 어찌 알 하나만 홀로 온전할 수 있겠는가 하는 생각은 전혀 하지 못한 것이다. 하지만 자고로 국망가파(國亡家破), 이 네 글자는 한 가지로 말해왔으니 만약 모두가 망하면 내 한 몸도 행복할 수가 없는 것이며 우리 집안도 영예로울 수가 없다는 것이다. 생각할수록 슬픔이 가슴속에서 밀려왔다. 우리 중국이 어째서 다른 나라만 못해 그들로부터 멸시를 당해야 하는가, 여기에는 반드시 연고가 있을 것이다 하는 생각에, 나는 여러 나라들을 한번 살펴보았다. 그리고 세상에 있는 나라들 중 다른 나라에게 멸시를 당하는 나라가 비단 중국 하나만은 아니라는 것도 알게 되었다. 폴란드, 이집트, 유대, 인도, 버마, 안남 같은 그런 나라들은 모두 이미 다른 나라에게 망해 속국이 되어 있었다. 그 원인을 생각해보면 그런 나라 사람들은 모두 그저 자기 몸과 자기 집안의 목숨을 지키는 것만 알았지, 국가에 충성을 다하려는 생각은 하지 않았다. 국가대사는 황제 한 사람이 제멋대로 하거나 외부인의 보호에 의지하거나 아니면 신도들이 독점하도록 내버려두면서 모두들 국사(國事)에는 관심이 없었기 때문에 결국 나라가 망하는 지경까지 이르게 된 것이다. 다시 영국, 프랑스, 독일, 러시아 같은 나라들을 보면, 이런 나라 사람들은 국가가 각 사람이 속해 있는 커다란 집이라는 이치를 분명히 알고 각자가 국가의 일에 마음을 다해 부국강병을 이루어냈기 때문에 모두 행복하고 집집마다 영광스럽게 된 것이다. 이러한 것을 보면서 나는 "지금 세계 각국을 보면, 사람들이 저마다 자기 나라를 지킬 줄 알면 그 나라는 반드시 강성해지고, 사람들이 국가를 지키는 게 무엇인지 모르면 그 나라는 반드시 망한다"고 감히 단언할 수 있게 되었다. 이런 이유로 현재 서양 강국의 국민들은 국가사상이 크게 발달해 있으며, 학식이 있는 사람들은 책을 써서 국가의 이치를 연구한다. 그것을 '국가학'이라고 부르는데, 이 분야의 학문이 깊이가 있고 관련된 책들도 아주 많아 한 번에 다 이야기할 수 없을 정도다. 그 가운데 가장 중요한 것, 즉 어떤 조건을 갖추어야 비로소 국가라고 할 수 있는지에 대해서만 여러분께 말씀드려 보겠다.

첫째, 국가에는 일정한 영토가 있어야 한다. 무릇 한 국가라면 반드시 일정한 영토가 없어서는 안 되는 것이니 그것은 마치 집을 한 채 지으려면 그 터가 될 땅 한 조각이 없어서는 안 되는 것과 같다. 세상 어디에 허공에 달린 집이 있는가? 큰 나라의 경우 만약 영토가 없다면 그건 더더욱 절대로 안 될 일이라는 건 말할 필요가 없다. 그러므로 이 영토는 국가가 세워지기 위해 가장 긴요한 것이다. 지금 동서양 강국들이 저마다 한 치의 땅도 양보하지 않으려고 하는 것이 바로 이러한 이치 때문이다.

둘째, 국가에는 일정한 인민이 있어야 한다. 국가는 인민이 세우는 것이다. 비록 영토가 있어도 인민이 없다면 그것은 황무지와 같은 것이니 어떻게 국가를 세울 수 있겠는가? 하지만 한 나라의 인민은 반드시 같은 종족, 같은 역사, 같은 풍속, 같은 언어를 가진 민족이어야만 한다. 여러 민족이 한데 섞여 한 나라에 살면서 평안하게 살 수 있는 방법은 절대로 없다. 그러므로 지금 서양의 각 나라들은 모두 하나의 종족이 하나의 독립된 나라를 세우고 다른 종족의 통치를 받지 않는다. 이것이 곧 '민족국가주의'라고 부르는 것인데, 단지 국가주의만 말하고 민족국가주의는 말하지 않는다면 그 국가는 대체 누구의 국가인가? 국가가 나뉘는 건 본래 민족이 달라서 그런 것인데 만약 민족주의를 말하지 않는다면 그것은 곧 사해동포주의, 즉 천하가 한 집안이 되는 것이다. 그렇게 되면 또 무슨 이 경계 저 경계를 만들어 국가를 세우는 것이 필요하겠는가? 이로 보건대 무릇 한 나라에는 반드시 일정한 인민(人民)이 있어야 한다는 건 절대로 뒤죽박죽으로 섞여서는 안 되는 이치인 것이다.

셋째, 국가에는 반드시 일정한 주권이 있어야 한다. 무릇 한 국가에는 반드시 스스로가 주인이 되어 결정할 권리가 있어야 하는데 이것을 바로 '주권'이라고 한다. 이 주권은 본래 나라 전체의 국민이 공유하는 것이지만 이 주권의 행사는 아무래도 온 나라 국민을 대표하는 정부에 귀속되기 마련이다. 한 국가 안에서는 오직 주권만이 지고무상의 존엄한 지위를 가지며 어떤 것도 그 위에 놓일 수 없다. 위로는 군주에서 아래로는 심부름꾼에 이르기까지, 이 주권을 침해하는 자는 모두 대역무도라고 할 수 있다. 한 나라 안에서 형법을 제정하고 관세를 징수하고 군비를 정비하고 외교업무를 처리하고 관직을 임면하고 해안의 창구를 봉쇄하고 철로를 수리하고 광산을 채굴하고 항로를 개통하는 것과 같은 갖가지 국정은 모두 주권에 의거하여 자유롭게 처리되어야 하며 다른 나라가 절대로 간섭해서는 안 된다. 그래야 비로소 독립된 국가라 할 수 있다. 만약 다른 나라의 간섭을 받거나 다른 나라의 명령을 들으면서 자국의 뜻을 단독으로 실행할 수 없다면 그것은 바로 다른 나라의 속국인 것이다. 무릇 한 나라가 주권을 잃으면 설령 다른 나라가 영토를 점령하고 정부를 바꾸는 건 아니라 하더라도, 그게 아무 일도 없는 것 같지만 실은 산하의 주인이 바뀐 것이다.[2)] 그러니 이 주권이라는 게 어찌 한 국가에 절대로 없어서는 안 될 요건이 아니겠는가? 이상의 세 가지 중 어느 하나라도 결여되면 그건 국가라고 할 수 없다. 그런데 가련하게도 옛날

---

2) 원문은 '鸡犬不惊'으로 규율이 엄격해서 개나 닭조차 경거망동하지 않는다는 뜻으로 평안무사를 의미한다.

부터 세상에 이름이 있었던 대국이라 할 수 있는 우리 중국이 지금에 이르러서는 이 세 가지가 어떻게 되어 있는지, 여러분들이 자세히 생각해 보기 바란다.

1904년 6월 14일 『안후이 속화보』 제5기, 서명: 삼애(三愛)

05 애국심과 자각심

愛國心與自覺心

천하 인심을 개괄하면 정(情)과 지(智) 두 가지뿐이니, 자고로 뛰어난 인물들이 따른 것은 다 이 두 길이다. 정에 목숨을 바치는 것은 고신(孤臣)[1] 열사(烈士)나 협객이나 사랑에 목숨을 건 여인[2]이다. 이는 죽음으로 뜻을 지키며 이해득실을 고려하지 않는 자들이 하는 것이다. 지(智)에 더 가까운 자들은 이치를 따지고 의심스러운 것을 분석하며 명실(名實)을 재는 자로 이학(理學)가나 철학자 같은 이들이 그렇다. 정의 유용함은 그것이 만사의 지조가 된다는 점이나 그 폐단은 우매함이며, 지의 유용함은 만물의 이치를 아는 것이나 그 폐단은 쉽게 넘어진다는 데 있다. 옛 사람 가운데 정에 뛰어난 자로는 굴평(屈平)[3]만 한 이가 없으니 그는 세상을 원망하고 나라를 걱정하여 스스로 물에 뛰어들어 자살까지 했다. 지에 뛰어난 자로는 노담(老聃)[4]만 한 이가 없으니 세상의 이치에 통달

1) 임금의 신임이나 총애를 받지 못해도 명리를 탐하지 않고 끝까지 자신의 뜻을 굽히지 않는 신하.

2) 원문은 '淫奔'으로 이는 남편을 버리고 정부와 달아난 여인의 행동을 가리킨다.

3) 춘추전국시대(春秋戰國時代) 초(楚)나라의 정치가이자 시인인 굴원(屈原)은 회왕(懷王)의 신임을 받았으나 정치적인 주장으로 인해 참언(讒言)을 당해 면직되었고, 후에 멱라수(汨羅水)에 빠져 죽은 인물이다.

4) 노자(老子).

한 뒤에는 말을 타고 가버렸다. 이들은 이 두 가지에서 각각 극단을 취한 것이다.

지금 중국인의 마음은 어지럽게 흩어져 있으며, 감정이나 지식 둘 다 말할 만한 게 없다. 감정이 없기 때문에 공공(公共)의 안위를 자신의 기쁨이나 슬픔과 무관한 것으로 보니 이는 애국심이 없다 할 것이요, 지식이 없기 때문에 상대방을 모르고 또 자신도 모르니 이는 자각심이 없다 할 것이다. 국민에게 애국심이 없으면 그 나라는 항상 망하며, 국민에게 자각심이 없으면 그 나라는 또한 위태로운 법인데, 이 두 가지가 다 없으면 그 나라는 필시 나라가 아닐 터이다. 오호라! 우리 국민이 이미 이런 지경에 빠진 것인가?

애국심이 국가를 세우는 중요한 요소라는 건 서구인들이 늘 하던 말이요, 일본이 중국에 전해준 말이다. 중국어 안에도 충군애국이라는 말이 있다. 다만 중국인은 국가를 사직과 같은 것으로 보며 애국을 충군과 같은 것으로 해석한다. 무릇 이러한 국가, 이러한 사직이란 곧 임금의 조종(祖宗)이 어렵게 창건한 대업을 자손에게 전해준 것이니, 이른바 천하를 얻었다고 하는 것이 이것이다. 인민들의 경우는 오로지 창업자를 위해 희생할 뿐 자유, 권리, 행복은 전혀 없다. 이러한 것은 유럽 각국에서는 헌정이 수립되기 이전 정치체제하의 상황이었지만 우리 중국에서는 옛부터 지금까지 그것을 바꾸려는 자도 없었다. 근대 구미 사람들은 국가라는 걸 국민을 위해 공공의 안녕과 행복을 도모하는 집단으로 간주한다. 인민의 권리는 헌장에 쓰여 있으며 민중을 개나 말처럼 부리면서 한 사람을 떠받드는 일은 강한 자라도 감히 그렇게 할 수가 없다. 구미 사람들이 국가를 보는 관점이 우리나라 사람들과는 이렇게 크게 다르니, 그들이 말하는 애국심이라는 것도 중국어로 말하면 이름은 같으나 실질은 크게 다르다. 그러므로 국민에게 애국을 호소하려고 하면 먼저 그 의미를 분명히 하지 않을 수 없다.

국가의 의미가 이렇게 분명해지고 나면, 우리 중국인(華人)에게는 애국심이 있었던 적이 없다고 해도 되고, 우리 중국인 중에는 애국자가 있었던 적이 없다고 해도 되며, 설령 우리 중국인은 아직 국가를 수립해본 적이 없다고 해도 또한 말이 되지 않는 것은 아니다. 어째서 그런가? 우리 중국은 공공의 복리를 도모하는 집단, 즉 근대 구미 사람들이 말하는 국가와 같은 것을 가져본 적이 없기 때문이다. 영토, 인민, 주권이라는 것은 국가가 성립하기 위한 형식일 뿐이다. 인민이 반드시 국가를 건설해야 하는 이유는 국가의 목적이 권리를 보장하는 데 있으며 공동으로 행복을 도모하는 것이 국가 수립의 정신이기 때문이다. 우리나라도 옛날부터 국가 건설을 외친 적은 수십 차례나 있었지만 우리의 복리를 위해 그렇게 한 적은 없었다. 우리의 복리를 해치는 악당들을 위한 것이었다. 우리가 수천 년 동안 쌓아놓은 재산과 이루어놓은 것들이 수십 차례나 국가를 세웠던 자들에 의해 남김없이 파괴되어버렸다. 모든 정사(政事)는 다 한 성씨(姓氏)의 흥망을 도모하는 것이었지 국민의 걱정이나 기쁨은 고려하지 않았다. 설령 어진 임금이나 어진 재상이 어진 정치를 펼친다 해도 그것 또한 자신들이 오래도록 복을 누리려는 속셈이었지 결코 국민의 행복과 권리가 기준이 된 것은 아니었다. 그래서 만약 전혀 국가를 세울 필요가 없다고 한다면 애국은 더더욱 말할 것도 없게 된다. 감정에 치우쳐 사치스럽게 애국을 말하지만 지적으로는 국가라는 게 뭔지도 모르는 사람이라면 국가를 사랑하는 마음이 간절할수록 그 우매함도 더 커지게 된다. 그러므로 애국심이 비록 국가를 세우는 중요한 요소이긴 하지만 그것이 제대로 사용되려면 지식이 더 중요하다. 그 지식은 무엇과 연결되어 있는가? 바로 자각심이다.

애국심은 감정에 속한 것이요, 자각심은 지성에 속한 것이다. 애국이란 무엇인가? 우리의 권리를 보장하고 우리의 행복을 도모하는 집단을 사랑하는 것이다. 자각이란 무엇인가? 국가의 목적과 정세를 깨달아 아는 것이다. 그러므로 국가의 목적을 모르면서 사랑하는 것은 미혹된 것(罔)이며 국가의 정세를 모르면서 사랑하는 것은 위태로운 것(殆)이다. 미혹된 것이나 위태로운 것이나 그 폐단은 같다.[5)]

국가의 목적을 모르면서 사랑하는 건 독일, 오스트리아, 일본의 국민들이 그렇다. 독일, 오스트리아, 일본은 이른바 입헌국가가 아닌가? 그 나라 국민들의 애국심은 천하가 다 칭송하는 바가 아닌가? 그러나 독일 사람들은 그 군주에게 속아 비스마르크의 책략[6)]을 버리고 강한 러시아와 원수를 맺었고, 또 영국과 바다에서 패권을 다투려 하여 지금의 이런 참혹한 전쟁에까지 이르게 되었다. 흘린 피가 들판을 덮고 애통하는 소리가 곳곳에서 들린다. 어떤 이는 고립된 성을 지키기 위해 목숨을 바치고, 어떤 이는 낯선 이국땅에서 몸이 부서져 죽는다. 이를 도이치 민족을 위해 싸운 것이라고 미화시켜 말하나 실상은 제왕의 신권을 주장하는 시저의 야심을 위해 싸운 것일 뿐이다. 독일 황제는 항상, 세상의 권위에 대해 하늘에는 하나님이 있고 땅에는 가이사가 있다고 한다. 병사의 모자 위에는 황제를 위해 조국을 위해 출정하라는 어구가 특별히 큰 글씨로 쓰여 있는데, 황제를 위해서라는 건 본심이지만 조국을 위해서라는 건 속임수일 뿐이다. 오스트리아가 변방에서 침략을 행한 지 이미 오래 되었는데, 지금은 군주의 아들 때문에 나라가 망하고 군대가 파괴되

5) 『논어』「위정(爲政)편」에 나오는 "학이불사즉망, 사이불학즉태(學而不死則罔, 思而不學則殆)"에서의 '罔'과 '殆'의 수사를 연상시키는 구절이다.

6) 1861년 빌헬름 1세 시절 이른바 '철혈재상'이라고 불리던 비스마르크가 유럽에서의 세력균형을 고려하여 친러시아 정책을 폄으로써 오스트리아와 프랑스를 동시에 견제하는 외교정책을 시행했던 것을 말한다.

는 것도 애석해하지 않으며 다시 전쟁을 하려 하니[7] 다행히 이긴다 해도 또한 이른바 "한 장수가 공을 이루기 위해 무수한 생명이 희생되는" 것일 뿐[8] 국민들에게 무슨 이로움이 있겠는가? 세르비아나 벨기에 같은 나라들은 다른 사람들이 그들의 자유를 침범했기 때문에 싸우는 것이지만, 오스트리아나 독일 같은 나라들은 다른 사람들의 자유를 침범하기 위해서 싸우는 것이다. 다른 사람들이 그 자유를 침범해서 싸우는 것은 애국주의지만, 다른 사람들의 자유를 침범하기 위해 싸우는 것은 제국주의다. 애국주의는 자기를 지키는 주의요 국민의 복리를 목적으로 하는 것으로, 세르비아나 벨기에가 그렇다. 제국주의는 침략주의로, 군주가 국민의 허영심을 이용해서 그 권위를 높이는 것을 목적으로 하며, 독일이나 오스트리아가 그렇다. 일본은 유신 이후로 헌정을 확립해서 인민의 권리에 대해서도 할 말이 있게 되었고, 또 한차례 전쟁으로 중국을 무너뜨리고 다시 전쟁을 일으켜 강한 러시아를 꺾었으니 국가의 위신을 감히 모멸할 자가 없게 되었다. 그러나 천황의 군대를 확장하는 일이라면 매일 해도 시간이 모자라는 것 같이 하면서 안을 고갈시켜 밖을 장식하고 세금을 무겁게 하여 백성을 피폐하게 하니, 나라는 나날이 강성해지나 백성은 거의 얼어 죽고 굶어 죽는 지경에 이르렀다. 강국의 백성이지만 복리는 어디 있는가. 이 모두 제국주의를 애국주의로 잘못 생각하고 정부기구가 무력을 과시하며 위세를 부리는 데 희생된 것이다. 무릇 제국주의는 인권과 자유주의의 적이며 인도주의를 삼키는 홍수나 맹수 같

7) 1914년 오스트리아의 황태자 부부가 사라예보에서 세르비아 청년에게 암살되자 오스트리아가 세르비아에 선전포고를 함으로써 제1차 세계대전이 발발하게 된 사건을 가리킨다.

8) 인용부분의 원문은 "일장공성, 만골고이(一將功成 萬骨枯耳)"로 당대(唐代) 조송(曹松)의 시 「이해세(已亥歲)」의 한 구절이다.

은 것이다. 이런 것들이 죽지 않아 헌정이 결국 파괴되면, 임금이 주인이고 백성은 노예인 제도는 다시 살아나고, 이 백성들은 전쟁과 부역으로 초췌해지고 평안할 날이 없게 된다. 인민이 국가의 목적을 모르고 국가를 사랑하는데 그걸 야심 만만한 군주나 재상이 이용하면 인민은 이런 피해를 겪게 된다.

나라의 정세를 모르고 나라를 사랑하는 건 조선, 터키, 일본, 멕시코, 중국이 다 그렇다. 조선은 땅이 작고 백성은 구차하여[9] 옛부터 남에게 속해 있었는데, 군신이 모두 탐욕스럽고 잔인한 정도는 천하에 비할 데가 없다. 일본에 병합된 때부터는 모든 행정이 부흥되고 도적이 자취를 감추고 소송사건은 다시 조사할 만한 것이 없게 되었으니 이는 특별히 그 백성에게 커다란 복이다. 그런데도 꼭 옛 군주를 복귀시키고자 하여 강한 이웃에 저항하니 진실로 손해가 되는 것만 보고 이익이 되는 것은 보지 못하는 것이다. 터키는 갓 헌정을 실행하여 국가의 기반이 아직 단단하지 않은데도 스스로 그것을 헤아리지 못하고 이탈리아와 겨루다가 전쟁에서 패해 군대는 망하고 나라는 쇠약해졌다. 그런데도 지금 다시 독일을 도와 러시아에 저항하면서 열강의 치외법권을 하루아침에 무지막지하게 빼앗으려 하니[10] 장차 국난이 일어나지 않을까 우려된다. 러시아가 일본에 패하긴 했지만, 일본이 국경을 넘어 수만 리를 왔고 또 나라를 무너뜨릴 만한 군대를 가진 것도 아닌데 일본의 국력이 어찌 긴 전쟁을 감당할 수 있겠는가. 미국이 개입하여 협상을 이루어낸 것은[11] 진

---

9) 원문은 '地小民偸'로 당시 천두슈의 조선에 대한 부정적인 인식을 단적으로 보여주는 대목이다. 천두슈의 이러한 인식은 1919년 삼일운동 이후 완전히 달라진다.

10) 1914년 10월 오스만이 친 독일정책을 취하면서 흑해의 러시아 기지를 폭격한 사건과 1914년 9월 청년 투르크들이 일방적으로 외국인의 치외법권을 폐지한 사건을 지칭하고 있는 것으로 보인다.

11) 1904~1905년 러일전쟁에서 미국의 중재로 러시아와 일본이 강화조약을 맺은 사건.

실로 그렇게 하지 않을 수 없었던 것인데도 일본 국민들은 분을 내며 욕을 해대면서 스스로를 헤아리지 않았다. 멕시코는 공화를 내걸고 있으나 실제로는 백성들이 무지하고 분별력이 없어서 국가를 세울 힘이 없다. 야심가들이 조정을 차지하고 지주들은 재야에서 학대를 일삼으니 백성들이 그 목숨을 감당할 수 없게 된 지 오래다. 그 백성이 번연히 깨달아 미국과 연합하게 하면 인민의 자유와 행복은 필시 지금보다 훨씬 나아질 것이지만, 반드시 독립하려고 한다면 혁명은 계속될 것이며, 군대로 정권을 잡고 정권으로 백성을 착취하는 풍조는 쉽게 바뀌지 않을 것이다. 우리나라는 개항 이래로 열악한 정세에 처해 있다. 갑오년과 경자년 사건은 모두 우리의 정세를 제대로 알지 못해서 국가를 욕보이고 군대를 잃게 된 사건으로 이로 인해 국가의 원기가 크게 손상되었다. 지금 백성의 삶은 갈수록 피폐해지고 군비조달은 이어지지 않고 있으며 병사들의 사기는 부진한데, 강한 이웃과 싸움을 벌인다면 어찌 살아남을 수 있겠는가? 그런데도 국정을 맡은 자들은 '오랑캐로 오랑캐를 제압한다(以夷制夷)'는 옛 관료들의 책략을 답습하면서 도적에게 굽실거리며 손해를 자초하니 이것 역시 손해를 자초하는 것일 뿐, 어느 적이 이기고 지는 것을 우리가 어찌 선택하겠는가? 그러나 서생들은 발분하여 군사를 일으키려 하니 이는 쓸데없이 남 좋은 일만 하는 것이지만 이 또한 그만둘 수 없는 것이다. 무릇 이 여러 나라 안에서 행해진 것 중에 어찌 한두 가지 장렬한 행위가 없겠는가. 하지만 우리가 경계하는 것은 오직 그 나라의 정세를 깨닫지 못하고 한때의 혈기로 편승하면 애국이 도리어 오국(誤國)이 되니 나랏일을 도모하는 자는 이를 살피지 않으면 안 된다는 것이다.

만약 앞서 말한 것이 그릇되지 않다면, 다가올 우리나라의 정세에 대해서도 단정해서 말할 수 있다. 애국심의 이론으로 말하면 세상이 아직

대동(大同)의 반열에 오르지 못했으니 외세의 침략에 항거하는 선량한 군중이 그 종족을 보존하고자 하는 것을 누가 비난할 수 있겠는가. 나라를 위해 몸과 마음을 바치고 어떠한 죽음도 불사하는 이런 애국 열사의 행위는 세상이 소중히 여기는 바다. 하지만 그런 단순한 이론과 그런 우직한 감정으로는 세상의 변화에 대응하면서도 미혹당하지 않을 수가 없다. 세상의 변화에 대응하면서도 미혹당하지 않을 수 있게 하는 것은 오직 자각심이 아닌가? 애국심은 구체적인 이론이고, 자각심은 현실적인 분별력이다. 구체적인 이론은 우리나라 사람들 가운데서도 잘 말할 수 있는 사람들이 있지만, 현실적인 분별에서는 신중하게 생각하고 명석하게 분별하는 자가 드물다.[12] 그런데 이 자각심이 우리나라 사람들이 가장 필요로 하는 지식이기 때문에 나는 이것에 대해 말하지 않을 수 없다.

우리나라는 관문을 닫은 지 오래고 백성 또한 정사에 간여하지 않다 보니, 결국 국내외의 정세에 대해 아는 이가 없고 한 시대의 명사들이라도 모두 잘못된 생각을 가지고 있다. 낙관적인 생각을 하는 사람 같으면 당대의 사정을 가볍게 논하면서 우리는 세력이 강한 대국으로 물산이 풍부하고 백성은 많으며 도모하는 것이 그릇되지 않으니 외환(外患)도 곧 그칠 것이라고 한다. 이 얼마나 현실에서 먼 생각인가. 중국이 독립국가가 되려고 하면 세칙(稅則)과 법적 권리는 절대로 지금 제도대로 여서는 안 된다. 그러나 이런 일들은 상세히 논하지 않고 전쟁 준비도 제대로 하지 않으면서 어떻게 그렇게 될 수 있다는 것인가. 전쟁 준비를 하려면 재정 관리가 으뜸이다. 시국을 논할 때는 재정에 대한 고려가 진실로 중국 존망의 제일 관건이다. 중국의 경상 세입(歲入)은 대략 은화 3억 원인

12) 원문은 '신사명변(愼思明辯)'으로, 『禮記·中庸』에 나오는 구절인 "博學之, 審問之, 愼思之, 明辯之, 篤行之"를 연상시키는 표현이다.

데, 신구 외채가 대략 은화 20억 원에다 이자를 평균 5부로 계산하면 매년 1억 원보다 적지 않다. 갚아야 하는 원금이 해마다 대략 5천만 원이니 원금과 이자를 합하면 매년 1억5천만 원으로 이미 세입의 반을 차지한다. 그런데 이것이 어찌 크게 문제 삼을 만한 일이 아닌가? 나라에서 빚을 내지 않을 수는 없으나 중국의 외채는 다른 나라와 사정이 크게 다르다. 중국은 외채를 철로에 대한 세금으로 배상하니 열강들이 이를 차지하면서 나라를 분할하는(瓜分) 상황이 된 것이다. 이 일은 스스로 해결할 수 있는 문제가 아니라서 군주공화(君主共和)든 유신복고(維新復古)든 중국을 분할과 망국의 빗장에서 벗어나게 할 수는 없었다. 하지만 지금부터라도 밖으로는 빚을 얻지 않고 안으로는 돈을 거두지 않으며 상하가 서로 조화를 이루면 세입이 배가 될 수 있을 것이다. 해마다 얼마간의 외채를 줄여나가고 10년 동안 재정적자가 누적되지 않도록 노력하면서 이후 10년 동안 잘 교육하고 20년 동안 군대를 잘 다스리면, 40년 후에는 적국으로 인해 겪는 외환의 고통도 아마 거의 평정될 것이다. 그러나 만약 상황을 제대로 헤아리지 못하고 서둘러 효과를 기대해서 헛되이 가난한 백성들을 착취하고 백성들을 괴롭히면서 무력을 과시하는 걸 부강한 것으로 여긴다면 그것은 다 죽게 된 병자가 독주를 마시고 방탕하게 구는 것과 같다. 혹자는 또 시국에 격분하며 지나치게 비관적이 되어 분할의 위기를 두려워하며 망국의 아픔을 가슴에 품고는, 중국 대륙은 다시 떨쳐 일어나지 못하고 장차 인도나 조선과 같은 반열로 추락하게 될 것이라고 생각하기도 한다. 이런 사람들은 그 마음고생은 참으로 심하나 그 보는 바는 어리석다 할 수 있다. 중국의 국가 정세와 민심을 살펴보면 분할의 국면을 어찌 피할 수 있으며 나라가 망해 노예가 되는 것을 어찌 두려워할 상황인가? 이것이 내가 크게 의문을 가지는 점이다. 분할은 그 음모가 완성된 지 이미 오래며 아직 시행이 되지 않고 있는 건 그저 형식적으로만 그럴 뿐이다. 무릇 헛되이 이 형식만을 지키고자 하는 것은 무익하며 또 그렇게 될 수도 없다. 지금의 정치가 비정상적이라는 것은 모든 백성이 다 알고 있는 사실이다. 지금의 정치로 지금 시대를 사니, 법은 폐지되고 관리는 탐욕스럽고 병사는 문란하고 도적은 무리를 이루고 재정은 고갈되고 백성은 도적질하고 군중은 흩어져 있다. 정치의 기율이 이 지경에 이르렀다면 다시 무슨 말을 하리오. 혹자는 말하기를, 이것이 정말 고쳐질 수 없다면 그것을 없애버리면 국난은 저절로 그칠 것이라고 한다. 이 말은 심히 당당하며 이러한 생각 또한 잘못되었다고 할 수는 없다. 다만 이 나라 사람 중에는 생각과 행동이 이와 크게 다르지 않으면서도 남의 것을 빼앗아 대신 취하며, 백성을 도탄에서 구해내려는 진실한 마음은 없으면서도 여전히 자신의 이익을 위해 남을 해치고 여전히 자기와 다른 자들을 적대시하고 여전히 군대를 과시하면서 백성을 괴롭히고 여전히 법치를 무시하며 여전히 재정을 문란하게 하는 자들이 있으니, 사리사욕만을 탐하며 기율도 없는 것은 아마 이들이 더 심할 것이다. 이런 걸 정치라고 한다면 나라가 어찌 감당하리오. 혹자는 또 우리 국민은 덕이 없고 능력이 모자라 공화정을 하기는 적절하지 않으니 옛 군주를 받들어 모시는 게 어쩌면 더 평안할 수도 있다고도 말하지만 이 또한 서생의 견해이다. 일단 국체의 변경은 국민들이 한마음으로 바라는 바가 아니니 차치하더라도, 만청 말기의 정치적인 행적은 우리에게 분명히 보여준다. 그 친족귀족과 옛 공훈자들 중에 어찌 당투현(当涂县)[13] 부곡(部曲)[14]의 혁명당원들을 받아들일 아량을 가진 자가 있던가? 그런데도 이들로 여론의 길을 넓히고 대의제를 일으키려 한다면 그건 어

13) 안후이 성의 한 지역.

14) 원문은 '部曲'으로 고대의 군대편제를 가리키는 말이었으며 문벌귀족 소속의 군대나 병사를 가리키기도 한다.

렵지 않겠는가? 아마도 한 나라 국민의 지력이 공화제를 수립하기에 부족하고 또 입헌군주제를 시행하기에도 딱히 적합한 것이 아니라면 대의제를 시행한다고 해도 마찬가지일 것이다. 대의 정치를 시행할 수도 없고, 뛰어난 전제군주가 있어도 지금 시대에 나라를 지킬 수 없는 것은 그 백성에게 국가를 건설할 지력이 없기 때문이다. 백성에게 나라를 건설할 힘이 없는데, 억지로 공화를 모방하려고 하거나 아니면 제제(帝制)로 복귀하는 것을 나라를 구할 방법으로 삼는 것은, 보지 못하는 눈먼 자에게 횃불을 주는 것처럼 무익하며 또한 걱정만 더하게 할 뿐이다. 무릇 정부가 못해서 문제라면 그것을 바꾸면 나라는 평안해질 것이다. 그러나 우리나라의 경우 우환은 단지 정부에만 있는 것이 아니다. 국민의 지력의 면면을 보건대 20세기에 국가를 건설할 수 있을지에 대해서는 스스로를 과대평가하지 않는다면 진실로 회의적이지 않을 수 없다. 그런즉 나라를 세우는 것은 할 수가 없고 나라가 망하는 것은 자연 면할 수 없으며 나라가 분할되는 건 현실의 추세이니, 모자라는 자들은 그 완성을 앞당길 것이요, 지혜로운 자라도 그 추세를 막기는 어려울 것이다. 잠시 마음을 가라앉히고 생각해보면, 나라가 망해 노예가 되는 일이 어찌 국민이 바라는 일이겠는가. (하지만) 정세를 자세히 살펴보면, 급진적인 사람들에게는 망국분할 또한 두려워할 만한 일도 슬퍼할 만한 일도 아니다. 국가라는 것은 인민의 권리를 보장하고 인민의 행복을 도모하는 것이니, 이런 임무가 아니라면 그 나라는 있어도 영광스러울 것이 없고 망해도 애석할 것이 없기 때문이다. 가령 중국이 한 나라로서, 밖으로는 침략을 막지 못하고 안으로는 백성을 보호하지 못하며 단지 백성을 보호하지 못할 뿐만 아니라 백성을 학대하기까지 하는 일을 조정과 재야가 한가지로 하면서 인민들을 절망하게 한다면, 이런 나라는 하루라도 빨리 망하지 않고 더 오래 존속하면 할수록, 그만큼 더 외채가 늘어나고 국가 권력을 남용해서 백성들을 수탈하고 죽이며 죽이고 수탈하는 일을 하루도 그만두지 않을 것이다. 군중을 끌어들여 권력을 빼앗고 백성을 전쟁으로 몰아넣으며 당파를 지어 공격하고 아녀자까지 죽이니, 우리 백성이 무슨 잘못으로 이런 고통을 당하는 것인가! "우리 임금이 오길 기다리네, 임금이 오면 우리가 쉬게 되리."[15]라고 한 것처럼, 해외의 병사가 오면 우리 국민들은 반드시 눈물을 흘리며 그들을 맞이할 것이다. 애국의 천박한 견해로 백성을 괴롭히는 잔존 체제를 옹호하는 그런 무리들이 보기에는 이런 것이 어리석지 않으면 미친 것으로 보일 수 있겠지만, 사실은 국민들이 이런 마음을 가지는 것은 애초부터 이상할 게 없다. 무릇 국민을 보호하는 국가는 그것을 사랑하는 것이 마땅하나 국민을 괴롭히는 국가를 사랑할 이유가 무엇인가? 어째서 우리 국민들은 하늘에 죄를 얻어서 국민을 살육하는 이런 나라에 머물지 않으면 벌을 받아야 하고 속죄 받을 수 없다고 생각하는 것인가? 혹자는 나쁜 국가라도 없는 것보다는 낫다고 한다. 하지만 나는 백성을 괴롭히는 폐해로 말하면 나쁜 국가가, 국가가 없는 것보다 더 심하다고 말하겠다. 나라 잃은 백성은 정말로 고통을 겪지만 그들이 법치 국가의 주권 아래서 보호를 받을 수 있다면 그 권리가 비록 주인과 같지는 않더라도, 저 난세인 국가의 유민에 비하면 오히려 천상에서 지내는 것과 같을 것이다. 어찌 나라가 없는 것이 나쁜 나라가 있는 것보다 못하겠는가! 나쁜 나라를 보존하려고 하는 사람들이 실제로 보존하려고 하는 것은 나쁜 정부니 그들은 고의로 인도나 조선 같이 되어서는 안 된다는 위협적인 말을 함으로써 자유를 위해 힘써 싸우는 국민들을 두렵게 만들려는 것이다. 이것은 곡학(曲學)하는 천박한 무

15) 원문은 "徯我后, 后来其苏."로 『尚书 · 仲虺之诰』의 한 구절이다. 하(夏)나라 말년에 걸왕의 폭정하에 시달리던 백성들이 상(商)나라의 탕왕이 병사를 이끌고 와서 그들을 해방시켜 주기를 간절히 기다리며 한 말이다.

리들이 나서서 우리 국민들을 나무라는 것이 아닌가? 하지만 그 실질을 생각해보면 그 또한 잠꼬대에 지나지 않는다. 무릇 탐관오리들이 마을마다 이빨을 드러내고 도적떼들은 나라 안에 줄지어 있고 법령은 제멋대로 집행되어 억울하게 옥살이를 하는 이들이 산을 이루고 있으며 교통은 막혀 있고 물난리와 가뭄은 거듭되는 이런 것들은 다 우리만 겪는 절박한 고통이지 인도나 조선 사람들에게는 없는 것들이다. 유태인은 망국의 백성이 아닌가? 천리 타향에 살지만 부유하기로 이름이 나 있으며, 우리의 이 말로 다 할 수 없는 곤경에 비하면 그들의 처지는 아마 거리를 가늠할 수 없을 만큼 멀리 떨어져 있을 것이다. 멀리 가지 않고 이 지역 안에서만 보더라도 광대한 우리 땅 안에서 오직 조계(租界)[16)]의 주민들만이 평안하고 자유롭게 살아간다. 이 때문에 신해(辛亥)년의 징진(京津) 사건[17)]과 계축(癸丑)년의 난징 사건[18)]에서 인민들은 모두 그 땅이 오랑캐의 터가 되지 않은 걸 한스럽게 여긴 것이다. 이것은 베이징이나 톈진이나 장난 사람들이 애국심이 없어서가 아니라, 국가가 실제로 그 백성을 보호해서 사랑을 받는 데까지 이르지 못했기 때문에 애국심이 자각심에 의해 배척당한 것이다. 오호! 국가 국가여, 네가 네 멋대로 행하니 우리는 진실로 네가 없어도 걱정하지 않고 있어도 기뻐하지 않는다.

16) 1840년 아편전쟁과 이후 이어진 전쟁들 속에서 중국과 열강 사이에 체결된 불평등 조약에 의해 개항장이 된 지역을 말한다. 이 지역에서는 외국인들이 치외법권을 보장받고 자유롭게 통상하며 거주할 수 있었다.

17) 1911년 신해혁명을 주도한 혁명동맹회 분회인 징진동맹회(京津同盟會)의 혁명 활동을 지칭한다. 징진동맹회는 왕징웨이(汪精衛)를 중심으로 조직되었으며 1912년 1월 위안스카이 암살 사건을 시도하기도 하였다.

18) 1913년 난징에서 위안스카이의 송자오런(宋教仁) 암살 사건에 저항하여 황싱(黃興) 등이 이끄는 국민당 부대가 베이징 북양정부에 저항하여 전투를 일으킨 사건을 말한다.

우리는 네가 망하라고 저주하지는 않으나 진실로 이것을 자각하지 않을 수는 없구나.

1914년 11월 10일 『갑인잡지(甲寅雜志)』 제1권 제4호, 서명: 두슈(獨秀)

06 삼가 청년에게 고함

敬告青年

생각건대, 젊은 사람이 성숙하다(少年老成)는 건 중국 사람들이 칭찬할 때 하는 말이고, 나이가 들어도 쇠해지지 않는다(Keep young while growing old)는 건 영미 사람들이 서로를 격려할 때 하는 말이다. 이것 또한 동서 민족이 생각하는 바가 서로 다르고 그것이 드러나는 현상도 서로 다름을 보여주는 단서가 아닌가? 청년의 때는 초봄 같고 아침 해 같고 온갖 화초들이 싹트기 시작하는 것 같고 날카로운 칼날이 숫돌에서 막 나온 것 같으니 인생에서 가장 보배로운 시기이다. 청년이 이 사회에 있는 것은 신선하고 생기발랄한 세포가 사람의 몸에 있는 것과 같다. 신진대사란 낡고 부패한 것들이 한순간도 그침 없이 자연도태의 길에 놓여서 신선하고 활발한 것들에게 공간적인 자리와 시간적인 생명을 내어주는 것이다. 사람의 몸이 신진대사의 길을 따르면 건강하나 낡고 부패한 세포가 몸에 가득 차면 죽게 되며, 사회가 신진대사의 길을 따르면 흥성하나 낡고 부패한 자들이 사회를 가득 채우면 망하게 된다.

이런 이치에 의거해서 논하면 우리 사회는 흥성한가 아니면 망해가고 있는가. 이것에 대해 나는 차마 말할 수가 없다. 저 낡고 부패한 자들은 자연도태라는 말을 들으면 오직 세월이 유수와 같이 흐르지 않기만을 바라면서 이러쿵저러쿵 남의 말만 늘어놓고 있으니, 그들이 환골탈태하기만을 바랄 뿐이다. 내가 눈물로 호소하며 이런 이야기를 늘어놓는 것은 오직 신선하고 생기발랄한 청년들에게이니, 이들이 자각하여 분투하기를 바라는 마음에서이다!

무엇을 자각하라는 것인가? 그 신선하고 생기발랄함의 가치와 책임을 자각하고 스스로를 비하하지 말아야 한다는 것이다. 무엇을 위해 분투하라는 것인가? 그 지능을 다 발휘해서 낡고 부패한 것을 배척하며 그러한 것들 보기를 원수나 홍수나 맹수처럼 해야지 그것들과 어울려 이웃이 되어서는 안 되며 그 독소에 감염되어서도 안 된다는 것이다.

오호! 우리나라의 청년들이 과연 그렇다고 말할 수 있을까? 내가 보기에 나이는 청년이지만 그 몸은 노년인 자가 열에 다섯은 되고, 나이나 몸은 청년이지만 그 뇌신경은 노년인 자가 열에 아홉은 된다. 머리카락은 반짝이고 얼굴은 윤기가 나고 허리는 곧고 가슴은 넓어 엄연히 청년이지만, 머릿속에 든 생각이나 포부를 살펴보면 저 낡고 부패한 자들과 한통속이 아닌 자가 없다. 처음에는 신선하고 발랄하지 않은 것이 없었지만 후에는 그것이 죽어서 낡고 부패한 자들에게 동화된 자가 있고, 그것이 죽어서 낡고 부패한 자들의 거대한 세력에 놀라 이리저리 두리번거리기만 할 뿐 눈을 크게 뜨고 담대하게 완강한 투쟁을 하지는 못하는 자가 있다. 이 사회의 공기를 채우고 있는 것은 어딜 가도 낡고 부패한 것들뿐이다. 소수의 신선하고 생기발랄한 자들을 구하여 우리의 이 질식할 것 같은 절망을 위로하고자 하나 그 가망 또한 묘연하다.

이 현상대로 가면 사람의 몸이라면 반드시 죽고 사회라면 반드시 망할 것이다. 이 병을 구제하려면 그건 한숨이나 탄식으로 할 수 있는 게 아니다. 그것은, 영민하게 자각하고 용감하게 분투하는 한두 청년이라도 인간 고유의 지성을 발휘하고, 인류의 여러 가지 사상 중 어느 것이 신선하고 활발하여 지금 시대의 생존경쟁에 적합하며, 어느 것이 진부하고 부패하여 머릿속에 남겨두어서는 안 되는 것인지를 가려 선택해서, 날카로운 칼로 쇠를 자르듯이 예리한 칼로 엉킨 삼마를 정리하듯이 하며, 견강부회하거나 우유부단한 생각은 절대로 하지 않음으로써 자신과 타인을 구할 수 있는지 아닌지에 달려 있는 것이다. 이렇게만 된다면 우리 사회도 아마 평온해질 날이 있을 것이다. 청년이여! 이런 일을 자기 책임으로 떠안을 자가 있는가? 옳고 그름을 분명하게 가려 결단을 내리는 데 도움을 주고자 삼가 여섯 가지 원칙을 이야기하니 마음을 차분히 하고 살펴보기 바란다.

(1) 자주적이어야지 노예적이어서는 안 된다

같은 인간으로서 각자에게는 자주권이 있으며, 절대로 타인을 노예로 삼을 권리나 또한 노예로 자처할 의무가 없다. 노예라는 건 옛날에 강포한 침탈에 대해 무지하고 나약하여 그 자유와 권리를 빼앗긴 자들을 일컫는 것이었으니, 인권과 평등의 이론이 일어난 이후로는 노예라는 이름은 혈기 있는 자라면 참을 수 없는 것이 되었다. 흔히 근세유럽의 역사를 '해방의 역사'라고 부르는데, 이는 군주의 권한을 파괴해서 정치적 해방을 추구하고 교황의 권한을 부정해서 종교의 해방을 추구하고 재산의 균분을 주장하여 경제의 해방을 추구하며 여성 참정운동으로 남[녀] 권리의 해방을 추구한 것이다.

해방이란 노예적 굴레를 벗어나 자주 자유의 인격을 완성하는 것을 말한다. 내게 손발이 있으니 스스로 먹고 입을 궁리를 하고, 내게 입이 있으니 스스로 좋고 싫음을 이야기하고, 내게 생각이 있으니 스스로 믿는 바를 숭상한다. 다른 사람의 월권을 절대로 인정하지 않으며 또한 나를 주인으로 삼고 다른 이를 노예로 삼아서도 안 된다. 무릇 스스로를 독립적이고 자주적인 인격으로 생각하는 이상, 모든 행동이나 권리나 신앙은 오직 각자의 고유한 지적 능력에만 따를 뿐 타인의 원칙에 맹목적으로 종속되는 일은 단연코 없어야 한다. 그렇지 않다면 충효(忠孝)나 절의(節義)는 노예의 도덕이 된다. 독일의 대 철학자 니체(Nietzsche)는 도덕을 두 가지 종류로 나누었는데, 독립심과 용기는 귀족의 도덕(Morality of Noble)이라고 하고 겸손과 복종은 노예의 도덕(Morality of Slave)이라고 했다. 가벼운 형벌과 가벼운 세금은 노예의 행복이며 공덕을 찬양하는 것은 노예의 글이다. 작위나 저택을 하사받는 것은 노예의 영광이며 높고 큰 비석이나 무덤은 노예의 기념품이다. 옳고 그름과 영욕의 판단을 다른 사람의 말에 따르며 스스로가 본위가 되지 않으니 이렇게 되면 개인의 독립적이고 평등한 인격은 다 소멸되고 모든 행위의 선함과 악함도 자신의 의지에 호소해서 공과를 논할 수 없게 된다. 이것을 노예라고 해도 누가 아니라고 하리요? 덕을 세우고 공을 세우는 일을 논하려면 먼저 이것부터 가려 논해야 한다.

(2) 진보적이어야지 보수적이어서는 안 된다

인생은 물을 거슬러 올라가는 배와 같아서 앞으로 나아가지 않으면 뒤처진다는 건 중국인들이 늘 해온 말이다. 우주의 근본법칙으로 보면 삼라만상이 하루도 변화 발전의 길에 놓여 있지 않은 때가 없으니, 현상이 고수되는 이치란 절대로 없다. 오직 속견에 구애된 자들만 그것과는 다른 경지가 있다고 하는데, 이것이 당대 프랑스의 대철학자 베르그송(H. Bergson)의 창조진화론(L'Evolution Creatrice)이 한 세대를 풍미한 까닭이다. 인간사의 진화에 대해 말하면, 옛것만 고집하며 변화하지 않는 종족은 갈수록 쇠망하고, 날마다 새로워지며 진보를 추구하는 민족은 그 홍성함이 멈추지 않으니 이것으로 존망의 도리를 가히 거슬러 알 수 있다. 하물며 우리나라처럼 아직 깊은 꿈에서 깨어나지 못한 채 구태를 답습하며 진보를 추구하지 않고, 정교(政教)와 문장(文章)에만 힘을 쏟지 실생활에 필요한 옷감이나 물, 불 등에는 소홀히 하여 그들과 비교할 때 하나도 졸렬하지 않은 게 없는 경우라면 어찌 당대에 세를 겨룰 수가 있겠는가?

무릇 백성을 괴롭히고 이치를 해치는 요언(妖言)들은 다 오래된 가르침에서 가져온 것이며 이유가 없다고 할 수 없으니, 그런 잘못된 견해들의 유전이 어찌 지금 시작된 일이겠는가! 옛부터 있어온 윤리, 법률, 학술, 예속(禮俗)이 모두 봉건제도의 유물이 아닌 것이 없다. 이것을 백인들과 비교해보면 같은 세상을 살지만 그 사상적인 차이는 거의 천년에 이른다. 스물네 조대(朝代)의 역사성을 중시하며 이를 개선하려는 시도를 하지 않는 것은 우리 국민들을 이십 세기 세상 바깥으로 내몰아서 노예나 소나 말의 어두운 도랑 안으로 집어넣는 것과 같은 것인데 다시 무슨 말을 하리오! 그런데도 보수(保守)를 이야기하는 건 정말 어떤 제도나 문물이 지금 세상에도 적용될 수 있다는 것인지 모르겠다. 나는 과거의 국수(國粹)가 소멸되는 것은 참을 수 있지만 현재와 미래에 우리 민족이 생존에 적응하지 못해서 이 세상에서 소멸하는 것은 차마 견디지 못하겠다.

아아! 바빌론 사람들이 죽고 나니 그 문명이 지금 무슨 소용이 있는가? "피부가 없으면, 털이 장차 어디에 붙어 있으리오?" 세상의 진화는 너무나 빠르고 멈춘 적이 없다. 변화할 줄 알고 변화와 더불어 나아가지 못하는 자는 장차 생존경쟁의 환경에 적응하지 못하고 자연도태로 귀결될 뿐인데 그래도 보수를 이야기하겠는가!

(3) 진취적이어야지 퇴영적이어서는 안 된다

이처럼 악한 조류가 밀려드는 시대에 스스로 물러나 자신을 깨끗하게 지키면서 살아가는 좋은 선비를 한둘 얻게 된다면 그것도 어찌 희대의 뛰어난 덕행이 아니겠는가. 그러나 백성을 교화시키고 풍속을 바꾸고자 한다면 백척간두에서도 다시 한 걸음 더 나아가기를 당부한다. 생존경쟁의 대세가 피할 수 없는 것이라면 숨이 붙어 있는 한 물러나 안일하게 있을 수 있는 여지는 없다. 만난(萬難)을 물리치고 앞으로 나아가는 것이 곧 인생의 본분이다. 은일은 좋게 해석하면 고상한 선비의 뛰어난 행위지만 나쁘게 해석하면 약자가 경쟁에 적응하지 못해서 나타나는 현상이다. 유럽의 풍속은 종횡무진하며 거침없이 나아가는 것을 높은 덕으로 여기고 아시아에서는 은일하며 명예나 이익을 탐내지 않는 것을 미풍으로 여긴다. 이것도 동서 민족의 강함과 약함에 영향을 미친 원인의 하나일 것이다. 이것이 은일주의의 근본적인 결함이다.

무릇 우리나라의 풍속은 의기소침한 데 익숙해져 있어서, 제멋대로 복리(福利)를 취한 자에 대해서도 시비를 따지지 않으며, 자중하며 살아가는 선비들은 소리 없이 숨어 있으면서 실제 먹고사는 문제에 대해서는 세상에 아무런 유익을 끼치지 못한다. 세상 사람들은 그들을 고상한 사람이나 명사(名士)라 부르지만 실제로는 빈둥거리며 사는 것과 다름이 없으며, 이런 무리들로는 인심의 혼탁함을 구제할 수 없다. 국민들이 과거에 저항하며 실업에 힘쓰는 기풍을 이런 것으로 어떻게 새롭게 하리오. 사람이 살아가면서는 응당 악한 사회와 싸워 이겨야지 악한 사회에 정복당해서는 안 되며, 악한 사회를 뛰어 넘어 모험과 고투의 대열로 들어가야지 악한 사회 안으로 숨어들어가 도피하려는 안일한 생각을 해서는 안 된다. 오호라! 구라파의 철기가 너희 집안으로 들어왔는데도, 높은 곳에 누워서 흰 구름은 어디에 있냐고 하겠는가?[1] 원컨대 청년들은 공

1) 원문은 "將高臥白雲何處也"이다.

자나 묵자가 될지언정 초부(巢父)[2]나 허유(许由)[3]가 되지는 않기를 바란다. 원컨대 청년들은 톨스토이나 타고르(R. Tagore, 인도의 은둔시인)보다는 콜럼버스나 안중근(安重根)이 되기를 바란다!

(4) 세계적이어야지 쇄국적이어서는 안 된다

우리나라와 나란히 이 대지 위에 존재하는 크고 작은 나라는 대략 사십여 개 정도가 있는데, 그중 반가량이 우리와 통상 왕래 관계를 맺고 있다. 게다가 해륙의 교통이 조석으로 천리를 다녀 옛날에는 서로 단절되어 있었던 나라들을 지금은 마치 자기 집 정원 보듯 하게 되었다. 무릇 한 나라의 정치경제적 상황을 변화시키는 영향이 세계로부터 오는 것은, 마치 머리카락 하나를 당기면 온몸이 움직이게 되는 것과 같다. 지금 세상에서 나라를 세울 때 그 흥망존폐에 미치는 영향을 보면, 그 나라 내정이 차지하는 비중이 반이고 국외의 영향을 받는 것이 또한 반이다. 최근 우리나라에서 일어난 사건들이 이를 입증해준다. 일본의 부흥이 우리나라의 혁명과 유신의 국면을 촉진시켰고, 유럽에서 전쟁이 일어나자 일본이 우리에게 많은 요구를 하게 되었다. 이것이 그 뚜렷한 증거가 아닌가? 한 나라가 세계적인 흐름 속에 던져졌을 때 옛것을 고수하는 자는 진실로 그 위기와 멸망을 가속화하게 되며 변화에 잘 대처하는 자는 반대로 그로 인해 앞으로 나아가게 된다.

우리나라가 바다를 개방한 이후 비관론자들은 그것이 땅을 잃고 배상금을 지불해서 국력이 쇠퇴해진 원인이라고 말했고, 낙관론자들은 갑

---

2) 전설 속에 나오는 도사, 은일자를 가리킨다.

3) 요순시대의 현인이자 은일자로, 요임금이 천하를 물려주겠다고 하자 귀가 더럽혀졌다고 귀를 씻었다고 하는 인물이다.

오(甲午)년과 경자(庚子)년의 복음[4]이 없었다면 지금까지도 팔고문(八股文)[5]을 보고 변발을 늘어뜨리는 시대였을 거라고 말했다. 지금 시대를 살면서 쇄국과 폐관(閉關)의 정책을 논한다면 그건 혼자 힘으로 할 수 있는 일이 아니며 정세에도 불리하다. 만방이 나란히 서 있으면서 여차하면 서로 연관이 되는데, 어떤 나라가 아무리 부강하더라도 바깥 사정을 무시하고 저 혼자의 시대적 기풍을 만들 수는 없는 것이다. 각국의 제도 문물은 그 형식이 다 같은 것은 아니지만, 자기 나라를 위기로 내몰지 않으려는 자들은 모두 공동의 원칙이 되는 정신을 따라서 점차 한 방향으로 나아가고 있으며 이러한 조류의 파급은 거스를 수가 없다. 그렇기 때문에 역사와 국정에 대한 특별한 주장을 붙잡고 이러한 조류에 저항하려고 하는 것은 오직 쇄국의 정신만 있고 세계에 대한 지식은 없는 것이다. 국민에게 세계에 대한 지식이 없는데 그 나라가 장차 어떻게 세계 안에서 생존을 도모할 수 있겠는가? 『논어』에 "문을 닫고 수레를 만들면 문밖에 나갔을 때 그것이 꼭 궤도에 맞을지는 알 수 없다."[6]는 말이 있다. 지금 수레를 만드는 사람들은 문을 닫고 있을 뿐만 아니라 주례(周禮)와 고공기(考工記)[7]에 나오는 법도로 유럽의 흥성함을 시행하려고 하니 그 우려는 장차 수레가 궤도에 맞지 않는 것 정도에 그치지 않을 것이다!

---

4) 각각 청일전쟁과 의화단 사건을 가리킨다.

5) 명청시대 과거시험에서 채택했던 문체로 내용과 형식 모두에 엄격한 제한이 있다.

6) 원문은 "閉戶造車, 出門未必合轍"이다.

7) 전국시대에 관영 수공업과 관련된 각종 규범들을 적은 문헌이다.

(5) 실리적이어야 하며 허식적이어서는 안 된다

존 밀(J. S. Mill)이 영국에서 '실리주의'를 제창하고, 콩트(Comte)가 프랑스에서 '실증철학'을 제창한 이래로 유럽의 사회 제도와 인간의 마음에 관한 사상은 일변하였다. 최근 독일에서 과학이 크게 흥성하고 물질문명이 극에 달하자 제도와 인심은 그로 인해 다시 일변하였다. 무릇 정치의 운영과 교육적인 기대와 문학기술이 숭상하는 바가 만 마리 말이 함께 달리는 기세로 내달려서, 결국은 모두 복리후생(厚生利用)의 한 길로 모여들어 형식적이고 공상적이며 현실 생활에 도움이 되지 않는 것들은 다 내뱉어버린 것이다. 당대의 대철학자인 독일의 오이켄(R. Eucken)[8]이나 프랑스의 베르그송 같은 사람들은 현 시대의 물질문명은 완미하지 않다고 주장하면서 모두 삶(영어로 Life, 독일어로 Leben, 불어로 La via)의 문제를 입론의 목표로 삼았다. 그러나 삶의 신성함은 바로 이번 전쟁으로 그 선명한 기치를 피로 물들이게 되었다. 유럽인들이 꾸었던 공상적이고 형식적인 꿈은 남김없이 다 깨어지게 될 것이다.

무릇 복리후생에 힘쓰고 실질을 숭상하며 허황한 것을 가벼이 여기는 것은 우리나라 고대 백성들의 풍속이었다. 하지만 지금의 사회제도와 인간의 마음에 관한 사상은 모두 주한(周漢) 양대 이래로—주례(周禮)는 허식을 숭상하였고, 한(漢)은 백가(百家)를 다 축출하고 오직 유가만을 존숭하였다.—내려오는 것으로, 각 교리들이 표방하는 것과 인간의 마음이 나아가는 바가 사회의 현실생활과 배치되지 않는 것이 없다. 그런데도 그것을 바꾸려 하지 않고 더욱 확장하니 국력은 소생할 기미가 없고 사회는 평안할 날이 없었다. 천신(天神)에게 제사를 드려 가뭄과 홍수를 구해 달라 하고 효경(孝經)을 낭송해서 황건적을 물리치려 하니 아이처

8) 딜타이, 짐멜 등과 더불어 독일의 대표적인 관념론적 생철학자.

럼 몽매한 사람이 아니라면 그 망령됨을 알 것이다. 물건이 실제 쓰임에 부합되지 않는다면 비록 그것이 금이나 옥으로 된 규장(圭璋)이라도 분토에 곡식을 뿌리는 것과 같지 않겠는가? 만약 어떤 일이 개인이나 사회의 현실 생활에 이로울 것이 없다면 그건 다 허식적인 것이요 사람을 속이는 일이다. 사람을 속이는 일이라면 그건 비록 조상이 남겨주고 성현이 가르치고 정부가 제창하고 사회가 숭상하는 것이라도 다 한 푼의 가치도 없는 것이다!

(6) 과학적이어야 하며 상상적이어서는 안 된다

과학이란 무엇인가? 우리의 사물에 대한 개념이, 객관적인 현상을 종합하여 주관적인 이성에 호소했을 때 모순되지 않는 것을 말한다. 상상이란 무엇인가? 객관적인 현상을 벗어난 데다 주관적인 이성까지 포기하고 근거 없이 날조하여, 가정(假定)은 있지만 실증은 없는 것이며 인간이 이미 가지고 있는 지성과 정신으로 그 이유를 분명히 밝히거나 그 법칙을 말할 수 없는 것이다. 옛날 몽매하던 세상이나 지금의 천박한 백성들에게는 상상만 있고 과학은 없다. 종교나 미문(美文)은 모두 상상의 시대의 산물이다. 근대 유럽이 다른 종족보다 우월한 이유는 과학이 흥성했기 때문이며 그 업적은 인권에 대한 학설이 흥성한 것 못지않으니 이 둘은 마치 배와 수레에 두 바퀴가 있는 것과 같다. 지금은 그것이 다시 하루가 다르게 새로워져서, 일어나는 일들과 만물의 세밀한 이치가 모두 과학 법칙에 호소해서 그 득실과 정위가 정해지지 않는 경우가 없다. 장차 인간의 사상과 언행이 이성을 따르게 되면 미신은 끝이 나고 무지와 망령의 작풍도 사라지는 결과를 낳게 될 것이다.

우리나라 사람들이 몽매한 시대를 벗어나기를 원하며 천박한 국민이 되는 걸 수치스러워한다면 떨쳐 일어나 당장 과학과 인권을 함께 중시하는 길을 따라가야만 한다. 선비가 과학을 모르니 음양가의 부적이나 오행설을 답습하여 혹세무민하게 되고 지기(地氣)풍수설로 죽은 뼈들에게 신통함을 구걸하게 된다. 농민이 과학을 모르니 씨앗을 고르고 병충해를 제거하는 방법을 모르며, 수공업자가 과학을 모르니 재나 회를 바닥에 버리면서, 전쟁이나 일상사에 필요한 것들은 다 다른 나라에 의지하게 된다. 상인이 과학을 모르니 속임수를 써서 눈앞의 이익만 취할 줄 알지 미래에 승산이 없고 관용심이 없다. 의사가 과학을 모르니 사람 몸의 구조를 이해하지 못하며 약의 성분도 분석할 줄 모르고 세균의 감염 같은 것은 더더욱 들어보지도 못한 채, 오직 오행의 생극(生剋)설과 한열(寒熱)의 음양지설만을 견강부회하면서 옛 처방을 답습하여 약재를 쓰니 그 기술은 화살을 만드는 장인처럼 위태롭다. 상상 가운데서 가장 기이한 것은 '기(氣)'설이다. 이 설은 역사(力士)나 도사에게는 통하는 기술이겠지만, 우주 안에서는 두루 다 찾아봐도 이 '기'라는 게 과연 무엇인지 정말 알 수가 없다!

우리는 이런 상식적이지 않은 생각과, 근거 없는 믿음을 근절하고 과학을 벼리로 삼아야 한다. 무릇 과학으로 진리를 설명하고 일마다 실제에서 증거를 구하는 일은, 상상적이고 무단적인 행동과 비교할 때 그 걸음이 정말로 느릴 것이다. 그러나 그 한 걸음 한 걸음은 다 착실한 것이며, 갑자기 날아오르지만 결국은 한 치의 진보도 없는 그런 환상과는 다르다. 우주지간에 존재하는 사물의 이치는 끝이 없고, 과학의 영토 안에서 개간되기를 기다리는 비옥한 영토도 바야흐로 광활해져가고 있으니, 청년들이여 노력하라!

1915년 9월 15일 『청년잡지(青年雜誌)』 제1권 제1호, 서명: 천두슈(陳獨秀)

07 프랑스인과 근대문명

法蘭西人與近世文明

문명이라는 건 몽매하고 아직 개화되지 않은 상태와 구별되는 것을 지칭한다. 라 시비리자숑(La Civilisation)을 중국어로 번역하면 문명, 개화, 교화의 의미이다. 세계 각국에 동서고금의 구별은 없고 단지 교화된 나라만 있었을 때도 문명이 없었다고 할 수는 없다. 다만 땅이 가로막히고 시대가 변하자 결국 그 수준이 서로 멀어지는 상황에 이르게 되었다. 고대문명은 그 요체를 말하면, 종교로 잔혹한 살인을 금지하고 법령으로 백성을 통제하고 문학으로 신의 위용을 드날린 것이다. 이것은 모든 나라에 공통되어 각자의 특이함을 자랑할 것이 없다. 그러나 근대문명은 동서양이 완전히 다른 둘로 나뉜다. 동양문명은 인도와 중국이 대표한다고 말한다. 이 두 문명에 차이가 없진 않지만 대체로는 동일한데 그 수준은 모두 고대문명의 낡은 틀을 벗어나지 못하고 있으니, 이름은 '근대'라고 해도 실질은 고대의 유산과 같다. '근대문명'이라고 칭할 만한 것은 유럽 사람들만 가지고 있으니 곧 서양문명, 유럽문명이라고 하며, 아메리카에 이식되고 아시아에서도 풍미한 것이 모두 이것이다. 유럽 문명은 유럽 각국의 인민들이 모두 각각 공헌한 바가 있지만 앞장서서 주도한 것은 대체로 프랑스인이다.

근대문명의 특징은, 옛것을 변화시킬 수 있는 가장 적합한 방법으로 사람의 마음과 사회를 확연히 새롭게 만들었다는 데 있다. 거기에는 세 가지가 있는데, 인권론, 생물진화론, 사회주의가 그것이다.

프랑스혁명 이전에는 유럽의 국가와 사회가 군주와 귀족의 특권 위에 세워지지 않은 것이 없었다. 인간의 독립적이고 자주적인 인격은 오직 소수의 군주와 귀족에게만 있었으며, 나머지 대다수의 인민들은 다 특권자에게 부속된 노예로서 무슨 자유나 권리라고 할 만한 게 없었다. 1789년에 프랑스 라파예트(Lafayette)의 인권선언(La declaration des droits de l'hommes)이, 미국의 독립선언서도 역시 그가 지은 것인데[1], 안팎에서 발간되자 구라파 사람들의 마음은 잠에서 깨어난 듯 술에서 깨어난 듯 인권의 고귀함을 확연히 깨닫게 되었다. 군중들이 일어나 군주에게 저항하고 구귀족들을 넘어뜨렸으며 여러 나라의 헌장이 이에 기초하여 정립되었다. 세이그노보스(Ch. Seignobos)[2]는 "옛날 법률은 귀족의 법률로, 인간을 불평등한 계급으로 구별하여 각각 그 신분을 고수하도록 했다. 그러나 지금 사회는 민주 사회로, 사람마다 법 앞에서 평등하다. 불평등한 것이 완전히 소멸되지는 않았지만, 남아 있는 건 재산의 사적 불평등뿐이다. 공적인 평등은 진정으로 이미 달성되었다."(이 말은 세이그노보스의 『Histoire de la Civilisation Contomporaine』의 '결론' 제415쪽에 보인다.)고 했는데, 이렇게 보면, 인간이 사람이 되고 영원히 노예로 전락하지 않게 된 것이

1) 라파예트(Marquis de Lafayette, 1757~1834)는 프랑스의 정치가, 군인으로 자국의 참전 불허에도 불구하고 미국독립전쟁에 참가해서 여러 전공을 올렸으며, 이후 프랑스 국민의회에 미국의 독립선언과 비슷한 '인권선언안'을 제출한 인물이다. 미국독립선언서 작성에 직접 참여한 바는 없는 것으로 보이며 이 점은 천두슈가 잘못 알고 있었던 것으로 생각된다.

2) 세이그노보스(Charles Seignobos, 1854~1942)는 프랑스의 저명한 사학자로 천두슈가 아래에서 언급하고 있는 *Histoire de la Civilisation Contomporaine*는 천두슈에 의해 『现代文明史』(法国 薛纽伯 著, 陈独秀 译)로 번역된 바 있다.

프랑스인이 준 선물이 아니라면 누가 준 것이겠는가?

종교의 기능은 잔혹함을 물리치고 선을 권장하는 것이니 사람들에게 도움을 주는 바가 없지 않으나 신의 권능에 대한 미신과 인간 지성의 은폐가 그 폐단이다. 유럽인들은 세상 만물을 창조한 여호와를 독실하게 믿으면서 그에 대한 비판을 허용하지 않았으니 이는 중국이 강상명교(綱常名教)를 숭상한 것과 같다. 영국의 다윈이 생물진화론을 주장하면서 인간은 신이 만든 것이 아니며, 이후 점차 변화발전하면서 생존경쟁과 우승열패를 거쳐왔다는 가르침으로 인류에게 빛을 드리운 이래로 인류는 앞다투어 지력에 의지하여, 인간이 하늘을 이기고 학문적인 이치가 원칙을 구성하고 인간 스스로 화와 복을 만들어나가고 스스로 앎과 행동을 이끌어나가게 되었다. 신성불변의 종교적인 기풍과 운명론의 타성은 남김없이 다 내뱉어지게 되었고, 이로 인해 유럽에서는 물질적인 힘과 인간의 능력에 커다란 진보가 생겨나게 된다. 세상 사람들은 생물학을 19세기 문명의 특징이라고 하지만, 그 근원을 거슬러 올라가 보면 다윈의 생물진화설은 실제로는 프랑스인 라마르크(Lamark)에게 근원을 두고 있다. 라마르크의 『동물철학』은 1809년에 출판되었는데 과학으로 생물의 진화와 인간의 기원을 논구한 것으로 실로 공전의 대작이다. 거기에서 주장하는 것은, 생물의 가장 오래된 조상은 최하급의 단순한 유기체이며 이 단순한 유기체는 무기물에서 자연적으로 생겨난다는 것, 적응과 유전이 생물진화의 양대 기능이라는 것이다. 그 후 50년이 지난 뒤 출현하여 세계를 흔들어 놓은 다윈의 진화론은 라마르크의 학설을 계승한 것이니, 프랑스인이 인류에 대해 세운 공이 또한 이처럼 크다!

근대문명이 발생하면서 유럽의 구사회 제도는 남김없이 파괴되었고 남은 것은 사유재산제도뿐이었다. 이 제도는 예로부터 전해져 온 것이었지만 경쟁의 권리에 대한 주장이 일어나고 기계와 자본의 쓰임이 광범위해지면서 그 해악도 갈수록 심해졌다. 정치적인 불평등은 변하여 사회적인 불평등이 되었고, 군주와 귀족의 압제는 변하여 자본가의 압제가 되었으니 이것이 근대문명의 폐단이라는 것은 말할 필요도 없다. 이런 불평등과 압제를 제거하고자 정치혁명에 이어 사회혁명을 도모한 것이 사회주의니, 근대문명에 반대하여 일어난 가장 최근의 유럽문명이라고 할 수 있다. 그 주장은 프랑스혁명 때 바뵈프(Babeuf)가 소유권의 폐지와 재산공유제(La communaute des biens)를 주장한 것에서 시작한다. 당시에는 세상의 주목을 받지 못했다가, 19세기 초에 다시 프랑스에서 성행하게 되었으며 생시몽(Saint-Simon)과 프리에(Fonrier)가 가장 유명하다. 이들이 주장한 것은 국가와 사회가 재산의 소유주가 되고, 사람마다 각자 자기 재능을 가지고 일을 하며 자기 노력에 해당하는 보수를 받고, 인도주의에 위배되는 사유제를 배척하고 새로운 사회를 건설하자는 것이었다. 그 후 수십 년이 지난 뒤 독일의 라살레(Lassalle)와 마르크스(Karl Marx)가 프랑스인 스승의 학설을 계승하여 이를 더욱 발전시키고 확대하였다. 자본과 노동력 간의 경쟁이 점점 더 격렬해지면서 사회혁명의 목소리는 더욱 높아졌다. 유럽 사회에서는 그 위세가 고양되어 그칠 날이 없었다. 비록 사유재산제가 그로 인해 갑자기 폐기된 것은 아니지만 각국의 집권자와 부호들은 빈부 격차가 너무 심한 것은 결코 사회에 득이 되지 않는다는 것을 깨닫게 되었고, 이에 자본과 노동력의 조화를 도모하며 노동자를 보호하고 불법 합병을 제한하였으니, 이른바 사회정책이라는 것이 이런 것이다. 최근 경제학에서는 생산과 분배를 함께 논하지 않는 경우가 없는데, 이러한 과거를 계승하면 빈민들의 생계가 조금이라도 밝아질 수 있을 것이다. 인류가 누리게 된 이 행복도 프랑스인에게서 받은 또 하나의 선물이다.

이상에서 말한 근대의 삼대 문명은 모두 프랑스인이 선물한 것이니,

세상에 프랑스가 없었다면 오늘날 어둠과 무지는 여전히 어떠한 처지에 놓여 있겠는가. 이 문명을 창조한 은인이 지금 군국주의인 독일인들과 전쟁을 하고 있으며, 그 승부는 아직 예측할 수가 없다. 독일인의 과학은 우리가 숭상하는 바이며 근대문명에 속한 산물이지만, 그 특별한 문명이 인류에게 공헌한 바는 아직까지 알려진 것이 없다. 알 수 있는 것은 그 나라가 프랑스인이 사랑하는 평등, 자유, 박애에 반대한다는 것뿐이다. 독일 정도의 문명이라면 그 나라 사람들이 가지고 있는 이상도 결코 동양제국과는 비교할 수 없는 수준일 터인데 어째서 그 나라의 대문호나 대철학자, 사회당 사람들 중에는 평등과 자유와 박애를 사랑하여 세상의 모범이 되는 자가 하나도 없는 것인가? 그것은 오직 그 다수의 마음속에 있는, 자유를 사랑하고 평등을 사랑하는 마음이 강한 나라와 강한 인종을 사랑하는 마음에 배척당하여, 평등과 박애와 자유를 사랑하는 마음이 천성 안에 뿌리를 내리고 그들의 풍속을 이룬 프랑스인들만 못하게 되었기 때문이다. 영국과 러시아가 독일을 공격하는 의도는 알지 못하지만, 프랑스인이었다면 창을 잡고 싸우는 자 중에 평등과 박애와 자유를 위해 싸우는 자가 십중팔구는 되었을 것이다. 그리고 설령 그들이 전쟁에서 패배한다고 해도 우리는 그것 때문에 문명 창조의 큰 은혜를 망각해서는 안 된다. 과거 프랑스가 독일에게 패했을 때, 독일의 대철학자 니체는 "우리 독일인은 승리 때문에 교만해서는 안 된다. 저 프랑스인들의 대대로 내려오는 창조적 천재성, 진실로 너희는 그 문명을 그대로 답습해서 전쟁에서 이긴 것임을 알지어다."라고 했다. 우리는 이 말을 거듭 되새겨야 한다.

1915년 9월 15일 『청년잡지』 제1권 제1호, 서명: 천두슈(陳獨秀)

08 우리의 마지막 각성

吾人最后的覺悟

사람이 태어나면 죽는 것은 정해진 이치나, 죽기 위해서 태어나는 것은 당연히 아니며 또 살기 위해 사는 것이라고 무심히 단정해서 말할 수도 없다. 사람의 행위에는 반드시 목적이 있으며 그 삶도 그러하니, 이것을 통찰하는 것이 우리가 진정으로 해야 할 마지막 각성일 것이다. 세상의 모든 철학과 종교는 다 이런 각성에 도달하고자 일어난 것이다. 하지만 우리가 여기에서 논하려는 것은 그게 아니다. 여기에서 말하는 마지막 각성이란, 우리가 세상 한구석에 모여 살면서 수천 년을 지내왔는데 지금 우리의 국력과 문명은 과연 어떤 수준에 놓여 있는지에 대한 것이다. 쉬운 말로 하면 곧 나라 안팎의 대세와 우리나라, 우리 국민이 과연 어떤 위치에 놓여 있는지, 우리는 마땅히 어떤 행동을 취해야 하는지를 전면적으로 살펴보려는 것이다. 그러므로 이야기를 시작하기에 앞서 먼저 그 취지를 독자들에게 정중하게 펼쳐 알리고자 한다.

우리 중국은 아시아의 동쪽에 위치해 있고, 세계에서 가장 오래된 나라 중 하나로 문명이 개화된 지 오래되었지만 우리의 경계를 둘러싸고 있는 것이 모두 작은 오랑캐들이다 보니 문을 닫고 자고자대하는 국면이 조성되어, 일체의 학술이나 정치 종교 모든 영역에서 스스로가 시대의 풍조를 이루면서 다른 것에 대해서는 알지 못했다. 위(魏), 진(晋) 이래로 불교(象教)가 유입되자 조야의 선비들 중에 간혹 다른 견해를 펼친 사람들이 있었지만, 불교는 인도 자체 내에서도 흥하지 못했고 게다가 그 견해가 세속을 벗어난 가르침이어서 중국인들에게 근본적인 변화를 일으키고 실질적인 삶의 문제에 필요한 것들을 제공할 수 없었다. 우리 삶의 상황을 바꾸어놓고 하루하루 각성으로 나아갈 수 있게 한 것은 유럽 문화의 유입이 아닌가?

유럽에서 유입된 문화는 우리 중국 고유의 문화와 성격이 근본적으로 달라서, 지난 수백 년 동안 우리나라에서 일어났던 소란과 불안의 십중팔구는 이 두 문화가 서로 만나 충돌을 일으킨 데서 비롯되었다. 무릇 한 차례의 충돌을 겪을 때마다 국민들은 곧 깨닫는 바가 있었지만 천성이 너무 안이하여 금방 깨달았다가도 또 금방 분별력을 잃었고, 심지어는 깨달으면 깨달을수록 더 분별력이 흐려져서 혼미하고 어리석은 정도가 오늘의 지경에 이르게 되었다. 지금까지 유럽 문화가 국경을 넘어온 횟수를 헤아리면 대체로 일곱 차례가 된다.

첫 번째 시기는 명(明) 중엽이다. 서양 종교와 기물들이 처음으로 중국에 들어온 때라 그것에 대해 아는 사람도 극소수였으며 놀라 '황당하게' 여기는 자도 있었다. 당시 그것을 믿은 자는 쉬광치(徐光啓)[1] 한 사람뿐이었다.

두 번째 시기는 청(清) 초이다. 화기(火器)와 역법(曆法)이 청 황제에게 바쳐졌으나 조야의 구(舊) 유신(儒臣)들이 떼 지어 일어나 그것을 비난하

---

1) 쉬광치(徐光启, 1562~1633)는 명대의 저명한 과학자요 개혁적인 정치가로 천주교 신자였다. 숭정(崇祯) 시기에는 예부상서(禮部尚书)와 문연대학사(文渊阁大学士)를 지냈으며 예수회 선교사 마테오 리치와 깊이 교제하며 『기하원본(幾何原本)』 등의 역서를 내기도 하는 등 17세기 중서문화교류의 과정에서 중요한 역할을 담당했다.

였으니, 이것이 중국에서 신구 간의 다툼이 일어난 시초이다.

세 번째 시기는 청 중엽이다. 아편전쟁 이래로 서양의 무력이 중원 땅을 진동시켜 놀라게 한 뒤, 열세에 몰려 국가 간 통상을 시작하게 되자 국정을 맡은 쩡궈판(曾國藩), 리훙장(李鴻章) 등이 연달아 서양식의 기계 제조와 군사훈련 기술의 도입을 제창했고 이에 양무서학(洋務西學)이라는 말이 조야에 출현하게 되었다. 당시 조정에서 쟁점이 되었던 것은 철로를 놓느냐 마느냐였고, 재야에서는 땅이 둥그냐 아니냐, 움직이냐 아니냐 하는 문제였다. 이런 것들은 지금은 어린아이라도 다 아는 문제들이지만 당시 완고한 사대부들은 이에 대해 글과 말로 끊임없이 떠들어대면서 모두 사설(邪說)을 종식시키고 인심을 바로 잡아야 할 성현(聖賢)의 사명을 자임했다. 그 무지몽매함은, 당시에는 분명 악하다는 생각이 들었겠지만 후세에는 단지 가련하게 여겨질 뿐이다!

네 번째 시기는 청 말이다. 갑오전쟁[2]으로 군대가 무너지고 나라가 쪼개지자 온 나라의 중상류 사회가 다 깊은 잠에서 깨어나게 되었다. 조금이라도 지식이 있는 자는 대부분 부강의 방책이 필요함을 인정하게 되었고 성인(聖人)이라도 그것을 폐할 수 없었다. 캉유웨이(康有爲), 량치차오(梁啓超) 같은 사람들이 이 시기를 틈타 변법(變法)설을 내세워 국민을 놀라게 했지만 수구적인 정치세력이 그것을 저지하여 마침내 무술(戊戌)년의 사건[3]이 일어나게 된다. 이후 다시 우리나라는 깊은 잠에 빠져들게 되고 온통 암운이 드리워진 채 수구적인 견해들은 갈수록 극단적이 되

2) 1894년 청일전쟁.

3) 1898년에 일어난 무술정변으로 서태후를 필두로 한 수구파가 광서제를 위시한 변법파에 대해 일으킨 유혈정변이다. 이 사건으로 변법파의 주요 인사들이 살해당하고 캉유웨이와 량치차오는 일본으로 도주하였으며 광서제는 유폐되고 수구파가 다시 집권을 하게 된다.

었으며 그것이 누적되어 마침내 경자(庚子)년 사건[4]이 일어난다. 이 사건으로 나라는 거의 나라라고 할 수 없는 지경에 이르게 되니 구세력들은 갑자기 의지할 바를 잃게 되었고 신사상이 점점 그 영토를 개척하게 되었다. 그리고 마침내 행정제도의 문제가 한번 전환을 겪으며 정치의 근본적인 문제 안으로 진입하게 된다.

다섯 번째는 민국(民國) 초기이다. 갑오(甲午)년 이래로 신구가 서로 다툰 것이나, 캉유웨이와 량치차오가 제창한 것은 모두 행정제도의 호오(好惡) 문제에 그쳐 정치의 근본적인 문제를 다루는 것과는 여전히 거리가 멀었다. 당시 신기하게 여긴 것들은 사실은 지극히 피상적인 것들에 불과했지만 완고한 정파가 나라를 맡자 이 피상적인 것조차도 억압을 당했다. 그러자 그것이 결국은 일부 우수한 국민들을 격분시키게 되어 점차 정치의 근본적인 문제들에 대한 각성이 일어나게 되었고 나아가 민주공화와 군주입헌에 대한 논의에까지 이르게 된다. 신해(辛亥)년 사건[5]으로 마침내 공화정이 이루어지자, 과거 신정(新政)을 적대시하던 군신들은 이제 묘당의 높은 자리에 앉아서 여유롭게 법제를 고치고 싶어도 그렇게 할 수 없게 되었다.

여섯 번째는 지금의 전쟁 시기이다. 지난 삼 년 동안 우리는 공화의 국체하에서 전제정치의 온갖 고통을 다 겪었다. 이번에 실제 경험을 거치면서 나라 안의 지혜 있는 자들에게는 공화정치를 소중하게 여기는 마음이 더 강렬해졌고 전제정치를 혐오하는 마음이 더 분명해졌다.

우리가 정권을 인수한 것은 절대로 잊지 못할 일이다. 그러나 지금 이후로는 공화의 국체가 정말 걱정 없이 공고하게 유지될 수 있을까? 입헌

4) 1900년 의화단 사건.

5) 1911년 신해혁명.

정치는 과연 아무 장애 없이 시행될 수 있을까? 내가 보기에 이런 정치적인 문제들의 근본적인 해결은 여전히 우리의 마지막 각성을 기다리고 있다. 이것을 일곱 번째 민국헌법의 시행기라고 할 수 있을 것이다.

작금의 형세는 신구사조의 대격전이라 할 수 있다. 생각이 얕은 사람들은 우리의 마지막 각성을 기대는 하면서도 그것이 얼마나 실현되기 어려운 것인지는 알지 못한다. 어째서 이런 말을 하는가? 지금의 소위 공화나 입헌이라는 건 여전히 소수 정당의 주장일 뿐 다수 국민들이 어떤 절실한 이해관계를 깨달아서 선택한 것이 아니기 때문이다. 소수의 사람이 다수의 각성을 이끌어낼 수는 있지만 그것을 대신할 수는 없다. 소수의 사람이 공화나 입헌의 대업을 주장할 수는 있지만 그것을 실현할 수는 없다. 인류의 진화에는 항상 다시 궁구할 만한 발자취가 있는 것이기 때문에 지금의 전투에 대해 비관하거나 비열하게 소극적 태도를 취해서는 안 되지만 그렇다고 감히 낙관하며 득의양양한 태도를 취해서도 안 된다. 그러므로 나는 이러한 근본적인 정치 문제의 해결은 일곱 번째가 될 우리의 마지막 각성을 기다리는 수밖에 없다고 말하는 것이다. 이 각성이란 무엇인가? 부디 우리 청년 국민들을 위해 한번 말씀해주시길.

(1) 정치적 각성

우리나라는 전제정치가 시행된 지 오래되어 인민은 관(官)의 명령을 따르기만 했지 납세와 소송 외에는 정부와 아무런 교류가 없었으며 국가가 뭔지 정치가 뭔지에 대해서도 아는 바가 없었다. 그러한 것이 누적되어 오늘날 국가가 위태로운 상황이 되었는데도 일반 상인들은 여전히 정치에 간여하는 것은 자신들의 본분이 아니라고 생각하며 국정의 변화는 모두 정부와 정당인들의 손에 맡겨버리고 자신은 마치 강 건너 불 보듯 중립적인 태도를 취한다. 그들은 국가라는 것이 인민 공동의 재산이며 인간은 정치적인 동물이라는 걸 알지 못한다. 하지만 구미 국가의 국민들 대부분은 이것을 알고 있으며, 이것이 국가가 감히 그들을 무시하지 못하는 이유이기도 하다. 이것이 우리가 내딛어야 할 정치적 각성의 첫걸음이다.

우리가 아직도 자신을 정치적인 흐름 안에 놓지 못하고 있다는 문제를 제쳐놓고 나면 가장 먼저 분명하게 밝혀야 할 것은 바로 정치체제의 호오를 결정하는 문제이다. 고금 만국의 정치체제가 다 같지 않고 난세를 다스리는 방법도 각각 다르지만 혼란을 다스리려면 반드시 옛것을 버리고 새로운 것을 도모해야 한다. 전제정치에서 자유정치로 나아가고 개인정치에서 국민정치로 나아가고 관료정치에서 자치정치로 나아가는, 이것이 소위 입헌정치체제의 흐름이며 이것이 소위 세계가 밟아온 궤도이다. 우리나라가 관문을 닫고 자기를 지키려 해도, 이러한 궤도를 벗어나고 이러한 흐름을 거스를 도리는 절대로 없다. 진화의 공통된 법칙은 적자생존이다. 주변 상황의 요구에 부응하지 못하는 자는 당연히 멸망을 면할 수 없다. 일본을 한국과 비교해보면 경계로 삼을 본보기가 결코 멀리 있지 않다. 우리나라가 세계에서 살아남으려면 반드시 수천 년 동안 전해져 내려온 관료적이고 전제적인 개인정치를 폐기하고, 자유롭고 자치적인 국민정치로 바꾸어야 한다. 이것이 우리 국민이 내딛어야 할 정치적 각성의 두 번째 걸음이다.

소위 입헌정치체제나 국민정치라는 게 과연 실현될 수 있을지 여부는, 순전히 다수 국민이 정치에 대한 자각을 가지고 주인으로서 능동적인 자리에 있을 수 있는지가 유일한 근본 요건이다. 스스로가 주인으로서 능동적인 자리에 있다면 마땅히 스스로 정부를 건설하고 스스로 법을 세우고 스스로 그것을 따르며 스스로 권리를 정하고 스스로 그것을 존중해야 한다. 만약 입헌정치에서 그 주도권이 정부에 속해 있고 인민에게 있지 않다면 헌법은 한 장의 빈 종이에 불과하다. 뿐만 아니라 그것이 이행된다는 보장도 전혀 없다. 또한 헌법상의 자유와 권리를 인민이 생명을 걸고 지켜야 할 소중한 것으로 간주하지 않는다면 입헌정치의 정신은 이미 완전히 상실된 것이다. 입헌정치라고 해도 그것이 다수 국민의 자각과 다수 국민의 주체적 행동에서 나온 것이 아니고, 오직 선량한 정부나 현인(賢人) 정치만을 기대하는 수준에 머물러 있다면, 그 비열함과 열등함은 노예가 주인의 은덕만을 기대하고 보잘것없는 백성이 성군(聖君)이나 어진 재상이 베푸는 어진 정치만을 기다리는 것과 다를 게 없다. 옛 사람이 성군이나 어진 재상이 어진 정치를 베풀기를 기대한 것이나, 지금 사람이 위대한 원로가 공화헌정을 수립해주기를 기다리는 것은 그 비굴함과 열등함에서 다를 바가 없다. 위대한 사람이나 원로도 역시 국민의 한 사람이니 그가 공화헌정을 수립하고자 하는 것을 어찌 부정하겠는가? 다만 공화헌정은 정부가 줄 수 있는 것이 아니며 어떤 한 정당이나 정파의 사람이 주관할 수 있는 것도 아니고 한두 사람의 위대한 원로가 그것을 짊어지고 나갈 수 있는 것은 더더욱 아니다. 공화입헌이 다수 국민의 자각과 주체적인 행위에서 나오는 것이 아니라면 그건 다 거짓 공화요, 거짓 입헌으로 정치의 장식물일 뿐 구미 각국의 공화 입헌과는 완전히 다른 것이다. 다수 국민의 사상인격이 전혀 달라지지 않고 다수 국민이 자신들의 이해관계나 화복(禍福)에 대해 절실한 생각을 가지고 있지 않기 때문이다. 이것이 우리 국민이 내딛어야 할 정치적 각성의 세 번째 걸음이다.

(2) 윤리적 각성

윤리사상이 정치에 의해 영향을 받는 건 모든 나라가 다 그렇지만 우리 중국은 그러한 경향이 특히 심하다. 유가의 삼강지설(三綱之說)은 우리 윤리정치의 근원으로, 같은 사상이 이리저리 통해 있어 어느 것 하나 폐지할 수가 없다. 삼강의 근본적인 의미는 계급제도이다. 소위 명교(名教)나 예교라는 것이 모두 존비(尊卑)를 구별하고 귀천을 분명히 가르는 제도를 옹호하는 것이기 때문이다. 근대 서양의 도덕정치는 자유, 평등, 독립의 이론을 근원으로 삼고 있으니 계급제도와는 극단적으로 대립되며 이것이 동서문명을 가르는 커다란 분수령을 이룬다.

우리나라 사람들이 정치적으로는 공화입헌제를 채택하려고 하면서 윤리적으로는 또 강상(綱常)[6] 계급제도를 고수해서 신구 조화의 효과를 거두려고 한다면 그건 자기모순이요 절대로 이루어질 수 없는 일이다. 무릇 공화입헌제도란 독립, 평등, 자유를 원칙으로 하는 것으로 강상계급제도와는 빙탄불상용(氷炭不相容)의 관계에 있는 것이니 하나를 보존하려면 다른 하나는 반드시 폐기해야 한다. 만약 정치에서는 전제정치를 부정하면서 가족과 사회 안에서는 옛 특권을 고수하려 한다면 법률적인 권리의 평등과 경제적인 독립 생산의 원칙이 다 파괴되어 버리는데 어떻게 이 둘을 병행할 수가 있겠는가?

서양문명이 우리나라에 유입된 이래로 가장 먼저 우리에게 깨달음을 가져다 준 분야는 학술이다. 양자의 학술을 비교할 때 우리가 너무나 부족하다는 것은 이제 온 나라가 다 아는 사실이 되었다. 그 다음은 정치인데, 최근 몇 년 동안의 정치 상황은 결함을 끌어안은 채 옛것만을 고수하려는 태도가 이미 불가능함을 입증해주었다. 과거부터 지금까지 국민들이 아직까지도 망설이며 결단을 내리지 못하고 있는 것은 윤리적인 문제이다. 그러나 여기에서의 각성이 없다면 앞에서 말한 각성은 다 철저한 각성일 수 없으며, 여전히 흐리멍덩한 채 제대로 사리분별을 하지 못

6) 삼강(三綱)과 오상(五常)을 아울러 이르는 말.

하는 지경에 남아 있게 된다. 그러므로 감히 단언하건대 윤리적인 각성이 우리 국민이 이루어야 할 마지막 각성 중의 마지막 각성이다.

1916년 2월 15일 『청년잡지』 제1권 제6호, 서명: 천두슈(陳獨秀)

09 신청년

新青年

청년을 어째서 신청년이라고 부르는가? 구청년과 구별하고자 함이다. 같은 청년인데 신구의 구별이 어디에 있는가? 연령으로 말하면 물론 신구 청년 사이에는 차이가 없다. 그러나 생리적으로나 심리적으로 보면 신청년과 구청년 사이에는 실로 절대적인 거리가 있으니, 부득이하게 그 큰 차이를 지적함으로써 우리 청년들의 각성을 촉구하지 않을 수 없는 것이다. 삼가 연령이 청년기에 속한다고 청년의 자격이 있다고 망령되이 생각하지 말기 바란다.

생리적으로 말하면, 백면(白面)서생이란 우리나라 청년들에게는 미모를 칭찬하는 말이다. 하지만 이건 민족이 쇠약해지면 곧 걸리게 되는 병이다. 외모는 아름다우나 체력은 약하여 전국의 청년들이 다들 갯버들처럼 허약한 모습만 보일 뿐, 간무(桓武) 천황[1] 같은 자태는 전혀 찾아볼 수가 없다. 고난과 역경을 당해도 감당할 힘이 없는 것이다. 청년은 쇠약해지고 장년은 할 수 있는 힘이 없는 것, 이것이 지금 우리나라의 현실이 아닌가? 게다가 청년들은 체력이 약한 데다 위생에 대해서도 아는 바가

1) 일본의 제50대 천황(737~806)으로 구귀족과 사원 세력의 부패를 일신하기 위해 천도를 단행하여 헤이안(平安)시대를 열었다. 강력한 지도력으로 정치개혁을 추진한 천황으로 평가받는다.

없어서 질병에 걸려 사망하는 비율이 갈수록 늘고 있다. 이는 견식이 부족한 백성이 반드시 이르게 되는 지경이니, 만약 정신에 대한 통계가 있어서 그것을 연표로 보여 준다면 분명 깜짝 놀라서 눈을 씻고 보게 될 것이다.

세계 청년들이 병으로 사망한 원인을 보면 독일에서는 결핵이 가장 많았으나 1912년 통계에 의하면 30년 전에 비해 반이 줄었다. 영국은 호흡기 질환이 가장 많았지만, 통계에 의하면 십여 년 전에 비해 사분의 일이 줄었다. 일본 청년의 사망 원인으로는 뇌신경계통의 질환이 가장 많았는데, 최근 조사에 의하면 십년 전에 비해 육분의 일이 줄었다. 독일은 교육에서 체육을 특히 중시하여 국민의 체력이 크게 증대되었고 수십 년이 지나자 청년의 사망률이 다른 나라와는 비교가 안 될 만큼 급감하였다. 영국, 미국, 일본의 청년들 역시 모두 강함과 힘을 숭상하여, 조정경기나 씨름대회, 야구나 축구 경기 같은 것을 하지 않는 날이 거의 없으며 그것을 독서나 수업만큼 중요하게 여긴다. 그 나라의 청년들이 건장하고 활발하며 국민들이 진취적이고 유능한 것에는 진실로 이유가 있는 것이다.

그러나 우리 청년들은 어떠한가? 심한 경우는 스스로를 해쳐 수명을 단축하거나, 그렇지 않아도 얌전한 백면서생뿐이다! 나이는 청년이지만 그 신체의 강한 정도는 이미 머리가 빠지고 이가 빠질 지경이다. 수천수만을 헤아리는 청년들 가운데서 홍안에 건장한 체구를 갖춘, 구미의 청년처럼 위풍당당한 자를 찾으려면 오뉴월 써렛발처럼 드물다. 다른 나라 사람들이 우리를 동방의 병자나라(東方病夫國)라고 부르는데, 우리나라의 소년과 청년 중에도 이 병든 자의 대열에 끼지 않을 자가 없다면 이런 민족이 장차 어찌 살아남기를 도모할 수 있겠는가? 나의 사랑하고 존경하는 청년 제군들이여! 만약 스스로를 20세기의 신청년이라고 생각한다면 우선 생리적으로 진짜 청년의 자격을 갖추어야지, 연령만의 청년인

가짜 청년으로 자족하지 말기 바란다!

더 나아가 심리적으로는 신청년이 어떤 점에서 구청년과 구별되는 지 이야기해보자. 우리의 신경을 채우고 우리의 골수를 메우고 있는 것은, 만약 우리의 시신과 혼이 소멸되고 뼈가 타서 가루가 날린다 해도 그 속을 현미경으로 조사해보면, 그 하나하나에 다 "관리가 되어 돈을 버는 것(做官發財)"이라는 네 글자가 들어 있을 것이다. 관리가 되어 위세를 날리고 돈을 벌어 욕망을 이루겠다는 것이다. 만약 벼슬을 하고 돈을 버는 것만이 인생의 유일한 목적이라면, 인간의 어떤 선행도 이 목적에 이롭지 않다면 다 버려도 아까울 것이 없으며, 인간의 온갖 죄와 악행들도 이 목적에만 이로우면 떠받들어 행하는 데 거리낄 것이 없다. 이런 비열한 사유는 먼 조상 때부터 대대로 전해져 내려오는 결함으로(공자의 학문이 바로 이런 벼슬을 추구하는 학문이다.) 사회의 악습과 연결되어 그 폐단이 갈수록 더 심해지고 있다. 공부를 해서 이치에 밝은 청년이라도, 또 분발하여 유신을 도모하던 지사라도 일단 세상과 왕래하면서 벼슬을 하고 부자가 되려는 생각이 일어나면 점점 더 그 생각이 심해지지 않는 경우가 없다. 탁류가 너무나 도도하게 흘러서 건강한 사람이라도 그것을 막을 수가 없는 것이다. 다른 사람들이 우리를 멸시하면서 "지나의 천한 종족", 아니면 "비열하고 부끄러움을 모르는" 자들이라고 한다. 이러한 모욕을 언제까지나 참을 것인가 아니면 이런 치욕을 씻어버리겠다고 맹세할 것인가? 그 책임은, 아직까지 타락하지 않아 마음에 담긴 것이 맑고 깨끗한 청년제군의 두 어깨에 지워질 수밖에 없다. 노인이나 장년, 혹은 노인이나 장년에 비견될 만큼 부패하고 타락한 청년에 대해서는 이야기하지 않겠다. 나의 존경하고 사랑하는 청년 제군이여! 만약 스스로를 20세기의 신청년이라고 생각한다면, 머릿속에서 저 노인이나 장년 혹은 노인이나 장년에 비견될 만큼 부패하고 타락한 청년들처럼 벼슬이나 하고 돈이나 벌려는 생각은 말끔히 씻어내고 잘라버리고, 정신에 진실하고 신선한 믿음을 채워 넣어야 한다. 그래야 비로소 신청년이요 구청년이 아니라고 할 수 있을 것이며, 참 청년이요 거짓 청년이 아니라고 할 수 있을 것이다.

청년의 정신계에서 낡은 것을 제거하고 새로운 것이 활짝 펼쳐지는 일대 혁명을 일으키려 한다면, 첫 번째로 결국 인생의 귀착지는 어디인가 하는 문제를 분명히 해야 한다. 인생에는 수십 차례의 겨울과 여름만이 있을 뿐이다. 낙천적인 사람은 방탕하게 살고 염세적인 사람은 구차하게 연명한다. 오직 이 수십 차례의 겨울과 여름의 소중함을 알고 자신의 능력을 살펴 위대한 인물이 되기 위해 힘쓰는 것을 그 최종 목표로 삼는 자만 인생을 얻게 된다. 이것을 준거로 삼으면, 안으로는 개성의 발전을 도모하고 밖으로는 대중을 위해 공헌하려 하지 않을 수 없다. 세월은 나와 함께 있지 않고 때는 다시 오지 않으니, 공을 세울 때라는 것도 손가락으로 헤아릴 수 있을 뿐이다. 미래의 책임은 다 필생의 영광이며, 또한 이 수십 차례의 겨울과 여름 가운데서 청년의 때에 속하는 십여 차례의 겨울과 여름에는 그 근본을 심고, 앞으로는 고인을 바라보며 뒤로는 앞으로 올 사람들을 생각하면서 이 몸이 장차 어떠한 인물이 되어야 할지를 생각해야 하는 것이지, 스스로 벼슬을 해서 영화를 누리는 것만을 인생의 귀착지로 삼아서는 안 된다.

두 번째로는 인생의 행복이 무엇인지에 대해 분명히 알아야 한다. 사람이 태어나서 행복을 추구하고 고통을 피하는 것은 당연한 이치이다. 행복론의 태두인 영국인 벤담은 인생에서 즐거운 일 십여 가지를 들었는데 그 안에 재산의 즐거움이 들어 있고, 인생의 고통 십여 가지를 들었는데 재산을 처분하는 것의 어려움이 역시 낮은 차원의 고통으로 그 안에 들어 있다. 이것을 보면 돈이란 것이 만능인 것처럼 보여도, 행복과 재산을 절대 하나로 볼 수 없다는 것만은 명백한 것 같다. 행복이 무엇인지를 이야기하려면 반드시 기쁨과 고통을 준거로 삼아야 하며 또한 개인과 사회를 동시에 고려해야 한다. 개인의 축재만을 행복으로 삼는 것은 행복이 무엇인지 모르는 것이다.

우리 청년들이 인생의 행복에 대해 생각할 때는 마땅히 다섯 가지를 고려해야 한다. 첫째는 평생의 행복은 청년 시기에 그 근원이 만들어진다는 것이요, 둘째는 행복의 내용으로는 강건한 신체와 정당한 직업, 명실상부한 명예가 가장 중요하며 돈을 버는 것은 여기에 들지 않는다는 것이다. 셋째는 개인의 행복을 위해 국가나 사회에 해를 끼치지 말아야 한다는 것이며, 넷째는 자신의 행복은 마땅히 자신의 힘으로 얻어야지 다른 사람에게 의존해서는 안 된다는 것이다. 다섯째는 현재의 일시적인 행복을 위해 장래의 영원한 고통을 선택해서는 안 된다는 것이다. 진실로 이 다섯 가지를 제대로 인식할 수 있다면, 행복의 추구는 청년들이 정당하게 가져야 할 신념이 아닐 수 없으나, 만약 사회나 가정의 악습에 깊이 빠져서 돈을 버는 것과 행복을 한가지로 여긴다면 후일 그들의 입신출세는 사치로 자신을 해치고 탐욕으로 다른 사람을 해치는 것이 될 것이며 그것이 개인, 사회, 국가에 미치는 해악은 그 어느 것보다 더 심할 것이다!

무릇 돈을 버는 게 본래 나쁜 일은 아니요, 개인과 사회의 생존과 발전에도 생산과 산업은 역시 중요한 요건이다. 하지만 중국에서 돈을 버는 일은 그 방법이 생산과 산업이 아니라, 구차하게 얻고 망령되이 취하는 데서 나온다. 심지어는 관직을 부를 쌓는 첩경으로 여겨 낚아채고, 그것으로 돈을 훔치는 게 온 국민의 상식이 되어 있으니 국가에 대한 해악이 이보다 더할 수가 없다. 돈을 버는 건 당연히 나쁜 일이 아니며 관직을 얻는 것도 나쁜 일이 아니고 행복을 얻는 건 더더욱 나쁜 일이 아니다.

하지만 관직을 얻는 것과 돈을 버는 것과 행복을 얻는 것 세 가지를 하나로 엮는 우리나라 사람들의 정신이 결국은 온 나라를 대도(大盜)가 횡행하는 지경으로 만들어놓았다. 세상의 가공할 만한 온갖 죄악들이 다 여기에서 생겨나 나라는 이로 인해 멸망하게 되고 종족은 이로 인해 소멸될 지경이다. 나의 존경하고 사랑하는 청년들이여! 만약 이런 비열한 생각이 머릿속에 조금이라도 남아 있다면 신청년의 자격은 남김없이 상실되게 되는 것이며, 그 정신적인 비열함과 저급함은 저 부패하고 타락한 구청년과 다를 바가 없다.

나라 안의 노인이나 장년 혹은 노인이나 장년에 비견될 만한 청년들에 대해서는, 그들이 어떤 사회에 속해 있든 어떤 당파에 고용되어 있든, 나는 생리적으로나 심리적으로나 십중팔구 비관적이다. 나 자신도 그 저주받을 대열에 놓여 있다. 하지만 다행이 한 가닥 광명이 있으니 건강하고 청결한 수많은 신청년들에 대한 소식이 어렴풋하게나마 수시로 들려온다는 것이다. 그것이 절망과 침체 속에서 나를 불러 일으키니 이것으로 감히 이 최후의 비명을 한번 질러보는 것이다!

1916년 9월 1일 『신청년(新青年)』 제2권 제1호, 서명: 천두슈(陳獨秀)

10 공교 문제를 다시 논함

再論孔敎問題

우리나라 사람의 학술 사상이 진보하지 못하는 중대한 이유는 주장이 모호하며 사리 분별이 분명하지 않은 데 있다. 근래 공교(孔敎) 문제에 대한 논의가 논의는 떠들썩하지만 결론을 내리지 못하고 있는 것도 역시 이러한 이유에서이다. 그래서 나는 주장을 제시하기에 앞서 독자들께 감히 이러한 문제들에 대한 나의 생각을 진지하게 밝혀보고자 한다.

첫째 나는, 앞으로 인류의 믿음과 이해와 행동과 깨달음(信解行證)[1]은 반드시 과학을 정도(正道)로 삼게 될 것이며 모든 종교는 다 폐기될 것이라고 믿는다. 이유는 아주 많지만 간략하게만 말해보겠다. 무릇 우주지간에는 두 가지 법칙이 있는데, 하나는 자연의 법칙이고 하나는 인위적인 법칙이다. 자연의 법칙이란 보편적이고 영원하며 필연적인 것으로 과학이 여기에 속한다. 인위적인 법칙이란 부분적이고 일시적이며 마땅히 해야 하는 것으로 종교나 도덕 법률 같은 것이 여기에 속한다. 먹지 않으면 배가 고프고 늙으면 죽는 것, 이것은 모든 생물에게 영원하고 필연적인 일이지 절대로 어떤 일부가 어떤 시기에 마땅히 따라야 하는 것이 아

1) 흔히 불법(佛法)의 수행과정을 가리키는 말로 사용되며, '신'은 불법에 대한 바른 믿음을 가지는 것, '해'는 불법의 의미를 정확히 이해하는 것, '행'은 불법에 따라 수행하는 것, '증'은 수행 후에 얻은 결과로 깨달음을 얻는 것을 말한다.

니다. 여호와에게 예배하고 신하가 임금을 위해 목숨을 바치며 아내가 남편을 위해 목숨을 바치고 조혼(早婚)을 벌하는 이런 것들은 인위적인 법으로, 단지 한 국토 안에서 한 시기에만 행해지는 것이지 절대로 보편적이고 영원하며 필연적인 법이 아니다. 지금 막 발흥하기 시작한 과학이 점점 더 발달하면 그에 따라 미래에는 당연히 모든 인위적인 법칙들이 자연의 법칙과 일치되도록 개정될 것이며, 그 후에는 우주와 인생의 진정한 합치가 이루어지게 될 것이다. 이것이 우리의 궁극적인 최대 목적이 아닌가? 혹자는 우주 인생의 비밀은 과학이 풀 수 없는 것으로 의혹을 해결하고 걱정을 해소하는 것은 오직 종교에 달려 있다고 말한다. 그러나 과학의 진보는 아직 갈 길이 멀기 때문에 우리가 오늘의 과학으로 스스로 선을 긋고 과학으로는 결국 의혹을 해결하기 어렵다고 말해서는 안 된다. 반대로 종교가 사람을 해탈하게 할 수 있다고 하지만 내 생각에 그것은 먼저 반드시 자기를 속여야만 해탈이 가능한 것이니 이를 진정한 해탈이라고는 할 수 없다. 정말로 의혹을 해결하는 건 오직 과학뿐이다. 그러므로 나는 과학으로 종교를 대신해서 우리의 진실한 신앙을 개척하는 일은 비록 더디더라도 반드시 해내야 하는 일이라고 생각한다. 만약 종교에 대한 그릇된 믿음으로 해탈을 구한다면, 그거야말로 곧 "빨리 가려다가 도달하지 못하는 것일 뿐"[2)]이다.

다음으로 공교(孔教)에 대해 논하겠다. 무릇 '공교'라는 두 글자는 절대로 하나의 단어가 될 수 없다. 중국의 옛 학설 가운데서는 오직 음양가만이 종교에 속하며, 묵가도 귀신에 대해 분명하게 말했으니 종교에 가깝다고 할 수 있다. 하지만 유가는 도(道)로 백성을 얻고 육예(六藝)[3)]

2) 원문은 '欲速不達'로 『논어』「자로(子路)편」에 나오는 구절이다.

3) '六藝'는 禮, 樂, 射, 御, 書, 教의 여섯 가지를 가리키기도 하며 易, 書, 詩, 禮, 樂, 春秋의 六經을 가리키기도 한다.

로 가르치는 것이다. 공자는 유자(儒者)이다. 공자 이전의 유자나 공자 이후의 유자나 다 공히 공자를 중심으로 삼고 있으며, 그 가르침은 문행충신(文行忠信)[4]이다. 이들은 삶과 죽음에 대해 논하지 않으며 귀신에 대해 말하지 않는다. 유자라 칭하며 노(魯)나라 임금 주변을 노닐던 자들이 논한 것은 모두 입신(立身)과 행동거지(行己)에 관한 것이지, 지금 시대에 이른바 종교라고 하는 것에 근접한 말은 하나도 한 적이 없다. 공교라는 말은 남북조시대 삼교(三教)간의 다툼에서 비롯된 것이다. 사실 도가의 노자나 유가의 공자는 다 교주가 아니며, 그 입론의 실질적인 내용도 전혀 종교인의 말이 아니다. 이렇게 공교라는 건 하나의 단어로서도 성립할 수 없는 것인데 억지로 그것을 끌어다 국교로 정하려 한다면 이 어찌 망령된 일이 아닌가? 전해 내려오는 말에 근시인 두 사람이 편액의 자획이 옳은지를 놓고 다투다가 서로 싸움까지 하게 되자 눈 밝은 이가 옆에서 몰래 웃다가 편액을 덮어 그것을 없앴다고 하는데, 지금 공교를 주장하는 사람들이 하는 일이 또한 이와 같지 않은가!

가령 사회적 관습으로 공교나 유교를 하나의 단어로 인정한다고 해도 그걸 또 정치에까지 끌어들이고 헌법 조문에까지 규정해놓고 할 수는 없는 것이다. 무릇 정교(政教) 분리는 이미 보편적인 원칙이 되어 있다. 헌법이란 법의 성격을 가지고 있어서 온 나라가 따라야 하는 것이므로 종교나 도덕의 문제와 관련지어 사람들이 그것을 위배할 여지를 만들어서는 안 된다. 이것이 바로 차이지에민(蔡孑民) 선생[5]이 말한 "공자는 공자고, 종교는 종교고, 국가는 국가다. 그 내용과 이치가 각각 다르

4) 『논어』「술이(述而)편」에 나오는 공자의 네 가지 가르침. '문'은 문헌이나 지식을, '행'은 덕행이나 실천을, '충'은 자기 자신과 타인에 대해 마음을 다하는 것을, '신'은 성실하고 신의가 있는 것을 가리킨다.

5) 차이웬페이(蔡元培)를 가리킨다.

니 억지로 그걸 하나로 엮어 논해서는 안 된다."고 한 것이다. 차이 선생은 공자에 반대하지 않으며 종교에 대해서는 더더욱 전혀 반대하지 않는다. 이 점은 나와 다르지만 그가 공자, 종교, 국가 삼자의 성격은 완전히 다른 것이며, 경계도 분명하여 억지로 합할 수 없다고 한 점은 나와 생각이 같다. 공교를 국교로 정하고 헌법으로 정했다가 만약 그것이 효력을 발휘하면, 불교, 도교, 예수교, 회교 같은 여타 종교의 신자들도 자기 종교에 대해 평등한 권리를 주장할 텐데 그럴 경우 장차 어떻게 처리할 것인가? 만약 그것이 아무런 효력도 발휘하지 못한다면 국법이 무슨 아이들 장난 같은 것이 되지 않겠는가? 정치와 종교가 한데 섞이면 장차 국가에 끝임없는 분쟁이 야기될 것이다. 공자의 도가 정말 수신의 근본으로 헌법에 들어간다면 공자에 앞선 요(堯), 순(舜), 우(禹), 탕(湯), 문무(文武), 주공(周公)의 도나, 공자 뒤에 온 양(楊), 묵(墨), 맹(孟), 순(荀), 정(程), 주(朱), 육(陸), 왕(王)의 도는 어째서 하나도 수신의 근본이 될 수 없는가? 어찌 한 가지 설로만 결정을 짓는 것인가? 그렇게 되면 그것이 야기할 분쟁이 또한 어찌 종교가 불러올 화보다 적겠는가?

어떤 이는 국교라는 건 정말로 있어서는 안 된다고 하면서도 공자는 종교인도 아니고, 또 공문수신(孔門修身)의 도는 우리나라에서 수천 년 동안 사람들의 마음이 연결되어 있었던 덕육(德育)의 근원이기 때문에 일단 그것을 버리면 풍속이나 인심의 우환이 가중될 것이라고 말한다. 그러므로 마땅히 헌법에 넣어 교육의 근본 방침으로 삼아야 한다는 것이다. 나는 이러한 주장에 대해 세 가지 질문으로 답을 구하는 바이다.

(1) 공문의 수신 윤리학설이 공화 입헌 정치체제와 서로 융화될 수 있는가? 유가의 예교가 지금 시대 국민들의 일상생활에서 실행 가능한 것인가?

(2) 헌법에서 교육문제와 도덕문제에 대해 언급할 수 있는 것인가?

(3) 세계 여러 나라의 헌법 조문 가운데 사람의 이름이 들어가 있는 경우가 있는가?

만약 이 세 가지 질문에 답할 수 없다면 헌법에 공문수신의 주장을 집어넣는 것은 공교를 국교로 정하자는 것보다도 더 황당한 일이다! 국교를 정하는 것은 좋은 제도는 아니지만 그래도 선례가 있다. 하지만 교육에서 누구의 학설을 수신의 근본으로 삼고, 게다가 그것을 헌법 조문에까지 규정한다면 그건 온 천하가 크게 비웃을 일이다! 그런데도 국회의원 중에는 이런 무식한 주장을 하는 자들이 여럿 있으니 국회를 해산하자는 소리가 천하에 가득한 것도 이상할 게 없다! 우리는 과학이 장차 인류가 깨달음에 이르고 행복을 얻기 위해 반드시 거쳐야 할 정도(正道)이며 지금 우리나라에 특히 긴요한 것이라고 믿기에, 그것을 당연히 공교나 공자의 도나, 다른 종교나 철학 보다 더 크게 제창하고 중시해야 한다고 생각한다. 그러나 제창하고 중시하는 것은 가능하지만 그것을 헌법에 정해서 사람들에게 제창하고 중시하도록 요구하는 건 절대로 안 될 일이다. 헌법은 순전히 법의 범주에만 속하는 것이어야지 교육의 문제와 연관 지어서는 안 된다. 마찬가지로 그것은 실업(實業)의 문제와 연관 지어서도 안 된다. 이는 교육이나 실업을 중시하지 않아서가 아니다. 공자의 도를 법률로 규정해서 존중하도록 해서는 안 되는 것은, 법률로 규정해서 어떤 과학을 존중하도록 해서는 안 되는 것과 같다. 그것은 공자의 도나 과학을 중시하지 않아서가 아니다. 공자의 도가 공화국 국민의 수신의 근본이 될 수 없다는 것은 또 다른 문제이다. 헌법 속에는 누구의 도도 수신의 근본으로 규정될 수 없으며, 이 점에서는 진실로 공자나 루소나 마찬가지이다. 어찌 유독 민권과 공화에 반대하는 공자의 도만 수신의 근본으로 헌법에 규정해서는 안 된다고 하는 것이겠는가? 민권과 공화를 주장하는 학파들 역시 그것을 헌법에 넣어 수신의 근본으로 삼는 일을 해서는 안 된다. 무릇 법률과 종교와 교육은 각각 취지가 다른 것이므로 서로 어지럽게 섞어서는 안 된다.

지금 국교에 반대하는 사람들은 모두 약법(約法)[6]에 있는 종교 자유의 조문을 무기로 들고 나온다. 최근 경사(京師)에서 어떤 이들은 '신앙 자유 모임(信教自由會)'을 발기하여 여론을 고취시키고 있기도 하다. 나도 물론 그러한 주장이 합리적이라고는 생각하지만 현실적으로 보면 여전히 미진한 점이 있다. 왜 이렇게 말하는가? 중국에는 문묘(文廟)가 모든 군현(郡縣)에 편재되어 있어, 봄가을로 두 번 제사를 지내고 관청이나 학교에서도 제사를 받들어 모신 지 오래되니 그것은 마치 국교와 같다. 그러나 그렇게 하면서도 정부는 다른 종교를 믿는 사람들에 대해 어떤 박해나 금지를 시행한 적이 없다. 만약 공교를 국교로 하여 헌법에 넣는다고 해도 모든 종교가 나란히 가는 것을 꼭 막아야 할 이유는 없을 것이다. 그러므로 내 생각에 각 종교의 신자들이 정부에 대해 힘써 투쟁해야 할 것은 종교 자유의 권리가 아니라 국가로부터 다른 종교들과 평등하게 대우받을 권리여야 한다. 국가의 수입은 전국의 인민들이 공동으로 부담하는 것이지 공교의 신자들만 단독으로 부담하는 것이 아닌데도, 국비로 사당을 세우고 공자에게 제사를 지낸다면 국비로 사원을 지어 불교나 도교에도 제사를 지내고, 예배당을 지어 예수교나 회교에도 제사를 지내야 마땅할 것이다. 그게 아니라면 일률적으로 사당도 짓지 말고 제사도 지내지 않아야, 국가가 각 종교에 대해 차별대우의 죄를 범하지 않을 수 있다. 각 종교의 신자들이 국가에 대한 부담을 평등하게 지고 있다면, 향유하는 권리도 마땅히 평등해야 한다. 이렇게 되어야 비로소 나라 안에서 종교적인 화근이 생겨나지 않게 된다. 이렇게 보면, 단지 공

6) 중화민국 수립 이후 정한 민국 임시약법(民國臨時約法)을 지칭.

교를 국교로 삼아 장래의 헌법에 정해 넣는 일을 해서는 안 될 뿐만 아니라, 이미 있는 전국의 공자 사당들도 부수고 그 제사도 파해야 한다!

1917년 1월 1일 『신청년』 제2권 제5호, 서명: 천두슈(陳獨秀)

11 문학혁명론

文學革命論

오늘의 장엄하고 찬란한 유럽은 어디에서 왔는가? 혁명이 선사한 것이다. 서구의 언어로 혁명이란 옛것을 뜯어 고쳐 새롭게 바꾼다는 의미로 중원 땅에서 말하는 왕조의 교체와는 완전히 다른 것이다. 문예부흥 이래로 서구에서는 정치의 영역에서도 혁명이 있었고 종교의 영역에서도 혁명이 있었고 윤리도덕에서도 혁명이 있었으며 문학예술에서도 혁명이 없지 않았다. 혁명으로 인해 새로운 것이 일어나고 진화하지 않은 영역이 없으니 근대 유럽의 문명사는 바로 혁명사라고 말할 수 있다. 금일의 장엄하고 찬란한 유럽은 바로 혁명이 선사한 것이다.

구차하고 안일하며 어리석고 게으른 우리 국민은 혁명을 뱀이나 전갈처럼 두려워해서 정치의 영역에서 비록 세 차례 혁명을 거쳤지만 그 어둠은 조금도 줄지 않았다. 그렇게 된 원인의 일부는 세 차례의 혁명이 모두 용두사미처럼 끝나서, 충분한 선혈로 낡은 더러움을 말끔하게 씻어버리지 못한 데 있다. 하지만 그 원인의 대부분은 우리 정신계에 뿌리 깊이 둥지를 틀고 앉아 있는 윤리도덕과 문학예술이 말단까지 흑막으로 덮여 있거나 더러운 때가 켜켜이 쌓여 있지 않은 곳이 없어서 일 것이다. 게다가 이 분야에서는 용두사미 같은 혁명조차도 있어본 적이 없다. 이것이 단독으로 추진된 정치혁명만으로는 우리 사회에서 아무런 변화도 일으키지 못하고 아무런 효과도 거두지 못한 이유이다. 총체적인 원인은 바로 우리가 혁명을 질시하고 그것이 문명을 계발하는 이기(利器)임을 모른다는 데 있다.

공교(孔教) 문제로 바야흐로 나라 안이 떠들썩하니, 이것이 곧 윤리도덕혁명의 선성(先聲)이다. 문학혁명의 기운이 배양된 것이 이미 하루 이틀의 일이 아니지만 그 최선봉에서 먼저 의로운 깃발을 든 것은 바로 나의 벗 후스(胡適)다. 나는 흔쾌히 전국의 고리타분한 학자들의 적으로 나서서, '문학혁명군'의 깃발을 높이 들어 내 친구를 성원하고자 한다. 깃발에는 우리 혁명군의 삼대주의를 대서특필하였으니, 하나, 수식과 아부의 귀족문학을 타도하고 평이하고 서정적인 국민문학을 건설하자. 하나, 진부하고 포장만 가득한 고전문학을 타도하고, 신선하고 진실한 사실문학을 건설하자. 하나, 고루하고 난삽한 산림문학을 타도하고 명료하고 통속적인 사회문학을 건설하자이다.

〈국풍(國風)〉[1] 안에는 항간의 외설이 많이 들어 있고, 초사(楚辭)에는 사투리와 방언이 많지만 이 둘은 화려하고 아름답다. 그 흐름을 이은 것이 양한(兩漢)대의 부(賦)가들인데, 칭송하는 소리가 크게 일어나고 수식과 아부로 채워져 말은 많으나 속에 담긴 뜻은 거의 없으니 이것이 귀족의 문장, 고전문장의 좋지 않은 기풍이 만들어지게 된 시초이다. 위진(魏晉)시대에는 오언(五言)의 서정시와 서사시가 판에 박힌 수사들을 늘어놓던 전대의 기풍을 변화시켰으니, 당시에는 그것을 문학에서의 일대 혁명, 즉 문학의 일대 진화라 할 만했다. 그러나 옛것에 기탁하고, 말은 간략하며 뜻은 모호하고, 사회현상을 제대로 다루지 않은 점에서는 여전히 귀족의 기풍이 남아 있어 통속적인 국민문학이라고 할 수는 없었다.

1) 『시경(詩經)』에 담겨 있는 민간가요.

제량(齊梁) 이후로는 대우(對偶)를 숭상하는 기풍이 생겨났고, 당대(唐代)에 와서는 율시체제를 이루었으며, 운(韻)이 없는 산문에서도 대우를 숭상했다. 『상서(尙書)』와 『주역(周易)』 이후는 이와 같았다.[고인이 글을 쓸 때는 비단 대우만 숭상한 것이 아니라 운어(韻語)도 많이 써서 변문가(駢文家)들은 변체(駢體)가 중국문장의 정종이라고 주장했다. (망우(亡友) 왕우성(王無生)도 바로 이런 주장을 한 사람 중 하나이다.) 하지만 이들은 당시에는 고서를 베껴서 전하는 일이 쉽지 않고, 운과 대우는 외워서 전하기에 편리했기 때문에 이렇게 한 것이다. 후대의 작가들이 어찌 이러한 것에 구애될 수 있겠는가?]

동진(東晉) 이후로는 세세한 것들을 밝혀 진술하면서 역시 변려문을 숭상하였고, 당대에 와서 마침내 변려문체가 완성되었다. 시에는 율(律)이 있고 산문에는 변(駢)이 있는 것은 모두 남북조시대에 시작되어 당대에 크게 성행한 것으로, 더 나아가 배율(排律)이 되고 사륙문(四六文)이 되었다. 이런 수식과 아부, 포장과 공허한 내용으로 가득 찬 귀족의 고전문학은 그 장기를 다 발휘한다 해도 잔뜩 분칠을 하고 화장을 한 진흙 미인에 불과할 것이다. 팔고시첩(八股詩帖)[2]의 가치를 보고 그 가치가 얼마나 올라갈 수 있을지 생각해보면 가히 문학의 말운(末運)이라고 할 만하다. 한유(韓愈)와 유종원(柳宗元)[3]이 일어나 전인들이 첩첩이 쌓아놓은 섬세한 기교의 기풍을 한번 씻어내자 풍속의 추세는 남북조(南北朝)의 귀족 고전문학이 송원(宋元)의 국민 통속문학으로 전환되는 과도기로 변하였다. 한유, 유종원 원진(元稹), 백거이(白居易)[4]가 잇달아 일어나

2) 과거시험에서 요구하던 문체와 시체.

3) 한유(768~824)와 유종원(773~819)은 당대(唐代)의 걸출한 문학가, 정치가요 고문(古文)운동을 주도한 인물로 당송팔대가로 꼽힌다. 흔히 '韓柳'로 병칭된다.

4) 원진과 백거이는 당대 평이하고 통속적인 언어로 시가를 짓는 신악부(新樂府)운동을 주도한 대표적인 인물이며 흔히 '元白'으로 병칭된다.

그 중추를 이루었다. 세상에서는 창려(昌黎)[5]의 문장이 기울어가는 팔대의 마지막을 일으켰다고 하는데[6] 확실한 논의는 아니나 팔대의 법을 바꾸어서 송원의 문을 연 것이 바로 이 문예계의 호걸지사이기는 하다. 하지만 오늘날 우리는 창려에게 두 가지 불만이 있다.

하나는, 그의 글이 여전히 옛것을 스승으로 삼고 있다는 점이다. 경전의 글은 아니나 귀족의 기풍을 벗어나지는 못했고, 그 내용을 보면 당대의 여타 소설가들처럼 풍부하지 못하여 결과적으로는 새로운 귀족문학을 만들어낸 것에 불과하다.

둘은, '글에는 도를 담아야 한다(文以載道)'는 주장의 오류이다. 문학이란 본래 도를 담기 위해 만들어진 것이 아니다. 창려 이후로 쩡궈판에 이르기까지 이야기되는 도를 담은 글이라는 건 공자와 맹자 이래 지극히 천박하고 공허하고 상투적인 말들을 베껴 쓰는 것에 불과하다. 나는 일찍이 당송팔가문의 이른바 '문이재도'라는 것이 바로 소위 '성현을 대신하여 입언하다'고 하는 팔고문과 같은 근원에서 나온 것이라는 점을 언급한 바 있다.

이 두 가지 점에서 보면 창려의 고문운동이라는 것은 시대가 그것을 가능하게 한 것이지만 그 자체로는 문학사에서 결코 무슨 특기할 만한 점이 있는 것이 아니다. 원명(元明) 시기의 극본이나 명청 시기의 소설은 비로소 근대문학으로서의 가치를 찬란하게 보여주는 것들이지만 애석하게도 요괴에 의해 봉변을 당해 제대로 탄생하지 못하고 유실되어 결국 금일의 중국문학은 유럽과는 비교할 수 없을 만큼 잡다하고 진부한 지경에 이르게 되었다. 이 요괴란 누구인가? 곧 명대의 천후칠자(前後七

5) 한유를 일컫는다.

6) '팔대'는 '당송팔대가'를 지칭한다.

子)[7]와 팔가문(八家文)파인 귀유광(歸有光)[8], 방포(方苞), 유대괴(劉大櫆), 요내(姚鼐)[9]가 그들이다. 이 여덟 요괴의 무리들이 옛것을 숭상하며 지금의 것을 멸시하고 자자구구에 얽매이게 하는 것으로 문단의 패자를 자칭하게 되자, 당대의 으뜸가는 문호였던 마동리(馬東籬)[10], 시내암(施耐庵)[11], 조설근(曹雪芹)[12] 등은 국민들에게 거의 이름조차 알려질 수 없었다. 칠자의 시는 옛것을 모방하느라 애를 쓴 것이니 베껴 쓴 글이라고 할 수 있다. 귀유광, 방포, 유대괴, 요내의 글은 대부분 부귀영화를 희구하며 과장된 칭송을 담은 비문(碑文)이나, 아니면 무병신음하면서 온 종이를 지호자야의언재(之乎者也矣焉哉)[13] 같은 무의미한 말들로 채운 것들이다. 하나하나가 장편이요 대작이지만 시종 아부와 횡설수설 뿐이어서 무슨 말을 하는 건지 알 수가 없다. 이런 문학은, 작가에게 창조적인 재능이 없고 가슴속에 담긴 내용이 없으며 그 수법이라곤 오직 옛것을 모방하고 사람을 속이는 것밖에 없으니 한 자도 존재할 가치가 없다. 비록 책의 분량이 작가의 키만큼 쌓인다 해도 그 시대의 사회 문명의 진화와는 아무런 관련이 없는 것이다.

오늘날 우리나라의 문학은 전대의 폐단을 모두 계승하여, 이른바 '동성파(桐城派)'라는 건 팔가(八家)와 팔고(八股)를 혼합한 것이고, '변체문'

7) 명대에 "문장은 반드시 진 · 한, 시는 반드시 성당(文必秦漢, 詩必盛唐)"이라는 목표를 내세우며 복고주의적인 문학활동을 전개했던 칠인의 문학가.

8) 당송 시문을 규범으로 삼은 명대의 저명한 문학가.

9) 이 삼인은 청대 유명한 동성파(桐城派) 문인.

10) 원대의 유명한 잡극 〈한중추(漢宮秋)〉의 작가 마치원(馬致遠). 동리는 그의 호.

11) 소설 『수호지(水滸志)』의 작가로 알려져 있는 원말 명초의 인물.

12) 청대의 대표적인 장편소설 〈홍루몽(紅樓夢)〉의 작가.

13) 고문의 문장 말미에 상투적으로 사용하는 특별한 의미가 없는 어조사들.

이라고 하는 건 '사기당(思綺堂)'[14]과 '수원(隨園)'[15]의 사육문이고, '서강(西江)파'란 산곡(山谷)[16]을 우상으로 떠받드는 자들이다. 옛사람을 쳐다보지 않고 적나라하게 감정을 풀어내고 세상사를 써낸, 이른바 시대를 대표하는 문호를 찾으려고 하면 그건 전국을 다 돌아다녀 봐도 없을 뿐만 아니라 온 사회를 다 둘러봐도 그런 생각을 했던 사람조차 찾을 수 없다. 문학적인 글이라는 건 볼 만한 게 없으며, 실용적인 글이라고 하는 건 더더욱 괴이하고 황당하다. 비문이나 묘지문은 한껏 과장되어 독자들이 도무지 그 내용을 믿을 수가 없지만 작가들은 반드시 관례대로 그렇게 해야만 한다. 일상적인 광고도 글의 수미에는 항상 온갖 아부의 말을 붙인다. 상을 치르는 사람은 잘 먹고 잘 자면서도 죽은 이에 대해 기록하는 글에서는 반드시 거짓으로 속여 "거적을 깔고 흙덩이를 베고 혼미한 가운데 자며"[17]라고 쓴다. 의사에게 편액을 선물할 때는 '그 의술이 기황을 능가하고'[18]라고 쓰지 않으면 '그 의술이 아주 심오하여'[19]라고 쓴다. 궁벽한 시골마을에서 아주 조그만 두부가게를 열더라도 그 집의 춘련(春聯)에는 항상 "장사가 흥왕하여 사해에 두루 통하고, 재물의 근원이 무성하여 삼강(三江)까지 이르네."라고 쓴다. 국민들이 쓰는 실용문의 이런 비루함은 모두 아부와 허식으로 포장된 귀족의 고전문학에서부터

14) 변문에 능했던 청대의 문인 장조공(章藻功).

15) 청대의 유명한 시인이자 산문가였던 원매(袁枚).

16) 북송(北宋)의 저명한 문학가, 서법가로 한때 '강서시파'의 우두머리로 이름을 날렸던 황정견(黃庭堅).

17) 원문은 '苫塊昏迷'이다.

18) 원문은 '術邁岐黃'으로 여기에서 '기황'은 黃帝와 그의 신하 岐伯을 병칭한 것이다. 황제는 복희씨(伏羲氏), 신농씨(神農氏)와 함께 삼황(三皇) 가운데 하나로 전설적인 神人이다.

19) 원문은 '著手成春'으로 손을 대면 봄을 이룬다는 뜻이다, 다시 회춘한다는 의미로 해석될 수 있다.

죽 전해 내려온 것일 뿐이다.

지금과 같은 문학 혁신의 시대에는 이런 귀족문학, 고전문학, 산림 문학에 속하는 것들은 모두 배격되어야 한다. 무슨 이유로 이 세 가지 문학을 배격하는가? 말하자면, 귀족문학은 수식에 의존하여 독립자존의 기상을 상실했고, 고전문학은 포장과 갈고 다듬는 것에만 치중하여 감정을 펼쳐내고 사실을 기록하는 본질을 상실했으며 산림 문학은 너무 알기 어렵고 난삽하여 스스로는 대단한 저술로 여기지만, 대다수의 사람들에게는 아무런 도움이 되지 않기 때문이다. 그 형식은 낡은 틀을 그대로 답습하고, 살만 있지 뼈는 없으며, 형태만 있지 정신은 없으니 장식품에 불과할 뿐 실용품은 되지 못한다. 그 내용을 보면 시선은 늘 제왕이나 권문세족, 신선이나 귀신, 개인의 영달이나 이록(利祿)을 넘어서지 못한다. 소위 우주니 인생이니 사회니 하는 것들은 모두 그 생각이 미치는 바가 아니니, 이는 이 세 가지 문학의 공통적인 결함이다. 이런 문학은 대체로 아부와 과장과 허위가 가득하고 세상물정에 우매한 우리 국민성과 서로 인과관계를 이루고 있다. 지금 정치를 혁신하려고 한다면, 필히 이런 정치를 운용하는 자들의 정신계에 둥지를 틀고 있는 문학을 혁신하지 않으면 안 된다. 만약 우리가 눈을 뜨고 세계 사회와 문학의 추세와 시대정신을 보지 않고, 밤낮으로 낡은 종이 더미 속에 고개를 파묻고 있으면서 오직 제왕과 권문세가와 귀신과 신선과 개인의 영달과 이록에만 눈과 마음을 쏟는다면, 그러면서도 그것으로 문학의 혁신을 추구하고 정치의 혁신을 추구한다면 그건 손발을 묶어 놓고 맹분(孟賁)[20]에게 맞서 싸우는 것과 같은 것이다.

서구 문화는 정치와 과학에서 선사받은 것이 진실로 많으며 문학에서

20) 전국(戰國)시기에 나라를 지킨 유명한 무사.

선사받은 것 또한 적지 않다. 나는 루소와 볼테르의 프랑스를 사랑하지만 위고와 졸라의 프랑스를 더욱 사랑하며, 칸트와 헤겔의 도이치를 사랑하지만 괴테와 하우프트만의 도이치를 더 사랑한다. 나는 베이컨과 다윈의 영국을 사랑하지만 디킨스와 와일드의 영국을 더 사랑한다. 우리나라 문학계의 호걸 중 중국의 위고, 졸라, 괴테, 하우프트만, 디킨스, 와일드를 자부할 만한 사람이 있는가? 고루한 선비들의 비난을 아랑곳하지 않으면서 눈을 크게 뜨고 담을 키워 십팔 요마[21]와 전투를 벌일 자가 있는가? 그렇다면 나는 사십 이 문[22]의 대포를 끌어와 그를 위해 선봉이 되기를 원한다!

1917년 2월 1일 『신청년』 제2권 제6호, 서명: 천두슈(陳獨秀)

21) 명청대의 18명의 고문 대가를 가리킨다. 굳이 18이라는 숫자를 쓴 것은 소림사의 십팔 나한이나, 불교에서 십팔 나한이 요마를 물리쳤다는 이야기와 무관하지 않은 것으로 생각된다.

22) 여기서 천두슈가 사용한 42라는 숫자는 인도에서 중국으로 전해진 최초의 불경《佛说四十二章经》42장의 42와도 상통한다.

12 구사상과 국체문제

베이징 션조우학회 강연

舊思想與國體問題-在北京神州學會講演

오늘, 본 학회에서 강연회가 열리는 이날이 마침 국회기념일이다 보니 나도 모르게 어떤 생각이 일어나 이런 제목을 정했다. 그 생각이란 다름 아니라 지금 국회는 군주국의 국회가 아니라 공화국의 국회라는 것이다. 방금 리스쩡(李石曾) 선생[1]이 강연에서 '학술의 진화' 운운하면서 "정치진화의 흐름이 군주에서 민주로 가는 것은 정해진 추세로 우리는 낙관해도 된다."라고 하셨는데, 나는 리 선생의 생각이 정말 맞을 거라는 생각을 하면서도, 지금 우리나라의 정세가 공화의 국체에서 다시 한 번 더 변화를 맞이하게 될지에 대해서는 시종 의구심을 품지 않을 수 없다.

신해(辛亥)년 혁명 이래로 우리나라가 공화정을 시행한 지 수년이 되었는데, 재작년 주안회(籌安會)[2]가 갑자기 국체문제에 대한 토론을 끄집

1) 리스쩡(李石曾, 1881~1973)은 20대 초반 파리유학시절에는 무정부주의자로 활동했으며 차이웬페이 등과 근공검학회(勤工儉學會)를 만들어 운영하기도 했다. 차이웬페이가 베이징대 총장으로 있을 때 베이징대 교수를 역임했으며 이후에는 주로 국민당 장제스 정부하에서 학술 외교 분야 활동에 종사했다. 차이웬페이와 더불어 국민당 4대 원로 중 한 사람으로 꼽힌다.

2) 주안회(筹安会)는 1915년 양두(杨度), 순유쥔(孙毓筠), 옌푸(严复), 리우스페이(刘

어낸 것은 상식적인 이치로 생각하면 너무나 이상한 일이었지만 당시 나는 이상하다고 생각하지 않았다. 위안(袁) 씨가 병으로 죽어 제제(帝制)가 취소되자, 상식적인 이치로는 중국에서 앞으로 다시는 제제가 부활될 수 없으며 공화체제는 안정을 찾게 된 셈이라고 생각할 수 있었지만 나는 또한 그렇게 생각하지 않았다.

내가 그렇게 생각을 했던 건 일부러 다른 사람과 다르고자 해서가 아니다. 마음으로 제제의 폐지를 안타까워해서는 더더욱 아니며, 또한 중국에는 제제가 맞지 공화제는 맞지 않는다는 말을 하려는 것도 결코 아니다. 다만 지금, 우리 중국 국민의 대다수는 입으로는 공화에 반대하지 않지만 머릿속은 실제로 제정 시대의 구사상으로 꽉 채워져 있으며, 그 속에서 구미 사회나 국가의 문명 제도는 그림자도 보이지 않기 때문에, 또한 하는 말이나 행동에서 걸핏하면 자기도 모르게 군주독재의 악취를 풍기기 때문에 이런 생각을 한 것이다. 이들은 배짱이 작아서 주안회 사람들처럼 감히 당당하게 그것을 말하지 못할 뿐이지 사실 마음속의 생각은 그들과 똑같다.

위안스카이(袁世凱)가 황제가 되려고 했던 것도 망상이 아니다. 그는 실제로 다수의 민의가 제제를 믿지 공화를 믿지 않으며, 제정(帝政)에 반대하는 사람이라도 대부분은 위안스카이가 황제가 되는 것에 반대하는 것이지 진심으로 근본적으로 제정에 반대하는 것은 아니라는 걸 알고 있었다.

지난 수년 동안 공화국을 수립하고 공화국을 재건하는 일에 참여한 사람은 적지 않지만, 양심적으로 말하면 진심으로 공화가 무엇인지 아

师培), 리비엔허(李燮和), 후잉(胡瑛) 등 여섯 명이 만든 정치단체로, 당시 중화민국 대총통이었던 위안스카이를 지지하며 공개적으로 제제(帝制)의 부활과 입헌군주제 실행을 주장했다.

는, 머릿속이 제정 시대의 구사상으로 채워져 있지 않은 사람이 그중 몇 명이나 되겠는가? 서양의 학자들은 항상 "근대국가는 국민의 총의(總意) 위에 세워지는 것"이라고 말한다. 지금 위안스카이는 비록 죽었지만, 위안스카이가 이용하던 군주독재의 경향을 띤 구사상은 옛날 그대로 있으니, 황제체제가 다시는 부활하지 않고 민주공화체제가 안정을 찾는 일은 하늘에 오르는 것보다도 어렵게 보인다!

지금 공화제를 공고히 하려고 하면 우선 국민의 머릿속에 든, 공화를 반대하는 구사상부터 말끔히 씻어내지 않으면 안 된다. 민주공화제의 국가조직이나 사회제도, 윤리 관념은 군주독재의 국가조직이나 사회제도, 윤리 관념과는 완전히 상반되기 때문이다. 하나는 평등정신을 중시하고, 하나는 존비의 계급관념을 중시하므로 절대로 같이 어울릴 수가 없다. 만약 한편으로는 공화정치를 시행하려고 하면서 다른 한편으로는 또 군주시대의 구사상을 보존하려고 한다면 그건 절대로 조화될 수가 없는 일이다. 게다가 이런 '양다리 걸치는' 방식은 이도 저도 아닌, 즉 공화도 아니고 제정도 아닌 것이라서, 국가에는 조직이 없고 사회에는 제도가 없이 모든 게 엉망진창이 되고 말 것이다.

지금 중화민국의 정치적인 민심이 바로 이런 상황이다.

분명히 공화의 팻말은 걸고 있지만 정부가 관리를 뽑는 시험에서는 여전히 "위로는 하늘이 있고 아래로는 연못이 있으니, 군자는 상하를 분별하여 민의를 정한다."[3] "백성이 풍족한데, 임금이 어찌 풍족하지 않으리오"[4] "배움은 삼대가 모두 공유하는 것이니, 모두가 인륜을 밝히기 위한 것이다. 위에서 인륜을 밝히면, 아래의 백성들은 서로 친하게 지낸다."[5]

3) 원문은 "上天下泽，君子以辩上下，定民志"로 『역경』의 괘사(卦辭)이다.

4) 원문은 "百姓足, 君孰与不足."으로 『논어』「안연편(顏淵篇)」에 나오는 구절이다.

5) 원문은 "学则三代共之, 人伦明于上，小民亲于下."로 『맹자』에 나오는 구절이다.

는 것 등으로 제목을 삼으니, 무슨 상하를 구별하며 어떤 민의를 정한다는 것인지, 공화제 국가에 대체 무슨 군주가 있다는 것인지, 또한 공화국의 국민이 어떻게 법을 가벼이 여길 수 있다는 것인지 알 수가 없다. 맹자가 말하는 인륜이란 임금에게 충성하고(忠君), 아버지에게 효도하고(孝父) 남편을 따르는(從夫) 것을 사람됨의 큰 윤리라고 하는 것이다. 묻건대, 민주공화국의 국가조직과 사회제도, 윤리 관념이 이 "임금이 백성을 다스리고, 아버지가 자식을 다스리고 남편이 아내를 다스린다."는 불평등한 사상을 수용할 수 있는 것인가?

분명히 공화의 팻말을 내걸고 있어도 국회의원들은 여전히 공교를 숭상해야 한다고 큰 소리로 고함을 지르며 주장하고, 공교의 교의에 따라 여전히 사람들에게 임금에게 충성하고 아버지에게 효도하고 남편을 따르라고 가르친다. 정치윤리에서도 계급의 귀천과 삼강(三綱)을 강조하는 것은 마찬가지이다. 맹자(孟子)는 "공자가 춘추(春秋)를 완성하자, 난신과 적자들이 두려워하게 되었다."고 했고, 순자(荀子)는 "예(禮)에는 세 가지 근본이 있으니, 천지는 생(生)의 근본이요, 조상은 종족(類)의 근본이요, 임금과 스승은 다스림(治)의 근본이다."라고 했다. 동중서(董仲舒)는 "『춘추』의 법은, 사람은 임금을 따르고, 임금은 하늘을 따르는 것"이라고 했다. 이것이 다 공교에서 말하는 예와 임금 숭상의 핵심적인 내용들이다. 만약 이런 이치를 가지고 국민 수신(修身)의 근본을 삼는다면, 이건 공교의 수신의 도리를 가지고 공화제를 파괴하거나, 아니면 수신을 가르쳤는데 수신이 제대로 되지 않아 결국은 난신적자가 되거나 하는 것이 아니겠는가. 공교를 헌법에 넣자고 주장하는 의원은 분명 그 자신이 공화민국의 의원이며, 자신이 논하는 것이 공화민국의 헌법이라는 것을 망각한 것이니, 공교 숭배를 헌법에 넣자고 주장하는 것보다는 차라리 중화민국의 국체가 공화여도 되는지 여부를 토론하자고 하는 것이

나을 것이다. 만약 한편으로는 공화의 국체를 인정하면서 다른 한편으로는 공교를 보존하자고 한다면, 그건 이론적으로도 정말 말이 되지 않으며 실제로도 할 수 없는 일이다.

분명히 공화의 팻말을 걸고 있지만 학자나 문인들은 여전히 공덕(功德)을 송양하거나 궁전과 전원생활을 포장하는 한(漢)대의 부(賦), 임금을 생각하며 도(道)를 밝히는 한유(韓愈)의 문장이나 두보(杜甫)의 시 같은 것을 숭상한다. 어쩌다 누군가가 근대의 통속적인 국민문학을 제창하면 그건 사람들에게 비웃음을 사거나 욕을 얻어먹게 된다. 사회에서 일반적으로 써야 하는 글은 여전히 군주시대의 악습 그대로이다. 도시 안의 사람들이 대문에 붙여놓는 대련(對聯)에는 "임금의 은혜를 받든다(恩承北闕)" "황은이 망극하다(皇恩浩蕩)"와 같은 글자들이 들어가 있지 않은 경우가 거의 없고, 시골 사람들의 대청에는 여전히 "천지군친사(天地君親師)"[6]의 붉은 종이가 붙어 있을 뿐만 아니라 위패까지 설치되어 있다.

이 낡은 사상이 온 나라에 가득하기 때문에 우리가 진심으로 공화의 국체를 공고히 하려고 한다면 이런 공화에 반대하는 윤리와 문학의 구사상을 완전히 말끔히 씻어내지 않으면 안 된다. 그렇지 않으면 공화정치는 시행될 수 없을 뿐 아니라 이런 공화의 팻말도 내걸 수 없게 된다.

만약, 일단 제제가 부활된다면, 차이지에민(蔡孑民) 선생이 말한 "미술로 종교를 대신하는 일"이나 리스쩡 선생이 말한 "근대학술의 진화"나 장푸추엔(張溥泉) 선생이 말한 "새로운 도덕"들은 정치적으로는 '반란세력'이 되고, 학술적으로는 '이단'이 되어, 어떤 학문도 다 발전의 여지

6) 중국 민간의 제사 대상인 천지, 임금, 부모, 스승을 가리킨다.

가 없어지게 될 것인데, 귀 학회에서 또 무슨 이야기할 만한 학문이 있겠는가?

1917년 5월 1일 『신청년』 제3권 제3호, 서명: 천두슈(陳獨秀)

13 도덕의 개념과 그 학설 유파

道德之槪念及其學說之派別[1]

3월 17일 천두슈가 본교 덕육(德育)부에서 행한 연설이다. 천두슈는 여기에서 도덕의 개념과 그 학설 유파에 대해 장장 수천 마디를 늘어놓았는데, 기억에 의존하여 그 대략의 내용을 아래에 적는다. 상세한 내용은 본교에 별도의 기록이 있으니 참고하기 바란다.

도덕의 문제를 논하려면 먼저 도덕의 개념이 무엇인지 분명히 밝혀야 그 후에 비로소 입론이 범위가 정해질 것이다. 원래 도덕 개념은 인간이 진리를 탐구하는 마음에서 형성되기 시작한 것이다. 도덕과 진리의 관계는 나무와 뿌리, 물과 수원의 관계와 같은 것으로 종교, 법률, 도덕 이 세 가지는 모두 진리에서 나온 것이다. 종교는 신앙을 기초로 하고 법률은 권력으로 운용되지만, 신앙이 포괄할 수 없는 것이 있고 권력이 미칠 수 없는 것이 있으니 도덕이 으뜸이다. 이것으로 도덕과 종교, 법률 삼자는 모두 진리의 하위범주이며, 그 내포와 외연을 분명히 하면 도덕의 개념 또한 분명해짐을 알 수 있다. 도덕 개념이 명료해지면 그것이 종교, 법률과 맺는 관계라는 게 다 진리의 외형이요 그것의 이름이며 또한 모두 시대에 따라 응당 변화해야만 하는 것임을 분명히 알게 된다. 우리는 종종

1) [원주] 원래 제목은 '천두슈 군의 강연 기록'으로 베이징고등사범학교 학생인 창룽회이(常乃悳)가 기록하였다.

도덕을 변할 수 없는 것으로 생각하면서 우리가 지금 지키고 있는 도덕이 마치 인류가 생겨난 때부터 줄곧 공인되어온 도덕인 것처럼 생각하는데 이건 커다란 오해이다. 무릇 도덕이 변천해온 자취는 정말 너무나 뚜렷해서 가릴 수가 없다. 예를 들면, 야만 부락의 종족들은 사람을 죽이는 것을 영예로 생각하여 자식이 설 줄 알게 되면 반드시 사람 죽이는 기술을 가르쳤고 사람을 많이 죽이면 죽일수록 사람들의 존경을 더 많이 받았다. 이것은 우리에게는 괴이한 느낌을 자아내지만 저들은 정말로 이것을 도덕이라고 생각한 것이다. 이를 통해서도 도덕이라는 것이 한번 성립되면 변하지 않는 것이 아님을 알 수 있지 않은가! 오늘날 우리나라 사람들이 도덕에 대해 오해하는 건 대체로 두 가지다. 하나는 하늘이 변하지 않으면 도(道)도 변하지 않는다고 생각하는 것인데 이것의 오류에 대해서는 위에서 이미 말하였다. 무릇 도덕, 종교, 법률 이 세 가지는 평등하며 각각은 다른 두 가지와 서로 분리될 수 없다. 다른 하나는 과학이 발달하게 되면 그 결과로 도덕이란 두 글자는 더 이상 인류사회에 존재하지 않게 될 것이라고 생각하는 것인데 이것 또한 오류이다. 무릇 도덕은 두 사람 이상의 상호관계에서 생겨나는 것이다. 도덕은 종교, 법률과 더불어 군치(群治)를 유지하는 도구였다. 세상에서 유리되어 혼자 살지 않는 한 도덕을 필요로 하지 않는 사람은 없다. 묻건대, 과학이 발달하면 종국에 가서는 사람들 하나하나가 모두 무리를 떠나 홀로 살 수 있게 될까? 그럴 수 없다면 두 사람 이상이 모인 사회에서 도덕은 그 안에 있을 수밖에 없다. 그러므로 도덕의 소멸을 예상하는 것은 생각이 깊지 않은 견해이다.

도덕의 개념이 분명해졌으니 이제 도덕학설 유파에 대해 생각해보자. 지금의 도덕학설 중 서구에서 가장 중심이 되는 것은 두 부류이다. 하나는 개인주의라는 이기적인 부류요, 다른 하나는 사회주의라는 이타적인 부류이다. 이 두 유파가 도덕학설의 세계에서 으뜸을 이루고 있다. 우리나라의 옛날 삼강오륜과 같은 도덕은 이기도 아니고 이타도 아니며, 개인도 아니고 사회도 아닌, 가족주의를 근거로 한 봉건 시대의 노예노덕일 뿐으로 이런 도덕은 오늘날에는 이미 논의할 가치가 없다. 혹시 여전히 그것에 연연해하는 자가 있다면 그는 노예 근성을 아직도 버리지 못한 자로 감히 국민을 자칭할 수 없을 것이다. 서양에서 위 두 파의 학설은 지혜가 출중한 선비들도 여전히 양자 사이에서 망설이며 결단을 내리지 못하고 있으니 이것이 정말 우리가 연구해야만 하는 것이다.

유럽의 문명에는 본래 두 가지 근원이 있다. 하나는 유럽 고대로부터 전해져 내려오는 희랍 로마의 문명이며 또 하나는 중세기에 외래의 문명을 흡수하여 형성된 것으로 예수교 문명이다. 이 두 문명이 유럽문명의 원천으로 무릇 수백 가지 학술이 다 여기에서 나오며 도덕학설도 예외가 아니다. 개인주의는 희랍 로마에서 전해져 내려오는 사상으로 오늘날에 이르러 크게 제창되고 있다. 이것이 한 번 변해서 다윈의 상호경쟁 학설이 되고 다시 변해서 니체의 초인설이 되고 다시 변해서 도이치의 군국주의가 되었으니 다 개인주의 사상이 변한 것이다. 사회주의는 바로 예수교 문명에서 유입된 사상인데 마찬가지로 오늘날에 이르러 크게 제창되고 있다. 러시아의 톨스토이가 바로 이 학설을 힘써 제창했고 그를 따르는 자가 심히 많아 니체의 초인론과 서로 대항 국면을 이루었다. 미루어 짐작건대, 전쟁이 끝나면 도덕학설에 반드시 일대 변동이 일어날 것이니 이 두 사조의 갈등이 해결될 날도 멀지 않다. 근거의 확실함으로 말한다면 이기주의가 좀 더 우위에 있다. 천하 누구를 막론하고 자기 사랑을 목적으로 삼지 않는 사람은 없기 때문이다. 자기를 사랑하지 말고 타인을 사랑하라고 외치는 말들은 다 속임수에 불과하다. 이타주의를 말한 자 중에는 부처만 한 자가 없을 것이다. 모든 사람을 사랑했을 뿐만 아니라 모든 중생이 그를 사랑했으니 그 공덕의 힘은 얼마나 웅대한가. 하지만 결국은 스스로 열반하여 생사의 윤회를 벗어나고 부처의 경지에 이르기 위한 방법이었을 뿐이니 이것을 이기주의가 아니라고 말할 수 있을까? 그러므로 이기주의라는 것은 바뀌거나 동요하지 않는 너무나 확고한 주의이다. 오직 극단적인 이기주의자만이 무리와 자신이 서로 연결되어 있는 이치를 알지 못해서 왕왕 자기만 알고 다른 사람은 모르는 행동을 하며, 심한 경우에는 사회조직을 파괴하기도 하는 것이다. 하지만 사람은 무리 지어 사는 동물이라서, 문명이 발달하면 할수록 무리가 서로를 필요로 하는 정도도 깊어진다. 우리가 오늘날 먹고 입는 것과 사용하는 온갖 물건들을 생각해봐도 어느 것 하나 사회에서 서로 돕는 것에 의지하지 않는 것이 있는가? 이것이 어찌 한 사람의 지력으로 다 해낼 수 있는 것이겠는가. 만약 할 수 있다고 해도 그것은 단지 유지할 수 있을 뿐이지 어떤 개선이나 진보를 이루어낼 여력은 절대로 없다. 그러므로 이기주의를 말하면서 개인으로 물러나서 그것을 국가의 이익, 사회의 이익, 인류의 이익으로 확대하려고 하지 않는다면, 인류의 사상적인 충돌은 그칠 날이 없을 것이다. 훗날 도덕 문제의 해결도 마찬가지이다!

1917년 5월 1일 『신청년』 제3권 제3호

14 『신청년』의 죄안에 대한 답변서

『新青年』罪案之答辯書(1919년 1월 15일)

본지가 발행된 지 삼 년이 지났고 발행 호수도 이미 삼십 권을 채웠다. 그간 본지에서 한 말들은 다 지극히 상식적인 내용인데도 사회에서는 호들갑을 떨며 사방팔방에서 비난을 퍼부었다. 구인물들은 말할 것도 없고 말 많은 청년 학생들 중에도『신청년』을 무슨 이상한 소리나 괴물, 혹은 정도를 벗어난 이단이나 성현의 법도에 대한 반역 같은 걸로 취급하는 이가 있다. 이에 본지 동인들은 참으로 참괴한 심정이며 우리나라가 혁신될 수 있을 지에 대해서도 무한히 비관적인 마음을 품지 않을 수 없다.

사회에서 본지를 비난하는 사람들은 대략 두 종류로 나뉜다. 하나는 본지를 애호하는 사람들이고, 하나는 본지에 반대하는 사람들이다. 첫 번째 종류의 사람들은 본지의 주장에 대해서는 본래 어느 정도 찬성을 하면서도, 본지가 온 세계가 공인하는 저 폐물들을 질책할 때 간혹 필요 없다고 생각해서 그 이유를 세세히 밝히지 않거나 또는 어휘 사용에서 짐짓 신사적인 어조를 가장하지 않을 때, 그것 때문에 사회에서 본지에 대한 신용이 줄어들까 우려하는 경우이다. 이런 반대에 대해서라면 본지의 동인들은 그들의 호의에 마땅히 감사해야 한다.

두 번째 종류의 사람들은 본지의 주장에 대해 근본적으로 반대하는 위치에 서 있다. 그들이 본지를 비난하는 건 모두 공교(孔教)를 파괴하고 예법을 파괴하고 국수(國粹)적인 것을 파괴하고 정절을 파괴하고 구윤리(忠孝節)를 파괴하고 구예술(중국연극)을 파괴하고 구종교(귀신)를 파괴하고 구문학을 파괴하고 구정치(특권적인 인치)를 파괴한다는 이런 죄목들 때문이다.

이런 죄목들이라면 본지 동인들은 당연히 거리낌 없이 인정한다. 하지만 그 근본을 추적해보면 본지 동인들은 본래 무죄로, 단지 데모크라시(Democracy)와 사이언스(Science) 두 선생을 옹호한 것 때문에 이런 엄청난 죄를 저지르게 된 것일 뿐이다. 덕(德) 선생을 옹호하려면 부득불 공교와 예법과 정절과 구윤리와 구정치에 반대하지 않을 수 없고, 새(塞) 선생을 옹호하려면 부득불 구예술과 구종교에 반대하지 않을 수 없으며, 덕 선생도 옹호하고 새 선생도 옹호하려면 부득불 국수적인 것과 구문학에 반대하지 않을 수 없다. 다들 마음을 가라앉히고 자세히 생각해보라. 본지가 덕 선생과 새 선생 두 선생을 옹호한 것 외에 또 무슨 다른 죄목이 있는가? 만약 없다면 당신들은 본지만 전적으로 비난할 게 아니라 힘과 용기를 가지고 덕, 새 두 선생을 반대해야 한다. 그래야 사내대장부라고 할 수 있으며, 비로소 근본적인 반대가 될 수 있다.

사회에서 가장 반대하는 건 치엔쉬엔통(錢玄同) 선생[1]의 한문 폐지 주장이다. 치엔 선생은 중국문자음운학 분야의 전문가면서 어찌 언어문자가 자연 진화한다는 이치를 모르는가?(내 생각에는 오직 이 한 가지 이유만으로도 치엔 선생에게 반대할 수 있다.) 치엔 선생이 그렇게 주장한 것은 단지, 자고로 한문으로 된 서적들은 거의 모든 책, 모든 쪽, 모든 행이 다

1) 치엔쉬엔통(錢玄同, 1887~1939)은 일본 유학 후 베이징대학교수를 역임했으며 『신청년』의 주요기고자요 편집인의 한 사람으로 활동했다. 『신청년』의 백화문 발간을 주도하는 등 문자개혁에 힘썼다.

덕 선생과 새 선생, 이 두 선생에게 반대하는 악취를 풍기고 있으며, 또 젊은 학자나 나이 든 학자나 한학자들을 만나보면 대부분 입만 열면 국수나 옛 학설을 늘어놓기 때문이다. 이는 아주 당연하게 한학이 덕 선생이나 새 선생의 맞수라고 선언을 하는 것이나 다름없으므로 치엔 선생이 분노가 극에 달해 이런 격한 의견을 내놓은 것이다. "돌조각으로 낙타등을 누르는" 의술 같은 치엔 선생의 이런 방식에 대해서 본지 동인들은 대부분 그다지 찬성하지 않는다. 하지만 사회에서 어떤 무리의 사람들은, 이것 때문에 그에게 화를 내며 욕을 퍼붓고 그를 비웃고 하면서도 그를 논박하는 의견을 내지는 않으니 이건 또 무슨 이치인가? 설마 당신들은 한문이 폐기될 날은 영원히 오지 않을 것이라고 확신하는 것인가?

서양 사람들은 덕 선생과 새 선생을 옹호해서 많은 일들을 치렀고 많은 피를 흘렸다. 그리고 그렇게 해서 비로소 이 두 선생이 암흑 속에서 차츰차츰 그들을 구출해 광명한 세계로 이끌어내었다. 지금 우리는 오직 이 두 선생만 있으면, 정치적 도덕적 학술적 사상적인 모든 암흑에서 중국을 구해낼 수 있다고 확신한다. 만약 이 두 선생을 옹호하기 때문에 정치적인 압력과 사회적인 공격과 조롱을 받아야 한다면 단두대에서 피를 흘리는 것도 마다하지 않을 것이다.

지금은 바로 우리 중국이 덕 선생의 뜻으로 군주제를 폐지한 지 팔 년째 되는 때이다. 그러므로 나는 본지가 사회에서 비난을 받게 된 근본적인 원인을 써서 온 천하에 알리고자 하는 것이다.

1919년 1월 15일 『신청년』 제6권 제1호, 서명: 천두슈(陳獨秀)

15 인종 차별 문제

人種差別待遇問題

정의와 진리와 인도주의의 입장에서 말한다면, 인종에 따른 차별에는 마땅히 반대해야 한다. 이런 이유에서 나는 일찍이 동양 민족이 세계평화회의에서 인종평등의 주장을 제기하고 합력해서 그것을 요구해야 한다는 주장을 한 바 있다.(『매주평론』 2호 사설을 보라) 그래서 일본특사가 갑자기 파리에서 이 문제를 제기했다는 말을 들었을 때 크게 탄복을 했었다. 그런데 무슨 연고인지 다시 슬그머니 그것을 스스로 철회했다는 소식을 듣고는 다시 크게 실망을 했었다. 그런데 지금 또 무슨 연고에서인지 모르지만 일본인들이 다시 이 문제를 크게 떠벌리고 있다. 뿐만 아니라 이 문제 때문에 특별히 미국에 대해 불만을 품고, 윌슨 대통령에게도 불만을 제기하고 있다고 한다.

이치상으로 말한다면 흑인은 차치하고, 우리 황색인종의 문명과 경제수준도 미래에는 아주 희망적이다. 현재를 가지고 논한다고 해도 백인에 비할 수는 없지만 꼭 차별대우를 당해야 할 정도는 아니다. 지금 파리 회의에서는 세계의 영구 평화를 구상하고 있다는데, 세계 각국에 많은 수가 흩어져 있는 우리 황색인종에 대해 만약 그런 인종 차별 관념을 타파하지 않는다면 앞으로 황색인종이 내는 불평의 소리가 어찌 세계의 영구 평화에 장애가 되지 않겠는가?

그러므로 일본인들의 이런 제의에 대해 우리는 당연히 근본적으로 찬성한다. 하지만 우리 중국인들이 주의를 기울여야 할 사항들이 있다.

첫째, 우리 중국인은 모든 황색인종과 연대해서, 파리 회의를 향해 정정당당하게 평등한 대우를 요구해야지 일본에 부속되어 미국에 저항하는 기계 노릇을 해서는 안 된다.

둘째, 우리 중국은 내륙지역이 아직 충분히 개발되지 않았고, 변경지역에는 황무지가 더 많기 때문에 국외로 이민을 갈 필요가 없다. 그래서 중국인 노동자나 화교상인들에 대해 요구해야 할 내용이 일본의 이민정책과는 다르다.

셋째, 이왕 우리 황인이 백인에 대해 평등한 대우를 요구한다면, 우리 황인 스스로도 황인에 대해 먼저 평등한 대우를 해야 한다. 만약 우리 황인이 황인에 대해 무슨 중국의 특수 지위니 하는 것들을 주장하거나 조선에서의 주종관계와 같은 것들을 타파하지 못한다면, 그러고도 무슨 면목으로 백인들에게 평등한 대우를 요구할 것인가?

1919년 3월 9일 『매주평론(每周評論)』 제12호, 서명: 지안(只眼)

16 수감록

隨感錄

국제적인 관리와 일본의 관리(國際管理與日本管理)

많은 사람들이 중국의 철로를 국제적인 관리로 귀속시키는 것에 반대한다. 나는 그들의 애국심에 탄복한다. 하지만 국제적인 관리에 반대한 결과가 중국의 철로 대부분을 일본의 관리로 귀속시키는 게 낫겠다는 쪽으로 가서는 안 된다. 일본의 관리로 귀결되면 철로를 지키는 그들의 병사들이 올 것이고 철로를 따라서 순찰들도 올 것이고 일체의 상인과 잡역부와 창기들도 올 것이다. 심지어는 민간정부도 세우려 할 것이다. 구미 각국의 사람들이 중국의 철로를 관리할 때는 절대로 이런 괴이한 현상은 없었다.

1919년 3월 9일 『매주평론』 제12호, 서명: 지안(只眼)

아시아의 도이치(亞州的德意志)

유럽의 도이치는 이미 군국주의를 포기했는데, 아시아의 도이치는 여전히 전혀 각성이 없다. 그 나라가 세계의 일을 논할 때는 군비축소와 징병폐지에 반대하면서 자유주의 국가인 영미와 불화하고, 중국의 일을 논할 때는 군벌을 비호하며 참전군 폐지에도 반대하면서 자유주의 국가인 영미와 불화한다. 그 나라가 이렇게 무력을 맹신하니 장차 그 운명이 어떻게 될지 두고 보자.

아일랜드와 조선(爱尔兰與朝鮮)

유럽의 섬나라 제국에는 아일랜드의 문제가 있고 아시아의 섬나라 제국에는 또한 조선의 문제가 있다. 이 두 민족이 가지고 있는 자결운동의 정신은 이미 다 충분히 표현되었다. 동서를 대조해보면 둘 다 짝을 이루고 있는 셈이다. 하지만 아일랜드는 미국의 중의원에서 이미 다수가 독립을 원조하기로 의결하여 문제가 거의 해결되어 가고 있는데, 지금 조선은 어떻게 되고 있는가?

1919년 3월 16일 『매주평론』 제13호, 서명: 지안(只眼)

연구실과 감옥(研究室与监狱)

세계문명의 발원지는 두 곳이니 하나는 과학연구실이요, 하나는 감옥이다. 우리 청년들은 뜻을 세워, 연구실을 나오면 감옥으로 들어가고 감옥을 나오면 연구실로 들어가야 한다. 그래야 비로소 가장 고상하고 아름다운 삶을 사는 것이다. 이 두 곳에서 발생한 문명이라야 비로소 참문명이며, 비로소 생명이 있고 가치가 있는 문명이다.

애정과 고통(爱情与痛苦)

친구 후스(胡適)가 친구 장웨이츠(張慰慈)[1]의 접는 우산 위에 두 구절을 썼다. "애정의 대가는 고통이고, 애정의 방법은 고통을 참아내는 것이다." 내 생각에는 비단 애정만 그런 것이 아니라 나라를 사랑하고 진리를

1) 장웨이츠(張慰慈, 1890~1976)는 미국유학 출신의 철학박사로 베이징대 법정대 등에서 교수를 역임했다. 중국정치학 분야 연구의 선구자로 평가받는다.

사랑하는 것도 모두 그러하다.

1919년 6월 8일 『매주평론』 제25호, 서명: 즈옌(只眼)

17 조선독립운동 감상

朝鮮獨立運動之感想

이번 조선의 독립운동은 위대하고 절실하고 비장하며, 또한 명료하고 정확한 관념을 가지고 있으며, 민의(民意)로 하고 무력으로 하지 않았다는 점에서 세계 혁명사의 신기원을 열었다. 우리는 이에 대해 찬미와 애상과 흥분과 기대와 수치 등 갖가지 느낌을 가지게 된다.

우리는 조선인들의 자유사상이 이후로 계속해서 발전해나가기를 기대하며 조선 민족이 독립 자치의 영광을 누릴 날을 머지않아 보게 될 것이라고 믿는다. 우리는 조선이 독립한 후에도 여전히 '민의로 하지 무력으로 하지 않는' 태도를 견지하여 군대를 모집하고 탄알을 만드는 일을 영원히 하지 않음으로써 세계 각 민족의 새로운 결합(국가를 만든다고 하지 않고)의 모범이 되기를 기대한다. 군국의 침략주의로 고통을 겪은 사람은 마땅히 군국의 침략주의를 폐기해야 한다. 군국의 침략주의를 폐기하려고 한다면 당연히 군대를 양성할 필요도 없다.

우리는 일본 사람들이 비록 당장 조선의 독립을 인정할 수는 없다고 하더라고 마땅히 조선에 주둔한 군대와 경찰을 감축하고 그들에게 상당한 자치권을 허용해야 한다고 생각하며 그렇게 되리라 기대한다. 첫째 이번 독립운동에 참가한 사람들을 일체 처벌하지 않음으로써 일본인의 문명의 수준을 보여주어야 한다. 이번 독립운동은 조선인들의 정당한 권리이며, 일본의 국가적 존엄을 침범하거나 일본의 안녕과 질서를 교란시킨 것이 아니기 때문이다. 자유 독립의 대화혼(大和魂)을 가지고 있는 일본인이라면 조선인들의 이 비장한 실패에 대해 마땅히 뜨거운 동정의 눈물을 몇 방울은 흘려야만 할 것이다.

조선 민족의 이 영광스러운 행동을 보니, 우리 중국 민족의 초라함으로 인한 수치감이 더욱더 느껴진다. 공화국이 된 지 이미 팔 년이 되었지만 일반국민들이 명료하고 정확한 의식을 가지고 어떤 행동도 한 적이 없다.(신해혁명의 성과는 대부분 도적들과 무뢰한들이 광복의 명의를 빌려 약탈해 갔다.) 국민과 정치의 거리는 수천 길이나 떨어져 있어, 본국과 외국의 군벌들이 연합해서 핍박을 해도 감히 아무런 저항도 하지 않는다. 프랑스군을 옹호하는 서남(西南)쪽 군대는 결국 국민과 다른 패로 나뉘었다. 시골의 농민이나 일반 국민들만 아무 소리도 내지 못하는 게 아니라 말 많은 명사(名士)들이나 신사(紳士), 정객, 상인, 교육계의 인사들도 주인으로서의 국민의 자격을 공공연하게 스스로 포기하고 제삼자의 자리로 내려가서 정국과 타협한다. 그들이 제발 이번 조선인들의 행동을 좀 보기를 바란다. 그들이 무기가 없다고 감히 저항을 못하고 주인의 자격을 포기하고 제삼자가 되었나? 조선인들에 비하면 우리는 정말 부끄럽기 그지없다!

이번 조선독립운동에 참가한 사람들 중에는 학생과 기독교인이 가장 많다. 이를 통해 우리는 교육 보급의 필요성을 더욱 절감하게 되며 이후로는 감히 기독교를 우습게 보아서는 안 된다는 생각을 하게 된다. 하지만 지금 중국의 학생과 기독교인들은 어째서 다 죽은 듯이 축 늘어져 있기만 한 것일까?

1919년 3월 23일 『매주평론』 제14호, 서명: 즈옌(只眼)

18 우리는 어떠해야 하나?

소년중국학회 회무보고록

我們應該怎樣?-錄少年中國學會會務報告

우리 인간의 삶은 정말 고뇌의 삶이다. 영원히 고뇌의 삶일 것인가에 대해서는 물론 감히 단언할 수 없지만 지금 이전과 또 앞으로 수 세기 동안은 아마 여전히 고뇌를 떨쳐버릴 수 없을 것이다. 취생몽사(醉生夢死)로 살아가는, 자각능력이 하등동물 같은 사람들은 일단 논외로 하고, 일반적인 자각능력과 지력을 갖춘 사람들의 경우는 이 고뇌의 삶에 대해 아래와 같은 두 부류의 위험한 인생관을 가지고 있다.

하나는 세상에 순응하는 타락한 낙관주의요, 다른 하나는 세상을 혐오하며 자살을 택하는 비관주의이다.

첫 번째 생각을 하는 사람은 인간본성의 여러 가지 어두운 면을 꿰뚫어보면서 거기에는 개선의 희망이 전혀 없다고 생각한다. 두 번째 생각을 하는 사람은 인간을 터무니없이 높은 존재로 간주하면서 인간은 타고나면서부터 선량하고 고귀한 정신적 존재로 다른 동물과는 다르다고 생각하는데 그런 생각 때문에 눈앞에 보이는 주변의 현실에 크게 실망한다. 이 두 부류 사람들의 인생에 대한 고찰은 모두 철저하기 못하다. 게다가 이들에게는 삶의 고뇌를 견딜 용기가 없기 때문에 자연히 이런 두 가지 위험한 인생관이 생겨나게 되는 것이다.

우리가 만약 개인과 사회가 그래도 계속해서 존재할 가치가 있다고 생각한다면, 이 두 가지 위험한 인생관이 때로는 쓸모가 있을지 몰라도 사회 안에서 개인들이 보편적으로 가지는 유일한 믿음이 되어서는 안 된다.

생물학적으로 보면 인간도 역시 동물이다. 인간 본성의 어두운 면, 즉 탐욕이나 이기심, 질투, 분쟁과 살인 등은 다른 동물들과 마찬가지지 결코 그들보다 낫지 않다. 게다가 허위적이고 기만적인 특성은 다른 동물들보다 더하다. 하지만 인간 본성의 밝은 면, 즉 서로 사랑하고 돕는 특성은 다른 척추동물들과 마찬가지거나 그들보다 더 발달되어 있다. 선악을 분별하고 선택하는 마음의 작용(즉 도덕의식)은 어쩌면 인간만이 가지고 있는 본성이라고 할 수도 있을 것이다. 만약 인간에게 이런 선천적인 본성이 없다면 성현들의 가르침 같은 게 어떤 효과를 발휘하는 일은 절대로 있을 수 없다.

세상에 순응하거나 세상을 혐오하는 두 가지 입장을 가진 사람들은 모두 인간의 어두운 면만 보고 인간의 밝은 면에는 주목하지 않는다. 주목한다 해도 이를 개선하려고 노력할 용기나 자신감이 없다면 또 반드시 그렇게 자연스럽게 세상에 순응해서 타락하거나, 세상을 혐오하며 자살을 택하는 상황에 빠지게 될 것이다. 이러한 상황에서 벗어나려면 먼저 인간 본성의 어둡고 밝은 두 측면에 대한 철저한 관찰과 수용이 있어야만 하며, 다음으로는 세상을 개선하려는 노력을 할 용기와 자신감이 필요하다. 우리 사회에서 용기와 자신감을 가진 선지자나 선각자들은 인간 본성의 어두운 면을 점점 더 줄여나가고 인간 본성의 밝은 면은 점점 발전시켜나가기 위해 개인적인 노력을 기울여야 한다.

나는 이런 노력이 한편으로 삶에 대한 자각능력이 없는 사람들을 일깨울 수 있을 뿐만 아니라 다른 한편으로 일반적으로 자각능력은 있지만 용기가 없는 사람들을 이끌어 그들로 하여금 '세상에 순응하는 타락한 낙관주의'나 '세상을 혐오하여 자살하는 비관주의' 모두를 던져버리고, 노력하는 사람들을 좇아서 '세상을 사랑하며 노력하는 개혁주의'[1]를 믿으며 인간의 갖가지 어두운 면과 투쟁하도록 인도할 수 있으리라고 믿는다. 이렇게 '세상을 사랑하며 노력하는 개혁주의'가 사회 안에서 개인들이 보편적으로 가지는 유일한 믿음이 되는 그런 시대가 되면 인간의 삶이 고뇌에서 벗어나게 되는 것도 그다지 요원한 일이 아닐 것이다.

생물진화론을 연구하는 사람들 중에는 여러 생물 가운데서 인간은 육체적으로나 정신적으로나 어떤 면에서는 진화했지만 어떤 면에서는 타락했다고 말하는 일군의 사람들이 있다. 일반 동물과 같은 탐욕이나 잔혹, 이기심, 생활상의 어려움이 주는 압박으로 이른바 도덕의식이라는 것이 소멸되면 이것이 곧 인간이 타락하고 장차 자멸에까지 이르게 되는 원인이 되는데, 그렇게 되면 아무리 노력을 해도 끝내 개혁의 목적을 이루지 못하고 결국은 멸망의 운명을 벗어날 수 없다는 것이다. 내 생각에 이런 문제제기는 아주 가치 있는 것이긴 하지만 이들 역시 인간의 어두운 면만 보고 밝은 면은 보지 않는다고 생각한다. 난 항상 우리의 개인적인 노력이 인간본성의 밝은 면으로 어두운 면을 개선해나갈 수 있다고 믿는다. 그것은 절대적으로 불가능한 일이 아니다. 내가 그렇게 믿는 데는 두 가지 근거가 있다.

(1) 이론적으로 볼 때, 우리가 만약 서로 사랑하고 도우며 선악을 분별하는 마음의 작용 역시 인간 본성의 하나라는 점을 부인할 수 없다면, 개혁의 희망이 없다고 단정할 수는 없다. 게다가 우리 자신이 이미 우리가

---

1) 이 글에서 천두슈가 핵심어로 사용하고 있는 '改造' '改造主義'는 문맥을 고려하여 모두 '개혁'과 '개혁주의'로 번역하였다.

타락하여 멸망에 이르게 되는 원인을 발견하였다면 이것이 바로 인간 정신의 가장 보배로운 기능이며, 인간이 어쩌면 멸망에 이르지 않을 수 있는 행운이고 이것이 바로 우리 자신이 스스로를 바꾸어나갈 가능성이 있다는 증거인 것이다.

(2) 현실적으로는, 옛 조상 때부터 지금까지 우리 개인의 육체와 정신과 사회 조직은 모두 그때그때의 노력과 그때그때의 개혁, 그때그때의 진화를 거쳐왔으며 이러한 것은 중단된 적이 없다. 가장 개혁되기 어려운 도덕의식의 경우도 그것이 전혀 성과가 없었다고 말할 수 있는 사람은 없다. 과거와 현재를 통해 미래를 예측해본다면 어떻게 우리가 절망할 수 있겠는가? 삶의 어려움이라는 것은 대부분 사회조직과 경제제도의 미비에서 비롯되는 것으로 인간 본성의 어두운 면과는 무관하기 때문에 그것을 개선하지 못할 이유는 더더욱 없다.

지금 시대에는 국제적인 강권(强權), 정치적인 죄악, 사유재산의 죄악, 전쟁의 암흑, 계급적인 불평등(빈부, 남녀, 귀천, 관민, 존비, 명분 등을 모두 포함하여)과 여러 가지 인간 정서나 이성에 맞지 않고 인간의 자연스러운 삶에도 부합되지 않는 법률과 도덕이 사방의 어둠이 되어 우리를 단단히 포위하고 있다. 하지만 그렇다고 해서 이 모든 것들이 우리의 본성적인 어두움과 동물 같은 탐욕과 잔인함, 이기심이 만들어낸 죄악이며 이런 죄악의 결과로 현재 이렇게 견디기 어려운 고통스러운 삶이 만들어진 것이라고 말할 수는 없다. 이런 나쁜 결과들은 말할 필요도 없이 어느 한때 만들어진 것이 아니며 당연히 어느 한때 제거될 수 있는 것도 아니다. 하지만 개인의 노력과 투쟁을 통해, 인간 본성의 밝은 면을 이용해 그런 어두운 면을 개선해나가고 이런 악한 결과를 만들어내는 악한 원인을 줄여나갈 수 있으며, 그렇게 되면 이런 악한 결과는 자연히 감소될 것이다. 그 감소의 정도와 속도는 물론 우리 노력의 강약이 그 기준이 될 것이다.

미래에는 우리가 고뇌의 삶에서 완전히 벗어날 수 있을 것인가 하는 것은 대답하기 어려운 질문이다. 하지만 개혁을 위한 우리의 노력으로 지금보다는 점차 감소될 것이라는 것만큼은 의심없이 믿을 수 있다. 만약 우리가, 위에서 말한 국제적인 강권 같은 악한 요인들이 일거에 제거되면 우리는 완전한 행복을 향유하고 고뇌의 삶에서 완전히 벗어날 수 있을 것이라는 망상을 가진다면, 그건 중국인들이 애초에 청 왕조가 무너지면 인민들은 당장 자유롭고 행복해질 거라고 생각했던 것이나, 나중에는 또 위안스카이(袁世凱)가 무너지면 인민들은 자유롭고 행복하게 될 거라는 생각을 했던 것과 마찬가지로 잘못된 망상이다. 인간 본성에 있는 어두운 면은 하루아침에 말끔하게 제거될 수 없으며 그 개혁을 위한 개인의 노력 또한 하루도 중단되어서는 안 된다. 개혁을 위해 노력하지 않는 민족은 반드시 타락해서 멸망에 이르게 될 것이며, 개혁을 위해 노력하지 않는 인류는 반드시 타락하여 멸망에 이르게 될 것이다. 개혁을 위한 노력이 비록 인간 본성의 어두운 면과 삶의 고뇌를 완전히 다 제거할 수는 없을지라도 어쨌든 그러한 것들이 현재보다는 점점 더 감소되게 할 수 있으며, 이것 외에는 인간이 타락해서 멸망에 이르게 되는 것을 구제할 다른 방법이 없기 때문이다. 이것이 내가 감히 '세상을 사랑하며 노력하는 개혁주의'가 사회 안에서 개인들이 보편적으로 가지는 유일한 믿음이 되어야 한다고 주장하는 이유이다.

1919년 4월 15일 『신청년』 제6권 제4호, 서명: 천두슈(陳獨秀)

19 빈민들의 울부짖는 소리

貧民的哭聲

"배가 고파 죽겠어요, 우린 이틀 동안 먹을 게 없었어요. 맞은편 집에 가서 쌀이라도 좀 빌어다가 죽이라도 끓여 마시고 싶었지만 그들도 아직 배급을 받지 못해 그들도 수심에 찬 채 탄식만 하고 있었어요."

"너무 추워요! 하늘은 왜 또 눈까지 내리시는 건지? 이 눈보라가 창문 사이로 불어 들어오는 건 그래도 괜찮지만 천장으로 들어와 온 집안 식구가 덮고 있는 이 낡은 이불까지 적셔놓았으니, 어쩌면 좋아요!"

"불쌍한 우리 남편은 인력거를 끄느라 너무 고생을 하다가 피를 토하고 죽었어요. 지금 우리 아들이 다시 이 눈보라 속에서 인력거를 끌고 있는데, 불쌍하게도 그 열두 살짜리 아이는 한 걸음 끌 때마다 한 번씩 기침을 한답니다!"

"우리 두 모녀는 먹을 게 없어서 엄마가 나를 기루(妓樓)에 팔았는데, 매일같이 쏟아지는 매질과 욕설을 견딜 수 없어서 순경 나으리께 좀 해결해달라고 부탁을 했어요."

이것은 온 베이징 시내에서 들려오는 빈민들이 울부짖는 소리이다!

최근 경찰청의 조사에 따르면 베이징 인구는 남녀 합해서 구십삼만 이천오백사십 명인데, 그중 완전히 직업이 없는 빈민이 십분의 일이고, 인력거를 끄는 사람이 사만여 명, 식자공이 대략 일만 정도, 공창(公娼) 사창(私娼) 합해서 총 일만이 넘는다. 베이징 시내의 구십여만 인구 중 이십여만 명 정도의 사람들이 극심한 고통을 겪고 있는 셈이다.

고통을 겪는 이 십여만 명의 사람들은 항상 가련하게 울부짖는 소리를 내는데, 우리 칠십여만 시민들은 그것을 듣고 있는가 아닌가?

이 십여만 명은 어째서 이런 고통스러운 지경에 이르게 되었는가? 게으르고 능력이 없다는 게 그들 한 사람 한 사람이 이런 고통을 겪는 유일한 원인은 절대로 아닐 것이다. 복을 누리는 영감님, 마나님들 중 어떤 이들은 그들보다 능력이 낫지도 않고 게다가 가난한 사람들보다 열 배나 더 게으른 사람들도 있다.

그렇다면 대체 무슨 이유인가?

구미 각국에서 빈부격차가 생겨나는 원인은, 돈 있는 사람이 공장을 열어서 많은 가난한 사람들을 고용해 대신 일을 시키고는 일해서 번 돈 대부분을 그들 주머니에 넣고 그중 일부만 노동자들에게 임금으로 주기 때문이다. 공장이 커지고 많아질수록 공장을 운영하는 소수의 자본가들은 더 부유해지지만 노동을 하는 수많은 가난한 사람들은 여전히 가난하다. 그래서 가난한 노동자들은 수시로 공장을 경영하는 자본가들과 마찰을 빚게 되고, 차츰차츰 그런 무산계급이 유산계급에 대해 일으키는 사회혁명의 분위기가 조성되어간다. 이것이 바로 지금 각국이 직면한 가장 긴급하고 중대한 문제이다.

그러나 우리 중국은 그렇지가 않다. 돈 있는 사람의 돈도 결코 심혈을 기울여서 공장을 운영해 번 돈이 아니다. 문무관들이 나라를 팔아 돈을 빌려오면서 수수료를 챙기거나 가난한 이들의 재물을 수탈하거나 약탈한 것들이다. 온 나라의 재화가 다 이런 문무관과 그들 자손의 수중으로 돌아간다. 중간 정도 사는 사람들은 그저 밥이나 먹고 옷이나 입을 수 있을 뿐이며, 가난한 사람들은 먹고 입을 것조차 없다. 만약 소나 말처럼 고생하며 일하더라도 들어가서 입에 풀칠이라도 할 수 있는 공장이 있다면 그건 운이 좋은 셈이다.

베이징 시내에서 게으르고 무능력한 데다 사치스럽기까지 한 것은 바로 푸이(溥儀) 집안 사람들이다. 그들 집안의 몇몇 식구들은 대체 무슨 근거로 황실 비용이랍시고 일 년에 수백만씩 쓰는 것인가? 그들이 그중 십분의 일이만 절약해서 가난한 사람들을 위해 공장 몇 개만 세워 운영한다고 해도 베이징의 만주족, 한족 빈민들에게 살 길을 열어줄 수 있을 것이고 그들의 아들들은 먹을 게 없어서 인력거를 끌고 딸들은 먹을 게 없어서 매춘을 해야 하는 상황은 막을 수 있을 것이다.

오늘은 이렇게 세금을 걷고 내일은 저렇게 세금을 걷는데도 백성들은 가난하고 재정은 바닥이 나니 대체 그 돈을 다 어디다 쓴 것인가? 인민을 위해 무슨 일을 한 것인가? 하! 하! 나는 안다. 계집질 하고, 도박 하고, 독군들에게 아부하는 의원들 키우고, 백성의 고혈을 짜내고, 외채 빌려오고, 철도와 광산 팔아 수수료 받아먹는 문관들 키우고, 사람 죽이고, 약탈하고, 아편 팔아먹는 무관들 키우고, 가난한 아편범 도박범 잡아들여 벌금 받는 법관과 경찰 키우는 데 쓴 것이다. 그런데도 지금까지 정부 관리라는 건 아무 짝에도 쓸데없다, 애석하게도 그자들이 하는 짓이라곤 온통 가난한 사람들의 통곡소리를 만들어낸 것뿐이다, 라고 과감하게 말하는 이가 아무도 없다니!

이런 문무관들은 철도와 광산을 팔아 외채를 빌리면서 수수료를 챙기고, 수탈과 약탈을 일삼고, 아편을 파는 등 갖가지 수단으로 온 나라의 재산을 자신들의 수중으로 모아들여 누린다. 게다가 게으르고 무능력한 그들의 자손들에게도 남겨주어 날마다 고급요리를 먹고 포커를 치며 정원을 돌아다니고 자동차를 몰고 다니게 한다. 철로와 광산을 팔아 외채를 빌리면서도 수수료를 받을 수 없고 감히 수탈이나 약탈도 할 수 없으며 아편을 팔 수도 없는 양민들은 당연히 가난해서 입을 옷도 없고 먹을 밥도 없다.

그러나 이제 민심이 크게 변해, 이전과는 완전히 다른 상황이 되었다. 그래서 구미나 일본에서는 정부도 빈민들의 생계문제, 노동자들의 보호문제, 노동자들의 조합문제, 노동자들의 교육문제, 분배의 공평이나 유산의 사회 환원 문제 등에 관한 정책을 서둘러 강구함으로써 그런 사회혁명을 예방하려 하고 있다.

하지만 우리 중국의 문무관들을 아직도 나쁜 짓을 해서 번 돈으로 자기 한평생 누릴 것과 자손대대로 누릴 것을 마련하는 데만 정신이 팔려 있고 그러느라 신이 나 있으니, 그들이 무슨 사회혁명 같은 것을 알겠는가! 그들에게 또 무슨 빈민의 통곡소리가 들리겠는가? 설령 그 가련한 통곡을 듣는다 해도 그들은 그저 웃으며 말할 것이다. 그게 그들의 운명이라고.

베이징 한 곳에서만도 십여만 명의 고통받는 이들이 가련한 통곡 소리를 내고 있다는 것은 결코 작은 문제가 아니다.

이 가련한 통곡이 조만간 그들에게도 들리고 그들도 주목하게 되어 그들의 골머리를 아프게 할 것이며, 결국은 그들도 같은 울음소리를 내게 할 것이다!

1919년 4월 27일 『매주평론』 제19호, 서명: 즈옌(只眼)

20 산둥문제와 국민의 각성

대외적 대내적인 두 가지 철저한 각성

山東問題與國民覺悟－對外對內兩種徹底的覺悟

산둥문제에 관해, 본래 우리는 유럽강화회의에서 독일에 대해 직접 칭다오(青島), 자오저우만(膠州灣)과 교주로를 반환하도록 요구할 것으로 기대했었다. 하지만 지금 그것이 실패로 귀결된 원인은, 하나는 영국, 프랑스, 이태리, 일본 네 나라가 강권으로 런던밀약의 구속력을 옹호하고 있기 때문이며, 둘은 우리 정부가 일본정부와 체결한 21개조 밀약[1]과 자오조우문서 교환[2], 지순(濟順)과 까오쉬(高徐) 협약[3]의 구속력 때문이다. 이런 층층의 구속이 있기 때문에 일본인들이 공의는 전혀 아랑곳하지 않고 세계 각국의 비난도 아랑곳하지 않은 채 감히 고개를 들고 활보하며 우리의 산둥을 탈취할 생각을 하는 것이다.

이런 실패를 눈앞에서 보면서 우리 국민은 당연히 분노하고 당연히 일본을 질책하고 당연히 일본을 저지해야 하며 또한 그들이 중국을 침략해서는 안 된다는 것에 대한 각성이 있어야 한다. 하지만 우리가 단지 산

1) 1차 세계대전 중인 1915년 일본이 청의 위안스카이 내각과 맺은 불평등 조약.

2) 산둥성 내의 독일 조계지인 자오저우만에서 독일인 여행객들의 치외법권을 인정하는 문서.

3) 지순과 까오쉬 지역 철도 부설권 양도 협약.

동문제 때문에만 자극을 받아서 비로소 분노하고 일본을 질책하고 일본을 저지한다면, 또한 단지 분노하거나 일본을 질책하거나 일본을 저지하는 것만 알고, 게다가 우리의 시야가 단지 산둥문제를 넘어서지 못한다면 이런 인식은 너무나 피상적이며 이런 각성은 너무나 철저하지 못한 것이어서 정말 각성이 없는 것과 마찬가지이다.

산둥문제로 인해서 우리 국민은 아래 두 가지 사항에 대해 철저하게 각성을 해야 한다.

(1) 단순히 공의에만 의존해서는 안 된다는 각성

(2) 소수의 사람들이 정권을 독점하게 해서는 안 된다는 각성

이번 유럽강화회의에서는 단지 강권만 논했지 공의는 논하지 않았다. 영, 프, 이, 일 각국은 억지로 강권을 통해 자신들의 런던밀약을 수호하려 했고, 억지로 중국의 칭다오를 일본에게 건네주는 것으로 그들의 이익을 교환하려 했으며 이외에도 갖가지 공의롭지 못한 행동들을 했다. 이로 인해 우리의 마음만 불편한 게 아니라 윌슨 대통령의 마음도 답답하지 않을 수 없었을 것이다. 하지만 이번 일을 거치면서 우리는 공의는 스스로 발휘될 수 없으며 강력한 힘으로 그것을 수호해야 한다는 교훈을 얻어야 한다. 예를 들어 러시아나 독일 양국의 황제는 둘 다 강포하고 공의를 생각하지 않는데, 만약 사회당이 강력한 힘으로 그들을 타도하지 않았다면 그들은 여전히 그곳에서 무력을 행사하면서 밀약을 맺지 않았겠는가. 그러면서도 무슨 국권이니 국위니 하는 것을 들먹이면서 국민과 이웃나라에 대해 패권을 행사하려 하지 않았겠는가? 위안스카이가 황제가 되려고 하는데 만약 나라를 지키는 군대가 강력한 힘으로 그를 타도하지 않았다면 아마 아직도 궁전에 앉아서 황제를 참칭하고 있을 것이다. 지금 중, 일 양국의 군벌은 모두 공의의 적이 아닌가? 하지만 양국의 평민들이 모두 강력한 힘으로 그들을 타도하지 않는다면 당신이

매일같이 공의를 입에 달고 외치면서 산다 해도, 그들은 지금까지 해오던 대로 공의를 배반하는 일을 해나갈 것이다. 그러면 그들을 어떻게 하겠는가? 그러므로 우리는 강력한 힘으로 공의를 저버리는 일을 할 것을 주장해서는 안 되지만 강력한 힘으로 공의를 수호할 것을 주장하지 않을 수는 없다. 우리는 강력한 힘으로 남을 억압할 것을 주장해선 안 되지만 강력한 힘으로 남에게 억압당하는 것에 저항해야 한다고 주장하지 않을 수는 없다. 우리는 톨스토이(Tolstoi)의 무저항주의가 인격을 모욕하고 민족을 자멸시키는 황당한 이야기라는 걸 인정하지 않을 수 없다. 우리는 니체(Nietzsche)나 스티너(Stinor) 같은 이들이 말하는 강력한 힘의 유아주의가 훼멸할 수 없는 가치를 가지고 있음을 인정하지 않을 수 없다. 만약 한 개인, 한 민족이 스스로를 지킬 강력한 힘이 없이 단지 공의가 천명되기만을 바라고 사람들이 서로 용서하고 돕는 은혜에만 기대어 생존할 수 있기를 바란다면 그건 얼마나 비겁하고 수치스러우며 자립할 능력이 없는 노예와 같은 것인가!

우리 국민의 생존권 가운데서 지금까지 정부 당국에 의해 망가져버린 게 이미 얼마인지 모른다. 앞으로도 그 손실이 어찌 산둥 칭다오의 몇 개 철로 노선을 잃는 것에만 그치겠는가? 우리의 권리들 중에서 국력이 그것에 저항할 능력이 없어서 명백하게 드러난 채 망가진 건 많아야 절반에 불과하다. 그 나머지 절반이 넘는 것은 모두 개인의 이익과 교환하거나 개인의 지위를 보존하는 밀약 때문에 망가진 것이다.[차오루린(曹汝霖)이 사직 청원서에서도 이미 분명하게 말했다.] 이렇게 비밀리에 망가뜨리는 암흑 외교는 지금의 정부 당국만 그렇게 하지 않을 수 없는 게 아니라 만약 소수사람이 정권을 독점한다면, 비록 한 무리의 구성원을 바꾸어 다시 정부를 조직한다고 해도 마찬가지일 것이다. 왜냐하면 인성(人性)의 악한 면은 사람마다 다 같아서 사회적 제제가 없다면 자신만을 이롭게 하려는 탐욕은 누구도 피할 수 없는 것이기 때문이다. 이것이 바로 한 사람이나 소수의 독재정치가 존재해서는 안 되는 근본적인 이유이다. 이것을 근본적으로 구제하는 방법은 오직 '평민들이 정부를 정복하는' 것뿐이다. 다수의 평민들이—학계, 상회(商會), 농민단체, 노동단체—강력한 힘으로 민주정치의 정신을 발휘해서(여러 평민단체 외에 무슨 정당 같은 것은 불필요하다.) 그 소수의 정부당국과 국회의원들이 고개를 숙이고 평민들의 명령을 듣도록 해야 한다. 내정이든 외교든 정부와 국회는 모두 평민단체의 다수 의견을 거역할 수 없어야 한다. '정치적인 망동' '공공 안녕의 방해' '질서파괴' '법률 능멸' '소란 도모' '군중 미혹' '국가 파괴' '변발 명령' '군중 소요' '정부 자주권' 등의 말도 안 되는 소리들은 일체 입도 떼지 못하게 해야 한다. 만약 이렇게 그들을 정복할 수 없으면서 그저 그들이 양심껏 대외적으로는 국민의 생존권을 망가뜨리는 밀약을 맺지 않고 대내적으로는 국민의 자유를 침해하지 않기만을 헛되이 바란다면 그거야말로 정말 그림의 떡으로 배를 채우는 격이다.

산둥문제로 말미암아 우리 안에서 대외적으로 대내적으로 두 가지 면에서 철저한 각성이 일어나야 한다. 그리고 이 철저한 각성은 다음의 두 가지 중심 취지를 끝까지 견지해야 한다.

강력한 힘으로 진리를 수호한다.

평민이 정부를 정복한다.

1919년 5월 26일 『매주평론』 제23호, 서명: 즈옌(只眼)

21 우리는 대체 애국을 해야 하나 말아야 하나?

我們究竟應當不應當愛國?

애국! 애국! 이런 군중의 함성이 최근 몇 년 동안 우리 중국 사회의 거의 모든 곳을 휩쓸고 있다. 부패한 관료와 횡포한 군인들도 입에는 늘 애국이라는 말을 달고 있고, 나라를 팔아먹는 당(黨)조차도 애국할 필요 없다는 말은 감히 공공연하게 하지 못한다. 산둥(山東)문제[1]가 일어난 때부터 애국의 함성은 갑자기 천길만길 높아졌고, '애국'이라는 두 글자는 마치 절대불변의 진리로 어떤 토론도 용납할 수 없는 것처럼 보인다.

감정과 이성은 모두 인간 영혼의 중요한 부분을 이루지만 때로는 서로 충돌한다. 애국은 대부분 감정의 산물이며 이성은 그 일부만이거나 때로는 전혀 이성에 부합되지 않는 경우도 있다.(독일이나 일본 군인들의 애국이 바로 그러하다.) 나는 인간의 행위는 물론 감정적인 충동의 결과지만 만약 그 감정적인 충동의 기초에 이성이 있다면 그때 감정은 비로소 시종일관 열렬하며 견고해서 절대로 요동하지 않는 것이 될 수 있다고

1) 제1차 세계대전 중인 1914년에 독일에 선전 포고한 일본이 10월 산둥의 독일 이권을 접수하고, 1915년에는 "독일이 갖고 있는 산둥 반도에 관한 권리를 일본에 이양하는 것을 인정한다."는 내용을 포함한 21개조 요구서를 중국의 위안스카이 정부에 제출하고 위안스카이 정부는 일본의 강압에 의해 1915년 5월에 일본의 이 요구를 승인하게 된 사건.

생각한다. 그러나 사회에서 사람들은 감정이 열렬해지면 저마다 스스로 그것을 절대불변의 진리로 간주하면서 왕왕 이성을 잃고 맹목적인 행동을 해서 자신도 알지 못하는 죄를 저지르곤 한다.(유럽 전쟁 때 프랑스나 영국의 시민이 전쟁 반대세력을 때려죽인 일 같은 게 바로 그런 것이다.) 이는 이성이 감정의 기초가 되어 있지 않은 군중심리 때문에 일어나는 것이다. 그래서 군중의 맹목적인 행동은 때로는 선을 행하지만 때로는 정말 악을 행할 수도 있다. 이 때문에 나는 모두가 열렬하게 맹종하며 절대불변의 진리처럼 부르짖는 '애국'의 함성 속에서 이성적인 토론을 제기하며 모두에게 묻고자 하는 것이다. 우리는 대체 애국을 해야 하나 말아야 하나?

만약 이성적인 논의 없이 사회에서 맹목적으로 환호하거나, 관리들이 무력으로 저지하거나 혹은 명령으로 강권해서 하는 애국이라면 그러한 애국은 모두 우리가 믿음을 가지고 시종일관 견지하는 행동의 동력이 될 수 없다.

우리가 애국을 해야 하나 말아야 하나를 물으려면 먼저 국가란 무엇인가를 물어야 한다. 본래 국가란 인민들이 모여서 대외적으로는 다른 이들의 억압에 저항하고 대내적으로는 인민들의 분쟁을 조정하는 기구일 뿐이다. 선한 사람은 그것을 이용해서 이민족의 억압에 저항하고 국가 내부의 분쟁을 조정할 수 있지만, 악한 사람은 그것을 이용해서 밖으로는 이민족을 억압하고 안으로는 인민을 억압할 수도 있다.

우리 중화민족은 자고로 문호를 닫은 채 동양을 독차지하고 지내면서, 서구나 일본과 통상조약을 체결하기 전까지는 천하라는 개념만 가지고 있었지 국가라는 개념은 없었다. 그래서 애국사상은 우리 국민의 일반적인 본성에서는 그 인상이 아주 얕으며 이 때문에 만약 애국사상을 일시적인 것이 아니라 항구적인 것으로, 옛부터 열국이 병존하던 유럽 민족들에게서와 같은 것으로 만들려고 한다면 그건 아마 그다지 쉽지 않을 것이다.

유럽민족의 경우는 자고로 열국이 병존하면서 국가 개념이 뿌리 깊게 형성되어 애국사상이 항구적인 국민성이 되어왔다. 그러나 최근 심원한 사상을 가진 일부 사람들이나, 개인주의나 세계주의를 신봉하는 사람들 중에는 국가란 인위적인 것이지 자연적인 것이 아니며 아무런 가치도 없는 것이라는 점을 간파한 이들이 생겨났고, 게다가 대내외적으로 벌어지는 무수한 암흑상과 죄상들이 모두 국가의 이름하에 자행되는 것을 눈앞에서 목격하면서 자연히 국가에 반대하며 애국을 주장하지 않는 이들도 생겨나게 되었다. 그들이 보기에 애국이란 사람을 해치는 것의 다른 이름일 뿐이며 그래서 그들은 애국을 위해 몸을 바치는 지사들을 어리석은 미치광이로 간주한다.

교육도 못 받고 지식도 없고 단결력도 없는 우리 중국인이 애국을 하지 않는 것은 그런 심원한 사상을 가진 사람들이 애국을 하지 않는 것과는 결코 같지 않을 것이다. 또한 관방에서 국민의 애국운동을 저지하는 사람들의 생각이 그런 심원한 사상을 가진 사람들과 다르다는 것은 더더욱 말할 필요도 없다. 지금 교육도 받지 못하고 지식도 없고 단결력도 없는 우리 동포들이 갑자기 모두 심원한 사상을 가지기를 바랄 수는 없다. 하지만 나는 우리 동포들이 이렇게 교육도 받지 못하고 지식도 없고 단결력도 없는 상태로 오래도록 남아 있기를 원하지 않는다. 우리 동포들이 지금부터 교육도 받고 지식도 얻고 단결력도 기른다면 후에는 심원한 사상을 가진 여러 나라의 사람들과 공동으로 대동 세계를 만들어 나갈 자격을 갖추게 될 것이라고 믿는다.

우리 중국은 가난하고 약해서 남의 억압을 받는 나라다. 대내적으로는 물론 많은 죄를 저지르면서 '애국'이라는 두 글자를 왕왕 국민들의 재산을 착취하고 개인을 억압하는 도구로 이용해왔지만 대외적으로는 한 번도 남을 억압할 만한 자격을 가져본 적이 없다. 그런데 만약 정부가 국가주의와 국민의 애국심을 이용해서 다른 나라 사람을 억압하는 것을 막겠다는 이야기를 한다면 그건 정말로 잠꼬대 같은 소리이다.

심원한 사상을 가진 사람들이 애국을 반대하는 이유는 바로 야욕을 가진 이들이 그것을 다른 사람을 억압하는 데 이용하기 때문이고, 이들은 그것을 혐오하는 것이다. 우리 중국은 지금 다른 사람을 억압할 수 없을 뿐만 아니라 이미 다른 사람들에 의해 억압당해 생존의 여지조차 거의 남아 있지 않다. 결코 다른 사람을 억압하려는 것이 아니며 억압에 저항해서 스스로의 생존을 도모하려는 애국일 뿐이니 이에 대해서는 사상이 심원한 누구라도 반대하지 않을 것이다. 개인이 자기를 사랑하는 마음은 그것이 다른 사람의 생존을 해치지만 않는다면 아무리 확대되어도 죄가 될 수 없다. 민족이 스스로를 사랑하는 마음 역시 그것이 다른 민족의 생존을 해치지만 않는다면 아무리 확대되어도 죄가 되지 않는다.

이상의 논의에 근거하여, 만약 누군가가 대체 애국을 해야 하나 말아야 하나라고 묻는다면 우리는 큰 소리로 이렇게 대답해야 한다.

우리가 사랑하는 건 인민이 애국심으로 남에게 받는 억압에 저항하는 그런 나라지, 정부가 인민의 애국심을 이용해서 다른 이들을 억압하는 그런 나라가 아니다.

우리가 사랑하는 건 인민의 행복을 도모하는 나라지, 인민을 희생물로 삼는 그런 나라가 아니다.라고.

1919년 6월 8일 『매주평론』 제25호, 서명: 즈옌(只眼)

22 베이징시민선언

北京市民宣言[1)]

중국민족은 평화를 심히 사랑한다. 지금은 비록 안팎으로 견딜 수 없는 억압을 두루 당하고 있지만 그럼에도 불구하고 이러한 취지에 근거하여 정부에 대해 마지막으로 아래와 같이 최소한의 요구를 제기하는 바이다.

(1) 대일외교에서는, 산둥성의 경제적인 권리를 포기하지 말고 아울러 민국 4년과 7년에 체결한 두 차례의 비밀협약을 취소하라.

(2) 쉬수정(徐树铮)[2)], 차오루린(曹汝霖), 루종위(陆宗舆), 장종상(章宗祥)[3)], 돤즈궤이(段芝贵), 왕화이칭(王怀庆) 등 6인의 관직을 면직하고

---

1) [원주] 『북경시민선언』은 한 쪽 분량으로, 위 반쪽은 중국어로, 아래 반쪽은 영어로 작성되어 있다. 까오이한(高一涵)의 회고에 의하면 천두슈가 기초하고 후스(好適)가 번역했으며 베이징대학의 강의노트를 인쇄하는 작은 인쇄소에서 인쇄했다. 6월 11일 저녁, 천두슈, 덩추(鄧初, 즉 鄧仲純), 까오이한 세 사람이 신세계로 가서 『선언문』을 배포했다. 천두슈는 스파이에 의해 미행을 당하다가 『선언문』을 배포할 때 체포되었으며 9월 16일 석방되었다.

2) [원주] 쉬슈정은 당시 서북 변경책임관 겸 서북변방군총사령관을, 돤즈궤이는 경기경비총사령관과 육군총장을, 왕회이칭은 보병총령을 맡고 있었다. 세 사람은 모두 안후이 계(皖系) 군벌의 실세였다.

3) 차오루린, 루종위, 장종상은 일본이 중국정부에 승인을 강제한 21개조 요구에 반발

베이징에서 추방하라.

(3) 보병총령(步兵總領)과 경비사령부 두 기관을 철폐하라.

(4) 베이징 보안대를 시민조직으로 바꾸라.

(5) 시민에게는 절대적으로 집회와 언론의 자유가 있어야 한다.

우리 시민은 평화적인 방법으로 이러한 목적을 달성하기를 희망하지만 만약 정부가 평화적인 것을 고려하지 않고 시민의 기대를 완전히 따르지 않는다면, 우리 학생, 상인, 노동자, 군인 등은 오직 직접적인 행동으로 근본적인 개혁을 도모할 것이다. 특별히 선언하노니, 내외의 신사숙녀 여러분들은 이 뜻을 이해해주시기를 삼가 구한다.

(이 선언을 받은 각 곳에서 즉시 복사해서 전달하기 바란다.)

1919년 6월 9일

하며 일어난 1919년 오사운동에서 중국의 이권을 외국에 팔아넘긴 '3인의 매국노'로 지탄받았던 사람들이다.

23 민치 시행의 기초

實行民治的基礎[1]

"지방자치와 동일업종연합의 두 가지 소조직"

민치란 무엇인가? 설마 그게 바로 베이징 『민치일보(民治日報)』에서 말하는 민치인가? 듀이 박사는 민주주의의 구성요소를 네 가지로 나누었다.

(1) 정치적 민주주의, 이는 바로 헌법으로 권리를 보장하고 대의제로 민의를 표현하는 것이다.
(2) 민권적 민주주의, 이는 바로 인민의 권리를 중시하는 것으로 언론의 자유, 출판의 자유, 신앙의 자유, 거주의 자유 같은 것이다.
(3) 사회적 민주주의, 이는 바로 평등주의로, 계급적 불평등을 타파하고 불평등한 사상을 제거하여 인격적 평등을 추구하는 것이다.

1) 원문에서 '민치'와 '민치주의'로 표현된 것은 영어의 'democracy'와 상통하는 개념이지만, 민주주의가 링컨이 표현한 'of the people, for the people'을 모두 포함하는 보다 포괄적인 개념인 것에 비해 민치는 'by the people'을 특별히 더 부각시킨 개념이다. 역문에서는 '민치'의 경우 사용된 용어의 역사적 특수성을 존중하는 의도에서 우리말 표현으로는 다소 어색함이 있지만 그대로 '민치'로 번역하였고, '민치주의'는 문맥의 자연스러움을 고려하여 '민주주의'로 바꾸었다.

(4) 생계적 민주주의, 이는 바로 생계에서의 불평등을 타파하고 빈부 계급의 차이를 고르게 하는 것이다.

앞의 두 가지는 정치적인 측면에서의 민주주의이고, 뒤의 두 가지는 사회경제적인 측면에서의 민주주의이다. 원래 '민주주의(Democracy)'는 고대 유럽에서는 단지 '자유민(노예에 대한)'이 정치에 참여한다는 의미로 사용되어, '전제정치(Autocracy)'와 상반되는 개념이었다. 나중에 사람들의 인지(人智)가 점점 발달함에 따라 민주주의의 의미도 갈수록 확장되어, 전제적 제왕에 반대할 뿐만 아니라 정치 사회 도덕 경제 문학 사상을 막론하고 무릇 전제적이고 특권적인 모든 것에 반대하는 의미로 사용되었고 인간 삶의 모든 영역에 민주주의의 깃발이 세워지지 않은 곳이 거의 없었다. 그래서 듀이 박사도 민주주의의 요소를 열거하면서 그것을 정치적인 면으로만 한정하지 않은 것이다.

우리가 지금 실현을 갈망하는 민주주의도 물론 정치적인 측면에만 한정되어 있지 않다. 뿐만 아니라 개인적인 생각으로는 '사회적인 삶의 향상'이 우리의 목적이며, 정치 도덕 경제의 진보는 단지 이 목적을 달성하기 위한 여러 가지 수단일 뿐이다. 정치가 비록 중요한 수단이기는 해도 어쨌든 목적이 될 수는 없다. 감히 말하건대 정치를 개량하려고 한다면 정치라는 게 하나의 수단임을 잊어서는 안 된다. 수단을 목적으로 여기지 않아야만 비로소 수단을 우리의 목적에 맞는 수단으로 개량할 수 있다. 감히 말하건대 가장 진보적인 정치는 반드시 사회문제를 중심에 놓고 다른 것들은 그보다 중요하지 않은 것으로 간주해야 한다. 그러므로 우리는 듀이박사가 제기한 네 가지 민주주의에 비추어, 정치와 사회경제 양 방면의 민주주의를 우리의 목적인 사회적인 삶의 향상을 달성하기 위한 양대 수단으로 간주하려 한다.

이 두 가지 수단 중에서도 다시 사회경제적인 측면을 더 중시해야 한다. 나는 사회경제적인 조치들이 마땅히 정치의 대부분을 차지해야 하며 뿐만 아니라 사회경제적인 문제들이 해결되지 않으면 커다란 정치적인 문제들은 하나도 해결될 수 없다고 생각한다. 사회경제가 정말로 정치의 기초인 것이다.

듀이 박사의 사회경제적(즉 생계적) 민주주의에 대한 설명은 사회주의 여러 유파의 공통된 주장이며, 진심으로 공평과 정의를 생각하는 사람이라면 반대할 리가 없다. 그러나 정치적 민주주의에 대한 그의 설명에는 조금 불철저한 부분이 있는 것 같다. 우리는 이미 '자유인'이지 노예가 아니므로 언론 출판 신앙 거주 집회의 자유 같은 것이 삶의 필수적인 요건이라는 건 말할 필요도 없다. 헌법 역시 우리가 필요로 하는 것이며 대의제도 다 없앨 수는 없다. 하지만 단지 "헌법으로 권한을 보장하고", "대의제로 민의를 표현하는 것"만으로는 아마 우리의 삶에 필수적인 몇 가지 자유들이 여전히 타인의 수중에 있고 우리 소유로 돌아올 수 없을 것이다. 정치적 민주주의에 대한 우리의 해석은 인민이 직접 헌법을 제정하고 헌법으로 권한을 제한하며, 대의제로 헌법의 규정에 따라 민의를 집행하는 것이다. 한마디로 말하면 바로 지배자와 피지배자의 계급적 차이를 철폐하여 인민 자신이 지배자인 동시에 피지배자가 되는 것이다. 솔직히 말하면 소극적으로는 수동적인 관치(官治)를 거부하는 것이요, 적극적으로는 자발적인 인민자치를 실행하는 것이다. 이런 수준에 이르러야만 비로소 진정한 민치라고 할 수 있을 것이다.

사회경제적 민치에 대해서는 우리 중국에서 물론 아직까지 충분히 이 문제에 주목한 사람이 없었다. 하지만 정치적 민치의 경우는 중화민국이라는 가짜 간판을 내건 지 8년이 되었는데도 여전히 파는 것은 중화제국의 약, 중화 관료국의 약이고, 뿐만 아니라 중화 토비국의 약이기도 하다. '정치적 민주주의'라는 이 보기 좋은 일곱 자는 지금도 사람들의 눈에 그다지 익숙하지 않다. 하지만 나는 절대로 그것 때문에 의기소침해지거나 낙심하지 않는다. 세 가지 이유 때문이다. 하나는 중국이 공화정치를 만들어낸 세월이 서구에 비하면 아직은 너무 일천하다는 것이다. 고질적인 병이 당장 나아 회춘하는 이치가 어디에 있겠는가, 두 번째는 중국의 사회사적인 현상이 정말로 다른 나라들과는 다르기 때문이다. 중국은 위로는 지극히 전제적인 정부가 있고, 아래로는 지극히 방임적인 인민이 있다. 소송과 납세 말고는 정부와 인민 사이에 거의 아무런 연관이 없다. 하지만 이렇게 지극히 방임적이며 정부와는 아무런 연관이 없는 인민들이 자신들끼리는 오히려 자치단체와 유사한 여러 종류의 연합체들을 가지고 있다. 향촌에 있는 종사(宗祉), 신사(神社), 단련(團練) 들은 모두 회관(會館)이나 여러 가지 자선단체(보육원, 양로원 진료소, 약제소, 재난대비, 화재구제 기관 등)나 의숙(義塾)이나 각종 공상업 사무소를 가지고 있다. 이런 연합체들은 우리가 이상적으로 생각하는 민치와는 여전히 거리가 멀지만 중국인들이 민주 제도를 시행하고자 한다면 그러한 것을 시행할 역사적인 기초가 없다고 말할 수는 없다. 세 번째는 중국인들은 공상업이 발달하지 않았고 국가개념도 발달하지 않았기 때문이다. 나쁜 쪽으로 말하면 이것 때문에 물질문명이 발달하지 못했고 국민들에게는 단결력이 없다고 할 수도 있지만, 좋은 쪽으로 말하면 오히려 이것 때문에 유럽과 같은 자산계급이나 군국주의가 생겨나지 않았다고 할 수도 있다. 게다가 옛부터 허용되어온 '군민(君民) 공동 경작(并耕)'[2]이나 공자가 말한 '고르게 나누어 가난한 이가 없는 것(均無貧)' 것과 같은 고원한

2) '并耕'은 『맹자(孟子)』「등문공 상(滕文公上)」의 "어진 이는 백성과 함께 경작해서 먹는다(贤者与民并耕而食)"에서 나온 구절이다.

이상, '한전제(限田制)'[3] 논의 등은 우리 역사에서 아주 치열하게 논의되었던 문제들이며, '자력갱생(自食其力)'은 모르는 사람이 없는 격언이다. 이러한 것들은 우리 국민성 안에 분명히 사회경제적 민주주의의 성분이 다분히 포함되어 있음을 입증해준다. 나는 이러한 이유들로 인해 정치적 민주주의와 사회경제적 민주주의가 모두 앞으로의 중국에서 크게 발전할 수 있다고 믿는다. 그러므로 낙심하지도 않고 비관하지도 않는다.

지금의 정치적인 상황은 좋지 않으며 민주주의가 시행되지 못하는 이유도 겹겹이다. 하나는 공화정을 수립한 지 얼마 안 되었다는 점이며, 둘은 우리가 전에는 공화정치의 수립을 너무 쉽게 생각해서 혁명 이전에는 민주주의를 선전하는 노력을 너무 적게 했다는 점이다. 셋째는 공화국의 군대가 모두 군인들에 의해서만 주도되고 일반 국민들은 스스로를 제 삼자의 위치에 놓아두고 있다는 점이다. 넷째는 공화정치를 옹호하는 진보정당이나 국민당 양 당 사람들 모두가 민주주의의 진정한 본질을 모르며 정부를 만능으로 여겨 모든 정력을 헌법이나 국회문제, 내각이나 성(省)제도 문제, 전국의 수리교통 문제 등에만 쏟고 있지, 민치 실행의 기초가 되는 인민 자치나 연합 같은 것에 대해서는 아무도 묻는 이가 없다는 것이다. 다섯 번째는 지방자치를 제창하는 소수의 사람들은 중앙정부에 대해서는 헛된 믿음이 없지만 대규모의 성 자치나 현 자치에 대해서는 여전히 미신적인 믿음을 가지고 있다는 점이다. 실상 이런 종류의 자치는 그저 중앙정부에 대한 지방정부의 분권정치에 불과할 뿐 행정구역이나 지방 장관의 권한을 규정하는 문제 등에서는 여전히 관치행정의 성격을 띠고 있어서, 민주주의의 진정한 기초인 인민의 직접적이고 실질적인 자치나 연합과는 완전히 다르다. 우리가 지금 민주주의를 시행

3) 사유지의 규모를 제한하는 제도.

하려고 하면 우선 민치의 견실한 기반을 다지는 일을 중시해야 한다. 위에서 말한 둘째 셋째 넷째 다섯째 측면의 문제들을 모두 제거하고 실질적인 일에 힘쓰며, 자기를 내세우며 앞에 나서는 일은 줄여야 한다. 대위인(大偉人), 대정치가, 대정객(政客), 대운동가, 대애국자의 자세를 거두어들이고 고개를 낮추고 작은 규모로 지극히 볼품없어 보이는 민치의 견실한 기초, 인민들의 직접적이고 실질적인 자치와 연합의 기초를 쌓는데 공을 들여야 한다. 그렇지 않으면 북양(北洋) 군인이 집권을 하든, 서남군인이 집권을 하든, 교통계가 득세를 하든, 북방의 안복계(安福系)가 득세를 하든, 남방의 안복계[정학회(政學會)]가 득세를 하든, 진보당 내각이 들어서든, 국민당 내각이 들어서든, 구관료 내각이 들어서든, 우리 중국의 민치는 여전히 베이징 『민치일보』가 말하는 민치일 뿐, 듀이 박사가 강연한 '미국 민치의 발전'에서와 같은 민치는 아닐 것이다.

나는 헌법이나 국회나 좋은 내각이나 좋은 성 제도나 전국의 수리교통 시설 개량이나 그런 것들이 필요 없다고 말하는 게 아니다. 성의 자치나 현의 자치에 반대하는 것도 아니다. 나는 이러한 사업들이 반드시 민치의 기초 위에 세워져야만 제대로 발전할 수 있으며, 대규모의 민주주의 제도는 반드시 작은 단위에서의 민치의 기초 위에 세워져야만 실현될 수 있다고 말하는 것이다. 기초가 견고하지 않은 건축물은 모래 위에 쌓은 누각처럼 당연히 쉽게 붕괴되며, 기초가 단단하지 않은 민치라면 설혹 표면은 아무리 화려하게 장식이 되어 있다 해도 실질은 결국 관치이며 가짜 민치로, 진정한 민치는 절대로 실현될 수가 없고 관련되는 여러 가지 사업들도 제대로 발전할 수가 없다.

사회경제적 민주주의는 어느 나라에서도 아직 시행된 적이 없으며, 정치적 민주주의는 나머지 나라들에 비해 어쨌든 영미 양국에서 발전한 셈이다. 그들 나라에서 발전할 수 있었던 이유는 오랜 세월을 거치면서 소규모의 많은 지방자치단체들과 각종 동일업종연합이 합쳐졌기 때문이다. 그렇게 해서 비로소 오늘날과 같은 대규모의 민주주의가 시행 가능하게 된 것이다. 이는 마치 하나의 생물체라는 건 한 줌의 흩어진 모래 같은 것도 아니고 하나의 완정한 물체도 아니며, 무수한 세포조직과 기관조직이 합쳐져서 비로소 전체적인 기능이 완성되는 것과 같다. 그들의 민주주의는 중앙정부가 헌법과 몇 가지 법령을 반포한다고 당장 나타날 수 있는 그런 것이 아니다. 그들 국가의 전체 인민의 일부 일부가 스스로 만들어낸 것이다. 그래서 듀이 박사는 그의 '미국 민주주의의 발전'이란 강연에서 "미국은 연방 국가다. 당초 이민을 할 때 사람들이 어떤 곳에 도착하면 그곳에서 작은 마을을 이루었고, 그렇게 이루어진 많은 작은 마을들이 합쳐져서 읍이 되고 많은 읍이 합쳐져서 주가 되고, 다시 많은 주가 합쳐져서 국가가 되었다. 작은 향촌들에서 모든 사무는 다 자치적으로 이루어졌다."고 말했다. 또한 "미국 연방은 그런 독립적이고 자치적인 능력을 갖춘 작은 마을들이 합해져서 만들어진 것이다. 역사적인 진화도 한 마을 한 마을이 연합해서 이루어왔다. 미국 국민들은 자유를 찾아왔기 때문에 그들은 처음에는 자치만을 원했지 국가는 원하지 않았다. 나중에 국가의 필요성이 생겨나자 비로소 연방을 결성한 것이다."라고 말했다.

우리가 지금 민주주의를 시행하려고 한다면 마땅히 영국과 미국을 모범으로 삼아야 하며 정치 경제 양 방면에 주의를 기울여야 하고 민치의 견실한 기초를 쌓는 데 공을 들여 인민 스스로 작은 부분 하나하나에서 이러한 기초를 만들어나가도록 해야 한다. 이 기초란 무엇인가? 그것은 바로 인민의 직접적이고 실질적인 자치와 연합이다. 이런 연합과 자치의 정신은 저마다 직접 해야 하는 것이지 대표를 통해 간접적으로 하는 것이 아니다. 또한 공공생활이 필요로 하는 일을 실제로 하는 것이지 간판만 내걸고는 일을 다 한 것처럼 생각하는 그런 게 아니다. 이런 연합과 자치의 두 가지 형태가 바로 지방자치와 동일업종연합이다.

지금 시국이 이처럼 어지러운데 정부가 어떻게 지방자치 같은 문제를 고려할 수가 있겠는가, 게다가 지방자치 법안은 아직 국회에서 정식으로 상세규정도 만들어지지 않았는데 우리가 어떻게 시작을 한다는 것인가, 동일업종연합조직법은 정부와 국회에서는 모두 아직 생각조차 해보지 않았는데, 조직을 할 방법은 더더욱 없는 것이 아닌가라고 속으로 생각하는 사람들이 많을 것이다. 내 생각에 이런 견해들은 완전히 잘못된 것으로 두 가지 면에서 근본적인 착오가 있다. 하나는 지방자치와 동일업종연합을 정부가 제창해야만 시행할 수 있다고 생각하는 것이다. 내 생각에 상부에서 제창하는 자치와 연합은 설령 시행할 수 있다고 해도 단지 수동적이며 관이 주도하는 가짜 민주주의이므로 우리에게는 필요가 없다. 우리가 필요로 하는 것은 아래로부터 만들어져 발전해가는, 인민이 자발적으로 시행하는 진짜 민치이다. 또 하나는 법이 현실을 만들지 현실이 법을 만들 수는 없다고 생각하는 점이다. 나의 견해는 그것과 정반대다. 나는 법이 현실을 만들어내는 힘은 적고, 현실이 법을 만들어내는 힘은 크다고 생각한다. 사회에 먼저 이미 만들어진 현실이 있어서 정부가 그것의 '당연함'을 인정하면 그게 바로 법이 되는 것이며 학자들이 '그 이유'를 설명하면 그것이 바로 학설이다. 일체의 법과 학설은 대부분 기성의 현실로부터 만들어진다. 예를 들면 영, 미 양국의 자치제도는 모두 먼저 그들 나라의 인민들이 이러한 현실을 만들어내고 나중에 정부가 그것을 법으로 편성하고 학자들이 학설을 만들어낸 것이지, 결코 먼저 정부가 법을 반포하고 학자들이 학설을 만들어내고 그리고 나서 그 나라의 인민들이 그대로 한 것이 아니다. 그러므로 시국이 혼란하든 그렇지 않든 정부가 제창을 하든 말든 국회가 법안을 의결하든 안하든 그것과 우리 인민들이 지방자치와 동일업종연합을 조직하는 것은 아무런 관계가 없다.

내가 말하는 동일업종연합은 업종별 업소 주인들로 조직된 동일업종연합사무소나 유럽의 옛날 동일업종협회(Guild)와 다르다. 또한 유럽에서 현재 노동자들이 조직한 직공연합(옛 번역으로는 노동조합, Trade Union)이나 노동자 연합과도 다르다. 지금 중국의 공상업계 상황을 보면, 상하이, 톈진(天津), 한커우(漢口)의 경우는 그곳에 있는 몇몇 대공장이나 곳곳에 있는 철로광산의 총감독은 모두 부자인 구관료들이기 때문에 당연히 직공들과 같은 입장일 수가 없다. 하지만 그 나머지 일반적인 상계(商界)의 업주나 점원들, 공업계의 주인이나 일꾼들은 그 지위의 차이가 크지 않기 때문에 순수 자본의 역할과 노동력 사이에 뚜렷한 충돌만 생기지 않는다면, 직접 사업에 종사하는 사람들 모두가 같은 연합에 가입할 수 있다.

지방자치와 동일업종연합에 대한 학설이나 제도는 너무 많고, 그 세세한 방법은 더더욱 한꺼번에 다 말할 수도 없을 정도이다. 나는 지금 그 가운데서 중국의 사회 현실이 필요로 하며 또한 시행 가능한 것에 대해서만 몇 가지 원칙을 제시하고자 한다. 그렇게 함으로써 문제가 직접적이고 실질적인 정신을 잃어버리고, 모호하고 산만하며 공허한 데로 흘러가서 다른 세력에게 이용당하거나 불법과 부패를 저지르게 되는 구제불능의 고질병들이 생겨나는 것을 면하게 하고자 한다.

최소 범위의 조직

향촌의 지방차지는 촌(村)이나 진(鎭)에서 시작해야지 향(鄕) 자치를 서둘러 시행해서는 안 된다. 도시의 지방자치는 가도(街道)나 도로구획 혹은 경찰 구역에 따라서 여러 개의 작은 자치 구역으로 나누어야 한다. 이런 작은 지역에서 시작해야지 서둘러서 시(市) 차원의 자치를 시행해서는 안 된다. 동일업종연합은 한 지역에서 한 가지 직종을 범위로 정해야 한다. 예를 들면 나루터의 선원, 선주, 운반부와 광산의 광부, 철로의 직공, 한 도시 학교의 교직원, 신문기자, 변호사, 의사, 목공, 기와공, 운전수, 인력거꾼, 철도 노동자, 방직공, 칠기공, 봉제공, 이발사, 인쇄공, 우체부, 지게꾼 등이 저마다 각각의 동일업종연합을 운영해야 한다. 상계(商界)의 경우는 소도시라면 가게주인이나 총관리인, 점원이 하나의 연합에 속하면 되고 예를 들어 상하이 같은 대도시라면 업종이나 도로구획에 따라 각각 동일업종연합을 결성해야 한다. 절대로 모호하고 공허하게 무슨 '노동조합(工會)'이라거나 그 범위를 확정할 수 없는 '상하이 상계 연합회'라거나, '전국 노동자 연합회' 같은 것을 조직을 서둘러 만들어서는 안 된다. 무릇 모호하고 공허하며 소조직의 기초가 없는 대조직은 조직이 없는 것과 마찬가지다. 이런 소조직 없는 대조직이 만들어내는 나쁜 결과는, 소극적으로는 많은 사람들의 냉담과 해이와 책임방기를 초래한다는 것이며, 적극적으로는 바로 소수 사람들이 그것을 이용하고 장악하여 부패하게 된다는 것이다.

사람마다 모두 직접적인 의결권을 갖는다

이런 소조직의 지방단체나 동일업종단체의 경우는 당연히 사람 수가 많지 않을 것이므로 단체 내의 성인 남녀 모두가 직접 조직에 와서 사무에 관한 의결을 할 수 있으므로 대표제를 채택할 필요가 없다. 만약 한 단체의 사무에 각 사람들이 모두 직접 참여할 권리를 가지게 된다면 그로 인해 생겨나는 효과는, 소극적으로는 소수인이 그것을 이용하고 장악하고 부패시키는 것을 막을 수 있으며, 적극적으로는 다수 사람들의 조직능력을 배양할 수 있고, 많은 사람들이 공공의 이해관계를 위해 생각하고 공공의 사업을 위해 힘쓰게 할 수 있으며, 많은 사람들이 냉담하거나 방관하거나 단체의 기강이 해이해지는 것을 막을 수 있다. 현재 중국에서 지방자치가 잘 안 되는 이유는 바로 사람들이 소수의 신사계급 주인들로 하여금 거기에 둥지를 틀고 앉아서 나쁜 짓을 하도록 내버려 두기 때문이다. 동일업종연합이 좋은 효과를 얻지 못하는 것도 바로 현재의 각 업종별 사무 조직이 단지 가게 주인과 총지배인이 독점하는 기관일 뿐 다수의 직공이나 점원과는 무관한 것이기 때문이다. 내가 소규모 조직을 강조하는 이유가 바로 여기에 있다. 소규모 조직은 사람이 적어서 전체가 직접 참여할 수 있기 때문에 신사계급의 주인이나 업주, 노동자 대표 같은 소수의 사람들이 사업을 독점하던 오랜 폐해를 일소할 수 있으며 또한 다수의 사람들이 이 과정에서 업무처리 능력을 훈련할 수 있다. 만약 다수 사람들의 교육 수준이 낮은 것 때문에 그래도 대의제가 낫지 않은가 하는 의문을 가지는 사람들이 있다면 나는 곧 듀이 박사가 '미국 민주주의의 발전'이라는 강연에서 한 말로 대답하고 싶다. "민주주의는 왜 좋은가? 그 자체가 바로 교육이기 때문이다. 교육의 이기(利器)로서 사람들로 하여금 정치적인 일이 위대한 몇몇 사람들만의 일이 아니라 바로 일반 백성들도 모두 관심을 가질 수 있는 것이라는 점을 알게 해주기 때문이다. 인민들이 정치적인 일에 관심을 가지지 않다 보면 그들의 정치적인 재능은 다 쓸모없는 것이 되고 더 이상은 발전할 수 없게 된다. 민주 정치는 사람들로 하여금 투표하게 하고 사람들로 하여금 정치에 대해 아주 큰 책임이 있음을 알게 하는 것이며 그렇게 함으로써 자연히 정치적인 인재들을 배양하는 것이다. 미국의 호레이스 만[4]은 "우리가 주장하는 것은 사람이 나면서부터 정치에 참여할 자격이 있다는 게 아니다. 어찌되었든 결국은 그가 정치에 참여할 자격이 있도록 만들어야 한다는 것이다."라고 말했다. 이것이 바로 민주주의 교육이다. 이전의 미국 선거에서는 재산, 교육, 남녀의 차이에 따른 제한이 있었지만 지금은 이런 제한들이 다 철폐되었다. 제한이 철폐되고 난 뒤에 사람들이 저들은 선거를 할 줄 모른다고 하는 말을 들어본 적이 없으니, 정치적 재능이란 배워서 얻는 것이지 나면서부터 타고 나는 것이 아님을 알 수 있다. 만약 누군가가 여성은 여기에 참가할 수 없는 것 아니냐는 의문을 제기한다면 이론적인 차원에서 남녀가 마땅히 동등한 권리를 가져야만 한다는 주장은 잠시 내려놓고 현실적으로만 논하더라도 여자가 참가하는 것의 단점이 무엇인지는 당장 생각이 나지 않지만 여자가 참가하는 것의 장점은 무수하게 떠오른다. 여성이 가지고 있는 평화로움, 안정감, 세심함, 질서정연함, 명예에 대한 중시, 풍부한 공감능력 등은 단체의 응집력을 강화시킬 수 있는 특성들이며, 이러한 것들은 여성이 남성에 비해 훨씬 낫다. 여성의 가장 큰 미덕은 바로 기관을 이용해 연줄을 만들고 아부해서 관직을 누리려 하지 않는다는 점이다.

4) Horace Mann(1769~1859)은 미국 교육의 선구자로 꼽히는 인물이다.

집행 이사는 전권을 가지거나 장기직이어서는 안 된다

단체의 의결사무를 집행하는 이사는 기관 전원의 투표로 선출되어야 하며 선거권과 피선거권에 교육, 재산, 남녀, 지위의 차이에 따른 제한이 있어서는 안 된다. 이사의 수는 많아야 하며 임기는 짧아야 하고 연임할 수 없어야 한다. 반년마다 삼분의 일은 선거로 다시 선출해야 하며, 만기 퇴임의 순서는 제비뽑기로 미리 정해놓아야 한다. 총회나 이사회나 모두 임시의장을 두어야 하며 합의제를 채택하고 회장이나 이사장을 두지 않아야 한다. 이것은 모두 소수의 사람에 의해 기관이 장악되는 것을 방지하기 위해 필수 불가결한 제도들이다.

단체의 실생활에서의 수요를 중시해야 한다

지방자치에서 마땅히 중시해야 하는 것은, 교육(초등학교와 신문잡지출판사), 선거(국회, 성급 현급 의회와 도농 자치회), 도로, 공공위생이며 향촌에서는 여기에 재해방지, 수리, 해충의 세 가지를 보태야 한다. 동일업종연합이 중시해야 하는 것은, 교육(보습야학, 신문잡지출판사, 대중강연), 저축, 공공위생, 상호구제(질병, 노인, 사망, 실업 등), 소비 공동체, 직업소개, 공공오락, 노동자 처우 등의 일이다. 상하이 공업계에서는 현재 많은 동일업종연합들이 생겨나고 있는데 우리는 이를 아주 환영하면서도 동시에 아주 걱정스러운 마음으로 두 가지 의문을 제기한다. (1) 단지 외교적인 접촉만을 위한 것인가, 아니면 단체 자체의 실생활에서의 수요에 대한 자각도 있는 것인가 하는 점이다. (2) 업주와 지배인들이 그곳의 일을 주관하는 것이 아닌가 하는 점이다. 상하이의 도로구획별 상계 연합회는 우리가 주장하는 소조직과 제법 유사하지만 만족스럽지는 않다. 그 이유는 (1) 회의에 참석하는 회원들이 다해서 각 가게 대표 일백 명뿐으로 이는 전체가 아닐 뿐만 아니라 과반수도 아니라는 점, (2) 이 대표들 대부분은 업주나 지배인이며 점원의 몫은 없는 것 같다는 점, (3) 본래 조직의 실제 수요와 관련된 문제들은 거론되지 않고, 그런 일들과 상관없는 사람들만 무수하게 초청되어 구국이니 상업 부흥이니 하는 공허하고 상투적인 연설들을 한다는 점이다. 이게 무슨 짓인가! 나는 사회적으로 고원한 이상을 가진 사람들이 내가 중시하는 실생활에서의 수요를 과소평가하면서 나의 주장이 철저하지 않다고 말하지 않기를 바란다. 나는 현재 중국의 사회적 상황에서는 이런 소규모 조직들이 실생활에서의 수요를 중시하는 것만이 비로소 민주주의의 견실한 기초를 형성해나가는 일이며 이것이 정치 경제의 철저한 개혁을 위해 반드시 거쳐야만 하는 길이라고 생각한다. 나는 신경이 과민한 관료들이 지방자치만 거론하면 당장 통일을 파괴하는 것을 연상하고, 동일업종연합을 이야기하면 당장 사회혁명을 연상하지 않기를 바란다. 내가 주장하는 이런 소규모 조직은 실제로 아주 평범하게 시행할 수 있는 것이며 공화국의 정치경제에 실질적으로 필요한 것들이지, 사실상 무슨 통일을 파괴하거나 사회혁명이라고 할 만한 것들이 아니다. 이런 소규모 조직의 지방자치는 물론 당신들 정권과는 무관하며 당신들의 관료적 흥취에는 걸리는 것이 많겠지만, 바로 이런 소규모 조직의 동일업종연합이 중시하는 실질적인 수요는 모두 현 사회, 현 경제제도하에서 추구되는 것이지 결코 무슨 과격한 방법으로 추구하는 것이 아니다. 그것은 프랑스의 생디컬리즘(Syndicalism)에 비할 만큼 철저한 것도 아니며, 영국의 노동자연합(Trade Union)과 비교해도 너무나 평화롭고 소박하다.

군인, 관료, 정치꾼과의 관계를 단절해야 한다

군인, 관료 정치꾼은 중국의 삼대 해악이다. 북양군인, 서남군인, 구관료, 신관료, 구교통계(交通系), 신교통계, 안복계, 사미계(巳未系), 정학회(政學會)에 대한 비판은 "명창암투오국앙민(明搶暗奪誤國殃民)"[5]의 여덟 자로 총괄할 수 있다. 이건 좋고 저건 나쁘다는 식의 말은 모두 단편적인 것이며 경험이 부족해서 하는 말이다. 오사(五四)운동 이후 우리 중국에 한 가닥 빛의 희망이 생겨났다면 그건 바로 똑똑하고 양심 있는 많은 사람들이 이 세 가지 해악의 삼중 포위를 뚫고 새로운 세계를 만들려는 생각을 가지게 되었다는 점이다. 이 새로운 세계의 나침반은 바로 백성들을 일깨워 모두 일어나 함께 '민치 실행'의 길로 나아가게 하는 것이다. 이 길의 기반 위에서 마지막으로 주의해야 할 것은 바로 이 세 가지 해악의 귀신이 들어와 그들의 등 뒤에 나와 있는 더러운 검은손으로 우리의 광명의 빛을 덮어버리지 못하도록 하는 것이다. 파리나 개처럼 구차하게 수단과 방법을 가리지 않고 권세에 빌붙어 명리를 탐하는 신관료들(바로 정치꾼들)은 상황을 살피다가 편승해서 절취하는 데 점점 익숙해져서 이력이 나 있다. 우리는 그들이 우리의 순결한 노동자들과 청년 학생들을 이용해서 무슨 정당이니 무슨 노동당이니 하는 것을 만들어가지고는 자기들이 총수가 되어 입신양명의 수단으로 삼는 짓을 하지 못하도록 각별히 예방해야 한다. 가장 좋은 것은 여러 소규모 조직의 사무소에 모두 '소매치기 주의'라고 써 붙이고 다들 주의하도록 하는 것이다. 내가 소규모 조직을 주장하는 이유는 물론 그것이 민주주의의 견실한 기초를 형성하기 때문이지만, 동시에 문이 낮고 지붕이 낮은 행색을 하

5) "수단과 방법을 가리지 않고 수탈하며 나라를 더럽히고 백성을 괴롭힌다"는 의미.

고 있으면 이런 관리 나으리들이 행여 그 문이나 지붕에 부딪쳐 관모가 망가질까 염려하는 마음에 왕림하지 않으시기를 바라는 의도에서 그러는 것이기도 하다.

이 글을 다 쓴 뒤 인쇄를 위해 상하이로 부치려고 할 때, 바로 장둥쑨(張東蓀) 선생이 새로 쓴 「두목제도와 독점제도의 타파(頭目制度與包辦制度的打破)」라는 글(『解放與改造』, 1권 5호)을 보게 되었다. 장 선생의 이 글은 논의가 아주 철저하여 나의 글에서 누락된 부분을 보충할 수 있으니 독자들은 힘써 참고하길 바란다. 나는 내가 주장하는 소규모 조직이 사람마다 모두 직접 참여하도록 하여 일체의 소수독점(寡頭)제도를 타파하는(두목이나 독점 제도도 물론 그 안에 포함된다) 근본적인 방법이라고 생각한다. 이런 생각이 만약 현실이 되고 관행이 될 수 있다면 현재 경제적인 면에서 잘못된 제도를 일소할 수 있을 뿐만 아니라 장차 비교적 규모가 큰 정치 혹은 경제적인 대규모 조직을 운영할 때도 당연히 소수가 독점하는 일이 생겨나지 않게 될 것이다. 그리고 그렇게 되면 비로소 진정한 민주주의가 실현될 수 있을 것이다. 내가 주장하는 동일업종연합에는 '양원(兩元)의 사회조직'과 같은 성격도 포함되어 있지만 내가 심중으로 생각하고 있는 것은 『연합회일간(聯合會日刊)』에서 말하는 것과 완전히 같지는 않다. 게다가 나는 '양원'이라는 말을 사용하지 않기를 바란다. 왜냐하면 본래 우리가 겪는 고통은 현재 사회제도하에서의 분열된 삶이며, 우리가 갈망하는 것은 미래 사회제도 하에서 연합된 삶이기 때문이다. 우리는 계급투쟁이 일어나기를 바라지 않으며, 순수한 자본의 역할—즉, 노동력과 분리된 자본의 역할—이 점차 소멸되어 계급투쟁이 조성되는 일이 없기를 바란다. 현재 우리가 처해 있는, 노자 간, 국가 간, 남녀 간이 서로 연합되어 있지 않고 분열되어 있는 사회와, 무자비하고 투쟁적인 마음, 그 자리에서 날마다 자행되는 나쁜 짓들[현재 미국의 노자 양원

(兩元)으로 구성된 산업회의가 바로 그 한 예이다]을 어찌해야 하는가. 내 마음속에 하고 싶은 말이 있지만 그것을 내뱉고 싶지 않은 것은 누군가가 그것을 화해정책으로 오도하거나 그것이 어떤 일방에게 이용당하여 본의가 손상될까 우려되기 때문이다. 게다가 이 말은 또 이야기를 하자면 너무 길어지고 이 글의 취지도 아니니 다른 날 다시 논하기로 한다.

11월 2일 밤

1919년 12월 1일 『신청년』 제7권 제1호, 서명: 천두슈(陳獨秀)

24 반농의 「D---!」 시에 답함

答半農的『D---!』詩[1)]

무엇이 나이고, 무엇이 너인가?

대체 누가 반농이고, 누가 D[2)]인지도 잊었다.

순간이니, 팔십여 일이니, 팔십여 년이니 하는 것도 다 시간적으로 중요한 문제들이 아니고,

생사니 이별이니 출옥이니 자유로운 공기니 지옥이니 접견실이니 뛰어난 재간이니 망가진 육체니 하는 것도 다 공간적으로 중요한 문제들이 아니다.

중요한 문제는 무엇인가?

마치 과거의 사람, 현재의 사람, 미래의 사람, 가까이 있는 사람, 멀리 있는 사람이 동시에 이렇게 말하고 있는 것 같다.

영원히 끊어지지 않는 시간, 영원히 머무는 공간 속에서 창조의 흔적을 한 점 한 점 그려내는 것이라고.

이런 흔적들 속에서 그건 나고, 그건 너고, 무엇이 반농이고 무엇이 D인지 가리킬 수 있는 것이라고.

---

1) [원주] 이 시는 1919년 11월 5일에 쓰여졌고, 류반농(劉半農)의 시는 『신청년』 제6권 6호(1911년 11월 11일)에 게재되었다.

2) 여기에서 'D'는 'Duxiu'의 첫 자로 천두슈를 가리킨다.

형제여! 자매여!

무슨 권세나 위력 같은 게 어디 있나? 그저 개구쟁이 어린 형제들이 장난을 치는 것일 뿐.

그들도 어른이 되면 자연히 깨닫게 되겠지. 그들이 장난을 쳤던 그 사람들에게 당연히 사과하겠지.

그때, 우리는 대답해야지. 착한 형제여, 그까짓 게 뭐라고 그렇게 예의를 차리나! 그들이 비록 어리석다 해도, 우리는 또 언제 그렇게 제대로 안 적이 있었던가.

정말 제대로 아는 이에게는 형제의 가련함만 보일 뿐, 가증스러운 적은 보이지 않는 법.

총을 들고 형제를 죽이는 형제, 물론 모두가 그를 미워하지.

게으름을 부리며 형제에게 기대는 형제, 물론 모두가 그를 원망하지.

조상의 위패를 끌어안고 어둠을 향해 나아가는 형제, 물론 모두가 그에게 화를 내지.

남에게 손해를 입히고 자기 이익만 챙기며 거기다 거짓말까지 하려는 형제, 물론 모두가 그를 욕하지.

그러나 마음이 명정(明淨)한 형제자매에게 정중히 권하노니, 그를 미워하거나 원망하거나 그에게 화를 내거나 욕하지 마시게.

오직 가슴 가득한 연민의 뜨거운 눈물을 쏟아내어 그들의 성인(成人) 세례를 삼으시게.

세례를 받은 형제들은 자연히 총을 놓고 조상의 위패를 내려놓고, 자연히 거짓말을 하지 않고 수고하는 형제들과 함께 광명을 향해 나아가게 될 것이니.

형제들이여, 자매들이여!

우리는 세상에서 동류(同類)의 형제자매니, 너와 나를 갈라서도 안 되며 서로를 미워해서도 안 되네.

우리가 하는 말은 서로 너무나 다르고 우리가 입는 옷도 전혀 같지 않으며 어떤 형제들은 그 생김새가 더 신기하고, 각자 저마다의 신을 믿으며 각자 저마다의 기질을 가지고 있지만, 그러나 자연스레 울 줄 알고 웃을 줄 아는 공감의 마음이 우리를 하나로 이어줄 것이네.

하나로 이어지면, 얼마나 평안하고 친밀할 것인가!

무엇 때문에 너와 나를 가르고, 서로를 원망하며 탓하겠는가?

다들 만나면 악수하고, 스스럼없이 대하며 평안하고 친밀했었지!

양쪽이 서로 만나지 않게 되자, 악마의 사주를 듣고 서로 머리가 터지도록 싸워 온 땅에 유혈이 낭자하게 된 것이지!

온 땅에 유혈이 낭자해진 게 한두 번이 아니니, 그들이 이루어내었던 평안함과 친밀함은 어디에 있는가?

우리 온 집안의 형제자매들은 본래 하나로 뭉쳐 화목하게 지냈었는데

갑자기 몇몇 늙은이들이 나오더니 우리를 친소와 귀천, 내외와 고하로 나누어 놓았고

불행히도 또 몇몇 거한들이 나오더니 형제자매들을 한데 모아놓고는 쇠몽둥이를 들어 경계를 긋고 다른 동포들이 그리로 오는 것을 막았지

더 불행하게는 또 참견하기 좋아하는 선생들이 나와서 소털처럼 많은 조항들을 써놓았고 한데 모아놓은 우리 형제들로 하여금 매일매일 동전 몇 푼을 위해 서로에게 화를 내게 만들었지.

우리는 왜 이렇게 나뉘어서 화목을 잃고 살아야 하는가?

그가 무슨 언어를 말하든 무슨 옷을 입든 그의 용모가 얼마나 기이하

든 그의 성질이 얼마나 괴팍하든 겉으로 보기에 그가 자기 몸에 무슨 족쇄를 차고 있든 어깨에는 또 무슨 칼과 총을 차고 있든 그 총 끝에서 어떤 차가운 빛이 번쩍이든 더러운 육체 속에 깊이 감추어져 있는 것, 자연스레 울 줄 알고 웃을 줄 아는 공감의 마음은 모두가 다 같은 것인 걸.

늙은이의 말이 터무니없는 것이라는 것만 안다면,

그런 속 좁은 거한들을 따라하지만 않는다면,

참견하기 좋아하는 선생들의 글을 아랑곳하지만 않는다면,

이런 장애들은 사라지고, 울 줄 알고 웃을 줄 아는 우리의 마음은 자연히 점점 더 확장되어갈 텐데.

자연히 본래의 하나된 화목함을 회복하여 백세토록 함께 지낼 수 있을 텐데.

어떻게 장애를 제거하고, 어떻게 그러한 것이 속히 확장되도록 할 수 있을지는

전적으로 너와 내가 일구어갈 창조의 흔적에 달려 있는 것.

나는 집을 지을 줄 모르지만 나의 형제들은 내게 살 곳을 지어주었고,

나는 바느질할 줄 모르지만 나의 자매들은 내게 옷을 지어주었네.

나는 농사를 지을 줄 모르지만 형제들은 내게 먹을 쌀을 주었고,

나는 너무나 느리게 걷지만 형제들은 수레와 배를 만들어 나를 먼 곳까지 보내주었지,

나는 서화(書畵)를 모르지만 많은 형제자매들이 글을 쓰고 그림을 그려 내 벽 위에 걸어주었고,

때로 지치면, 자매들은 거문고를 타고 노래를 불러 내 마음을 환하게 해주었고,

때로 병이 나면 형제들은 나를 위해 약을 지어주었네.

만약 그들이 없었다면 나는 얼마나 고통스러운 상황을 겪었어야 할 것인가!

그들의 은혜에 감사하는 마음 때문에, 울 줄 알고 웃을 줄 아는 나의 마음은 나도 모르게 점점 더 확장되어가고 있음을 느낀다네.

무엇이 신인가? 그가 이런 능력을 가지고 있는가?

어떤 이는 말하지. 신의 은혜와 능력은 그보다 더 크다고, 그는 너에게 광명을 선사할 수 있다고!

정말이지! 정말이지!

하늘에서 별들이 사라지고!

바람이 불고, 비가 내리네.

어둠이 온 세상을 포위하고 있으니, 얼마나 처량한가!

광명을 위해, 참된 신을 찾았지만

광명을 만나니, 마음 더욱 불안하네.

참된 신에게 작별을 고하고 옛 곳으로 돌아가네.

나를 사랑하고, 내가 사랑하는 형제자매들은 아직도 태양을 등지고 저 어둠 속에서 고통당하고 있으니,

그들이 나와 함께 올 수 없다면, 내가 그리로 가서 그들과 함께 있어야지.

1919년 11월 15일 지음

1920년 1월 1일 『신청년』 제7권 제2호, 서명: 두슈(獨秀)

25 『신청년』 선언

『新青年』宣言

본지가 구체적으로 무엇을 주장하는지에 대해서 지금까지는 전혀 발표한 적이 없다. 사원 각자가 가지고 있는 지론도 왕왕 일치하지 않는 경우가 많았다. 이로 인해 독자 제군도 어쩌면 의문을 가지지 않을 수 없었을 것이고 사회적으로도 자못 오해가 생겨나기도 했다. 이에 제7권을 발간하면서 이제 전체 사원의 공통된 의견을 감히 명백하게 선포하는 바이다. 설령 나중에 입사하는 사원이라도 이번 선언의 책임은 공동으로 져야 한다. 다만 사외(社外)의 이견을 수용하기 위해 개설한 '독자 언론'란만은 예외로 한다.

세계적으로 볼 때 군국주의와 금력(金力)주의는 이미 너무나 많은 죄악을 자행했으므로 우리는 이제 마땅히 그것이 폐기되어야 한다고 생각한다.

우리는 세계 각국이 정치, 경제, 도덕적으로 답습해온 낡은 관념들 중 많은 것들이 진화에 장애가 되고 정리(情理)에 부합하지 않는다고 생각한다. 우리는 사회진화를 추구하므로, '불변의 진리'와 '옛날부터 이와 같았던' 편견들을 타파하지 않을 수 없다. 한편으로는 기필코 이런 낡은 관념들을 폐기하고, 한편으로는 전대와 당대의 현인철학자들과 우리 자신의 생각을 종합하여 정치적 도덕적 경제적으로 새로운 이념을 창조해내고 새로운 시대정신을 수립하여 새로운 사회 환경에 알맞게 적용해야 할 것이다.

우리가 이상으로 삼는 새로운 시대, 새로운 사회는 진실하고 진보적이며 적극적이고 자유롭고 평등하며 창조적이고 아름답고 선하며 평화롭고 서로 돕고 사랑하며 즐겁게 일하면서 사회 전체가 행복한 사회이다. 허위적이고 보수적이며 소극적이고 구속적이고 계급적이고 인습적이며 추하고 악하고 전쟁을 일삼으며 서로 배척하고 속이며 불안하고 나태하며 번민하고 소수만 행복한 그런 상황은 점점 감소되다가 마침내 소멸되기를 희망한다.

새로운 사회의 새로운 청년은 당연히 노동을 존중해야 한다. 하지만 그 노동은 마땅히 개인의 재능과 흥미에 따르는 것이어야 하고 자유롭고 즐겁고 예술적이며 아름다운 자리에 놓여 있는 것이어야 한다. 신성한 노동을 의식(衣食)을 유지하기 위한 조건으로 만들어서는 안 된다.

우리는 인류의 도덕적 진보가 마땅히 본능(침략적 본성이나 소유욕 같은)을 넘어서는 삶으로 확장되어야 한다고 믿는다. 그러므로 세계 각 민족 모두에게 우애와 상호부조의 정의(情誼)를 나타내겠지만, 침략주의적이고 지배주의적인 군벌이나 재벌에 대해서는 적의를 가지고 대하지 않을 수 없다.

우리가 주장하는 것은 민중운동을 통한 사회개혁이며, 과거나 현재 각 정파들과의 관계를 완전히 끊는 것이다.

우리는 정치 만능을 맹신하진 않지만 정치가 중요한 공공생활이라는 것은 인정하며 또한 참된 민주정치라면 반드시 정권을 인민 전체에 나누어야 한다고 믿는다. 설령 제한을 두더라도 직업의 유무를 기준으로 삼아야지, 재산의 유무를 기준으로 삼아서는 안 된다. 이런 정치는 새로운 시대를 만들어나가기 위해 반드시 통과해야 하는 과정이며, 새로운 사회를 발전시키는 유용한 도구이다. 정당에 관해서는 우리도 그것이 정치운용에서 반드시 있어야만 하는 방법임을 인정하지만 소수의 사리사욕이나 어떤 계급의 이익만을 옹호하면서 사회 전체의 행복은 안중에도 없는 정당에 가입하는 것은 절대로 용인할 수 없다.

우리는 정치, 도덕, 과학, 예술, 종교, 교육이 모두 현재와 미래의 사회적인 삶의 발전과 실제적인 수요를 중심으로 삼아야 한다고 믿는다.

우리는 새로운 시대, 새로운 사회적 삶의 발전이 요구하는 문학과 도덕을 창조하려하기 때문에, 전해 내려오는 문학과 도덕 가운데 더 이상 적용할 수 없는 부분은 폐기하지 않을 수 없다.

우리는 자연과학의 실험철학을 존중하며 미신이나 망상을 타파하는 것이 현재 사회진화의 필요조건이라고 믿는다.

우리는 여성의 인격과 권리를 존중하는 것이 현재의 사회적 삶이 발전하기 위해 실제로 필요한 것이라 믿으며 또한 각자가 스스로의 사회적 책임에 대해 철저한 각성이 있기를 희망한다.

우리는 우리의 주장을 실험하고 우리의 보루를 굳건하게 만들기를 원하므로, 의식이 있고 신념이 있는 반대파를 환영할지언정 의식도 없고 신념도 없이 부화뇌동하는 자들은 환영하지 않는다. 하지만 반대하는 쪽이 충분한 이유를 가지고 우리를 설복시키기 전까지 우리는 당연히 우리의 주장을 대담하게, 결연한 태도로 선전할 것이다. 위선적으로 비위나 맞추고, 시비 판단을 흐리면서 게으름이나 조장하며 진화를 저해하는, 스스로의 입지가 없는 타협적인 논조는 취하지 않을 것이다. 아무 내용이 없고 실제와 동떨어져 공허하며 신념도 없고 주장도 없으면서 현실을 초월해 있고 아무런 결론도 없는 절대적인 회의주의도 택하지 않을 것이다.

1919년 12월 1일 『신청년』 제7권 제1호, 서명: 천두슈(陳獨秀)

26 학생들은 마땅히 일본 상품을 배척해야 한다

學生界應該排斥日貨

중국 고대의 학자들이나 심성이 두텁고 솔직한 현대의 일반 백성들은 '세상'이나 '천하'의 개념만 가지고 있었지, 무슨 국가니 아니니 하는 건 알지 못했다. 지금 제대로 알지도 못하는 자칭 신(新)학자라는 자들만 걸핏하면 국가니 애국이니 하고 떠들어대지만 그런 천박하고 이기적인 국가주의나 애국주의는 바로 일본 유학생들이 사들여 온 저열한 상품일 뿐이다.(이런 유학생들은 다른 학문은 아무것도 배워온 게 없고 오직 매국과 애국 두 가지 이념만 배워왔다.) 지금 학계에서는 일본 상품 배척의 함성이 높다. 하지만 우리는 이렇게 수입된 정신적인 일본 상품의 해악이 그보다 더 크다는 걸 알아야 한다. 그렇다면 이 어찌 학생들이 마땅히 배척해야 할 상품이 아니겠는가? 어떤 이는 국가가 비교적 통일되고 완비된 사회를 가리킨다고 말한다. 국가가 약육강식을 저지하고 이해관계와 감정의 충돌을 조정하며 생명과 재산을 보호하는 최고의 사회라는 것이다. 하지만 이건 모두 일본 강의에서나 하는, 천리(天理)나 인정(人情)에 부합되지 않는 괴상한 말일 뿐이다. 우리는 단연코 이런 악마적인 유혹에 빠져서는 안 된다. 밥을 먹고 옷을 입고 울 수 있고 웃을 수 있고 장사를 하고 친구를 사귀고 하는 것은 인류가 본래 다 같이 하는 것으로 거기에 무슨 본래부터 존재하는 경계란 없다. 바로 국가라는 이름 때문에 비로소 인류 상호 간의 친선의 마음에 깊은 도랑이 패이고 또 한 층의 장벽이 쌓아져서 모두로 하여금 이유 없이 시기하게 만든 것이다. 장 씨는 장 씨의 나라를 사랑하고 이 씨는 이 씨의 나라를 사랑하니, 너는 이렇게 사랑하고 나는 저렇게 사랑하다가, 사랑 때문에 머리가 터져 피를 흘리고 곳곳에서 사람을 죽이고 하게 된 것뿐이다. 국가가 이룬 업적이라곤 대내적으로는 단지 이해(利害)의 감정을 부추겨서 약육강식을 고취하고 약자의 생명과 재산을 희생시켜 강자의 생명과 재산을 보호하는 총 본부 노릇을 한 것뿐이며, 대외적으로는 단지 이해의 감정을 부추겨서 약육강식을 고취하고 약자의 생명과 재산을 희생시켜 강자의 생명과 재산을 보호하는 지부(支部) 노릇을 한 것뿐이다. 우리는 국가라는 게 단지 사람을 죽이고 피를 흘리게 하는 것만 보았지, 공의나 정의에 부합되는 어떤 일을 하는 것도 보지 못했다.

이 이름은 본래 근대에—19세기 후반에 더욱 심하게—유럽의 군벌과 재벌들이 만들어내서 남을 속이고 자신을 살찌우는 데 사용했던 속임수였다. 이 속임수가 일본에 전해지자, 일본은 그것을 이용해서 수많은 사람들을(일본의 평민과 조선인, 중국인이 모두 여기에 포함된다.) 속였다. 일본유학을 한 중국인들은 지금 다시 그것을 일본에서 중국으로 가져오고 싶어 한다. 사실 세계대전 이후 유럽에서 정신이 명료한 사람들은 이미 그러한 이치를 깨달아서,(본지 앞 호의 〈정신독립선언〉[1]을 참고하라.) 이

---

1) 제1차 세계대전이 끝난 지 몇 개월 후, 프랑스의 저명한 극작가이자 소설가, 수필가로 노벨상을 수상한 로망롤랑(Romain Rolland, 1866~1944)이 작성하고 아인슈타인, 버틀란드 러셀, 타고르, 헤르만 헤세 등 당대의 저명한 지식인, 작가들이 서명하여 1919년 6월 사회주의적 성향의 신문 L'Humanité에 발표한 선언을 가리킨다. 원제는 "Declaration d'independance de l'esprit"(영어로는 "Declaration of Independence of Mind")이며, 주요 내용은 예술적이고 지적인 작업의 힘을 선전이나 파괴, 분열을 위해 사용하지 말고, 국가와 인종과 계급을 가로질러 온 세계가 하나 되는, 인간 정신

피 흘리는 낡은 장부를 태워버리고 더 이상 쓰지 않기로 하였다. 일본에도 이 피 흘리는 장부를 태우고 싶어 하는, 정신이 명료한 이들이 몇몇 있다. 무샤노코지(武者小路) 선생[2]이 바로 그중 한 분이다. 중국인에게는 본래 이런 장부를 쓰는 습관이 없었는데, 지금 새로 이 장부의 첫 페이지부터 써나가려고 한다면 이는 얼마나 어리석은가!

하지만 우리는 국가주의로 다른 이들을 침략하는 일본을 눈앞에서 대하면서도 이 문제를 어떻게 처리하고 있는가? 나는 인도주의와 공의를 사랑하는 이념에 근거해서, 진리를 말하고 강권을 말하지 않는 모든 인류를 규합해서(일본인도 포함하여), 강권을 말하고 진리를 말하지 않는 사람들을(일본인도 포함해서) 진압해야지, 어떤 나라로 어떤 나라를 반대하는 식이어서는 안 된다고 생각한다. 만약 일본 상품을 배척하고 조선의 독립을 요구하는 일이 국가주의나 애국주의에 근거해서 하는 것이라면 그건 분열적인 삶의 색채를 띠지 않을 수 없으므로 여전히 사상적으로는 불철저한 것이다. 일본인이라는 이유로 일본 상품을 배척하는 것은 인류 진화의 역사에서 여전히 어둠의 운동이지 빛의 운동이 아니다. 우리 학생들은 마땅히 한층 더 심화된 깨달음을 가져야만 하며, 애국심을 넘어서는 공공심(公共心)을 발전시켜야만 한다. 하지만 애국심조차 없는 간상(奸商)이나 간관(奸官)들이 개인의 사리사욕에만 의거해서 일본 상품을 사고팔며 중국 쌀을 사고팔아 중국인을 죽이는 사람들이 먹도록

의 고양을 위해 사용하자는 취지이다. 인간의 고귀한 정신을 타협이나 수치스러운 동맹이나 숨은 아첨으로부터 자유롭게 하자는 정신의 독립성을 공표한 선언으로 평가되며, 중국에는 1919년 『신청년』 7권 1호에 장쑹녠(張崧年)의 번역으로 소개되었다.

2) 무샤노코지 사네아쓰(武者小路実篤, 1885~1976)는 일본의 소설가, 시인, 극작가로 인도주의와 이상주의를 표방하며 1910년에 창간된 잡지 『시라카바(白樺)』의 동인으로 활동했다.

수출하는 것, 나는 그들의 생각이 나와 같다는 건 인정할 수 없다.

1920년 1월 1일 『신청년』 제7권 제2호, 서명: 두슈(獨秀)

27 기독교와 중국인

基督教與中國人

(1)

무릇 사회적으로 많은 사람들이 어떤 도리를 믿고 있다면, 거기에는 반드시 중요한 이유가 있는 것이며, 사회적으로도 분명 중대한 문제가 된다. 기독교가 중국에 전파된 지 이미 사오백 년이 되었다. 기독교를 믿는 사람들이 다 신앙 때문은 아니라 해도 신앙 때문에 믿는 사람도 분명 적지 않으며, 이로 인해 근대사에서도 수많은 중대한 문제들이 생겨났다. 지금까지 우리는 그러한 것들을 중대한 사회적인 문제로 간주하지 않았고, 기독교를 사교의 하나로만 여기고 우리의 생활과는 무관한 것으로 간주하면서 해결방법을 강구하지 않았다. 그래서 기독교는 정치 사회적으로 부정적인 분란만 무수하게 만들어내었을 뿐 그것으로부터 어떤 긍정적인 종교적 유익도 제대로 얻어내지 못했다. 만약 지금도 여전히 그것을 우리 삶의 중대한 문제로 간주하지 않고 무시하기만 하면서 결국은 우리의 성교(聖教)[1]에 의해 도태될 사교의 하나라고만 말한다면 앞으로도 그것으로부터 유익을 얻지 못할 뿐만 아니라 사회적인 분란도 계속될 수밖에 없을 것이다. 하지만 실제로는 이미 많은 사람들이

1) 유교를 지칭.

그것을 믿고 있어서 우리의 정신생활의 일부가 되어 있으며 또한 실제의 생활에도 영향을 미치고 있다. 성교가 그것을 대신할 수도 없고 성교의 간판을 내세워 그것을 소멸시킬 수는 더더욱 없다. 나는 기독교의 문제가 중국사회가 마땅히 연구해야 할 중대한 문제라고 생각한다. 우리 청년들이 아무것도 모르는 나이든 무리를 좇아 눈감고 헛소리하지 않기를 바란다.

(2)

유럽에서 중세에 신을 믿고 종교를 믿는다는 명분으로 기독교 신자들이 과학을 억압하고 자유사상가들을 억압하면서 저지른 죄악을 우리는 물론 부인할 수 없다. 하지만 유럽의 문화는 어디에서 온 것인가? 한 가지 원천은 희랍의 각종 학술이지만 또 한 가지 원천은 기독교라는 사실 또한 우리는 부인할 수 없다. 근대에 이르러 역사학과 자연과학이 모두 너무나 큰 발전을 이루면서 기독교의 '창세설'이나 '삼위일체설' 및 각종 기이한 학설들이 모두 권위를 잃게 되자 사람들은 모두 기독교는 이제 파산했다고 생각했다. 하지만 나는 기독교가 사랑의 종교라고 생각한다. 인류가 서로 사랑하는 것에 반대한 니체를 따라 배우려는 게 아니라면, 우리는 기독교가 이미 근본적으로 붕괴되었다고 말할 수 없다. 기독교의 근본 교의는 오직 믿음과 사랑이며 다른 것들은 다 지엽적인 것이다. 예수만 그렇게 말한 것이 아니라『구약』의 첫머리에도 이러한 요지가 분명하게 드러나 있다.

> 너희의 생명을 해치고 너희의 피를 흘리게 한 자는 그것이 짐승이든 사람이든 내가 반드시 그 죄를 물을 것이다. 사람과 사람은 형제이니, 사람이 만약 다른 사람의 생명을 해치면 내가 반드시 그 죄를 물을 것이

다. 무릇 사람의 피를 흘리면 그 사람도 피를 흘릴 것이니 이는 하나님이 자기 형상대로 사람을 지었음이니라 (「창세기」 제9장 5~6절)

그러므로 기독교도든 반대자든 모두 이 근본 교의를 간과해서는 안 된다.

(3)

기독교가 중국에 전파된 지 수백 년이 지났는데도 특별한 유익은 없이 단지 무수한 분란만 일으킨 것은 무슨 연고인가? 여러 가지 원인이 있다. (1) 먹고살기 위해 믿은 신자들이 많고, 신앙으로 믿는 사람은 적었기 때문에 사회에서 무시를 당하게 된 점. (2) 각국 정부가 선교를 침략의 무기로 삼아서 중국인들의 원망을 사게 된 점. (3) 성인을 숭상하고 오랑캐를 배척하는 중국인들의 관념이 옛날에는 양(楊), 묵(墨)을 배척했고 나중에는 불(佛), 노(老)를 배척한 것처럼 후에는 다시 예수를 배척하게 된 것. (4) 관료에 미혹되는 중국인의 근성 때문. 『사서』를 보면 공자나 맹자와 교류하던 사람들은 모두 제후나 사대부 같은 사람들이었는데, 『신약』 성경을 보면 예수와 교류하던 사람들은 모두 평범한 어부나 병자들일 뿐, 그 안에는 부호 하나 없기 때문에 별 흥미가 없다고 생각한 것. (5) 외세에 아부하는 것만 아는 관료들은 인민에게 격분하고, 성현을 숭상하는 것만 아는 관료들은 신자들에게 격분했기 때문. (6) 정직한 선교사들이 신자의 인권을 옹호하는 일은 관(官)의 원한과 백성의 질투를 사고, 사악한 선교사들이 교세를 확장하는 일은 인민들의 원한을 샀기 때문. (7) 기독교의 교의가 중국인의 조상신위나 우상 숭배와 명백히 충돌하기 때문. (8) 백화문으로 된 『구약』 『신약』에는 『오경』이나 『사서』와 같은 고아함이 없기 때문. (9) 교육을 받지 못해서 과학적인 것을 오히려 괴이한 것으로 여기는 중국인들이 근거 없는 소문을 무수히 만들어내었기 때문. (10) 천주교의 신비주의적인 태도도 소문을 일으키는 도화선이 됨.

마음을 차분히 하고 생각해보면, 이상 열 가지 원인 중 실은 중국인이 저지른 잘못이 더 많고 외국인이 저지른 잘못은 한두 가지밖에 안 된다. 게다가 외국인들이 범한 한두 가지 잘못은 이미 대부분 시정되었다. 우리는 그들이 예수의 마지막 유언인 『마태복음(馬太傳)』의 마지막 장 마지막 두 구절에서 말한 것을 진심으로 믿는다면 그 말대로 이후 다시는 잘못을 범하지 않기를 바란다.[2] 하지만 우리 중국인의 지금까지의 역사를 돌아보면 참으로 부끄럽다. 지금 우리의 깨달음은 어느 수준에 와 있는가? 나는 성현을 숭배하고 도(道)를 옹호하는 분들이 무턱대고 난폭하게 굴지만 말고 마음을 차분히 하여 연구하기를 바란다. 그런 난폭함은 맹가(孟軻)나 한유(韓愈)의 태도지 공자는 그렇게 하지 않았다.

(4)

우리는 앞으로 기독교 문제에 대해 새로운 깨달음을 가지고 다시는 그것으로 분쟁이 일어나지 않도록 해야 한다. 뿐만 아니라 깊은 깨달음으로 예수의 숭고하고 위대한 인격과 열렬하고 심후한 정감을 우리의 핏속에 배양하여 냉혹함과 어두움과 더러움의 웅덩이 속에 빠져 있는 우리를 그 속에서 구해내야 한다.

중국인의 마음을 지배하고 있는 가장 오래된 문화는 당우 삼대(唐虞

---

2) "이후 다시는 잘못을 범하지 말라"는 구절을 『마태복음』의 마지막 장 마지막 두 구절에 나오는 예수의 유언이라고 말하고 있는 부분은 천두슈의 착오로 생각된다. 유사한 구절은 예수가 간음한 여인을 용서하고 돌려보내며 한 말로 『요한복음』 8장 11절에 나오며, 『마태복음』의 해당 부분에서는 관련되는 내용을 찾을 수 없다.

三代) 이래로[3] 내려온 윤리적인 도의(道義)이며, 서양인들의 마음을 지배하고 있는 가장 오래된 문화는 희랍 이래로 내려온 미적 정서와, 믿음과 사랑의 기독교 정서이다. 이 두 가지 문화적 원천의 상통하는 점은 둘 다 물질을 초월한 정신적 충동이라는 점이며, 서로 다른 점은 도의는 마땅히 해야 하는 지적이고 이성적인 것인 반면, 정서는 자연적이고 맹목적이며 초이성적이라는 것이다. 도의적인 행동은 왜 그렇게 해야만 하는지를 아는 후천적인 지식에 치우쳐 있는 것이라면, 정감적인 행동은 왜를 묻지 않고 다만 그렇게 되기를 바라는 선천적인 본능에 치우쳐 있다. 도의도 그 근원은 물론 정감에서 나오는 것이므로 타고난 본성에 어긋나는 도의는 당연히 도의라고 할 수 없지만 그것이 일단 윤리적인 규범으로 전락하고 나면 곧 지식이성의 충동에 편중되어 자연적이고 순수한 정감적 충동과는 다른 것이 된다. 동일한 충, 효, 예절의 행위라도 거기에는 윤리적인 것과 정감적인 것의 구별이 있다. 정감적인 충, 효, 예절은 모두 내면에서 나오는 것이며 자연스럽고 진실한 것이다. 윤리적인 충, 효, 예절은 때로는 외부에서 만들어지는 것으로 자연스럽지 않고 허위적이다. 우리가 지식이성의 충동을 경시하면 안 된다는 건 당연하지만 더욱 중시해야 할 것은 자연스러운 정감의 충동이다. 최근에 나는 정감이 없는 사람이라면, 아무리 그에게 부모를 사랑하고 자기 지역을 사랑하고 국가를 사랑하고 인류를 사랑하라는 윤리적인 지식을 준다고 해도 결과적으로 그가 그런 행동을 할 수 있게 하는 힘은 전혀 가지게 할 수 없다는 것을 깨달았다. 량수밍(梁漱溟) 선생은 "여러분은 인간의 행위란, 지식이 요구해서 하게 되는 게 아니라 욕망과 감정이 그것을 앞으로 밀어내서 하게 되는 것이라는 점을 알아야 한다. 그저 문제를 지적하는 것

3) 요순(堯舜) 시대와 夏, 殷, 周 三代를 가리킨다.

만으로는 안 되며 반드시 그가 그것을 문제라고 느껴야만 된다. 문제를 지적해내는 것은 지식에만 치우친 것이며 그것이 정말로 우리의 문제라고 느끼는 건 정감의 몫이다."라고 말했다. 량 선생의 이 말은 지극히 타당하다. 하지만 그가 "정감이 풍부한 것은 동방인의 정신"이라고 한 것이나 또한 "이 정감과 욕망이 각각 편중되게 흥성한 것이 동서 양 문화 분기의 관건"이라고 한 이 두 가지 점에 대해서는 그 의미를 잘 모르겠다. 정감은 과연 다 아름다운가? 욕망은 다 추한가? 정감이 과연 욕망과 절대적으로 분리될 수 있는 것인가? 오직 욕망만이 전적으로 물질에 속하는 충동이며, 정감은 물질을 초월한 충동이고 그래서 이 둘을 분리할 수 있는 것인가? 실은 정감과 욕망은 물질적인 면과 물질을 초월한 두 가지 측면의 충동을 다 가지고 있으며 이 둘은 분리될 수도 없고 비교해서 시비 고하를 가릴 수도 없다. 물질적인 차원에서의 욕망과 정감의 충동이란 저급한 충동으로 인류의 보편적인 본성(즉 선천적인 본능으로 그 자체로는 선악의 구별이 없다.)이며 동서양의 구별이 없다. 물질적인 차원을 초월한 욕망과 정감의 충동은 고급의 충동이지만 이것 역시 인간의 보편적인 본성으로 동서양의 구별이 없다. 그래서 전혀 개화되지 않은 야만족이라도 저마다의 종교가 있는 것이다. 그러므로 나는 서양과 동양(특히 중국) 양 문화의 분기는 각각이 정감과 욕망 쪽으로 치우쳐서 발전한 데 있는 것이 아니라 둘 다 마찬가지로 물질적인 차원을 초월한 욕망과 정감 안에서, 한편은 윤리도덕에 치우치고 한편은 미적이고 종교적인 순수한 정감에 치우친 것이라고 생각한다. 동양의 문화는 물론 중국이 주를 이룬다. 아리아인(Aryan)의 미술과 종교는 본래 이 두 문화를 매개하는 문화지만 중국 문화보다는 서양 문화에 더 가깝다. 히브리(Hebrew) 문화는 대해서는 더 말할 필요가 없고.

우리는 중국 문화의 원천 속에는 미적이고 종교적인 순수한 정감이 결여되어 있음을 부인할 수 없다. 윤리적인 도의가 정감과 분리되어 있을 뿐만 아니라, 정감을 표현하는 것이 중심인 문학의 경우도 대부분 정감과 분리되어 있다. 게다가 그 위에 윤리적이고(성현을 숭배하고 도를 담는), 물질적인(공적을 기록하고 가난을 원망하고 음란을 꾸짖는) 색채가 더해져 있다. 이것이 바로 중국인이 타락한 근본적인 이유이다. 그러므로 우리는 정말 '정감이 풍부하다'고 자부할 수는 없다.

중국사회는 무감각하고 무관심하다. 특별히 좋은 현상이 없는 건 제쳐두고 자살 같은 나쁜 현상조차 많지가 않다. 문화의 원천 속에 정감이 결여되어 있다는 게 어쨌든 적어도 그 중요한 원인의 하나이긴 하다. 이제 이 결점을 보완하려면, 미(美)와 종교로 우리의 정감을 인도해야 한다. 정감과 분리된 윤리도덕은 형식적이고 내면적이지 않으며 정감과 분리된 지식은 단편적이지 철저한 것이 되지 못한다. 그러한 것들은 후천적이지 선천적인 것이 아니며 나그네지 주인이 아니며 기계와 석탄이지 증기와 불은 아니다. 미와 종교의 정감은 순결하며 우리 생명의 원천 내면까지 깊숙이 들어가 널리 퍼진다. 내가 예수의 숭고하고 위대한 인격과 열렬하고 심후한 정감을 우리의 핏 속에 배양해야 한다고 주장하는 이유가 바로 이것이다.

(5)

한편으로 우리는 정감의 역량이 위대하다는 걸 알아야 하지만 다른 한편으로는 또 그것의 맹목적이고 초이성적인 위험에 대해서도 알아야 한다. 우리는 지식에만 의존해서도 안 되지만 또한 지식을 폐기해서도 안 된다. 이것을 길 가는 것에 비유하면, 정감이 우리의 다리라면 지식은 우리나 우리에게 길을 안내하는 사람의 눈이다. 그러니 다리만 있으면 되지 눈은 필요 없다고 말할 수는 없는 것이다.

기독교의 '창세설'이나 '삼위일체설'과 같은 여러 가지 기이한 내용들은 대부분 고대로부터 내려오는 전설이며, 견강부회한 것들로 이미 역사학이나 과학에 의해 다 파기되었다. 그러므로 우리는 마땅히 낡은 신앙을 폐기하고 새로운 신앙을 별도로 찾아야만 한다. 새로운 신앙이란 무엇인가? 그것은 바로 예수의 숭고하고 위대한 인격과 열렬하고 심후한 정감이다.

믿을 수 없는 고대의 전설이나 억지 춘향 같은 내용들은 믿을 필요가 없다. 뿐만 아니라 허무맹랑하고 부스러기 같은 현대의 신학이나 형식적인 교의도 모두 예수의 인격이나 정감만큼 중요하지 않다. 예수는 말했다.

> 내가 너희에게 이르노니, 성전보다 더 큰 자가 여기 있느니라(『마태복음』 12장 6절)
> 나는 제사를 원하지 않고 자비를 원한다.(『마태복음』 12장 7절)

유대인이 살해한 예수의 죄상은 그가 바로 이러한 말을 했다는 것이다.

> 내가 하나님의 성전을 헐 수 있으며 또한 사흘 안에 지을 수 있다.(『마태복음』 26장 61절)

우리가 숭배해야 하는 것은 유대인의 눈 속에 있는, 사십 년이 걸려서 지은 신전(神殿)(『요한복음』 2장 20절)이 아니라 예수의 마음속에서 사흘 만에 다시 지어진, 신전보다 더 큰 본체[4]이다. 우리는 어떤

4) 원문 표현인 '본존(本尊)'은 본래 불교에서 '으뜸가는 부처' 즉 석가를 가리키는 말

신학의 가르침을 구할 필요도 없고 어떤 교의에 의존할 필요도 없으며 어떤 종파 같은 것에 기댈 필요도 없다. 우리는 곧바로 예수에게 가서 예수 자신의 문을 두드리고 그의 숭고하고 위대한 인격과 열렬하고 심후한 정감이 우리와 하나 되기만을 구해야 한다. 그는 이렇게 말했다.

> 구하라, 그러면 너희에게 주실 것이요, 찾으라 그러면 찾을 것이요, 문을 두드리라, 그러면 너희에게 열릴 것이니.(『마태복음』 7장 7절)

(6)

예수가 우리에게 가르쳐준 인격과 정감은 무엇인가?

① 숭고한 희생정신이다. 그는 말했다.

> 나는 하늘로서 내려온 산 떡이니, 사람으로 하여금 먹고 죽지 아니하게 하는 것이니라 나의 줄 떡은 곧 세상의 생명을 위한 내 살이로라 하시니라.(『요한복음』 6장 51절)
> 내 살은 참된 양식이요 내 피는 참된 음료로다.(『요한복음』 6장 55절)
> 내 살을 먹고 내 피를 마시는 자는 나와 하나 되고 나도 그와 하나 되리라.(『요한복음』 6장 56절)
> 아비나 어미를 나보다 더 사랑하는 자는 내 제자가 되기에 합당하지 않고 아들이나 딸을 나보다 더 사랑하는 자도 내 제자가 되기에 합당하지

이며, 신화나 전설에서 가장 신통력이 뛰어난 존재를 일컫는 말이기도 하다. 여기서는 '예수 그 자체', '본체'를 뜻하는 것으로 해석하였다.

않다.(『마태복음』 10장 37절)
자기 십자가를 지고 나를 좇지 않는 자도 내 제자가 되기에 합당하지 않다.(『마태복음』 10장 38절)
자기 목숨을 보전하려는 자는 잃을 것이요, 나를 위하여 자기 목숨을 잃는 자는 장차 반드시 생명을 얻을 것이다.[5](『마태복음』 16장 25절)

예수는 수난을 당하기 직전에 그의 열두 제자 중 하나가 그를 팔 것이라는 것을 알고 술잔을 들고 그들에게 말한다.

너희는 다 이것을 마시라. 이것은 나의 피니, 이것은 죄 사함을 얻게 하려고 많은 사람을 위하여 흘리는바 나의 피, 곧 언약의 피니라.(『마태복음』 26장 27~28절)

② 위대한 용서의 정신이다. 그는 말했다.

너희가 사람의 과실을 용서하면, 하늘에 계신 너희 천부께서도 너희의 과실을 용서하시려니와(『마태복음』 6장 14절)
또 그의 이름으로 죄사함을 얻게 하는 회개가 예루살렘으로부터 시작하여 모든 족속에게 전파될 것이 기록되었으니(『누가복음』 24장 47절)
죄인 하나가 회개하면, 하나님의 사자들 앞에 기쁨이 되느니라.(『누가복음』 15장 10절)
이러므로 내게 네게 말하노니 저의 많은 죄가 사하여졌도다. 이는 저

5) 이 글에서 인용된 성경 구절 중 일부는 천두슈가 해석한 원문의 표현에 따른 것으로 우리말 성경의 표현과는 다소 다를 수 있음을 밝혀둔다.

의 사랑함이 많음이라 사함을 받은 일이 적은 자는 적게 사랑하느니라.(『누가복음』 7장 47절)

죄인 하나가 회개하면 하늘에서는 회개할 것 없는 의인 아흔아홉으로 인하여 기뻐하는 것보다 더하리라.(『누가복음』 15장 7절)

또 네 이웃을 사랑하고 네 원수를 미워하라 하였다는 것을 너희가 들었으나 나는 너희에게 이르노니 너희 원수를 사랑하며 너희를 핍박하는 자를 위하여 기도하라. 이같이 한즉 하늘에 계신 너희 아버지의 아들이 되리니 이는 하나님이 그 해를 악인과 선인에게 비추게 하시며 비를 의로운 자와 불의한 자에게 내리우심이니라.(『마태복음』 5장 43~45절)

악한 자를 대적하지 말라. 누구든지 네 오른 뺨을 치거든 왼편도 돌려대며 또 너를 송사하여 속옷을 가지고자 하는 자에게 겉옷까지도 가지게 하며(『마태복음』 5장 39~40절)

내가 의인을 부르러 온 것이 아니요 죄인을 부르러 왔노라 하시니라.(『마태복음』 9장 13절)

③ 평등한 박애의 정신이다. 그는 말했다.

눈먼 자가 볼 것이며, 저는 자가 걸을 것이며, 귀먹은 자가 들을 것이며 문둥병자가 깨끗게 될 것이며 죽은 자가 살아나며 가난한 자에게 복음이 전파된다 하라.(『마태복음』 11장 5절)

네 부모를 공경하라, 네 이웃을 네 몸과 같이 사랑하라 하신 것이니라.(『마태복음』 19장 19절)

가서 네 소유를 팔아 가난한 자들을 주라. 그리하면 하늘에서 보화가 네게 있으리라.(『마태복음』 19장 21절)

부자가 하나님의 나라에 들어가는 것이 낙타가 바늘귀로 들어가는 것

보다 더 어렵다.(『마태복음』 19장 24절)

예수께서 가라사대 첫째는 마음과 정신과 뜻을 다하여 네 하나님을 사랑하라. 둘째는 네 이웃을 네 몸같이 사랑하라. 모든 율법과 예언자들이 다 이 두 가지 커다란 계명을 지킨 것이다. (『마태복음』 22장 37~40절)

서로 사랑하라, 내가 너희를 사랑한 것 같이 너희도 서로 사랑하라. (『요한복음』 13장 34절)

가난한 자의 적은 보시가 부자의 많은 보시보다 더 크다. 왜냐하면 부자의 보시는 그가 가진 것 중에 남은 것이지만 가난한 자의 보시는 그가 부족한 가운데 그가 가진 모든 것을 다한 것이기 때문이다.(『누가복음』 21장 3, 4절)

바리새인과 학자들이 예수가 세리와 죄인들과 함께 잡수시는 것을 조롱하며 비난하자, 예수는 그들에게 이렇게 말했다.

너희 중에 어느 사람이 양 일백 마리가 있는데 그중에 하나를 잃으면 아흔아홉 마리를 들에 두고 그 잃은 것을 찾아다니지 아니하겠느냐. 또 찾은즉 즐거워 어깨에 매고 집에 와서 그 벗과 이웃을 불러 모으고 말하되 나의 잃은 양을 찾았노라 하리라. 내가 너희에게 이르노니 이와 같이 죄인 하나가 회개하면 하늘에서는 회개할 것 없는 의인 아흔아홉으로 인하여 기뻐하는 것보다 더하니라.(『누가복음』 15장 1~7절)

이것이 바로 예수가 우리에게 가르쳐준 인격이며 우리에게 가르쳐준 정감이고 또한 기독교의 근본 교의이다. 예수의 인격과 정감 외에 우리는 기독교의 다른 교의를 알지 못한다. 이 근본적인 교의는 과학자도 파괴하지 못했으며 앞으로도 파괴될 수 없을 것이다.

(7)

예수가 말하기를 "나의 이 말을 듣고 행치 아니하는 자는 그 집을 모래 위에 지은 어리석은 사람 같으리니, 비가 내리고 창수가 나고 바람이 불어 그 집에 부딪히매 무너져 그 무너짐이 심하니라."(『마태복음』 7장 26~27절) 라고 했다.

현재 전 세계의 기독교도들은 모두 어리석은 자들인가? 선교를 밥그릇으로 여기는 사람은 말할 것도 없지만, 스스로 대단한 기독교 신자를 자처하는 세계 각국의 수많은 사람들이 군벌과 부자들의 갖가지 비기독교적인 행위에 대해 저항을 하지 않는 것은 말할 것도 없고 오히려 그들을 도와 잔혹한 짓을 일삼는 것은 어찌된 일인가? 눈앞에서 "만국의 사람들이 기도하는 집이 도적의 소굴이 된 것"을 보면서도 그것을 이해하지 못하며, 황당무계한 전설만을 지고무상의 교의로 여겨 죽자 사자 그것을 붙잡고 있으니, 내 생각에 기독교를 근본적으로 파괴하는 것은 바로 이런 어리석은 자들이지 기독교에 반대하는 과학자들이 아니다. 무너짐이 심한 것의 책임을 이런 어리석은 자들에게 지우지 않을 수 없구나!

중국 기독교의 상황은 어떠한가? 아마도 역시 먹고살기 위해 믿는 사람이 대다수일 것이다. 가장 두려운 것은 지금의 정치꾼들도 기독교를 이용한다는 점이다. 그들은 무슨 '기독교 구국론' 같은 것을 제창하면서 이웃나라에 반대하는데, 그들은 예수가 자신은 구국을 위해 온 것이 아니며 전 인류의 영원한 생명을 구원하기 위해 온 것이라고 한 말을 잊었다. 그들은 예수가 우리에게 이웃 사랑하기를 우리 자신처럼 사랑하라고 한 것을 잊었다. 그들은 예수가 우리에게 우리의 원수를 사랑하고 우리를 핍박하는 자들을 위해 기도하라고 가르친 것을 잊었다. 그들은 무산계급 사회를 '장차 올 우환'이요, '대란을 일으키게 될 도리'라고 크게 욕하고 있는데, 이는 그들이 기독교가 가난한 자의 복음이요 예수는 가난한 자의 친구라는 것을 잊어버린 것이다.

1920년 2월 1일 『신청년』 제7권 제3호, 서명: 천두슈(陳獨秀)

28 맬서스의 인구론과 중국의 인구문제

馬爾塞斯人口論與中國人口問題

(1)

나는 본래부터 두 가지 신념을 가지고 있었다. 하나는 진화는 끝이 없으므로, 예로부터 지금까지 현인이나 철인들이 그 시대의 폐단을 바로잡고 병폐를 구하는 일은 한 시대에만 그럴 수 있었던 것이지 시간적으로 '만세의 사표'가 되는 성인은 있을 수 없으며 '만세 동안 실행해도 다 들어맞는' 제도 역시 있을 수 없다는 신념이다. 또 하나는 복잡한 인간 사회에서는 모든 학설이 다 단지 일면적인 진리만을 가지고 사회에서 각각 어느 한 가지 구제의 역할을 담당할 수 있는 것이지, 공간적으로 어디에나 통하는 만병통치의 처방 같은 건 있을 수 없다는 신념이다. 맬서스의 인구론에 대해서도 같은 생각이며, 맬서스의 인구론만이 아니라 다윈의 자연도태설이나 밀의 자유론, 프루동의 사유재산론이나 마르크스의 유물사관, 크로포트킨의 호조론과 같은 근대의 다른 저명한 학설들에 대해서도 마찬가지이다. 견강부회나 맹신이 아니라면 만세의 사표가 되는 성인이나 만세 동안 실행해도 다 들어맞는 제도나 만병통치의 학설, 이런 세 가지는 세상에 절대로 있을 수 없다. 이런 망상이나 맹신은 어떤 이상을 고취하려는 실제 운동에서는 물론 아주 큰 힘과 가치를 가지지만, 학술사상의 발전이나 사회문제에 대한 토론에서는 오히려 아주 큰 장애가 된다. 이것은 본래 나의 개인적인 생각이지만, 여러 가지 사실들로부터 얻은 귀납적인 판단이며, 또한 이 판단을 여러 가지 학설을 평가하고 여러 가지 문제를 연구하는 태도로까지 밀고나가 보려고 한다.

(2)

맬서스의 인구론을 간단하게 개괄하면, (1) 자연계의 모든 생물(인간도 포함하여)의 증식은 항상 식량의 범위를 초과하는 경향이 있다. (2) 이런 부단한 경향의 결과로 생물은 항상 식량 부족으로 고통받게 된다. (3) 그러므로 인류 사회가 이런 화근을 근절하기 위해서는 가속(家屬)을 부양할 자원이나 능력이 없는 사람의 성욕을 억제시키고 독신주의를 고수하게 해야만 한다. 그래야 인구과다의 자연적인 힘이 억지될 수 있다.

나중에 신맬서스파는 앞의 (2), (3) 항에 대대적인 수정을 가했다. 이 수정파들은 인류의 빈곤과 죄악은 인구과다의 결과일 뿐만 아니라 사회조직의 결함도 분명 그 원인의 하나라고 생각했다. 그들은 또한 욕망의 통제와 독신주의의 방법으로 인구를 제한하는 것은 너무 가혹하다는 생각에서, 성욕의 통제보다는 더 자연에 부합되고 신체의 건강에도 해를 끼치지 않는 수태 예방 방법을 시행하는 것이 더 낫다고 생각했다.

나중에는 맬서스의 학설에 대해 찬성하는 사람이든 반대하는 사람이든, 수정파의 의견에 대해서는 반대하는 이가 많이 줄었다. 하지만 수정파가 맬서스의 (2), (3) 항에 대해서는 얼마간의 수정을 가했다고 해도 그의 근본적인 학설을 흔든 적은 없다. 맬서스 주장의 대전제는 앞의 (1) 항에 있기 때문이다. 맬서스가 불멸의 큰 명성을 얻고 그의 학설이 만고불변의 대 진리로 맹신의 대상이 된 것 역시 (1) 항 때문이다. 그러므로 이 인구론 연구는 부득이 (1) 항에 집중하지 않을 수 없다.

(3)

인구 증가율이 과연 맬서스가 추산한 대로 이십오 년마다 반드시 한 배씩 증가할까?

생물의 생식력은 물론 대단하다. 모든 동물 중 생식력이 가장 낮은 코끼리의 경우 한평생을 백년이라고 치면 그동안 평균 여섯 마리의 자식을 낳는데 이 여섯 마리가 정말로 다 생존해서 번식할 수 있게 된다면 맨 처음 한 쌍의 부부에서 시작해서 칠백사오십 년이 지나면 일천구백만 마리의 자손이 생긴다. 생식력이 가장 높은 미생물 중 몇 종은 하루 밤낮에 일만 배 이상을 생식할 수 있다. 맬서스의 주장대로라면 생물생식력 이론에만 의거해서 사실상의 생물의 연간 증가 배수를 추산할 수 있다는 것인데 그렇게 할 경우 생식력이 가장 낮은 코끼리 하나만으로도 지구는 이미 꽉 차게 된다.

생물의 생식력과 번식력은 본래 같은 게 아니다. 다른 생물들과 마찬가지로 인간의 경우도 사실상의 번식증가 배수는 절대로 이론상의 생식력에 따라 수학공식을 이용해 함부로 추산할 수 있는 게 아니다. 인간의 생식력은 물론 대단하지만 크로포트킨이 말한 자연의 파괴력(한냉, 대설, 폭풍우, 한재, 수재 등) 또한 대단하며, 전쟁이나 전염병의 파괴력은 더 말할 것도 없다. 중국 역사에 근거해서 보면 삼천 년 동안 인구 증가는 이십 배에 불과했다. 거기다 조사가 정밀하지 못한 점, 고금(古今)의 국토 크기가 다른 점, 합병한 이민족 인구가 증가한 점 등의 원인을 고려하면 실제로 증가한 것은 당연히 이십 배가 안 된다. 그러니 맬서스의 인구 증가율은 실제와는 너무 동떨어진 것임을 알 수 있다. 맬서스 자신도 역사적인 현실에서는 자연적인 제한이 있어서 인구 증가가 그렇게까지 빠르지는 않을 것이라는 점을 알았다. 그래서 "인구는 만약 아무 제한이 없다면 기하급수적인 비율로 증가하게 된다."(『인구론』, 제1판, 11, 14쪽)고 말한 것이다. 후에 맬서스의 학설을 맹신한 사람들은 단지 뒤 구절에만 주목하고 앞 구절은 놓쳐서 맬서스가 본래 말한 것보다 더 독단적이 되었다.

맬서스가 저술할 당시는 기계가 갓 흥성하고 실업인구가 많아져서 일시적으로 인구과잉의 가상적 현실이 나타났었다. 맬서스가 많아진 인구의 실업을 구제할 방법을 강구하지 않고 오히려 인구 제한을 통해 근본적인 해결을 하려고 한 것은 돌로 낙타의 등짝을 눌러 납작하게 만들려고 하는 것처럼 우스운 방법이다. 그가 죽은 후 지금까지 유럽대륙의 여러 나라들에서는 인구 과다 현상이 없었을 뿐만 아니라 모두 인구부족의 공황을 겪었으니, 이것은 맬서스가 경고하고 예언했던 당시에는 생각도 못한 일이었다. 세계대전 후인 지금은 더 말할 것도 없지만 대전 전에도 프랑스와 독일 두 나라의 경우는 어떻게 하면 인구를 늘릴 것인가 하는 것이 두 나라의 정치가와 학자들이 수십 년간 고심하며 연구해온 문제가 아니던가? 프랑스는 인구의 감소 때문에 베르티용(Bertillon)[1]이 삼백 년 후에는 삼등 국가가 되고 오백 년 후에는 종족이 멸망하게 될 것이라는 경고까지 했다. '프랑스 인구증가 장려회(Alliance nationale pour I accroissement de la population Francaise)'는 인구 증가를 장려하는 열두 가지 조항의 의안을 제출한 적도 있으며, 의회도 여러 차례 같은 의안을 제출했다. 독일은 1900년 이래로 출산력이 너무나 감소해서 이로 인해 국론이 비등하고, 1911년에서 1914년까지 이 문제와 관련해서 나온 저서가 이백십육 종에 이른다. 율리우스 울프(Julius wolf)[2] 교수 등이 조직한 '독일인구정책학회(Deutsche Yesellschalf fur Bevolkerungspolitik)'에서 그들이 내놓은 정책은 (1) 산아 제한 (2) 산아의 장애, 예를 들면 화류병 예방이나

1) 베르티용(1851~1922)은 프랑스의 통계학자, 사회학자로 인구통계학 및 인구사회학의 권위자이다.

2) 율리우스 울프(1836~1902)는 독일의 외과전문의이다.

여공 및 임산부 보호 등 (3) 현재의 어린이 보호 등에 관한 것이었다. 이런 현상이 어찌 바로 맬서스의 경고나 예언과 상반되는 것이 아닌가?

(4)

생물의 증식이 정말 식량의 증산과 속도의 균형을 유지할 수 없는가? 문화가 진보된 사회에서도 정말 인구 증가의 속도에 맞추어 식량의 범위를 확장하고 식량 증산의 속도를 증대시킬 수 없는가?

다수의 생물은 한편으로는 식량의 수요자지만 한편으로는 식량의 공급자이기도 하다. 이런 생물은 스스로는 다른 생물을 먹으면서 생존하지만 동시에 다른 생물은 또 그것을 먹으면서 생존한다. 그렇기 때문에 생물의 증식 속도가 증가하면 동시에 식량의 증산속도도 증가한다고 말할 수 있다. 예를 들면 맹어(猛魚)는 보통의 물고기를 잡아먹고 살지만 보통의 물고기는 작은 물고기나 갑각류를 먹고 산다. 그러니 그들은 한편으로는 식량의 수요자지만 동시에 다른 면에서는 식량의 공급자이기도 하지 않은가?

가장 진보적인 인간의 경우도 한편으로는 다른 생물을 먹으면서 생존하지만 다른 한편으로는 다른 생물의 식량이 되기도 하는 셈이다. 가장 큰 맹수와 가장 작은 세균이 다 인간을 먹는 생물이 아닌가? 앞의 것은 지금은 점점 감소해가고, 뒤의 것은 의술이나 위생이 얼마나 진보하느냐에 따라 미래에 멸절될지 아닐지는 여전히 의문이다.

인구가 증가한다는 것은 물론 사실이지만 식량이 따라서 증가한다는 것도 공상이 아니다. 문화가 진보된 사회에서는 종교나 사유재산이나 비(非)생활용품 산업 등에서의 저해요인 말고도 과학의 발달과 생산기술의 진보 같은 요인이 더해지기 때문에 그때의 식량 증가 속도는 아마 지금 사람들이 상상할 수 있는 정도를 넘어설 수도 있을 텐데, 어떻게 그것이 단지 산술적인 비율로만 증가한다고 단언할 수 있는가?

인구증가율은 물론 이십오 년마다 한 배씩 늘어날 수 없다고 해도, 인류에게 먹이를 제공하는 생물들의 생식능력은 이십오 년마다 수십 배 혹은 수백 배 증가할 수 있다. 만약 과학으로 선별해서 배양하고 인간의 힘으로 보호해서 다른 생물들이 그것을 해칠 수 없게 한다면 증식 속도는 더욱 대대적으로 무한히 증가할 것이다. 예를 들면 지금은 우리가 먹지 않는 많은 생물들이 만약 과학을 이용해서 선별하고 독성을 제거한다면 우리가 먹는 식량의 범위는 자연히 확장된다. 또한 우리가 지금 먹는 생물을 만약 과학을 이용해서 배양하고 인간의 힘으로 보호한다면, 예를 들어 물고기 격리법(산란기 내에는 다른 물고기와 격리시켜 알이 다른 물고기에 의해 먹히는 것을 막는 법)이나 농업이나 양잠업에서 해충구제법, 가축 방역법, 목장 방수(防獸)법 등을 모두 엄격하게 실행하면 자연히 식량 증산 속도가 의외의 증가를 보일 가능성도 없지 않을 것이다.

사유재산을 폐지하는 것의 장점은 (1) 사회의 자원이 정말로 집중될 수 있다는 것 (2) 사회의 모든 자원이 다 생산을 위해 사용되고 적체되는 일이 없다는 것 (3) 사람마다 모두 노동생산의 기회를 가지게 된다는 것 (4) 사유재산(국내든 국제든)을 떠받치고 있던 노동력과 자본의 대부분을 절약해서 생활용품 생산 산업에 사용할 수 있다는 것이다. 그렇게 되면 물론 '노는 땅이 없고 떠돌이가 없는' 이상이 실현될 수 있을 것이다. 게다가 또 농화학이 나날이 진보하니 농산물의 증가 속도도 자연히 아주 빨라질 것이다.

한발 양보하여 이런 것들은 다 미래의 공상이라고 치고, 현재의 경제제도나 현재 과학의 수준만 가지고 말하더라도, 맬서스가 죽은 이후 지금까지 팔십오 년 동안 자본의 집중, 기계의 광범위한 유통, 교통의 발달, 식민지 개척이라는 네 가지 이유로 인해 구미의 경제상황에는 절대적인 변화가 발생해서 맬서스 시대와는 상황이 완전히 달라졌다. 한편으로는 농산물이 다량으로 수입되고 수확이 점차 감소되는 공황은 전혀 없으며 다른 한편으로는 공업생산물들이 점점 더 수확을 증대시키는 효과를 발휘해서, 생산과잉의 경제공황설이 오히려 경제학의 원칙이 되었다. 생산과잉의 공황이 생겨났기 때문에 판매할 장소를 찾는 것에 대한 열망이 식민지를 찾는 것에 대한 열망보다 만 배나 더 강해진 것이다. 그들이 엄청나게 강대한 육해군으로 식민지를 보호하는 건 하나의 수단에 불과한 것이며 그들의 진짜 근본목적은 판매시장을 확충하고 상업을 보호하는 것이다. 그러므로 근대의 국제 전쟁이 왕왕 거대한 희생을 치르면서도 싸워 얻으려고 하는 것은 결코 한 덩어리의 땅이 아니다. 단지 자신들에게 유리한 몇 가지 통상조약일 뿐이다.

다시 한 걸음 양보하여 이런 생산 과잉은 바로 자본사유제하에서[3] 분배가 평등하게 이루어지지 않기 때문에, 즉 노동자에게 구매력이 없기 때문에 일어나는 것이지 실질적인 과잉이 아니라고 하자. 이 말은 물론 맞다. 하지만 아무리 분배가 불균등하다고 해도 어쨌든 생산이 반드시 사회의 생존 유지에 필요한 것을 넘어서야만 자본가도 비로소 과잉의 명의로 국외로 수출을 할 수 있을 것이다. 지금의 러시아나 오스트리아 두 나라의 산업계 상황 같으면 아무리 큰 힘을 가진 자본가라 해도, 국내의 생존을 유지하기에도 부족한 생산물을 과잉의 명의로 국외에 수출할 수는 없을 것이다. 생산과잉으로 시급히 판매 장소를 찾는 나라에서 만약 자본사유제가 아니라 균등 분배를 한다면 당연히 생존을 유지하고

3) '자본사유제'라는 용어는 우리말의 어휘로는 다소 어색할 수 있지만 후기의 글에서 더 명료하게 나타나듯이 천두슈가 자본주의에 대해 가지는 인식의 특수성, 즉 자본주의가 가지는 부정성의 핵심이 사유제에 있다고 보는 천두슈의 의식을 드러내주는 용어라 생각되어 다른 역어로 바꾸지 않았다.

도 남음이 있을 것이다. 이 때문에 바로 이런 비실제적인 생산과잉은, 한편으로는 사회적인 빈곤 현상이 생산물 부족 때문이 아니라 분배의 불균형 때문에 생겨나는 것임을 입증해주며, 다른 한편으로는 식량의 증가 속도가 인구 증가 속도와 균형을 이룰 수 없다고 한 맬서스의 이론은 그것의 확실성을 실험할 장소도 시대도 없음을 입증해준다. 게다가 면사나 곡식처럼 생활용품 가운데서 우선적으로 없어서는 안 될 품목들이라면 그것이 절대적으로 부족한데도 수출을 할 수 있는 경우란 절대로 없다. 근대 중국, 일본, 미국은 모두 인구가 무척 많이 증가했지만 면사나 곡식은 오히려 그들 나라의 수출품의 주종을 이룬다. 이것이 어찌 바로 맬서스의 예측과 상반되는 것이 아닌가?

(5)

과학의 발달로 생산기술도 발전하게 되면 인류가 먹을 식량의 범위도 자연 무한히 확대될 가능성이 있다. 하지만 토지의 측면에서는 비옥도에 일정한 한계가 있다고 생각한다. 이로 인해 이 일정한 비옥도의 토지에 가해진 노동생산력에도 일정한 한계가 있을 수밖에 없다. 이것이 바로 '수확체감의 법칙'이다. 이런 법칙은 모두 맬서스 인구론의 유력한 원군이다. 왜냐하면 이 법칙이 만약 진리라면 그것은 식량의 범위가 확대되는 데 커다란 영향을 주기 때문이다. 이 법칙은 바로 일정한 크기의 땅에서 나오는 수확량은 절대로 노동력에 비례해서 증가할 수 없다는 것이다. 예를 들면 첫해에는 열 명이 일정한 땅에서 경작을 해서 백퍼센트의 수확을 거두었는데, 다음 해에 열 명을 더해서 경작을 하면 수확량이 늘긴 하지만 사람 수만큼 배로 늘 수는 없다. 반대로 아래 표와 같이 사람 수와 대비해보면 노동력이 늘어나면 수확은 감소하는 현상이 생겨난다.

	1년 차	2년 차	3년 차	4년 차	5년 차
노동인 수	10	20	30	40	50
수확총량	100	180	240	280	300
마지막으로 증가된 노동력의 수확량		80	60	40	20

하지만 첫째, 우리는 우리의 식량이 완전히 농산물에만 의존하지 않는다는 점을 알아야 한다. 둘째, 우리는 화학의 발달로, 경작하지 않아도 되는 식량을 인공적으로 증대시킬 수 있다는 점을 알아야 한다. 셋째, 우리는 미래 농화학의 발달로 수확의 증대가 사람 수의 증가 비율을 넘어설 수 있다는 걸 알아야 한다. 넷째, 지금 지구에는 아직 미개척의 황무지가 여전히 너무나 많다는 걸 알아야 한다. 만약 수확 체감의 법칙이 진리고, 인구가 늘기만 하지 줄지는 않는다는 것 또한 사실이라고 해도, 정말로 그렇게 사람이 꽉 차서 생기는 공황이라는 게 얼마나 많은 해가 지나야 올 수 있는 것인지는 알 수 없다. 그런데도 만약 눈앞에 있는 사회 문제는 내버려두고 얼마나 많은 해가 지나서야 오게 될지 모르는 일만 미리 걱정한다면, 만약 누군가가 미래에는 지구도 멸망하게 될 거라고 한다면 그건 또 어떻게 예방을 해야 하나?

(6)

어떤 이는 경제사상을 두 가지 체계로 분류한다. 하나는 부의 철학으로 부의 성격과 원인을 설명하는 것이고, 하나는 빈곤의 철학으로 빈곤의 성격과 원인을 설명하는 것이다. 아담 스미스는 전자에 속하고 맬서스는 후자에 속한다. 인류의 빈곤이란 단지 식량 한 가지에만 있는 것이 아니다. 그것은 의, 식, 주, 지식, 오락 등 모든 부분에서 부족한 것을 풍족한 것과 비교할 때 생겨나는 현상이다. 단지 의식주에서의 빈곤은 아니라도, 채소를 먹는 사람은 고기를 먹는 사람에 비하면 빈곤하고, 면직물을 입는 사람은 비단을 입는 사람에 비하면 빈곤하고, 초가집에 사는 사람은 대저택에 사는 사람에 비하면 빈곤하고, 홑옷을 입은 사람은 장삼과 외투를 입는 사람에 비하면 빈곤하고, 시계가 없는 사람은 시계가 있는 사람에 비하면 빈곤하고, 걸어 다니는 사람은 마차나 자동차를 타고 다니는 사람에 비하면 빈곤하다. 돈이 없이 결혼한 사람은 처첩을 무리로 두고 있는 사람에 비하면 빈곤하고, 공부할 능력이 없는 사람은 학자에 비해 빈곤하다. 만약 균등 분배 사회가 되어서 권리도 균등하고 기회도 균등하며 풍족함과 부족함의 비교도 없다면 개인적인 빈곤 현상은 나타날 수 없을 것이다. 비교적인 차원에서 나타나는 개인의 빈곤현상은 반드시 인구가 생활 자원을 초과해서 일어나는 것이 아니다. 대부분은 사유재산의 분배가 균등하지 않아서, 한 계급의 여유로운 독점이 다른 계급의 부족을 만들어내기 때문에 생겨나는 것이다. 만약 남는 것으로 부족한 것을 채운다면 어찌 당장 '균등해서 빈곤이 없는' 사회가 만들어지지 않겠는가? 균등 분배사회의 시대가 왔는데 만약 공공 영역에서 생활 자원이 부족하다면 그때는 인구과잉을 빈곤의 한 원인으로 간주할 수 있겠지만, 그것도 원인의 하나지 원인의 전부는 아니다. 왜냐하면 아직 과학이 발달하지 않았고 생산기술도 정교하지 않으며 노동력의 수량도 충분하지 않고 교통도 편리하지 않은 것 역시 모두 생활자원의 부족을 조성하는 원인이기 때문이다. 맬서스가 빈곤의 성격을 식량 한 가지에만 초점을 맞추어 설명한 것은 그다지 치밀하지 못한 것이다. 그는 빈곤의 원인을 단지 인구과잉이라는 한 측면에만 주목해서 설명했지, 분배의 불균등이나 과학이 아직 충분히 발달하지 않은 점, 생산기술이 정교하지 않은 점, 노동력의 수량이 부족한 점, 교통이 불편한 점의 다섯 가지 중대한 원인을 모두 간과했다. 그의 이 빈곤의 철학은 아마 그래도 나름대로 근거를 가지고 있는 아담스미스의 부유의 철학에 미치지 못할 것이다.

맬서스는 분배의 균등과 인권에 대한 주장이 한창 성행하던 시대에 태어났지만, 시대의 여론에 맹종하지 않으려고 고드윈(Godwin)이나 콩도르세(Condorcet)에 대해 체계적인 공격을 했으며 이 점에서는 그의 배짱에 탄복하지 않을 수 없다. 또한 빈곤의 원인 중 하나로 인구과잉을 밝혀낸 것에 대해서도 우리는 그가 사회경제학에서 커다란 공헌을 했다는 점을 인정하지 않을 수 없다. 하지만 그는 자신이 찾아낸 이 원인을 지나치게 중시함으로써 다른 발견자들이나 이론가들과 같은 편견에 빠지게 되었다. 뿐만 아니라 설령 인구과잉이 빈곤을 조성하는 유일한 원인이고 이 외에는 다른 원인이 없어서 인구를 제한하지 않으면 구제할 방법이 없다고 하더라도, 전적으로 하층 빈민에게만 제한을 가하고 상층의 부유계급에게는 번식의 권리를 줄 이유는 없다. 그들의 이런 권리는 어디에서 온 것인가? 또한 어떻게 빈민에게는 생존권이 없다는 주장을 하고, 부모의 재산이 없는 사람에게는 밥 먹을 권리가 없다는 주장까지 하는 것인가, 이것은 마치 잔치에 초대 받지 않은 손님에게는 자리에 앉을 권리가 없다고 하는 것과 같지 않은가? (『인구론』 제2판, 531쪽) 플레이스[4)]는 맬서스가 할 일이 없어서 가난한 사람이 밥 먹을 권리는 부정하면서 하는 일 없는 부자에게는 이런 권리를 허용한다고 말했다. 자본가를 비호하

4) 영국의 사회개혁가 프랜시스 플레이스(Francis Place, 1771~1854)를 지칭하는 것으로 생각된다.

는 맬서스의 이런 편견은 학자의 양심의 문제를 제기하지 않을 수 없다.

가난한 사람들이 자식을 많이 낳는 것은 물론 사회적으로 비참한 현상이며, 우리는 마땅히 구제할 방법을 마련해야 한다. 하지만 구제의 방법이 인구를 제한하는 식의 그런 단순한 것일 수는 없다. 첫째, 가난한 사람들이 왜 가난해졌는지, 그것이 사회제도의 죄악은 아닌지 물어야 한다. 둘째, 어째서 가난한 사람의 자녀가 교육받을 공공 교육기관이 없는지, 그것이 사회제도의 결함이 아닌지 물어야 한다. 만약 이 두 가지 문제를 제쳐놓고 빈민들의 인구만 제한하는, 빈자를 협박해서 부자를 구제하는 이런 식의 방법이라면 무슨 생존권이나 인도주의를 논하지 않더라도 사회적으로 반드시 두 가지 실질적인 손실을 초래하게 된다. (1) 빈민의 자녀 중에도 위대한 인물이 많았는데, 만약 빈민이 자녀를 많이 두는 것을 제한한다면 사회적으로 어떻게 절대적인 손실이 아니겠는가? (2) 부자의 자제 중에는 게으름을 피우며 노는 자들이 많고 빈민의 자제 중에는 부지런히 일하는 사람이 많은데 만약 빈민이 아이를 많이 낳는 것만 제한한다면 사회적으로 게으름을 피우며 노는 사람들은 점점 늘어나고 부지런히 일하는 사람은 점점 줄어들 것이니, 이 어찌 두려운 일이 아니겠는가?

우생학설은 비록 개인의 자유나 인권의 평등과 어느 정도 충돌하는 바가 있지만 그래도 인구론에 비하면 나은 편이다. 왜냐하면 우생학설이 요구하는 것은 도태이기 때문에 그것이 관심을 두고 보는 것은 사회적으로 악하고 열등한 존재들이며, 그래도 거기에 빈부의 차별은 없기 때문이다.

(7)

중국의 인구문제를 이야기하면, 멍청한 사람들은 종종 우리 중국에 인구가 많은 것을 자랑 삼아 말하는데 그건 정말 잠꼬대 같은 소리다. 첫째, 우리 중국에서 인구가 일백만 정도 되는 도시는 고작 상하이, 우한(우창, 한커우, 한양을 합해서 말함), 광저우, 베이징의 네 곳뿐인데 이곳의 인구가 토지 대비로도 많은 것인지는 여전히 의문이라는 점을 알아야 한다. 둘째, 지식도 없고 능력도 없고 직업도 없이 빈둥거리며 먹고사는 인구가 많을수록 사회는 발전할 수 없다는 것, 단지 인구가 많다는 게 자랑할 일은 아니라는 것을 알아야 한다. 우리나라의 인구가 다른 나라에 비해 많다는 것만으로 정말 인구가 많은 것이라고 할 수는 없다. 우리나라의 인구가 토지 대비로 확실히 다른 나라에 비해 많아야 정말로 인구가 많다고 할 수 있는 것이다. 또한 단지 인구만 많다는 게 자랑일 수는 없다. 지식과 생산능력이 있는 사람이 많아야 확실히 자랑일 수 있는 것이다.

하지만 중국의 인구 문제는 맬서스의 학설이 해결할 수 있었던 적이 없다. 중국에는 생산은 하지 않으면서 소비만 하는 사람이 너무 많아서, 인구의 증가가 생활 자원의 양을 초과하는 것이며 이것이 또한 도처에서 일어나는 생활난의 한 원인이다. 하지만 이 원인은 인구의 제한에만 전적으로 의존해서 해결될 수 있는 것이 아니다. 중국 인구의 과다현상은 토지 대비 인구의 과다가 아니라 생산하지 않으면서 소비하는 빈둥거리는 인구의 과다이며, 중국에서의 생활 자원의 부족은 생활자원의 증대 가능성이 인구의 증가를 따라갈 수 없기 때문이 아니라 생활자원을 증대시킬 방법이 인구의 증가를 따라가지 못하기 때문에 생기는 것이다. 만약 생활자원을 증대시킬 방법과 '일하지 않고 노는 것을 신성시하는' 사회제도가 개혁되지 않는다면, 현재 인구의 절반이 감소한다고 해도 여전히 빈곤 현상을 면할 수 없을 것이다. 맬서스가 한 것처럼 오로지 하층 계급에만 제한을 가하는 주장으로 빈민에게도 생존권이 있다는 사실을 부정한다면 그래서 중국식의 상층계급, 즉 부귀한 유한계층의 사람들은 점점 늘어나고, 빈곤한 노동 생산계층의 사람들은 점점 줄어들게 된다면 앞으로 중국은 어떤 사회로 바뀌게 될 것인가?

그러므로 나는 중국의 인구문제 해결을 위해서는 마땅히 아래의 몇 가지 방법을 병행해서 시행해야 한다고 주장한다.

(1) 생산 산업의 발전. 노동의 측면에서는 대도시의 공장에서 하루 임금 이삼 각(角)에 열두 시간 일을 해도 다들 일자리를 얻을 수 없을 것만 걱정을 한다. 인구가 밀집된 농촌에서는 토지 임대 경쟁으로 지주가 지세 외에도 갖가지 불법적인 재물을 요구하며, 소작인들은 일 년 내내 고생을 해도 배불리 먹고 따뜻하게 입는 것조차 할 수가 없고, 농가 품팔이꾼의 연 임금은 십 원 남짓밖에 안 된다. 이게 다 인구의 과다로 임금이 이런 정도까지 낮아진 탓이다. 하지만 우리 중국에서는 광업, 공업, 교통 산업 모두 아직 무한한 발전 가능성이 있으며, 뿐만 아니라 농업은 이미 많이 발전해 있다. 동북 서북의 변두리 땅뿐만 아니라 내지의 성(省) 안에도 개간하지 않은 땅과 산이 얼마나 많은지 모른다. 이것만으로도 많은 인구의 생존문제를 해결할 수 있다.

(2) 교통사업의 발전. 이 일은 인구 문제에 대해 두 가지 효과가 있다. ① 생산 인구를 늘일 수 있고, ② 남는 것으로 부족한 것을 보충함으로써 생활자원을 증대시키는 것과 같은 효과를 가지게 된다.

(3) 과학의 발전. 물질문명이 이미 많이 발전한 구미 각국의 경우도 앞으로 과학이 발전하면 그에 따라 다시 여러 가지 의식주의 생활자원이 무한히 증대될 것이다. 그러니 과학의 발전이 아직 맹아단계에 있는 우리 중국의 경우는 더 말할 것도 없다.

(4) 생산기술의 발전. 농산품이든 공산품이든 기술이 진보할수록 생활자원의 증가 속도도 빨라진다.

(5) 노동력의 수량 증가. 토지와 노동력은 생산 요소 가운데서 당연히 우선순위에 놓여 있다. 우리처럼 '일하지 않고 노는 것을 신성시하는' 나라에서는 노동 인구 수가 지나치게 적을 뿐만 아니라 노동 역량도 충분하지 않다. 일반노동자들의 경우 노동 시간은 많지만 역량은 대체로 서양인들이 태업을 하는 수준이다. 지금 생활 자원을 증대시키려면 사회제도적인 측면에서나 경제조직의 측면에서나 '일하지 않고 노는 상층계급'과 '일하지 않고 노는 것을 신성시하는' 풍조를 없애서 노동력의 수량을 충분히 확보해야 한다.

(6) 분배의 균등. 지금 자본이 군벌에게 모두 집중되어 있는 것만 해도 이미 인민들이 견딜 수 없는 지경인데, 만약 다시 그것이 재벌에게 집중된다면 앞으로는 아마 극소수의 사람만 생활의 여유를 누리게 되고, 최대다수가 극심한 고통을 받게 되어, 심지어는 자본주의를 지지하고 사회주의를 욕하던 일군의 학자들이나 그들의 자손까지도 모두 생활자원이 없는 빈민으로 바뀌게 되고, 모두 맬서스에 의해 그들의 생존권을 포기당하게 될 것이다. 사유재산제 사회에서는 무수히 많은 가난한 사람들의 생활자원이 부족하다고 해서 그것을 곧 인구과잉이라고 단정하거나, 인구가 항상 생활자원의 증가를 넘어서서 증가하는 경향이 있다고 단정할 수 없을 것이다. 만약 사회 전체를 합해서 균등하게 분배하면 생활 자원이 정말로 부족하지는 않을 것이기 때문이다. 한 무리의 강도들이 너무나 많은 여유를 누리면 다른 사람들은 당연히 부족을 겪게 된다. 그러므로 사회적으로 도대체 인구가 과잉인지 아닌지, 생활자원이 부족한지 아닌지는 균등 분배를 실현해보고 난 뒤에야 비로소 진상을 알 수 있다. 많은 사람들이 균등 분배는 실현할 수 없는 이상이라고 말할지 모른다.

하지만 그렇다면 모두들 잉여 가치(그들이 말하는 이자배당 같은 것)의 일부를 자신들의 모진 심장에서 꺼내서 가난한 아이들을 위해 공공보육원 몇 개라도 만드는 것, 그런 것은 어쨌든 할 수 있을 것이다. 이런 분배의 방법은 물론 균등분배와는 여전히 거리가 멀지만 그래도 인구문제를 부분적으로 해결하는 긴급 구제책일 수는 있다.

(7) 인구의 제한. 이상의 몇 가지 방법이 효과를 거두기 전에 인구를 제한하는 방법으로 사회에서 부분적으로 생활상의 어려움을 경감시키는 것도 가능한 방법이다. 하지만 제한을 가하려면 게으르고 일 안 하는 상층사회에 초점을 맞추어야지 가난한 노동자들에게 제한을 가해서는 안 된다. 이 점은 맬서스의 주장과는 좀 다른 주장이다.

1920년 3월 1일 『신청년』 제7권 제4호, 서명: 천두슈(陳獨秀)

29 신문화운동이란 무엇인가?

新文化運動是什麽?

'신문화운동'이라는 말이 지금 우리 사회에서 무척 유행하고 있다. 그런데 그 신문화운동이라는 게 대체 무엇인가? 그 내용을 분명하게 알지 못한다면 그것에 대한 오해나 그것의 결함으로 인한 폐단이 생길 위험도 있지 않을까? 신문화운동을 지지하는 우리는 이러한 것들에 마땅히 주의를 기울여야만 한다!

'신문화운동'이 무엇인지 물으려면 먼저 '신문화'가 무엇인지 물어야 하고, '신문화'가 무엇인지 물으려면 먼저 '문화'가 무엇인지 물어야 한다.

문화란 군사나 정치(실제 정치를 가리키는 것이며, 정치철학이라면 마땅히 문화에 속해야 한다.), 산업 등에 대응되는 말이며 신문화란 구문화에 대비되는 말이다. 문화의 내용에는 과학, 종교, 도덕, 미술, 문학, 음악 같은 것들이 포함되며, 신문화운동이란 구문화에다 아직 부족하다고 생각되는 새로운 과학, 종교, 도덕, 문화, 미술, 음악 등을 더 보태는 운동이다.

과학에는 광의와 협의의 두 가지 의미가 있다. 협의로는 자연과학을 가리키며 광의로는 사회과학을 가리킨다. 사회과학은 자연과학의 연구방법을 사회의 인간사에 관한 일체의 학문, 즉 사회학, 윤리학, 역사학, 법학, 경제학 등에 적용한 것이다. 무릇 자연과학의 방법으로 연구하고 설명한 것들은 모두 과학이라고 할 수 있으니, 이것이 바로 과학의 가장 큰 효용인 셈이다. 우리 중국인들은 지금까지 자연과학 이외의 학문도 역시 과학의 권위를 가지 수 있다는 걸 알지 못했고, 자연과학 이외의 학문도 과학의 세례를 받아야 한다는 것도 알지 못했다. 또한 자연과학 말고도 서양은 우리 동양에서 수입해야만 하는 어떤 다른 것이 없다는 점도 알지 못했고, 중국의 학문 역시 과학의 세례를 받아야 할 필요가 있다는 점도 알지 못했다. 우리가 이전의 잘못을 바로 잡으려고 한다면 자연과학을 제창해야 할 뿐 아니라 모든 학문을(중국 고대의 문화유산에 대한 연구도 그 안에 포함하여) 연구하고 설명하는 데 있어서 과학적인 방법을 엄수해야만 한다. 그래야만 엉망이고 뒤죽박죽인 망상이나 헛소리를 하지 않게 될 것이다. 지금 신문화운동을 외치는 함성 속에는 두 가지 불길한 목소리가 들어 있다. 하나는 과학무용론으로 철학을 중시해야만 한다는 주장이고, 또 하나는 서양 사람들도 지금은 동방문화 쪽으로 기울어 있다는 주장이다. 각국의 정치가와 자본가들이 물론 과학을 이용해서 많은 죄악을 저지르긴 했지만 이것이 과학 자체의 죄악은 아닌데, 대체 과학무용이란 말이 어디에서 나온 것인지 모르겠다. 우리의 물질생활에 과학이 필요하다는 건 말할 것도 없지만, 정신생활의 경우도 그것이 과학과 유리되면 너무나 위험해진다. 철학이라는 것이 물론 여러 과학의 결과들을 베껴 모아서 이루어낼 수 있는 것은 아니지만 과학적인 방법으로 연구하고 해석하지 않는 철학이라면 그것이 어떤 이상한 물건이 될지 알 수 없지 않은가! 듀이 박사가 지금 베이징에서 하고 있는 '현대의 삼대 철학자'라는 강연에서 다루고 있는 철학자 중 한 사람은 미국의 제임스이고 하나는 프랑스의 베르그송이며 하나는 영국의 루소인데 이들은 모두 현대 사상을 대표하는 철학자들이다. 앞의 두 사람은 철학을 심리학의 기초 위에 세웠고 뒤의 한 사람은 철학을 수학 위에 세웠으니, 이 중 어느 한 사람도 과학의 방법을 채택하지 않은 사람은 없다. 사상을 다루려 한다면 과학적인 방법을 지켜야 사상이 되는 것이지, 과학적인 방법을 지키지 않으면 그것은 곧 시인의 상상이나 바보의 망상이 된다. 상상이나 망상은 사상과는 완전히 다른 것이다. 철학은 사상에 관한 학문인데 과학을 떠나 철학을 논하다 보니 지금 일군의 청년들은 주(周), 진(秦) 시대의 제자(諸子)들과 유가, 불가, 예수교, 회교, 칸트, 헤겔을 한데 나란히 모아놓고는 헛소리를 늘어놓으며 스스로 철학의 대가를 자칭한다. 그러니 이것이 기이한 물건이 아니고 무엇이겠는가? 서양 문화에 대해 우리가 물론 만족하는 것은 아니다. 하지만 동방 문화는 우리가 더더욱 그 맛을 보았고 그 결과는 사람들이 다 알고 있다. 우리에게 약간의 부끄러워할 줄 아는 마음만 있더라도 이것을 가지고 스스로 자랑까지 하는 지경에는 이르지는 않을 것이다. 서양 사람들 중에도 아마 각별한 취향을 가지고 골동품을 좋아하거나 호기심을 품고 그런 쪽으로 기울어져 있는 사람이 있을 수 있다. 또 수완이 좋은 사람들은 그런 말로 동방의 정치꾼들을 응대하면서 그들이 이런 말만 좋아한다고 생각할지도 모른다. 또 어떤 사람들은 일부러 그런 말을 해서 부패한 사람들의 일반적인 심리에 영합하려고 하는 경우도 있을 것이다. 그러나 신문화운동을 주장하는 청년들은 절대로 이런 잠꼬대 같은 소리들에 미혹되어서는 안 된다. '과학 무용'이니 '서양 사람들이 동방문화에 기울고 있다'느니 하는 이런 망상들이 하나로 합쳐지면 신문화운동에 중대한 위기가 초래될 것이다.

종교는 구문화 안에서는 아주 큰 비중을 차지하고 있었으며 신문화 안에서도 당연히 없을 수 없는 것이다. 인간의 행위와 행동은 전적으로 외부의 자극으로 인해 일어나는 내부의 반응에서 비롯되는 것이다. 때로 외부에서 자극이 올 때 내부에서는 대체 반응을 해야 하나 말아야 하나, 그 방법으론 또 어떤 것을 택해야 하나 하는 것에 대해 지식이 물론 지도적인 역할을 담당할 수 있지만, 정말로 반응이 일어나도록 하는 사령부의 가장 핵심 부분은 여전히 본능적인 정감의 충동이라고 할 수 있다. 본능적인 정감의 충동을 농후하고 진지하고 고상한 방향으로 이끄는 힘에 있어서는 지식 이성이나 덕의(德義)가 모두 미술, 음악, 종교에 미치지 못한다. 지식과 본능이 서로 나란히 발달하지 않는다면 인간성이 온전히 발달한 것이라고 할 수 없다. 그래서 제임스는 종교에 반대하지 않았다. 현실주의자라면, 무릇 사회적으로 실질적인 수요가 있는 것이라면 어떤 것에 대해서도 반대해선 안 된다. 만약 사회에서 여전히 종교를 필요로 한다면 우리가 반대해도 소용이 없으며 단지 더 나은 종교를 제창해서 이 수요를 충족시킴으로써 상대적으로 못한 종교를 대신하게 하는 것만이 진정으로 유익이 될 것이기 때문이다. 루소도 종교에 반대하지 않았다. 그는 장차 반드시 새로운 종교가 있게 될 것이라고 예언했다. 나는 새로운 종교는 믿음을 일으키는 견고한 기초 없이도, 구종교의 전설적이고 견강부회적이며 비과학적인 미신만 제거해도 새로운 종교가 될 수 있다고 생각한다. 어떤 이는 종교는 타력에 의존하는 것이라고 싫어하는데, 묻건대 우리의 지식을 확충하는 학설들, 우리의 정감에 유익을 주는 미술, 음악 등 어느 것 하나 타력에 의존하지 않는 것이 있는가? 또 어떤 사람은 종교라는 게 단지 상대적인 가치밖에 없는 것이지 절대적인 가치는 없다고 하는데, 묻건대 세상에 어떤 것이 절대적인 가치를 가지고 있는가? 지금 신문화운동을 주창하는 사람들은 미술이나 음악도 중시하지 않고 종교에도 반대하는데, 그러면 인간의 삶을 어떤 기계적인 상황으로 만들려고 하는 것인지 모르겠다. 이것은 우리 인간 삶에서 과연 무엇이 활동의 근원이 되는가에 대한 이해가 전혀 없는 것으로 크게 잘못된 것이다. 내가 바로 이전에 그런 잘못된 인식을 가졌던 사람이다.

우리가 구도덕에 불만을 가지는 것은 효성과 우애(孝弟)의 범위가 너무 협소하다는 점 때문이다. 사랑에도 무슨 등급의 차이가 있고 베푸는 데도 친소의 차이가 있다는 건 너무 간교하다고 하지 않을 수 없다. 만약 그들 자신이 생각하는 이상세계, 즉 사람마다 자기 친한 사람만 친하게 여기고 자기 어른만 어른 대접하는 그런 세계에 도달하게 된다면, 그때 사회의 분쟁은 아마도 더욱 심각해지게 될 것이다. 그러므로 현대의 도덕이상은 가정에서의 효도와 우애를 전 사회적인 우애로 확충시키는 것이다. 그런데 지금의 청년들은 오히려 이 의미를 오해해서, 사랑을 전혀 사회로 확대하지 않고 오히려 신사상이나 신가정의 기치를 들고는 그들의 자애롭고 가련한 노모를 버리려고 하니 이런 사람이 어찌 신문화운동의 의미를 오해하고 있는 것이 아닌가? 신문화운동은 사람들에게 사랑을 확대할 것을 주장하는 것이지 사랑을 축소하도록 가르치는 것이 아니다.

또한 통속적이고 이해하기 쉽다는 점은 신문학의 한 요소지 전체가 아니다. 지금 백화문을 환영하는 사람들은 대부분 단지 그것이 통속적이고 이해하기 쉽다는 이유 때문에 그렇게 하며, 백화문을 주장하는 사람 중에도 다수는 역시 그것이 통속적이고 이해하기 쉽다는 점에만 주목한다. 하지만 문학이나 미술이나 음악은 모두 인간의 가장 높은 차원의 마음을 표현하는 것이다. 백화문이 단지 통속적이고 이해하기 쉬운 것만을 최고로 삼고 문학의 가치에는 주목하지 않는다면 그것은 단지 통속문이 될 수 있을 뿐, 신문학이라고 할 만한 것은 되지 못한다. 이것 역시 신문화운동 안에서 쉽게 오해되는 사실 중 하나이다.

구미 각국의 학교나 사회, 가정 안에서 음악 미술의 취미가 풍성하게 향유되고 있다는 것은 말할 필요도 없지만, 일본의 경우도 사회나 개인의 삶에서 음악, 미술이나 각종 운동, 오락 등이 우리 중국인의 삶에서처럼 이렇게 결핍되어 있지는 않다. 어떤 이는 여성들이 사당에 들어가서

향을 태우거나 청년들이 새로운 세상을 유랑하는 것에 반대하는데 나는 생각이 다르다. 왜냐하면 그들이 향을 태우고 새로운 세상을 유랑하는 것이 그래도 마작을 하는 것보다는 낫기 때문이다. 우즈회이(吳稚暉) 선생이 “중국에는 삼대 세력이 있는데, 하나는 공부자(孔夫子)요, 하나는 관 나으리(關雲長)요, 하나는 마작 선생”이라고 했다. 나는 마작 선생의 세력이 공부자나 관 나으리 두 분보다도 더 크다고 생각한다. 그것을 믿는 사람이 공부자나 관 나으리를 믿는 사람보다 많을 뿐만 아니라 그것을 믿는 마음의 진정성도 공자나 관운장을 믿는 사람들 대부분이 그런 것처럼 대충대충 겉치레로 믿는 것과는 다르기 때문이다. 평소의 생활에서는 장유, 존비, 남녀의 경계가 엄격하지만 마작 선생만은 그것들을 하나로 뒤죽박죽 섞어놓을 수 있는 힘이 있다. 그들이 이처럼 마작 선생을 믿는 게 비록 좋은 풍습은 아니지만 그래도 반대는 하지 않는다. 왜냐하면 마작이라도 하는 게 그나마 아편을 피우는 것보다는 낫기 때문이다. 아편과 마작이 어떻게 이런 큰 힘을 가지고 우리를 지금 이 지경까지 타락시킬 수 있었을까? 그건 우연한 일도 아니고 쉽게 해결할 수 있는 간단한 문제도 아니다. 빈말로 아편 피우지 말고 마작하지 말라고 권한다고 효력이 있을 문제도 아니다. 아편을 피우고 마작을 하는 사람들에게도 일말의 이유가 있다. 우리 중국인들은 사회에서나 가정에서나 음악, 미술이나 운동, 오락 같은 것들을 하나도 가지고 있지 못하다. 그러니 만약에 가서 아편이라도 피우고 마작이라도 하지 않는다면 자본가들은 심심해서 죽을 지경이고 노동자들은 답답해서 죽을 지경이 되지 않겠는가? 그러므로 나는 어떤 이들처럼 정만투어(郑曼陀)[1]가 그리는 모던 여성화

1) 정만투어(郑曼陀, 1888~1961)는 근대 광고 분야에서 민국 시기 가장 뛰어난 광고화의 혁신자로 평가받는 인물이다.

에 반대하는 것 같은 일을 할 필요가 없다고 생각한다. 어떤 이는 새해가 되면 가게들이 징과 북을 두드리며 떠들썩하게 벌이는 스판루어구(十番锣鼓)[2]에 반대하지만 나는 그럴 필요가 없다고 생각한다. 어떤 이는 상하이의 대극장이나 티엔찬 극장(天蟾舞台)[3]에서 피황희(皮簧戲曲)[4]를 공연하는 것에 반대하지만 나는 그럴 필요가 없다고 생각한다. 인간의 마음의 가장 높은 경지를 표현하는 미술이나 음악이 고작 정만투어의 모던 여성화나 스판루어구 연주나 전통 경극 피황희 같은 수준으로 밖에는 표현될 수 없는 지경이라면 당연히 서양 사람들도 와서 그들이 경도되어 있는 동방문화의 현주소 때문에 한번 울어야 할 것이다. 하지만 만약 이 몇 가지조차 전혀 없다면 우리 민족문화 속에는 미술이나 음악의 종자조차 없어지게 되는 것이니 어찌 그것이 더 비참한 일이 아니겠는가! 그래서 차이지에민(蔡孑民)[5] 선생이 일찍이 "신문화운동이 심미교육(美育)을 잊어서는 안 된다."고 한 것이다. 며칠 전 친구 장신푸(張新甫)가 내게 보낸 편지에서 이런 말을 했다. "종교란 본래 말로 표현할 수 없는 인간의 최고의 감정(루소는 그것을 '정신Spirit'이라고 했다)을 표현해내는 것이니 앞으로 아마 새로운 종교가 나타나지 않을 수 없을 것이다. 하지만 미술도 인간의 최고의 감정을 표현해낸다.(로뎅이 '미는 인간이 가지고

2) 경사(京師)에서 시작되어 쑤저우, 난징, 상하이 등 장쑤성 남부에서 유행한 전통 관악기와 타악기.

3) 상하이에 위치한 대극장으로 1925년 영국인 설계사가 설계하여 1926년 개원했다.

4) 西皮와 二黃의 두 가지 곡조로 만들어진 경극(京劇)의 초기 명칭.

5) 차이웬페이(蔡元培, 1868~1940)는 근대 중국의 철학자, 교육가로 쑨원 정부하에서 중화민국 초대 교육총장을 지냈으며, 1916년 베이징대학 총장이 된 후에는 천두슈를 인문대학장으로 초빙하는 등 베이징대학을 근대적인 학문의 전당으로 만들기 위해 대대적인 개혁을 단행하였다. 중국유학생들을 위해 프랑스에 근검공학회(勤工儉學會)를 조직하여 운영하였고, 장제스의 국민당 정부하에서는 중앙연구원장 등을 역임하면서 평생 중국의 근대적인 고등교육 체계를 마련하는 일에 힘썼다.

있는 모든 가장 좋은 것의 표지이며 미술은 바로 이런 미를 추구하는 것이다.'라고 한 것이 바로 이런 의미이다.) 게다가 종교가 본능에 치우쳐 있는 데 비해 미술은 지식에 치우쳐 있기 때문에 미술로 종교를 대체하는 것이 근대의 인간 심리에도 부합된다. 이렇게 보면 지금 중국에 제대로 된 미술이 없는 것은 정말 큰일이며 그야말로 가장 치명적인 상처이다. 사회에 미술이 없어서 사회가 메마르고 모든 사물들에 미술적인 취향이 없어서 모든 사물이 다 메마르게 된다면 또 어디서부터 인간의 가장 고상한 감정을 불러일으킬 수 있을 것인가? 중국에 지식이 부족하다면 그건 서양에서 빌려올 수 있지만 미술이 부족하다면 그건 여기 사람들 스스로가 창조해낼 수밖에 없는 것이다."

신문화운동에 관한 여러 오해와 인식에서의 결함들에 대해서는 이상에서 이미 대략 이야기를 했으나 이 밖에 주의해야 할 것 세 가지가 더 있다.

(1) 신문화운동은 집단 활동을 중시해야 한다. 미국공사(公事)가 중국인에게는 조직력이 없다고 했는데 나는 공공심이 부족해서 조직력이 없는 것이라고 생각한다. 질투와 독점의 사욕은 인간 모두가 비슷하며, 서양인이 중국인 보다 특별히 더 낫지도 않다. 하지만 그들에게는 집단을 유지하는 공공심의 견제가 있기 때문에 어느 정도의 조직력이 있어서 중국인처럼 흩어지지 않는 것이다. 중국인들에게는 공공심이 가장 결여되어 있어서 어떤 일을 할 때 순전히 사욕으로만 하기 때문에 정계, 상계, 공업계, 학계 모두 열 명 이상만 되면 갈등이 없는 곳이 없고, 사오 년만 되면 해산되지 않는 단체가 없다. 최근의 학생운동 안에서도 무수한 내분이 일어났고, 남북 각파들 사이에서도 정쟁이 끝이 없다. 신문화운동이 만약 공공심을 발휘하지 못하고 집단적인 조직 활동을 할 수 없어서 새로운 결합력을 만들어내지 못한다면 결국은 실패로 끝나거나 그 영향력은 극히 적을 수밖에 없을 것이다. 중국인들에게 공공심이 결여되어

있는 이유는 가족주의가 지나치게 발달한 것 때문이다. 어떤 이는 개인주의가 공공심을 방해한다고 하는데 이건 틀린 말이다. 반은 귀머거리고 반은 장님이 된 팔십 노인도 그 늙은 목숨으로라도 기를 써서 벼슬을 하고 돈을 벌고 밭을 사고 땅을 사려고 하는 건 정말로 자손들을 위해 소나 말 노릇을 하려고 하는 것이니 이런 것은 절대로 개인주의가 아니다. 더러운 이익을 탐해 나라를 판 저 민족의 도적들도 그게 다 자신의 향락만을 위해서 한 것이 아니다. 그중 많은 자들은 뜻밖에도 먹을 것 안 먹고 쓸 것 안 쓰는 구두쇠들이다. 그러므로 나는 중국인의 공공심을 해치는 것은 개인주의가 아니라고 생각한다. 중국인에게 있어서 개인의 권리와 사회적인 공익은 모두 가정의 희생물이다. "각자가 다 자기 문 앞의 눈만 치울 뿐, 다른 사람 집의 기와 위에 있는 서리는 아랑곳하지 않는다."는 이 말이 가정주의만 무성할 뿐 공공심은 조금도 없는 중국인의 상황을 정말 너무나 잘 묘사해준다.

(2) 신문화운동은 창조의 정신에 주목해야 한다. 창조가 바로 진화이다. 세상에서 부단히 일어나는 진화는 단지 부단히 일어나는 창조이며 창조를 떠나서 진화는 없다. 우리는 구문화에 대해서만 만족하지 않는 것이 아니라 신문화에 대해서도 만족하지 않아야 한다. 동방문화에 대해서만 만족하지 않는 것이 아니라 서양문화에 대해서도 만족하지 않아야 한다. 만족하지 않아야만 창조의 여지가 있다. 우리 앞에 고인(古人)이 없는 건 괜찮지만 우리 뒤에 올 사람이 없어서는 안 된다. 우리는 물론 우리가 우리 부모보다 낫기를 바라지만, 그것보다 더 바라야 하는 건 우리 자녀가 우리보다 나은 것이다.

(3) 신문화운동은 다른 영역에도 영향을 주어야 한다. 신문화운동이 군사적인 면에 영향을 준다면 가장 좋은 경우 전쟁을 그치게 할 수 있을 것이고 그다음이라도 그들을 신문화운동의 적이 아니라 친구가 되게 할

수는 있을 것이다. 신문화운동의 영향이 산업에 미치게 되면 노동자들에게는 그들 자신의 지위를 깨닫게 하고 자본가들에게는 노동자를 같은 '인간'으로 대우하지 기계나 소나 말이나 노예로 대우하지 않도록 할 것이다. 신문화운동이 정치에 영향을 미치면 새로운 정치사상을 창조해내고, 현실 정치의 구속을 받지 않도록 할 것이다. 예를 들어 중국의 정치현실에서는 무슨 헌법의 수호니 통일이니 해도, 그게 다 먹고살 것 없는 한심한 정치꾼들이 공연히 만들어내서 말썽을 일으키는 것일 뿐, 인민들의 생활이나 정치적인 이상과는 관련이 없는 것들이다. 각 파의 정치꾼들이 저마다 군인들을 보유하고서 마치 개들이 뼈다귀를 다투는 것처럼 정권탈취만을 다투는 것일 뿐이다. 그들의 이런 쟁탈전이 개의 운동이라면 신문화운동은 사람의 운동이다. 우리는 오직 사람의 운동으로 개의 운동을 몰아내야지 사람의 운동을 포기하고 그들이 벌이는 개의 운동 속으로 들어가서는 안 된다!

1920년 4월 1일 『신청년』 제7권 제5호, 서명: 천두슈(陳獨秀)

30 오사운동의 정신은 무엇인가

중국공립학교 제 이차 강연회 강연

五四運動的精神是什麽?-在中國公學第二次演講會上的講演

누군가 오사운동의 정신이 무엇이냐고 묻는다면, 대체로 나오는 답은 분명 애국이나 구국일 것이다. 오사운동은 일본과 본국 정부로부터 이중의 압박을 받아 일어난 것이니 나도 물론 애국운동이 아니라고 할 수는 없다고 생각한다. 하지만 애국운동이라고 한다면 먼 역사는 말할 필요도 없이 근대의 경우만 봐도, 청(淸)말에도 애국운동이 있었고 상하이에도 애국학사(愛國學社)나 애국여학교가 있었고, 10년 전에는 바로 애국주의를 표방하는 근거운동(根据运动)도 있었다. 그런데 왜 사회에서 오사운동에 대해서는 찬양하든 반대하든 아니면 불만을 품든 간에 모두 이전의 애국운동에 대해서와는 다른 새로운 느낌을 가지는 것일까? 그들이 다른 느낌을 가지는 이유는 오사운동의 정신이 분명 이전의 애국운동과는 다른 부분이 있기 때문이다. 이 다른 점이 바로 오사운동만이 가지고 있는 정신이다. 이 정신은 바로 직접적인 행동과 희생의 정신이다. 직접적인 행동이란 바로 인민이 사회와 국가의 암흑상에 대해 인민의 직접적인 행동으로 제재를 가한 것으로, 제반 법률에 호소하지 않고 특권세력을 이용하지 않고 대표들에게 의존하지 않은 것을 말한다. 법률은 강한 권력자를 호위하며 특권세력은 민권의 적이다. 대의원은 속이는 자들이기 때문에 공중의 의견을 절대로 대표할 수가 없다. 청말에 혁명을 일으켰을 때 사람들은 모두 이제부터는 평안해지겠지 하고 생각했다. 위안스카이가 집권을 해서 오히려 더 나쁜 결과가 생겨날 것이라고는 생각하지 못했다. 위안스카이가 죽었을 때 사람들은 다시 이제부터는 평안해지겠지 하고 생각했다. 지금처럼 돤치루이(段祺瑞)나[1] 쉬스창(徐世昌)이[2] 집권을 해서 국가의 상황이 더 나빠질 것이라고는 생각하지 못했다. 이제 중국인들은 여러 면에서 실망을 해서 대부분 앉아서 죽을 날만 기다리는 상황이었다. 하지만 독일이 전쟁에서 크게 패하고, 러시아에서 혁명이 일어나자 그 후 세상 사람들의 생각은 크게 변했고 여기에서 중국인들도 두 가지 교훈을 얻었다. 하나는 남북을 막론하고 무릇 군벌은 존재해서는 안 된다는 것이며, 또 하나는 인민들이 직접 행동할 수 있다는 기대였다. 오사운동은 바로 이러한 객관적인 상황에 부응하여 일어난 것이다. 일반 공상업계의 사람들이 학생들을 믿고, 또 오사운동에 대해 이전의 애국운동과는 다른 새로운 느낌을 가지게 된 이유는 바로 이것이 학생들이 직접 행동에 나선 운동이지, 특권세력이나 대의원들에게 의존한 비겁한 운동이 아니었기 때문이다! 중국인의 가장 큰 병폐는 사람들이 모두 너무나 적은 노력과 희생으로 너무나 큰 효과를 얻으려고 한다는 것이다. 이 병이 고쳐지지 않으면 중국에는 영원히 희망이 없다. 사회에서 오사운동에 대해 그것이 이전의 애국운동과 다르다는 생각을 하는 건 또한 희생정신의 유무 때문이다. 하지만 나는 오사운동이 결과적

1) 돤치루이(1865~1936)는 안후이성 출신의 군벌로 위안스카이 정권 출범을 도왔고 위안스카이 정권과 위안스카이 사후 대총통이 된 리위안훙(黎元洪) 밑에서 국무총리를 지냈으며, 정치적 실권을 잡기 위해 수차례 군벌 전쟁을 치른 인물이다.

2) 쉬스창(1857~1936)은 위안스카이 정권하에서 한때 국무총리를 지냈으며, 위안스카이 사후인 1918년부터 대총통을 지내면서 오사운동을 진압했던 인물이다.

으로 그렇게 좋은 건 아니라고 생각한다. 왜인가? 희생은 작고 결과는 큰 건 좋은 현상이 아니기 때문이다. 청년들의 정신에 대해 말한다면, 반드시 희생은 크고 결과는 작아야 좋은 현상이다. 지금 만약 학생들이 희생정신은 작년보다 못하면서 바라는 효과는 오히려 작년보다 더 크다면 그것은 더더욱 좋은 현상이 아니다.

이상에서 말한 이 두 가지 정신이 바로 오사운동의 중요한 정신이니, 제군들은 이 두 가지 정신을 발휘하기 위해 노력해주기 바란다. 특권세력이나 대의원들만 나쁜 게 아니라 공상업계도 의지해서는 안 되며, 공상업계만 의지해서는 안 되는 게 아니라 학계의 여러 인사들도, 친한 친구들도 모두 의지해서는 안 된다. 결국은 오직 자신만 믿을 수 있으며 자신만 믿을 수밖에 없다!

1920년 4월 22일 『시보(時報)』, 서명: 천두슈

31 정치에 대해 논함

談政治

(1)

본 잡지의 구성원 중 다수는 줄곧 정치에 대해서는 절대로 이야기하지 말자는 주장을 하면서 간혹 내가 정치에 관한 의견을 좀 발표하면 '그건 아닌데' 하는 생각들을 해왔다.[1] 하지만 난 끝까지 내 의견을 철회할 생각이 없었기 때문에 종종 웨이츠(慰慈)와 이한(一涵) 두 분께도[2] 정치에 관한 글을 쓰도록 권고해왔다. 반면 바깥에 있는 사람들 중 다수는 『신청년』이 정치문제를 다루지 않는 건 커다란 결함이라고 본지를 비판하기도 했다. 하지만 이런 비판도 완전히 만족스러운 건 아니어서, 나는 일찍이 '중국의 정치문제 해결에 관한 나의 방침(我的解決中國政治方針)'이라는 연설을 하면서 이렇게 답을 했었다. "우리는 정치문제를 소홀히 여겨서는 안 된다. 18세기 이래로 내려온 정치제도는 이미 파산을 선고했

1) 이러한 주장을 제기한 대표적인 인물 중 하나가 후스이다.

2) 웨이츠(慰慈)는 이한과 함께 『신청년』 편집위원으로 활동했던 장웨이츠(張慰慈, 1890~1976)를 말한다. 미국에서 유학하고 철학박사 학위를 받았으며 베이징대학에서 정치학 교수 등을 역임하였다. 이한(高一函, 1885~1968)은 천두슈와 동향인 안후이 성 출신으로 일본 유학 후 리다자오와 『신보(晨報)』를 발행하고, 『신청년』에 많은 글들을 기고했다. 『유럽정치사상사(歐洲政治思想史)』 등의 저술이 있으며 듀이의 철학을 소개하는 역서들도 발간하였다.

고 우리는 바야흐로 사회적 기초 위에서 새로운 정치를 만들어내야만 하기 때문이다. 우리에게 헌법이 필요한가 하는 문제는, 새로운 헌법에 대한 자연적인 수요가 사회적으로 형성되어야 가능한 문제지, 근거 없이 형식적인 조문에 대해서만 논하는 건 무익한 일이다.", "그러므로 나의 정치에 대한 입장은 다음과 같이 정리할 수 있다. 한편으로 나는 정치에 대해 절대로 논하지 않는 건 물론 옳지 않다고 생각한다. 하지만 다른 한편으로 행정이나 관직, 돈놀이 같은 걸 일반적인 정치라고 생각하는 선생들과는 정치에 대해 논하고 싶지 않다. 바꾸어 말하면, 당신이 정치에 대해 이야기해도 좋고 이야기하지 않아도 좋지만 인적(人迹)이 전혀 없는 심산으로 도망갈 게 아니라면 정치는 언제나 당신을 찾아낼 것이라는 점, 하지만 또한 우리는 정치의 가치가 어디에 있는 것인지에 대해 제대로 이해해야만 하며, 절대로 그것이 권력이나 이익다툼의 짓거리를 가리는 위조품이 되게 해서는 안 된다." 이 두 가지를 이야기했다.

이상에서 말한 것으로 나의 정치에 대한 입장은 표명했지만 너무 간단해서 그 근거를 충분히 설명하진 못했다. 게다가 정치에 대한 나의 최근 견해도 포함되어 있지 않기 때문에 지금 좀 더 상세히 말해보고자 한다.

(2)

우리 중국에서 정치에 대해 이야기하지 말자는 사람은 많지만, 그런 주장을 하는 사람을 분류해보면 단지 세 부류뿐이다. 하나는 학계로, 장둥쑨(張東蓀) 선생과 후스(胡適) 선생이 대표라 할 수 있고, 하나는 상계(商界)로, 상하이 총상회(總商會)와 최근 각 가도(街道)별 상계연합회가 대표라 할 수 있다. 또 하나는 무정부당파 사람들이다. 앞의 두 파가 정치에 대해 논하지 말자고 하는 건 일시적인 것이지 항구적인 것이 아니며 상대적인 것이지 절대적인 것이 아니다. 왜냐하면 그들이 정치에 대해 논하지 말자고 하는 건 정치가 권력이나 이권 다툼에 이용당하는 현실 때문이지 절대로 근본적으로 정치에 반대하는 것이 아니기 때문이다. 그러나 뒤의 한 파는 근본적으로 인간사회에는 어떤 정치적인 조직도 있어서는 안 된다는 점을 절대적으로 주장한다. 그들은 군주정치, 귀족정치, 권력이나 이권 다툼의 정치에만 반대하는 것이 아니라 민주 정치에 대해서도 반대한다.

나는 이 세 부류의 비판에 대해 소극적으로는 물론 정말 그들이 옳다고 생각하는 바가 있다. 하지만 적극적인 차원에서는 좀 다른 생각을 가지고 있다.

앞의 두 부류의 견해는 단지 소극적인 차원에서만 문제가 있을 뿐 적극적인 차원에서의 문제는 없다. 이 점은 최근 후스 선생 등이 발표한 「자유쟁취선언(爭自由的宣言)」을 통해서도 이미 충분히 드러난다. 이 글은 첫머리에서 바로 "우리는 본래 현실 정치에 대해 논하고 싶지 않았지만, 현실 정치는 한순간도 우리를 방해하지 않은 적이 없다."고 말하고 있는데, 이 방해를 제거하려면 자연히 정치에 대해 논하지 않을 수 없는 것이다.

뒤의 한 부류가 정치에 반대하는 것도 소극적인 면에서 보면 역시 상당한 진리를 내포하고 있다. 그들이 정치, 법률, 국가, 강권에 반대하는 것은 이론적으로 보면 그 자체로 체계를 이루고 있어서 보통 사람들이 한편으로는 정치, 법률, 국가를 인정하면서도 다른 한편으로는 권력에 반대하는 것과 같은 모순이 없다. 권력이 소수 사람의 것인가 아니면 다수 사람의 것인가, 광의의 것인가 협의의 것인가는 다르겠지만 만약 권력이 없다면 곧 법률이 없는 것이고, 법률이 없다면 또 무슨 정치나 국가가 있겠는가? 그러므로 우리는 권력, 국가, 정치, 법률은 한 가지 사물의 네 가지 이름이라는 것을 분명하게 알아야만 한다. 그러므로 무정부당파 사람들이 그것을 일괄적으로 반대하는 것은 이론적으로는 일관성이 있는 셈이다. 고대의 사회계약(Social Contract)과 중세의 자치도시(Commune)는 보편적인 것이 아닐 뿐만 아니라 인류의 정치조직이 아직 근대국가로 진화하지 않은 상태의 것이다. 근대국가란 무엇인가? 프란츠 오펜하이머(Franz Oppenheimer)[3]는 국가의 유일한 목적은 정복자가 피정복자의 주권을 지배하는 것이며 또한 내부의 반란과 외부의 침략을 방어하는 것이라고 했다. 이 주권 지배의 목적 역시 정복자가 피정복자를 경제적으로 수탈하는 것이다.(Christensen의 *Politics and Crowd Morality* p.72 인용을 보라.) 크리스텐센(Christensen)[4]은 국가는 다른 사람을 수탈하면서 동시에 다른 사람의 수탈을 막는 도구라고 했다. 그 목적은 결코 각 사람 사이의 전쟁을 억제하는 것이 아니라 이 전쟁이 강고하고 더 효력 있는 것이 되도록 하는 것이다.(앞의 책 73, 77쪽을 보라.) 루소는 국가의 핵심은 바로 공민의 집단적인 힘이 모인 창고라는 데 있다고 말했다. 이 힘에는 두 가지 형태가 있는데 하나는 대내적인 것이고 하나는 대외적인 것이다. 대내적인 것은 법과 경찰이고, 대외적인 것은 전투력으로 표현되는 육해군이다. 국가란 일정한 구역 내에 있는 전 주민의 집합체가 정부의 지도에 따라 그들의 연합된 힘으로 조직해낸 것이다. 국가의 권리는 대내적으로는 반란이라는 공포스러운 상황에 의해서만 제한되며, 대외적으로는 전쟁에서의 패배라는 공포스러운 상황에 의해서만 제한된다. 그러므로 국가는 이 두 가지를 절대적으로 막아야 한다. 실제

---

3) 프란츠 오펜하이머(Franz Oppenheimer, 1864~1943)는 독일의 사회학자, 경제학자로 사회문제, 특히 사회병리현상이나 토지 · 주택 문제에 관심을 갖고 연구했으며 『국가론』이라는 저서가 있다.

4) 아르투르 크리스텐센(Christensen, Arthur, 1875~1940)은 덴마크의 언어학자이자 코펜하겐대학의 이란 어학 교수로 고대 이란의 문화사 · 정치사의 연구에서 탁월한 업적을 남겼다. *Politics and Crowd Morality*의 저자.

로 국가는 조세의 명의로 다른 사람의 재산을 빼앗을 수 있고, 결혼이나 승계에 관한 법률을 제정할 수 있으며 국가에 반대하는 견해를 발표하는 자를 처벌할 수 있다. 왜냐하면 일부 인민이 사는 땅에 경계를 그어 다른 나라에 귀속시킴으로써 그 사람들을 사지에 버려둘 수도 있고, 뿐만 아니라 국가가 전쟁을 하고 싶으면 건장한 남자들을 모두 전쟁터로 보내 그들의 목숨을 바치도록 할 수도 있기 때문이다. 아주 많은 일들에서 국가의 목적이나 견해를 위반하는 것은 바로 범죄가 된다.(Russell의 *Principles of Social Reconstruction*, 45, 46, 47쪽을 보라.) 과거나 현재의 국가가 실제로 이러한 기능을 했고 또 하고 있기 때문에 무정부당파가 국가에 반대하고 정치에 반대하고 법률에 반대하고 강권에 반대하는 것에는 상당한 이치가 있다고 하는 것이다.

그러므로 소극적인 면에서 보면 무정부당파가 국가정치를 부정하는 것에 우리는 물론 찬성한다. 하지만 적극적인 면에서 보면, 과거와 현재의 국가와 정치, 즉 과거와 현재의 자본계급의 국가와 정치는 당연히 경제적인 수탈 위에 세워진 것이라고 할 수 있지만 그렇다고 미래의 국가와 정치, 즉 미래 노동계급의 국가와 정치에 대해서도 마찬가지로 암흑이며 절대로 진보할 희망이 없다고 단정할 수 있는가? 국가에 반대하는 사람은 그것을 수탈 기구라고 하고, 정치에 반대하는 사람은 그것을 관료의 소굴이라고 하고 법률에 반대하는 사람은 그것을 자본가의 사유재산을 지키는 부적이라고 한다. 그들 말대로라면 그들이 반대하는 건 오직 과거나 현재의 수탈적 국가나 관료 정치나 자본가의 사유재산을 보호하는 법률에만 국한되는 것이지 국가나 정치나 법률에 대해 근본적인 회의를 제기해야 할 이유를 지적해내고 있는 것은 아니다. 그들이 반대하는 것에는 수탈을 금지하는 국가, 관료를 배제하는 정치, 자본가의 사유재산을 폐지하는 법률이 포함된 적이 없기 때문이다.

어떤 이는 바로 수탈을 금지하고 관료를 배제하고 자본가의 사유재산을 폐지하는 미래의 국가 역시 여전히 강권을 벗어버릴 수는 없다. 그렇기 때문에 근본적으로는 절대로 국가, 정치, 법률과 같은 강권을 폐지하여 자유로운 조직으로 구성된 사회를 실현할 수가 없으며 그것은 철저한 정치개혁일 수가 없다고 말할는지도 모른다.

우리는 이런 견해에 대해 이론적인 측면과 현실적인 측면에서 두 가지로 이야기할 수 있다.

이론적으로 우선 우리는 물어야 한다. 세상 모든 일이라는 게 처음부터 아예 토대가 없다면 어떻게 그것을 철저하게 만들 수 있나? 그러므로 진화론을 이해하는 사람이라면 철저하니 철저하지 못하니 하는 생각부터 해서는 안 된다. 둘째로 우리는 물어야 한다. 강권은 왜 혐오스러운가? 내가 강권을 혐오하는 이유는 누군가가 그것으로 강자와 무도(無道)한 것을 옹호하고 약자와 정의를 핍박하기 때문이다. 만약 반대로 그것으로 약자와 정의를 구하고 지키며 강자와 무도한 자를 배제한다면 혐오하지 않을 것이다. 이렇게 보면 강권을 혐오하는 건 그것의 쓰임 때문이지 결코 그것 자체 때문이 아님을 알 수 있다. 우리 인류 문명이 이룬 가장 큰 성과는 자연을 이용해서 자연을 정복한 것이다. 예를 들면 물과 불은 모두 사람을 죽일 수 있는 힘을 가지고 있지만, 물을 잘 이용하면 배를 가게 할 수 있고 세탁을 할 수 있고 필요한 곳에 물을 대서 이롭게 할 수 있다. 또한 불을 잘 이용하면 밥과 반찬을 익힐 수 있고 밝게 비출 수 있고 몸을 따뜻하게 하는 효과를 얻을 수 있다. 폭약과 천둥번개는 사람을 상하게 한다는 점에서는 두려운 것이지만 그것을 잘 이용하면 산을 개간하고 병을 고치고 종종 산업에서도 힘을 발휘하게 할 수 있다. 인간이 가진 권력도 자연적인 힘의 한 가지로 볼 수 있으니, 그것을 잘 이용하면 암흑과 장애를 제거하는 효력을 발휘할 수 있다. 이 때문에 나는 권력이 어떻게 쓰이는지는 불문하고, 눈을 감고 일체의 권력에 반대하는 것은 목이 멘다고 음식을 먹지 않는 것처럼 실제로는 너무 막연하게 덮어놓고 반대하는 것이지 절대로 과학적인 태도가 아니라고 생각한다. 만약 누군가가 공부의 목적이 무엇인지는 묻지 않고 단지 공부를 위해서만 공부를 한다면, 혹은 혁명의 내용이 무엇인지는 묻지 않고 그저 혁명을 위해서만 혁명을 한다면 그건 당연히 우스운 일이 될 것이다. 지금 만약 권력의 쓰임이 어떠한지는 묻지 않고 그저 권력 때문에 권력에 반대한다면, 혹은 단지 권력 때문에 권력에 찬성한다면 그것 역시 동일한 오류에 빠질 수밖에 없을 것이다.

현실적으로는 먼저 우리가, 세계 여러 나라 안에 존재하는 가장 불평등하며 가장 고통스러운 현실은 바로 게으르고 낭비적인 소수의 자산계급이 국가, 정치, 법률 등의 기구를 이용해서 부지런히 수고하며 생산하는 다수의 노동계급을 자본의 세력 밑에 눌러두고 억압하면서 소나 말이나 기계보다도 못하게 취급하고 있다는 사실이라는 점을 분명히 인식해야만 한다. 이런 불평등과 고통을 제거하기 위해서는 단지 피압박의 처지에서 생산에 종사하는 노동계급이 스스로 새로운 권력을 창출해서 스스로를 국가를 운영하는 위치에 세우고 정치, 법률 등의 도구를 이용해서 그 억압적인 자산계급을 완전히 정복하는 수밖에 없다. 그 후에야 비로소 재산의 사유나 임금노동 등의 제도를 폐지하고 과도하게 불평등한 경제적 상황을 제거한다는 희망을 가질 수 있을 것이다. 만약 권력의 사용을 부정하고 계급 간의 전쟁도 부정하며 국가나 정치나 법률은 필요 없다고 하면서 자유로운 조직을 가진 사회가 출현하기만을 날마다 헛되이 꿈꾼다면, 저 자산계급은 계속 국가를 운영하는 위치에서 서서 날마다 정치와 법률을 이용할 것이다. 이런 식의 상황에서 자유를 꿈꾼다면 앞으로 일만 년이 더 지나도 피압박 노동계급의 신분이 바뀔 기회는 없을 것이다. 프랑스의 노동조합파(工團派)는 세계의 노동조직 가운데서 가장 역량이 있는 조직이라고 할 수 있지만 계급전쟁에는 열의가 없고 정치적인 것으로부터는 분리될 것을 요구해왔다. 그러나 그럼에도 불구하고 정치는 그들을 떠나지 않았고 유럽전쟁 기간 중에는 자산계급이 정권을 이용해서 강제로 그들을 희생시켰으며, 금년 '오일절(五一節)' 이후에는 다시 그들을 강제로 굴복시켰다. 그렇다면 그들이 말하던 자유는 어디에 있는 것인가? 그렇기 때문에 자산계급이 두려워하는 것은 자유사회의 학설이 아니라 계급투쟁의 학설이며, 자산계급이 환영하는 것은 노동계급이 국가와 정권과 법률을 요구하는 것이 아니라 노동계급이 국가와 정권과 법률을 요구하지 않는 것이다. 노동자들에게는 지금까지 국가도 없고 정권도 없었기 때문에, 즉 과거와 현재의 국가와 정권은 모두 자산계급의 수중에 있었기 때문에 그들이 자신들의 생산과 분배의 방법으로 노동계급에 대한 억압을 자행할 수 있었던 것이다. 만약 노동계급이 스스로 영원히 국가도 필요 없고 정권도 필요 없다고 선언한다면 자산계급은 당연히 너무나 감사해 마지않을 것이다. 보라, 지금 전 세계 국가들의 볼셰비키에 대한 방어와 억압과 두려움이 무정부당에 대해서 하는 것보다 훨씬 심하지 않은가. 이것이 바로 그런 이유 때문이다.

둘째로 우리는 각국의 자산계급이 모두 수천 년 혹은 수백 년의 기초를 가지고 우월한 위치에 서 있었기 때문에 지식과 경험에서 노동계급보다 훨씬 뛰어나다는 점을 분명하게 인식해야만 한다. 노동계급이 그들을 정복하려고 한다면 그건 물론 어려운 일이지만 정복을 한 후에도 그들을 영구적으로 제압하려고 한다면 그건 죽은 재를 다시 타게 하는 것보다도 더 어려운 일일 것이다. 그럴 때 정치권력을 이용해서 그들의 음모를 방지하고, 법률권력을 이용해서 그들의 나태와 수탈을 방지하고 그들의 습관과 사상을 교정하는 것은 모두 너무나 필요한 방법이다. 만약 권력의 억압에 반대하는 입장에서 정치나 법률이 필요 없다고 주장하고 자유로운 조직의 사회를 제창한다면, 그건 자산계급에게 대단한 사면의 은혜를 베푸는 것에 불과하다. 그들은 언제든지 자유를 되찾고 언제든지 원래의 세력과 지위를 회복하려고 할 것이기 때문이다. 그러므로 공화혁명이 일어난 후에도 민주파가 구당파를 제어할 충분한 힘을 상실하면 당장 원래 상태로 돌아가는 복벽(復辟)운동이 여러 나라에서 일어났던 것이다. 지금 러시아가 만약 크로포트킨이 말하는 자유조직으로 레닌의 노동자 독재를 대체했다면 자산계급은 당장 그 세력을 회복했을 뿐만 아니라 제정(帝政)이 부활되는 것도 필히 면할 수 없었을 것이다. 크로포트킨이 『국가론』 안에서 칭송한 중세의 자치도시는 왜 실패했으며, 그가 비판했던 근대자본주의 국가는 왜 발달하게 되었는가? 그 주된 원인은 말할 것도 없이, 한편으로는 자치도시 안에서는 노동계급이 주체가 되지 못하고 또한 그들에게는 강고한 정치조직도 없어서 이로 인해 군주와 귀족들이 정권을 농단하게 되었기 때문이다. 다른 한편으로는 신흥 자본가들이 자유주의를 이용해 모두 자유무역을 하고 자유롭게 산업을 일으키고 자유롭게 노동자들을 학대하고 자유롭게 사회의 자본을 소수 개인의 수중에 집중시키게 되니, 이렇게 해서 점점 더 자유롭게 자산계급이 형성되고 점점 자유롭게 근대자본주의 자유국가가 만들어지게 되었기 때문이다. 그러므로 중세 자치도시는 정권을 포기해서 실패한 것이며, 불법적인 자유(Unconscionable Freedom)를 방임해서 실패한 것임을 분명하게 알 수 있다. 노동계급에게 채워진 족쇄는 분명 자유주의가 가져다준 것이다. 지금 미래 사회에 대해 꿈꾸는 이상이 여전히 정치에 대한 부인을 철저한 개조로 생각하는 망상에 빠져 있고, 자유주의 만능을 맹신하는 것이라면 그것이 어찌 눈을 뜨고 잘못된 길로 가는 것이 아니겠는가? 이 때문에 나는 많은 사람들이 통절하게 혐오하는 강권주의가 때로는 오히려 그것으로 선을 이룰 수도 있으며, 많은 사람들이 찬미하는 자유주의가 때로는 오히려 그것으로 악을 행할 수도 있다고 깊게 믿고 있다. 절대 일괄적으로 강권주의는 모두 선하고 자유주의는 모두 악하다고 말할 수 없다. 이런 두루뭉술한 대전제는 이미 역사적 사실에 의해서도 논리적 오류임이 입증되었다.

세 번째로 우리는 인간의 본성에는 확실히 악한 부분이 있으며 이것은 절대로 사회제도를 개혁하는 것만으로는 근본적으로 제거할 수 없는 것이라는 점을 분명하게 알아야만 한다. 그것은 바로 사회제도, 즉 사유재산제와 임금노동제에 의해 만들어진 인간의 제2의 악한 본성으로, 제도가 바뀐다고 해서 이런 악한 본성도 당장 따라서 소멸되는 것은 아니다. 임금노동제는 정말로 유지되어서는 안 되는 제도지만, 그럼에도 불구하고 만약 노동을 강제하지 않는다면 그런데도 지금까지 노동하지 않던 사람들이 갑자기 신이 나서 노동을 하러 나가는 일은 없을 것이다. 지금까지 경제적인 자극(Economic Stimulus)에 길들여져서 노동을 했던 노동자들은 그런 자극이 제거되고 거기다 또 지금까지 쌓인 피로에 대한 반동까지 보태진다면 분명 나태해질 것이고, 그렇게 되면 사회의 노동효율은 분명 일시적으로 감소하게 될 것이다. 소수의 사람들이 게으름을 부리며 먹고 지내도 사회적인 불평등이 조성되었는데 만약 그 소수가 늘어 다수가 된다면 이런 사회에서 생활에 필요한 자원들은 어떻게 지속적으로 공급될 수 있을 것인가? 인간은 진실로 노동의 본성을 타고났기 때문에 때로는 물론 그것을 강제할 필요가 없기도 하다. 아름다움을 창조하는 노동이나 창조적인 활동은 더군다나 강제로 가능한 게 아니며 자고로 경제적인 유인으로 발전시킬 수 있는 것도 아니다. 그러므로 노동임금제는 인류의 문화적 노동에 대해서는 손해만 끼칠 뿐 유익이 되는 바가 없다. 그러나 인간의 기본적인 생활에 필요한 노동, 적어도 깨끗하지 않은 노동이나 힘든 노동 같은 경우는, 만약 경제적인 유인도 없고 법률적인 강제도 없는데, 그래도 사람들이 자연히 원해서 할 것이라고 한다면 그건 기만적인 말이다. 무릇 진지한 태도로 사회문제를 논하는 사람이라면 이런 근거 없는 말을 해서는 안 된다. 제도가 변해도 제도가 만들어낸 인간의 전적으로 이기적인 야심이 단번에 확실하게 사라지기는 쉽지 않다. 만약 법률이 그런 경향을 제제하지 않는다면 전제적인 제왕과 귀족은 자유로운 조직 사회 안에서도 생겨나게 될 것이며, 그러한 것들의 발생을 예방하고 이미 발생한 것에 대항하려면 정치적 법률적 권력을 사용하지 않을 수 없다. 또 한 가지는 바로 인간의 성욕과 영원한 소유의 충동이 합해져서 생겨나는 남녀문제이다. 이 문제는 인생의 여러 문제들 가운데 가장 신비하고 불가사의한 영역으로 사회제도나 혁명으로도 해결할 수 없다. 게다가 경제적 정치적 억압과 유혹이 제거되고 나면 정말로 순전히 남녀문제인 것들이 더욱더 노골적으로 드러나게 될 것이다. 그때는 남녀문제 안에 정치경제적 영향이나 죄악이 전혀 섞여 있지 않겠지만, 만약 이런 문제가 개인의 안녕을 침해하고 사회의 안녕을 침범하는 죄를 범하게 되면 물론 법률적인 제제를 가해야만 할 것이다.

이상에서 제시한 이론과 현실에 근거하여 논의를 정리해보면, 무정부당이 저주하는 자산계급이 그것을 가지고 죄를 저지르는 국가나 정치나 법률은 우리도 저주해야 하지만 노동계급이 그러한 죄악을 제거하기 위해 사용하는 국가나 정치나 법률을 우리가 저주해서는 안 된다. 만약 그러한 것들을 저주한다면 그건 자산계급의 친구가 되는 셈이다. 바꿔 말하면 우리는 국가나 정치나 법률을 사회개량의 도구로 간주하기 때문에 도구가 나쁘면 그것을 개혁하면 되는 것이지, 그것을 폐기하고 사용하지 않을 필요는 없다는 것이다.

(3)

정치에 반대하지 않는 사람들에도 두 부류가 있다. 하나는 구파(舊派)이다. 그들의 안중에 있는 국가란 바로 "우리가 수백 년 동안 깊은 은혜를 입어온" 국가이며, "학생들이 이렇게 난리를 치는데 무슨 국가가 되겠는가"라고 할 때의 국가이다. 그들의 안중에 있는 정치는 바로 "우페이푸(吳佩孚)[5]는 단지 사단장이므로 정치에 참여할 자격이 없다"고 할 때의 정치이며, 그들 안중에 있는 법률은 바로 '왕의 법(王法)'이고 '국법'이며 '대청 법률(大淸律)'[6]이라고 할 때의 법률이다. 이 파의 견해는 비판할 가치가 없다. 또 하나는 신파(新派)이다. 그들은 정치나 법률이나 국가라는 게 무슨 신비한 권위를 가지고 있다고 맹신하지는 않으면서도, 도구로서 그것을 폐기할 필요는 없다는 점도 알고 있다. 이 점에서 나는 그들이 옳다고 생각한다. 하지만 그들이 이 도구를 개혁하기 위해 혁명이라는 수단을 택하지 않고, 여전히 낡은 도구로 새로운 사업을 하려고 하는 점에 대해서는 결코 찬성하지 않는다. 이 파의 사람들이 근거로 삼는 학설은 바로 소위 마르크스 수정파로, 베벨(Bebel)[7] 사후의 독일 사회민주당이 바로 이들이며, 급진파들이 무시하며 공격하는 사회당 또한 이들이다. 중국에는 아직 단지 이런 경향을 가지고 있는 사람이 있을 뿐 정말 이 파의 사람이라고 할 수 있는 사람은 없다. 하지만 앞으로는 이런 사람들이 반드시 세력을 가지게 될 것이고 그들이 우리의 유일한 적이 될 것이다.

---

5) 우페이푸(1874~1939)는 중화민국 시기의 저명한 군인이자 정치인이다. 직계(直系) 군벌의 우두머리.

6) 청조(淸朝)의 법전.

7) 아우구스트 베벨(August Bebel, 1840~1913)은 독일의 사회주의적 정치가이다.

그들은 직접적인 행동을 주장하지 않으며, 자산계급이 죄악을 자행하기 위해 의지하는 국가와 정치와 법률의 개혁을 주장하지 않는다. 그들은 여전히 의회주의를 주장하며 경쟁과 선거의 수단을 채택해서 자산계급이 악을 자행하는 방편으로 삼고 있는 정부나 국회 안으로 들어가고, 자산계급이 악을 자행하기 위해 의지하는 정치나 법률을 이용해 사회주의 정책을 시행하려 한다. 결과적으로는 그러한 주의를 시행할 수 없을 뿐만 아니라 자산계급에게 동화되어 여전히 노동계급을 억압하고 사회주의에 반대하는 정책을 시행하게 될 것이다. 지금 영국, 프랑스, 독일 정부 당국의 정책이 이렇지 않은가? 이렇게 호랑이에게 가죽을 달라고 하다가 호랑이에게 잡아먹히게 되면 호랑이 대신 사람을 잡아먹겠다고 나서는 식의 방법은 마땅히 실패의 귀감으로 삼아야 한다.

그들이 주장하는 국가사회주의는 이름은 사회민주당이지만 실제로는 결코 사회 민주주의를 요구하지 않으며 산업 민주화를 요구하지도 않는다. 다만 현존의 국가, 현존하는 자산계급 군벌 관료들이 둥지를 틀고 악을 자행하는 그 국가의 수중에 생산도구를 집중시킬 것만을 주장한다. 빌헬름 리프크네히트(Wilhelem Liebknecht)[8]는 이런 국가사회주의에 대해, 그 실상으로 말하면 이것은 단지 국가자본주의(State Capitalism)라고 할 만한 것으로 모양만 비슷할 뿐 시류에 영합해 사이비로 사람을 속이는 것에 불과하다고 비판했다. 독일의 국가사회주의는 엄격하게 말하면 프러시아의 국가사회주의이며, 그 이상은 군국주의적인 것으로 지주와 경찰의 국가이고, 그것이 가장 혐오하는 건 바로 민주주의이다.(Wilhelem Liebknecht의 *No Compromise, No Political Trading,* 15쪽을 보라.) 이런 국가사

---

8) 빌헬름 리프크네히트(Wilhelem Liebknecht, 1826~1900)는 독일의 사회주의자로 독일에서 사회민주당, 사회주의노동당을 만들었으며 제2인터내셔널의 지도자로도 활동하였다.

회주의 국가 안에서 노동계급이 처한 노예상태는 경감되기는커녕 더욱 가중된다. 왜냐하면 국가가 공적인 유일한 자본가로서 많은 사적인 자본가들에 비해 더 독점적인 존재가 되기 때문이다. 이런 국가 안에서 국가 권력은 과도하게 커지고 집중되고 통일된다. 천재의 창조력을 소멸시키는 점에 대해 말한다면, 그것은 아마 사유재산 제도보다 더 나쁠 것이다. 이런 국가 안에서 무정부당이 저주하는 국가나 정치나 법률의 죄악은 제거될 수 없을 뿐만 아니라 더더욱 심해질 것이다. 왜냐하면 자산계급 군벌 관료가 종전에 가지고 있던 것은 단지 정치권력뿐이었지만 이제는 거짓 국가사회주의의 명의를 빌려 경제적인 권력도 자신들의 수중에 집중시키게 될 것이기 때문이다. 이런 전횡적이고 부패한 계급에게 권력이 더 많이 주어지면 당연히 죄악도 더 심해지게 될 것이며, 만약 이런 명의와 권력을 세계에서 가장 탐욕적인 중국의 군벌관료에게 선물로 준다면 그 죄악은 더더욱 심각해질 것이다.

그들은 마르크스가 말하는 계급투쟁이 너무 과격하다고 비판하면서 노동계급 독재에 반대하고, 민주주의를 들어서 노동계급의 특권에 반대한다. 그들은 마르크스가 한 다음의 말을 잊었다. 마르크스는 노동자가 자산계급과 싸울 때 정세가 급박해지면 스스로 계급을 형성하지 않을 수 없고 뿐만 아니라 혁명의 수단으로 권력계급의 지위를 점령하고, 그 권력으로 낡은 생산방법을 파괴하지 않을 수 없지만 그와 동시에 계급 대립의 이유와 일체의 계급 자체도 마땅히 제거되어야 하며 그러므로 노동계급 자체의 권력도 또한 제거되어야 한다고 말했다.(『공산당선언』 제2장 끝부분을 보라.) 그들은 또한 마르크스가, 프랑스의 사회주의와 공산주의 저작은 독일에 와서는 완전히 그 본질적인 의미를 상실했으며 계급투쟁의 의미도 이때부터 독일인의 수중에서 말소되어 버렸다. 그런데도 그들은 자신들이 프랑스인들의 편견에서 자유로워졌다고 생각했다….[9] 그들은 스스로가 무산계급의 이해를 대변할 뿐만 아니라 인간 본연의 이해관계, 즉 전 인류의 이해관계를 대변한다고 생각했다. 하지만 그런 인류는 어느 계급에도 속하지 않기 때문에 실재하는 존재로 간주할 수 없다. 오직 철학과 공상의 안개 속에서만 존재하는 것이다라고 했던 말도 잊었다.(앞의 책 3장을 보라.) 그들에게는 노동계급의 특권이 데모크라시에 부합되지 않는다는 것을 보는 눈만 있지, 데모크라시의 가면을 쓴 자산계급의 특권이 어떠한지를 보는 눈은 없다. 그들은 날마다 자산계급의 특권적인 독재 아래 무릎을 꿇고 앉아서 그들의 공덕을 찬양하며 노동계급 독재라는 말만 들으면 당장 데모크라시를 들이대며 그것을 통제하려고 한다. 데모크라시가 자산계급의 호신부가 되었다. 하지만 감히 말하건대 만약 계급투쟁을 거치지 않으면, 노동계급이 권력계급의 자리를 차지하는 시대를 거치지 않으면 데모크라시는 분명 영원히 자산계급의 전유물이 될 것이며, 자산계급이 영원히 정권을 차지하고 노동계급을 억압하는 이기가 될 것이다. 수정파 사회주의의 격언은 바로 "혁명에서 보통선거로! 노동계급 독재에서 의회정치로!"이다. 그들은 스스로 이것을 "진화된 사회주의"라고 생각하는데, 베벨 사후 독일의 사회민주당이 바로 이것 때문에 타락하게 되었다는 것은 알지 못하는 것인가!

(4)

나의 결론은, 인간이 정치를 벗어날 수 없다는 건 인정하지만 다른 한편으로 행정기관이나 관료들이 세력기반을 다투고 개인의 권리를 강탈하는 이런 짓거리를 정치라고 사칭하는 건 인정할 수 없다는 것이다.

---

9) 생략 부호는 원문대로이다.

나는 국가란 단지 도구가 될 수 있을 뿐이지 주의(主義)가 되어서는 안 된다는 것을 인정한다. 노예를 재산으로 삼은 고대의 시민국가, 농노를 재산으로 삼은 중세의 봉건 제후국가, 노동자를 재산으로 삼는 근대의 자본가 국가는 모두 소유자의 국가였으며 이런 국가에서 정치와 법률은 모두 수탈의 도구였다. 하지만 나는 이 도구가 개혁과 진화의 가능성을 가지고 있기 때문에 근본적으로 그것을 폐기할 필요는 없다고 생각한다. 왜냐하면 소유자의 국가는 당연히 죄악을 자행하겠지만 소유자가 아닌 다른 주체의 국가가 성립될 가능성도 있기 때문이다.

나는 비록 근본적으로 국가나 정치나 법률이라는 도구를 폐기할 필요가 없다는 것은 인정하지만 현존하는 자산계급(즉 수탈계급)의 국가나 정치나 법률이 사회의 죄악을 제거할 가능성이 있다는 건 부정한다.

나는 혁명의 수단으로 노동계급(즉 생산계급)의 국가를 건설하고 대내적으로나 대외적으로 일체의 수탈을 금지하는 정치와 법률을 만들어내는 것이 현대 사회의 첫 번째 수요라는 것을 인정한다. 그 뒤의 일이 어떻게 될지를 우리가 다 책임지고 해결할 수 있어야 하는 건 아닐 것이다.

1920년 9월 1일 『신청년』 제8권 제1호,[10] 서명: 천두슈(陳獨秀)

---

10) 『新青年』은 제8권 제1호부터 상하이 공산주의 소그룹의 기관 간행물로 바뀌었으며 중국공산당 창당 이후에는 당의 기관 간행물이 되었다.

32 사회주의에 관한 토론

關於社會主義的討論[1)]

루소(罗素) 선생께 드리는 편지

루소 선생님

중국인은 지식적인 면에서나 물질적인 면에서나 이렇게 발전이 안 된 상태라서 중국을 개혁하려는 마음이 있는 사람이라면 누구나 교육과 산업의 발전이 가장 중요한 일이라는 걸 깨닫고 있습니다. 이것은 더 논의할 필요가 없습니다. 하지만 한 가지 논의해야 할 것은 바로 아직도 여전히 자본주의를 통해 교육과 산업을 발전시켜야 하는가 아니면 사회주의를 통해 발전시켜야 하는가 하는 것입니다. 제 개인의 견해로는 자본주의가 비록 유럽이나 미국이나 일본에서 교육과 산업을 발전시키는 역

1) [원주] 1920년 9월, 영국의 저명한 철학자 루소가 중국에 왔다. 장둥쑨(張東蓀) 등이 루소를 모시고 후난(湖南)의 강연에 왔다가 상하이로 돌아온 후 『시사신보(時事新報)』에 「내지 여행에서 얻은 또 한 가지 교훈(由内地旅行而得之又一教训)」이라는 글을 발표했다. 여기에서 장둥쑨은 중국을 구하는 유일한 길은 실업을 발전시키고 자본주의를 발전시키는 것이라고 말했다. 이 글은 발표된 직후 천왕다오(陳望道), 리다(李達), 샤오리즈(邵力子) 등의 반박을 받았다. 이로 인해 한바탕 논전이 벌어지게 되었는데, 천두수는 쌍방의 글과 자신의 글 총 13편을 모아 '사회주의에 관한 토론'이라는 표제를 달고 『신청년』 8권 4호에 게재하였다.

할을 하긴 했지만 동시에 유럽과 미국과 일본 사회를 탐욕스럽고 비루하며 서로 속이는 각박하고 양심이 없는 사회로 만들기도 했다고 생각합니다. 뿐만 아니라 과거의 세계대전이나 앞으로 있을 경제 대혁명도 다 자본주의의 산물이라는 건 모두가 다 아는 사실입니다. 다행히 우리 중국은 자본주의제도가 아직 발전되지 않은 지금에야 비로소 교육과 산업이 새로 생겨나는 상황이라서, 마침 사회주의를 통해 교육과 산업을 발전시키면 유럽이나 미국이나 일본이 걸어간 잘못된 길을 피할 수 있을 것입니다. 하지만 최근 중국의 몇몇 자본가 정당의 기관지들은 당신이 주장한 내용을 지지하는 형식으로, 중국에서는 첫째 교육을 논하고, 둘째 실업(實業)의 발전을 논해야지 '사회주의'를 제창할 필요는 없다고 말합니다. 우리는 이 말이 정말 당신이 한 것인지 아니면 다른 사람이 잘못 말한 것인지 모릅니다. 하지만 이것은 중국 개혁의 방침과 관련하여 아주 중요한 사안이기 때문에 만약 다른 사람이 잘못 말한 것이라면 한번 공식적인 성명을 내어서 중국인들에게 당신의 인상에 오점을 남기지 않도록, 또한 진보적인 중국인들이 당신에 대해 실망하지 않도록 하는 것이 좋을 것이라고 생각합니다.

둥쑨(东荪)[2] 선생께 드리는 답신

둥쑨 선생

지난번 선생께 드린 편지에서 질문의 요지는 두 가지였습니다. (1) 사회 산업이라는 게 발전 가능성이 있는가? (2) 선생이 말한 개항장과 도회지 안에서 '인간다운 삶'을 누리는 사람이 대체 얼마나 되는가, 그들은 어떤 계급에 속하는가, 그들은 다른 사람의 노동력을 착취해서 비교적 나은 생활을 할 수 있는 게 아닌가? 선생의 편지는 제 질문의 이 두 가지 요지에 대해서는 한 마디도 답을 하지 않고 오히려 지방의 자치적 결정이나 물자의 부족, 외국 자본주의 등으로 논점을 옮겨서 정말 실망을 했습니다.

선생의 글에 대해 반박하는 몇 편의 글을 보면서 그게 불필요한 일이라는 생각을 했는데 어쩌면 저의 이 편지도 쓸데없는 사족일 것입니다. 왜냐하면 선생이 새로 세례를 받은 자본주의는 이미 선생 자신이 말한 세 가지 사항에 의해 완전히 전멸당해 옆에 있는 사람이 더 이상 공격할 필요가 없기 때문입니다. 그 세 가지는 바로,

(1) 지금까지 인간다운 삶을 살아본 적이 없는 우리 중국인 모두를 인간답게 살 수 있게 해줄 어떤 주의(主義)가 우리에게도 있다.

2) 장둥쑨(張東蓀, 1886~1973)은 일본 동경제국대학을 졸업했으며 오사시기에는 입헌군주제를 주장하던 연구계(研究系)의 성원으로 활동하면서 기관지 〈時事晨報〉의 편집을 담당했다. 1921년 상하이 공산주의 소그룹에 가담한 적이 있으나 곧 량치차오 등과 길드사회주의를 제창하여 사회주의 논전을 촉발하게 된다. 1924년 국공합작 이후에는 장쥔뤄(張君勱)가 조직한 국가사회당에 가입하고 잡지 〈再生〉을 출판하면서 국가사회주의를 선전한다. 1946년에는 중국민주사회당을 조직하는 데 주도적으로 가담했으며 이후 장지에스의 독재에 반대하는 운동을 전개하는 이른바 중도의 길을 걷는다.

(2) 실업의 융성은 자본주의적인 방법으로만 국한되지는 않는다.

(3) 외국 자본주의가 중국을 빈곤으로 이끈 유일한 원인이므로 외국 자본주의를 타도하는 것이 필요하다고 굳게 믿는다.

선생이 쓴 전후 몇 편의 글을 통람해보면, 선생이 말하는 인간다운 삶이란 당연히 전적으로 의식주 등 필수불가결한 생활비를 지칭합니다. 자본주의 생산제도가 한편으로는 부를 증대시키지만 다른 한편으로는 오히려 빈곤을 증대시킨다는 건 약간의 상식만 있는 사람이라도 당연히 알고 있는 사실입니다. 유럽에서 기계가 처음 발달하고 자본주의가 처음 흥성했을 때 실업자가 무더기로 나오는 공황이 발생했다는 역사적인 사실을 부인할 사람은 아무도 없습니다. 지금 유명한 런던이나 고베의 빈민굴은 바로 자본주의 생산제도하에서 필연적으로 나타나는 현상입니다. 지금 중국에서는 도회지의 신흥 부호들이 자본을 가지고 시골로 가서 밭을 사는 일이 나날이 늘면서, 토지에 대한 권리를 잃고 압박과 수탈을 당하는 농민들도 나날이 늘어가고 있습니다. 부호들이 자본을 가지고 개항장과 도회지에 가서 공장을 운영하게 되면 기계가 도착한 지역의 수공업은 가을바람에 낙엽이 쓸려 가듯이 파괴될 것이며 또한 자본주의 생산제도가 조성하는 물가 폭등의 결과로 사회의 중산층은 점점 무산자나 실업자로 전락하게 될 것입니다. 자본가가 토지를 겸병하고, 기계를 이용해(외국자본가가 기계를 이용해서 만든 수입상품도 포함해서) 수공업을 파괴해서 사회적으로 고통을 겪게 된 실업자가 이미 도시와 시골에 가득합니다. 이런 현상은 자본주의 생산제도하에서 기계공업이 수공업을 대체할 때 필연적으로 발생하는 것으로 이 때문에 자본주의 생산제도는 한편으로는 물론 부를 증대시키지만 다른 한편으로는 오히려 빈곤을 가중시킨다고 말할 수 있는 것입니다. 선생이 말한, 개항장과 도회지에 사는 소수를 제외하고는 중국인들이 대체로 인간다운 생활을 해본

적이 없는 이유는 바로 기계가 자본주의 생산제도하에서 이용되면서 필연적으로 생겨나는 결과 때문입니다. 개항장과 도시에서도 정말로 선생이 말한 소수 말고는 인간다운 생활을 해본 사람들이 없습니다. 소위 그 소수란 바로 착취계급인 자본가(중국인과 외국인을 합해서)이며, 착취당하는 저 노동자들은 정말로 인간다운 생활을 하지 못합니다. 선생이 만약 자베이(甲北)나 잉반코우(營盤口)의 빈민굴에 가서 그 노동자들의 '비인간적인 상황'을 본다면 반드시 내지 여행에서보다는 더 나은 교훈을 얻을 수 있을 것입니다. 다수의 사람들이 인간다운 생활을 하지 못하는 이런 상황은 자본주의 생산제도하에서 생겨나는 필연적인 상황이지 자본가 개인의 죄가 아닙니다. 만약 중국의 빈곤이 일반적인 물자 부족의 문제지, 단지 자본가의 억압과 착취에서만 기인하는 것은 아니라고 한다면, 저는 두 가지 질문을 드리겠습니다. (1) 보편적인 물자의 부족이라면 저 개항장과 도시의 소수의 사람들이 누리는 '인간적'일 뿐만 아니라 '사치스러운 생활'은 어디에서 온 것인가? 그들의 운명이 다수의 인간다운 생활을 하지 못하는 사람들보다 더 나은 것이 당연하다고 생각하는가? (2) 중국인들이 유럽인이나 미국인에 비해 보편적으로 더 가난한 이유는 무엇인가? 기계공업이 수공업을 파괴하면서 필연적으로 다수의 실업과 물가 앙등을 조성하게 되는 자본주의 제도의 일반적인 법칙하에서 이 보편적인 빈곤으로부터의 탈피가 가능한가? 한발 양보하여 중국에서의 보편적인 빈곤은 완전히 외국자본주의 제도하에서의 기계공업에 의해 조성된 것이며 중국 자본가들과는 전혀 관련이 없다(실은 국내 자본주의의 착취방법은 외래의 것과 동일하며 단지 정도의 차이만 있을 뿐인데도)고 합시다. 하지만 소위 자본주의라는 건 당연히 안팎의 구별이 없는 것인데, 만약 자본주의가 중국인들에게 인간다운 생활을 할 수 있게 해주기만 한다면, 가마 메는 걸 고생으로 여기지 않고 반대로 가마를 멜 수 없게 되는 상황을 걱정하는 중국인들은 모두 외국자본주의라도 반드시 환영을 할 것입니다. 또한 만약 자본주의가 중국인들로 하여금 인간다운 생활을 하게 해줄 능력이 없다면, 설령 외국 자본가들을 배제하고 일군의 중국 자본가들을 양성해내도 역시 단지 소수의 중국인들만 가난을 면할 수 있을 뿐 다수의 사람들은 여전히 보편적인 빈곤의 상태에 놓여 있게 될 것입니다. 그러므로 선생이 주장하는 것처럼 중국인들 '모두'가 인간다운 생활을 할 수 있게 하기 위해서는 자본주의 생산제도를 폐기하고 사회주의 생산제도를 채택하지 않으면 안 됩니다. 자본주의 생산제도하에서는 자본가가 외국인이든 본국인이든 절대로 다수의 사람들 '모두'가 인간다운 생활을 할 수는 없습니다.

중국이 너무나 가난해서 부를 증대하지 않으면 안 된다고 한다면 우리는 이 말에 반대하지 않습니다. 부를 증대시키려면 실업을 발전시키지 않으면 안 된다고 해도 우리는 이 말에 반대하지 않습니다. 실업을 발전시키려면 자본이 아니면 안 되며, 그것도 자본의 집중이 아니면 안 된다고 한다면 이 말에 대해서는 반대하지 않을 뿐만 아니라 찬성합니다. 하지만 실업을 발전시키려면 자본주의가 아니면 안 되며 자본의 집중도 자본가가 아니면 안 된다고 한다면 우리는 웃음을 터트릴 수밖에 없습니다. 자본과 자본가는 다른 것입니다. 지타오(季陶)[3] 선생이 『주간평론(星期評論)』의 단평에서 이것에 대해 아주 명료하게 이야기한 내용을 아래에 기록합니다.

---

3) 다이지타오(戴季陶, 1891~1949)는 일본에서 유학했으며, 동맹회에 가입하여 활동했고 신해혁명 이후 손중산을 따라 혁명 활동을 했다. 오사시기에는 초기 중국 마르크스주의 연구자 중의 한 사람이었고 황포군관학교 정치부 주임, 국립 중산대 총장 등을 역임했다. 국민당 좌파이론가로 불리며, 1927년 장제스(蔣介石)의 4.12 쿠데타 이전 『국민 혁명과 중국국민당』이라는 소책자를 발간하여 국민당 내에서 공산당의 조직정 성장을 경계하는 문제제기를 한 바 있다.

가르쳐도 바뀌지 않는 둔재. 아무리 둔한 어린아이라도 너댓 번 글을 가르치면 따라 읽을 수 있는데, 오로지 신흥 제일 계급과 호남(好男)이라고 할 수 없는 구닥다리들만은 정말로 가르쳐도 바뀌기가 쉽지 않다. 5일자 신문에 쑹후시(淞滬市)[4]의 호군사(護軍使)가 포고문에서 "국가 실업의 발전은 전적으로 자본가와 노동자의 타협에 달려 있다. 자본가와 노동자는 반드시 상호협력의 정신을 가져야지 대항적인 입장을 취해서는 안 된다."라고 말한 내용이 게재되었다. 이들이 지금까지도 이런 태도를 고수한다면 그건 정말 가르쳐도 바뀌지 않는 둔재라고 할 수 있다. 기다리라! 당신들에게 다시 가르쳐줄 테니. "실업을 발전시키는 데 자본과 노동이 없어서는 안 되지만, 자본가가 없으면 안 되는 것은 절대로 아니다. 자본은 자본이고 자본가는 자본가다. 노동력은 노동자에게서 생겨나는 것이니 둘을 분리할 수 없지만 자본은 자본가에게서 자라는 것이 아니니 분리할 수 있다. 다만 중국에서는 실업이 부흥하지 못했기 때문에 자본을 요구하는 것이지만, 중국에는 현재 대자본가들이 많지 않기 때문에 더더욱 자본가를 일부러 만들어내서는 안 되는 것이다. (후략)

선생의 지식으로도 당연히 자본과 자본가가 하나가 아니라는 건 분별할 수 있을 것입니다. 자본과 자본가가 하나가 아닌데도 실업을 발전시키는 일에 자본이 필요하다는 것 때문에 그것을 바로 자본가와 자본주의가 필요로 하다는 것으로 연결시켜서는 안 됩니다. 선생 자신도 실업의 진흥이 자본주의에만 국한되는 것은 아니라고 했으니, 다른 주의에도

4) 민국 초기 상하이 내에 설치된 중앙직할특별시.

실업의 발전 가능성이 있음을 알 수 있습니다. 선생의 의견대로라면, 실업이 발전되면 자연히 보편적인 빈곤이 구제될 수 있다는 것인데, 그렇다면 어떤 연고로 후난(湖南)에 한번 다녀온 뒤로는 당장 중국의 빈곤을 구제하려면 자본주의를 환영하지 않으면 안 된다는 생각을 하게 된 것입니까?

양돤류(楊端六)[5] 선생도 '루소와의 대화'에서 자본주의 제도는 오늘날 구미에서 그 위기를 드러내었으며 이제는 이미 아니라고 말했습니다. 또 자본주의 제도는 총체적으로 좋지 않은 것이라고도 했습니다. 하지만 양돤류 선생이나 루소 선생은 자본주의가 완전히 좋은 것은 아니지만 정부와 노동계급도 믿을 만하지는 않다고 생각하기 때문에 결국은 다시 자본가 쪽으로 돌아서서, 국민의 보편적인 빈곤을 구제하기 위해서는 오직 자본가가 실업을 진흥시키는 방법에 기대를 걸 수밖에 없다고, 자본주의 단계를 거치지 않고서는 사회주의가 실현될 수 없다고 하는 것입니다. 선생의 의견도 바로 이와 같습니다. 나는 이런 의견에 대해 세 가지 질문을 제기합니다.

(1) 같은 중국인인데 어째서 정부와 노동계급은 모두 믿을 만하지가 않고 자본가계급만 믿을 만하다는 것인가? 자본주의 제도가 나쁘다면 제도가 나쁜 거지 사람이 나쁜 건 아니고, 정부와 노동계급이 믿을 만하지 않다면 사람이 나쁜 거지 제도가 나쁜 건 아니다. 사람이 나쁘면 바꿀 수 있지만 제도가 나쁘면 폐지해야 한다. 당신들은 어째서 정부를 개혁하고 노동계급을 훈련해서 새로운 생산제도를 시행하기 위한 방법을

5) 양돤류(杨端六, 1885~1966)는 일본 유학기간 중에 중국동맹회 가입했으며 1913년 런던대학교 정치경제대학 입학하여 화폐와 은행을 전공했다. 1920년 존 듀이와 루소가 중국을 방문하여 순회강연을 할 때, 창사(長沙)에서 대표로 이들을 수행하며 통역을 담당했고 자신도 '사회와 사회주의' 등의 주제로 강연을 했다.

생각해내려고 애쓰지는 않고 당장 역시 자본가에게로 돌아가야 한다는 주장만 하는 것인가? 개혁사업은 천신만고의 노력을 통해서 비로소 가능한 것이지, 정치꾼이나 관리들이 권문세가를 이용해서 힘들이지 않고 이미 다 만들어진 것을 얻는 그런 것이 아니다. 민국 이래로 정치꾼들은 창조하고 변화시키기 위해 노력하려는 생각은 하지 않고 오직 권문세가를 이용해서 이미 다 만들어진 것을 얻을 생각만 해왔으니 이런 사람들은 참으로 가련하다. 그런데 정말로 이런 상황을 변화시키려고 하는 사람들까지 이런 구차한 생각을 해서야 되겠는가? (2) 자본주의에서 점점 더 국민경제가 발전하고 노동자의 상황이 개선되어 사회주의에 도달하는 이런 길은 영국, 프랑스, 독일, 미국의 문화로 이미 정치경제적 독립을 확립한 나라에서라면 혹 가능할지 모른다. 하지만 중국처럼 지식은 유치한 단계에 있고 조직도 없는 민족이, 밖으로는 또 정치경제적인 침략이 갈수록 긴박해지고 있는 상황에서 만약 급진적인 혁명(Revolution)을 택하지 않는다면, 점진적인 발전(Evolution)을 할 시간이 우리에게 허용되겠는가? (3) 당신들은 혁명의 방법으로 자본을 집중시켜 사회주의 생산제도를 시행하는 것에 반대하지만 양단류 선생이 말한 것처럼 "중국의 자본가들은 자본을 깊이 감춰놓고 꺼내려 하지 않는다." 그런데도 선생은 "지금까지 재산으로 자본을 충당하기를 원하지 않는 관행이 있어"왔는데, "그 가장 큰 원인은 기업인의 부도덕이다… 투자를 위험한 것으로 보면 자본 자체가 집중될 수 없다."고 말했다. 이렇게 보면 선생 등이 맹신하는 자본주의라는 건 여전히 공중누각인데, 선생 등은 또 외국의 자본주의도 환영하지 않으니 그렇다면 장차 무슨 방법으로 중국의 실업을 발전시키겠다는 것인가?

자본주의가 정말로 좋은 것이라면 중외(中外)를 막론하고 모두 환영해야 하며, 만약 나쁜 것이라면 중외를 막론하고 모두 반대해야 합니다.

우리가 서둘러 자본주의를 배격하려고 했을 때 그것은 본래 중국인에만 국한되었던 것이 아닙니다. 대부분은 우리에 대한 외국 자본주의의 압박이 여전히 하루하루 더 긴박해져가면서, 정말로 루소 선생이 말한 것처럼 '중국의 생사를 구속할 지경이' 되었기 때문에 그렇게 한 것입니다.

중국의 노동자들에게는 조직도 없고 계급적인 각성도 없으며 그들은 계급투쟁으로 자본가에게 저항해본 적도 없습니다. 그래서 생활이 무척 어렵고 임금은 지극히 낮아 외국 자본가들이 수탈하기에 아주 좋은 조건을 만들어줍니다. 이들은 처음에는 경제적인 수탈을 하다가 곧이어 정치적 수탈을 하더니 이제는 점점 중국의 주인이 되려 하고 있습니다. 산업경쟁의 여러 가지 원리에 의하면 수공업이 기계공업을 만나면 반드시 패배하게 되어 있고, 소규모 기계공업이 대규모 기계공업을 만나도 패배하게 되어 있습니다. 조직력이 취약한 중국의 자본가가 조직력이 강대한 구미의 자본가를 만났는데 패배하지 않을 수 있겠습니까. 장차 그들이 노동계급으로 전락하지 않을 수 있겠습니까. 그래서 나는 우리 중국인이 노동자를 경시해서는 안 된다고 말하는 것입니다. 머지않아 우리 모두 외국 자본가의 노동자가 됩니다. 그리고 그때 중국 자본가를 변혁하는 건 가련한 중국의 노동자가 아니라 무서운 외국의 무오우추[6)]나 위치아칭[7)] 같은 선생들일 것입니다. 이런 상황은 중국의 노동자들이 연합해서 혁명단체를 조직하고 생산제도를 바꾸지 않는 한 구제할 방법이 없

---

6) 무오우추(穆藕初, 1876~1943)는 이른바 '칠칠방직기'라고 불리는 발로 밟는 목제 방직기를 발명한 인물로, 1918년에서 1921년까지는 상하이총상회(總商會) 이사장을 지냈으며 1921년 상하이에서 중화권공은행(中华劝工银行)을 창설했고, 1921년에서 1925년까지는 공공조계(公共租界) 공부국(工部局) 고문을 역임한 상하이 공상업계의 거물이다.

7) 위치아칭(虞洽卿, 1867~1945)은 1920년 상하이증권물품교역소(证券物品交易所) 이사장으로, 1923년 상하이총상회 회장을 역임한 인물이다.

습니다. 중국의 노동(노동자, 농민) 단체가 자본가와 자본주의에 저항하기 위해 싸우는 것이 곧 중국의 독립을 보전하기 위해 싸우는 것입니다. 오직 노동자 집단만이 중국의 독립이라는 목적을 달성할 수 있습니다. 이른바 중국의 자본가들은 모두 직간접적으로 외국 자본가들의 매판이 되어 있으므로 오로지 외국 자본가를 도와서 중국인을 수탈할 수밖에 없습니다. 그들이 성장해서 외국 자본가를 제압함으로써 중국의 독립을 보전하는 것만을 기대한다면 그건 한두 세기가 더 지나도 희망이 없을 것입니다.

앞에서 논한 세 가지는 비록 선생의 입론에 사족을 단 것에 불과하지만 그래도 우리의 중요한 쟁점입니다. 이 밖에 역시 선생께 가르침을 구할 몇 가지 지엽적인 내용들이 있습니다.

중국의 빈곤은 선생이 『해방과 개조』를 창간하기 이전에도 똑같은 상황이었는데, 선생은 어찌 후난에 가서 루소 선생의 길지도 않은 관찰에서 나온 몇 마디 말을 듣고서야 그것을 알게 된 것입니까?

선생은 쉬(舒) 모가 말한 "중국은 지금 무슨 주의를 말할 자격이 없으며, 무슨 주의를 채택할 여지도 없다"는 말에 너무나 탄복을 하셨는데, 그런 망언에 그렇게 탄복을 하면서도 어떻게 선생 자신은 여전히 '중국인들이 모두 인간다운 삶을 누리게 할 주의'나, 무슨 조합(協社)주의나 길드사회주의[8], 자본주의 같은 것들을 큰소리로 이야기하는 것입니까?

---

8) [원주] 길드는 동업조합이나 조합(協社)의 의미이며, 길드 사회주의는 일종의 노사합작의 개량주의이다. 장둥쑨은 '길드사회주의에 대한 믿음이 심히 두텁다'고 말했으며, 실업을 진흥시키는 데는 '조합(協社)만이 가능성이 있는데, 조합이란 곧 자본주의의 방법으로 사회주의의 정신을 관철하는 것'이라고 말했다.(같은 기 『신청년』에 게재된 「둥쑨 선생이 다시 숭화 형에게 답함(東蓀先生再答頌華兄)」을 보라.)

선생은 서구에서 만들어진 기성의 주의를 채택하는 것에는 찬성하지 않는다고 누차 말했는데 선생이 환영하는 자본주의는 그러면 서구에서 만들어진 기성의 것이 아닙니까?

선생은 '중국에는 앉아서 이자를 받아먹는 주주가 없다'고 했는데, 선생께서 한번 상무국(招商局)이나 카이롼[9] 광무국(礦務局), 그리고 따셩(大生), 항펑(恒豊), 호우셩(厚生), 더따(德大) 등의 면사공장이나 상무인서관(商務印書館)[10]에 가서 한번 물어보시길 바랍니다. 그들의 주식이 모두 경영자 소유인지 아닌지를.

선생은 중국의 자본가들이 불쌍하다고 했는데, 카이롼 탄광에서 죽은 수백 명의 노동자는 가련하지 않습니까?

마르크스는 결국 자본주의는 반드시 넘어지게 될 거라고 예상했지만 고의로 차를 밀어 벽에 부딪쳐서 넘어지게 하라고 한 적은 없는데, 선생은 자본가가 불쌍하다고 하면서도 어찌 그들에게 차를 밀어 벽에 부딪치도록 시키고 사고를 미연에 방지하라고 시키지는 않는 것입니까?

선생은, 중국은 이처럼 지역이 넓고 교통이 불편해서 어떤 한 가지 주의(主義)를 받들어 실행할 수가 없다고 했는데, 그럼 러시아는 어떤지, 교통이 불편한 건 원래 타고난 것이라 바꿀 수가 없는 것인지요.

선생은 "오직 각 지역의 자치적 결정만 있을 뿐"이라고 주장하고 또 "각각이 현지의 정세에 근거하여 결정해도 된다."고 했는데, 그러면 전국의 중간이나 대규모 공업들이 모두 무정부적인 생산 상황에 빠지게 될 텐데, 그건 선생이 외국 자본주의를 타도해야 한다는 주장과 상호 충돌되지 않는 것인가요?

9) 카이롼(开滦)은 허베이성 동북부의 탄광지역이다.

10) 1897년 상하이에 세워진 가장 오래된 출판사.

선생은 십 년 내에는 노동자농민주의를 실행할 수 없다는 예측을 하면서 노동자농민주의에는 찬성하지 않는 입장을 취했는데, 선생이 말한 "우리가 사회주의를 주장하지 않는다면 그만이지만, 만약 주장한다면 마땅히 아주 장기적인 인내심이 있어야 한다."는 말은 또 어떻게 해석해야 할지요.

선생은 한편으로는 가짜 과격주의의 필연적인 발생을 예측하면서 한편으로는 또 선전사업은 적게 해도 된다는 주장을 했는데, 만약 필연적으로 생겨날 것이라면 선전을 하는 게 무슨 나쁜 점이 있는지요? 선생이 반대하고 우리가 찬성하면서 쌍방이 논쟁하는 건 모두 참된 것을 지향하는 것인데, 가짜와는 또 무슨 상관이 있는 것인지요? 정말로 선생이 예상한 대로 가짜가 필연적으로 생겨날 것이라면 서둘러 진짜를 선전해서 그것을 교정해야 해결될 문제지 흐리멍텅한 관료의 폐관정책으로 어떻게 일을 마무리 지을 수 있다는 건지요?

선생은 "현재 국내에는 진정한 노동자가 없기 때문에 병사나 토비의 국가를 세울 수밖에 없으며 노동계급의 국가는 절대 세울 수가 없다."고 말했고, 또 "오늘의 중국에 사는 우리는 마땅히 노동자 독재를 수립하려고 해야 한다. 하지만 노동자가 없는 것이 걱정이다."라고 했습니다. 제 생각에 선생이 만약 이론적으로, 노동자가 아닌 선생들의 독재를 옹호하면서 노동자 국가 건설에 반대한다면 그건 각각 주장하는 바가 있다고 할 수 있지만 분명한 사실을 임의로 뒤바꿀 수는 없는 것인데, 그렇다면 어떻게 해야 진정한 노동자인가요. 또 중국에 만약 노동자가 없다면 선생이 먹는 쌀, 입는 옷, 사는 집, 타는 차나 배는 누가 만들어내고, 선생이 창간한 신문은 누가 인쇄해낸 것인가요?

선생은 중국에서는 최근에 와서야 비로소 실업조직이 두세 개 생겨나고 자본주의가 바야흐로 싹을 틔우고 있기 때문에 마땅히 먼저 부르주아(Bourgeois) 정치와 자본주의 경제를 거쳐야 하며 그 후에야 비로소 사회주의를 말할 수 있다고 했습니다. 그러나 이렇게 완전히 자연적인 발전(Evolution)만을 따르고 인위적인 혁명(Revolution)은 하지 않겠다면, 곧 중국에서 형성될 부르주아(Bourgeois) 계급은 중국인이 아닌 것입니까?

사회의 전체적인 경제조직과 생산제도가 전복되기 전에는 한 개인이나 집단이 단독으로 개혁을 추진할 여지는 전혀 없는 것이라면, 묻건대 푸리에[11] 이후의 새마을(新村) 운동이나 베이징의 공독호조단(工讀互助團)[12]이나 윈(惲) 군[13]이 말한 '미래의 꿈(未來之夢)' 같은 것들은 정말 잠꼬대 같은 소리인 것입니까? 또 아직은 어떤 주의 간의 차이도 존재하지 않는다면 전체 중국인이 하나의 대동맹이라는 건데 별도로 또 무슨 대동맹을 도모한다는 것입니까?

선생은 "만약 내 이름이 늘 새로운 쪽에만 있으려고 한다면 훗날 가령 반(反)사회주의가 출현하면 또 반드시 반사회주의자가 되어야 할 것인데 그것이 개인의 생각으로서야 참으로 가능한 것이지만, 사실이야 어찌 그럴 수 있으리오!"라고 했는데 이 말은 아주 시원합니다. 하지만 선생 스스로 돌아보건대 이미 이런 병폐를 범한 것이 아닌지요.

외국에서 박사 학위 하나를 얻으려고 해도 십 년은 공부하며 애를 써야 하는데 선생은 십 년 내에는 절대로 진정한 노동자 농민의 나라가 세워질 가능성이 없기 때문에 "중국과 러시아가 연맹을 맺어서 노동자 농민의 나라를 건립하고 양 민족의 힘으로 세계 자본주의를 전복시킨다"

---

11) 푸리에(Fourier, 1772~1837). 생시몽, 오웬과 함께 3대 공상적 사회주의자로 지칭되는 인물. 농업을 기초로 한 공산주의적 생산협동제를 꿈꾸었다.

12) 일하면서 배우는 단체.

13) 오사운동에 참가했고 소년중국학회 회원이었으며, 공산당 초기당원으로 활동했던 인물 윈다잉(惲代英, 1895~1931)을 가리키는 것으로 생각된다.

는 종전의 주장을 포기한다고 명백하게 선언했는데, 이건 너무나 기성의 편견이 아닌지요. 일본 유학생들이 속성(速成)으로 만들어낸 생각에 선생이 감염된 것은 아닌지요?

이제 선생께 종합적으로 몇 마디만 묻겠습니다. 지금 사회는 개혁되어야 합니까, 아닙니까. 사회를 개혁하려면 사회현상을 따라가야 합니까, 아니면 타파해야 합니까. 사회현상을 타파하려면 스스로 노력을 해야 합니까, 그저 다른 사람이 이미 만들어놓은 걸 이용하기만 바라거나 속성으로 만들어진 사상을 보존하기만 해도 괜찮습니까? 선생은 "중국에는 독재자(Dictator)가 될 자격이 있는 사람이 없어서 (…) 마치 군대가 장수에게 달려 있지 있지 않고 병사에게 달려 있는 것과 같으나 지금은 병사도 없고 장수도 없다."고 했는데, 선생은 단지 누군가가 기성의 독재자(Dictator) 노릇을 하고 기성의 병사와 장수 노릇을 해서 중국문제를 해결해 선생에게 갖다 바치기만을 기대하는 것입니까?

선생의 논의를 전체적으로 보면 선생은 곳곳에서 "그저 다른 사람이 이미 만들어놓은 걸 이용하거나" "속성으로 하는 것이 희망이 없으면 당장 방침을 바꾸는" 두 가지 병폐를 곳곳에서 범하고 있습니다.

1920년 12월 1일 『신청년』 제8권 제4호, 서명: 천두슈(陳獨秀)

부록: 둥쑨 선생이 두슈에게 보내는 편지

두슈 선생

당신의 질문을 받고 아래와 같이 답을 준비하였습니다.

나는 현재 중국의 빈곤이 극에 달해 있어서 가장 급선무는 바로 부를 증대시키는 것이라고 생각합니다. 부를 증대시키는 방법은 협동(Cooperation)의 방식이든 자본주의의 방식이든 각각 현지 사정에 근거해서 정해도 됩니다. 지금과 같은 상황에서는 중앙정부와 지방정부(省과 縣)가 절대로 강력한 힘을 가질 수 없습니다. 정부에 강력한 힘이 없으면 노동자농민주의는 영원히 실행될 수 없습니다. 그래서 우리는 유럽에서 만들어진 어떤 기성의 주의도 무조건적으로 적용해서는 안 되는 것입니다.

가마를 메는 사람이 아니라 가마를 타는 사람에 관해서는, 현재의 상황을 가지고 이야기하자면 가마를 메는 사람은 그걸 고생이라고 생각하지 않고 오히려 가마 멜 일이라도 얻지 못할까 봐 걱정을 하니 그 빈곤의 정도를 알 만합니다. 지금 우리가 가마 메는 사람을 붙잡고 인격을 이야기한다면 그는 분명 우리가 너무 고지식하다고 비웃을 것입니다. 그러나 이런 빈곤은 실제로 보편적인 물질적 결핍의 결과입니다. 바꾸어 말하면 국민경제의 전반적인 결핍이지 자본가의 착취와 억압에서 기인하는 것이 아니라는 것입니다. 그래서 우리는 주안점을 경제 전체로 확대해야 합니다. 요컨대, 저의 의견은 아래와 같습니다.

하나, 저는 지역이 이처럼 광대하고 교통이 이처럼 불편한 중국에서는 한 가지 주의를 실행할 수 있다고 믿지 않습니다. 저는 앞으로 중국은 지방자치를 하는 길밖에 없다고 생각합니다.

둘, 지방에서 자치적으로 결정하는 문제는 차치하고라도 중국민족의 근성과 시대의 추세로 보아 중국에서는 절대로 강력한 지방정부가 탄생하지 않을 것입니다. 강력한 힘이 없는 정부는 노동자농민주의를 전면적으로 실행할 수 없습니다.

셋, 중국은 물질적으로 너무나 궁핍한데 그 궁핍의 원인은 순전히 자본주의에서만 기인하는 것이 아니므로 궁핍을 구제하는 일도 전적으로 자본주의 타도라는 한 면에서만 노력을 기울여서는 안 됩니다.

넷, 하지만 우리는 외국 자본주의가 중국의 빈곤을 초래한 유일한 원인이기 때문에 외국 자본주의를 타도하는 것은 반드시 필요하다고 굳게 믿습니다. 만약 국내 자본주의 타도를 외국자본주의 타도의 수단으로 삼겠다고 한다면 양자 사이에 긴밀한 관련이 있는지 여부에 대해서는 아직 감히 단언을 하지 못하겠습니다.

둥쑨 올림.

33 사회주의 비판

광저우 공립법정학교에서의 강연

社會主義批評-在廣州公立法政學校演講

(1) 왜 사회주의를 말해야 하나?

고대에 논의되던 사회주의는 모두 이상주의인 것으로, 그 학설은 다 윤리적인 기초 위에 세워진 것이었다. 그들은 가난한 사람의 고통은 빈부의 불평등에서 비롯되는 것이라고 보았고 그래서 모든 사회의 빈부를 절대적으로 평균화하거나 상대적으로 평균화하려고 생각했다. 하지만 어떤 방법으로 부를 평균화할 것인지에 대해서는 다 이상만 있었을 뿐 사회의 경제적 현실 위에 선 방안을 수립한 적이 없으며, 그러므로 성공할 수가 없었다. 기성의 사회는 모두 그런 개혁과 발전을 저해하는 기성의 경제적 현실을 가지고 있기 때문이다. 우리는 물론 그런 현실을 추수해서 현상을 유지하려 해도 안 되지만 그렇다고 사회라는 걸 절대로 우리 마음대로 바꿀 수 있는 무슨 쌀가루경단 같은 걸로 간주하는 그런 망상에 빠져서도 안 된다. 근대에 논의되는 사회주의는 이것과 다르다. 취지는 물론 마찬가지로 무산계급을 고통에서 구제하려는 것이지만 그 방법은 단순한 이상주의적 균부(均富)론이 아니다. 현 사회 불안의 원인이 전적으로 사회경제제도, 즉 생산과 분배의 방식에서 자연적으로 조성된 위기에 있다는 것을 과학적인 방법으로 증명해낸 것이다. 이 위기를 구제하려면 먼저 현 사회의 경제 현실을 분명하게 인식해야 하며, (예를 들면 무정부주의자들은 종종 인구가 희박하던 이전 농업시대의 이상을 가지고 인구가 확대되어 있는 현대의 공업사회를 바꾸어나가려고 하는데 이것은 현 사회의 경제적 현실을 아직 분명하게 인식하지 못한 것이다.) 이런 현실의 기초 위에서 생산과 분배의 방식을 바꿀 방법을 마련해야 한다. 그러므로 마르크스 이후의 사회주의는 과학적이고 객관적이며 경제적인 기초 위에 세워진 것으로, 그 이전의 사회주의가 윤리적인 기초 위에서 공상적이고 주관적인 성격을 띠고 있었던 것과는 완전히 다르다.

현대의 생산방식의 결함은 어디에 있는가? 왜 바꾸어야만 하나? 현대의 생산 방식에는 시급히 바꾸지 않으면 안 되는 두 가지 큰 결함이 있다. 하나는 자본의 사유화이다. 현재의 대공업시대가 이전 농업시대나 수공업 시대와 다른 점은 단지 생산을 할 수 있는 생산 도구만의 문제가 아니다. 자본이 사유화되면 결국 자본을 가진 사람만 생산노동을 할 수 있는 도구를 가지게 된다. 또한 자기는 생산노동을 하지 않으면서 자본만 가지고 사람을 고용해서 자기 대신 생산노동을 하게 할 수 있다. 자본이 없는 사람은 할 일이 없으니 자본을 가진 사람에게 노동력을 팔아 그 대신 생산노동을 하는 수밖에 없다. 그렇게 되면 결과적으로 생산 산업이 발달하면 할수록 나태한 고용자 계급과 고생하는 고용된 노동자 계급의 분리는 점점 더 뚜렷해지게 되는 것이다. 둘째는 생산과잉의 문제이다. 자유주의 경제학설이 득세하게 된 이래로 현대의 산업계는 완전히 자본가의 자유경쟁을 방임해서 무정부상태로 빠져들었다. 생산품의 종류나 양에 관해 국가의 통계에 따른 조절을 받지 않고 자본가가 기회를 틈타 투자하며 생산량을 다투어 늘리게 되자 일단 공급이 수요를 초과하게 되면서 결국 생산과잉이 경제계의 위기를 불러오게 된 것이다. 이 두 가지 커다란 결함을 구제하기 위해서는 사회주의적인 생산방식을 채택하는 수밖에 없다. 자본을 공적인 것에로 돌리고 모든 사람이 생산노동의 기회를 가지며 사회의 모든 생산도구는—토지, 광산, 기계, 가옥 등—누구도 자기 소유로 삼을 수 없고 누구도 다른 사람에게 임대하여 수익을 취할 수 없도록 해야만 첫 번째 결함을 시정할 수 있다. 모든 생산품의 생산량과 교환은 공적인 기관이 통계에 따라 조절하거나 직접 경영함으로써 수요공급이 상응하도록 노력하고 개인의 투기적인 영업을 허용하지 않아야 한다. 이렇게 해야만 두 번째 결함을 시정할 수 있다.

현대의 분배방식의 결함은 어디에 있는가? 왜 바꾸어야 하나? 결함은 바로 잉여가치에 있다. 노동자들이 피땀으로 생산해서 마땅히 자신들이 받아야 하는 것들이 초과배당금의 명목으로 자본가에 의해 탈취되고 있다. 예를 들어 재작년 상하이의 한 방적공장에서는 자본금이 백만 원이었는데 일 년에 순이익으로 백만 원을 벌었다. 노동자들에게 이천 원을 썼으니 노동자 일인당 매월 평균 임금은 팔 원이었던 셈이다. 일 년 인건비 전액이 십구만 이천 원에 불과하고 게다가 사장 이하 각 직원의 월급을 보태도 많아야 십만 원을 넘지 않았다. 여기에 다시 자본가의 초과배당금 이 프로인 이십만 원을 더해서 다 합한다 해도 사십구만 이천 원에 불과하다. 그 나머지 오십만 팔천 원은 다 자본가의 재산이 된다. 이 방적공장의 이천 명 노동자와 일반 직원의 노력이 만들어낸 생산품 전체의 가치인 일백만 원은 마땅히 그들 모두에게 귀속되어야 하지만 그들은 단지 생산품의 극히 작은 일부가치인 이십구만 이천 원만을 얻었고 그 나머지 대부분인 칠십만 팔천 원은 모두 자본가의 주머니 속으로 들어가는 잉여가치로 바뀌었다. 이런 불균형한 분배방식은 사회주의 시대에는 허락되지 않는다. 왜냐하면 사회주의 국가라면 설령 공상(工商)은행제도를 당장 완전히 철폐할 순 없다 하더라도 결국은 개인영업의 이윤제도를 폐지할 것이고, 노동자가 생산한 가치가 직접 노동자들에게 다 돌아가게 할 수는 없다고 하더라도 국가가 일부를 회수해서 간접적으로 노동자에게 사용하지 절대로 그것이 자본가의 사유재산으로 바뀔 리는 없기 때문이다.

요컨대, 생산 면에서 자본의 사유화와 생산의 과잉을 제거하고 분배 면에서 잉여가치를 제거하면 비로소 현대의 경제 위기와 사회불안의 상황을 구제할 수 있다. 이것이 바로 우리가 사회주의를 말해야만 하는 이유이다.

(2) 어떻게 사회주의를 말할 수 있는가?

우리가 어떤 주장을 하든지 첫째는 해야 하느냐 마느냐를 물어야 하고, 둘째는 할 수 있느냐 없느냐를 물어야 한다. 만약 할 수 없다면 그 '해야 한다'는 것도 역시 헛된 생각이 된다. 만약 지금 사회주의를 말할 수 있는가, 라고 묻는다면, 지금 사회주의의 생산 분배 방식으로 자본주의의 생산 분배 방식을 대체할 수 있는지에 대해 탐구해야 한다. 이 문제에 대해 탐구하기 위해서는 먼저 자본주의의 유래에 대해 분명히 알아보고, 나아가 현대 자본주의의 위기에 대해서도 살펴보아야만 비로소 결론에 도달할 수 있다.

자본이란 무엇인가? 말할 것도 없이 토지, 광산, 기계, 가옥 등 일체의 생산 도구를 말한다. 도구가 없으면 생산을 할 수 없는 것은 본전이 없으면 이자가 생길 수 없는 것과 같으니 그래서 자본이라고 부르는 것이다. 지폐는 금전을 대표하고 금전은 자본을 대표하지만 모두 자본 자체는 아니다. 자본주의는 또 무엇인가? 바로 자기는 꼭 노동을 하지 않으면서도 자신이 소유하고 있는 자본을 이용해 다른 사람의 노동을 고용해서 생산을 하고 이익을 얻는 것이다. 자본은 사회의 노동력이 모여서 이루어지는 것으로 사회에서 가장 중요한 것이며, 아무도 자본에 반대할 수는 없다.

우리가 반대하는 것은 개인이 이 자본을 소유하고 이 자본을 이용해서 그의 사유재산을 늘리는 자본주의이다. 자본주의의 역사는 아주 이르다. 멀게는 수렵이나 어로 시대에도 사람을 고용해서 수렵이나 어로를 했다면, 혹은 기구를 빌려줘서 수렵이나 어로를 하고 이익을 분배했다면 모두 근대 자본주의와 그 성격은 상통한다. 농업시대에는 사람을 고용해서 밭을 갈거나 노예를 사서 밭을 갈았으니 이 시기에 자본주의는 더욱 분명해진다. 근래 공상업시대의 자본주의는 그 성격은 비록 고대와 상통하나 그 정도는 천양지차라고 할 수 있다. 근대 자본주의 발전의 가장 큰 원인은 두 가지다. 하나는 교환 방법에서의 진보이다. 고대의 물물교환시절에는 자본을 모아두는 것이 쉽지 않았다. 자본으로 얻는 이익이 예를 들어 일만 짐의 곡식이나 십만 장의 소가죽이라면 그걸 옮겨서 쌓아두기는 쉽지 않다. 하지만 나중에 금전이 발명되어 금전으로 실물을 대체하면서, 자그마한 은전 하나가 몇 짐의 곡식과 열 장의 소가죽을 대신하는 식으로 교환방법에서의 진보가 이루어지자 자본주의도 따라서 진보하게 되었다. 나중에 다시 지폐가 발명되어 그것으로 금전을 대신하게 되자 얇고 작은 종이 한 장이 천 원, 만 원을 대체할 수 있게 되었고 교환방법이 다시 진일보하게 되자 자본주의도 따라서 다시 진일보하게 되었다. 또한 은행제도가 발달하면서 교환방법도 너무나 편리해져서 아무리 많은 수량의 자본을 이동하는 일이라도 단지 은행에서 장부 하나 기록하고 표 하나 내면 되게 되었다. 이렇게 편리한 교환방법은 고대에 몇 섬의 곡식으로 몇 장의 소가죽과 바꾸던 것과는 정말로 천양지차인 것이다. 근대 자본의 축적과 자본주의의 발달도 고대에 비하면 천양지차이다. 또 하나는, 기계의 흥성에서 비롯된다. 수공업 시대에는 도끼 한 자루, 먹통 하나면 목수 노릇을 할 수 있고, 그물 하나면 물고기를 잡을 수 있고, 방적기 하나면 실을 자을 수 있고, 베틀 하나면 옷감을 짤 수 있고, 칼 하나면 글을 새기고

책을 인쇄할 수 있었다. 사람들이 모두 아주 쉽게 이런 간단한 생산도구를 얻어서 독립적인 생산을 했다. 그러므로 수공업시대에는 고용자인 자본계급과 피고용자인 노동계급이 그다지 분명하게 드러나지 않았다. 이 시대에는 바로 자본가들이 스스로 도구를 갖추고 사람을 고용해 일을 하게 했고, 잉여가치를 수탈해서 그들의 사유재산을 늘리는 속도도 아주 느렸다. 예를 들면 매 사람이 한 대의 기계를 사용해서 매일 한 장(丈)의 직물을 짜면 가격은 일 원인데 원료와 방세 등으로 육 전을 제외하고 인건비로 이 전을 제외하고 나면 자본가가 수탈하는 잉여가치는 이 전밖에 안 된다. 백 대의 기계로 백 명의 노동자에게 일을 하게 해도 자본가가 수탈하는 잉여가치는 매일 이십 원이 안 된다. 하지만 만약 증기기관을 이용해서 일백 명이 하던 일을 다섯 명이 할 수 있게 되면 자본가는 단지 임금으로 일 원만 지불하면 되니 그 나머지 구십오 인의 공임인 백구십 원은 모두 자본가에게 수탈된다. 이때는 하루의 잉여가치가 이십 원에서 삼십구 원으로 늘어나게 되며 이때 노동자와 자본가의 소득은 일 대 삼십구의 비율이 되니, 오십 인이 일을 하는 것으로 치면 자본가가 얻는 잉여가치는 삼백구십 원이 되고 오백 인이 일을 하면 잉여가치는 삼천구백 원이 되며, 오천 명이 일을 하면 자본가가 하루에 수탈하는 잉여가치는 삼만구천 원이 넘는다. 근대에 자본이 이처럼 집중되고, 자본주의가 이처럼 발달하고, 자본가가 이처럼 강력한 힘을 가지게 된 것은 모두 기계가 자본가가 잉여가치를 점점 더 축적하도록 도왔기 때문이다. 기계로 인해 잉여가치가 축적되는 것이 이처럼 신속한데다가 교환방법 또한 이처럼 편리하니 근대자본주의의 발달은 수공업 시대에 꿈꾸었던 것과는 완전히 달라졌다. 한편으로 자본주의는 기계공업의 발전에 따라 발전하고, 기계공업은 또 자본주의의 확장에 따라 확장되니 둘이 서로 인과관계를 이루면서 하루하루 흥성해간 것이다. 또한 기계공업의 생산품은 원가가 싸고 품

질도 좋아서 그것이 이르는 곳에서 수공업이 파괴되는 것은 가을바람이 낙엽을 쓸어 가는 것과 같다. 이때 노동자들이 얻는 공임이란 단지 입에 풀칠할 정도였으니, 그들이 기계를 살 돈이 또 어디 있겠는가. 기계가 없으면 일을 할 수 없고 일을 하지 않으면 살아갈 수 없으니 대대로 자본가에게 힘을 팔아 노동자가 되는 수밖에 없는 것이다. 자본가는 기계, 토지와 기타 생산도구를 점유하고 있으니 대대로 다 자본가가 된다. 이로 인해 근대자본주의가 발달하면서 노동자와 자본가 두 계급의 분리는 갈수록 분명해지고 뿐만 아니라 자본계급의 세력은 갈수록 강대해지고 노동계급은 갈수록 압박을 당하면서 참고 목숨을 지키는 것 외에는 다른 길이 없게 된 것이다.

자본주의가 이처럼 강성해져서 노동자들로 하여금 더 이상 갈 길이 없도록 압박을 가하고 있는데 어떻게 또 사회주의를 말할 수 있는가? 아니다. 그것은 바로 잉여가치라는 게 자본계급에게 그처럼 강력한 위치를 만들어주지만 또한 자본계급이 구제불능의 상황에서 필연적으로 붕괴하게 될 위기도 바로 이 잉여가치 안에 내포되어 있기 때문이다. 마르크스가 "자산계급은 자신에게 치명적인 무기를 제련해내었다."고 말했는데 이것은 바로 자본계급이 잉여가치에 의해 만들어졌지만 장차 자본계급을 파괴하는 것도 바로 이 잉여가치라는 것을 가리킨다. 어떤 이는 분명 이렇게 말할지도 모른다. "자본가가 잉여가치를 차지해서 자본이 무한히 증대되고 기계도 무한히 증대되고 생산품도 무한히 산출되면 그게 어찌 좋은 현상이 아닌가? 이 어찌 생산하는 자는 많고 먹는 자는 적으며 일은 부지런히 하고 쓰는 것은 천천히 한다는 공문(孔門)의 경제학설[1]에 심히 부합되는 것이 아닌가"라고. 공산주의 사회에서라면 생산하는

1) 원문은 "生众食寡为急用舒"로 『예기』「대학」 편에 나오는 구절 "生财有大道 , 生之者

자는 많고 먹는 자는 적으며 일은 부지런히 하고 쓰는 것은 천천히 하는 것이 어쩌면 좋은 현상일지 모른다. 하지만 자본제도하에서는 결코 그렇지 않다. 자본제도하에서는 생산품이 늘어나면 잉여가치도 따라서 증대하며 이렇게 무한히 증대하는 잉여가치는 사회의 공공복리를 증대시키는 데 사용될 수 없고 다시 자본이 되어 소수 자본가의 사유가 된다. 그래서 잉여가치는 생산과잉을 조성하게 되고 생산과잉은 경제공황(Crisis)을 조성하게 되기 때문에 생산하는 자는 많고 먹는 자는 적으며 일은 부지런히 하고 쓰는 것은 천천히 하는 게 자본제도하에서는 꼭 좋은 현상이 아니라는 것이다. 위에서 말한 건 다소 추상적이니 다시 좀 더 상세하게 말해보자. 이론적으로 보면 사회에서 가장 두려운 건 결핍이며 생산품은 많을수록 좋을 것이다. 생산과잉은 생산량이 수요를 훨씬 더 초과했다는 것이니 본래는 좋은 현상인 셈이다. 그러나 이런 생산과잉이라는 좋은 현상이 자본제도하에서는 오히려 사회의 위기로 변하게 되니 그것은 바로 생산량이 수요를 초과하기 때문이다. 이것이 공급이 수요를 초과했다고 말하는 것인데, 이것이 바로 판매 시장의 어려움을 발생시키며 과잉된 물량이 많을수록 발생하는 어려움도 커진다. 예를 들면 사회적으로 필요한 직물은 고작 천 필(匹)인데 지금 천오백 필을 생산해내었다면 그래도 문제가 크진 않지만 만약 이천 필이나 삼사천 필을 생산해낸다면, 생산과잉이 이 정도에 이르면 사회적으로 반드시 경제공황이 생겨나게 된다. 자본제도하에서 산업은 극단적으로 자유롭고 무정부적인 상황에 놓여 있기 때문에 어떤 항목의 산업을 하는 자본가든 모두 자유롭게 연합하고 자유롭게 투자하여 생산품을 증대시켜도 법률적인 제재를 받지 않는다. 생산품의 매출로 생겨나는 대부분의 이익 또한 자본가에 의

众，食之者寡，为之者疾，用之者舒，则财恒足矣."에서 인용된 것이다.

해 자유롭게 자신의 잉여가치로 수압되고 노동자가 얻는 것은 겨우 입에 풀칠할 만큼뿐이다. 생산이 수요보다 몇 배나 초과되면 자본가는 물론 더 사치할 수 있겠지만 같은 소비품의 소비를 이유도 없이 몇 배나 더 늘릴 수는 없을 것이다. 예를 들어 평소에 천 필의 직물이 필요했다면 자본계급의 사치로 인해 수요가 는다 해도 많아야 천오백 필이고, 노동자들의 구매력은 늘지 않았기 때문에 더 많이 살 수가 없으므로 이삼천 필은 생산과잉이 된다. 그러면 이것이 판매 적체와 가격하락, 조업 중지 등 사회에 경제공황을 일으키게 되는 것은 필연적인 현상이다. 이런 필연적인 현상을 총괄하면 그게 바로 자본주의 경제제도의 자연적인 결과이다. **자본주의 제도의 생산방식**은 무정부적이며 생산이 자유롭게 증대되어도 법으로 제한을 가하지 않기 때문에 생산과잉의 상황이 발생하게 된다.[2)] **자본주의 제도의 분배방식**은 너무나 불균형하게도 자본가가 잉여가치를 점유하는 것을 인정하는데, 자본가가 잉여가치를 점유하면 노동자들의 구매력은 증가할 수 없고 노동자들의 구매력이 증가하지 않으면 사회적으로 소비량이 생산량과 동등하게 증가할 수 없기 때문에 생산량과 소비량의 불균형이 생겨나 생산과잉이 오히려 경제공황을 발생시키게 되는 것이다.

또 분명 이렇게 말하는 사람도 있을 것이다. 마르크스가 지적한 것처럼 자본주의 제도가 스스로 필연적으로 붕괴의 위기를 조성하게 된다면 마르크스 사후 수십 년이 지난 뒤에도 자본계급은 어째서 붕괴하지 않았으며 뿐만 아니라 나날이 강성해져왔냐고. 나는 이것이 식민정책 때문에 일시적으로 구제된 것에 불과하지 결코 마르크스의 학설이 효력을 잃은 것이라고는 생각하지 않는다. 각국의 자본가들이 목숨을 걸고 잉

2) 여기에서 '자본주의 제도'라고 번역한 것의 원문 표현은 '자본제도'이다.

여가치를 차지하고 목숨을 걸고 제조업을 확대하고 목숨을 걸고 모든 잉여생산물을 내다 팔 식민지를 찾아냈기 때문에 표면적으로는 충분히 위기가 드러나지 않도록 일시적으로 덮어 가릴 수 있었던 것이다. 그래서 최근 백 년 동안 갑(甲)국과 을(乙)국의 전쟁은 어쩌면 직접 식민지를 정복하고 무수한 생명과 재산을 소비하지만 결과적으로 얻으려는 것은 단지 몇 줄의 통상조약인지도 모른다. 이 때문에 자본주의는 부득불 군국주의와 끊을 수 없는 인연을 맺게 된다. 식민지를 진압하거나 다른 자본국과 시장 쟁탈을 하는 일이 모두 강력한 육해군이 없으면 불가능하기 때문이다. 명목은 자위나 애국, 혹은 민족의 대외적인 발전이지만 이것은 모두 속임수이고 사실은 모두 잉여생산품을 수납 처리해서 국내의 경제위기를 모면하고 자본계급의 권익을 보존하려는 것일 뿐이다. 몇 년 전의 유럽대전을 한번 보라. 민치(民治)와 강권(强權) 사이의 전쟁이라는 미명을 달긴 했지만 실상은 단지 영국이 여러 나라를 이용해 독일을 타도해서 자신의 세계해상권과 아시아 아프리카 양 대륙에서의 상권을 보존하려고 한 것일 뿐이니 이것은 일본이 무력을 사용해서 강제로 중국과 조선에서 시장을 확보하려고 하면서도 이름은 동아시아의 평화라고 미화시킨 것과 완전히 같은 것이다.

많은 사람들이 한편으로는 군국주의에 반대하면서도 한편으로는 자본주의에 찬성하는데 이건 정말 너무나 어리석은 짓이다. 자본주의의 생산 분배방식이 철폐되지 않는데 침략적인 군국주의를 어떻게 철폐시키겠는가. 미국의 윌슨 대통령이 말한 14조의 위대한 말이 어째서 실패했는가? 바로 그가 자본제도가 국제적인 침략과 전쟁의 근본원인이라는 걸 몰랐기 때문이다. 원인을 바꾸지 않으면서 결과가 바뀌기를 구한다면 어찌 실패하지 않을 도리가 있겠는가. 당일 파리강화회의 석상에서 영국과 프랑스 당국이 그렇게 한 것은 그들의 양심이 윌슨보다 특별히 더 나빴기 때문이 아니다. 그들의 국가조직이 자본주의 위에 세워져 있기 때문이다. 만약 침략적 군국주의를 포기한다면 그들 나라 안에서 나오는 거대한 과잉생산물을 어떻게 처리해서 어떻게 경제위기를 구제하고 어떻게 그들 자본계급의 지위를 유지할 수 있겠는가? 윌슨 대통령은 단지 듣기 좋은 말을 한 것에 불과하지, 만약 그의 미국이 정말로 군국주의를 포기한다면 그의 미국이 국외의 식민지와 시장들을 포기 할까? 만약 포기한다면 국내의 잉여생산은 어떻게 하나? 그래서 윌슨 대통령의 주장은 파리 강화회의에서만 실패한 게 아니다. 이 시각에도 미국에서는 육해군의 군비가 부단히 증강되고 있다. 일본도 미국의 정세를 보고 태평양 서안에서 상업상의 권위를 상실하게 될까 봐 있는 힘을 다해 증세를 하고 육해군의 군비를 현재 상황의 배 이상 늘리려고 노력하지 않을 수 없게 되었다. 세금이 과중하고 전국의 노동자 농민 소학교 교원과 하급 군관의 고충과 불평이 가공할 위기 수준이라는 걸 일본당국이 모르지 않는다. 하지만 그들은 충분한 무력이 없으면 상업을 보호해서 잉여생산물을 수출할 수 없고 그렇게 되면 그것이 더 큰 위기라는 걸 더 잘 안다. 그래서 군비를 확장하는 게 독약이라도 그걸 먹지 않을 수 없으며 군비를 확장하는 게 함정이라도 그 위로 지나가지 않을 수 없다는 걸 분명히 아는 것이다. 자본주의 제도가 무너지지 않는 한 자본주의 제도를 채택한 국가들이 상업을 보호하고 군비를 확장하는 것도 중단될 수 없다. 군비확장의 상호경쟁은 무한하고 식민지나 시장의 상호쟁탈은 유한하다. 나는 생산과잉의 폐해를 자본가들은 결국 해결할 방법이 없으며 그것이 파멸에 이르기 전까지는 중단되지 않을 것이라고 믿는다. 하지만 나는 군비의 무한한 확장이 자본계급이 남을 죽이고 또 자신도 죽일 수 있는 날카로운 무기라는 사실을 더 확신한다. 나는 처음부터 자본계급은 식민정책이나 국외시장으로 국내의 생산과잉의 위기를 모면했다고 믿었지만, 앞으로는 자본계급이 바로 식민지와 시장의 상호쟁탈 때문에 국제 자본계급의 대전복이라는 더 큰 위기를 조성하게 될 것이라는 사실을 더 확신한다. 나는 유럽전쟁의 결과 국제자본계급의 기초가 이미 대대적으로 동요하고 있다는 걸 믿지만, 장차 다시 1, 2차 미일 혹은 영미 전쟁을 겪고나면 곧 자본계급의 마지막 날, 즉 국제적인 붕괴가 도래할 것이라는 걸 더 확신한다. 이 때문에 우리는 자본주의 생산 분배 방식은 불량하며 이미 스스로를 위기에서 구제할 수 없어서 필연적으로 붕괴할 운명에 도달했다는 점과, 그것을 대체하여 일어나는 것은 자연히 사회주의 생산 분배 방식이어야만 하며 그것으로만 잉여가치와 잉여생산 등의 병폐를 없앨 수 있다고 단언할 수 있다. 그러므로 현재 우리는 사회주의를 말할 수 있는 것이다.

또 분명 이렇게 말하는 사람이 있을 것이다. 자본주의가 서구에서는 붕괴할 상황에 있으니 사회주의를 말할 수 있지만 우리 중국에서는 자본제도가 전혀 그렇게 발달하지 않았고 게다가 붕괴할 지경에 이른 것은 더더욱 아닌데 어떻게 사회주의를 말할 수 있냐고. 이것은 듣기에는 그럴듯하지만 실은 틀린 말이다. 많은 사람들이 믿을지 모르지만 실제로 이 말의 최대 결함은 현대 인류의 경제관계는 국제적이지 개별국가적인 것이 아니라는 것을 망각한 데 있다. 만약 그가 서구의 자본제도는 붕괴할 것이니 사회주의를 말할 수 있다고 단언한다면, 중국은 사회주의를 말할 수 없기 때문에 여전히 자본 제도를 채택해야 한다고 말해서는 안 된다. 지금은 교통의 편리함과 수요의 복잡함 때문에 수많은 일들이 점점 국제화되는 것을 피할 수 없으며 경제제도에서는 그러한 추세가 더욱 현저하다. 각국의 자본제도가 모두 붕괴하려고 하는데, 중국만 어떻게 단독으로 국민성이나 특별한 국가상황 등을 이유로 해서 그것을 보존할 수 있겠는가? 각국 자본제도의 붕괴가 아직 현실화되기 이전에 중국이 단독으로 완전히 사회주의 생산 분배 방식을 채택한다면 자본주의 각국으로부터의 경제적 정치적 압박을 피할 수 없을 것이다. 이 현실적인 어려움은 우리가 인정하지 않을 수 없다. 하지만 우리에게는 이런 차원의 어려움을 타파하기 위해 노력할 필요와 가능성이 있음을 설명할 수 있는 몇 가지 확실한 이유가 있다.

(1) 중국을 구제하려면 실업을 발전시키지 않을 수 없다. 하지만 서구에서 이미 실업계의 위기를 조성한 자본주의를 채택해서 중국의 실업을 발전시키려는 건 너무나 생각이 없는 것이다. (2) 서구 각국에 대해서 말하면, 중국은 민족 전체가 노동자의 위치에 서게 된다. 그러므로 노동계급의 승리만이 위급하고 비독립적인 상황에서 중국을 구제할 수 있다. (3) 지금 시대에는 국제적인 역량이 물론 크지만 제도의 변화는 우선 반드시 국가별로 제기되어야 한다. 어려움을 무릅쓰고라도 새로운 제도가 점점 현실화되도록 노력하고 그러면서 점차 국제화를 실현한다면 그때 새로운 제도가 확립될 것이다. (4) 유럽전쟁 이래로 자본주의 제도는 이미 대대적인 동요를 겪고 있다. 우리는 바로 각국의 동지들과 연락해서 국제적인 변혁운동을 진행해야 한다. (5) 외국 자본의 상당히 많은 이익이 완전히 파괴되지는 않은 범위 내에서 자본가의 위치에 선 국가가 국내산업과 대외무역을 경영한다 해도 반드시 절대적인 간섭을 면할 수 없는 것은 아니다.

이 다섯 가지 이유에 의거해서 지금 우리 중국은 사회주의를 말할 수 있을 뿐만 아니라, 시급히 사회주의를 말해야 할 필요가 있다.

(3) 어떤 사회주의를 말해야 하나?

사회주의를 말해야 할 필요성과 가능성이 있다면, 여러 당파의 분기 속에서 우리는 한 당파를 선택해야 한다. 만약 당파가 불분명하고 그저 소박한 방향성만 가지고 있다면 그런 방향성은 쉽게 자본주의 쪽으로 넘어가게 된다. 만약 어떤 당파라도 다 좋다고 하면서 스스로 모든 것을 다 포용하겠다고 하면, 이렇게 정해진 견해도 없고 믿음도 없는 사람은 무슨 주의를 논할 자격도 없다. 각 당파의 사회주의가 공통적으로 가지고 있는 '자본의 사유를 폐지한다'는 항목 말고는 그 학설이 불일치하면서도 지금까지 역량 있는 당파로 존재해온 것은 다음의 다섯 가지로 분류할 수 있다.

1. 무정부주의
2. 공산주의
3. 국가사회주의
4. 생디칼리슴[3)]
5. 조합사회주의[4)]

상술한 다섯 당파 중에서 생디칼리슴은 마르크스와 무정부주의 두 당파가 합쳐서 생겨난 것으로, 특별히 독립적인 학설이라고 할 수 없다. 생디칼리슴의 가장 중요한 정신은 두 가지이다. 하나는 계급투쟁을 주장하는 것으로 마르크스에게서 나온 것이고, 또 하나는 국가와 정권을 거부하는 것으로 무정부주의에서 나온 것이다. 이들의 결합은 바로 무정부주의적인 환상의 병폐를 받아들인 데 있다. 노동자에게는 본래 국가가 없고 정권이 없는 것이라면 무슨 국가나 정권이 필요하고 말고 할 게 있겠는가. 그러나 당신에게는 국가나 정권이 필요 없어도 자본가 계

3) 원문은 '工团主义'로 노동조합지상주의나 노동공산주의로도 번역된다.
4) 원문은 '行會社會主義'이다.

급에게는 필요할 것이며 그것으로 노동자를 억압하려 할 것이다. 생디칼리스트들은 국가정치는 늘 노동자의 자유를 침해하게 될 것이라고 한다. 그럼 묻건대 자본가의 정권하에서 신음하는 프랑스 노동조합의 자유는 어디에 있는가?

조합사회주의, 즉 길드사회주의 역시 별도의 독립된 학설이 아니다. 이것은 한편으로는 경제조직을 조합에 의해 관리하자고 주장하는데 이것은 생디칼리슴의 산업 자치 주장의 영향은 받았으면서 생디칼리슴의 계급투쟁의 정신은 잃어버린 것이다. 또 한편으로는 정치조직을 국가가 관리할 것을 주장하는데 이것은 국가의 존재에 반대하지 않는 국가사회주의의 영향을 받은 것이지만 생산 사업에 간여하는 국가의 작용을 인정한 국가사회주의의 주장은 버린 것이다. 조합사회주의자들은 스스로 그들의 이상이 각파의 사회주의 가운데 가장 원만하고 온당하다고 생각한다. 그들은 조합으로 생산자의 권리를 대표하고 국가로 소비자의 권리를 대표해서 그것이 공평하게 조정되면 격렬한 혁명을 피할 수 있을 것이라고 생각한다. 이런 조화의 이상은 영국인의 특성이지만 실상 그들은 가릴 수 없는 두 가지 결함을 가지고 있다. (1) 생산노동자를 억압하는 국가정권, 법정, 육해군, 경찰을 완전히 자본계급에게 넘겨준다는 것 (2) 정치사업과 경제사업은, 예를 들면 국제무역에서처럼 분리될 수 없는 경우가 많다는 것.

따라서 가장 우리의 주목을 끄는 건 앞에 나열된 세 당파이다.

무정부주의는 중국에서 이미 싹을 틔운 셈이다. 베이징, 상하이, 쓰촨, 광둥에 모두 그것을 믿는 소규모의 청년들이 있다. 하지만 나는 어떤 주의를 믿는다면 그것은 내실 없는 맹종이어서는 안 되며 반드시 그것의 정수(精髓)가 무엇인지를 알아야 한다고 생각한다. 만약 그것의 정수가 무엇인지 말할 수 없다면 무슨 주의를 믿는다고 할 자격이 없으며 무슨 주의를 비판할 자격도 없다. 무정부주의는 몇 개의 유파로 나뉘지만 내 생각에 각 유파의 공통된 정수는 바로 개인과 소집단의 절대적 자유를 중시한다는 점이다. 자유에 편중되어 있는 이런 정신은 예술과 도덕의 영역에 적용할 때 가장 좋다. 예술은 물질적인 사회관계를 벗어나 있고 개체 간의 자유의 충돌이 없기 때문에 그 자유가 절대적일 수 있다. 뿐만 아니라 예술은 반드시 절대적인 자유가 있어야, 그리고 일체의 구속을 벗어나야 비로소 천재성이 발휘될 수 있다. 도덕은 자율과 자발성을 중시한다는 점에서 법률과는 그 기능이 완전히 다르다. 자유롭지 않은 도덕은 거의 가치를 가지지 못한다. 하지만 정치경제 분야에 대해 논하게 되면 무정부주의는 완전히 적용이 불가능하다. 무정부주의는 선천적으로 인성이 모두 선하다는 것과 후천적으로 교육이 모두에게 보급될 수 있다는 전제 위에 세워져 있다. 하지만 정치경제제도는 바로 인성이 모두 선하지는 않으며 교육은 아직 모두에게 보급되지 못하고 있다는 이유에서 생겨난 것이다. 우리는 정치경제제도를 점차 개혁해서 인성이 점점 더 선한 방향으로 나아가게하고 교육이 점점 더 보편화될 수 있도록 해야만 한다. 하지만 지금의 상황은 교육의 보편적 보급과는 아직 거리가 멀다. 그건 아마 미래에나 가능할 것이다. 또한 인성이 모두 선하게 바뀔 수 있을 것인가 하는 것 역시 여전히 커다란 의문으로 남아 있다. 그런데 병도 낫지 않았는데 일찌감치 약부터 중단할 수 있겠는가? 게다가 그 사람에게 일어나서 건강한 사람과 달리기를 하라고 할 수 있겠는가? 먼저 경제에 대해 말해보자. 현대는 산업의 발달로 한 공장 안에 보통 수천수만 명이 있는데 무정부주의가 개개인의 절대적인 자유를 보호하면서 소수가 다수를 억압하는 것을 허용하지 않고 다수가 소수를 억압하는 것도 허용하지 않으려 한다면, 아흔아홉 명이 찬성하지만 한 명이 반대해도 집행할 수가 없다. 그럼 묻건대 수천수만 명이 있는 공장에서 사사건건 어떻게 다 개인의 동의를 얻을 수 있으며 만약 동의를 얻지 못하면 어찌 완전히 엉망이 되지 않을 수 있겠는가? 게다가 개인이나 소집단의 절대적인 자유로 인해 생산량이 임의로 증감될 수 있다면, 어떤 때는 사회의 수요는 많은데 생산은 적고 어떤 때는 수요는 적은데 생산이 많아도 통일된 기관이 강제력으로 간섭하여 조절할 수 없기 때문에 자연히 생산과잉이나 부족의 폐단이 발생하게 될 것이다. 그러나 무정부주의자들은 분명 이렇게 말할 것이다. 우리는 자유롭게 연합할 수 있으므로 공동으로 생산 산업에 대해 논의하여 절대로 이런 과잉이나 부족의 상황이 발생하지 않게 할 수 있다고. 하지만 한편으로는 절대자유에 찬성하면서 한편으로는 또 연합에 찬성하는 것은 옳지 않으며 성공할 수도 없다는 걸 그들이 어떻게 알겠는가. 나는 늘 절대자유를 요구하면 연합은 할 수 없고 연합을 하려면 절대자유일 수는 없다고 말해왔다. 이것은 불변의 이치이다. 각 생산 집단은 각각 서로 이해관계가 다르기 때문에 만약 하나의 통일된 기관이 강제력으로 간섭하여 조절하지 않고 각 생산 집단이 각각의 절대자유를 주장한다면 그렇게 해서 어떻게 연합이 가능하겠는가? 무정부주의자들은 이런 강제력이 없는 자유연합의 방법으로 가장 복잡한 근대경제문제에 대응하겠다는 것인데, 그럼 묻겠다. 어떻게 중국의 농업과 공업을 사회화할 수 있을까? 어떻게 생산을 조절해서 과잉이나 부족에 이르지 않게 할 수 있을까? 어떻게 각 생산 집단에 제재를 가해서 상호 충돌에 이르지 않게 할 수 있을까? 어떻게 수공업을 기계공업으로 전환시킬 수 있을까? 어떻게 전국의 교통기관을 통일적으로 관리할 수 있을까? 이제 다시 정치 쪽에 대해 논의해보자. 그들은 사람이 사람을 간섭하지 않으며 법률을 근본적으로 폐지할 것을 요구하는데 이것도 잘못이다. 왜냐하면 우리가 물론 현재의 법률에 만족하는 건 아니지만 미래에도 그것을 수정할 수 있을 뿐이지 완전히 폐지해서는 안 되며, 만약 완전히 폐지한다면 난처한 문제들이 발생하게 될 것이기 때문이다. 무릇 모든 사회조직에는 반드시 사회제도가 있으며, 또한 반드시 그런 제도를 보호하는 법률이 있어서 사람들이 그것을 위반하는 것을 허용하지 않는 것이며, 무정부시대라도 반드시 이렇게 해야만 한다. 미친 사람은 어느 시대나 있는데 미친 사람이 사람을 죽이고 불을 지르는 걸 내버려두자고, 만약 그를 간섭하고 구속하면 곧 그의 자유를 억압하는 것이라고 주장할 사람은 아마 없을 것이다. 미친 사람의 경우는 좀 극단적인 예지만, 미친 사람부터 가장 경미한 정신병자나 혹은 폭한에 이르기까지 모두 법률의 제재를 받아야 한다. 또한 이성 간의 연애에서 두 남자가 한 여자를 좋아하거나 두 여자가 한 남자를 좋아하면 서로 간에 충돌이 생기게 될 텐데 충돌이 격렬해지면 또 어떻게 제재를 하겠는가? 다시 현실에 밀착해서 생각해보면, 중국인의 도박이나 아편 흡입 같은 악습은 마땅히 법률로 금지해야 하는가 아닌가? 사회제도가 처음 바뀔 때는, 마땅히 교육을 받아야 하는 사람은 교육을 받지 않으려 하고 노동능력이 있는 사람은 노동을 하지 않으려고 할 텐데 그럴 때 법적인 간섭을 해야 하나 말아야 하나? 공공기물을 지키는 이가 도적질을 하거나, 자기를 좋아하지 않는 여성을 강제로 협박하는 그런 사람은 어느 시대라도 있을 것인데, 이런 사람들에 대해서는 법으로 제재를 가해야 하나 말아야 하나? 그러므로 나는 감히 말한다. 무정부주의는 정치와 경제 두 방면에서 다 통하지 않는 길이다. 이 길이 통하지 않는다는 걸 분명히 알면서도 이 길로 가려고 한다면 머리가 부딪쳐서 이마가 깨지지 않을 수 없을 텐데, 그게 무슨 고생인가?

다섯 당파 중 첫째, 넷째, 다섯째에 대해서는 이미 간략하게 비판을 했으니, 이제 더 나아가 공산주의와 국가사회주의를 비교하면서 한번 논의해보자. 이 두 당파는 본래 다 마르크스에게서 나왔다. 마르크스주의는 독일에서 국가사회주의로 바뀌었는데 그 정신과 실질이 모두 사회민주당이기 때문에 사회민주주의라고도 부르고 유산계급 의회를 이용해서 사회주의를 실행하자고 주장하기 때문에 의회파라고도 부른다. 그 안에서는 카우츠키[5]의 정통파든 베른슈타인[6]의 수정파든 모두 대동소이할 뿐이다. 마르크스의 본래 면목은 러시아에서 비로소 되찾게 되었으며 이들을 공산주의라고 불렀다. 처음에는 러시아에서도 사회민주당이라고 불렀지만 나중에 당내에서 급진파와 온건파 양 파가 나뉘면서 온건파는 소수파로 멘셰비키당이라 불렀고, 급진파는 다수파로서 볼셰비키당이라 불렀다. 그 후 다수파는 혁명에 성공하면서 이름을 공산당이라고 개칭하였다. 공산주의와 국가사회주의는 비록 마르크스라는 같은 근원에서 나왔지만 양 파의 주장은 정반대로 그 내용은 아래와 같다.

공산주의의 주장	국가사회주의의 주장
계급전쟁[7]	노자(勞資) 협력
직접행동	의회정책
무산계급독재	민주정치
국제운동	국가주의

첫째, 독일 사회민주당은 이론적으로는 비록 아직 명백하게 노자 협력을 표방하지 않았지만 실제로는 이미 노동자들에게 선거운동에 참여하

5) 카를 카우츠키(Karl Kautsky, 1854~1938)는 독일의 경제학자이자 사회민주당의 대표적 이론가이다. 처음에는 마르크스 경제학자였으나 후에 사회민주주의자로 전향하였다.

6) 에두아르트 베른슈타인(Eduard Bernstein, 1850~1932)은 독일 수정주의의 대표적 이론가이다.

7) '계급전쟁'은 '계급투쟁'과 유사한 내용이지만 여기에서는 천두슈의 원래 표현을 존중하여 그대로 두었다.

도록 하고 있으며 자본계급의 정부와 국회를 이용하여 노동자의 지위를 향상시키는 사회정책을 채택하고 있고 이미 모든 자본계급 정당과의 제휴를 실행하면서 무산계급의 공동 단결에는 반대하고 있다. 반대로 러시아 공산당은 절대적인 계급전쟁을 주장하면서 자산계급과의 타협에만 반대하는 것이 아니라 계급전쟁을 주장하지 않는 일체의 온건파들과의 제휴도 거부한다. 마르크스의 『공산당선언』은 첫 장에서 마지막 장까지 모두 계급전쟁의 역사와 그것의 필요성을 설명하는 강의인데, 자칭 마르크스파라고 하는 독일 사회민주당이 이것을 잊다니 애석한 일이다!

둘째는, 계급전쟁에 반대하는 사람은 자연히 의회에서 살길을 찾아야 한다. 하지만 우리는 의회제도라는 것이 본래 자산계급이 전적으로 그들 정부에 재정을 공급하고 감독하기 위해 세운 것이라는 걸 아는데, 그것으로 노동자를 돕고 자본사유제도를 폐지한다는 건 호랑이한테 가죽을 달라고 하는 거나 마찬가지가 아닌가? 선거에서의 이상 현상은 각국이 모두 비슷한데, 설령 보통선거를 시행해도 노동계에서 얼마의 의원을 얻고 얼마의 효력을 발휘할 수 있겠는가? 그래서 마르크스의 저작 가운데는 무산계급이 유산계급에 대해 혁명적인 행동을 취해야 한다는 주장을 하지 않은 것이 하나도 없고, 의회정책의 채택을 추진하자는 주장은 한마디도 없는 것이다. 자칭 마르크스파의 독일 사회민주당이 뜻밖에도 그걸 잊다니 애석한 일이다!

셋째는, 무산계급 독재란 바로 유산계급이 정권을 잡는 걸 허용하지 않는다는 걸 의미한다. 이 제도는 계급전쟁을 완성하고 유산계급을 소멸시키는 것에서부터 모든 계급을 폐지하는 데까지 나아가는 과정에서 반드시 거쳐야 하는 길이다. 독일 사회민주당은 러시아 공산당에게 묻는다. 유산계급도 국민인데 어째서 무산자 계급만의 독재를 주장하는가? 러시아인은 답한다. 당신들은 어째서 전 국민 모두가 무산계급에 속하게 되어야 한다고 주장하지 않는가? 독일 사회민주당이 다시 묻는다. 한 계급의 독재라면 어찌 민주제도에 부합될 수 있는가? 러시아인이 대답한다. 당신들이 말하는 민주정치란 그 내용이 유산자의 계급독재가 아닌가? 카우츠키는 러시아의 무산계급 독재를 대대적으로 공격한 저서에서 그것은 민주정치에 부합되지 않으며 마르크스주의에도 부합되지 않는다고 했다. 사실 마르크스는 『고타강령비판』에서 분명히 말했다. "자본주의 사회와 공산주의 사회 사이에는 이쪽 혁명에서 저쪽 혁명으로 옮겨가는 혁명의 변형시기가 있다. 이 시기, 정치적인 과도기는 필요하며, 이 시기에는 무산계급의 혁명적 독재정치가 시행될 수밖에 없다."라고. 『공산당선언』에서 마르크스는 "(1) 무산자를 규합하여 하나의 계급으로 조직한다. (2) 유산계급의 권력을 전복시킨다. (3) 무산계급이 정권을 장악한다."고 더 큰 소리로 외치며 말했다. 또한 "무산계급혁명의 제 일보는 그들이 권력계급의 지위로 뛰어올라 가게 하는 것이다 (…) 이 제 일보에 도달하면 노동자들은 그들의 정권을 이용해서 점차 자본계급의 모든 자본을 탈취하고 모든 생산도구를 국가의 수중에, 바로 조직된 권력계급인 노동자의 수중에 집중시키게 된다."라고 말했다. 그러므로 무산계급독재가 분명히 마르크스의 주장이라는 걸 알 수 있는데도 마르크스파의 독일 사회민주당이 이것을 잊다니 애석한 일이다!

넷째, 러시아의 공산당과 독일의 사회민주당은 국가조직에 반대하지 않는다는 점에서는 동일하지만 세 가지 다른 점이 있다. (1) 생산기관을 국가의 수중에 집중시키는 것을 공산당 쪽에서는 최초의 수단으로 보고, 사회민주당 쪽에서는 최종 목적으로 본다. (2) 독일 사회민주당은 독일국가주의 색채를 농후하게 띠고 있고, 러시아 공산당은 아직 국내를 통일하지 못한 채 제3의 국제 운동을 위해 노력한다. (3) 사회민주당이 근거로 삼는 국가는 유산계급 국가이고 공산당이 근거로 삼는 국가는 무산계급 국가이다. 그래서 어떤 이는 마르크스가 당초에 주장한 것이나 러시아에서 현재 시행하고 있는 것이나 모두 국가사회주의라고 할 수 있다고 하는데 이 말은 옳지 않다. 『공산당선언』에서는 비록 모든 생산기관, 교통기관, 신용기관을 국가의 수중에 집중시킬 것을 주장하고 있지만 이것은 단지 사회혁명 시기에 최초로 채택하는 수단일 뿐이다. 또한 그와 동시에 "무산계급에게는 국민의 속성은 전혀 존재하지 않는다."고 말했으니, 각국 무산계급이 자신들의 나라 안에서 투쟁할 때 공산당은 반드시 모든 국가의 한계를 벗어나서 무산계급 전체를 대신하는 공통의 이해관계를 지시해야 한다. "노동계급이 만약 정권을 장악한다면, 그런 것들은(국민의 차별과 국가의 대항을 가리킨다.) 모두 더욱 빨리 소멸될 것이다. 왜냐하면 각국의 연합이 노동계급 해방의 우선 조건이기 때문이다." 『공산당선언』의 마지막에 나오는 유명한 구절이 바로 "세계 노동자여 단결하라!"이니, 마르크스의 주장이 가지는 국제 운동적인 색채는 얼마나 농후한가, 그런데도 자칭 마르크스파라고 하는 독일 사회민주당이 이것을 잊다니 애석한 일이다!

이상의 네 가지 점에서 보면 오직 러시아 공산당만이 명의상으로나 실질적으로나 진정한 마르크스주의라고 할 수 있다. 독일 사회민주당은 마르크스의 학설을 망각했을 뿐만 아니라 명백하게 마르크스에 반대하면서도 표면적으로는 오히려 마르크스파의 간판을 내걸고 있고, 또한 세계적으로도 그 속을 모르는 사람들은 왕왕 독일 사회민주당의 주장을 마르크스파 사회주의를 대표하는 것으로 생각하기도 하니, 이건 정말 이해할 수 없는 일이다.

우리 중국인은 이 두 가지 사회주의 중 대체 어떤 것을 선택해야 하나? 나는 중국의 개혁과 존립은 대부분 국제사회주의 운동의 도움에 의존해야 한다고 생각한다. 이 사실은 회피할 수 있는 게 아니다. 국내 자본계급은 아직 유치한 단계에 있지만 외국 자본주의의 억압을 받고 있다는 건 모두가 다 아는 사실이다. 그리고 이로 인해 중국인들에게는 확실히 계급전쟁의 관념이 발달되어 있다. 다시 눈을 크게 뜨고 유산계급 정치가와 정객들의 부패와 무능, 의회제도의 신용 수준을 보자. 중국에서 민주정치와 의회정책은 서구에서보다 특별히 더 실패했다. 그러므로 중국이 만약 독일 사회민주당의 국가사회주의를 선택한다면 그건 단지 부패하고 탐욕스러운 관료정객들에게 나쁜 짓 할 기회를 더 많이 주는 것에 불과하게 될 것이다.

1921년 1월 『광둥군보(廣東群報)』

1921년 7월 1일 『신청년』 제9권 제3호, 서명: 천두슈(陳獨秀)

34 마르크스의 양대 정신

馬克思的两大精神

오늘은 두 가지 대회가 있었다. 하나는 마르크스 기념대회이고 하나는 중국사회주의청년당 창립대회이다. 이 두 대회는 아주 밀접한 관련이 있다. 무슨 관련이 있는가? 사회주의청년단은 바로 마르크스의 학설에 근거해서 성립된 단체이다. 하지만 오늘은 마르크스주의의 중요한 정신에 대해서만 이야기하겠다. 왜냐하면 마르크스의 역사와 학설에 대한 것은 마르크스 기념책자에 기술되어 있어 제군들이 다 볼 수 있기 때문이다. 마르크스의 학설과 행동에는 양대 정신이 있는데, 이 양대 정신이 중국인들에게는 가장 결핍되어 있는 것이다.

하나는 실제를 연구하는 정신이다. 어째서 실제를 연구하는 정신이라 하는가! 말하자면 복잡하다. 고대인의 사상은 대부분 연역법에 치우쳐 있었다. 어째서 연역법이라 하는가? 바로 하나의 원리를 많은 사실에 적용하기 때문이다. 근대과학의 발명에서는 귀납법이 많이 채택되었다. 어째서 귀납법이라 하는가? 바로 수많은 사실들을 귀납해서 하나의 원리를 증명하기 때문이다. 이것이 바로 귀납법과 연역법의 상반되는 점이다. 우리는 물론 이 두 가지 방법을 마땅히 상호적으로 채택해야 한다. 하지만 과학의 발명 이후에는 귀납법을 사용하는 곳이 많아졌다. 하나의 원리가 성립되려면 반드시 무수한 사실들의 증명이 모여야만 비로소 하나의 비교적 확실한 원리가 성립될 수 있었다. 유럽의 근대는 자연과학으로 귀납법을 증명한 것이고 마르크스는 자연과학의 귀납법을 사회과학에 응용한 것이다. 마르크스는 수많은 사회적인 사실들을 수집해서 그 원리와 학설을 입증했다. 그래서 현대인들은 모두 마르크스의 학설을 과학적 사회학이라고 부른다. 그가 자연과학의 귀납법으로 사회과학을 연구했기 때문이다. 마르크스가 말한 경제학이나 사회학은 모두 이런 과학의 귀납법에 근거한 것이기 때문에 믿을 만하며 다 근거가 있다. 현대인들이 마르크스를 과학적 사회주의라고 부르면서 공상적 사회주의와 구별하는 이유도 바도 여기에 있다. 이것이 바로 마르크스가 실제를 연구한 정신이다.

나는 청년 제군이 반드시 마르크스의 실제 연구 정신으로 학문을 연구해야지, 단지 마르크스의 학설만 연구하지 않기를 바란다. 만약 단지 그 학설만 연구한다면 마르크스의 실제 연구의 정신은 완전히 소멸되어 버리고 단지 마르크스주의 학자가 될 뿐이다. 나는 청년 제군이 마르크스의 실제 연구 정신으로 사회의 여러 가지 상황에 대해 연구할 수 있기를 바란다. 가장 중요한 것은 현 사회의 정치 및 경제 상황이다. 단지 마르크스의 학술적인 이치만을 연구해서는 안 된다. 이것이 마르크스의 정신이고, 이것이 바로 마르크스의 첫 번째 정신인 실제 연구의 정신이다.

두 번째는 마르크스의 실제 활동의 정신이다. 마르크스가 달랐던 것은 그가 혁명적 사회주의자였기 때문이다. 무릇 실제로 활동을 할 수 있어야만 비로소 혁명을 할 수 있다. 방 안에서 차나 마시고 담배나 피우면서 그 학설을 연구하고 그것으로 끝나면 그건 공자나 칸트의 학문과 마찬가지일 뿐이다. 우리가 그의 학설을 연구하는 것은 단지 그 학설만을 연구하는 것이어서는 안 되며 그 학설을 가지고 실제로 활동을 하고 사회혁명을 하는 것이어야 한다. 나는 청년동지들이 차라리 마르크스의 학설에 대해서는 연구를 좀 적게 하더라도 마르크스 혁명 운동을 적게 하지는 않기를 바란다! 청년들, 특히 사회주의청년단 제군은 반드시 마르크스의 실제 활동의 정신을 발휘해서 마르크스 학설을 사회혁명의 원동력으로 삼아야지 마르크스의 학설을 어르신네나 도련님이나 안방마님이나 아가씨의 소일품 같은 것으로 여겨서는 안 된다.

내가 오늘 특별히 이야기한 마르크스의 양대 정신을 제군들은 주목해 주기 바란다.

1922년 5월 5일

1922년 5월 23일 『광둥군보』, 서명: 천두슈(陈独秀)

35 비종교동맹에 대한 회의 및 비기독교학생동맹에 대한 경고

對於非宗教同盟的懷疑及非基督教學生同盟的警告

내 개인적인 신앙으로는, 공교(孔教)나 불교[대일여래종(大日如來宗)과 염불종(念佛宗)], 도교, 그리고 귀신을 믿는 기타 종교들이나 음양오행교[즉 구류(九流)의 음양가, 중국에서 가장 오래된 종교이며 지금도 가장 유력하고 가장 유행하는 종교], 물신숭배의 종교에 대한 미움이 기독교에 대한 미움보다 훨씬 크다. 그렇기 때문에 나는 비종교동맹에 대해 결코 근본적으로는 반대하지는 않는다. 하지만 사회적으로 벌이는 군중운동이나 활동의 내용을 보면 회의적인 점이 없지 않다.

우리가 지금 첫 번째로 물어야 할 것은 종교와 비종교의 경계가 무엇인가 하는 것이다. 만약 신을 믿느냐 믿지 않느냐를 경계를 삼는다면 그건 너무 단순함을 면치 못할 것이다. 신을 믿는다는 건 종교성의 일면일 뿐이지 종교성의 전체가 아닌데, 이것으로 종교와 비종교를 나누는 경계로 삼는다면 그건 정말 너무 비논리적이다. 그렇다고 만약 모든 미신이나 심지어는 일체의 신앙이 다 종교라고 한다면(모든 학설이나 주의에 대한 우리의 믿음도 그 믿는 정도가 너무나 독실해지면 어느 정도는 다 종교성을 띠게 되는데) 그건 또 지나치게 광범위해지는 문제가 있다. 비종교동맹을 주장하는 제군들에게 묻겠다. 제군들은 모든 학설과 주의에 대해 일괄적으로 회의적인 태도를 취하면서 어떤 독실한 믿음도 가지고 있지 않은가? 이런 복잡한 문제를 연구하고 분석하는 것은 대학의 연구실에서 해야지, 그것을 군중운동의 목표로 삼는다면 그건 정말 사람들을 미혹에 빠지게 할 것이다. 군중운동의 목표라면 오히려 비기독교동맹이라고 하는 게 군중들에게는 더 명료하고 정확한 개념을 가질 수 있게 할 것이다.

사회진화의 역사관에서 보면 물론 인류의 이성과 지성이 발달할수록 종교성 특히 종교제도나 종교의식은 갈수록 쇠퇴하는 경향이 확대된다. 하지만 이런 진화의 과정 속에서 만약 이성이나 지성은 적극적으로 확대되지 않으면서 단지 종교성만 소극적으로 소탕해버린다면 그건 우리의 삶의 내용을 너무 무미건조한 방향으로 이끄는 문제를 만들어내게 되지 않을까?(기독교가 그 배후에 국제자본제국의 침략주의라는 커다란 우환을 끼고 있다는 점은 물론 별도로 하고) 이것 또한 우리가 진지하게 논의해봐야 할 문제이다.

나는 모든 부패한 반동파들이 시론(時論)을 따라 기독교를 공격하는 것에 대해서는 너무나 가소롭다고 생각한다. 하지만 학생들이 추진하는 비기독교운동에 대해서는 충분히 찬성하는데 그 이유는 다음과 같다.

(1) 기독교의 교리상의 결점 때문이다. 원죄설과 하나님의 전지전능설 같은 것은 서로 상응하지 않는다.
(2) 사도들의 허위 때문이다. 위급한 때에 베드로는 오히려 세 번이나 그리스도를 부인했고, 부활 전에는 한 명의 참 신도도 없었다.
(3) 탄생의 기적과 부활이 모두 너무나 비과학적이기 때문이다.
(4) 교회 특히 천주교회는 여전히 중세의 악습을 이어받아 타인들을 잔인한 태도로 질시하고 억압하기 때문이다.
(5) 교사들의 설교에, 이해관계를 가지고 협박을 하는 내용이 많고 이성적으로 가르치는 것은 적으며 완전히 사람을 핍박하여 믿게 하면

서 의심은 절대로 허용하지 않기 때문이다.

(6) 신구교 모두가 중국에서는 강대한 조직을 가지고 있으면서 침략주의적인 국제자본제국의 후원을 받고 있어서 중국에 커다란 우환이 되고 있기 때문이다.

(7) 교회 특히 천주교회는 여전히 농촌에서 종교로 먹고사는 나쁜 신자들을 비호하면서 선량하고 겁 많은 자들을 속이고 억압하고 있기 때문이다.

(8) 청년회 안에 권력자들이나 부호와 결탁하여 사냥꾼처럼 남의 돈을 빼앗는 비열한 행동을 하는 사람들이 있기 때문이다.

(9) 교회가 갖가지 계획을 세워 중국의 교육권을 독점하려고 하기 때문이다.

(10) 교회학교가 비교회학생들에게 강제로 성경을 읽거나 기도하는 일 및 갖가지 불평등한 대우를 강요하기 때문이다.

이상 열 가지 때문에 우리는 비기독교운동에 찬성하지 않을 수 없다. 하지만 동시에 또한 교회학교의 처신이 비록 완벽한 건 아니지만 그래도 사회 일각에서 공감을 얻고 있는 건 교회학교 학생들이 사회봉사에 힘쓰면서 사회로 다가간다는 점과 또 규율 있고 위생적인 훈련을 받았다는 점 때문이며, 이 두 가지 면에서는 정말 중국의 공사립 학교 학생들에 비해 훨씬 낫다는 사실을 비기독교학생동맹 제군들에게 경고하지 않을 수 없다. 중국의 공사립학교 학생들은 사회봉사에 거의 관심이 없으며 학생과 사회의 거리가 너무나 멀다. 학교 문 앞에 높이 걸린 "학교 안 외인 진입금지"라는 두 개의 호랑이 모양 팻말이 바로 학교와 사회의 거리를 나타내주는 명백한 표지이다. 교내의 위생 상태와 교사 학생 간의 예절, 교외에서의 학생들의 행동과 질서상태 모두 그들이 규율 있고 위생적인 훈육을 받은 학생들이 아니라는 걸 드러내주기에 충분하다. 교원들은 그저 가르칠 줄만 알고 학생들은 그저 공부하는 것만 알지 훈육이 교육에서 첫 번째로 중요한 부분이라는 건 전혀 모른다. 이것이 중국공사립학교의 가장 비관할 만한 결함이다. 그러므로 나는 감히 비기독교학생들에게 경고한다. 만약 정말 용기 있는 각성과 개혁이 없다면 우승열패의 원칙상 제군들이 교회학교와 싸워서 이길 수 없을 뿐만 아니라 오히려 그 세력이 전중국의 교육계에 만연하게 될 수도 있다고. 그거야말로 어찌 가슴 아픈 일이 아니겠는가!

1922년 6월 20일 『선구(先驅)』 제9호, 서명: 천두슈(陈独秀)

36 연성자치와 중국의 정치적 상황

聯省自治與中國政象[1)]

나는 연성자치 즉 연방 제도 자체에 대해서는 처음부터 반대하지 않았다. 하지만 내 생각에 어떤 국가가 만약 이 제도를 채택하려고 한다면 우선 각 지역에 모여 사는 사람들의 경제적인 형편이 서로 다른 경우, 그것이 가장 충분한 이유가 될 것이다. 그 다음은 각 지역에 모여 사는 사람들의 언어나 종교가 서로 다른 경우, 그것 또한 이유가 될 수 있다. 그런 게 아니라면 최소한 사람들의 자치에 대한 요구나 능력이 확대되어 그런 제도를 수립해야만 하는 상황이 된 경우가 있을 것이다. 이런 것들이 다 아닌데, 무인들이 할거하는 퇴행적인 제도하에서 이렇게 민주주의[2)]에 부합되는 진보적인 제도의 이름을 도용하여 쓰는 건 절대로 가능하지 않다.

중국의 정치적 상황이 이렇게 혼란스러운 근본적인 이유는 바로 중국인과 외국인이 모두 혐오하는 '독군(督軍)정치' 때문이다. 크고 작은 군

---

1) [원주] 1922년 9월 10일 『노력주보(努力周報)』에 후스(胡適)가 「연성자치와 군벌할거(联省自治与军阀割据)」를 발표하여, 천두슈가 「현재 중국의 정치문제에 관한 나의 의견(对于现在中国政治问题的我见)」에서 제시한 관점에 대한 반대의 의견을 제시하였다. 천두슈는 이 글을 발표해서 후스의 관점을 비판하였다.

2) 원문은 '民治主義'.

벌들이 각 지역마다 패권을 형성하고, 전국의 군사재정의 대권이 다 각 성(省)의 독군 총사령부 손안에 있다. 중앙정부의 명령은 폐휴지와 같고 성장(省長)은 독군의 부속품이며, 성의회는 그들의 유성기고 법률과 여론은 모두 그들의 권총 손잡이가 올라가고 내려가는 것에 따라 옮겨간다. 이 때문에 중앙의 재정은 고갈되고 내외채와 중앙의 정치적인 비용은 마련할 방법이 없기 때문에 국가는 파산에 직면하게 되었다. 또한 크고 작은 군벌들이 성 안팎에서 서로 패권을 다투어 전화(戰禍)가 온 나라에 만연하며 교육은 중단되고 금융은 공황에 빠지고 모든 산업들은 부진을 면치 못하고 있다. 이러한 상황이 계속 되면 국력과 민력(民力)은 갈수록 쇠약해지고 국가는 필히 멸망할 지경에 이르게 될 것이다.

이상에서 말한 이론과 현실에 근거하여, 나는 연성자치가 지금 중국의 정치문제를 해결하는 방안일 수 있다는 주장을 절대로 인정할 수가 없다.

중국 본토[3] 인민들의 경제적인 상황을 보면, 모두 농업과 수공업에서 점차 공업과 광업으로 옮겨가고 있고 이 점은 남과 북이 대체로 다르지 않다. 본토의 언어는 발음에서는 다소 차이가 있지만 문자와 언어구조는 완전히 같고, 종교는 비록 유교, 도교, 예수교, 회교로 나뉘어 있지만 종교에 따라 분리되어 거주하는 현상은 없다. 인민들의 자치에 대한 요구나 능력이 이미 연성자치를 시행할 정도까지 확대되었다고 말한다면 그건 정말 근거 없는 무병신음(無病呻吟)일 것이다.

근래에 제기된 연성자치론은 인민들에게서 나온 것이 아니라 후난, 광둥, 윈난 등 성(省)의 군벌 수령들에게서 나온 것이다. 이 사실을 부인할 수 있는 사람은 아무도 없다. 무병신음의 연성자치론은 군벌수령들 입장에서는 물론 신음할 만한 병이 있어서 나온 것이다. 그래서 나는 감히

3) '본토'의 원문은 '本部'.

지금 제기된 연성론은, 은밀하게는 사실상 이미 형성되어 있는 세력을 인정하지 않을 수 없다는 게 가장 큰 이유라고 생각한다. 완전히 무인들의 할거 욕망 위에 세워진 것이지 절대로 인민들의 실제 삶의 필요 위에 세워진 것이 아니다. 무인들의 할거는 중국의 정치적 상황을 혼란에 빠뜨린 근본적인 원인이며, 무인들의 할거 욕망 위에 세워져 있는 연성론은 단지 연성자치의 간판을 도용하여 '성을 나누어 할거하는 분성(分省) 할거'나 '독군 연합의 연독(聯督)할거'를 시행하겠다는 것일 뿐이다. 그런데도 국내의 정치 평론가들이 만약 구차한 심리로, 이런 기성의 세력을 사실상 인정하지 않을 수 없다는 생각에서 결국 거기다 경솔하게 자치라는 명칭까지 달아준다면, 즉 할거를 바라는 무인들이 시론의 도움까지 얻게 된다면, 그들은 저마다 자기 욕심을 위해 달려 나가게 될 것이다. 사단장, 여단장은 모두 독군총사령관이 하는 행위를 본받아서 자치의 이름을 빌려 실제로는 할거를 시행하려 할 것이며, 한 성 안에서도 다시 무수히 많은 작은 추장들이 생겨나는 국면이 형성될 것이니 우리 국민들은 더욱더 극심한 고통 속으로 빠져들게 될 것이다. 그 지경이 되면 제군들은 그들이 "당장 자치를 포기할 수는 없다"는 이유로, 사실상 그들이 기성의 세력임을 인정하지 않을 수 없다는 생각으로 또 '도끼리 연합하는 연도(聯道) 자치'나 '현끼리 연합하는 연현(聯縣) 자치'를 주장할 것인가?

연성제는 연방제의 이상을 가진 것이니 물론 반대하지 않으며, 자치는 우리가 더더욱 찬성할 만한 것이다. 하지만 우리 인민의 정치적인 능력이 겨우 도시 자치를 운영할 만한 정도에 이르렀는데, 만약 벌써 어떻게든 해서 성 자치제를 운영할 수 있다고 한다면 그건 상식이 허락하지 않는다. 만약 할 능력이 없는데도 억지로 하려고 하면 애석하게도 무인들이 할거를 위해 그 이름을 가져다 쓸 것이다. 그렇게 되면 결과적으로 위로는 정부로 권한이 모일 수 없고 아래로는 인민들에게로 권한이 분산될 수 없으며, 부질없이 군벌들만 그 사이에서 횡행하게 만들어서 통일과 민권의 문제 모두가 해를 입게 될 것이다. 왜냐하면 정말 인민들이 자체제 연방을 운영할 수 있는 것이라면 그건 꼭 통일에 해롭지 않겠지만 무인들이 할거하는 연성 자치라면 그건 통일과는 너무나 거리가 먼 것이기 때문이다.

*

최근 『노력주보』에 후스 선생과 천다차이(陳達材) 선생[4]이 쓴, 연성자치를 찬성하는 두 편의 글이 실렸다. 나는 지금 그들과 조금 다른 의견을 아래에 간략하게 쓰고자 한다.

후스 선생은 "우리는 순(孫)과 우(吳) 두 성씨가 어떻게 성(省)이라는 단계를 제거할 수 있는지 아무래도 이해가 안 간다. 우리는 지금까지 나라 안에서 정치 현실에 대해 연구하는 사람들이 어떻게 먼저 성의 문제를 해결하지 않고도 군사권을 국가로 모아들이려는 기대를 할 수 있으며, 어떻게 성의 자치를 먼저 허락하지 않으면서 현이 자치를 할 수 있을 것이라고 기대하는 건지 이해할 수가 없다!"고 말했다. 후스 선생께 묻겠다. 연성 자치에 반대하는 걸 어떻게 곧 성이라는 단계를 제거하는 것으로 보는가? 국가로 군사권을 모아들일 수 없다면 어떻게 성의 문제를 해결할 수 있는가? [즉 안후이(安徽)를 예로 들어보면 장마(張馬) 등이 가지고 있는 군사권을 제거할 수 없다면 어떤 방법으로 성 안의 각종 문제들을 해결할 수

4) 천다차이(陳達材, 1890~). 광둥 동완(东莞) 출신이다. 국민당원으로 황포군관학교 비서처 비서장을 지냈고, 동완 현장, 국민당 군사위원회 궤이린(桂林) 사무처 소장을 지내기도 했다.

있겠는가?] 어떤 근거에서 현 자치는 반드시 성 자치의 기초 위에서 수립되어야만 한다고 말하는 것인가?

후스 선생은 "묻겠다, 국가의 헌법이 제정되어 반포되고 나면 각 성에서 두 손 모아 병권(兵權)을 중앙에 갖다바칠 수 있겠는가? 이미 자치를 시행하고 있는 후난이나 광둥 같은 성에서 스스로 자치제를 취소할 수 있겠는가? 현재 막 자치를 시행하려고 하는 윈난이나 쓰촨 같은 곳에서 당장 자치를 포기할 수 있겠는가?"라고 말했다. 나는 지금 후스 선생에게 말한다. 중국은 지금 여전히 정치적인 전쟁 중이어서 여유롭게 입법을 할 수 있는 시기가 아니다. 우리는 책벌레들이 흔히 그렇듯이, 마치 헌법 자체가 위기를 구하고 혼란을 안정시키는 무슨 신비한 힘을 가지고 있는 것처럼 헌법을 맹신하지 않는다. 지금의 헌법이란 용호산(龍虎山)[5]에 사는 도사의 부적만큼도 사람들에게 호소력이 없다고 생각한다. 선생은 후난과 광둥은 이미 자치를 시행하고 있는 성이고 윈난과 쓰촨은 바야흐로 자치를 시행하려고 하는 성이라고 칭찬을 하니, 이 시대의 현인께서 주장하는 연성 자치, 곧 연방제라는 게 바로 이런 것임을 우리도 알겠다. 하지만 정말 황당하고 걱정스러운 것은 이런 진보적인 정치조직을 산해관(山海關) 밖의 오랑캐 장수(胡帥)도 가져다 쓸 줄 안다는 것이다. 자치! 자치! 천하의 죄악이 다 너의 이름을 빌려서 행해지고 있구나!

후스 선생은 말한다. "단지 성 자치만이 성의 군사권을 회수하는 대가가 될 수 있다."고. 나는 묻고 싶다. 선생이 말하는, 이미 자치를 시행하고 있는 성과 바야흐로 자치를 시행하려고 하는 성들이 다 군벌들이 군사력으로 얻은 것인데 그들이 군사권을 기꺼이 성 자치와 바꾸려 하겠는

5) 장시(江西) 성에 위치해 있으며 중국 도교의 발상지로 꼽힌다.

가? 그들이 정말로 성의 자치를 위해서 군사를 거느리고 할거하는 것인가? 그들이 군사권을 포기하면 했지, 성의 자치를 포기하지는 않으려 하지 않겠는가? 선생의 이런 공평한 거래에 대해 들으면 군벌들은 아마 폭소를 금치 못할 것이다.

후스 선생은 이미 분명히, 할거하는 군벌들이 이미 자치를 시행하고 있거나 바야흐로 자치를 시행하려 하는 것을 칭찬했으면서 왜 또 "연방식의 통일만이 현재의 할거 국면을 타파할 수 있다."는 말을 하는가?

후스 선생은, 각 성의 대표들이 모여 공개적으로 개최하는 회의를 통해서만 시국을 해결할 수 있으며 그것이 무력통일보다 낫다고 힘주어 말했다. 하지만 우리는 이전에 열렸던 상하이 회의가 무수한 시간과 돈을 낭비하고도 각 대표와 정객들이 이루 다 말할 수 없는 우스운 짓거리들만 저지른 것과 그러다가 결국은 우페이이후(吳佩孚)가 두 차례에 걸쳐 며칠 동안 대포를 쏘아대자 그제야 비로소 그들이 해결할 수 없었던 문제들을 해결한 사실을 알고 있다.

천다차이(陳達材) 선생이 연방제를 주장하는 이유로 제기하는 것은 두 가지이다. 하나는 교통이 불편하다는 것, 또 하나는 인민들의 조직능력이 미약하다는 것. 나는 교통이 불편한 건 앞으로도 절대 바뀔 수 없는 현상은 아니라고 생각한다. 하지만 천 선생은 교통이 불편해서 각 성의 인민들이 정치적으로 자신들의 의지와 감정을 표현할 수 없다고 한다. 예를 들어 윈난 성장(省長)을 임면(任免)하는 데 반드시 수천 리 밖에 있는 베이징 정부의 명령을 들어야만 한다면 그들의 의지와 감정이 어떻게 베이징 정부에 영향을 줄 수 있겠는가라는 것이다. 그렇다면 묻고 싶다. 후스 선생이 말한, 지금 자치제를 시행하려고 한다는 윈난 성장 탕지라오(唐繼堯)와 이미 자치를 시행하고 있는 광둥 성장 천시루(陳席儒)는 윈난 사람들과 광둥 사람들의 의지와 감정을 충분히 대변할 수 있는 사람들인가? 인민의 조직능력이 미약해서 정치를 감독할 수 없다고 한 것은 정말로 천다차이 선생이 말한 대로이다. 바로 그렇기 때문에 우리는 인민들에게 성 자치제도를 운영할 만큼의 능력이 없는 시기에는 절대로 연성 자치 즉 연방제라는 제도를 망령되이 채택해서는 안 된다는 점을 인식해야만 하는 것이다. 왜냐하면 연성 자치제도를 채택했는데 성의 인민들의 정치능력이 그걸 운영할 수준이 못 된다면 그때 성 정부는 아래로는 인민의 감독이 없고, 위로는 중앙의 제제가 없는 상황이 될 것이니 군벌이 할거하고 난폭한 관료들이 횡행하는 그런 현상을 어떻게 막을 수 있겠는가!

천다차이 선생은 또 국민에게 정치능력이 없는 상황에서 정치적인 진보를 바란다면 반드시 아래 세 가지 조건이 먼저 갖추어져야 한다고 말한다. 하나는 정치권력의 분산이고, 둘은 정치적인 밥그릇과 지배권의 분리이며, 셋은 군인과 정쟁(政爭)의 분리이다. 그리고 이 세 가지 조건은 연방제에 완전히 적합하다고 말한다. 나는 묻고 싶다. 지금의 정치적 상황에 비추어 볼 때 정부의 권력이 다시 어느 정도까지 더 분산되어야 천다차이 선생은 비로소 만족하겠는가? 지금 중국에서 정권이 하나의 중앙정부에 집중되어 있는가? 인민들이 서로 다른 경로로 성 정부를 감독해왔다면 그 효력은 어디에 있는가? 중앙정부가 아직도 정치적인 밥그릇에 대한 지배권을 가지고 있는가? 각 성이 이웃 성하고나 자기 성 안에서, 자기들의 기반이 되는 밥그릇 경쟁을 마음대로 하느라 매년 전쟁을 하기 때문에 산시, 쓰촨, 후난, 윈난, 귀주의 백성들이 부여받은 지방분권은 분쟁의 단서를 만들어내는 후한 선물이 되었다는 걸 천다차이 선생은 전혀 모르는 것인가? 중국 정치의 밥그릇이 결국 이 정도 크기일 수밖에 없다면 지배권을 아무리 분산해도 마찬가지로 공급이 수요를 감당할 수 없으므로 이 문제를 해결하기 위해서는 실업을 발전시켜야지 밥그릇의 지배권을 나누고 합치는 결로는 문제를 해결할 수 없다. 지금 중국 정치는 실질적으로는 이미 연방이지 단일한 제도가 아니다. 중앙정부의 권력은 세계 어느 연방 정부의 권력보다도 적다. 중국에서 군인은 정쟁(政爭)과 분리되어 있는가?

나는 늘 중국은 이미 무정부상태이므로 다시 무정부주의를 고취할 필요가 없으며, 중국의 정치적인 상황은 이미 연방제를 초월할 만큼 지방이 전권을 행사하는 형국이므로 무슨 연성연방제 같은 것을 더 이상 고취할 필요가 없다는 주장을 해왔다. 어떤 좋은 명사나 좋은 주의, 좋은 제도라도 그 사회의 실제 현실의 수요에 맞는 것이 아니라면 그 사회의 병폐를 해결하는 데는 반드시 부족하다고 생각한다. 연성 자치제도로 중국을 구제하려고 하는 것은 정말 병세에 맞지 않는 처방으로 통증을 감소시킬 수 없을 뿐만 아니라 오히려 증가시키게 될 것이다. 왜냐하면 지금 중국이 앓고 있는 병의 증상은 무인 할거지 중앙의 독재가 아니기 때문이다. 성의 인민들의 정치적인 능력이 성의 자치권을 접수해서 연성 자치를 시행할 수준이 되지 않는 상황에서 연성 자치제도는 무인할거의 혼란을 가중시키는 것 외에 다른 좋은 결과를 가져올 수 없다. 그러므로 우리가 중국의 구제를 주장하려면 먼저 이런 불량한 할거 세력을 제거해야 하며, 절대로 구차한 심리로 그들을 기성의 세력이라고 생각하며 그들을 인정하고 그들을 돕는 그런 일은 하지 말아야 한다. 이런 악한 세력을 제거하는 방법은 전국적으로 나라를 사랑하고 사리사욕을 꾀하지 않는 유력한 사람들을 모아서, 새롭게 일어나는 군중들을 통솔하고 혁명의 수단을 통해 각 방면에서 악한 세력을 제거하고 군사권과 정권을 통일시키며 민주정치를 실행할 전국적인 통일정부를 수립하는 것이다. 이런 정부 수립이 실현되어야만 비로소 정치라고 말할 만한 것이 생겨날 수 있으며 여유를 가지고 헌법을 제정할 여지도 생겨난다. 중앙권력과 지방권력을 어떻게 분배하는 것이 적절할지는 이 시기 헌법에서 다루어야 할 중요한 문제가 될 것이다. 만약 지금 군웅이 할거하는 혼란 속에서 연성 자치를 제창한다면 위로는 국가의 통일에 해가 될 것이고 아래로는 민권의 발전에 유익이 되지 못할 것이다. 헛되이 그 중간을 가득 채우고 있는 무인들에게 그들의 할거를 영원히 공고히 할 수 있는 무기만 제공해주게 되고, 백성들은 더더욱 극심한 고통에 빠지게 하며 그들이 중앙에 대해 청원할 수 있는 가느다란 길마저도 끊어놓게 될 것이다. 그러므로 나는 이런 정치적인 주장에 대해 절대로 이건 아니라고 생각하며 감히 나의 경애하는 친구들에게 눈물로 호소하는 것이다.

1922년 9월 13일 『향도(向導)』 주보 제1기, 서명: 두슈(独秀)

37 본보 선언

『향도』 발간사

本報 宣言-『向導』發刊詞[1]

지금 중국 인민 최대 다수가 원하는 것은 무엇인가? 우리는 감히 통일과 평화라고 말한다. 왜 평화를 원하는가? 평화의 반대는 바로 전란이기 때문이다. 전국적으로 계속되는 전란 때문에 학생들은 공부를 할 수가 없고 산업에 종사하는 이들은 점점 제조품의 판로가 줄어들고 상인들은 안심하고 장사를 할 수 없으며 노동자와 농민들은 물가의 앙등과 실업으로 고통을 겪고 병사들은 무고하게 무수한 생명을 잃기 때문에 모두가 평화를 원한다. 왜 통일을 원하는가? 군벌이 할거하면서 서로 세력기반을 다투고 패권을 겨루며 서로 시기하는 현재의 상황하에서는 전란은 절대로 면할 수가 없으며 오직 군사권을 통일하고 정권을 통일해서 전국을 통일할 수 있는 역량을 갖춘 중앙정부를 구성해야만 국내의 평화가 비로소 실현될 수 있기 때문에 모두 다 통일을 원하는 것이다. 우리는 감히 말한다. 평화를 원하고 통일을 원하기 때문에 평화와 통일을 저해하는 군벌을 타도하는 것이 중국의 최대 다수 사람들의 진정한 민의(民意)라고. 근대 민주정치는 최대 다수 사람들의 진정한 민의에 기초하여

1) 『향도』는 중국공산당 기관지이다.

세워진 것이 아니라면 붕괴되지 않은 것이 없다.

이른바 근대정치, 즉 민주정치, 입헌 정치는 어떻게 해서 생겨났는가? 그것의 정수는 무엇인가? 실질적인 내용을 간단히 말하면 시민이 국가에 대해 요구하는 언론, 집회, 결사, 출판, 종교 신앙과 같은 영역에서의 자유로운 권리이다. 그러므로 어떤 이는, 헌법은 바로 국가가 인민에게 권리를 부여하는 증서이며, 이른바 권리라고 할 때 가장 중요한 것은 바로 이런 영역에서의 자유라고 말했다. 그러므로 세계 여러 민족들의 경우, 일단 산업이 발달하고 인구가 도시로 집중되면 당장 이런 자유들을 요구하며 또한 당장 민주입헌 운동이 일어나게 되는데, 이것은 정치 진화의 자연 법칙으로서 어떤 민족, 어떤 국가도 예외일 수 없다. 지난 십여 년 동안 중국은 산업도 발달하기 시작했고 인구도 점점 도시로 모여들었다. 이로 인해 적어도 강이나 바다, 철로 연안의 교통이 편리한 곳에 사는 시민들, 즉 노동자, 학생, 신문기자, 작가, 공상업자, 정당인 같은 사람들에게는 언론, 집회, 결사, 출판, 종교 신앙 같은 이런 자유들이 이미 사치품이 아니라 생활필수품이 되었다. 공화의 명의하에서 국가가 만약 인민들에게 이런 자유를 부여하지 않으면 정치 진화의 자연법칙에 의거하여 인민들은 반드시 혁명의 수단으로 그것을 얻어내야 한다. 이 몇 가지 자유는 우리 삶에 반드시 있어야 하는 필수품이지 있어도 되고 없어도 되는 사치품이 아니기 때문이다. 하지만 지금의 상황을 보면 우리의 자유는 실제로는 군벌들에 의해 다 박탈되었고, 게다가 법적으로는 위안스카이(袁世凱)가 개인적으로 만든 치안경찰조례의 구속을 받는다. 그러므로 우리 일반국민들 특히 전국의 시민들은 우리 삶에 필수적인 이런 자유들에 대해서는 죽음도 불사하는 투쟁의 결심을 확고히 해야만 한다. "자유가 아니면 차라리 죽음을 달라"는 이 말은 이 몇 가지 자유가 필수품이라는 걸 확실히 깨달을 때만 비로소 의미를 갖는다.

지금의 중국에서는 군벌의 내란이 물론 평화, 통일과 자유의 최대의 장애이며 국제제국주의가 야기하는 외적인 우환은 정치경제적으로 우리 중화민족의 자유로운 발전을 더욱더 구속하는 악마가 되고 있다. 베이징 동자오민항(東交民巷) 공사단(公使團)[2]이 정말로 중국의 상왕(上王)정부이며, 중앙정부의 대부분 재정권은 재정총장의 손에서 움직이지 않고 여러 다른 나라 출신의 총세무사의 손에서 움직인다. 영사재판권과 주둔군이 수도 및 각 통상 항구에서 횡행하고 외환이 전국에서 유통되며 해관과 우체국 및 대부분의 철도 관리권이 모두 외국인의 수중에 있다. 은행단체와 각종 기업가들은 모두 국내의 매국 정치세력과 결탁하여 중국 경제의 생명인 철로나 광산 및 가장 염가의 공업원료 등을 있는 대로 빨아들이고 있다. 중국인을 속이는 협정관세제도를 이용하여 중국의 제조업이 염가의 외국 물건과 경쟁 할 수 없도록 발목을 잡음으로써 외국 물건들이 중국시장을 독점하게 하고 중국의 수공업은 갈수록 궤멸되게 한다. 이렇게 함으로써 중국이 영원히 소비국가로 남아 있게 하며 그들 나라의 기업가들이 중국의 돈과 원료를 있는 대로 가져다가 끝도 없는 수탈 욕망을 충족시키도록 한다. 이런 국제제국주의의 정치경제적 침략 하에 놓여 있는 중국은 명목상으로는 비록 독립된 공화국이지만 실질적으로는 거의 열강의 공공 식민지나 마찬가지다. 그러므로 우리 중화민족은 피압박민족의 자위책으로 부득불 일어나 국제제국주의의 침략에 저항함으로써 중국이 완전하게 진정한 독립 국가가 될 수 있도록 노력하는 수밖에 없다.

---

2) 베이징의 동자오민항은 1860년 제2차 아편전쟁 이후 영국, 프랑스, 미국, 러시아, 일본, 독일, 벨기에 등의 나라들이 모두 공사관을 설치했던 곳이다.

이제 본보의 동인들은 이상에서 말한, 전 국민의 진정한 민의와 정치 경제적 현실의 요구에 의거하여, 통일, 평화, 자유, 독립의 네 가지 표어를 삼가 국민 앞에 내어놓고 호소하는 바이다!

1922년 9월 13일 『향도』 제1기

38 조국론

造國論

"진정한 국민군으로 진정한 민국을 창조하자"

우리 중국은 지금 명목상으로는 독립된 공화국이라고 해도 실제로는 추장이 할거하는 남양(南洋) 말레이군도의 영국 식민지나 네덜란드 식민지보다 더 낫지도 않으니, 이걸 어디 독립된 국가라고 할 수 있겠는가! 경제적으로는, 국가의 중요한 권리가 대부분 외국에 저당 잡혀 있고, 외국 물건들이 전국에 가득하다. 중국인 전체가 외국 생산국의 소비자가 되어 있으며 전국의 금융대권은 모두 직간접적으로 외국인의 손에서 조종된다. 정치적으로는, 크고 작은 추장들이 중앙과 지방을 분할 점령하고 있는데 이들 크고 작은 추장 집단의 명령이라는 것 또한 오직 공사단(公社團)의 의지만을 따르는 것이다. 영국이나 네덜란드에 속해 있는 남양 식민지의 정치경제 상황이 완전히 이러하니 어떻게 우리를 독립된 국가라고 할 수 있겠는가? 이런 식민지 상황하에서 무슨 국회를 이야기하고, 무슨 법통을 이야기하고 무슨 헌법을 이야기하고 무슨 정치를 이야기하겠는가! 그러므로 우리는, 중국은 아직도 '나라를 만드는' 시대, 정치 전쟁의 시대에 놓여 있다고 생각한다. 무슨 법통의 회복이니 헌법의 조속한 제정이니 지방 분권이니 재정(財政) 정리니 선거의 투명화니 하는 것들은 지금 시국이 진정으로 요구하는 것들에 대해서 보면, 동문서답이거나 격화소양인 셈이다. 시국의 진정한 요구는 정치전쟁을 통해 진정으로 독립된 중화민국을 창조해내는 것이다.

이 문제가 결정되면 이어지는 두 번째 문제는 어떤 방법으로 나라를 만들 것인가이다.

우리의 답은 진정한 국민군을 조직해서 진정한 중화민국을 창조하자는 것이다.

이 국민군은 전국의 피압박계급 애국자들, 사리사욕을 도모하지 않는 능력 있는 사람들이 모여서 전국 각 계급에게 각성을 촉구하여 형성된 대(大)군중으로 조직된다. 국가를 창조하는 이 대사업에 물론 능력 있는 지도자들이 없어서는 안 되지만 영웅의 시대나 현인정치의 시대는 곧 지나갈 것이기 때문에 이런 새로운 세력이 대중의 수요나 공감의 힘 위에 세워지지 않는다면 오래 유지될 수 없으며 또한 곧 새로운 군벌을 형성하게 될 것이다. 중국의 산업 현실을 보면, 결코 어느 한 계급의 군중이 단기간 내에 대군중을 이루고 단독으로 국가를 창조할 수 있는 정도까지 장성해질 수는 없다. 상인들은 상업만 말하지 정치에는 무관심하며, 교육가들은 정치에 대해 논하지 말 것을 주장한다. 지금까지 자산계급을 대표하는 정당은 탄생하지 않았다. 이 모든 것이 중국의 자산계급이 장성하지 못하다는 증거이다. 사유재산제도하에서 자산계급이 아직 장성하지 못하면 무산계급도 자연히 장성할 수 없다. 감히 말하건대, 중국의 산업 발달은 아직 계급이 장성해서 뚜렷하게 분열되는 정도까지 이르지 못했다. 그렇기 때문에 무산계급 혁명의 시기는 아직 성숙하기 않았고, 오직 두 계급이 연합해서 추진해야 할 국민혁명의 시기만이 이미 성숙해져 있는 것이다. 이 시기가 성숙해져 있다는 것은 지난 십여 년 동안의 정치사와, 군벌 타도라는 목전의 요구, 민주정치 건설의 함성으로 입증된다.

각 계급이 연합하여 형성된 대군중으로 국민군이 창설되고 국민 혁명이 성공하고, 우리를 억압하던 내외의 악한 세력이 제거되고 민주적인 전국적(중국 본토에 대해 말하는 것이다) 통일정부가 실현되면 그때 비로소 헌법을 이야기하고 정치를 이야기할 수 있으며, 이때 중화민국의 정치적인 창조는 비로소 성공을 거둔 셈이 된다. 하지만 진정한 중화민국은 아직 겨우 반만 창조된 것이니, 그 나머지 반은 중화민국의 경제적인 창조이다. 민국은 반드시 최대다수 인민의 행복 위에 건설되어야하며, 인민의 행복에서는 또한 경제생활이 가장 절실하기 때문에 경제생활에서 진보가 없으면 이른바 인민의 행복이라고 하는 건 여전히 단지 빈말이 된다.

어떤 방법으로 경제를 창조하나? 우리의 답은 국가사회주의를 채택해서 중앙이나 지방(성과 시) 정부가 대공업, 대상업, 대농업을 창조하고 사유재산이 자연히 소멸될 때까지 운영하는 것이다.

중국의 사회적인 상황에 비추어 볼 때, 실업을 발전시키려면 사인 자본주의나 국가사회주의 이 두 가지 길밖에 없지만, 사인 자본주의로 실업을 발전시키는 것에는 이론적으로 찬성할 수 없다. 그것이 유럽, 미국, 일본에서 빚어낸 죄악이 이미 가릴 수 없는 지경이 되었기 때문이다. 현실적으로 중국의 자산계급은 아직 유치한 단계에 놓여 있어 단기간 내에 시급히 실업을 발전시켜야 하는 중국의 수요에는 단연코 부응할 수 없다. 뿐만 아니라 국제 제국주의의 침략과 국내 군벌의 소요가 제거되기 전에는 중국의 자산계급은 발전의 기회를 얻기가 너무나 어렵다. 국민혁명이 국외의 침략과 국내의 소요를 제거할 수 있게 된 후에 무산계급이 있는 힘을 다해 만들어내는 지위라도 그것이 꼭 자산계급을 크게 넘어서지는 못할 것이다. 하지만 현재 무산계급의 혁명적 성향이 자산계급을 크게 넘어서고 있는 것으로 보아, 그때 자산계급이 자기 계급에게만 유리한 경제제도를 유지하기는 어려울 것이라는 점을 미루어 알 수 있다. 그러므로 우리는 감히, 국가사회주의를 채택해서 실업을 발전시키는 것은 국민혁명이 성공한 후에만 그만둘 수 있는 것이라고 말한다.

정치의 창조와 경제의 창조가 모두 성공할 수 있다면, 국민군이 진정한 중화민국을 창조하는 일은 그때 비로소 완결된다고 할 수 있다.

총괄해서 말하면, 우리가 국가를 만드는 순서는,

첫 걸음, 국민군을 조직한다.

둘째 걸음, 국민혁명으로 국내 국외의 모든 억압을 제거한다.

셋째 걸음, 민주적인 전국적 통일정부를 수립한다.

넷째 걸음, 국가사회주의를 채택하여 실업을 발전시킨다.

1922년 9월 20일 『향도』 주보 제2기, 서명: 두슈(独秀)

39 차이 총장의 선언을 평함

評蔡校長宣言

차이 총장이 악하고 탁한 정치의 악하고 탁한 공기에 몰려 분을 토하며 사직했고 또한 정식으로 선언을 발표했다. 정부와 국회에 어리석고 타락한 형편없는 인격의 인물들이 그득한 걸 생각하면 그의 이런 고결한 품행에 대해 우리는 마땅히 그것이, 베이징의 '먹을 것만 있으면 달려드는 탐관오리'[1)]나 '폭군을 도와 폭정을 행하는 무리'나 '문화사업의 장식품'이나 '관공서의 서리(胥吏) 같은 기계적인 학자'들에 비해 만 배나 더 고상한 것임을 인정해야 한다. 그러나 그의 이런 '소극적'이고 '비민중적'인 생각은 민족의 사상을 개혁하는 데 있어서는 근본적인 장애가 되기 때문에 이런 생각에서 우리는 현자(賢者)에게 질책을 가하는 의미로 부득불 이러한 생각의 두 가지 문제점을 들어 차이 총장에게 성심성의껏 충고하고 아울러 그것을 국민들에게 알리고자 한다.

(1) 악하고 탁한 정치를 타도하려면 반드시 철두철미하게 적극적인 투쟁의 방법을 택해야지 절대로 소극적으로 자신만 고결한 태도를 취해서

1) 원문은 '有奶便是娘'으로 젖이 있어서 먹여주기만 하면 누구라도 엄마가 된다는 뜻으로 이익만을 탐해서 누구라도 이익을 얻게 해주면 그에게 기대며 의를 망각하는 행위를 말한다.

는 안 된다. 왜냐하면 사회적으로 지도적인 인물들이 소극적인 태도를 취하면 그것은 악하고 탁한 정치를 타도할 수 없을 뿐만 아니라 왕왕 군중심리를 점점 더 투쟁의 적극적인 경향에서 떨어져 나와 비겁하고 나약한 길로 이끌게 되며 이것은 단지 악하고 탁한 정치의 생명을 연장시켜주는 것이 되기 때문이다. 그렇게 된다면 이것은 얼마나 큰 죄악인가! 동양 민족이 쇠약하고 부진한 것에는 바로 이런 소극적이 사상이 그 최대의 병근(病根)이다. 이 때문에 나는 종종 중국의 노장 학설이나 인도의 바라문교나 불교가 동양 민족의 유일한 적이라고 통탄했던 것이다. 간디의 소극적인 비타협주의와 비폭력 저항주의가 크게 실패한 뒤에 소극적인 동양 민족의 결함은 이미 남김없이 다 폭로되었다. 그런데도 지금 베이징의 『신보(晨報)』는 오히려 차이 총장을 중국의 간디라고 부르며 비타협주의를 악인의 정치를 타파하는 한 가지 방법이라고 말하고 있으니 정말로 중국 사상계의 일대 재앙이라 할 것이다! 우리는 마땅히 흑사병이나 토사곽란을 막듯이 차이 총장의 소극적인 비타협주의가 사상계에 침투하는 걸 밤낮으로 막아서 군중의 혁명운동의 생기를 보호해야 한다. 그런데도 『신보』의 기자들은 오히려 차이 선생의 주장이 간디가 인도를 풍미한 것처럼 풍미하기를 바란다니 정말 이런 이치가 어디에 있는가!

(2) 차이 총장이 비타협주의를 선전하는 것은 분명 장식품이나 기계 노릇을 하는 학자나 관리들이 기반 해체 정책을 택하기를 바라는 것일 뿐이다. 그가 이런 정책을 택하는 건 그의 안중에 단지 비양심적이고 무능력한 학자나 관리들만 있을 뿐, 전국에 있는 양심적이고 유능한 지식인이나, 농민, 노동자, 상인 군중들은 없다는 걸 증명한다. 국민당의 혁명운동이 무력만 보고 민중은 보지 않는다면, 악하고 탁한 정치를 타도하는 차이 총장의 운동 역시 학자나 관리만 보지 민중은 보지 않는 것이

다. 이것은 중국의 지도적인 인물들이 민중을 무시하는 공통적인 결함을 가지고 있음을 말해준다. 신해혁명 이후 청의 제정(帝政)이 붕괴되었어도 혁명은 결코 성공하지 못한 것은 바로 이러한 결함이 가장 큰 원인이었다. 그런데도 차이 총장의 선언에서는 오히려 청 황실을 무너뜨린 것을 비타협주의의 성공 사례로 들고 있으니 이건 정말로 상반되는 증명이다.

우리는 감히 차이 총장과 일반 국민에게 고한다. 혁명 사업은 반드시 민중의 적극적인 활동 역량 위에 세워져야 한다. 소수 사람들의 소극적인 기반해체정책에 의지하여 악하고 탁한 정치를 타도하려고 하는 것은 너무나 우습고 너무나 유치하며 뿐만 아니라 너무나 공상적이라고 하지 않을 수 없다.

1923년 1월 24일 『향도』 주보 제17기, 서명: 두슈(独秀)

40 천두슈, 리다자오, 차이허산, 탄핑샨과 마오쩌둥 동지가 쑨중산에게 드리는 편지

陳獨秀, 李大釗, 蔡和森, 譚平山和毛澤東同志致孫中山的信

북쪽 지역의 정치적인 위기가 이제 마지막 단계에 달해 있다는 단서가 곧 나타나게 될 것이다. 대중의 여론은 갈수록 더 적극적이 되어가고 있으며 이것은 우리 당의 발전에 너무나 소중한 기회를 제공하고 있다. 우리는 이 기회를 절대로 앉아서 놓쳐서는 안 된다. 우리는 국민당원의 신분으로 당신께서 아래의 두 가지 문제에 대해 결정을 내려주시기를 요청한다. (1) 상하이나 광조우에 강력한 집행위원회를 수립해서 당원 활동의 협력을 추진하고 광범위한 선전 작업을 전개할 것. 이를 위해서는 베이징, 후베이, 후난, 상하이와 광저우 등의 지역을 각별히 중시해야 한다. 만약 이런 중심지역의 조직들이 제대로 완비되지 않으면 전체 공작이 다 뿌리 없이 흩어져버리게 될 것이다. (2) 최근 베이징에서 일어난 위기는 최근 며칠 사이에 사태가 발전해서 생긴 결과가 아니다. 일찍이 리웬홍(黎元洪)이 베이징에서 대통령에 선출되기 전부터 차오쿤(曹錕)은 정권에 눈독을 들이고 있었다. 안복계(安福系)[1]

1) 안복계는 북양군벌 시기 안후이 군벌 우두머리였던 돤치뤠이에 종속되어 있던 관료 정객 집단을 일컫는다. 1920년 북방지역의 통치권을 놓고 직예파 군벌의 수령인 차오쿤과 치른 전쟁(直皖战争)에서 패배하기까지 북방 정권을 좌지우지한 정치세력으로 활동했다.

[돤치루이(段棋瑞)]는 직계(直系)[2]와 화해할 수 없다. 우페이푸(吳佩孚), 평위샹(馮玉祥)과 차오쿤의 관계는 사실상 리웬홍, 장주어린(張作霖)과 돤치뤠이의 관계와 같다. 심지어는 그 계파 내부에서 어떤 변화가 생겨난다 해도 전쟁은 여전히 북양군벌의 두목인 차오쿤과 돤치뤠이 사이에서 일어날 것이다. 이 전쟁은 민국의 진보와는 아무런 관계가 없다. 직계가 우리 당의 적이라는 건 너무나 분명하다. 하지만 그렇다고 돤치루이나 리웬홍에게 굴종해서는 안 된다. 게다가 우리는 봉건 군벌들이 무력으로 정권을 탈취하여 기반을 점거하는 것과 같은 방법을 답습해서는 안 된다. 그런 일은 사람들에게 우리가 군벌과 근본적으로 다르지 않다는 인상을 주게 될 것이다. 낡은 방법과 낡은 군대로 새로운 중국을 건설한다는 건 논리에도 맞지 않을 뿐만 아니라 실제로도 전혀 통하지 않는다. 낡은 군대는 우리 병력의 열 배다. 우리는 다만 새로운 수단과 새로운 방침을 채택해서 새로운 역량을 건설해야 한다. 국민들에 대해서 우리는 상인, 학생, 농민, 노동자를 연합하고 그들을 당의 기치 아래로 인도해야 한다. 인민들 안에 세워진 새로운 군대는 새로운 방법과 새로운 우호정신으로 민국을 지킬 것이다. 처음에 우리의 역량은 강대할 수 없겠지만 우리는 강한 군대로 발전할 것이다. 열강들은 우리를 착취하고, 권력자를 찾아 그들의 대리인으로 삼기 위해 매일같이 별의별 궁리를 다하는데, 빈말로 그들의 인정을 얻어내서 우리 자신을 강대하게 만들려고 한다면 그건 우리 운동을 해치는 것이 될 뿐만 아니라 혁명의 기개마저도 상실하게 될 것이다. 우리는 이런 방법을 택해서는 안 된다. 의회는 전국의 인민들이 보기에 한 푼의 가치도 없는 존재이다. 북방 의회는 차오쿤과 우페이푸에 의해 사

2) 직계는 북양군벌의 한 파이다. 주요인물로는 평구어장(馮國璋), 차오쿤, 우페이푸 등이 있다.

육되고 있다. 그런데 만약 우리가 국회의원들을 광저우로 오도록 한다면 인민들이 어떻게 우리를 우페이푸나 차오쿤 보다 낫다고 생각할 수 있겠는가?

남방 여러 성의 고위 장교들이 군대를 확장해서 인민을 억압하며 저지르는 죄악은 결코 북방의 군벌보다 덜하지 않다. 이런 자들은 다 태워버려도 그들의 뼛가루 속에서조차 혁명 민주의 흔적을 전혀 발견할 수 없을 것이다. 또한 모든 방법을 동원해서 이들 장교들과 연합을 한다 해도 남북방 간의 투쟁은 여전히 계속될 것이다. 이것은 절대로 봉건주의와 민주주의 간의 투쟁일 수 없다. 그런데 우리가 어떻게 수천 수백 명의 병사들을 이것 때문에 목숨을 잃게 할 수 있으며 그 무거운 부담을 백성들에게 지울 수가 있겠는가? 이렇게 하는 것에도 또 다른 위험이 있을 수 있다. 그것은 중국의 한 모퉁이에 국한된 지방주의 때문에 국민혁명의 속도가 느려질 수 있다는 점이다. 우리 당의 목전의 주된 임무는 광저우 전쟁[3)]을 마무리하는 것이다. 그래야만 정국이 위기에 빠졌을 때 우리는 비로소 우리의 주된 임무를 성공적으로 감당할 수 있다. 우리는 한 지역에서의 사업에 에워싸여 국가적인 사업을 소홀히 해서는 안 된다. 우리는 선생에게 광저우를 떠나 여론의 중심지인 상하이로 가서 거기서 선생이 '오권헌법(五權憲法)'[4)]에서 천명한 것처럼, 군중 시위에만 한정되지 않

3) [원주] 1923년 1월 4일 쑨중산은 공개 전보를 쳐서 월군(粤军: 광둥 성과 광시 성) 진종밍(陈炯明)을 타도하도록 지시했고 전계(滇桂: 광시 성과 윈난 성) 연합군이 자오칭(肇庆)을 함락했다. 2월 21일 쑨중산은 광저우로 돌아와 대본영(大本營)의 설립을 선포하고 대원수의 직권을 계속 행사했다. 5월 9일 진종밍은 쑨중산을 토벌하라고 공개 전보를 쳤고, 동강(東江)전쟁이 다시 일어났다.

4) 쑨중산이 헌법에 대해 제시한 의견으로 핵심은 정권(政權)과 치권(治權)을 분리해서 정권은 국민대회에 귀속시키고, 행정권, 입법권, 사법권, 감찰권 등을 가리키는 치권은 각각을 독립적으로 운영하면서 상호협력하도록 하는 방안이다.

고 국민회의를 열 것을 요청한다. 그렇게 하면 한편으로는 국가적인 문제를 집중적으로 해결할 군대가 세워질 수 있을 것이며, 또 한편으로는 국민혁명을 집중적으로 수행할 군대가 세워질 수 있을 것이다. 만약 우리가 이렇게 한다면 우리는 국민혁명 운동 안에서 지도적 지위를 상실하지 않게 될 것이다. 이것이 가장 우선적으로 해야 할 중요한 임무이며, 오직 선생만이 할 수 있다. 왜냐하면 선생은 4년 전 헌법수호운동의 지도자였기 때문이다. 우리는 중국이 속히 해방을 얻고 우리당이 발전해야 할 필요성이 있다는 것을 깊이 알고 있기에 특별히 선생께 편지를 보내며 우리의 건의가 받아들여질 수 있기를 바란다. 답장을 기다리며.

1923년 6월 25일 (광저우) 촌철(寸铁)

41 『과학과 인생관』 서

『科學與人生觀』序

야둥도서관(亞東圖書館)[1]에서 과학과 인생관에 관한 토론집을 간행하면서 나에게 서문을 요청했다. 나는 지금 병중이고 또 하는 일도 없는 처지지만 이 서문을 쓰는 일만은 아주 기쁘게 생각한다. 첫째는, 문화가 낙후된 중국에서도 이제는 이런 문제가 논의되기 시작했다는 것, [문화가 낙후된 러시아에서도 이전에는 이 문제에 대해서 격렬하게 토론을 벌인 적이 있다. 하지만 우리 중국의 지식인들도 이제는 하늘은 둥글고 땅은 네모라느니 하늘은 움직이고 땅은 고정되어 있다느니[2] 전깃줄을 보고 거미의 진액이라느니 하는 논의는 더 이상 하지 않게 된 것처럼, 러시아에서도 지금은 사회과학이 진보해서 이 분야에 대해 조금이라도 아는 사람이라면 이런 상식 밖의 이야기는 하지 않게 되었다.] 어쨌든 논의가 일단 시작되었으니 비록 속도가 너무 느리긴 해도 진보가 있긴 할 것이라는 것 때문이다. 다만 안타까운 것은 장쥔마이(張君勱)나 량치차오를 공격하는 사람들이 표면적으로는 승리한 것처럼 보이지만 실은 적의 본부는 전혀 격파하지 못하고 단지 지대(支隊) 몇 개

1) 야둥서국은 왕멍조우(汪孟鄒)가 상하이에서 경영하던 출판사이다. 왕멍조우는 1905년 천두슈가 『속화보(俗話報)』를 발간할 당시부터 줄곧 천의 재정적 후원자 역할을 맡았으며, 이후 천두슈의 저작 대부분을 여기에서 간행했다.

2) 원문은 각각 '天圓地方'과 '天動地靜'이다.

만 쳐서 흩어놓았을 뿐이라는 점이다. 어떤 이는 표면적으로는 여전히 전투를 벌이고 있지만 속으로는 이미 투항을 한 상태다. [판소우캉(范壽康)이 제기한 선천형식설(先天形式說)이나 인생관의 과학은 불가능하다는 런수잉(任叔永)의 주장 등이 그러하다.] 주장(主將)인 띵원장(丁文江)의 경우도 장쥔마이의 유심론적인 견해를 대대적으로 공격은 했지만 실은 자신의 입장도 그들과 오십보백보이다. 상황이 이렇게 된 것은 그들이 애초부터 적의 본부를 공격할 수 있는 어떤 무기가 있다는 믿음을 가지고 있지 못했고 그래서 그걸 사용할 생각을 하지 않았기 때문이다. "과학이 어째서 인생관을 지배할 수 없는지"에 대해 저쪽에서는 오히려 그럴듯해 보이는 근거들을 제시할 수 있었지만 "과학이 어째서 인생관을 지배할 수 있는지"에 대해 이쪽에서는 하나도 근거를 제시할 수 없었다. 내 생각에 이건 승리한 적이 없는 정도가 아니라 거의 갑옷과 투구를 다 벗어던진 대참패에 가깝다. 여러 사람이 많은 내용을 썼지만 대부분 "쓰긴 많이 써도 주제에서는 더 멀리 벗어난"[3] 형국이 되었다. 마치 무슨 '과학개론 강의' 같아서 장쥔마이와의 쟁점이 대체 무엇인지 알기가 어렵고, 장쥔마이 쪽에서 쓴 것은 쟁점을 벗어난 지엽적인 것들이 더 많다. 이것이 바로 이번 논쟁에서 내가 가장 유감스럽게 여기는 점이다! 두 번째로 기쁜 이유는 후스(胡適)가 최근 내게 "유물사관은 기껏해야 대부분의 문제를 해석할 수 있을 뿐"이라고 한 점인데, 이번 토론을 거치고 나면 후스가 반드시 백척간두에서 한 걸음 더 나아갈 수 있을 것이라고 생각하기 때문이다! 이 두 가지 연고 때문에 나는 무척 기쁜 마음으로 이 책의 서문을 쓴다.

수학, 물리학, 화학 등의 과학이 인생관과 무슨 관계가 있는가 하는 문

3) 원문은 "下筆千言, 離題萬里."이다.

제는 본래 토론이 필요 없다. 하지만 후에 관찰, 분류, 설명 등 과학의 방법이 동적인 생물에게 적용되고 더 나아가 가장 동적인 인간 사회에까지 적용되자, 어떤 이들은 과학을 자연과학과 사회과학의 두 분야로 분류하였다. 사회과학에서 가장 주된 것은 경제학, 사회학, 역사학, 심리학, 철학(여기에서 가리키는 것은 실험주의적인 인생철학과 유물사관적인 인생철학이지, 본체론이나 우주론 같은 현학, 즉 이른바 형이상학적 철학을 가리키는 것이 아니다.)이다. 이런 사회과학이 자연과학처럼 아직 유치한 단계에 놓여있다는 건 말할 필요도 없지만 유치하다고 해도 이미 부인할 수 없는 많은 업적들을 가지고 있다. 그렇기 때문에 아직 유치하기 때문에 우리는 그것이 필요 없다는 식의 어리석은 태도를 취할 필요는 없다. 자연과학이 이미 자연계의 수많은 현상들을 설명해냈다는 점은 부인할 수 없으며, 사회과학이 이미 인간 사회의 수많은 현상들을 설명해냈다는 것 또한 부인할 수 없다. 자연계와 사회는 모두 그 대상인 실제 현상을 가지고 있다. 이 실제는 과학자들이 맞게 설명을 했다면 본래 그러한 것이고, 과학자들이 틀리게 설명을 했다고 해도 그대로인 것이며, 현학(玄學)[4]자들이 아무리 엉뚱한 이야기를 해도 그 실제는 여전한 것이다. 그 실제 현상이란 고정불변의 것이지 당신들이 주장하는 유물론이나 유심론에 따라 바뀌는 것이 아니다. 코페르니쿠스 이전에도 지구는 처음부터 그 자리에서 태양을 둘러싸고 움직이고 있었으며 맹자 이후에도 세상은 점점 군주가 없는 세상으로 바뀌었다. 과학의 설명은 그것이 고정불변인 실제와 하나하나 다 부합될 때 비로소 최후의 성공을 거두게 된다. 우리가 과학을 믿는 이유도(자연과학이든 사회과학이든) 바로 "과학자의 최대

4) 현학(玄学)이란 『노자』에 나오는 "玄之又玄, 众妙之门"에서 비롯된 것으로 본래는 노장철학이 중심이 된, 본질적인 주제를 다루는 철학을 가리킨다. 여기에서는 과학과 대비되는 의미에서의 포괄적인 철학 혹은 형이상학을 지칭한다.

의 목적이 인간의지의 작용을 배제하고 모든 현상을 객관화함으로써, 그것을 추론할 수 있고 그 인과관계의 생성을 규명할 수 있기 때문이다." (장쥔마이의 말) 그래야만 실제에 근거해서 실제를 탐구할 수 있다. 현학자들의 근거 없는 이야기들과는 달리 자연계와 인간 사회의 고정불변한 실제에 대해 설명할 수 있는 것이다.

인생관과 (사회)과학의 관계는 아주 분명한데 왜 다들 또 토론을 하려고 하는가? 하하! 이 문제에 대해 토론한다는 것 자체가 바로 인생관과 과학이 얼마나 깊은 관계가 있는 것인지를 증명해주는 것이다. 콩트는 인간 사회를 세 시대로 구분했는데,[5] 거기에 따르면 우리는 아직도 종교와 미신의 시대에 속해 있다. 나라 전체적으로 볼 때 아직도 가장 많은 사람들이 믿고 있는 건 귀신이나 무당, 주술이나 점술처럼 물질을 초월한 신비한 것이다. 그다음으로 수가 많은 것이 장쥔마이처럼 현학을 믿는 사람들이다. 구선비계급 전체와 신선비계급 상당수가 그러하며, 띵짜이쥔(丁在君)처럼 과학을 믿는 사람은 그 수가 거의 통계에도 들어갈 수 없을 만큼 적다. 지금처럼, 미신의 시대에서 과학의 시대로 진보해가는 단계에서는 당연히 현학 선생들이 미친 듯이 짖어대는 이런 과정을 거쳐야만 한다. 그런 실제적인 사회현상을 부인할 수 있는 사람은 없으며 만약 그걸 부인할 수 없다면 콩트가 말한 세 시대설이 사회과학적인 정률(定律)이라는 걸 인정하지 않을 수 없다. 이 정률은 많은 시대, 많은 사회, 많은 개인의 인생관이 서로 다른 이유를 설명해줄 수 있다. 예컨대 장쥔마이는 박식한 수재(秀才)지만 그가 병이 나면 학문을 맛보지 못한 그의 가족들은 부적과 선방(仙方)을 찾아갈 것이고 장쥔마이는 의사를 부

5) 저명한 프랑스의 철학자, 사회학자로 실증주의의 창시자로 불리는 콩트(Comte, Auguste, 1798~1857)는 인류의 정신적 발전이 신학적, 형이상학적, 실증적인 세 단계를 순차적으로 거치면서 이루어지는 것으로 설명했다.

르고 진맥을 해서 약을 먹을 결심을 할 것이다. 그의 친구인 띵자이쥔은 외국에서 유학을 하고 돌아왔으니 한의는 믿을 수 없다고 하면서 그에게 양의를 찾아가라고 권할 것이지만, 장쥔마이는 믿지 않을 뿐만 아니라 양의가 한의보다도 못하다는 근거들을 많이 말할 것이다. 두 사람이 논쟁을 벌일 때, 장쥔마이의 가족들은 양의도 한의도 다 믿을 수 없으며 주술과 선방이 좋다고 말할 것이다. 이들이 이렇게 견해가 다른 것은 바로 그들이 서로 다른 인생관을 가지고 있기 때문이며, 그들이 이렇게 서로 다른 인생관을 가지고 있는 것은 그들이 처한 객관적인 환경이 그렇게 만든 것이지 결코 하늘 바깥에서 날아온 주관적인 의지가 그렇게 만든 것이 아니다. 그러므로 이것은 본래 사회과학이 설명할 수 있는 것이지 결코 형이상학적인 현학이 설명할 수 있는 것이 아니다.

장쥔마이는 아홉 가지 인생관을 제시하면서 이것들은 모두 주관적인 것으로, 직관적이고 종합적이며 자유의지적인 것에서 기인하며 인격의 단일성에서 기인하는 것이지, 객관적이고 논리적이며 분석적이고 인과율적인 과학에 의해 지배되는 것이 아니라고 말했다. 그 아홉 가지 인생관이라는 것을 보면, 첫째는 대가족주의와 소가족주의이다. 이것은 순전히 농업경제의 종법사회에서 공업경제의 군국(軍國)사회로 진화해가는 과정에서 나타나는 자연적인 현상이다. 둘째는 남존여비와 혼인제도이다. 이것은 농업위주의 종법사회에서는 아비와 남편이 모두 딸과 아내를 생산도구로, 재산의 하나로 간주했지만, 공업사회가 되어 가내수공업이 이미 적합하지 않게 되고 고용제도가 생겨나자 가족을 생산도구로 삼을 필요가 없어지고, 이에 자연히 여권운동이 흥왕하기 시작한 것이다. 셋째는 재산의 공유제와 사유제이다. 원시 공산사회에서는 인간이 짐승보다 힘이 약해서 반드시 무리를 이루어 합작을 해야만 했고, 재산 사유의 필요성과 가능성이 본래부터 없었다.(인격의 단일성을 가정하는 장 선생이 만약 그 사회에서 태어났다면, 그런데 그의 주관이나 직관이나 자유의지에 의해 그가 갑자기 재산을 사유화하려고 했다면, 그가 얻은 과실이나 고기들은 보존할 곳이 없고 그것의 부패는 막을 방법이 없으며 그렇다고 그것을 금전으로 바꿔 은행에 보관할 수도 없었을 테니 어떻게 했겠는가. 결과적으로는 그도 아마 사유재산의 인생관을 포기할 수밖에 없었을 것이다.) 농업사회가 되어 일정한 거주지가 생기고 창고도 생기자 곡물의 보존도 비교적 쉬워지게 되었고, 독립생산을 하는 소농의 경우는 토지를 소유할 필요는 있지만 합작을 할 필요는 없어지게 되었다. 그러자 사유재산 관념이 생겨나게 된 것이다. 공업사회가 되자 가내수공업 위주의 독립생산제는 이미 존립할 수가 없게 되었고, 수천수만의 사람들이 하나의 협력 기구 안에서 조직되었다. 모두 일하지 않으면 먹을 게 없고 도구가 없으면 일을 할 수 없는 상황이 되었는데, 생산도구는 모두의 수중에 있지 않고 이미 소수의 자본가들의 사유가 되어 있는 상황이었다. 이렇게 되자 생산도구를 거두어 공유로 전환하지 않으면 모두 힘을 팔아서 자본가에게 넘겨주는 꼴이 될 수밖에 없었다. 그래서 재산의 공유 관념이 생겨나게 된 것이다. 넷째는 수구(守舊)와 유신(維新)의 논쟁이다. 이것은 현 사회의 경제적 변화 때문에 일어난 것이다. 이 변화에 적응하지 못하는 이전 사회제도가 여전히 존속되면서 변화와 발전을 구속하자, 경제적인 이해관계를 달리하는 계급들이 그 변화 속도의 완급에 따라, 혹은 빠르게 혹은 더디게 충돌을 겪게 된 것이다. 다섯째는 물질과 정신에 대한 견해의 차이이다. 소수 사람들의 상황은 특수하겠지만 일반적으로는, 공장에서 육체노동을 하는 노동자들은 말할 것도 없고 이삼십 원의 월급을 받는 상무인서관(商務印書館) 편집자님이라도 날마다 먹을 거 입을 거 걱정을 해야 하는 판이니, 장쥔마이나 량치차오처럼 정신문명이니 동방문화니 하는 고담준론을 논할 한가로운 마음이 어디에 있겠는가. 여섯째는 사회주의의 발생인데 이것은 공유재산제와 같다. 일곱째는 인간의 본성 안에는 본래 이기와 이타의 두 가지 본성이 있다는 것이다. 이러한 개인적인 본성이 어떻게 발휘되는가 하는 것은 그가 처한 상황이나 그가 받은 역사적 사회적 암시의 차이에 따라 달라진다. 여덟째는 비관적인 견해와 낙관적인 견해의 차이이다. 이것 역시 개인이 처한 상황과 그가 받은 역사적 사회적 암시의 차이에 따라 달라진다. 각국의 자살 통계를 보면 자살의 원인이 모두 상황에만 있는 것이 아니고, 연령, 성별, 직업, 계절 등도 다 관계가 있다. 아홉째는 종교사상의 변천인데, 이것은 더더욱 시대와 사회세력의 지배를 받는다. 각 민족의 원시종교는 각각 전해 내려오는 신화에 근거하지만 모두 태양, 불, 높은 산, 큰 돌, 독사, 맹수 등을 숭배하는 자연종교들이다. 후에 농업경제 중심의 종법사회가 되면서 종족신, 조상신, 농신 등 다신교가 결국 유행하게 되고, 후에 상업이 발달하게 되면서 국가의 통일운동과 더불어 결국은 일신교가 세를 얻게 된다. 후에 다시 공업이 발달하고 과학이 부흥하게 되자 무신론과 비종교적인 학설들이 덩달아 일어나게 된다. 설령 같은 시대라 하더라도 각 민족과 각 사회의 산업의 진화 속도에 따라 종교사상도 달라진다. 아프리카나 미주(美州), 남양(南洋)의 야만족들은 여전히 자연종교시대에 놓여 있고, 중국과 인도는 다신을 믿으며, 상공업이 발달한 서구에서는 기독교를 신봉하는 경우가 많다. 중국 성인의 무리도 런던에서 태어났다면 서양종교를 신봉하고 여호와를 찬양했을 것이며, 기독교 신자들도 중국 농촌 궁벽한 마을에서 태어났다면 조상이나 여우를 숭배했을 것이다. 이상의 아홉 가지 서로 다른 인생관은 모두 서로 다른 객관적인 인과관계의 지배를 받는 것이므로 사회과학은 그것 하나하나에 대해 분석적이고 논리적인 설명을 할 수 있다. 객관적인 원인 없이 개인의 주관적인 직관이나 자유의지에 의해 무(無)에서 생겨난 것은 하나도 없다.

량치차오는 어쨌든 장쥔마이보다 뛰어나다. 량은 "쥔마이가 '아(我)의 비아(非我)에 대한' 아홉 가지 사항을 열거하면서, 그의 생각으로는 이러한 것들은 과학의 방법으로는 답을 얻을 수가 없다고 했는데, 내가 보기에는 이 가운데 열에 아홉은 오히려 과학의 방법으로 답을 해야 한다."라고 했다. 량치차오는 한편으로는 장쥔마이에 반대하면서 또 한편으로는 띵자이쥔에게도 반대하는 애매한 태도를 취하고 있다. 량 자신의 의견은 이러하다.

> 인생의 문제는 대부분은 과학의 방법으로 해결할 수 있으며 또한 그럴 필요가 있지만 일부분, 어쩌면 가장 중요한 일부분은 과학을 초월한다.

그가 대부분이라고 한 것은 삶의 이지적인 측면과 관련되는 사항들이고, 그가 일부분이라고 한 것은 감정적인 측면과 관련되는 것이다. 그는 "물질계와 관련된 것이라면 물론 환경, 시간과 공간의 여러 가지 법칙에 지배된다."고 말했는데, 이지적인 측면의 사항이라면 당연히 물질계와 분리될 수 없지만 감정적인 사항들이라고 물질계와 관련이 없다는 것인가? 감각기관이 어떻게 자극을 받고 어떻게 반응을 하고, 감정이 어떻게 일어나고 하는 것들은 심리학에서 다루는 가장 일반적인 사항이다. 감정은 과학을 초월해 있다는 이 이상한 이론에 대해서는 탕웨(唐鉞)가 이미 아주 분명하게 반박을 했다. 하지만 탕웨는 량치차오에 대해 반박하면서는 "우리가 사실을 논할 때는 가치의 문제를 개입시킬 수 없다."고 말했는데, 그 자신이 전횡(田橫)사건[6]을 이야기할 때는 그 해석이 너

6) 중국 진(秦) 말기의 인물로서 형인 전담(田儋), 전영(田榮)과 함께 진(秦)에 반기를 들고 제(齊)를 다시 일으켰다. 한(漢)의 유방(劉邦)이 천하를 평정하자 빈객(賓客) 5백여 명과 섬에 숨어 살다가, 유방의 부름을 받고 뤄양(洛陽)으로 가던 중에 자

무나 천박하고 게다가 '별 가치도 없는' 말들을 늘어놓았다. 그러니 이렇게 해서 어떻게 량치차오의 진정한 승복을 얻겠는가! 실은 효자가 허벅지 살을 잘라 부모의 병을 고치는 일이나, 정영(程嬰)이나 저구(公孫杵臼)[7]가 다른 이를 대신해서 죽은 일, 전횡이나 노기(乃木)[8]가 자살을 주동한 일 등은 사회과학자가 보기에는 걱정하고 말고 할 것도 없고 합리 불합리를 논할 것도 없고 가치가 있고 없고를 따질 것도 없고 불가해할 것도 없고 신비할 것도 없는 일들이다. 그런 것들은 단지 농업 위주의 종법사회인 봉건시대에 당연히 있는 인생관일 뿐이다. 이런 인생관이 바로 농업 위주의 종법사회인 봉건시대의 도덕이나 전설 및 일체의 사회적 암시들이 만들어낸 것이다. 묻건대 공업 위주의 자본주의사회 어디에 이런 행동이 있으며, 이런 감정, 이런 자유의지가 있는가?

판쇼우캉(范壽康) 역시 관망론자이며, 그가 주장하는 과학은 광의의 과학이다. 그는 과학으로는 절대 인생의 문제를 전부 해결할 수 없다고 주장한다. 그는 "인생관의 일부는 선천적인 것이며, 일부는 후천적인 것이다. 선천적인 형식은 주관적인 직관에 의해 얻어지는 것이지 결코 과학이 간여할 수 있는 것이 아니다. 후천적인 내용은 마땅히 과학의 방법으로 탐구해서 정해야 하는 것이지 절대로 주관이 함부로 정할 수 있는 것이 아니다."라고 말한다. 그가 말하는 선천적인 형식이란 곧

결했다.

7) 중국 4대 고전 희곡의 하나로 손꼽히는 원(元)대 기군상(紀君祥)의 잡극 〈조씨고아(趙氏孤兒)〉의 소재가 되었던 이야기로, 경공(景公) 3년(BC 597)에 조씨 가문이 멸족되는 재앙을 맞이하게 되자 공손저구(公孫杵臼)와 정영(程嬰)이 조삭(趙朔)의 아들 조무(趙武)를 보호하기 위해 자기 아들을 죽이고 여러 의사들과 더불어 장렬하게 희생했다는 내용이다.

8) 노기 마레스케(乃木希典, 1849~1912)는 청일전쟁에 육군소좌로 참전했던 일본군인으로, 자신을 신임했던 메이지 천황이 죽자 부인과 함께 자결한 것으로 알려져 있다.

양심이 인간에게 각각 선이라고 인정하는 행위를 하도록 명령하는 것을 가리킨다.

선천적인 형식이니 양심이니 직관이니 자유의지니 하는 것들은 모두 생활환경이 다른 각 시대 각 민족의 서로 다른 사회적 암시가 빚어낸 것이다. 어떤 사람이 인도의 바라문 가정에서 태어났다면 당연히 살인을 원하지 않게 되겠지만 그가 만약 아프리카의 추장 집안에서 태어났다면 그는 당연히 많이 죽이는 것을 지고의 영예로 여길 것이다. 한 여자가 중국의 문벌 가정에서 태어났다면 그녀는 당연히 정절을 그 의무로 생각하겠지만 그녀가 만약 이태리에서 태어났다면 미남을 많이 얻은 것을 무리에게 자랑할 것이다. 서양 사람들은 중국인이 웃통을 벗고 여자를 대하면 놀라지만 중국인은 서양 사람들이 종이로 똥을 닦는 것을 보면 놀란다. 흉노의 칸은 아버지가 죽으면 그 어머니를 처로 맞이하며 만주족이 처음 중국에 들어왔을 때는 한인의 예법을 몰라서 황태후가 그 시동생에게 재가를 하면서도 그것을 수치로 여기지 않았다. 중국인은 그 부모를 후하게 장례 치르는 것을 효도라고 생각하지만, 야만족은 부모의 시신을 산야에 놓아 새나 짐승들이 먹게 하는 것을 영화로운 것으로 생각한다. 서구의 여성들은 매번 군중들 앞에서는 자기 애인과 입을 맞추지만, 누구의 첩이 되는 것은 커다란 치욕으로 생각한다. 중국의 여성들은 지위가 높은 사람의 첩이 되는 것을 영광으로 생각하지만 사람들 앞에서 입을 맞추는 것은 창기라도 수치스럽게 여긴다. 이렇게 보면 세상 어디에 정말로 무슨 양심이나, 직관이나 자유의지 같은 게 있다는 것인가!

띵자이쥔은 "과학이 어떻게 인생관을 지배할 수 있는가"에 대해 설명을 한 적이 없을 뿐만 아니라 사상의 근저에서는 장쥔마이와 같은 길을 걸어가고 있다. 이제 그 두 가지 증거를 대겠다.

첫째, 그 스스로 의심스러운 부분은 미해결로 남겨두는 존의(存疑)의 유심론이라고 부른 것은 헉슬리나 스펜서 같은 사람의 오류를 답습한 것으로, 우주 안에 있는 불가지한 부분은 미해결인 채로 남겨두고 과학자들은 거기서 비켜서서 현학자들에게 그것을 해결하도록 해야 한다는 것이다. 이것이 장쥔마이가 "이왕 미해결로 남겨두어야 한다면 형이상학의 세계를 연구하는 현학에 대해 헐뜯는 말을 하지 말아야 할 것"이라고 말하는 이유이다. 하지만 사실은 우리가 아직 발견하지 못한 물질에 대한 것은 물론 미해결로 남겨두어야 하지만 초물질적인 것, 독립적으로 존재하며 또한 물질을 지배할 수 있는 마음(마음은 곧 물질의 한 표현인데)이나 신령이나 상제(上帝) 같은 것에 대해서는 미해결로 두어야 할 의심스러운 게 이미 남아 있지 않다. 우리를 독단적이라고 해도 좋고 전제적이라고 해도 좋지만, 우리에게 보여줄 증거가 없다면 우리는 단연코 우리의 믿음을 포기할 수 없다.

둘째, 서구 문화 파산의 책임을 과학과 물질문명으로 돌리는 것은 당연히 너무나 모호하지만 그렇다고 띵자이쥔이 이 책임을 현학자나 교육가, 정치가에게 돌리는 것은 너무 사실을 벗어나 있다. 서구에서 일어난 대전은 영국과 독일이라는 양대 공업자본이 서로 세계 시장을 다투는 전쟁을 하지 않을 수 없는 지경까지 발전했기 때문에 일어난 것임이 분명하다. 이 점은 그들이 전쟁의 결과로 체결한 화해조약의 내용만 보아도 알 수 있다. 하지만 이렇게 큰 변동을 어떻게 현학자나 교육자, 정치가가 만들어낼 수 있겠는가? 만약 물질적인, 곧 경제적인 원인을 떠나서 과학을 배제한 채 현학자나 교육가, 정치가가 이런 공전의 대전쟁을 일으킬 수 있다면, 우리는 장쥔마이가 말하는 자유의지의 인생관이 정말로 힘이 있는 것임을 인정하지 않을 수 없을 것이다.

객관적이고 물질적인 원인으로만 사회를 변화시킬 수 있고 역사를 해석할 수 있고 인생관을 지배할 수 있다고 믿는 것이 바로 '유물사관'이다. 우리는 지금 띵자이쥔 씨와 후스 씨에게 묻겠다. '유물사관'이 완전한 진리라고 믿는가, 아니면 유물 외에, 장쥔마이 같은 사람들이 주장하는 과학을 초월한 유심적 관점도 존재할 수 있다고 믿는가?

1923년『과학과 인생관』, 야둥도서관, 1923년판, 서명: 천두슈(陈独秀)

첨부: 후스가 천두슈 선생에게 답함[附: 胡适答陈独秀先生]

천두슈 선생은 그의 서문의 결론에서, "객관적이고 물질적 원인으로만 사회를 변화시킬 수 있고 역사를 해석할 수 있고 인생관을 지배할 수 있다고 믿는 것이 바로 '유물사관'이다. 우리는 지금 띵자이쥔 씨와 후스 씨에게 묻겠다. '유물사관'이 완전한 진리라고 믿는가, 아니면 유물 외에, 장쥔마이 같은 사람들이 주장하는 과학을 초월한 유심적 관점 존재할 수 있다고 믿는가?"라고 물었다. 띵 선생은 어떻게 대답할지 모르지만 나 개인의 견해를 먼저 이야기하자면 이렇다. (1) 두슈가 말한 것은 '역사관'이고, 우리가 토론한 것은 '인생관'이다. 인생관은 한 사람이 우주만물과 인간에 대해 가지는 견해이며, 역사관은 단지 인생관의 일부일 뿐이다. (2) 유물론적 인생관은 물질의 관념으로 우주만물과 심리현상을 해석하며, 유물론적 역사관은 '객관적이고 물질적인 원인'으로 역사를 설명한다.(협의의 유물사관은 경제적 원인으로 역사를 설명한다.)

이상의 두 측면에 대해 설명을 하고 난 후에야 나는 두슈에게 답할 수 있다. 우리가 유물사관을 믿는지 아닌지는 전적으로 '객관적인 물질적 원인' 이라는 이 명사에 어떻게 답할 것인가에 달려 있다. 이 점에 관해서 나는 두슈 자신도 아주 분명하게는 설명할 수 없을 것이라고 생각한다.

두슈는 이 글의 「서」에서 "마음이라는 건 물질의 한 표현이다."라고 말했는데, 그러면 '객관적인 물질적 원인'이란 마땅히 일체의 '심적' 원인, 즉 지식이나 사상이나 언론이나 교육 같은 것들을 포함하는 것이어야만 할 것이다. 이렇게 해석하면 두슈의 역사관은 "단지 객관적인 원인만 있으면(경제조직, 지식, 사상 등을 포함해서) 사회를 변동시킬 수 있고, 역사를 해석할 수 있고, 인생관을 지배할 수 있는" 것이 된다. 이것은 무슨 색깔 있는 모자를 쓸 필요도 없이 맨머리를 드러낸 역사관으로, 이런 역사관은 나와 띵자이쥔도 모두 찬성한다.

그러나 두슈는 결국 불철저한 유물론자이다. 그는 한편으로는 "마음은 곧 물질의 표현"이라고 말하지만, 한편으로는 또한 '물질적'이라는 글자를 '경제적'이라고 해석한다. 그렇기 때문에 그는 자이쥔이 서구에서 일어난 대전의 책임을 그런 비과학적인 정치가나 교육자들에게로 돌려서는 안 된다고 나무라는 것이다. 그는 "서구에서 일어난 대전은 영국과 독일이라는 양대 공업자본이 서로 세계시장을 다투는 전쟁을 하지 않을 수 없는 지경까지 발전했기 때문에 일어난 것임이 분명하다. 이 점은 그들이 전쟁의 결과로 체결한 화해조약의 내용만 보아도 알 수 있다. 이렇게 큰 변동을 어떻게 현학자나 교육자, 정치가가 만들어낼 수 있겠는가?"라고 말하고 있다.

서구에서 대전이 일어난 것이 경제적인 원인 때문이라는 것은 세계에 대한 지식이 조금이라도 있는 사람이라면 모두 인정하는 것이다. 자이쥔은 두 편의 장문의 글에서, 에인절[9]의 『위대한 환상』을 그토록 치켜세

9) 에인절(Norman Angell, 1873~1967)은 영국의 경제학자이다. 대표적인 저서 『위대한 환상(The Great Illusion)』은 여러 나라 사이의 경제적 이해관계로 인해 세계 전쟁이 일어나고 비참한 경제적 결과를 낳게 될 것을 예견한 책이다. 1933년 노벨 평화상을 받았다.

우고 있는데, 그가 어찌 서구 대전과 경제의 관계를 인정하지 않겠는가? 하지만 우리처럼 역사학을 하는 사람은 역사적인 사실의 원인은 종종 여러 방면에 걸쳐 있다는 걸 알기 때문에 '경제사관'을 너무나 환영하고 또 중요한 역사학의 도구로 삼긴 하지만 동시에 사상, 지식 등의 일도 모두 '객관적인 원인'으로서 "사회를 변동시키고 역사를 해석하고 인생관을 지배"할 수 있음을 인정하지 않을 수 없다. 그러므로 나 개인은 지금도 여전히 "유물(경제)사관은 기껏해야 대부분의 문제를 해결할 수 있을 뿐"이라고 말할 수밖에 없다. 두슈는 내가 "백척간두에서 한 걸음 더 나아가기"를 희망했지만 안타깝게도 나는 이 한 걸음을 더 나갈 수가 없다.

사실 두슈도 "경제사관은 기껏해야 문제의 대부분을 해결할 수 있을 뿐"이라는 걸 인정하고 있다. 그가 만약 사상이나 지식, 언론, 교육 역시 "사회를 변동시키고, 역사를 해석하고, 인생관을 지배"할 수 있다는 걸 믿지 않는다면, 수수방관으로 경제적인 조직이 변화되기만 기다리면 그뿐이지, 어찌 또 고생고생 하며 선전 사업을 벌이고 사상의 혁신을 도모하느라 애를 쓰겠는가? 두슈가 정말로 그들이 하는 선전 사업이 군벌을 타도할 수 있고 평민혁명을 일으킬 수 있고 국제자본주의를 타파할 수 있다고 믿는다면, 그는 결국 역시 띵자이쥔이나 후스의 동지이다. 그는 결국 여전히 사상이나 지식, 언론, 교육 역시 사회를 변동시키고, 역사를 해석하고 인생관을 지배할 수 있다고 믿고 있는 것이다!

1923년 상하이

42 국민당과 공산주의자

國民黨與共産主義者

국민혁명의 목적은 무엇인가? 간단히 말하면, 국민주의로 대외적으로는 민족의 정치경제적 독립을 요구하고 대내적으로는 인민의 정치적 자유를 요구하는 것이다. 이런 혁명을 실현할 동력은 각 계급 혁명분자들의 연합된 힘이다. 이런 혁명은 전 국민 모두에게 필요하며 이익이 되는 것이지 어떤 계급에만 단독으로 필요하거나 이익이 되는 것이 아니기 때문이다. 전 세계 각국의 국민당은 모두 이러한 수요에 부응해서 만들어지고 세력을 확장하고 성공을 거두었다. 중국의 국민당도 물론 같은 성격을 가지고 있다. 이번 중국 국민당의 개편이 순전히 중국 국민혁명의 절실한 필요에 의해 촉발된 것이라는 점은 조금도 의심할 바가 없다. 만약 그것이 누구 혹은 어떤 성씨의 주장과 선동 때문이라고 말한다면 그건 피상적인 이야기일 것이다.

공산당의 목적은 무엇인가? 간단하게 말하면 혁명의 수단으로 재산의 사유제를 폐지하고 사회주의적 생산방식으로 바꾸는 것이다. 이런 혁명을 실현하기 위한 동력은 오직 무산계급과 빈농의 혁명분자밖에 없다. 절대로 각 계급이 협력할 수 있는 것이 아니며 특히 노자 양 계급이 협력할 수 있는 것은 아니다. 공산혁명이 바로 노자 양 계급 간의 투쟁이며, 자산계급을 전복시키고 자본주의적인 생산방식을 폐지하는 것을 목적으로 삼고 있기 때문이다.

국민혁명과 공산혁명의 목적과 동력은 이처럼 완전히 다르다. 그러나 중국 공산주의자들은 이미 국민당에 가입했고, 국민당도 그들의 가입을 허락했다니 이건 무슨 의미인가! 이것이 세계 혁명사에서 가지는 의미는 지극히 중요하다. 한편으로는 국민혁명의 사명을 짊어진 국민당이, 혁명 세력은 나뉘어서는 안 되며 국민혁명은 마땅히 각 계급이 협력해야만 한다는 것을 알고 또 여러 나라 안에서 식민지의 국민혁명에 공감을 표하는 세력은 오직 진정으로 공리를 주장할 수 있는 공산 세력밖에 없다는 걸 알았다는 것이다. 다른 한편으로는 중국 공산주의자가, 세계 피압박 노동계급혁명(공산혁명)과 피압박 약소민족혁명(국민혁명)은 연합하여 진행되어야만 비로소 세계의 억압자들을 전복시킬 수 있다는 것을 알고, 반식민지인 중국에서는 객관적인 조건으로 볼 때 현재 국민혁명이 필요하며 또한 가능하다는 것을 알았다는 것이다.

이런 상황은 비단 중국만 그런 것이 아니라 터키, 인도, 자바 공산당의 경우도 모두 마찬가지이다. 이것은 아마도 식민지, 반식민지 혁명운동의 공통된 법칙일 것이다. 그래서 중국 공산주의자가 중국 국민당에 가입했다는 사실에 대해 세계의 지식인들은 애초부터 무슨 의문을 가질 게 없었다.

하지만 이번 국민당 대회 이후 우리 사회 안에서는 두 가지 오해가 생겨났다. 하나는 국민당이 적화(赤化)되었다는 것이고, 또 하나는 공산 세력이 국민당을 공산주의 운동에 이용한다는 것이다.

국민당이 이번에 발표한 강령은 대외적인 것이 여섯 조항, 대내적인 것이 열 여섯 조항인데 조항마다 모두 국민주의를 견지하고 있고, 한 조항도 재산의 사유권을 부정하거나 외채를 부인하거나 자본가의 선거권과 피선거권을 부정하거나 하는 것이 없다. 심지어는 대지주의 소유권조차 침범한 게 없고 당(唐)나라 때 했던 경지정리 정책[1]조차 채택하지 않았다. 그런데 대체 어디에 적화되었다는 증거가 있는지 모르겠다. 만약 국민당의 장정에서 위원제를 채택한 것을 적화라고 한다면 국내외에 위원제를 채택한 공사(公私) 단체들이 얼마든지 있는데, 예를 들면 최근 상하이의 상계민치(商界民治)위원회 같은 것들도 설마 다 적화되었다는 말인가?

공산 세력이 국민당에 가입한 것이 국민당을 이용해 공산운동을 하려고 하는 것이라는 말은 정말로 기막힌 발상이다. 위에서 말한 것처럼 국민혁명과 공산혁명은 그 목적과 동력이 완전히 다르다. 공산 세력이 무슨 신통력이 있어서 각 계급의 연합인 국민당을 이용해 계급투쟁의 공산운동을 하겠는가? 공산혁명이라는 것은 의미가 아주 엄격한 것으로, 무산계급(근대산업노동자와 농촌 무산계급) 안의 혁명 분자를 동력으로 삼아야 하는 것이지 내키는 대로 사람들을 끌어들여서 한데 섞어서 함부로 성원을 채울 수 있는 것이 아니다. 하지만 각 계급의 연합인 국민당은 물론 많은 대소 자산계급의 사람들을 그 안에 포용하지 않을 수 없고 또 포용해야 한다. 공산당원들이 무슨 방법으로 이런 자산계급을 이용해서 공산운동을 하고 자산계급을 혁명할 수 있겠는가? 공산당원이 그렇게 머리가 아둔하다면 그 머리로 공산주의가 무엇인지라도 제대로 이해할 수 있겠는가? 공산혁명이 무엇인지는 또 알 수 있겠는가!

우리는 당 내외의 사람들이 공산당원이 국민당에 가입하는 것에 대해 명료하고 정확한 인식을 가지기를 바라기에 몇 마디 다시 하지 않을 수 없다. 공산주의자가 국민당에 가입하는 것은 식민지인 중국의 국민혁명이 세계 혁명 안에서 가지는 중요성 때문이지 절대로 국민당을 적화하거

1) 원문은 '條田政策'이다. '條田'은 장방형으로 구획된 농지를 말한다.

나 국민당을 이용해서 공산운동을 하기 위해서가 아니다. 공산당의 목적과 사명과 혁명의 동력은 국민당과는 완전히 달라서 절대로 그것을 이용할 수 없다.

1924. 서명: 천스안(陳實庵),

『중국국민당강연집』 1927년 10월판 수록

43 국민당의 한 가지 근본문제

國民黨的一個根本問題

국민당의 국민혁명 전략에서, 현재 군사행동을 중지해야 할지 광저우(廣州) 정부를 포기해야 할지 여부는 여전히 중요한 근본적인 문제이다. 나는 충직한 국민당 당원들이 모두 이 근본문제에 관해 이론적 현실적으로 자세히 연구하고 자기 견해를 발표해주기를 희망한다. "군사행동 중지와 광저우정부 포기 주장은 곧 국민당을 파괴하는 것"이라는 편견을 고집하면서 억지로 눈을 감고 아무 생각도 하지 않는 자세는 삼가해주길 바란다.

군사행동의 중지와 광저우정부 포기에 반대하는 사람들이 제시하는 가장 유력한 이론은 혁명당은 반드시 군사행동을 해야 하며, 또한 근거지가 있으면 일체의 혁명운동과 선전활동에 더 유리할 것이라는 점이다. 그러나 이 이론은 단지 추상적인 원칙과 형식 논리일 뿐이며 국민당 자체의 상황과 국민당이 중국에서 겪고 있는 현실은 전혀 이렇지가 않다.

첫째, 지금은 이미 나무로 만든 대창을 들고 일어나서 싸우는 시대도 아니고, 부적을 그리거나 주문을 외우는 것도 아무 소용이 없는 시대인데, 제국주의자들에게 원조를 구걸하는 것 말고 우리가 어떤 방법으로 군벌에 대항하여 싸울 수 있다는 것인가? 전체 군벌의 군사적인 역량은 잠시 논외로 하고, 직계(直系) 군벌[1]에 대해서만 말해도 광저우 정부가 현재 가지고 있는 군사력으로 그것을 타도하려고 한다는 건 군사전문가까지 거론할 필요도 없이 약간의 상식만 있는 사람이라도 하지 않을 기괴한 생각이다.

둘째, 광저우 정부가 현재 보유하고 있는 군대의 실질은 또 어떤가? 이 군대는 완전히 이익 때문에만 모여 있는 고용군대지, 감히 말하건대 그 안에는 한 연대, 한 소대도 믿을 만한 혁명 군대가 없다. 게다가 그 안에는 선전활동을 하고 군중을 지도할 수 있는 자질을 갖춘 상당 수의 혁명당원도 없다. 이런 군대의 역량으로 추진되는 군사행동이라면, 단지 몇몇 북방이나 군벌의 역량이 미치지 않는 다른 지역에서 평민들을 약탈하거나 수탈하는 일 정도나 할 수 있을 뿐이다. 진종밍(陳炯明)[2]이나 자오형티(趙恒惕)[3]도 타도해본 적이 없는 그런 군대로 국제 제국주의를 타도하고 북양군벌을 타도할 생각을 한다면 그건 세 살짜리나 속일 만한 말이다.

이런 상황에서 국민당이 지금 혁명적인 군사행동을 할 수 있을 가능성은 전혀 없다. 지금 소위 군사행동을 (북벌을 포함해서) 중단하지 않는다면 반동적인 윈난(雲南)군과 타협하고 반동적인 서남(西南) 장교들과 타협하고 반동적인 돤계(段系)[4]나 펑티엔(奉天)의 장계(張系)[5]와 타협하는 게 다 필요한 정책이 된다. 쑨중산 선생도 윈난(雲南)군이 상인단체(商團)와 결탁해서 타협하는 것이 국민당의 수치라는 걸 모르지 않았지만 군

---

1) 북양군벌의 한 파벌이다.
2) 대혁명 기간 중 후이저우(惠州)의 군벌이었던 인물.
3) 후난(湖南) 지역의 군벌로 일찍이 신해혁명(辛亥革命)과 2차혁명에 참여하였으며, 상군사단장(湘軍師長), 상군총사령관(湘軍總司令), 후난성 성장(省長)을 지냈다.
4) 돤치루이(段祺瑞).
5) 장쉐량(張學良).

사행동을 해야 했기 때문에 이런 반동적인 군대를 용인할 수밖에 없었다. 쑨중산 선생도 서남의 장교들과 함께 혁명을 할 수는 없다는 걸 모르지 않았지만 국민당의 군사행동의 실질적인 힘을 증대시켜야 했기 때문에 부득불 그들과 연합했다. 쑨중산 선생은 또 돤계나 펑티엔의 장계 모두 혁명당이 토벌해야 할 군벌이라는 걸 모르지 않았지만 국민당의 군사행동의 기세를 증대시켜야 했기 때문에 부득불 그들을 우군이라고 칭했다. 이런 수치스러운 행동, 이런 잘못된 정책은 모두 군사행동으로 인해 필연적으로 생겨난 것이다. 지금의 국민당은 이런 정책을 채택하는 것 말고는 본래 북벌이나 기타 군사행동을 할 능력이 없기 때문이다. 하지만 이런 정책을 취해서 군사행동을 한다면 이런 군사혁명은 혁명적이지 않을 뿐만 아니라 반혁명적이기까지 하다. 왜냐하면 윈난군이나 서남 장교나 돤계나 펑티엔의 장계 자신이 바로 군벌과 제국주의자의 도구이기 때문이다. 뿐만 아니라 이런 군사행동은 제국주의를 타도하고 군벌을 타도한다는 국민당의 혁명에 대한 선전을 완전히 무효화 시키는 것이 된다.

광저우 정부를 포기해야 할지 여부와 군사행동을 중지해야 할지 여부는 분리할 수 없는 한 가지 문제이다. 왜냐하면 정부가 소재하는 지역의 영토를 보호하고 지키려면 군사행동을 중지할 수가 없기 때문이다.

이론적으로는 당연히 먼저 강력한 혁명당이 있어야 혁명군대가 있을 수 있고, 혁명군대가 있어야 혁명정부가 있을 수 있다. 그러나 실제로는 광저우의 혁명정부는 결코 이런 이론에 의해 수립된 것이 아니다. 이 정부를 지지하는 혁명군대도 없고 또 강력한 혁명당도 없다. 이 때문에 명목상 극소수 정부의 우두머리들이 바라는 것은 혁명정부지만 사실상, 이 혁명정부는 완전히 반혁명적인 군대, 반혁명적인 관료와 반혁명적인 상인계급의 역량 위에 세워져 있다. 이런 반혁명적인 군대와 관료, 상인은 정부를 지지하는 역량이 아닐 뿐만 아니라 국민당 우파 반동세력의 진지이다. 이 때문에 정부 안의 극소수 우두머리들은 단지 혁명에 대한 기대만 가지고 있을 뿐, 소속된 군대와 재정을 지배해서 혁명의 대의를 위해 사용할 수 있는 실질적인 권력은 전혀 가지고 있지 않다. 또한 혁명정부가 절대 해서는 안 되며 용인해서도 안 되는, 도박판을 벌이거나 백성을 강제로 징발하거나 하는 일들을 저지할 실질적인 권력도 없다. 군대나 경찰이나 상인단체가 노동자와 농민을 억압하는 것을 제지할 실질적인 권력도 없고, 군대나 관리가 제국주의자의 주구인 상인단체와 결탁하거나 타협하는 것을 저지할 실질적인 힘도 없다. 하지만 이 모든 것들이 광저우 정부가 외면할 수 없는 객관적 현실이다.

이런 상황에서 국민당이 만약 여전히 광둥 정부를 유지하려고 한다면, 대내적으로는 상술한 갖가지 가슴 아픈 상황들이 반드시 계속될 수밖에 없으며, 뿐만 아니라 반혁명적인 군인관료와 반혁명적인 상인이 혼합된 정부도 반드시 현실화될 것이다. 대외적으로는 또한 서남 장교들과 북방의 일부 군벌과의 타협정책도 끝까지 포기할 수 없게 될 것이다. 이렇게 되면 국민당이 실제로 보여주는 행동들 때문에 국민당의 혁명운동과 선전활동은 전국의 민중들 가운데서 신용을 잃고 효력을 잃게 될 것이다. 게다가 혁명정부가 소재한 지역의 영토를 보호하려면 국민당의 역량과 주의력은 반드시 사실상 그 영토의 보호와 관련된 일체의 조치들에 집중될 수밖에 없게 되므로 전국의 혁명운동과 선전운동까지 고려할 여력이 없어지게 된다. 즉 그 영토 안에서 군경이나 관리들의 횡포로 당의 선전 효과가 소멸되어 버릴 수도 있다. 본래는 근거지가 있으면 일체의 혁명운동과 선전에 더 유리할 것이라고 생각했지만 실제의 결과는 그 반대가 될 것이다.

요컨대, 원칙적으로 우리는 혁명당이 군사행동을 하고 혁명정부를 건설하는 일에 반대할 이유가 없으며, 뿐만 아니라 중국 국민당이 빠른 시일 내에 혁명적인 군사행동을 할 수 있고 혁명정부를 건설할 수 있는 날이 도래하기를 지극한 열정으로 희망한다. 그러나 현실적인 상황에서, 한편으로 국민당의 실질을 보면 아직은 군사행동이나 혁명정부 건설을 추진할 시기가 아니다. 그런데도 억지로 온갖 반혁명적인 역량을 이용해서 혁명적인 군사행동을 하고 혁명정부를 건설하려고 한다면 이런 길은 사실상 길이 아니다! 또한 국제 제국주의자들이 중국 안에서 가지고 있는 역량과 국내 군벌의 역량을 지켜볼 때, 한 모퉁이의 땅을 차지하기 위해 수만의 군대를 키워서 그들을 타도한다는 건 더더욱 갈 수 있는 길이 아니다!

이제 조금 멀긴 하지만 우리가 갈 수 있는 길이 있으니 그건 바로 오직 전국의 노동자, 농민, 병사들이 연합해서 대폭동을 일으키는 것이다. 그래야만 비로소 모든 군벌계급의 군사력을 파괴할 수 있으며, 제국주의자들이 자신들의 조약을 신성시하는 미몽에서 깨어나 그들로 하여금 중국에서의 불법적인 권리를 포기하지 않을 수 없게 만들 수 있다. 상인과 신사들이 제국주의자나 군벌과 결탁하려는 간계를 쳐부술 수 있고, 혁명적인 군사행동을 실현할 수 있으며, 전국적인 혁명의 고조와 혁명적인 열정을 불러일으켜 낡은 잔재를 소탕하고 새로운 나라를 건설할 수 있다.

이 때문에 우리는 국민당이 의연하고 결연하게 이 새로운 길로 걸어가기를, 정부를 세우고 군사행동을 하고 북벌을 하고 서남과 단결하고 하는 이전의 낡은 정책을 의연하고 결연하게 포기하기를 희망하는 것이다. 의연하고 결연하게 유명무실한 정권에 대한 미련을 단절하고 혁명동맹회 시대로 돌아가기를, 의연하고 결연하게 전당(全黨)에 대해 '민간으로 가라'는 동원령을 내리고 모든 인민들 가운데서 광대한 정치선전을 하고 노동자 농민 병사로 구성된 민중 대조직을 건설하기를, 그리고 이런 광대한 민중의 이익을 위해 부단히 투쟁함으로써 이런 광대한 민중이 모두 국민당은 확실히 민중의 이익을 위한 혁명당이며, 군벌의 무리나 다른 관료적 정당과는 다르다는 것을 인식하게 되기를 바란다. 그렇게 된다면 중국 국민당은 그때 비로소 군사행동을 하고 혁명정부를 건설할 실질적인 힘을 가지게 될 것이다.

이렇게 하는 것은 본래 국민당의 국민혁명 전략에 일대 변동을 가져오는 것이므로 반동적인 우파는 자신들의 이해관계 때문에 당연히 이런 변동에 반대할 것이다. 구차하게 안위를 도모하는 중간파들도 이런 변동에 찬성할 용기와 결심을 가지지 못할 것이다. 하지만 이러한 변동은 분명히 중국혁명운동이 필요로 하는 것이므로, 혁명 지도자들이 만약 이러한 현실의 필요를 똑바로 인식한다면 곧 혁명의 책임감으로 그들의 동요하는 의지를 극복해야만 한다!

만약 여러분의 머릿속이 온통 군벌전쟁이나 국부적인 정치적 상황의 자잘한 문제들에 대처하는 구체적인 것들에 점령되어 있어서 전국적인 혁명을 필요로 하는 현실을 고려할 여지가 없다면 그건 정말로 국민당의 불행이다. 하지만 우리는 여러분이 결국은 고개를 돌려 이 현실을 돌아보게 될 날이 있을 것이라고 믿는다. 그렇지 않다면 훗날 다시 이야기하는 수밖에 없다.

1924년 10월 1일 『향도』 주보 제85기, 서명: 천두슈(陈独秀)

44 27년 동안의[1] 국민운동에서 얻은 교훈

二十七年以来國民運動中所得教訓

현대 중국의 국민운동은 멀리, 중일전쟁 이후 전쟁 패배에 자극을 받은 당시의 소위 사대부들(즉 지식계급과 관료)이, 리훙장(李鴻章)의 화의(和議) 오국(誤國)에 반대하는 운동을 일으켰던 것과 그것이 일변하여 일어난 유신자강운동에 그 기원을 둔다. 이 운동의 중심인물은 바로 웡통허(翁同龢), 원팅스(文廷式), 장지엔(張謇), 캉유웨이(康有爲), 량치차오(梁啓超) 등이었으며, 당시 정치사상은 두 개의 유파로 나뉘어 있었다. 하나는 문인파(文人派)로 우두머리는 베이징 대학사인 웡통허였고, 다른 하나는 실력파(實力派)로 우두머리는 톈진의 북양대신 리훙장이었다. 웡 파에 속한 사람들은 모두 지위가 낮은 문인명망가들로 중국의 낡은 문물제도를 숭앙하는 사람들이었다. 리 파에 속한 사람들은 철로, 배, 전보, 해군을 건설하는 등 서양문물을 배우는 데 힘쓴 인재들로 서양의 군사제도와 교통제도의 채택을 주장했다. 당시에는 전자가 수구에 속하고 후자가 유신에 속했다. 양 파 사이에는 사상적인 면에서나 정권과 관련해서나 중일전쟁 이전에는 표면화되지 않은 갈등이 많이 있었다. 전후에 유신자

1) 변법유신운동이 시작된 1898년부터 이 글이 쓰여진 1924년까지의 기간을 지칭하는 것으로 생각된다.

강운동이 일어나자 양 파의 사상은 변하여 리 파가 수구에 속하고 웡 파가 유신에 속하게 되었으며 암투는 더욱 격렬해졌다. 결국 웡 파가 청 황제의 후원과 여론의 공감을 얻게 되고, 리 파는 정권을 잃고 베이징으로 들어와 거주하게 되었다. 캉유웨이는 베이징에 입성해서 변법구망(變法救亡)[2]의 상서를 올리고 보국회(保國會)를 설립하였는데 당시에는 웡 파가 크게 세력을 떨치고 있었기 때문에 웡과 캉은 서로를 이용하고 또 청 황제와도 결탁하여 결국 무술변법[3]의 국면을 만들어내게 된다.

'무술변법' '의화단' '신해혁명' '오사운동', 이 네 가지 사건은 모두, 중국혁명의 과정에서 무산계급이 자신의 사회적인 힘을 드러내기 이전에 소자산계급이 이루어낸 중요한 국민운동이며, 이 네 가지 운동만이 국민운동이라고 불릴 자격이 있다. 왜냐하면 이 네 가지 운동에는 모두 광대한 민중이 참여하였으며, 이 점은 서남(西南)의 '호국(護國)'운동이니 '호법(護法)'운동 이니 하는 것들이 모두 남북 군인들 간의 전투였지 민중의 참여는 없었고, 어떤 민족적인 의미나 대외적인 의미도 전혀 가지지 못하는 사건들이었던 것과 다르기 때문이다.

'무술변법'운동에서 이른바 '변법'이란 단지 방법에 불과하며 그 목적은 변법을 통해 스스로 강해져서 수모를 갚고 나라를 구하자는 것이었다. 그 동기 역시 제국주의의 군사 침략에서 비롯된 것이다. 이 운동이 가진 장점은 두 가지이다. (1) 당시 소위 변법유신은 그 이전의 구(舊) 유신파인 리훙장 등이 서양의 군사제도나 교통제도 등을 채택하려 했던

2) 제도를 바꾸어 나라를 망국의 위기에서 구함.

3) 무술변법(戊戌变法)은 백일유신(百日维新)이라고도 부른다. 1898년 6월 11일에서 9월 21일까지 캉유웨이, 량치차오 등이 중심이 된 유신파 인사들이 광서제를 통해 서양을 배우고 과학을 제창하고 정치 개혁과 교육제도의 개혁 및 농공상업의 발전을 도모했던 정치개혁운동이다.

것에서 한 걸음 더 나아가 서양의 행정제도나 교육제도의 채택을 주장했다는 점이다. 이로 인해 리훙장 등은 수구파의 위치로 물러나게 된다. (2) 당시 변법유신운동은 정치사상에서 큰 변화를 일으켰을 뿐만 아니라 학술사상에서도 큰 변화를 일으켰다는 점이다. 이른바 사상적인 변화라는 것이 공교(孔敎)의 범위를 벗어난 것은 아니었지만 서양학술 사상의 유입으로 인해 결국 공교의 교리 안에서도 새로운 분화가 일어나게 되었다. 하나는 캉유웨이, 량치차오 등이 주도한 개혁파이고 다른 하나는 장즈둥(張之洞), 예더후이(葉德輝) 등이 주도한 호교(護敎)파이다. 장즈둥이 지은 『권학편(勸學篇)』과 예더후이가 지은 『익교총편(翼敎叢編)』은 나란히 명륜위도(明倫衛道)[4]의 정통을 자처하면서 캉유웨이와 량치차오를 이단사설(異端邪說)로 배척한다. 이런 변론은 이보다 오래 전에 있었던 한학(漢學)파의 금고문(今古文)논쟁을 보편화된 정치적 · 학술 사상적 갈등으로 확대시켰다.

이 변법운동의 결함은 두 가지이다. (1) 변법유신의 내용은 단지 현행 정치하에서 행정제도와 교육제도의 개혁만을 주장했지, 정치의 근본적인 개혁이나 그것을 위한 준비는 전혀 생각하지 못했고 이로 인해 결국은 나중에 입헌파와 혁명파 간의 다툼을 불러일으켰다. (2) 변법유신의 방책을 사회적으로 개혁파 민중 조직의 기초 위에 공고하게 세우지 못하고 오직 청 황제의 권위로만 그것을 시행하려고 했다. 당시 개혁파는 사회적인 힘을 장악하고 있지 못했으며 청 황제를 둘러싸고 있는 친족, 즉 통치계급의 그들에 대한 투쟁 역량에 대해서도 전혀 제대로 파악하고 있지 못했다. 이로 인해 그들은 결국 위안스카이(袁世凱)에게 완전히 참패를 겪고 군사적으로도 거의 전멸을 당하게 되었다. 그들의 타협성이

4) 윤리를 밝히 드러내며 도를 지킴.

그들로 하여금 민중 조직을 경시하게 했고, 혁명의 준비를 경시하게 한 것이다. 이것이 국민운동이 우리에게 주는 첫 번째 교훈이다!

무술정변 이후 청 조정의 반동적 행태는 갈수록 심해졌고 동시에 외국 제국주의의 정치경제적 침략도 갈수록 심해졌다. 전국의, 특히 북방의 빈궁한 농민들과 수공업자들의 생활고와 실업의 증대는 제국주의의 경제적인 침략(외국 물건의 수입)과 정비례하였다. 또한 청 조정은 대내적으로는 반동정책을 실시하면서, 다른 한편으로는 외국인의 환심을 사서 자신에 대한 비난을 완화시키기 위해 외국인들과 교회를 보호하는 금령들을 각 현(縣)과 진(鎭)에 계속해서 반포하였다. 이것이 결국은 '의화단' 사건이 일어나도록 몰아간 것이다.

'의화단' 사건의 발생 원인은 너무나 분명하다. 하나는 경제적인 원인, 즉 농민의 제국주의 침략에 대한 저항이며, 다른 하나는 정치적인 원인, 즉 청 조정의 반동정책이 극단화된 결과이다.

생각이 단순한 북방의 농민들과 실업 유민 무산계급은 영불(英法) 연합군이 북경에 입성하여 원명원(圓明園)을 불태우고 중일전쟁으로 영토가 할양되고 배상금을 물고, 서양물건이 물가 폭등을 가져오고 교회당과 신도의 세력이 하늘을 찌르게 되고, 정부는 또 그들을 모방해 서양학당을 짓고 서양 배를 만들고 서양 총포를 만드느라 세금을 올리고 하는 것들을 수년 동안 경험하면서 그 안에서 형성된 직관으로 결국은 백련교(白蓮教)의 반청복명(反淸復明)운동을 일으켰고 다시 일변해서 의화단의 부청멸양(扶淸滅洋)운동을 전개하게 된 것이다. 이때 청 조정의 반동정국은 갈수록 극단화되어 아무리 외국의 비위를 맞추려 해도, 외국인들이 구실을 만들어 협박하는 비난거리가 되는 걸 면할 수 없었다. 게다가 외국이 망명 세력인 개혁파를 용인하자 이것이 청 조정을 더욱 분노하게 만들었고, 의화단 운동이 산둥에서 일어나 즈리(直隸), 동삼성(東三省)으로 퍼져나가자, 돤(端), 좡(莊), 위시엔(毓賢), 강이(剛毅) 무리들이[5] 이때를 이용해 외국인들의 간섭을 제거하고 자신들의 반동적인 탐욕을 마음껏 채울 욕심을 내게 된 것이다.

의화단이 조약을 무시하고 외국세력이나 외국물건과 기독교를 배척한 것이나, 얼마오즈(二毛子), 싼마오즈(三毛子)[6]를 제국주의자의 주구라고 부른 것은 모두 비난할 게 없다. 의화단이 신통력을 믿으며 일체의 과학이나 서양문화를 배척한 것은 당연히 결함이지만 그러한 것들은 본래 낙후된 농업사회가 지니는 결점이므로 그런 것을 가지고 특별히 의화단을 비난할 수도 없다. 의화단의 진정한 결함은 (1) 운동이 단지 충동적으로 폭동을 일으킨 무리들에 의해 주도되었을 뿐 그에 상응하는 조직이 없었기 때문에 한 번 패배하자 곧 와해되어버렸다는 점, (2) 반동파와 협력하고 그것에 이용당함으로써 사회적으로 진보세력의 공감을 잃게 되었다는 점이다. 이것이 국민운동이 우리에게 주는 두 번째 교훈이다!

의화단운동의 실패는 국민운동에 두 가지 지극히 큰 영향을 남겼다. 하나는 이로 인해 청조정의 죄악과 무능이 폭로되었으며, 무술변법 이래로 사회적으로 유신당이라 불리던 파벌이 입헌파와 혁명파의 두 파로 나뉘어지게 되었다는 것이다. 이것은 좋은 영향이다. 또 하나는 이로 인해 타협성이 농후한 지식계급이 얼마오즈, 싼마오즈의 선전에 부화뇌동하면서 외국세력을 배척하는 것을 야만과 수치로 간주하여 민족혁명, 즉 외국 제국주의에 저항하는 정신을 훼손시켰다는 것이다. 이것은 나쁜 영

5) 위시엔(毓贤)과 강이(刚毅)는 산둥(山東)의 순무(巡撫)로 청조 말기의 유명한 혹리(酷吏)이자 극단적인 배외적 인물이었다.

6) '얼마오즈'는 당시 중국인들이 천주교와 기독교를 믿는 사람들을 경멸적으로 부르는 호칭이었고 '싼마오즈'는 서양학문을 좀 알거나 서양말을 할 줄 알거나 서양물건을 쓰는 사람들을 경멸적으로 부르던 호칭이었다.

향이다. 이 나쁜 영향이 국민운동에 미친 해악은 지대하며 신해혁명 이래로 지금까지도 줄곧 미치고 있다.

의화단 사건에서 신해혁명까지 12년 동안 입헌파와 혁명파 간의 논쟁이 일본과 상해에 거주하는 지식인들 사이에서 분분히 일어났고, 이와 동시에 내지의 상업자본가들과 지식인들의 '권리회수'운동 또한 떠들썩하게 일어났다. 그중에서도 가장 두드러진 것은 러시아의 동삼성(東三省)[7] 주권 회수운동, 미국의 웨한(粵漢)[8]철도 회수운동, 영국의 산시(山西) 허난(河南)의 탄광 회수운동, 안후이(安徽) 동관(銅官)의 광산 조약폐기운동, 상하이-항저우(滬杭) 간 도로의 차관 거절운동, 장쑤 성(蘇), 즈리 성(直), 산둥 성(魯), 톈진(津)의 철로 조약폐기 운동, 프랑스의 띠엔쾅(滇礦)[9] 회수운동과 산둥 성-장쑤 성 간 운항 거부운동, 벨기에의 징한(京漢)[10] 철도관리권 회수운동, 지린(吉林) 허난(河南) 쓰촨(四川)에서 조직된 철도보호회(保路會) 같은 것들로, 모두 대규모의 군중운동이었다. 이런 운동이 전국으로 퍼져나가고 있는 것은 분명 제국주의자들이 신축(辛丑)조약을 근거로 중국 경제에 침략해 들어오는 것에 대한 저항이었다. 당시의 혁명당은 청 조정이 바로 당시 혁명운동의 유일한 동력이라는 사실을 분명히 알아야 했다.

당시 입헌파와 혁명파 양 파 간의 논쟁에서 전자는 헌정을 통한 청 조정의 개혁을 바랐고, 후자는 혁명세력을 통한 중국의 개혁을 주장했다. 입헌론은 실제 당시 일부 타협적인 지식인들의 어리석은 망상이었지만, 혁명의 결과도 중국을 개혁한다는 목적에 도달하지는 못했다. 하지만 이

7) 랴오닝(遼寧), 지린(吉林), 헤이룽장(黑龍江)의 동북삼성.
8) 광둥 성 광저우에서 후베이(湖北) 우창(武昌)까지의 구간.
9) 윈난(雲南) 성 소재 광산.
10) 루고우차오(卢沟桥)에서 한커우(漢口) 사이 구간.

것은 결코 혁명의 주장 자체가 잘못되었기 때문이 아니라 혁명의 방법이 잘못되었기 때문이다. 신해혁명이 방법에서 저지른 잘못은 정말 많지만 그중 가장 중요한 것은 두 가지이다. (1) 단순히 배만(排滿)의 구호만을 제기하여, 민족의 감정을 선동하여 혁명을 일으키기는 쉬웠지만 동시에 사회의 객관적인 혁명세력인 당시 상인들의 경제적인 요구, 즉 외국 제국주의에 저항하여 권리회수를 원하는 그러한 요구를 파악하여 수용하지는 못했다는 점이다. 이로 인해 상인들은 혁명의 목적을 이해할 수 없었고 혁명운동은 결국 청 황실의 퇴위와 동시에 중단되지 않을 수 없었다. 이로 인해 중국의 산업은 혁명의 성공을 따라서 발전하지 못했고, 이로 인해 봉건 잔여세력들은 제국주의자들과 결탁하여 혁명세력을 진압하게 되었고, 제국주의의 커다란 몸집이 직접 침입해 들어오는 정도는 혁명 이후가 그전 청 왕조 때보다도 더 심해졌다. 이것은 신해혁명의 커다란 실패이다. (2) 단순히 군사 행동에만 의존한 점이다. 이 군사 행동의 기초가 민주의 역량 위에, 즉 인민들이 참가한 혁명군대와 같은 그런 민중적 기초 위에 세워지지 못했다. 뿐만 아니라 단지 소수당원의 이권에 선동되어 일어난 것이지 결코 일반인들이 혁명의 선전에 고무되어 일어난 것이 아니었다. 이 때문에 군인들이 권력쟁탈을 위해 서로 싸우는 내전이 삼십년 민국의 역사를 피로 물들이게 된 것이다. 이것은 신해혁명의 실패일 뿐만 아니라 신해혁명의 죄악이기도 하다.

오직 군사행동만 있었지 민중에 대한 정치적인 선전은 소홀했던 것, 오직 만청을 배격하는 일에만 주력했지 제국주의의 침략은 가볍게 여긴 것, 가볍게 여겼을 뿐만 아니라 외국인의 조약상의 권리를 존중해야 한다고 온통 떠들어대며 배외의 오명을 피하느라 애를 쓰면서 군대가 이르는 곳이면 어디서든지 외국인을 해치는 일을 큰 죄로 간주한 것, 이 때문에 외국세력은 중국혁명으로 인해 크게 세력을 펼치게 되었고, 청 말의 권리

회수운동은 자취도 없이 사라져버렸다. 외채에 의지하면서 그들에게 권리를 주어버린 것이 민국 역사의 특징을 이룬다. 군인들이 군사로 정치를 어지럽힌 것 또한 청대에는 없던 일이며, 군벌과 제국주의자들의 결탁이 우환을 이룬 국면도 역시 신해혁명의 방법적인 잘못이 남긴 악영향이라고 할 수 있다. 이것이 **국민운동이 우리에게 주는 세 번째 교훈이다!**

무력으로 만주 황실을 배척한 신해혁명은 국민혁명으로서의 진면목을 잃어버렸다. 국민혁명의 타도 목표인 외국 제국주의자와 국내 군벌은 이로 인해 더욱 잔혹하게 기염을 토하였고, 이 잔혹한 기염하에서 팔 년을 견딘(신해혁명에서 오사운동까지) 중국의 청년들은 유럽전쟁 이후 세계혁명 조류의 영향 속에서 마침내 '오사'운동을 일으킨다.

'오사'운동에서 특별히 중요한 사건들은, 북경의 학생 집단 삼천여 명이 파리강화조약 조인에 반대하여 민국 8년 5월 4일에 외교적인 시위를 벌이며 차오루린(曹汝霖)의 집을 불태우고 장종상(章宗祥)을 혹독하게 후려친 사건과, 6월 3일에 베이징학생 강연단 중 천여 명이 체포되자 상하이 학생들이 수업을 거부하고 상인들은 철시를 하고 노동자들은 파업을 하면서 차오루린, 루종위(陸宗輿), 장종상 삼인의 파면과 체포된 학생들의 석방을 요구한 사건, 이와 동시에 난징, 항저우, 우한, 톈진, 지우장, 산둥, 안후이, 샤먼, 광저우의 학생들과 운수업자들도 잇달아 일어나 일제히 매국노를 성토하고 일본물건 배척 운동을 벌인 사건, 그리고 그 결과로 10일에 베이징 정부가 차오루린, 루종위, 장종상을 파면하였고 그러자 상하이에서 시장을 열고 작업을 개시하고 수업을 시작한 사건 등이다.

이 운동이 가진 장점은 (1) 외국 제국주의의 억압에 순수하게 저항한 시민운동이었다는 점과, 직접적인 행동이라는 수단으로 제국주의자의 주구, 즉 매국노들을 처벌했다는 것 (2) 뒤이어 일어난 문화운동과 사회운동이 낡은 사상에 심대한 타격을 가했다는 점이다.

이 운동의 결함은 (1) 민족운동의 대상이 단지, 당시로서는 가장 심각하게 여겨졌던, 국내 군벌 돤치루이(段棋瑞)와 결탁한 제국주의 일본에만 한정되어 있었고, 국제 제국주의자의 중국에 대한 침략 상황 전반에 대해서는 소홀했던 점이다. 뿐만 아니라 일부 지도자들은 더욱 악독한 적인 미제국주의자들에게 도움을 요청하는 경향까지 있었고 이러한 경향은 워싱턴 회의로까지 확대되어 사회 전체상황을 더욱 나쁘게 만들었다. (2) 이 운동을 사회 각 계급의 피압박 군중에게로까지 계속해서 확대 심화 시켜나갈 수 있는 유력한 조직이나 지도자가 군중 가운데 없어서, 유럽전쟁 이후 세계 혁명의 거대한 조류 속에서 피압박 중국민족해방운동이 대대적으로 일어날 기회를 잃어버렸다는 점이다. 당시 남방의 국민당은 모두 "무력으로 북방과 세력 쟁탈을 하는" 낡은 정부 안에 갇혀 있거나 혹은 이권 다툼을 하는 남북 평화회의 주변을 서성대거나 하면서 중국 혁명의 진정한 관건인, 국제 제국주의에 저항하는 민족해방에 대해서는 똑똑하게 알지 못했고 중국혁명의 새로운 방향과 새로운 세력에 대해서도 분명히 알지 못했다. 학생운동에 대해서는 방관적인 태도를 취했고 심지어 한두 지도자는 회의적이거나 비난하는 태도를 취하기도 했다. 근본적으로 혁명성이 없었던 북방의 청년지도자들은 상황이 닥치면 달아났을 뿐만 아니라 "공부하며 배움을 구하고 정치는 묻지 않는다"[11]는, 혁명을 회피하는 구호를 공공연하게 제창하기도 했다. 이로 인해 혁명의 시기에 혁명의 경향을 가지고 있던 '오사'운동이 수재(秀才)들의 반란으로 변했고, 중국 지식계급의 나약성은 이 운동 속에서 이른바 그 본모습을 다 드러내었다! 이것이 국민운동이 우리에게 주는 네 번째 교훈이다!

11) 원문은 '讀書求學不問政治'이다.

이상 네 차례의 국민운동은 모두 소자산계급(지식계급을 포함하여)이 독자적으로 무대를 주도했던 것이었으며, 이것은 또한 이 운동이 몇 번이나 실패를 거듭하게 된 근본적인 원인이기도 했다.

하지만 마지막 '오사'운동은 그래도 유럽전쟁 이후 세계혁명의 성난 물결과 중국 도시 공업의 발전과정에서(민국 8년, 서력 1919년) 발생한 것이며, 비록 이상적인 성공을 거두지는 못했다고 하더라도 운동의 과정에서 가장 애를 썼던 혁명적인 청년들이 마침내 세계 혁명의 사조들을 받아들이고 공상(空想)에서 실질적인 운동으로 중국혁명의 새로운 방향을 여는 계기가 되었다. 이 새로운 방향이란 바로 사회 안에서 가장 혁명적인 요구가 강한 무산계급이 혁명에 참여하여 그 사회적인 힘을 드러내기 시작했다는 것이다.

사회적인 힘을 드러내기 시작한 무산계급은 계급투쟁에서나 민족투쟁에서나 아직은 유치하지만, "실패만 있을 뿐 타협은 없다"는 '혁명계급'의 근성은 이미 충분히 보여주고 있다. 그리고 이 새로운 방향의 운동은 지금 막 시작된 것에 불과하지만 선원들의 파업에서부터 상인단체의 반혁명적인 움직임을 진압한 사건(민국 11년 1월 12일에서 민국 13년 10월 15일까지)에 이르기까지 제국주의자들을 깜짝 놀라게 할 몇 가지 일들을 이미 이루어내었다.

홍콩중화선원연합회는 월급 인상 요구가 이루어지지 않자 전원 파업을 감행했다. 잇달아 파업에 가담한 선원이 이만여 명이나 되고 전체 시의 운수노동자들이나 탄광 인부들, 공사(公私) 고용노동자 가운데서도 파업에 동조한 사람이 수만 명이나 된다. 이들은 파업 오십사 일(1월 12일에서 3월 5일) 만에 월급 인상 요구를 달성하고 문제를 해결했다.

이 파업에서 우리는, 파업에 동조한 사람이 전체 홍콩 노동자에서 시작되어 중국 북방의 철도 노동자계급에까지 이르는 것을 통해서 계급적인 각성을 볼 수 있었고, 홍콩의 공사(公私)기관에 고용된 중국인 전체가 파업에 동참한 데서 민족적인 각성을 볼 수 있었다. 또한 우리는 영국제국주의자들이 운수업이 중단될지도 모른다는 것에 대해 느끼는 공포와 운수노동자들의 위력을 볼 수 있었으며, 영국 정부가 영국 자본가(선박회사)를 보호하면서 일치하여 파업 노동자들을 가혹하게 탄압하는 것도 보았다. [홍콩 정부는 선원노조 활동을 봉쇄 금지하고 각 선관(船館)의 영업허가를 취소하고 무력으로 선원 및 모든 인민들의 자유로운 출경(出境)을 금지하였다. 상해의 영국 정부 측은 선박회사를 대신해서 노동자를 모집하고 홍콩의 파업에 동조했던 노동자 여러 명을 구금 체포했다.]

선원들이 파업에서 승리하면서 일어난 기운은 징한 철도 노동자들의 '이칠(二七)' 참안[12]으로 끝났다. 이 일 년은 중국노동계급의 발전기였다. 홍콩, 광저우에서 상하이, 창사, 핑샹(萍鄉), 우한으로, 징한, 진푸(津浦)[13], 징펑(京奉)철로[14]에서 산하이관(山海關)에 이르기까지 파업과 노동운동이 전국을 떠들썩하게 흔들면서 군벌과 관료, 자본가들이 두려움과 분노의 시선으로 그들을 쳐다보게 했다.

노동조합운동 가운데 비교적 힘이 강했던 것은 철도 노동자들이었다. 징한, 징쑤이(京綏)[15], 정타이(正太), 웨한(粤漢), 진푸, 징펑 각 철로 모두 조직이 있었고, 징한은 특히 비교적 조직이 잘 완비되어 있어서 군벌 관

---

12) 1923년 2월 7일 북양정부의 직계 군벌인 우페이푸가 징한철도 노동자의 대규모 파업을 유혈 진압한 사건.

13) 중국이 영국과 독일 양국의 차관으로 1908년 건설을 시작하여 1912년 완공한 철로로, 북으로는 톈진, 남으로는 징푸(京浦)까지 연결된다.

14) 징펑철도는 1881년 탕산(唐山)에서 쉬꺼좡(胥各庄)에 이르는 탕쉬철도로 시작되었다가 이후 톈진까지 연장되었고 이후 다시 영국과 러시아의 차관을 받아 펑톈까지 연장된 철도이다.

15) 산시(陝西) 성 서북부에 있는 쑤이더(綏德) 현.

료들이 특히 그 조직을 증오했다.

중국노동운동이 최고조에 달한 시기(민국 11년, 서력 1922년)에 국제 자본제국주의는 이미 세계혁명의 성난 물결을 진압하고 다시 세계노동계급과 원동(遠東)의 피압박민족을 향해 공격을 개시하고 있었다. 이 시기에 또한 신흥 직계(直系) 군벌은 무력통일의 야심을 품고, 때마침 전국철도 노동조합을 통일시키려는 운동을 추진 중이던 신흥 노동자계급과 서로 충돌하게 되었으니 원수가 외나무다리에서 만난 것처럼 그 대립은 불을 보듯 환했다. 게다가 다시 한커우 제국주의자들의 교사(教唆)로 징한철도 각 부두 상인들이 파업노동자들에 대해 비난을 가하면서, 민국 12년 2월 7일 징한철도 노동자들에게 참극이 일어난 것이다.

이 '이칠' 참안이 우리에게 남긴 교훈은, 우리로 하여금 외국 제국주의자들과 중국의 군벌, 관료, 상인들이 반혁명연합전선에 함께 서 있음을 인식하게 한 것이다.

'이칠'사건 실패 후 제국주의자, 군벌, 관료, 자본가들은 동시에 노동계급을 공격해 각 성(광둥과 후난을 제외한)의 노동조합은 해산되거나 비밀소조직으로 바뀌게 되었고 전국 노동운동의 물결은 일시에 저조해지게 되었다.

광둥의 산업노동자들은 수는 많지 않았지만 정치적으로 북방에 저항하는 남방 정부의 통치하에서 오륙 년 동안 집회결사의 자유를 누려왔던 일반 노동군중들이 있었기 때문에, 자본가들의 압박하에 있으면서 상대적으로 견고한 조직을 가지고 있었던 대도시 산업노동자들보다도 더 혁명성을 발휘할 수 있었다. 이로 인해 중국 전역에서 노동운동의 물결이 저조해졌을 때도 광둥의 노동군중은 그들의 진지를 고수했을 뿐만 아니라 최근에는 제국주의자와 그 주구들을 향해 공격을 감행하고, 사몐(沙面)에서의 파업과 상인단체의 반혁명 행동을 진압하는 데서 모두 승리를 거두기도 했다.

사멘의 영국, 프랑스 조계가 이 지역 출입에 관해 가혹한 조례를 새로 제정한 것은 사실상 단지 중국인의 출입을 금지하기 위한 것으로 본래 중국민족 전체에 대한 모욕이다. 하지만 그에 대해 파업으로 저항한 자들은 단지 고용노동자와 경찰뿐이었고 상인들은 그에 대해 아무런 입장 표명도 하지 않았다. 국민당 우파 당원 가운데는 오히려 영국 조계의 경찰들과 결탁하여 노동자들을 속이고 타협한 자들도 있다. 다행히 광저우 시의 노동자들이 무리로 일어나 동조하면서 비타협적인 태도를 견지하고 홍콩의 선원들도 같은 입장을 표명함으로써 결국 영국과 프랑스 제국주의자들의 양보를 얻어내었다.

광둥의 상인단체(商團)와 지역단체(鄕團)는 노동자 농민과 대립 충돌을 빚어온 지 오래되었는데, 최근 광저우의 상단장 천롄뽀[陳廉伯, 영국 회이펑(匯豊)은행을 운영한 매판자본가]의 지휘하에 각 현의 상인단체와 지역단체가 다시 연합하여 쑨중산 정부를 전복시키려 하였다. 그들은 일찍이 국민당 우파 군인들과 결탁하여 정부를 끼고 철시하면서 밀수한 총탄을 반납하기도 했다. 스스로 자신들 뒤에는 영국인들의 지원이 있으며 자신들은 차오와, 우[16]의 명령을 받든다고 말한다. 국경절 경축 시위 시민들을 무력으로 저지했고 노동자들과 학생 수십 명을 살해했다. 또한 철시도 불사하며 각 상단과 향단에 대해 광주로 집결하여 정부와 노동자들을 공격할 태세를 취하도록 호소하기도 하였다. 노동자 단체의 군대와 농민자위군과 각 학교 학생들과 육군학생조직이 연합하여 결성한 공농병학(工農兵學)[17]의 혁명대동맹이 이 상단과 대결하였고, 쑨중산은

16) 군벌인 차오쿤(曹錕)과 우페이푸(吳佩孚).

17) 노동자, 농민, 군인, 학생.

민중 봉기가 있었기에 결국 국민당 우파의 타협정책을 의연히 배격하고 무력으로 상단의 군대를 해산시키고 그 총기를 몰수할 수 있었다.

이 상단의 반혁명 행동을 진압한 사건은 비록 시간적으로는 하룻밤 사이에 일어난 것에 불과하고 지역적으로는 광저우 한 모퉁이에서 일어난 것에 불과하지만 사실상 민국 십삼 년 동안 치른 어떤 커다란 전쟁보다도 그 의미가 크다. 그것은 중국의 노동자, 농민과 국민당 좌파인 학생, 군인이 외국 제국주의와 국내 군벌, 부유한 상인(상단), 향신대지주(향단), 국민당 우파의 군인 정객들을 상대로 치른 전쟁으로서, 중국의 현재와 미래의 혁명과 반혁명 세력 간의 투쟁의 축소판이기 때문이다.

이십여 년간 국민운동이 우리에게 남긴 총체적인 교훈은 사회 각 계급 가운데 오직 인류 최후의 계급인 무산계급만이 가장 비타협적인 혁명계급이며, 국제 자본제국주의의 천적이라는 점이다. 그들은 자본제국주의 국가의 사회혁명, 즉 자본제국주의에 의해 억압받는 국가의 국민혁명에서 주력군일 뿐만 아니라 타협적인 성향을 가지고 있는 모든 우군들, 즉 농민, 수공업자, 혁명적인 지식인 계급, 룸펜 프롤레타리아(군인과 토비) 및 소상인들을 지휘 감독하는 지휘감독자로서, 외국 제국주의자와 그 주구들, 즉 국내의 군벌, 관료, 부상, 토호열신, 대지주, 반혁명지식계급을 향해 비타협적인 공격을 감행함으로써 비로소 국민혁명의 진정한 목적인 민족해방을 달성할 수 있다.

1924년 12월 20일 『신청년』 제4기, 서명: 천두슈(陳獨秀)

45 시월혁명과 중국민족해방운동

十月革命與中國民族解放運動

제국주의의 침략을 받은 지 팔십여 년이 되는 중국에서 왜 유럽전쟁 이후 점점 다시 자각적인 민족운동이 일어나는가? 이것은 (1) 객관적으로는, 중국의 공업이 유럽대전의 기회를 타고 일시적으로 상당한 발전을 이루었고 다른 한편으로 대전 후 제국주의자들이 전쟁 중의 손실을 보완하기 위해 중국처럼 경제적으로 낙후된 민족들에 대한 착취 공세를 강화하자 그것이 저항을 촉발시켰기 때문이다. (2) 주관적으로는, 소비에트 러시아의 시월혁명이 중국의 청년학생들과 혁명적인 노동자들의 정서에 자극을 가했으며 전 세계 각 피압박민족국가와 약소민족이 공동으로 제국주의에 저항할 운동의 진지를 건립했기 때문이다.

소비에트 러시아의 시월혁명은 그 내용을 보면 (1) 도시 노동자가 자산계급을 타도하고 자유를 얻어낸 것 (2) 시골 농민이 지주계급을 타도하고 자유를 얻어낸 것 (3) 러시아 국경 안의 약소민족이 러시아 황제와 자산계급 통치를 타도하고 자유를 얻어낸 것 (4) 전 러시아 인민이 서구 제국주의의 굴레에서 벗어나 자유를 얻어낸 것이다. 앞의 두 가지는 계급운동이고 뒤의 두 가지는 민족운동이니 합하면 바로 전체 세계혁명의 단서가 된다. 이 두 가지 혁명운동은 소비에트 러시아에서는 동시에 진행되었으며 어떤 장애도 없었다. 뿐만 아니라 노농계급이 분발하여 일어나 정권을 획득한 것이기 때문에 대외적으로는 제국주의 협약국과의 협력을 거절하고 대내적으로는 이전 러시아의 제국주의 정책, 즉 타민족들에게 강요해온 대러시아 동화정책도 취소했다. 이렇게 함으로써 민족운동도 비로소 철저하게 해결이 된 것이다. 그렇지 않았다면 당시 자산계급인 케렌스키 정부[1]의 정책에 따라 지금까지도 전 러시아 인민은 여전히 제국주의 협약국의 굴레 아래 굴복해야 했을 것이고 러시아 국경 내의 약소민족은 여전히 자본주의 대러시아 정부의 권위 아래 굴복해야 했을 것임은 조금도 의심의 여지가 없다.

노농해방과 민족해방의 두 가지 해방을 동시에 달성한 소비에트 러시아의 시월혁명은 그 자체의 성공과 그것이 세계혁명에 미친 영향을 고려할 때, 후자의 성과가 전자를 능가한다. 무릇 시월혁명 이후, 수년 동안 해결되지 못했던 러시아 국경내의 약소민족 문제는 비로소 철저하게 해결되었고 더 나아가 소비에트 러시아는 근동, 원동의 약소민족과 피압박국가들(중국, 터키, 페르시아, 이집트, 아프칸 같은 나라들)을 원조해서 전 세계의 피압박자들이 공동으로 압박자인 국제 제국주의에 저항할 수 있는 거대한 본부를 건립했다. 이런 사실들이 소비에트 러시아의 시월혁명은 노농해방운동의 측면에서 보다 민족해방 운동의 측면에서 더 성공적인 운동이었음을 충분히 입증해준다.

그러므로 이치대로라면 현재 전 세계 피압박계급과 피압박민족, 피압박국가는 모두 연합해서, 이 세계혁명의 거대한 본부의 지원하에 공동으로 국제 제국주의 타도에 나서야만 비로소 모두 출로를 얻게 될 것이다. 중국의 민족해방운동도 당연히 예외가 아니며 이 세계혁명의 대조류

1) 케렌스키 정부는 1917년 러시아의 2월 혁명으로 로마노프 왕조 체제가 마감된 후 10월 혁명 이전까지 존재했던 임시정부에서 내각의 수반을 맡았던 사회혁명당의 극우파 케렌스키(Kerensky, 1881~1970)가 집권했던 시기를 말한다.

를 따라 진행되어야 한다. 하지만 아직도 세계적인 추세를 이해하지 못하는 많은 사람들은 이런 생각을 하지 않는다. 영미 제국주의 교육의 해독을 깊이 받은 박사들은 제국주의의 침략이 중국의 근본적인 대우환이라는 점을 인정하지 않을 뿐만 아니라 제국주의라는 게 무슨 공산당원들이 날조해낸 말이기라도 한 것처럼 여기며 세상에 정말 그런 것이 존재한다는 사실조차 인정하지 않으려 한다. 그리고 그렇기 때문에 중국에 민족해방운동이 필요하다는 사실도 인정하지 않는다. 이런 사람들에 대해서는 논할 필요가 없다. 또 어떤 사람들은 중국에 민족해방운동이 필요하다는 것과 또한 제국주의를 타도하지 않으면 중국민족이 해방될 길은 없다는 사실은 잘 알고 있지만 중국의 민족해방운동은 완전히 자신의 힘에만 의지해야지 소비에트 러시아와 연합할 필요는 없다고 생각한다. 소비에트 러시아와의 연합에는 다음과 같은 세 가지 위험이 따를 것이라고 생각하기 때문이다. (1) 소비에트 러시아와 연합하면 중국은 반드시 공산주의를 실행해야 한다. (2) 소비에트 러시아와 연합하면 중국은 곧 러시아의 침략을 받거나 러시아에 의해 점령당하게 된다. (3) 소비에트 러시아와 연합하면 제국주의자들은 중국을 더 혹독하게 대할 것이다. 그들은 소비에트 러시아와의 연합에는 이런 세 가지 위험이 있다고 생각하기 때문에 결국 전 세계 피압박자들이 연합하여 제국주의에 저항하는 연합전선을 물리치고 중국의 민족해방운동을 고립된 위치에 놓아두려고 한다. 그러나 이것은 바로 제국주의자들이 바라는 바이며 중국에게는 불행이다! 그들이 의심하는 세 가지 위험에 대해 지금 간략하게 아래와 같이 해명하고자 한다.

첫째, 소비에트 러시아의 많은 주요 인물들은 공산주의자가 아니다. 소비에트 러시아의 실제 정치는 물론 소소한 부분에서 다소 공산주의적인 정책을 채택하고 있지만, 청홍흑백을 불문하고 어떤 국가에 대해 마음대로 행하는 그런 경우는 절대로 없다. 공산주의는 종교가 아니기 때문에 그 나라 안에서 자연적으로 발생하지 않은 것을 외국에서 선전한다고 만들어질 수 있는 것이 아니다. 소비에트 러시아가 약소민족과 피압박국가를 지원하는 문제는 공산운동과 더더욱 연대관계가 전혀 없는 별개의 사항이다. 소비에트 러시아가 지원하는 페르시아나 아프칸은 모두 전제군주 국가인데 설마 그것도 공산주의 운동이라는 건가? 소비에트 러시아는 몽고도 지원한 적이 있는데 설마 유목민의 나라인 외몽고에서도 공산주의 제도를 실행할 수 있다는 것인가? 소비에트 러시아는 확실히 광저우 정부도 지원했지만 제국주의자와 그 주구인 진종밍(陳炯明) 등이 만들어낸 소문 말고 광둥 성에서 실제로 조금이라도 공산주의적인 제도를 채택하여 시행한 적이 있는가?

둘째, 구러시아는 본래 제국주의 국가였는데 소비에트 러시아가 만약 중국을 침략하려고 한다면 당연히 구러시아의 정책을 계속 유지하면서 여타 제국주의와 같은 행동을 하고 같은 태도를 취해야지 왜 터키나 페르시아나 아프칸이나 중국에 대해 구러시아가 얻은 모든 특권을 포기함으로써 다른 모든 제국주의자들을 각별히 두려워하게 만들겠는가? 소비에트 러시아도 만약 제국주의자라면 당연히 제국주의자들과 같은 편에 서야지 피압박민족 편에 서서 반제국주의 연합전선 운동을 할 이유는 절대로 없을 것이다. 이른바 적색제국주의라는 말은 제국주의자들이 피압박민족과 소비에트 러시아 사이를 이간시키려고 날조해낸 말이다. 만약 소비에트 러시아가 정말로 적색제국주의라면 우리는 적화를 두려워할 필요가 없으며 제국주의자도 우리가 적화되는 걸 두려워할 필요가 없다. 경제적으로 말하면 소비에트 러시아는 현재 자본주의를 소멸시키기 위해 고심을 하고 있는데 제국주의가 되어 중국을 침략할 가능성이 어디에 있다는 말인가. 제국주의는 바로 자본주의 발전의 최고 형태인데 말이다. 정치적으로 말하면 피압박민족이 연합하여 공동으로 제국주의를 타도하는 것은 소비에트 러시아의 건국 원칙이다. "피압박민족에 대해서는 주기만 할 뿐 그들로부터 취하지는 않는다."는 게 레닌의 유훈이다. 그들은 터키나 페르시아나 아프칸에 대해 모두 이 유훈에 위배되게 행한 적이 없다. 그런데 어찌 중국에 대해서만 침략해야 할 이유가 있겠는가.

셋째, 중국은 지금까지 소비에트 러시아와 연합한 적이 없지만 그동안 제국주의자들이 우리를 심하게 대하지 않았다고 말할 수 없다. 반대로 터키나 페르시아나 아프칸은 소비에트 러시아의 지원하에서 민족운동이 발전하자 제국주의자들이 개입을 꺼려 결국 물러나게 되었다. 중국의 최근 일들을 가지고 이야기해도, 제국주의자들은 '오삼십'운동이 적화되었다고 크게 떠들어댔지만 바로 중국에 적화된 '오삼십'운동이 생겨났다는 것 때문에 결국은 관세 회의에서 상당한 양보를 하지 않을 수 없었다. 특히 그들은 소비에트 러시아에 의해 적화된 광둥에서 오 개월 이상 지속된 총동맹 파업이 홍콩을 거의 황폐한 섬으로 만들었음에도 불구하고, 또 광둥 정부가 결국 홍콩을 통해 군함이나 상선이 들어오는 걸 불허하고 일본배가 명령을 위반하고 진입했을 때 정부군이 일본선원 두 명을 총살했음에도 불구하고, 일본영사관에서는 그저 한편으로는 정부에 사과하고 한편으로는 사망자 각 사람에게 이천 원의 보상을 해줄 것을 청구했을 뿐이며 영미 제국주의자들은 뜻밖에 총알 하나 광둥에 발사하지 않았다. 이것은 (1) 제국주의자들 간의 충돌이 가열되어 이미 우리에 대한 연합공격을 할 가능성이 없어졌으며 (2) 모든 피압박 민족과 피압박 국가의 민족혁명이 다 떨쳐 일어나는 기세를 타고 있어서 제국주의자들이 이미 이런 혁명의 큰 흐름을 무력으로 소멸시킬 수 있는 가능성은 없고, (3) 각 제국주의 국가 내부에서도 수시로 계급혁명이 발발할 가능성이 있으며 제국주의자들이 만약 무력으로 소비에트 러시아와 일체의 피압박민족을 억압한다면 노동자 계급이 반드시 이에 저항할 것이기 때문이다. 운수노동자들은 특히 군사적인 운수 작업에서 치명적인 명령을 저지할 힘을 충분히 가지고 있다. 이런 여러 가지 원인들로 인해 우리는 제국주의자가 무력으로 심하게 중국을 대하는 정책은 이미 사용할 수 없게 되었음을 알 수 있다. 이후 그들의 정책은 (1) 금전이나 무기로 중국의 군벌들을 매수하여 그들 대신 중국의 민족운동을 파괴하게 하는 것 (2) 중국의 반혁명 세력을 교사하여 적색제국주의와 반공산주의를 크게 떠들어 대게 함으로써 중국과 러시아의 연합을 파괴하는 것 (3) 소소한 혜택으로 중국의 상인들과 영미 박사들을 매수하여 그들로 하여금 군벌 관료에 협력하고 노동자 농민 학생 운동의 발전에 저해가 되도록 하는 것이다. 우리의 적들은 국외에서 뿐만 아니라 국내에서도 근본적으로 중국에서 민족해방운동이 일어나지 않기를 바라는 것이지 결코 러시아와 연합하면 그것 때문에 제국주의자들이 중국을 심하게 대할까 봐 그러는 것이 아니다.

우리가 만약 소비에트 러시아와의 연합이 초래하게 될지 모르는 상술한 세 가지 위험이 모두 사실이 아니라는 것을 분명하게 알게 되었다면 자연히 전 세계 피압박자들이 제국주의에 저항하는 연합전선이 필요하다는 것을 명백하게 인식하게 되었을 것이며 아울러 이른바 '소비에트 러시아에 반대'한다는 것이 국외의 반제국주의 연합전선을 파괴하기 위한 구호이며 이른바 '공산주의 반대'라는 것이 국내 반제국주의 연합전선을 파괴하기 위한 구호라는 것도 명백히 알게 되었을 것이다. 국외에서 반제국주의 운동을 가장 치열하게 전개하는 건 바로 소비에트 러시아이며 국내에서 반제국주의 운동을 가장 치열하게 전개하는 건 바로 공산당이기 때문이다.

1925년 11월 7일 『향도』 주보 135기, 서명: 두슈(独秀)

46 국민정부의 북벌에 관해 논함

論國民政府之北伐

북벌은 남방의 혁명세력이 북쪽으로 세력을 확대하면서 북양군벌을 토벌하는 군사행동으로서의 의미를 갖는 것이며, 그것이 중국민족혁명의 전체 의미를 대표하는 것일 수는 없다. 지금 북벌의 함성 속에서 우리가 만약 이 의미를 이해하지 못한다면 많은 그릇된 관념과 행동이 생겨날 수 있다.

중국민족혁명이 가지는 총체적인 의미는 각 계급의 혁명적인 민중이 떨쳐 일어나 제국주의와 군벌을 타도하고 스스로 해방을 추구하는 것이며, 전 민족의 경제적인 해방, 특히 일반 노동자 농민 서민의 절실한 고통을 해결하는 것이다. 북벌은 단지 북양군벌을 토벌하는 군사 행동일 뿐이며 제국주의자와의 직접적인 무력 대결이라고 할 수는 없다. 이런 군사 행동은 군벌을 넘어뜨리는 데는 확실히 유효한 방법이지만 그렇다고 해도 단지 유효한 방법일 뿐 유일무이한 방법은 아니다. 군벌 통치하에 있는 민중이 만약 북벌이라는 것을, 군벌을 넘어뜨리고 인민을 해방시키는 유일무이한 희망으로 잘못 이해해서 결국 자신은 그냥 앉아서 북벌군이 오기만을 기다리며 스스로 혁명 사업을 추진하려는 노력은 하지 않는다면 이것은 커다란 잘못이다. 이것은 바로 전 시대 인민들이, 고생하는 백성을 위로하고 못된 통치자를 처벌하는 왕의 군대가 오기만을 기다렸던 것과 같은 것으로 근대 혁명으로서의 의미를 완전히 잃어버리는 행동이다. 다시 북벌군 자체에 대해서 논한다면, 정말 혁명세력이 밖으로 확장되어 진행되는 북벌이라야만 비로소 혁명적인 군사행동이 될 수 있는 것이다. 만약 그 안에 투기적인 군인정객의 개인적인 권력욕이 섞여서 진행되는 행동이라면 설령 그것이 상당한 성공을 거둔다 해도 역시 군사적인 투기의 승리일 뿐 혁명의 승리는 아니다. 북벌이 전비를 증액하면서 그 수탈이 평민들에게까지 미치게 되거나 북벌로 인해 인민의 자유가 박탈된다면 그건 더더욱 혁명의 목적을 희생시키는 것이니 인민을 위로하고 못된 통치자를 처벌하는 의미조차도 가지지 못하게 된다.

지금 광저우의 국민정부가 수행하는 북벌은 어떠한가? 첫 번째 사항과 관련하여 볼 때 그것은 제국주의자들과의 직접적인 무력대결이 아니다. 두 번째 사항과 관련하여 볼 때 광둥을 제외한 다른 성의 인민들은 확실히 북벌군이 오는 것에 대한 환상을 품은 채 그냥 앉아서 기다리고 있다. 세 번째 사항과 관련하여 볼 때 감히 단언하건대 지금 국민정부의 북벌은 혁명 역량이 바깥으로 팽창해서 확대되어 나간 것이 아니라 단지 우페이푸(吳佩孚)가 후난으로 진공하자 국민정부가 부득이하게 후난을 돕고 스스로를 지키기 위해 출병한 것이다. 네 번째 사항과 관련하여 볼 때 국민정부의 북벌에 드는 전비는 마땅히 군사공채를 발행해서 신사계급 부유층에게 모금을 해야 한다. 만약 북벌을 빌미로 미리 돈이나 식량을 거두어들이거나 도박세를 거두는 방식으로 노동자, 농민이나 평민들을 수탈한다면 그건 중산 선생도 당시에 그런 식으로 북벌을 핑계로 평민을 수탈한 적이 없으며 뿐만 아니라 지금 후난의 탕성즈(唐生智)[1]조차

1) 탕성즈(唐生智, 1889~1970)는 후난 군벌 자오헝티(趙恒惕) 밑에서 사단장(師長)을 지냈던 인물로 1926년 국민혁명군으로 전향한 뒤에는 후난 성 주석을 지냈다.

도 광둥보다 군비가 넉넉하지 않음에도 불구하고 부유한 사람들에게만 공채를 발행하지 농민을 수탈하지는 않는다. 국민정부의 농민에 대한 정책이 탕성즈보다도 못하다면 그건 안 될 말이다. 국민 이군(二軍)이 궤멸한 건 농민에 대한 정책의 실패가 중요한 원인이다. 최근 농민에 대한 국민정부의 태도는 이미 농민들의 의심을 불러일으키고 있다. 만약 다시 북벌의 전비를 마련하기 위해 돈이나 식량을 미리 걷거나 도박세를 받는다면, 거기다 더 나아가서 만약 광둥의 혁명적인 민중이 호법(護法) 정부[2] 수립 이후 얻은 약간의 자유까지 박탈하고 오히려 반혁명적인 매판이나 토호나 탐관이나 간상(奸商)에게는 충분한 자유를 준다면 우리는 재야에서 정부를 향해 엄중히 경고해야만 한다. 북벌과 민중의 이익 양쪽을 함께 고려해야만 국민정부를 공고히 할 수 있다.

상술한 상황으로 볼 때 북벌이 이른바 혁명적인 군사행동으로서 아직까지 미완성인 이유는, 국민정부 내부의 정치적인 상황이나 국민정부의 전체적인 실력, 국민정부에 소속된 군대의 전투력이나 혁명의식 모두에서 혁명적인 북벌의 시기가 아직은 무르익지 않았기 때문이다. 지금 실질적인 문제는 어떻게 북벌을 할 것인가가 아니라 어떻게 방어할 것인가, 어떻게 우페이푸의 남벌을 방어하고 반 적군세력이 광둥을 어지럽히는 것을 방어할 것인가, 광둥 내부의 매판과 토호, 관료, 우파가 공산주의 반대에 부응하여 나서는 것을 어떻게 방어할 것인가 하는 것이다.

제국주의자들은 일찍부터 우와 장 둘을 각각 남북 두 곳으로 나누어 공산세력을 토벌하도록 할 계획을 세워놓았으니, 이렇게 영국과 우페

2) 호법정부란 신해혁명 이후 쑨원으로부터 중화민국 총통의 자리를 양위 받았던 위안스카이가 복벽을 시도했다가 실패한 후, 쑨원을 중심으로 한 혁명세력이 〈중화민국 임시약법〉의 수호와 국회 회복 등의 구호를 내걸고 북양군벌의 독재에 맞서기 위해 벌였던 호법 투쟁 과정에서 광저우에 수립했던 정부를 가리킨다.

이푸, 일본과 장쭈어린(張作霖)이 남북을 분할 점령해야 그들 사이의 충돌을 완화할 수 있기 때문이다. 지금 영국과 우페이푸가 일본과 장쭈어린을 상대하면서 북방에서는 대대적인 양보를 하지 않을 수 없는 상황이 되자 우페이푸가 남하하여 광둥을 친 것이다. 국민군에 대한 전쟁에서 이기든 지든 그건 모두 반드시 장쭈어린의 지원이 있어야만 가능하다. 우페이푸가 한커우로 돌아온 것은 분명 전력을 다해 후난을 차지하고 다시 후난에서 광시로 진공하려는 것이니, 지금 입장을 정하지 못하고 동요하는 칸덩(贛鄧)이나 민조우(閩周)와 같은 군소 군벌들은 필연적으로 입장을 정해서 우의 명령을 받들어 함께 광동을 쳐야만 할 것이다. 뿐만 아니라 또한 홍콩의 제국주의자들이 바깥에서 봉쇄하고, 천린(陳林)이나 웨이방핑(魏邦平) 같은 구군부가 토비나 토호, 관료, 매판과 결탁하여 안에서 소란을 피우는 지경이 된다면 국민정부가 과연 지탱해나갈 수 있겠는가 하는 것은 당연히 심각한 문제이다. 이것은 결코 우리가 신경과민이라서 하는 말이 아니다. 이런 위험한 국면이 실제 이미 목전에 임박해 있으며 우리는 이것을 조금도 소홀히 여겨서는 안 된다.

그러므로 현재 국민정부가 책임지고 수행해야 할 것은 이미 북벌이 아니라 '방어전쟁'이다. 광둥민중의 구호 또한 이미 북벌이 아니라 '방어전쟁'이며, 전국 민중의 구호도 이미 북벌에 대한 호응이 아니라 '혁명근거지 광둥을 수호'하자는 것이다!

사면초가에 빠진 국민정부, 그 지도자들은 마땅히 마음과 힘을 합해 이 난국을 타개해야 한다. 무엇보다도 인민의 자유와 권리를 존중해야 한다.(혁명군은 바로 이것을 위해 군벌과 전쟁하는 것이며 이것이 바로 혁명군과 군벌이 다른 점이다.) 인민이 마음으로 기뻐하며 진실로 따르면서 국민정부와 협력함으로써 이 난국을 극복해야, 이 난국이 국민정부를 전복시킬 수 없을 뿐만 아니라 오히려 국민정부의 지도자들과 그 군대 및 모든 민중의 혁명의지와 전투력을 단련시킬 수 있게 된다. 그렇게 된 이후 다시 전국 민중의 혁명세력을 모아 북벌로 나아가야만 비로소 혁명적인 북벌의 역량으로 국민혁명을 완수할 수 있을 것이다.

1926년 7월 7일 『향도』 주보 제161기, 서명: 두슈(独秀)

47 혁명과 민중

革命與民衆

덩옌다(邓演达) 군[1]은 "지금은 단지 군사적으로만 승리한 것일 뿐, 아직 정치적인 승리에는 도달하지 못했다."고 말했다. 쑨커(孙科) 군[2]은 "이전의 군대는 민중과 결합할 수 없었고, 민중의 무력(武力)이 될 수 없었기 때문에 실패했던 것이다… 혁명의 힘은 민중이다. 특히 중국의 상황을 보면 농민, 노동자와 기타 각지의 민중들이 혁명의 의미를 완전히 이해해야만 국민혁명은 비로소 성공할 가능성이 있다."고 말했다. 이것이 진짜 혁명 지도자의 말이다!

어떻게 해야 정치적인 승리를 할 수 있을까? 민중이 혁명이 자신들에게 이로운 것임을 이해하고 혁명의 승리가 바로 자신들의 승리라는 것을 알고 떨쳐 일어나 이 승리를 지지하면서 혁명당과 혁명군이 모든 반혁명 세력을 전복시키는 것을 돕고 이러한 혁명 정권을 지지해야만 비로소 혁명당은 정치적으로 승리할 수 있다. 이 승리는 결코 적을 내쫓는 군사적

1) 덩옌다(邓演达, 1895~1931)는 광둥 성 출신의 국민당 좌파 지도자로, 황포군관학교 교육부장을 역임했으며, 국민혁명군총정치부주임을 맡아 북벌을 수행했다. 1927년 4.12 쿠데타 이후 반장제스 운동을 전개하다가 1931년 상하이에서 체포되어 처형당했다.

2) 쑨커(孙科, 1891~1973)는 쑨원의 장자로 『광저우시보(廣州時報)』 편집장, 광저우 시장 등을 역임하고 난징정부에서 행정원장, 입법원장 등을 지냈다.

인 승리에만 의존해서는 안 되며 정치적인 기관을 점거해서 혁명당이 관료가 된다고 정치적인 승리를 얻는 것도 아니다.

어떻게 해야 민중으로 하여금 혁명이 그들에게 이로운 것임을 이해시킬 수 있을까? 이것은 쉬운 일이 아니다. 절대 무슨 빈말로 주의(主義) 같은 것을 선전해서 효과를 거둘 수 있는 일이 아니다. 민중이 아는 것은 현실이고 그들이 느끼는 것은 절실한 문제들이다. 그들이 느끼는 절실함과 분리되어 있는 문제들, 현실과 유리된 주의 같은 걸 그들에게 정말로 믿게 할 수는 없다. 환전이 안 되는 수표 같은 선전은 오히려 그들에게 반감을 일으키게 될 것이다. 혁명이 그들에게 절실한 이익을 가져다줄 때만 그들은 비로소 혁명이 그들에게 이롭다는 것을 이해할 수 있을 것이고, 자발적으로 자신들의 이익을 옹호하기 위해 혁명을 지지할 수 있다. 혁명을 위해 혁명을 옹호하는 것이 아니며 혁명당을 위해 혁명을 지지하는 것은 더더욱 아니다.

혁명당은 혁명적인 민중의 가장 선진적인 전위로서 때로는 민중을 지도할 수밖에 없다. 혁명적인 민중도 물론 혁명당의 지도를 받아야 할 필요가 있고 또한 혁명을 위해 자신들의 이익을 희생시켜야 할 필요도 있다. 하지만 만약 우리 혁명당이 오만한 태도로 민중을 향해 당신들은 본당의 지휘를 받아야 한다, 본 당은 관리를 하고 당신들은 혁명을 위해 당신들의 이익을 희생시켜야 한다고 말한다면, 그들은 정작 우리가 무얼 하려고 하는지도 모르는데 우리가 이런 태도로 민중을 대한다면 어떻게 민심을 얻을 수 있겠는가!

종일 서재에만 앉아 있는 지도층 인사들은 절대로 자신을 낮춰 민중 속으로 들어가 민중과 동료가 되려고 하지 않는다. 그 때문에 민중의 고통이 무엇인지 이해하지 못하면서도 오히려 큰소리로 "노동조합은 부랑자들이다", "농민조합 안에는 토비가 있다", "우리 당원들은 가마 타고 다니는 사람들이고, 농민들은 가마 메고 다니는 사람들이다."라는 등의 괴이한 말들을 크게 떠들어댄다. 이런 어르신 선생님들이 만약 민중의 지지를 얻으려 한다면 그건 더더욱 기차를 타고 일본에 가려고 하는 것이나 마찬가지다.

설령 자신을 낮추어 민중에게 다가갈 수 있는 사람들이라 하더라도 자신들이 필요로 할 때는 민중을 극력 자기편으로 끌어들였다가 필요 없을 때는 나중에 보자고 하거나, 혹은 민중에 대한 태도가 관직에 있을 때와 재야에 있을 때 서로 다른 게 당연한 것이라는 생각을 한다면, 이런 사람들은 비록 한때는 민중을 속일 수 있을지 몰라도 그들의 진면목이 민중 앞에 폭로되면 당연히 그리고 영원히 민중의 지지를 잃게 될 것이다. 민중은 단지 한 번만 속일 수 있기 때문이다.

진정한 혁명주의자는 현실이 허락하는 것에 대해서는 물론 한 발도 양보하지 않으려 하겠지만, 현실이 허락하지 않는 것에 대해서는 또한 함부로 발을 들여놓지 않는다. 민중이 만약 현실적인 가능성을 넘어서는 환상을 가지고 있다면 민중을 지도하는 혁명당은 애써서 민중에게 그것에 대해 설명해야 하고 그들을 환상의 미로와 위험한 진지에서 실제 투쟁의 장으로 이끌어내어야 한다. 민중은 이렇게 자기를 알고 남을 알며 나설 때와 물러날 때를 알고 싸움도 할 줄 아는 전위(前衛)가 필요한 것이지, 민중의 뒤나 쫓아다니면서 함부로 설치는 꽁무니주의자가 필요한 게 아니다. 그러므로 무릇 진정한 혁명당이란 관직에 있든 재야에 있든 민중에 대해 이런 진정성 있는 태도를 취해야지, 재야에 있을 때는 일부러 좀 좌로 치우쳐서 책임지지 못할 공수표를 마음대로 남발하면서 민중의 환심을 사려 하고, 일단 관직으로 들어가면 이제는 우로 돌아서서 다른 얼굴을 드러내면서 이전에 내놓았던 수표들이 다 환전이 불가능하거나 아니면 값이 크게 깎여버리는 상황이 되게 해서는 안 된다. 그러므로 혁명당은 시종 민중의 진정한 이익이 전제가 되어야지, 절대로 자신이 관직에 있는지 재야에 있는지가 전제가 되어서는 안 되며, 그 전후로 태도가 달라져서도 안 된다. 같은 당에 있는 사람이 관직을 얻었을 때와 재야에 있을 때 서로 다른 태도를 보인다면, 또한 같은 하나의 당이 그 전후로 서로 다른 태도를 보이거나 혹은 두 가지 태도를 동시에 보인다면 그건 다 민중을 기만하는 것이다. 민중을 기만하는 자는 결국 민중을 얻을 수 없다.

고대의 제왕들도 민심을 얻으려면 무슨 인정(仁政) 같은 걸 베풀어야만 했는데 하물며 지금 같은 민주주의 시대에 민심을 얻으려고 한다면 그건 정말 쉬운 일이 아니다. 첫째는, 자신을 낮추어 민중 속으로 들어가야 한다.(서재에 앉아 노동조합은 부랑자들이고 농민들은 토비라고 욕해서는 안 된다.) 둘째, 민중과 이해관계를 같이해야 한다.(민중운동이 고조되면 자신들의 정권에 해를 끼치게 될까봐 두려워해서는 안 된다.) 셋째, 시종일관 민중의 이익을 위해 싸워야 한다.(재조 시와 재야 시에 다른 태도를 취해서는 안 된다.)

식민지나 반식민지에서 혁명은 물론 부득이하게 기성의 무력을 필요로 하지만 그럼에도 불구하고 기성의 무력이 민중과 결합되지 않고 민중의 지지를 얻지 못한다면 그건 또한 혁명의 무력(武力)이 되는 데 성공할 수 없으며 뿐만 아니라 이렇게 민중과 유리된 무력은 쉽게 반혁명의 길을 걷게 되지 혁명을 이루는 힘이 될 수 없다. 설령 일시적으로는 억지로 해서 군사적인 승리를 거둔다 해도 결국은 이 승리를 보존할 수 없다. 그러므로 "무력과 민중의 결합"은 정말로 중산(中山) 선생이 우리에게 남겨준 불멸의 혁명 철칙이다!

많은 사실들이 우리에게 말해준다. 국민군의 군대는 실력에서 북벌군보다 강하지만, 전자는 단독으로 군사행동을 했기 때문에 북방에서 실패했고, 후자는 남방에서 광대한 민중운동의 성원이 있었기에 제국주의자가 지금까지도 감히 쉽게 직접적인 압박을 가하지 못하고 있음을. 1911년(신해년) 중국의 시월혁명과 1917년 러시아의 시월혁명은 군사적으로는 모두 혁명에 성공했다고 할 수 있지만, 러시아의 혁명은 노동자 농민에게 정권을 가져다주었고, 노동자 농민에게 토지와 자유를 가져다주었기 때문에 군사적인 승리만이 아니라 정치적인 승리에까지 도달할 수 있었으며 이로 인해 혁명의 승리를 지금까지도 보존할 수 있었다. 이와 상반되게 중국의 신해혁명은 노동자 농민과 같은 이런 하층계급의 사람들이 혁명 안에서 무슨 역할을 할 수 있을 거라는 건 생각조차 한 적이 없다. 당시 전국의 상층 계급 신상(紳商)들이 분주히 돌아다니며 외친 것은 권리회수(철로나 광산 등의)였고, 혁명당원들 역시 "외국인의 권리를 침범해서 스스로 많은 적을 만드는 일을 면하자"는 이론에 안주하면서 이들을 홀시했다. 중산 선생이 '토지 균분'[3]을 주장했을 때, 우파 당원들은 무리로 일어나 그의 입을 막으며 그를 미쳤다고 했다. 이로 인해 위안스카이(袁世凱)를 중심으로 한 반혁명 세력은 고군분투하는 혁명당이 어떤 민중의 지지도 얻지 못하고 있는 것을 똑똑히 보고는 그제야 감히 기회를 노려 진격을 한 것이다. 한편으로는 돈과 관직으로 혁명당 가운데 온건한 사람들, 이른바 온건파들을 한 무리 한 무리씩 무력화시키고 다른 한편으로는 '평화'니 '통일'이니 하는 구호로 혁명당의 모든 활동들을 구속해서 '혁명군은 흥(興)하고 혁명당은 멸(滅)한다'라는 구호로 혁명당 조직을 근본적으로 파괴했다. 그 결과 혁명군대와 국민당은 모

3) 원문은 '平均地權'으로 쑨중산이 주장한 중국의 토지문제해결 방책이며 민생주의 강령의 하나이다. 토지세 징수와 토지세 증대에 따른 이익을 국가에서 환수하는 방식으로, 지주들이 토지세나 토지 가격 인상으로 폭리를 취하지 못하도록 하는 정책이다.

두 위안스카이에 의해 해산되었고 신해혁명의 군사적인 승리는 남가일몽(南柯一夢)이 되었다!

지금 혁명군과 민중의 관계는 어떠한가? 북벌군은 확실히 중산 선생의 '무력과 민중의 결합'이라는 교훈을 지켜 승리를 얻었다. 하지만 혁명이 승리한 후, 특히 지우장(九江), 난창(南昌)에서의 군사적인 승리 이후 혁명군과 민중의 관계는 점점 더 위험한 경향을 드러내고 있다.

우리는 아직까지 광둥(廣東)을 제외하고는 혁명정부가 공식적으로 민중의 행동을 억압했다는 이야기를 들은 적이 없다. 우리는 또한 혁명 정부가 아직은 그래도 민중운동을 돕는 일을 하고 있다는 것, 특히 후난(湖南)과 후베이(湖北)에서는 그렇다는 것을 알고 있다. 하지만 동시에 우리는 노농운동에 반대하는 함성을 도처에서, 특히 군사당국과 재정당국 안에서 들을 수 있다. 우파 분자들 안에서는 반노농운동이 본래 그들의 삼대 강령 중 하나이기 때문에 더 말할 나위도 없다. 노동자와 농민은 본래 가장 억압받는 민중이다. 지금 비록 그들이 조금씩 움직이기 시작했다고 해도 아직 몸을 뒤집은 적도 없고 고개를 들었다고는 더더욱 말할 수 없는 상황인데도 어떤 이들은 "노농운동이 과열되었다"고 말한다. 뿐만 아니라 어떤 이는 지금은 노동자, 농민이 강자고 자본가나 지주가 약자라고 하기도 하고 또 노동자, 농민이 억압계급이고 자본가와 지주가 피억압계급이라고까지 말하기도 한다. 이것은 마치 어떤 이들이 외국인은 마음대로 중국인을 죽여도 되지만 중국인은 외국인의 털끝 하나라도 건드리면 바로 야만이라고 떠들어대는 것과 똑같다. 또한 어떤 이들이 만주 황제는 한족(漢人)들과 혁명당원들을 무수하게 죽여도 되지만 혁명당원들이 만주인을 몇 명 죽이거나 청 황실을 우대하는 조건을 몇 가지 취소하면 바로 폭민 전제(暴民專制)라고 떠들어대는 것과 같다. 이는 다 마찬가지로 불평등한 일이다!

어떤 이는 노동자들이 이렇게 파업을 하면 우리 병사들도 따라할 것이다, 우리라도 병사들을 대신해서 말해야 한다고 한다. 어떤 이는 노동자, 농민운동이 자본가와 지주들에게 미움을 사서 이 때문에 우리의 재정이 곤란에 빠지게 되었다고도 말한다. 또 어떤 이들은 노동자들이 이렇게 파업을 하고 민중이 이렇게 제국주의에 반대하는 운동을 하면 우리 외교는 곤경에 빠지게 된다고 말하기도 한다. 이 모두가 다 반혁명적인 경향들이다!

광둥에서 민단(民團)[4]과 토호열신이 현장(縣長), 주둔군과 결탁해서 농민 조합을 파괴하고 농민을 살해하는 일들이 근래에는 더욱 심해졌다.(183기 본보의 광저우통신을 참고하라.) 공상(工商) 분쟁 해결 조례 가운데는 "중재위원회의 판결은 절대적으로 유효하며 정부에 의해 강제 집행된다"는 규정이 있다. 이것은 실제로 파업을 완전히 금지하는 것이다. 심지어는 농공상학(農工商學) 연합회도 암암리에 저지를 받고 있으며, 한커우 사건(漢案)[5]에 대해 영국에 대한 시위조차도 법령으로 공개적으로 금지하였다!

후베이에서는 "혁명군은 존경하지만 혁명당은 죽여야 한다." "노동자 운동은 너무나 방만해서, 관리하지 않으면 안 된다."는 등의 괴상한 말들이 퍼져 나오고 있다!

동시에 제국주의와 펑티엔(奉天) 군벌 쪽에서는 "국민당 내의 온건인사나 온건파와는 협력할 수 있다"는 분위기도 퍼져 나오고 있다!

상황이 신해혁명 승리 후와 자못 비슷하다. 이 얼마나 위험한 상황

4) 지방의 지주나 토호가 조직한 무장단.

5) 1925년 6월 11일 영국 병사가 한커우(漢口)에서 집회 군중에게 발포하여 40명이 죽고 수십 명이 부상을 당한 사건.

인가!

혁명을 매장시키려는 이런 우경의 위험에서 혁명을 구해내고 혁명의 승리를 유지하려면, 혁명운동이 전진 발전하도록 하려면 오직 중산 선생이 남긴 혁명의 철칙인 '무력과 민중의 결합'을 준수하는 길밖에 없다.

1927년 1월 31일 『향도』 주보 제186기, 서명: 두슈(独秀)

48 중공중앙상임위원회[1] 동지에게 드리는 편지

중동로 문제[2]에 대한 의견[3]

致中共中央常委同志信－對中東路問題的意見

중앙상임위원회 동지들에게

지금 시국의 당면 위기로는 중동로 문제보다 더한 것이 없다. 이 문제는 단순히 중러 양국 간의 분쟁이 아니라 국제적인 분쟁의 도화선이 될 수도 있다. 이 도화선이 전쟁의 발발로 이어지는 데는 아마도 많은 시간

1) 중국공산당중앙정치국상무위원회위원(中国共产党中央政治局常务委员会委员)의 약칭.

2) 중동로사건은 1929년 소련이 중국 동북철로에 대해 가지고 있던 특권을 중국이 회수하려고 하면서 발생한 중소 간의 군사적인 충돌을 가리킨다. 이 충돌은 5개월이 넘도록 지속되면서, 쌍방 간에 막대한 군사적 피해를 야기하여 역사적으로 가장 규모가 컸던 중소 간의 무력충돌로 평가된다.

3) [원주] 1929년 8월 3일 중공중앙은 천두슈에 대한 답신에서, 천두슈의 중동로 문제에 대한 의견은 "단지 부분적인 정책 문제에 대한 토론이 아니라 심각한 원칙적인 문제를 포함하고 있다"고 평하면서, "만약 중동로 문제를 '중러 양국 간의 분쟁'이나 '국제적인 분쟁'으로 간주한다면 그것은 계급적인 관점에서 벗어난 사회민주당적 관점, 실제로는 바로 자산계급의 국가적 관점으로 들어간 것이다."라고 말했다.[『중공중앙문건선집』(5)] 7일, 『홍기(紅旗)』 제37기, 『두개의 구호-오국(誤國)정책과 소련옹호』 특집에서 철옹(撤翁)(즉 천두슈)의 이 편지와 「중공 중앙의 철옹동지에게 보내는 답」이 공표되었다. 이후 『홍기』 제38, 39기 및 『볼셰비키』에 발표된 여러 편의 글에서 이것을 '오국정책'의 구호라고 비판했다.]

이 걸리겠지만(경솔하게 전쟁을 일으키는 건 중러 모두에게 불리하며, 특히 제국주의자들 사이에서도 아직 충분한 준비가 되어 있지 않아서 지금은 누구도 감히 단호하게 그것을 독점하는 방식을 취할 수는 없으며 아마 우회적인 투쟁을 거쳐야 할 것이다.) 중동로를 원래 상태로 회복하는 일, 즉 중러가 공동으로 관리하는 형식이 아니라면 국제적인 분쟁은 계속해서 확대될 것이다.

이런 분쟁이 전쟁의 발발로 확대되는 데는 두 가지 가능한 상황이 있다. 하나는 소련이 시종 강경책을 취하는 경우인데 이렇게 되면 제국주의자들은 중국을 원조한다는 명분하에 필연적으로 공동으로 소련을 침공하게 될 것이다. 원동뿐만 아니라 근동도 마찬가지다. 또 하나는 소련이 양보정책을 취하는 경우인데 이렇게 되면 제국주의자들은 필연적으로 중동로를 쟁탈하기 위해 조만간 2차 세계대전으로 진입하게 될 것이다. 어느 경우든 중국은 전쟁터가 되고 세르비아의 처지가 될 것이다. 전쟁이 나면 가장 직접적으로 유린을 당하게 되는 것은 물론 중국의 인민이다.

제국주의의 주구인 국민당 정부는 민족의 이익을 옹호한다는 가면을 쓰고 중동로 회수를 선전하면서 민중을 기만하고 있다. 게다가 그 선전이 효과를 거두어 소자산계급 군중뿐만 아니라 노동군중도 다수가 속아 넘어가고, 심지어는 그렇게 기만에 의해 미혹된 분위기가 전체적으로 너무 농후해서 누구도 감히 거기에 대해 특별히 이의를 제기하지 못하는 상황이 되어 있다. 이런 상황이 우리에게 이익이 되지 않는다는 건 말할 것도 없다.

이 일은 중국에서 일어난 것이고 사건 자체도 중국 사회와 직접적인 이해관계가 있다. 다수 민중도 그렇게 생각한다. 그런데 우리가 어떻게 선전을 해야 광대한 민중의 공감을 얻을 수 있을까? 현실의 상황은 우리가 그걸 눈감고 모른 척 하고서도 자유롭게 앞으로 나아갈 수 있도록 내버려두지 않는다.

이런 상황하에서 우리의 선전방법은 다른 나라의 형제당들처럼 그렇게 간단하게, 즉 세계혁명의 대원칙만 말하면서 군중들이 마음속으로 답을 요구하는 실제 문제들에 대해서는 아무런 답을 하지 못하는 그런 식이어서는 안 된다. 그렇기 때문에 나는 우리의 선전이 너무 설교적이고 너무 군중을 넘어서 있으며 또한 너무 단조롭고 중동로 회수라는 구체적인 문제에 대해서는 정확한 설명을 내포하고 있지 못하다고 생각한다.("소련이 중국에 대해 가지고 있는 권리는 단지 중동로에서만 완전히 포기되지 않고 있는데, 그 유일한 원인은 중동로가 소련 침공의 유력한 군사근거지가 되기 때문이다"라는 7월 12일 선언은 몇 가지 점에서 분명히 어폐가 있다.) 세계혁명만을 출발점으로 삼고, "소련 침공에 반대한다"나 "소련을 옹호한다"는 것만으로 군중 동원의 중심구호를 삼고 있을 뿐, 제국주의 통치를 완전히 전복시키기 전에 중국이 스스로 중동로를 회수한다는 것이 얼마나 환상인지, 게다가 이런 환상이 중국민족에게는 필연적으로 얼마나 막대한 실질적 재난을 초래하게 될지 하는 것들에 대해서는 상세한 지적을 하지 않고 있다. 지금 중국의 대다수 민중들은 아직 눈앞에 있는 구체적인 민족의 이익에 눈이 어두워 있는 상태이기 때문에, 이 점을 반드시 그들에게 분명하게 설명해서 그들로 하여금 실질적인 이해관계를 다시 한번 따져보고, 중국이 스스로 중동로를 회수하는 것이 지금 시점에서는 확실히 해롭기만 할 뿐 전혀 이익이 되지 않는 환상이라는 점을 분명하게 깨닫도록 해야 한다. 그래야만 비로소 그들이 소련과 여타 제국주의와의 차이를 이해할 수 있게 되고, 소련이 반제국주의 운동의 총본부라는 것을 이해할 수 있게 되고, 소련이 피압박민족연합전선의 지도자임을 이해할 수 있게 될 것이다. 구체적인 문제와 유리된 설교식의 단조로운 선전은 단지 가장 각성된 무산계급만 받아들일 수 있을 뿐 광대한 군중을 동원하는 힘은 발휘할 수 없으며, 반대로 군중들로 하여금 우리가 단지 소련 좋은 일만 하고 민족의 이익은 고려하지 않는 것으로 오해하게 할 수도 있다. 게다가 그렇게 되면 국민당은 너무나 편리하고 간단명료하게 "중국을 옹호한다"는 구호를 내세워서 "소련을 옹호한다"는 우리의 구호와 대립시키고 군중들로 하여금 그중 하나를 선택하게 할 것이다.

제국주의자들 간의 제2차 세계대전이 중국을 전쟁터로 삼게 되거나 혹은 제국주의자들이 중국을 이용해서 소련을 침공함으로써 중국민족에게 재난을 가중시키게 될 가능성은 모두 실제로 있다. 이것은 조금이라도 상식이 있는 사람이라면 한번 지적해주기만 하면 곧 이해할 수 있는 일이며, 혁명으로 기울어 있지 않은 중립적인 인사들이라도 쉽게 이해할 수 있는 일이다. 게다가 이런 선전만이 비로소 국민당이 쓰고 있는, 민족의 이익을 옹호한다는 가면을 벗겨낼 수 있고 그 후에야 중동로에 대한 국민당 정부의 매국적인 정책 혹은 "나라를 망치는 오국정책(誤國政策)"(이 명사가 군중들에게는 더 절실하게 이해될 수 있다.)에 대해 반대할 수 있으며 그 후에야 제국주의가 국민당을 이용하고 중동로 문제를 빌려 소련을 침공하려는 음모에 반대하는 일이 비로소 광대한 민중의 공감을 얻을 수 있게 될 것이다.

제42호 중공중앙의 통보에서는 "게다가 제국주의가 소련에 대해 전쟁을 개시하면 그것은 틀림없이 본국 노동자 계급의 혁명을 불러일으킬 것이고, 세계혁명의 고조기를 조성하게 될 것이다. 이것은 곧 중국혁명에 더 유리한 조건이며 전국적인 혁명 고조기의 도래를 더 앞당기는 일이 될 것이다."라고 말했다. 이것은 단지 객관적으로만 가능성이 있는 일이다. 하지만 우리는 반동적인 국제전쟁을 일으키는 모든 무리들에 대해 근본적으로 반대한다. 특히 있는 힘껏 군중을 동원하여 제국주의의 소련 침공에 반대하도록 하는 일이 긴급한 지금의 시점에는 절대로 동지들에게 이런 선전을 해서는 안 된다. 이런 선전은 동지들로 하여금 아주 자연스럽게 "아, 제국주의자가 소련을 침공하는 것도 이점이 있구나. 그러면 그들이 조속히 소련을 침공하게 하자!"는 이상한 결론에 도달하도록 할 것이다. 그렇게 해서는 안 된다. 이런 이유로 나는 중공중앙이 조속히 보완적인 통보를 발송하여 이런 이야기들을 취소할 것을 주장한다.

내 생각에 지금의 정세는 이전과는 조금 다르다. 나의 발언이 여러분들의 오해나 억측을 불러일으키지 않는다면 앞으로도 중요한 문제들에 대해서는 약간의 의견을 내어 당에 공헌하고 싶다. 뿐만 아니라 나의 의견 전문(全文)이 모두 당보(黨報)에 게재될 수 있기를 바란다.

이만 마친다.

혁명에 대해 경례!

두슈(1929. 7. 28)

1929년 10월, 상해민지서국(上海民志書局),

『중국혁명과 기회주의(中國革命與機會主義)』

49 중공 중앙에 보내는 답신

復中共中央的信

중앙상임위 동지들께

중동로 문제의 선전방법에 대해 이야기한 나의 편지에 대해 8월 4일[1] 당신들이 보낸 회신을 읽고 나는 당신들이 나의 의견을 전혀 이해하지 못하고 있다는 생각을 하게 되었다. 하지만 이 문제는 당의 선전정책과 관련된 중요한 문제이기 때문에 부득불 다시 한 번 간곡하게 설명하지 않을 수 없다. 이것은 당에 대한 나의 책임이다.

우리가 매우 복잡하게 얽혀 있는 마르크스레닌주의의 전체 이론과 정책을 이해하고 운용하려면 먼저 변증법적인 시간과 공간의 변화에 대해 이해해야만 한다. 자산계급 학자들은 이것을 이해하지 못하기 때문에 왕왕 그들 자신의 형식논리인 "배중(排中) 원리"[2]로 마르크스와 레닌을 공격하면서 그들을 궤변론자라고 말한다. 유치한 마르크스주의자들도 이것을 이해하지 못하기 때문에 마르크스주의를 단순화시킨다.

7월 28일자 나의 편지는 당의 일반적인 선전문제에 대해 논한 것이 아

1) [원주] 중앙의 답신 일시는 8월 3일이다.

2) 원문은 '不容間位律'이다. 배중원리란 고전 논리학에서 'A는 A가 아니고 비(非)A도 아닌 어떤 것일 수 없다'라는 것으로 어떤 것과 그것에 대한 부정 사이에 제3의 중간적인 존재가 있을 수 있음을 인정하지 않는 원리이다.

니고 전적으로 중동로라는 이 특수한 문제의 선전방법에 대해서만 논한 것이다. 또한 당을 대신해서 이 문제에 관한 전체 선전의 대강을 기초한 것도 아니며 이 문제에 대한 중앙의 선전 원칙에 대해 이야기한 것도 아니고 선전방법에서의 문제점에 대해서만 특별히 지적을 한 것이다. 그 외에 당신들이 한 말은 내가 앞서 보낸 편지에 대해 당신들이 많은 부분 이해를 하지 못한 데서 기인하는 것으로 다시 췌언을 늘어놓으며 반복할 필요가 없다.

원칙은 고정불변하는 것이기에 원칙이라고 하는 것이다. 그러나 방책이나 전략은 서로 다른 복잡한 시공간적 상황에 맞게 운용해야 하는 것이다. 그렇기 때문에 모든 일을 항상 원칙대로만 한다고 하면서 기계적이고 틀에 박힌 운용으로 어떤 변화도 허용하지 않아서는 안 된다. 어떤 때는 시공간적으로 간접적인 경로를 거쳐야만 비로소 혁명의 목적을 달성할 수 있는 경우도 있고, 그래서 의외로 형식적으로는 원칙과 다른 것처럼 보이는 전략을 취할 수도 있다. 우리가 만약 이 점을 이해하지 못한다면 레닌의 브레스트협약 전략에 대해,[3] 그것은 "심각한 원칙상의 문제를 포함하고" 있으며 "원칙상의 잘못으로 다른 전략이 생겨난 것"이라고 비난을 하게 될 것이다. 왜냐하면 브레스트 조약을 체결하는 전략은 형식적으로만 보면 "자본주의국가와는 타협하지 않는다"는 원칙을 분명히 위배하고 있기 때문이다. 이런 '모순적'인 것 같은 전략이 레닌의 한평생 혁명 활동을 가득 채우고 있다. 이것이 레닌이 "전략적인 변증법주의자"

3) 원래 명칭은 브레스트-리토프스크(Brest-Litovsk) 조약이다. 1918년 3월 소비에트 정부가 독일 및 그 동맹국과 체결한 강화 조약으로 구러시아 영토의 상당 부분을 할양하고 막대한 배상금을 물고 세계대전에서 탈퇴하는 등 소련 측에는 가혹한 요구사항을 내포한 것이었으나 레닌은 혁명 직후 소비에트 정권을 강화시키기 위해 필요한 시간을 벌려는 목적으로 이것을 수용하였다.

라고 불리는 이유이면서 동시에 브레스트 조약 전략을 반대하는 동지들에 대해 레닌이 "닭도 사람이 흰 분필로 그려놓은 원을 뛰어넘을 수 있는데 그것만도 못하다"고 나무란 이유이기도 하다. 우리가 만약 단지 몇 가지 원칙, 심지어는 몇 개의 명사만 가지고 그것이 곧 마르크스레닌주의고 볼셰비키주의라고, 그래야만 마르크스레닌주의고 볼셰비키주의라고 생각한다면 그건 마르크스레닌주의와 볼셰비키주의를 너무나 천박하게 보는 것이며 그렇다면 우리가 그것을 깊이 연구할 필요도 없는 것이다. 당신들의 편지가 원칙과 전략을 한데 섞고 있는 건 결코 우연히 범한 오류가 아니라 '당신들의 원칙'이 잘못된 데서 비롯된 것이다. 당신들이 생각하는 원칙이란 원칙과 전략의 구분 없이 모든 전략에는 반드시 원칙의 흔적이 있어야 한다고 생각하기 때문에 모든 선전이나 기타 활동에서 단지 몇 개의 원칙만을 가지고 기계적이고 융통성 없는 명령주의로 무모한 행동을 하게 되는 것이며 각양각색의 복잡한 문제들이나 서로 다른 시공간성 속에서 살아 있는 전략을 운용해야 할 필요성은 깨닫지 못하는 것이다. 이것이 바로 단순화되고 순전히 주관에만 의존할 뿐 현실은 보지 못하는 당신들의 맹목적 행동주의 정신을 드러내주는 것들이다.

원칙적인 차원에서 보면 '소련을 옹호한다'는 구호는 무산계급이 필요로 하는 것일 뿐만 아니라 피압박민족이 필요로 하는 것으로 이 구호를 선전하는 것에 대해 나는 반대하지 않을 뿐만 아니라 오히려 과거에 우리가 이 구호를 너무 적게 선전했다고 생각한다. 그러나 전략적이고 정책적인 면에서 보면, 즉 민족문제의 성격을 띠고 있는 중동로 사건 같은 특수한 경우에 이 구호를 적용해서 광대한 민중을 얻으려고 한다면 거기에는 반드시 세심한 고려가 필요하며 이 구호만으로는 안 된다고 생각한다. 이 말은 중동로 회수로 인해 필연적으로 발생하게 될 위험이나 국민당의 매국정책을 대중들에게 다 설명하고 난 뒤라야 비로소 대중들이 제국주의의 소련 침공에 반대하고 소련을 옹호하도록 할 수 있을 것이라는 말이 결코 아니다. 중동로 문제 자체에 대해 반드시 정확하고 상세한 설명을 함으로써 국민당이 쓰고 있는 민족이익 수호의 가면을 벗겨내야만 우리의 구호가 비로소 제대로 된 효력을 발휘할 수 있을 것이라는 말이다. 그래서 나는 지난 번 편지에서 "중동로 회수라는 이 구체적인 문제에 대한 정확한 설명 없이 '단지' 소련을 옹호한다는 것만으로 대중을 동원할 중심구호로 삼는다"면 그건 "가장 각성된 무산계급만 받아들일 수 있을 뿐 광대한 군중을 동원할 수는 없을 것"이라고 말한 것이다. 다수의 군중은 여전히 소자산계급의 민족적 편견, 국민당의 기만과 미혹에서 벗어나 있지 못하기 때문이다.

어쩌면 당신들은, 우리는 무산계급의 당이지 '자산계급 좌파'의 당이 아니니 중동로 문제에 대해서도 무산계급의 계급이익이라는 관점에 서서 군중들을 향해 선전하기만 하면 되지 그 안에 섞여 있는 민족 문제에 대해서까지 무슨 정확하고 상세한 설명을 해서 군중의 생각을 모호하게 만들 필요는 없다고 생각할지도 모른다. 게다가 당신들은 "사실상 소련은 중국 해방의 벗이며 광대한 민중은 자신의 실제 투쟁 경험 속에서 이 사실을 이해하고 있다."고 아주 자신 있게 말할지도 모른다. 그러나 이것은 당신들이 레닌이 한 말을 완전히 잊은 것이다. 레닌은 "낙후된 국가에서 소농경제, 족장제도, 애향(愛鄕)의 관념은 너무나 뿌리 깊은 것이며 소자산계급의 편견인 민족중심주의[4]와 민족의 배외감정은 반드시 강하게 남아 있을 것이다. 이런 편견은 선진국에서 자본주의가 근절되고, 후진국에서 경제생활의 전체 기초가 모두 근본적으로 바뀌고 난 뒤

4) 원문은 '民族自我主義'

에야 비로소 소멸될 수 있다. 이런 편견을 소멸하는 일은 절대로 단시간에 가능하지 않다. 그러므로 계급적 각성을 한 각국의 공산주의자들은 피압박 국가와 민족 안에 장기적으로 존재하는 민족적 편견에 대해 각별한 경계심과 주의를 기울여야만 한다."(민족과 식민지 문제에 관한 제언)고 말했다. 이 말을 당신들은 정말 아직도 절실하게 이해하지 못하고 있다. 무산계급 혁명은 반드시 자기 계급 이외의 군중을 필요로 한다. 가장 혁명적인 데서 비교적 낙후된 데까지 광대한 군중의 지지가 있어야 비로소 혁명이 성공할 수 있다. 당신들은 "군중의 낙후된 의식을 뒤따라가서는 안 된다"고 말한다. 그건 맞다. 내 의견도 결코 군중의 낙후된 의식을 뒤따라가서 그들을 따라 중동로를 회수해야 한다고 말해야 한다는 것이 아니다. 바로 군중의 환상을 타파하고 국민당의 가면을 벗겨서 그들이 우리의 구호와 우리의 지도 아래서 반혁명 세력을 향해 진공할 수 있도록 군중을 우리 쪽으로 끌어와야 한다는 것이다. 세심함과 주의가 부족한 당신들의 선전 전략은 군중을 따라가는 건 아니지만 군중을 쟁취하지 못하고 군중으로부터 이탈하게 된다. 볼셰비키당이 만약 군중으로부터 이탈한다면 그건 단지 구두상으로나 지면상으로만 볼셰비키인 것이다. 중국이 스스로의 힘으로 중동로를 회수한다는 건 사실 환상이며 국민당이 민족의 이익을 수호한다는 것도 실은 가면이다. 중동로 회수의 명의로 제국주의자들은 소련을 침략하는 전쟁을 시작하거나 아니면 제국주의자들 간에 전쟁을 일으키거나 할 가능성이 높으며 전쟁통에 중국 민중들에게 재난이 가해질 것이라는 것도 다 실제로 가능한 예측들이다. 어떻게 이것을 "사회민주당처럼 기만적인 방법으로 군중을 얻으려는 것"으로 간주할 수 있는가? 제국주의의 소련 침공에 반대하면서 동시에 제국주의자들 간의 전쟁에도 반대하는 것을 어떻게 또 '소자산계급 평화주의'로 볼 수 있는가? 앞의 것은 반혁명 세력의 혁명 세력에 대한 전쟁이며 뒤의 것은 쌍방 모두 반혁명분자인 상황에서 상층계급의 권리를 위해 하층 군중을 희생시키는 전쟁인데 우리가 그 어느 것에 반대하지 않을 수 있겠는가? 모든 전쟁(그것이 혁명적이든 반혁명적이든)에 반대해야 소자산계급의 평화주의다. 만약 두 가지 전쟁 모두에 반대하면 군중들이 제국주의의 소련 침략전쟁에 대해 소련과 제국주의 국가를 두 교전집단으로 간주하고 평등하게 보게 되어 "쌍방 모두 타도해야 한다"라고 주장할까 봐 걱정된다면, 물론 당신들이 말한 대로 "제국주의 전쟁은 반혁명세력 내부의 전쟁이고, 제국주의의 소련침공은 반혁명세력의 혁명세력에 대한 침략 전쟁이므로 우리는 반드시 공개적으로 명백하게 이것을 구별 지어 광대한 군중들에게 알려주어야만 한다. 그래야만 군중들은 비로소 이런 두 가지 서로 다른 전쟁의 서로 다른 전략에 대해 이해할 수 있게 될 것이다." 이렇게 하는데도 군중이 오해를 할 수 있을까? 게다가 다시 묻겠다. "제국주의의 소련 침공에 반대하는 전쟁"이라는 이 구호가 담고 있는 함의는 무엇인가? 왜 "러일전쟁에 반대한다" "러미, 러영 전쟁에 반대한다"고 하지 않고 "제국주의의 소련 침공에 반대한다"라고 말하는가, 이것은 이미 쌍방에 대해 적과 친구를 분명하게 밝히는 태도가 아닌가? "제국주의의 소련 침공 전쟁에 반대한다"와 "영미전쟁이나 일미전쟁에 반대한다"는 이미 분명하게 다른 의미를 가지고 있다. 하물며 이런 구호들하에서 세심하게 서로 다른 선전을 하는데도 군중들이 오해할 수 있을까?

자본제국주의 국가가 무산계급 국가인 소련을 침공한다는 점에 대해서만 말한다면 본질적으로, 즉 글자 그대로도 이미 명백하게 계급 간의 충돌이라는 것이 드러나 있으므로 어떤 동지라도 별도의 해석 없이 이해할 수 있을 것이다. 게다가 당 중앙이 통지문에서 이미 설명한 내용을 중앙에 다시 설명할 필요도 없다. 그래서 내가 지난 번 편지에서 말하려고 한 것은 중동로 문제가 앞으로 일으킬 수 있는 여러 가지 분쟁의 총체적인 가능성에 대한 것이지 그것의 성격을 설명하려고 한 것이 아니다. 여러 가지 분쟁을 일으킬 수 있는 총체적인 가능성에 대해 설명하려고 하는 이유는 중동로 문제의 발생 원인과 발전의 향방을 객관적으로 관찰해본 결과, 그 어느 것도 당신들이 주관적으로 생각하는 것처럼 그렇게 간단하지 않기 때문이다. 미국이 북만주에 대해 야심을 가지는 것에는 경제적인 이유와 장구한 역사가 있다. 근래에는 또한 공동 관리라는 명목하에 중동로 탈취를 기도하고 있다. 일본 역시 한시도 중동로를 잊은 적이 없다. 물론 일본은 중동로가 미국의 수중에 떨어지는 것이 잠시 소련군의 수중에 머무는 것보다 자신들에게 더 불리하다고 생각한다. 그렇기 때문에 중동로를 중러 공동관리라는 원래의 상태로 되돌리는 것이 아니라면, 중동로에서 이 두 제국주의 간의 경쟁은, 비록 두 나라가 소련에 대응한다는 목표에서는 일치할지라도, 반드시 더욱더 치열해질 것이다. 뿐만 아니라 국제 정세의 총체적인 경향으로도 제국주의 간, 특히 제국주의 지도국인 영미 양국 간에는 경제적인 생사존망이 달려 있어서 오래 지연시키기 어려운 전쟁과 소련을 향해 진공하는 전쟁이 똑같이 중요하다. 이 두 가지 전쟁 중 어느 것을 먼저 실행할지는 아무도, 당신들이 장계전쟁(蔣桂戰爭)[5]이 곧 도래하지는 않을 것이라고 단언했던 것처럼 그렇게 기계적으로 단언할 수 없다. 그러므로 무산계급은 이 두 전쟁의 발발 가능성에 대해 마찬가지로 깊이 주의를 기울일 필요가 있다.

중동로 문제의 시공간적 성격에 대해서 말하자면, 제국주의가 소련을 침공하는 것의 위험성에 대해 물론 군중들에게 알려야 하겠지만 동시에

5) 장계전쟁은 국민당 정부 내부에서 신계파(新桂系) 군벌과 장제스(蔣介石) 세력 사이에서 일어난 군벌전쟁이다.

중동로 쟁탈을 위한 제국주의 국가 간 전쟁의 위험성에 대해서도 군중들에게 알려야만 한다. 이것은 첫째, 만약 우리가 가능성이 있는 이 사실을 감추었는데 정세가 전환되어 군중들이 제국주의가 소련을 향해 진공하는 전쟁이 아니라 제국주의 상호 간에 일어나는 전쟁을 목도하게 된다면 그들은 우리의 지도가 부정확하거나 아니면 그들을 기만한 것이라고 생각하지 않겠는가? 아니면 제국주의 간의 싸움은 중국인에게는 아무런 위험이 없는 것이라고 생각하지 않겠는가? 둘째, 제국주의가 중동로 쟁탈을 위해 전쟁을 일으킬 수 있다는 위험성을 지적하는 것은 소련 침공의 위험에 대한 군중의 인식을 혼란스럽게 하는 것이 아닐 뿐만 아니라, 이렇게 함으로써 바로 제국주의가 비밀리에 소련을 침공하려고 한다는 것을 폭로할 수 있게 되는 것이다.(물론, 제국주의의 근본 목적이 여전히 여기에 있는 것이 아님은 말할 필요도 없지만.) 또한 바로 중동로를 회수하고 소련을 침략하려는 제국주의의 뜻을 떠받들고 있는 국민당의 매국적인 행태와 죄상도 있는 그대로 폭로할 수 있게 된다.

우리는 국민당 정부의 매국정책이나 망국정책에 반대하는 건 자산계급 좌파의 구호라고 규정하는데 그렇다면 7월 12일 당의 선언에서 국민당의 '매국외교'를 '매국적인 수작'이라고 공격한 것도 설마 자산계급 좌파의 구호라는 것인가? 절대 아니다. 왜냐하면 우리의 전체적인 정책방향은 무산계급의 입장에 서 있기 때문에 절대로 이런 말만 가지고 당이 계급의 관점을 이탈했다고 말할 수는 없다. 왕징웨이(汪精衛) 등과 같은 소위 자산계급 좌파도 이런 말로 난징(南京) 정부[6]를 공격할 수 있다. 하지만 우리는 그들 정책의 총체적인 방향이 무엇인지 물어야 한다. 그들

6) 1927년 4월 장제스(蔣介石)가 중심이 된 중국 국민당에 의해 수립되어 1948년까지 존속하다가 이후 총통부(總統府)로 개명하여 지속되었던 중화민국 최고행정기관이다.

이 이런 말을 하는 것이 민족의 이익을 수호한다는 국민당의 가면을 분쇄하여 군중을 동원하고 그들로 하여금 소련 침공에 반대하도록 하려는 목적인가? 만약 이런 목적이라면 그들은 이미 자산계급의 입장을 떠나 무산계급의 입장에 서 있는 것이다. 왜냐하면 이런 좌파 자산계급은 전 세계에서 찾아볼 수 없기 때문이다. 우리는 무정부주의자들의 견해에 찬성할 수 없다. 그들은 지금 무산계급 사전에 이미 '국제'나 '국가' 같은 글자가 있어서는 안 된다고 생각한다. 이런 글자를 사용하는 사람은 "계급의 관점을 떠난 것이고" "자산계급의 국가관을 가진 것"이라고 말한다. 레닌은 10월혁명 이전에 짜르와 케렌스키 정부가 전쟁으로 "국가와 자본주의를 미증유의 폐허로 만들었다"고 대대적으로 공격했다. 만약 우리가 레닌의 이 말이 전략적으로 복잡한 시공간적 성격을 가지는 것이라는 걸(즉, 계급 이익을 깊이 반영하는 구호 외에도 또한 이런 종류의 광범위한 선전이 있어야만 비로소 무산계급 외의 광대한 민중을 동원해서 무산계급 혁명을 지지하도록 할 수 있다는 걸) 이해하지 못한다면, 역시 레닌이 구호의 수준을 낮추었으며 국가주의적 관점을 가지고 있을 뿐만 아니라 자본주의의 옹호자라고 그를 곡해하며 멸시했을 것이다. 어쩌면 당신들은 이런 자산계급의 구호는 국민당 정부가 제국주의자들 간의 전쟁에 참가할 때라면 무산계급도 사용할 수 있지만 국민당 정부가 제국주의의 소련에 대한 전쟁에 참가할 때는 단지 소련을 옹호한다는 구호만 사용해야 한다고 생각할지도 모른다. 하지만 실은 우리가 어떤 구호를 자산계급의 전유물이라고, 즉 그건 완전히 그들 계급의 이익만을 위한 것이라고 단정하고 제국주의 국가들끼리 전쟁을 할 때도 그 구호를 사용해서는 안 되며 제국주의자들이 소련을 침공할 때도 우리는 '단지' 소련을 옹호한다는 구호만 사용해야 한다고 말해서는 안 된다. 구호의 문제는 그것이 원칙적으로 옳은가 그른가가 아니라 전략적으로 충분한가 아닌가의 문제이다. '단지'라는 이 구호가 현실에 적용되었을 때 적절했는지 아닌지에 대해서는 최근 우리가 소집했던 몇 차례의 시위운동이 이미 명백한 답을 주었다. 다시는 과장된 언사로 동지들을 기만해서는 안 된다. 당신들이 아직도 그것을 깨닫지 못하고 여전히 과장된 언사로 동지들을 기만할 경우 동지들이 기만당하지 않고 오히려 반감을 가지게 된다면 중앙의 위신은 크게 실추될 것이며, 동지들이 기만을 당해서 우리가 이미 상당한 역량을 가지고 있다고 생각한다면 군중을 쟁취하기 위한 각고의 노력을 하려는 정신에서 갈수록 멀어지게 될 것이므로 그것 또한 소소한 문제가 아니다. 당신들이 제기하는 구호 아래서 군중들이 떨쳐 일어나지 않는 책임을 모두 백색테러로 돌린다면 그것 역시 자신의 주관적인 잘못의 책임을 객관적인 원인으로 돌리는 기회주의자의 낡은 수법이다.

단지 무산계급 정권인 소련에 해롭다는 이유만으로 이 전쟁에 반대하면서 이 전쟁이 또한 중국 인민에게도 얼마나 해가 되는지는 이야기하지 않는다면 일반 민중들이 계급이익과 민족이익의 관계를 실제로 느끼게 할 수는 없을 것이다. 단지 무산계급을 위해 무산계급을 옹호하고 소련을 위해 소련을 옹호한다면 "소련을 옹호한다"는 이 구호는 단지 소련과 각국(중국을 포함한)의 무산계급을 동원할 수 있을 뿐 중국의 광대한 대중을 동원할 수는 없다. "소련을 옹호하는 것이 곧 중국혁명을 옹호하는 것이다"라는 구호는 소자산계급의 편견을 가지고 있지 않은 중국의 혁명인사들만 동원할 수 있지 의식이 비교적 낙후되어 있는 다수의 혁명군중을 동원할 수는 없다. 세심함과 주의가 결여된 당신들의 선전방법의 결함이 바로 여기에 있으며 내가 이전의 편지에서 주로 말하고자 한 것도 바로 이것이다. 당신들이 제기한 구호는 원칙적으로는 물론 틀리지 않지만 전략적으로, 즉 선전방법에 있어서는 크게 문제가 된다. 문제는 바로 '단지' 소련을 옹호한다는 이 구호만으로는 무산계급의 가장 각성된 사람들밖에는 동원할 수 없다는 점이다. 동시에 중동로 문제 자체에 대해서는 또한 아직 정확하고 상세한 설명을 하지 않고 있기 때문에 무산계급 이외의 광대한 군중, 특히 비교적 의식이 낙후된 군중이 자신들이 가지고 있는 생각이 환상이라는 사실과 국민당의 매국, 망국의 죄상을 명백히 깨닫고 우리의 구호를 받아들일 수 있게 하지는 못한다는 점이다. 이렇게 문제가 많은 당신들의 전략은 "광대한 군중이 모두 소련을 중국 해방의 벗"이라고 생각한다는 전제 위에 세워져 있으며 이것이 바로 당신들이 늘 하는 대로 "주관을 객관으로 삼는" 맹목적인 행동주의 정신을 드러내주는 것이다.

제국주의 전쟁이 혁명을 불러일으킬지도 모른다는 것은 혁명의 발전 전망에 대한 예측이다. 군중에게 제국주의의 소련 침공에 대한 반대와 소련 옹호를 호소하면서 동시에 '군중에게' 제국주의의 소련 침공은 '중국혁명의 유리한 조건'이기도 하다고 '말하는 건' 절대로 중국의 시공간적 상황이 허용하는 구호가 아니다.

이전의 글에서 내가 "나의 발언이 커다란 오해와 억측을 불러일으킬 수 있기 때문에"라고 한 것은 당내의 갈등을 증폭시키게 될까 봐 우려한 것이지 결코 개인적인 이유에서 자신의 의견을 숨기려고 한 것이 아니다.

이상에서 다소 복잡하게 이야기를 했지만 동지들이 내 중심 취지를 이해할 수 있도록 몇 마디만 더 간단하게 말함으로써 결론을 맺고자 한다. 나의 이번 편지와 지난번 편지는 둘 다 중동로 문제에 대한 선전 전반에 관한 기술이 아니며 선전의 원칙적인 문제에 대한 의견도 아니다. 그것은 중동로 문제에 대해 당 중앙이 채택한 선전방법이 가지고 있는 아래의 두 가지 전략적인 문제만을 지적한 것이다.

1) 우리의 주관적인 이론만이 아니라 군중이 이해할 수 있는 사실을 이용해서 중동로 문제 자체에 대해 정확하고 상세한 설명을 함으로써

국민당의 가면을 분쇄하여 군중의 민족적인 편견을 약화시키고, 그들이 국민당에 의해 기만당하지 않고 우리 선전의 지도를 받을 수 있도록 이끌지 못한 점.

2) '단지' 소련을 옹호한다는 이 구호와 선전은 사실상 가장 각성된 무산계급만을 동원할 수 있을 뿐이지 실질적인 이익의 측면에서 보면 무산계급 이외의 광대한 군중, 특히 비교적 의식이 낙후된 군중을 감동시켜 일어나게 하지는 못함으로써 이들을 투쟁의 전선 밖에 버려두게 된다는 점.

내가 이 두 가지 문제를 제기하는 이유는 무엇인가? 우리 당은 실제 투쟁하는 당이어야만 하며 그렇다면 아래와 같은 몇 가지 실질적인 문제들을 홀시해서는 안 되기 때문이다.

(1) 모든 원칙은 기계적으로 적용해야 하며 전략적인 변화를 허용해서는 안 되는가, 아닌가?
(2) 현재 중국의 수많은 군중은 아직 소자산계급의 민족적인 편견과 국민당의 기만적인 선전하에서 해방되지 못했나, 아닌가?
(3) 국민당에 반대한다는 선전을(중동로 문제에 관해) 할 때, 그들이 제국주의와 결탁해서 소련을 침공하려고 한다는 것 말고, 이런 반혁명적인 정책이 중국에 어떠한 결과를 가져오게 될지에 대해서도 말해야만 하는가, 아닌가?
(4) 중국의 광대한 군중은 모두 이미 소련을 중국 해방의 벗이라고 생각하는가, 아닌가?
(5) 중동로 문제 자체에 대해 우리의 주관이 아니라 군중들이 친근하게 이해할 수 있는 정확하고 상세한 설명이 필요한가, 아닌가?
(6) 무산계급 이외의 광대한 군중이 무조건적으로 우리 계급의 구호를

받아들일 수 있는가, 아닌가?

(7) 다소 의식이 낙후된 군중을 우리는 일체 필요로 하지 않는가, 그렇지 않은가?

(8) 계급의 구호 외에도 다른 광범위한, 군중들에게 절실한 이해관계를 가지는 구호들을 이용해서 광대한 군중들을 일깨워 소련 침공 반대 투쟁에 참가하게 해야 하는가, 아닌가?

나는 이 편지와 며칠 전 당내의 각종 문제에 대해 논한 나의 장문의 편지가 모두 빠른 시일 안에 『홍기(紅旗)』에 게재될 수 있기를 바란다.[7)]

이만

혁명에 대해 경례

두슈(1929. 8. 11)

1929년 10월, 상해민지서국, 『중국혁명과 기회주의』

---

7) [원주] 8월 20일 『홍기』 제39기에 중앙당보위원회의 「철옹(撤翁) 동지의 중동로 문제에 대한 의견의 기회주의적 착오를 비판함」이라는 글과 천두슈의 8월 11일자 편지가 게재되었다.

50 중공 중앙에 보내는 편지

致中共中央的信

중앙상임위원회 동지들께

지난 달 28일 코민테른 대표와 당 중앙의 대표들이 나와의 대화를 약속한 때부터 당내 문제에 관해 당신들이 쓴 정치이론 선전물들을 다시 보고 또 최근 당신들이 이달 6일에 보낸 편지를[1] 받아 보면서 나는 잘못된 정치노선을 고집스럽게 비호하려는 당신들의 결심이 이미 돌이킬 수 없는 지경까지 깊어졌음을 알았다. 하지만 그럼에도 나는 당과 혁명에 대한 책임을 위해 당신들에게 마지막 경고를 하지 않을 수 없다.

레닌이 말했다. "모든 정당은 자신의 과실에 대해 어떠한 태도를 취하는가가 바로 그 당의 진정성을 드러내주는 최대의 증표 중 하나이다. 자신의 과실을 공개적으로 인정하고 그 원인을 다 드러내며 그러한 일이 발생하게 된 이유에 대해 분석하고 그것을 교정할 방법을 열심히 연구하는 것, 이것이 바로 진정한 정당의 표지이다."라고.

우리 당이 혁명의 과정에서 범한 과실의 가장 근본적인 원인은 기회주의, 아주 심각한 기회주의이다. 우리가 만약 그것을 인정하고 청산하

1) [원주] 중공 중앙이 10월 5일 통과시킨 「당내 기회주의와 트로츠키반대파에 반대하는 결의(关于反对党内机会主义与托洛茨基反对派的决议)」를 가리킴.

지 않는다면 과거로부터 교훈을 얻을 수 없고 현재의 잘못을 시정할 수 없으며 뿐만 아니라 앞으로도 여전히 잘못된 길을 걸어가게 됨으로써 혁명 실패의 대비극을 재연하게 될 것이다. 기회주의에 대해 철저하게 인식하고 그것을 청산하려면 단지 몇몇 사람이 기회주의를 범한 것을 지엽적으로 지적하고 그것으로 끝내버리려 해서는 안 된다. 중요한 것은 당 전체의 차원에서 기회주의 정책의 실제 내용과 그 원인이 대체 무엇이었는지를 분석하고 그것을 기탄없이 드러내는 일이다. 그렇게 해야만 비로소 철저하게 인식하고 철저하게 청산해서 다시는 과거와 같은 길을 걷지 않을 수 있다. 오직 그렇게 해야만 또한 당이 진정성을 보여 줄 수 있다.

중국 당이 심각한 기회주의를 범한(과거, 현재뿐만 아니라 미래에 대해서까지) 주된 원인은 중국혁명의 근본정책에 대한 코민테른의 과오, 즉 소수파가 주장한 '계급연맹' 정책으로 다수파가 주장한 '무산계급의 독립적인 혁명 지도' 정책을 대신한 과오이다. 중국혁명에 치명상을 입힌 이 잘못된 정책을 당은 광저우의 3월 20일 사변[2] 이후에도 바꾸려 하지 않았고 상하이의 4월 12일 사변[3] 이후에도 여전히 바꾸려 하지 않았으며 창사(長沙)의 마일(馬日)사변[4] 에 이를 때까지도 줄곧 바꾸려 하지 않았다. 그렇게 함으로써 결국 무산계급 당이 시종 자산계급 당 밑에 굴복해

2) 1926년 3월 20일 국공합작하의 중국에서 국민당의 장제스(蔣介石)가 공산당에 공격을 가한 사건.

3) 1927년 장제스가 공산당을 토벌하기 위해 일으킨 4.12 쿠데타

4) 1927년 5월 창사(長沙)에 주둔해 있던 우한(武漢) 정부군의 국민당 군관 쉬커샹(許克祥)이 반란군을 이끌고 후난총노동조합(湖南总工会)과 농민협회 등 중국공산당이 주도하는 기관과 단체들을 파괴하고 노동자규찰대와 농민자위군의 무장을 해제하고 구금되어 있던 토호열신들을 석방한 사건. 이 사건으로 공산당원과 국민당 좌파 및 노동자 농민 군중 백여 명이 살해됐다.

서 그들의 노예가 될 것을 강요하였으며 심지어는 자산계급 당인 국민당이 이미 이 연맹을 발로 걷어차 버리고 난 뒤에도 코민테른은 이 사랑스러운 연맹에 연연해 하면서 여전히 "청천백일기(靑天白日旗)는 우리의 것이다, 국민당 우파가 가져가버리게 해서는 안 된다!"고 말했다. 그래서 난창(南昌) 폭동은 여전히, 노동자 농민의 뜨거운 피로 바닥을 칠한 국민당의 기치하에서 자행된 것이다. 또한 코민테른은 소련 무산계급의 피와 땀으로 조성된 거액의 돈과 군비로 중국 자산계급(장제스, 펑위샹 등)에게는 역량 강화를 돕고 중국당과 중국노농군중에게는 바로 "시종 이 계급연맹을 포기하기 않도록 하는" 혁명이론을 도왔다. 이 정책은 근본적으로 민족민주혁명을 지도해서 사회혁명으로까지 나아가게 하는 무산계급 전략으로서의 마르크스 레닌주의가 아니라 기회주의였다. 중국당의 지도부가 왜 이런 기회주의 정책을 맹목적으로 집행하면서도 이에 대해 의문을 제기하거나 저항하지 않았는가에 대해서는(나는 개인적으로 여러 차례 국민당에서 나와 독자적으로 혁명을 지도하자는 의견을 내었지만 중앙위의 다수 동지들과 코민테른에 의해 모두 저지되었다.) 나도 물론 책임이 없다고 말할 수 없다. 나는 당시 지도부의 주요 일원이었으니 당연히 책임을 져야 한다. 누구든 자신의 과거 책임으로부터 도피하기를 바란다면 그것은 후안무치한 일이다!

나 개인도 바로 과거에 기회주의의 오류를 범하였기 때문에 기회주의를 통절히 증오하며 그것을 시정하기 위해 애를 쓰고 있다. 특히 제6차 대회 이후 당신들은 입으로는 기회주의에 반대한다고 했지만 실제로는 과거 기회주의의 실제 내용과 원인이 무엇인지에 대해서 전혀 인식하지 못하고 또한 인식하고 싶어 하지도 않았다. 그렇기 때문에 지금도 여전히 이전의 '계급연맹' 정책이 옳았다, 국민당은 자산계급 정당이 아니다라는 소리를 하며 심지어는 국민당이 하나의 당이라는 것까지도 근본적으로 부정하고 지금까지도 우한(武漢)의 국민정부는 혁명적이며 이전에 국민당에서 탈퇴하자고 한 주장은 잘못된 것이라는 말을 하는 것이다. 그렇기 때문에 또한 자산계급과 부농(富農)에 대해서 갖가지 기묘한 환상을 품고 있기도 하다. 이런 것들이 다 당신들이 실제로는 사상적으로나 정책적으로나 여전히 전통적인 기회주의 노선 위에 서 있으며 자신들의 잘못을 깨닫지 못하고 있음을 충분히 말해준다. 최근에 당신들은 국민당 내부에서 일어난 전쟁에 대해서 현재의 정치상황에 적합한 구호를 채택해서 광대한 군중을 정치투쟁에 동원하는 데 전력을 기울이지 못하고 낡은 기회주의 정책을 채택해서 국민당 개혁파 장군들과 타협해 군사적인 투기를 했다.(당신들은 입으로는 패배주의[5]정책을 채택한 것이라고 말하지만 패배주의란 반드시 전쟁 쌍방의 하층 군대를 향해서 진행하는 비밀 활동이어야지 어느 일방 군대의 상층을 향해 진행되는 공개 활동이 아니라는 사실을 잊고 있다.) 뿐만 아니라 많은 우수한 군사적 동지들을 공개적으로 계급의 적의 장군들에게 넘겨주었다. 이러한 것들은 얼마나 위험한 일인가!

게다가 당신들은 지금까지도 여전히 중국혁명에 대한 코민테른의 잘못된 관점에 맹종하여, 중국은 여전히 봉건통치하에 있으며 자산계급은 이제 겨우 정권에 참여하기 시작했다, 앞으로 있을 제3차 혁명도 역시 자산계급 민주혁명으로 그 성격이 제한될 것이다, 국민당 정권의 전복 이후에도 여전히 다시 자산계급적인 정부, 즉 계급동맹의 노농 민주정부를 세워야 한다고 생각한다. 이렇게 시종 노농군중을 살해하는 자산계급 걱정만 하면서 그들을 위해 살길을 열어주고 시종 동요하는 소자

5) 여기에서 말하는 '패배주의'는 레닌이 1차 세계대전 중에 제창했던 '혁명적 패배주의'를 말하는 것으로 보인다. 제국주의를 신봉하는 국가가 치르는 전쟁에서는 그 국가가 패배하는 것이 오히려 무산계급 세계혁명을 앞당기는 길이 될 수 있으므로 무산계급은 전쟁에서 패배하도록 하는 전략이 더 자신들에게 유리하다는 견해이다.

산계급에 의지하면서 그들을 위한 여지를 남겨두다니 당신들의 기회주의가 이미 어느 정도로 심각해진 것인가! 중국의 대자산계급, 지주와 부농 같은 착취자들은 모두 이미 반혁명적인 위치에 서 있고 도시 소자산계급과 중농은 혁명투쟁이 급진적이 되면 모두 반드시 동요하게 되어 있다. 오직 빈농만이 무산계급의 믿을 만한 동맹자지만 그들도 혁명을 지도하는 계급은 아니다. 앞으로의 혁명은 오직 가장 혁명적인 무산계급만이 시종 결연하게 지도적인 지위에 서서 결연하게 일반 임금 노동자들과 중소농민 및 도시와 향촌에서 고생하는 수천수만의 헐벗고 굶주린 노예들을 이끌어 부단한 혁명투쟁을 수행하는 방식이어야 한다. 그렇게 해서 중국의 진보를 가로막는 제국주의와 자산계급, 지주계급, 부농 등 하층 민중을 착취하는 일체의 반혁명 세력을 철저하게 소탕하고 무산계급 빈농 독재의 노농병(勞農兵) 대표대회(소비에트)를 수립하여 전국의 정권을 통일해야만 비로소 한편으로는 민주혁명의 임무를 완성하면서 다른 한편으로는 사회주의의 길로 걸어갈 수 있는 것이다. 반식민지 상태인 중국의 상황에서는 국제제국주의 경제 정치 세력이 중국 국민 생활의 모든 체계 안으로까지 깊숙이 들어와 보편화되어 있고 또한 중국의 모든 반동세력과 결합되어 있기 때문에 장기간의 대유혈을 동반하는 지난한 투쟁을 거치지 않고서는 중국 민중이 해방되는 것을 생각할 수 없다. 이런 대유혈을 동반한 장기간의 지난한 투쟁에서는 다소 동요적이며 굳건하지 못한 사회계급은 모두 필연적으로 혁명을 두려워해서 중도에 이탈하게 된다. 그렇기 때문에 계급연맹 정책으로 혁명의 목적을 관철하려고 하는 것은 멍청이의 잠꼬대 같은 이야기가 될 수밖에 없다. 그런 방식으로는 사회주의의 길로 갈 수 없을 뿐만 아니라 민주혁명의 임무도 완수할 수 없다. 그러므로 장차 혁명의 고조기가 도래했을 때 만약 우리 당이 자산계급 민주 단계를 사수하면서 당장 '공장은 노동자에게로', '토지는 농민에게로', '무산계급빈농독재'와 같은 구호들을 외치면서 광대한 군중을 향해 이러한 혁명의 길로 나아갈 것을 명확하게 지시하고 광대한 군중이 이 혁명을 철저히 완수하도록 결연하게 지도하지 않는다면, 만약 다소라도 망설이고 꺼리는 태도를 취한다면, 스스로 자기 손발을 묶고 혁명적인 군중의 발목을 잡아 혁명을 유산시킴으로써 군중들을 더 거대한 살해로 내몰게 될 것이다. 이것이 바로 당이 군중의 뒤를 쫓아가면서 대혁명 투쟁에서 낙오자가 되는 길이다. 그러므로 당신들처럼 이런 뿌리 깊은 기회주의로는 과거의 과오를 제대로 인식할 수 없을 뿐만 아니라 현재의 과오를 모면할 수 없으며 앞으로도 여전히 더 큰 과오를 범하게 될 것이다. 이것은 과오만이 아니라 죄악이다!

맹목적인 행동주의 역시 기회주의의 다른 형태이다. 과거에 맹목적인 행동주의의 해악이 심했다는 것을 전체 당의 동지들 중 심각하게 깨닫지 못한 사람이 누가 있는가? 그런데도 지금 중앙 지도부에 속해 있는 다수는 여전히 당시 이 맹목적 행동주의를 가장 강력하게 주장하고 실행했던 사람들이다. 특히 리리산(李立三)은 광동에서, 차이허산(蔡和森)은 북방에서 그러했다. 하지만 지금 누가 자신의 과오를 공개적으로 인정함으로써 자신과 당의 진정성을 드러낸 사람이 있는가? 지금 당신은 입으로는 맹목적 행동주의에 반대한다고 하면서도 실제로는 여전히 이전과 마찬가지로 혁명의 고조에 대한 지나친 판단이 전제된 맹목적 행동주의 정책의 명령주의를 시행하고 있다. 당신들의 견해는 앞뒤가 바뀌어, 혁명의 고조기에는 그것을 민주주의 혁명으로 제한할 것을 주장하고 지금처럼 혁명의 고조기가 아닌 때, 즉 반혁명의 시기에는 반대로 '여덟 시간 노동제'나 '토지 몰수', 그 밖에 '불평등 조약 폐지'나 '국민당의 군사독재 반대' '국민회의 소집' 등과 같은 총체적인 민주주의 구호를 제창해서 민중이 현실 정치투쟁에서 이탈되지 않도록 하고 당이 민중에게서 이탈되지 않도록 함으로써 광대한 민중이 이런 민주적인 구호 아래서 활동하도록 해야 함에도 불구하고 그렇게 주장하지 않는다. 그렇게 해야만 비로소 반혁명적인 정권을 동요시킬 수 있고 혁명의 고조기로 나아갈 수 있으며 우리의 '국민당 정부 타도'와 '소비에트 정부 건설' 같은 근본적인 구호들이 민중운동 안에서 행동의 구호가 될 수 있는 데도 말이다. 당신들의 정책은 이렇게 혁명의 고조기를 앞당기는 것이 아니라 민중의 현실적인 정치투쟁과 분리된 채 날마다 혁명의 고조만을 꿈꾸는 것이다. 게다가 여전히 맹목적 행동주의 정책을 채택해서 민중의 요구와는 분리된 채 기계적으로 갖가지 역사적인 기념일마다 외톨이처럼 거리에 나가 시위를 하라고 동지들에게 끊임없이 명령한다.(당의 가장 용감하고 말 잘하는 인사들이) 그러나 당 밖에 있는 군중들이 전혀 그것을 지지하지 않는 채로 이렇게 계속되는 당 내외의 군중 시위(示威)[사실은 시위가 아니라 약점만 드러내는 '시약(示弱)'일 뿐인데]는 전혀 비전이 없으며, 이러한 점을 느끼면서도 계속해서 이렇게 한다면 당은 필연적으로 갈수록 군중에게서 이탈하게 되고 당의 역량은 갈수록 약화될 것이다. 이런 맹목적 행동주의와 기회주의가 병행되면 그 결과는 반드시 당을 사지(死地)로 보내는 것이 될 것이다!

지도부가 이런 중대한 과오를 범하면 당원 군중들은 당의 정책에 대해 합법적인 토론을 하고 기탄없는 자아비판을 해야 비로소 중앙의 잘못된 정치노선을 바로잡을 수 있고 당이 공개적으로 자신의 과오를 인정함으로써 그 진정성을 드러낼 수 있다. 그러나 당신들은 오직 당신들 자신의 잘못을 엄폐하려는 기도만 할 뿐 계급과 혁명의 이익은 전혀 고려하지 않는다. 중앙의 권위와 조직기율로 당신들과 다른 의견을 가진 모든 동지들의 발표와 공개적인 토론을 협박하며 통제한다. 당신들은 입으로는 토론을 허용한다고 하지만 실제로 하는 건 심판이다. 중앙에서 하급당

부에 대표를 파견해서 문제를 제기하고 동지들이 중앙의 정치노선과 같은 입장인지를 심문하고 만약 의견이 다른 사람이 있으면 당장 공작을 취소하게 하거나 경고를 내리고 심지어는 당적을 박탈하기도 한다. 논의된 의결안 역시 먼저 상급 기관에서 만든 뒤에 가져와서 당원들에게 제출해서 통과시킨다. 이렇게 할 거면 토론은 해서 무엇 하나? 결의는 해서 또 무엇 하나? 최근 당신들이 내게 보낸 편지도 내게 "일주일 내에 반대파에 반대하는 글을 쓰라"는 명령이었다. 당신들이 이미 내 의견을 대신 정해놓고 나더러 글을 써서 견해를 발표하라고 요구하는 건 또 무슨 짓인가? 나는 당신들이 지금의 이런 정도로까지 이성을 잃고 웃음거리가 될 거라고는 정말 생각도 못했다! 이런 현상은 당원 군중의 합법적인 토론과 공개적인 자아비판을 통해 지도부의 잘못된 정치노선을 시정하는 일이 이미 전혀 희망이 없음을 말해주기에 충분하다!

내가 8월 5일에 당신들에게 쓴 장문의 편지는 합법적인 수단으로 나의 주장을 굽히고 일을 성사시키기 위해 제6차 대회 결의안 범위 내에서 당에 건의하는 쪽으로 온 힘을 기울인 것이다. 그것을 통해 상당한 시정이 있을 것이며 또한 이것을 계기로 당원 군중의 공개적인 토론의 문이 활짝 열려 내 의견보다도 더 근본적인 차원에서 당의 정치노선이 수정될 수 있기를 기대하면서. 그러나 당신들은 동지들이 문의하면 몇 번이나 내 편지를 공개하고 거기에 대해 토론할 것이라고 대답했지만 사실은 두 달이 지나도록 아직도 공개하지 않았다. 뿐만 아니라 지난 달 28일에 코민테른 대표와 당 중앙 대표가 갑자기 나와 대화를 하자고 하더니, 정작 대화하는 자리에서는 일체의 중요한 정치적인 문제에 대한 토론을 거부하고 단지 당 중앙과 다른 의견을 발표해서는 안 된다는 말로 나를 질책하기만 했으며 당 중앙은 절대로 내 편지를 공개할 수 없다는 말만 단호하게 했다. 뿐만 아니라 단호한 어조로 당 중앙의 정치노선은 원칙적으로 잘못이 없으며 게다가 시국이 긴박하니 어떤 동지도 중앙과 다른 견해를 표명하는 걸 불허한다는 말까지 보탰다. 코민테른 대표는 이런 전횡적인 태도로 자신들의 잘못을 엄폐하고 이론에도 부합되지 않고 사실에도 부합되지 않는 핑계를 대면서 중국당 내의 정치문제가 긴급히 필요로 하는 공개토론을 저지하고 있다. 하지만 나는 이 대표를 비난하지 않는다. 단지 정말로 반대파(트로츠키파)가 지적한 것처럼 코민테른 지도부의 정치적 조직적 관료화의 한 증표를 느낄 뿐이다. 마지막으로, 당신들은 또 당적을 박탈한다는 말로 나를 협박하면서 내 의견 발표를 저지했는데 지금 나는 정식으로 당신들에게 말하겠다. 당신들에게는 자신의 정치의견을 발표하는 어떤 동지도 제명할 명분이 전혀 없다. 나는 오직 마르크스레닌주의의 진리를 위해, 전 무산계급의 혁명 이익을 위해, 하층의 혁명군중과 기회주의적인 상층 지도부의 결합을 위해 분투했을 뿐 다른 것을 도모한 적이 없다! 나는 당신들에게 또 말하겠다. 당내의 중대한 정치적인 문제, 즉 지도부의 정치노선이 근본적으로 잘못된 문제는 절대로 조직기율로(레닌은 무산계급혁명정당의 기율은 정확한 정치지도가 선결되어야만 실현될 수 있으며 그렇지 않으면 반드시 쓸데없는 것이 된다고 말했다. 당신들은 이 말을 잊었는가?) 엄호해서 해결할 수 있는 것이 아니다. 만약 이런 방법으로 이유 없이 동지를 제명한다면, 만약 이로 인해 당의 분열이 조성된다면 그것은 마땅히 당신들이 책임져야 한다!

이만
혁명에 대해 경례!

두슈(1929. 10. 10)

51 전당의 동지들에게 알리는 글

告全黨同志書

친애하는 동지들

나는 1920년(민국 9년) 여러 동지들의 뒤를 좇아 본 당을 창립한 이래로 코민테른의 지도자 스탈린과 지노비예프, 부하린 등 기회주의자의 정책을 충실하게 집행함으로써 중국혁명이 수치스러운 참패를 당하도록 했고 비록 주야로 열심히 일했지만 성과보다는 과오가 더 많았다. 나는 물론 "온 천하의 잘못은 다 나 한 사람에게 있다"[1]는 가소로운 과장의 어투를 흉내내어 과거 실패의 과오에서 자신을 제외시키려 해서는 안 된다. 누가, 어떤 동지가 내 과거의 기회주의적 과오를 지적한다고 해도 나는 진지하게 받아들일 것이다. 나는 절대로 내 개인의 잘못을 ('팔칠'회의에서 지금까지 나는 정당한 비판에 대해 자신을 비호하는 자세를 취하지 않았으며 사실을 넘어선 지적들에 대해서도 개인적인 사소한 일이라고 생각하며 묵묵히 답변을 하지 않았다.) 비호하기 위해 과거 무산계급이 무거운 대가를 치르며 했던 고생스러운 경험을 묻어버린 채 아무런 교훈도 얻지 못하게 되기를 원하지 않는다. 나는 과거의 과오를 은폐하기를 원하지 않는다. 뿐

1) 원문은 "万方有罪在予一人"이다. 『논어』「요왈편(堯曰篇)」에 나오는 "萬方有罪, 罪在朕躬"과 상통하는 구절이다.

만 아니라 현재나 미래에도 만약 내가 사상적으로나 행동에서나 기회주의적인 과오를 범하게 된다면 마찬가지로 비호를 원하지 않으며 마찬가지로 동지들이 이론적으로나 현실적으로나 냉정하게 비판해주기를 바란다. 억지로 끌어다 붙이거나 소문을 만들어내는 일이 아니라면 나는 모든 것을 허심하게 받아들일 것이다. 나는 취치우바이(瞿秋白)나 리리산(李立三)과 같은 자신감을 가질 수가 없다. 나는 어떤 개인이나 어떤 당파도 기회주의의 과오를 면하려고 하면 그건 결코 쉬운 일이 아니라는 걸 통절하게 깨닫고 있다. 심오한 마르크스주의자 카우츠키나 플레하노프도 만년에는 용서할 수 없는 기회주의의 과오를 범했는데 우리처럼 이렇게 천박한 마르크스주의자들이야 더더욱 어찌 자만할 수 있겠는가. 일단 자만하면 곧 스스로가 스스로의 진보를 저해하게 된다. 반대파의 깃발이라도 절대로 도사의 영험한 부적은 아니며 소자산계급 의식이 근본적으로 제거된 것은 아니다. 과거 기회주의 체제에 대해 깊이 있게 이해하고 투쟁에 굳건하게 참가해본 적이 없는 사람이 만약 이 깃발 아래서서 스탈린이나 리리산의 기회주의를 몇 번 욕하고는 이제 기회주의의 마귀는 영원히 가까이 오지 못할 것이라고 생각한다면 그건 망상이다. 우리가 정말로 기회주의의 과오를 면하려고 한다면 오직 마르크스 레닌이 남긴 교훈 속에서, 무산계급 대중투쟁 속에서, 동지들의 상호 비판 속에서 부단히 마음을 비우고 학습해야만 그나마 약간의 가능성이 있다.

나는, 과거 중국혁명의 실패에서 객관적인 원인은 부차적인 것이고 당이 범한 기회주의의 과오, 즉 자산계급 국민당에 대한 정책상의 과오(부록 주1)가 주된 원인이라는 걸 확실하게 인정한다. 당시 중앙의 책임자 동지들, 특히 나는 과거의 이런 정책이 조금도 의심할 바 없이 철두철미하게 과오였다는 점을 공개적으로 용기 있게 인정해야만 한다. 그러나 그저 단순히 과오를 인정하는 것만으로는 부족하며 반드시 성실하고 철저하게 과거의 과오, 즉 기회주의 정책의 내용과 그 원인 결과가 어떠한 것들이었는지를 인식해야만 하며 뿐만 아니라 그것을 조금도 거리낌 없이 다 폭로해야만 한다. 그래야만 비로소 과거의 과오를 계속 범하지 않을 수 있는 가능성이 생기고 다음 혁명이 다시 이전 기회주의의 전철을 밟지 않게 할 수 있는 가능성이 생긴다.

우리 당이 창립된 초기에는 유치하긴 했지만 레닌주의 코민테른의 지도하에 노동자들의 투쟁을 굳건하게 지도하는 점에서나 국민당의 계급성을 인식하는 점에서나 크게 과오를 범하지는 않았다. 1921년(민국 10년) 코민테른이 소집한 원동(遠東)의 노동인민대회에서도 중국 측에서는 우리 당이 국민당과 기타 각 단체의 대표들을 지도하면서 대회를 진행했다. 대회에서 결의된 내용은 원동의 식민지 국가에서는 마땅히 민주혁명투쟁을 수행해야 하며 혁명의 과정에서 농민소비에트를 조직해야 한다는 것이었다. 이에 중국당 제2차 대회(1922년)에서는 민주혁명 연합전선 정책을 결의하였고 이 결의에 의거해서 시국에 관한 견해를 발표하였다. 또한 청년단 국제 대표 다링이 중국에 와서 국민당에게 민주혁명파 연합전선 정책을 제기했지만 국민당 총리 쑨중산은 그것을 매섭게 거절했다. 그는 단지 중국공산당과 청년단 인사들이 국민당에 가입해서 국민당을 따르는 방식만 허용했고 당외(黨外) 연합은 인정하지 않았다. 대회가 해산된 지 얼마 되지 않아 코민테른은 곧 대표 마린을 중국에 파견해서 시후(西湖)에서 위원들에게 중국공산당중앙전체회의를 열도록 하고 여기에서 국민당 조직에 가입하도록 제안했다. 마린은 국민당은 자산계급정당이 아니라 각 계급 연합정당이라고 역설하면서 무산계급이 이 정당에 들어가서 이 정당을 개혁함으로써 혁명을 추진해야 한다고 주장했다. 당시 중공중앙위원이었던 다섯 명 즉, 리소우창(李守常), 장터리(張特立), 차이허산(蔡和森), 가오쥔위(高君宇)와 나는 모두 이 제안에 일치해서 반대했다. 그 주된 이유는 당내 연합은 계급조직을 혼란시킨다는 것과 우리의 독립적인 정책이 견제를 받게 된다는 것이었다. 결국 코민테른 대표는 중국당이 코민테른의 말에 복종하지 않는 것인가 하는 문제를 제기했고 이에 중공중앙은 코민테른의 기율을 존중하기 위해 결국 코민테른의 제의를 수용하고 국민당 가입을 수용하는 수밖에 없었다. 그로부터 코민테른과 중공 대표가 국민당 개혁운동을 진행하려 한 지 거의 일 년이 되었지만 국민당은 시종 태업이나 거절의 태도를 취했다. 쑨중산은 코민테른 대표에게 누차 "공산당이 국민당에 가입했으니 당의 기율에 복종해야 하며 공개적으로 국민당을 비판해서는 안 된다. 공산당이 만약 국민당에 복종하지 않는다면 나는 그들을 제명해버릴 것이고 소련이 만약 중국공산당을 비호한다면 나는 소련에 반대하는 입장을 취할 것이다."라고 말했다. 코민테른 대표 마린은 이로 인해 기가 죽어 모스코바로 돌아갔다. 그를 이어 온 보로딘의 주머니에는 소련의 국민당에 대한 막대한 양의 물질적인 원조 계획이 들어 있었다. 그러자 국민당은 처음으로 1924년(민국 13년) 당 개혁과 연소(聯蘇)정책을 채택했다.

이 시기 전후에는 중공이 아직 기회주의에 그다지 깊이 감염되지는 않았기 때문에 '이칠(二七)' 철도 대파업(1923년)과 '오삼십(五三十)' 운동(1925년)을 지도할 수 있었다. 이러한 활동은 모두 국민당의 정책적 견제를 받지 않았으며 뿐만 아니라 때로는 국민당의 타협정책을 심하게 비판하기도 했다. 하지만 '오삼십' 운동에서 무산계급이 고개를 들자 이것이 곧 자산계급을 놀라 각성하게 했다. 따이지타오(戴季陶)[2]의 반공소책

2) 따이지타오(戴季陶, 1891~1949)는 일본에서 유학하고 쑨원이 이끄는 동맹회에 가입하여 혁명 활동을 했으며 오사시기에는 마르크스주의연구회에 참여하기도 했다. 황푸군관학교 정치부주임, 국립중산대학 총장, 국민당중앙선전부장 등을 역임했으며 장제스 정부에서 중요한 씽크탱크 역할을 맡아 '국사(國師)'라는 칭호를 받기도

자는 바로 이러한 상황에서 나오게 된 것이다.[3] 그해 10월 베이징에서 소집된 중공중앙확대회의 정치결의안위원회에서 나는 다음과 같이 제의했었다. 따이지타오의 소책자는 개인적이고 우연한 일이 아니라 자산계급이 자기 계급을 공고하게 하려는 노력이며, 무산계급을 통제하고 반동으로 나아가는 경향을 드러낸 것이다, 우리는 반드시 당장 국민당에서 나와서 독립해야 한다, 그래야만 우리 자신의 정치적인 면모를 보존하고 대중을 지도할 수 있으며 국민당 정책에 견제당하지 않을 수 있다고. 당시 코민테른 대표와 중공중앙의 책임자 동지들은 일치해서 나의 제안에 심하게 반대하면서 이것은 중공당원 대중이 국민당에 반대하는 길로 나가려는 것을 암시한다고 말했다. 주장이 확고하지 못했던 나는 결국 다시 코민테른의 기율과 중앙의 다수 의견을 존중해서 나의 제안을 견지하지 못했다.

다음 해(1926년)에 일어난 장제스(蔣介石)의 3월 20일 정변은 바로 따이지타오의 주장을 실행에 옮긴 것이었다. 공산당원이 대규모로 체포되고 성항(省港)의 파업위원회와 소련시찰단과 소련 고문단 방위대의 총기가 포위 몰수당했다. 국민당중앙에서는 공산당원들을 국민당 최고당부에서 물러나게 했고 공산당원들이 쑨중산의 삼민주의를 비판하는 것을 금지했다. 공산당과 청년단은 국민당 당원으로 가입해야 하며 단원의 명부를 국민당에 제출해야 한다는 것을 결의했고, 우리는 이러한 것들을 하나하나 다 수용했다. 동시에 우리는 독립적인 군사력을 준비해서 장제

했다.

3) 여기서 반공소책자란 따이지타오가 1925년 말에 발간한 『국민혁명과 중국국민당(國民革命與中國國民黨)』을 가리킨다. 이 책에서 따이지타오는 국민당 내의 공산당 활동을 비판하며 그 조직적 성장을 경계하는 내용을 발표하여 국민당 내에서 반공 및 국공분열의 분위기를 조장하였다.

스와 대항해야 한다는 주장을 제기하고 중앙을 대표해서 펑슈즈(彭述之) 동지를 광저우로 특별히 파견해 코민테른 대표와 이 계획에 대해 상의하게 했다. 코민테른 대표는 찬성하지 않았을 뿐만 아니라 계속해서 장제스의 무장화를 극력 도왔다. 그는 우리가 모든 역량을 다해 장제스의 군사독재를 지지하고 광저우의 국민정부를 공고히 하여 북벌을 수행해야 한다고 극력 주장하였다. 우리는 장제스와 리지션(李濟深) 등에게 공급한 총기 중 오천 자루를 갈라내어 광둥의 농민을 무장시킬 것을 요구했으나 코민테른 대표는 "무장농민이 진종밍(陳炯明)과 북벌을 공격해서는 안 되며 또한 국민당의 의심을 사고 농민의 국민당에 대한 저항을 야기하게 될 것"이라고 말했다. 이 시기는 아주 중요한 시기였다. 구체적으로 말하면 자산계급 국민당이 공개적으로 무산계급에게 그의 지도와 지휘하에 복종할 것을 강제한 시기이며, 무산계급이 스스로 정식으로 자산계급에 투항하고 자산계급에 복종하면서 기꺼이 그들의 부품이 되기를 선언한 시기이다.(코민테른 대표는 공공연하게 "지금은 공산당이 국민당을 위해 노고를 다해야할 때"라고 말했다.) 이 시기에 이르면 당은 이미 무산계급의 당이 아니라 완전히 자산계급 좌파가 되어 기회주의의 심연으로 추락하기 시작한다. 나는 3월 20일 사변 후 코민테른에 대한 보고에서 내 개인의 의견을 진술하면서 당내 합작을 당외 연맹으로 바꾸어야 하며 그렇지 않으면 앞으로의 추세는 반드시 스스로 독립적인 정책을 수행할 수 없게 되고 민중의 신임도 얻을 수 없게 될 것이라고 주장했다. 코민테른은 나의 보고를 보고 난 뒤 한편으로는 진리신문(眞理報)[4]에 부하린의 논문을 발표하면서 중국공산당 안에 국민당으로부터 탈퇴하겠다는

4) 트로츠키가 1908년 오스트리아의 비엔나에서 러시아 노동자들을 대상으로 발행한 신문. 러시아어로는 'Пра́вда'.

의견이 있다고 엄중히 비판을 했고 "이미 황색 노동조합에서 탈퇴하겠다는 주장과 영러(英俄)직공위원회에서 탈퇴하겠다는 주장을 제기해서 두 가지 오류를 범했는데 지금 다시 세 번째 오류, 즉 중공이 국민당에서 탈퇴하겠다는 주장을 하는 오류를 범하는 것"이라고 말했다. 또 한편으로는 원동(遠東) 부장 우팅캉(吳廷康)을[5] 중국에 파견해서 중국공산당이 국민당에서 탈퇴하려는 경향을 시정하도록 요구했다. 그때 나는 다시 코민테른의 기율과 중공의 다수 의견을 존중해서 나의 제안을 견지하지 못했다.

그 후 북벌군이 출발했다. 우리는 기관지 『향도』에서, 북벌 때문에 후방의 노동자운동이 억압을 당하고 있으며 농민들은 군비를 강제징수 당하면서 국민당의 핍박을 심하게 받고 있다고 비판했다. 또한 상하이 노동자들이 즈루군(直魯軍)[6]을 몰아내려고 일으킨 폭동이 성공한다면 반드시 정권 문제가 생겨날 것이었기 때문에, 이때 나는 중앙확대회의의 정치결의안 초고를 작성하면서 다음과 같이 건의했었다. 중국혁명에는 두 가지 길이 있다. 하나는 무산계급이 영도해서 목적을 관철하는 길이고 다른 하나는 자산계급이 영도해서 반드시 중도에 혁명을 배반하게 되는 길이다. 그러므로 우리가 지금 자산계급과 협력할 수는 있지만 지도권은 탈취해야 한다고. 코민테른 주(住) 상하이 원동부는 일치해서 나의 이런 견해에 반대하면서 그것이 동지들에게 영향을 주어 너무 빨리 자산계급에 반대하게 될 수 있다고 말했다. 또한 상하이 폭동이 만약 성공한다면 그 정권은 마땅히 자산계급에게 귀속되어야 하는 것이며 노동자들이 대표를 파견해 참가할 필요는 없다고 단호하게 말했다. 그때 나

5) 1920년 코민테른에서 파견되어 천두슈를 소개받고 중국공산당 창당을 추진했던 코민테른 원동국 대표 벨린스키(1897~1953)의 중국이름이다.

6) 직예(直隶)와 산동(山东) 군벌 연합군.

는 다시 그들의 비판 때문에 나의 의견을 견지할 수가 없었다.

1927년 북벌군이 상하이를 점령할 무렵 치우바이(秋白)[7]가 중요하게 여긴 것은 상하이 시정부 선거와 소자산계급(중소상인) 연합으로 하여금 대자산계급에 반대하게 하는 것이었다. 펑슈즈(彭述之),[8] 루어이농(羅亦農)[9]과 나는 당시 시정부 선거나 취직은 결코 중심문제가 아니며 중심문제는 바로 무산계급의 전력(戰力)이 만약 장제스의 군사력을 능가할 수 없다면 소자산계급은 우리 편으로 넘어오지 않을 것이고 장제스는 반드시 제국주의의 지휘하에서 군중을 학살할 것이라는 의견이었다. 우리는 그때가 되면 시정부는 빈말이 되고 뿐만 아니라 상황은 반드시 우리가 전국적으로 패배하게 되는 쪽으로 기울어지게 될 것이다, 장제스가 만약 공개적으로 혁명을 배반한다면 그건 절대로 단순히 그 개인의 행동이 아니며 전 중국의 자산계급이 반동진영으로 나아가게 되는 신호다라고 주장했다. 당시 슈즈는 직접 한커우로 가서 코민테른 대표와 중공 중앙의 책임을 맡은 다수 동지들에게 이런 의견을 전달하고 장제스 군대에 대한 공격 계획을 제안했다. 그때 그들은 모두 상하이 사변은 그다지 염두

7) 취추이바이(瞿秋白, 1899~1935)는 정치가, 문예평론가이다. 러시아 작가들의 작품을 많이 번역하였으며 1920년에는 모스크바 주재 기자로도 활동했다. 1922년 중국공산당에 입당했고 1927년 천두슈가 중국공산당 총서기직에서 해임된 뒤 후임으로 당총서기를 맡았지만 1년 후 '좌경모험주의자'로 비판당해 총서기직에서 해임되었다.

8) 펑슈즈(彭述之, 1895~1983)는 1920년대 초반 중국공산당 모스크바 지부의 책임을 맡았으며 중국공산당 기관지인『향도』의 주편을 맡기도 했다. 천두슈와 더불어 중국 트로츠키파 조직의 하나인 〈무산자파〉의 대표인물로 활동했으며 1929년 당에서 제명되었다.

9) 루어이농(羅亦農, 1902~1928)은 1920년대 초 모스크바 유학생 출신으로 상하이 노동자무장봉기를 지도한 바 있다. 1929년 중국공산당 제5차 대회에서 중앙위원으로 선임되었었다.

에 두지 않으면서 나에게 우한(武漢)으로 가라고 연달아 전보를 쳤다. 그들은 국민정부가 우한에 있으니 모든 국가대사는 다 우한으로 역량을 집결해서 해결을 모색해야 한다고 했다. 동시에 코민테른은 또 우리에게 전보를 쳐서 노동자들의 총기를 숨겨서 장제스 군대와 충돌을 피하도록 하고 무장역량으로 조계를 혼란스럽게 하지는 말라고 지시했다. 루어이농은 이 전보를 보고 너무나 화가 나서 그것을 바닥에 내던졌다. 그때 나는 다시 코민테른의 명령에 복종하기 위해 나의 의견을 견지할 수 없었다. 뿐만 아니라 국민당과 제국주의에 대한 코민테른의 정책에 근거해서 왕징웨이(汪精衛)와 연명으로 그 수치스러운 선언까지 발표했다.[10)]

4월 초 한커우로 가서 처음으로 왕징웨이를 만나고 그의 반동적인 이야기를 들으면서 나는 당장 그의 입장이 상하이 담화 때와는 완전히 다르다는 걸 깨달았고 이 사실을 보로딘에게 알렸다. 보로딘도 그렇다고 하면서 왕징웨이가 우한으로 온 뒤에는 당장 쉬치엔(徐謙), 구멍위(顧孟余), 천궁보(陳公博), 탄옌카이(譚延闓) 등에게 둘러싸여 그와는 점점 더 소원해졌다는 이야기도 했다. 장제스와 리지션이 연달아 노동자 농민을 학살한 후 국민당은 갈수록 무산계급의 역량을 우습게 보게 되었고 왕징웨이와 국민당 전체 중앙위원의 반동적 태도와 정책은 갈수록 확대되었다. 나는 본당의 정치국 회의에서 양당 연석회의에 대해 보고하면서 "우리와 국민당의 협력은 갈수록 위험으로 빠져들고 있다. 그들과 우리의

10) 1925년 쑨원 사망 이후 점차 노골화되는 장제스의 반공화 경향 속에서 코민테른은 1927년 4월 국민당 좌파로 알려진 왕징웨이(汪精衛)를 주석으로 하여 우한에 국민당 좌파와 중국공산당을 기반으로 하는 국민정부를 수립하였으며, 천두슈로 하여금 왕징웨이와 더불어 우한 정부를 합법화하는 공동성명을 발표하게 했다. 처음부터 왕징웨이를 신뢰하지 않았던 천이 여기에서 그 수치스러운 선언이라고 말한 것은 바로 이것이다. 왕징웨이는 우한 정부가 수립된 지 얼마 되지 않아 천의 우려대로 장제스의 난징 정부에 합력하였으며 중국공산당 토벌에 앞장서는 일을 하게 된다.

싸움은 표면적으로는 이러저러한 소소한 문제들 때문이지만 실제로는 그들이 전체 지도권을 요구하기 때문이다. 지금 우리 앞에는 지도권을 포기하느냐 아니면 그들과 결별하느냐 하는 두 갈래 길만이 놓여 있다."고 말했다. 회의는 침묵으로 나의 보고에 답했다. 마일(馬日)사변[11] 후 열린 두 차례의 정치국 회의에서 나는 국민당에서 탈퇴할 것을 건의했고 마지막에는 "우한의 국민당은 이미 장제스를 따라가고 있으며 만약 우리가 정책을 바꾸지 않는다면 마찬가지로 장제스의 길을 따라가게 된다." 고 말했다. 당시에는 오직 런피스(任弼時)만이 "맞다!"고 한마디를 했고 저우언라이(周恩來)는 "국민당에서 나온다면 노동운동은 한결 수월해지겠지만 군사행동은 큰 손실을 입게 될 것"이라고 말했다. 나머지 사람들은 나의 제안에 여전히 침묵으로 답했다. 그때 나와 치우바이가 이 문제에 관해 토론을 했는데 치우바이는 "차라리 국민당이 우리를 제명하도록 할지언정 우리 스스로 물러날 수는 없다."고 했다. 나는 다시 보로딘과 상의했다. 그는 "나는 당신의 의견에 십분 찬성하지만 모스크바는 절대로 이걸 수용하지 않을 거라는 걸 안다."고 말했다. 그때 나는 다시 코민테른의 기율과 중앙의 다수 의견을 존중해서 나의 의견을 견지할 수 없었다. 그때까지 나는 줄곧 나의 제안을 적극적인 방법으로 견지하지 못했다. 하지만 이때는 정말 더 이상은 그렇게 할 수 없다는 생각에 소극적인 방법으로 당 중앙에 사직서를 제출했다. 그렇게 한 주된 이유는 "코민테른이 한편으로는 우리에게 스스로 정책을 집행하라고 하면서 한편으로는 또 우리가 국민당에서 탈퇴하는 걸 허락하지 않으니 정말 출로가 없고 정말 일을 계속할 수가 없다."는 것이었다.

코민테른은 시종 국민당을 중국민족민주혁명의 주체로 인정했다. '국

11) 『중공중앙에 보내는 편지』 주 4 참조.

민당의 영도'라는 이 말은 스탈린의 입에서 특별히 우렁차게 울렸다.(중국혁명 문제 안에서 반대파의 오류를 보라.) 그래서 시종 우리에게 국민당 조직에 굴복하고 국민당의 이름과 국민당의 깃발 아래서 대중들을 지도할 것을 요구했다. 펑위샹(馮玉祥), 왕징웨이, 탕성즈(唐生智), 허지엔(何健) 등 전체 국민당의 공개적인 반동, 연러용공(聯俄容共)[12] 정책과 노동자농민 운동을 돕는 이른바 삼대 정책이 공개적으로 취소될 때까지(그들은 일찍부터 "용공(容共)은 인정하지만 연공(聯共)은 인정하지 않는다"고 말했었다.) 코민테른은 또 우리에게 전보로 "국민정부에서는 나오되 국민당에서는 나오지 말라"고 명했다. 이른바 '팔칠(八七)'회의[13] 이후 난창(南昌)에서 폭동이 일어난 때부터 샨토우(汕頭)가 점령될 때까지도 공산당은 여전히 좌파 국민당의 청천백일기 아래 숨어 있었기 때문에 대중들 안에서는 그것이 단지 국민당 내의 내홍일 뿐 별 다른 일은 없는 것으로 간주되었다. 중국의 유치한 무산계급이 만든 유치한 공산당은 처음부터 상당한 기간 동안 마르크스주의와 계급투쟁의 훈련 기간을 받지 못한 채 곧바로 대혁명투쟁과 마주한 것이라 코민테른의 정확한 무산계급 정책 지도가 있어야만 근본적인 오류를 범하지 않을 수 있을 것이라고 기대했었다. 그러나 불행히도 이상과 같이 시종 일관된 기회주의 정책의 지도를 받았으니 그 아래서 중국의 무산계급과 그 정당이 어떻게 자신의 앞날을 똑똑히 보면서 자신들의 독립적인 정책을 수립할 수 있었겠는가. 한 걸음 한 걸음이 다 자산계급에 투항하고 자산계급에 종속되는 길이었기 때문에 정작 자산계급의 대학살이 도래하자 아무런 방법이 없었던 것이다. 창사

12) 소련과 연합하고 공산당을 수용함.

13) 1927년 8월 7일 한커우에서 비밀리에 개최된 중공중앙정치국 긴급회의. 1927년 4.12쿠데타로 인한 대혁명 실패 이후 혁명사업의 앞날에 대해 논의한 회의로 이 회의에서 천두슈는 혁명실패의 모든 책임을 뒤집어쓰고 당서기직에서 해임된다.

의 마일사변 이후 코민테른이 우리에게 내린 훈령의 방침은 이러하다.

(1) 토지혁명은 하층기관에서 토지를 몰수하는 방식으로 진행해야지 국민정부가 명령하는 방식으로 몰수할 필요는 없다. 그러나 군관의 토지를 침범해서는 안 된다.(후난과 후베이 지역의 자산계급과 지주토호신사 중 당시 군관의 본가, 친척, 친구로서 음으로 양으로 그들의 비호를 받지 않는 자는 한 사람도 없는데 만약 토지 몰수에 군관의 토지를 침범하지 않는 조건을 단다면 그건 헛소리다.)

(2) 당의 역량으로 농민의 '과열'행동을 저지한다.(과거에도 농민의 '과열' 행동을 저지한다는 이 수치스러운 정책을 실행했었다. 그러나 사후에 코민테른은 중국당은 "항상 대중운동의 장애물이 된다"고 비판하면서 그것을 중국당이 범한 세 가지 최대 기회주의적 과오의 하나로 지목했다.)

(3) 현재 믿을 수 없는 장교를 제거하고 이만 명의 공산당원을 무장시키고 거기에다 후난과 후베이 지역에서 오만 명의 노동자 농민을 선발하여 새로운 군대를 만든다.(만약 그렇게 많은 무기를 얻을 수 있다면 왜 직접 노동자 농민을 무장시키지 않고 또 국민당의 새로운 군대를 확장하려하는가? 또 왜 노농병(勞農兵)의 소비에트를 건설하지 못하는가? 노농병 소비에트가 없다면 무장 노동자와 농민도 없는데 그럼 어떤 사람이 어떤 방법으로 그런 믿을 수 없는 장교를 제거한다는 것인가? 왜 아직도 꼭 국민당 중앙을 향해 그들을 대체하라고 애원을 하는 것인가, 코민테른 대표 루이가 코민테른의 훈령을 왕징웨이에게 보낸 것은 물론 이런 의도였다.)

(4) 국민당 중앙위원회 안에 새로운 노동자로 원로 위원들을 대체한다.(우리가 이렇게 원로 위원들을 자유롭게 처분해서 국민당을 새롭게 조직할 수 있다면 왜 스스로 소비에트는 조직할 수 없는가, 왜 이미 노동자 농민을 학살한 자산계급 국민당 안으로 노동자 농민 지도자를 보내 그들의 장식물로 삼아야 하는가?)

(5) 저명한 국민당원으로(공산당원이 아니라) 지도자를 삼고 혁명법정을 구성해서 반동적인 군관을 재판한다.(이미 반동적인 국민당 지도자가 구성한 법정에서 사실상 누가 누구를 재판하겠는가?)

국민당내에서 이런 정책의 집행을 시도하는 것은 여전히 말로만 떠드는 환상적인 좌경기회주의로서 근본정책에는 조금도 변화가 없는 것이니 마치 똥독에서 목욕을 하려는 것이나 다름없다. 당시 좌경의 혁명정책을 집행하려고 했다면 반드시 근본정책이 바뀌었어야 한다. 즉 공산당이 국민당에서 나와 진정으로 독립해서 가능한 한 노동자 농민을 무장시켜 노농병 소비에트를 건설하고 국민당 지도자들을 타도했어야 한다. 그렇지 않으면 어떤 좌경 정책이라도 모두 길이 없는 방안이다. 당시 중앙정치국은 코민테른에 보내는 회신 전보에서 코민테른의 훈령을 수용하여 방침에 따라 수행하겠지만 다만 즉시 실행할 수는 없다는 성명을 발표했다. 왜냐하면 당 중앙의 동지들 전체가 코민테른의 이런 훈령이 모두 당장은 길이 없는 방안이라고 생각했기 때문이다. 중앙회의에 참석해 있던 벙커(스탈린이 보낸 특별대사라고 하는)조차도 그것이 당장은 실행가능성이 없다는 생각으로 중앙이 코민테른에 보내는 전보에 동의하며 "이렇게 답할 수밖에 없다."고 했다. '팔칠'회의 이후 중앙은 중국혁명 실패의 원인이 기회주의자들이 코민테른의 훈령을 받아들이지 않고(물론 상술한 훈령이지 그외에 무슨 다른 훈령은 없었다.) 당장 그것을 바꾸어 버렸기 때문이라고 극력 선전했다. 국민당의 울타리 안에서 어떻게 그것을 바꿀 수 있다는 건지 그들이 말하는 기회주의자라는 게 대체 누구인지 모르겠지만.

당은 이상의 근본적인 과오들을 일관되게 범했으며 일일이 다 기술할 수 없는 크고 작은 다른 지엽적인 과오들도 물론 계속해서 발생했다. 인식이 불철저하고 주장이 확고하지 못하며 시종 동요하고 있었던 나는 당시의 기회주의적인 분위기 안에 깊이 침잠해 있으면서 코민테른의 기회주의 정책을 충실하게 집행했다. 그렇게 자기도 모르는 사이에 스탈린 소조직의 도구 노릇을 하면서 스스로도 빠져나오지 못했으며 당도 구하지 못하고 혁명도 구하지 못했다. 이것은 나와 우리 모두가 당연히 책임져야 하는 일이다. 지금의 중앙은 우리가 스스로의 책임을 은폐하기 위해 중국혁명 실패의 책임을 코민테른에게 미루려고 한다고 말하는데 그건 정말 우스운 말이다. 누가 기회주의의 과오를 범했다고 해도 그것 때문에 그가 상급 기관의 기회주의를 비판할 권리나 그 스스로 마르크스 레닌주의로 되돌아갈 권리를 영원히 박탈당할 수는 없다. 또한 기회주의 정책이 상급 기관에서 발원한 것이라고 해서 누구라도 스스로 기회주의 정책을 집행한 책임으로부터 벗어날 자유를 가질 수도 없다. 기회주의 정책은 물론 코민테른에서 나왔지만 중국당의 지도자는 왜 코민테른에 항의하지 않고 그것을 충실하게 집행했는가? 그 책임을 또 누구에게 미루겠는가? 우리는 과거부터 현재까지의 기회주의 정책이 모두 코민테른으로부터 나왔으며 코민테른이 마땅히 책임을 져야 한다는 것을 아주 솔직하게 객관적으로 인정해야 한다. 또한 아직은 유치한 단계에 있는 중국당이 스스로 이론을 만들어내고 정책을 결정할 능력을 갖추지 못한 상황에서 맹목적으로 코민테른의 기회주의 정책을 집행하면서 거기에 대한 아무런 인식이나 항의도 없었으니 이것은 중국당 지도부가 마땅히 책임져야만 한다. 만약 서로 미루면서 모두 각자에게는 아무런 과오가 없다고 한다면 그럼 그것이 대중의 과오란 말인가? 그렇다면 그건 너무나 우스운 일이며 혁명에 대해 정말로 무책임한 것이 아닌가. 나는 확고하게 믿는다. 나나 다른 책임을 맡은 동지들이 만약 당시 트로츠키 동지처럼 코민테른의 기회주의적인 정책 과오에 대해 그렇게 진지한 인식을 가지고 그렇게 단호하게 논쟁을 할 수 있었더라면, 스스로 논쟁할 뿐만 아니라 전 당원 대중의 열렬한 토론과 논쟁을 불러일으킬 수 있었더라면, 그 결과 설령 코민테른에 의해 제명되거나 당이 분열되는 길을 가게 되었더라도 당과 혁명에 대해서는 커다란 구제책이 되었을 것이며 혁명이 이토록 수치스러운 실패를 겪고 당이 이런 정치적인 파산을 겪게 되는 데까지 이르지는 않았을 것이라고. 인식이 불철저하고 주장이 확고하지 못하며 시종 동요하고 있었던 나는 결국 그렇게 하지 못했다. 당이 만약 내 과거의 이런 과오에 근거해서, 혹은 내가 과거 그릇된 노선을 견지했던 것 때문에 나에 대해 어떤 가혹한 처벌을 하는 것이라면 나는 어떤 것이라도 진정으로 받아들이고 한마디도 할 말이 없었을 것이다. 하지만 지금 당 중앙이 나의 당적을 박탈하는 이유는 이러하다.

(1) 내가 "자신이 중국대혁명 시기에 기회주의적인 지도의 과오를 범한 것에 대해 전혀 진정한 인식이 없고 과거 과오의 진정한 소재를 인식하려는 결심이 없어서 불가피하게 과거의 그릇된 노선을 계속할 수밖에 없기 때문"이라고 말한다. 하지만 실은 내가 과거 기회주의적인 지도의 진정한 소재를 근본적으로 진정하게 인식하고 현재와 미래에 과거의 그릇된 노선을 계속하는 것에 결연히 반대하기 때문에 제명당한 것이다.

(2) 내가 "코민테른의 의견에 불만을 품고", "절대 모스크바에 가서 코민테른의 훈련을 받지 않으려고 했다."고 하는데 나는 이미 코민테른으로부터 기회주의에 대한 훈련을 받을 만큼 받았다. 다만 이전에 코민테른의 의견을 수용해서 무수한 과오를 범했기 때문에 지금은 코민테른의 의견에 불만을 품게 된 것이다. 그리고 그 때문에 제명이 된 것이다.

(3) 내가 8월 5일 중공중앙에 보낸 편지에는 아래와 같은 구절들이 있다. "이 밖에도 이 두 계급은 '계급의 경제적인 이익'이 근본적으로 충돌하는데 또 무엇이 있겠는가?", "광저우 폭동 전후… 나는 몇 통의 편지를 써서 당 중앙에 보내면서 국민당 정권이 절대로 우리가 예측하는 것처럼

그렇게 붕괴되지는 않을 것이라는 점을 지적하였다.", "지금 대중은 비록 투쟁을 하고 있지만 그것을 혁명의 고조기가 도래할 조짐으로 삼기에는 아직 너무나 부족하다.", "일반적으로 합법적인 운동에서는 물론 혁명적인 시도를 포기하지만 일정한 조건하에서 우리의 역량을 발전시키기 위해 필요한 시기라면 레닌이 말한 것처럼 '근거 없이 들떠 있는 것이 아닌, 일체의 합법적이고 가능한 수단들을 이 시기(즉 과도기)에는 일괄적으로 포기되면 안 된다.'"라는 구절들이다. 당 중앙은 이런 구절들을 그럴듯하게 바꾸어서, "자산계급과 봉건세력 사이의 갈등도 없어졌다.", "현재 통치계급은 붕괴를 향해 가고 있지 않으며, 혁명투쟁은 부흥되기 시작한 것이 아니라 점점 더 쇠락해가고 있다.", 마땅히 '합법적인 방식'을 채택해야 한다고 주장한다 등으로 만들어놓았다. 뿐만 아니라 매 어구마다 인용부호를 달아서 마치 내 편지의 원문을 그대로 인용한 것처럼 만들어놓고 이것으로도 나를 제명시키는 이유로 삼았다.

(4) 10월 10일 당 중앙에 보낸 편지에서 나는 "혁명의 고조기가 아닌 지금 시기, 즉 반혁명 시기에는 '여덟 시간 노동제'나 '토지 몰수' 등 총체적인 민주주의적 구호만이 아니라 '불평등조약 폐지'나 '국민당 군사독재 반대' '국민의회 소집' 등의 구호를 제기해서 광대한 민중들이 이런 민주적인 구호 아래서 활동할 수 있도록 해야 한다. 그렇게 해야 비로소 반혁명 정권을 동요시킬 수 있으며 혁명의 고조기로 나아가게 할 수 있고 '국민당 정부 타도'와 '소비에트 정권 수립' 등과 같은 우리의 근본적인 구호들이 민중운동 안에서 행동의 구호가 되게 할 수 있다."고 주장했다. 나와 펑슈즈 동지가 10월 26일 중앙에 보낸 편지에서는 "지금처럼 직접혁명 시기가 아닌 과도기에는 과도기에 적합한 총체적인 정치구호로 군중을 쟁취해야 한다. 노농소비에트는 지금은 단지 선전 구호에 불과하다. 지금 만약 '소비에트 조직을 위해 투쟁하자'는 걸 행동구호로 삼

는다면 당연히 무산계급 대중의 호응을 얻을 수 없다."고 말했다. 당 중앙은 우리가 "'국민회의 소집'을 목전의 '총체적인 정치구호'로 삼아 '국민당 정부를 타도하자'와 '소비에트정권 수립'의 구호를 대체하자고 주장했다고 말하면서 이것을 또한 나의 당적을 박탈하는 이유 중 하나로 삼았다.

(5) 나는 "국민당 정부의 중동로(中東路)에 대한 매국정책 혹은 오국(誤國)정책"을 지적하면서 아직 민족적인 편견을 가지고 있는 "광대한 민중이, 제국주의가 국민당을 이용해 중동로 문제를 구실로 삼아 소비에트를 침공하려는 음모에 반대하는 우리의 입장에 공감할 수 있게 해야 한다."고 말했다. 이것은 바로 소련을 옹호하자는 구호를 지지하면서 그것이 대중 속으로 깊이 파고들어 갈 수 있게 하려는 것이었다. 당 중앙은 내가 "국민당의 오국정책에 반대한다는 구호로 소비에트를 옹호하자는 구호를 대체했다"고 비판하면서 이것 역시 나를 제명하는 이유 중 하나로 삼았다.

(6) 내가 당 중앙에 몇 통의 편지를 쓴 것은 바로 당내에 심각한 정치적 문제가 있었기 때문이다. 하지만 당 중앙은 이것을 오래도록 지체시키며 발표하지 않았다. 뿐만 아니라 코민테른 대표와 당 중앙은 내게 당내에서 다른 정치적인 견해를 발표해서는 안 된다는 원칙을 명백하게 선언하였다. 당원 대중의 합법적인 토론으로 당 중앙의 과오를 시정하는 방법이 이미 절망에 빠진 상황에서 나는 더 이상 평상적인 조직기율에 구속되어 있을 수 없었으며 동지들이 나의 편지를 돌려보는 일을 저지할 필요는 더더욱 없었다. 이것도 나를 제명시킨 이유 중 하나이다.

(7) '팔칠'회의 이후 당 중앙은 내가 어떤 회의에 참가하는 것도 허용하지 않았으며 나를 어떤 일에도 파견하지 않았다. 금년 10월 6일(나의 당적을 박탈하기 단지 40일 전까지), 내가 당 중앙이 기회주의와 맹목적 행

동주의 노선을 지속하는 것에 대해 몇 차례 비판을 했기 때문에 그들은 나를 제명시키기 위한 준비 절차로 그제야 비로소 갑자기 내게 편지를 써서 "당 중앙은 당신이 당의 정치적인 노선하에서 중앙에서 편집공작을 담당하고 일주일 이내에 반대파에 반대하는 글을 써내도록 결정했다."는 내용을 전달했다. 나는 이때 이미 트로츠키 동지의 주장이 마르크스레닌주의에 부합된다는 것을 근본적으로 인정하고 있었는데 내가 어떻게 자신의 견해와 상반되는 거짓말을 할 수 있겠는가!

(8) 우리는 단지 트로츠키 동지가 스탈린과 부하린의 기회주의 정책에 단호하게 반대했다는 것만 알고 있었으며 스탈린파가 지어낸 소문, 즉 레닌과 손을 잡고 10월혁명을 이루어낸 트로츠키 동지가 정말로 반(反)혁명한 사실이 있다는 말을 믿을 수는 없었다.(이것은 중국의 스탈린파인 이리산 등이 나에 대해 만들어낸 소문만 가지고도 입증할 수 있다.) 트로츠키를 동지라고 칭하자 당 중앙은 당장 우리가 "이미 혁명을 떠나고 무산계급을 떠나 반혁명의 길로 걸어갔다."고 말하며 우리를 제명하였다.

동지들이여! 당 중앙은 현재 이상의 이유 없는 이유들을 억지로 만들어 나의 당적을 박탈하였으며 뿐만 아니라 아무런 근거 없이 나에게 반혁명이라는 죄명을 덮어씌웠다. 나는 동지들 대부분이 이 일에 대해 영문을 알지 못할 것이라고 생각한다. 당 중앙 스스로도 "어떤 이들은 어쩌면 영문을 알 수 없을 것이다!"라고 말한다. 하지만 그들은 그럼에도 공공연히 동지들이 여전히 영문을 모르는 상황에서 나를 제명시키고 나를 반혁명이라고 부른다. 그들이 왜 나에게 반혁명이라는 중상모략을 해야 하는가? 나는 '그 영문을 잘 안다.' 이것은 바로 지금의 중국인이 새로 발명해낸 남다른 공격 무기 때문이다. 국민당이 우리 공산당을 반혁명이라고 욕하면서 그것으로 그들 자신의 죄악을 가리려고 하는 것이 그 한 예이다. 장제스는 혁명의 거짓 간판을 걸고 민중을 기만하면서 망령되이 자신을 혁명의 화신으로 삼고 무릇 그에게 반대하면 바로 반혁명 즉 반동분자로 간주한다.

많은 동지들이 다 알고 있다. 당 중앙이 나의 당적을 박탈하기 위해 제시한 이런 이유 아닌 이유들은 모두 표면적이고 상투적인 문구들이며 실제 이유는 내가 당내에서 계속 견해를 발표해서 그들이 지속적으로 범하고 있는 기회주의와 맹목적 행동주의, 또 아래와 같은 파산정책의 이행을 비판하고 있는 것이 싫어서 그런 것이라는 것을.

전 세계 자산계급 국가들 가운데 일부 국가들 안에는 여전히 봉건 유습이 남아 있고 봉건적인 착취방식이 답습되고 있다.(흑인노예와 남양군도의 '막노동꾼'은 사실상 바로 봉건노예제이다.) 심지어 어떤 국가 안에는 아직도 봉건세력이 잔존해 있는데 중국이 바로 그중 하나이다. 혁명 과정에서 우리는 물론 이러한 것들을 그냥 내버려두어서는 안 된다. 하지만 코민테른과 당 중앙은 한결같이 중국은 정치경제적으로 모두 여전히 봉건잔여세력이 우세를 점하고 있으며 지배적인 지위를 차지하고 있다고 판단해서 이런 잔여세력을 혁명의 목표로 삼고 대신 혁명을 억압하는, 당면한 필사의 주적인 자산계급 세력은 가볍게 여기며 내버려두고 자산계급의 모든 반동적 행동들을 다 봉건에로 돌려왔다. 이것은 마치 중국의 자산계급은 그래도 혁명적이라고, 그들은 끝까지 반동일 수 없으며 반동이 되면 그건 곧 자산계급이라고 할 수 없다고 말하는 것과 같다. 때문에 그들은 국민당이 자산계급 이익을 대표하는 정당이라는 걸 인정하지 않으며 국민정부가 자산계급의 이익을 대변하는 정권이라는 걸 인정하지 않았다. 결론은 현재나 미래의 중국에는 국민당 외에, 난징의 국민당 외에 어쩌면 반동적이지 않은 혁명적 자산계급 정당이 반드시 또 존재할 것이라는 것이다. 그렇기 때문에 현재는 전략적으로나 실제 행동으로나 개조파(改組派)[14]를 좇아서 장의 군사적인 투기를 따르도록 하고 정강(政綱)에서는 미래의 제3차 혁명을 주장하고 있는 것이다. 그 혁명의 성격(부록 주2)은 여전히 자산계급 민주혁명 단계로 제한되며 미래의 혁명에서도 자산계급의 경제적인 역량을 침해하는 것에는 반대하고 무산계급 독재의 구호를 제기하는 것에도 반대한다. 이렇게 시종일관 자산계급과 자산계급에 대한 환상에 미련을 두는 것은 과거 기회주의의 오류를 지속하는 것일 뿐 아니라 앞으로의 혁명이 분명 더욱 수치스럽고 참담한 실패를 맞이하게 될 가능성을 심화시키는 것이 될 것이다!

'소비에트 정권을 수립하자'는 것을 행동구호로 삼는 건 반드시 혁명의 고조기에, 즉 객관적인 조건이 이미 성숙했을 때 가능한 것이지 어떤 시기라도 마음대로 그렇게 할 수 있는 것이 아니다.(부록 주3) 과거 혁명의 고조기에도 '소비에트를 조직하자'나 '소비에트 정권을 수립하자'는 등의 구호를 채택하지 않은 건 물론 중대한 오류이다. 앞으로 혁명이 일어났을 때 당장 노동병 소비에트를 조직하려면 대중을 동원해서 '소비에트 정권을 수립하자'는 이 구호를 위해 분투하도록 해야 한다. 뿐만 아니라 이것은 무산계급 독재의 소비에트지 무슨 노동자 농민의 민주독재 소비에트가 아니다. 하지만 지금은 반혁명 세력의 전성시대요, 대중의 혁명운동은 아직 고조되지 않은 때로, 어떤 각도에서 보아도 '무장폭동'과 '소비에트 수립'의 조건이 객관적으로 미성숙해 있어서 '소비에트 수립'은 현재로서는 단지 교육과 선전의 구호일 수 있을 뿐이다. 만약 이것을 행동의 구호로 삼아서 노동자 대중에게 당장 행동에 나서서 '소비에트 수립'을 위해 분투하라고 호소한다면 이것은 절대로 대중의 호응을

14) 난징 국민정부 수립 초기에 정부 내에 세워진 반대파로 1928년 상하이에서 만들어졌다.

얻지 못할 것이다. 그러므로 현재는, '국민회의를 소집하기 위해 분투하자'와 같은 가장 민주주의적인 행동 구호를 채택해야만 한다. 이 운동의 객관적인 조건은 이미 성숙했기 때문이다. 현재는 단지 이 구호로 광대한 군중을 추동해서 정치 폭로투쟁이 혁명의 고조기로 향하게 하고, 더 나아가 '무장폭동'과 '소비에트 정권 수립' 투쟁으로 발전해가게 해야 한다. 하지만 맹목적 행동주의를 시행하는 당 중앙은 이와는 완전히 반대의 입장에 있다. 그들은 혁명이 부흥할 기운이 이미 성숙한 것으로 간주하면서(부록 주4) 우리가 노동 소비에트는 현재로서는 단지 선전의 구호일 수 있을 뿐이라고 한 점에 대해서도 비난한다. 물론 그들은 그것이 이미 지금의 행동구호여야 한다고 확신하고 있다. 그래서 부단히 당원들에게 명령을 해서 대중들을 대신해서 거리에 나가 시위하도록 강요하며 명령으로 파업을 강제하며 매 시간의 일상투쟁을 모두 정치투쟁으로 확대시킬 것을 임의로 강요한다. 이로 인해 노동자 대중 심지어는 노동자 동지들도 더욱더 당에서 벗어나게 되었다. 그런데도 최근 장쑤(江蘇) 성 대표대회에서는 '대규모 파업 활동'과 '지방 폭동' 조직을 결의했다. 작년 여름부터 지금까지 상하이 노동자들이 소소한 투쟁의 싹을 일으켜보았지만 얼굴을 내밀자마자 곧 당의 맹목적 행동주의 정책에 의해 뿌리까지 잘려버렸다. 이후에도 물론 뿌리를 제거하려는 시도는 계속될 것이며 장쑤 성 대표대회의 결의안이 만약 정말로 시행된다면 더욱 대대적인 뿌리 제거 작업이 일어날 것이다. 지금 우리 당은 이미 노동자들의 혁명투쟁이 고조될 수 있도록 이끄는 지도자가 아니라 노동자들의 투쟁의 싹을 뿌리까지 잘라버리는 도살자가 되어 있다!

현재 당 중앙은 코민테른의 직접적인 지도하에 제6차 대회의 파산정책노선(부록 주5)을 충실히 따르면서 상술한 파산정책을 시행하고 과거의 기회주의와 과거의 맹목적 행동주의를 결합해서 당과 혁명의 숨통을 끊어놓고 있다. 코민테른이든 당 중앙이든 과거에 무자각적으로 기회주의의 과오를 범해 혁명을 실패로 이끈 것 자체가 이미 죄악을 범한 것인데, 지금 이미 반대파 동지들이 아주 명백하게 지적을 했음에도 불구하고 여전히 과거의 과오를 인정하지 않고 뿐만 아니라 서슴없이 자각적으로 과거의 그릇된 노선을 지속하고 있다. 또한 소수는 자신들의 과오를 은폐하기 위해 자각적으로 볼셰비키 조직 노선을 포기하는 것도 마다하지 않으면서 상급 기관의 권위를 남용해서 당내의 자아비판을 억압하고 있으며 뿐만 아니라 정치적인 견해를 발표하는 동지들에 대해 대대적인 당적 박탈을 자행하고 있다. 이렇게 의식적으로 당의 사분오열을 조성하니 이것은 죄악 이상의 죄악인데도 너무나 미련하여 그 부끄러움을 모른다. 볼셰비키주의자들은 대중 앞에서 공개적으로 자아비판 하는 것을 두려워해서는 안 된다. 항상 용기 있게 자아비판을 행한다면 그것만으로도 대중을 얻을 수 있으며 절대로 그것 때문에 대중을 잃게 되지 않는다. 그러나 지금의 당 중앙처럼 이렇게 자신의 과오를 은폐하면 정말로 대중을 잃게 된다. 당 전체의 대다수 동지들은 대부분 당의 이런 과오와 위기를 많든 적든 감지하고 있다. 우리가 단지 단순히 생활비를 타고 밥을 먹고 사는 것 때문만이 아니라 스스로 당과 혁명에 대해 포기할 수 없는 책임을 조금이라도 느낀다면 어떤 동지들이라도 다 일어나서 당에 대한 자아비판을 엄중하게 수행해서 당을 위기에서 구해내야 한다. 만약 당이 위급한데도 단지 눈으로 보고 있기만 하면서 수수방관하고 한마디도 하지 않은 채 침묵한다면 그것 역시 죄악이다!

동지들! 친애하는 동지들! 우린 모두 안다. 누군가가 입을 열어 자아비판을 하면 당의 과오가 시정되기는커녕 그 전에 그 사람이 먼저 당적을 잃게 된다는 걸. 하지만 우리는 한번 헤아려보아야 한다. 자기 개인이 일시적으로 당적을 잃는 것과 전체 당을 위기에서 구하는 것 중 어느 것이 더 중요하고 어느 것이 덜 중요한지를.

'팔칠'회의에서 무장폭동의 총 방침이 결정된 뒤부터 곳곳에서 폭동이 일어났다. 나는 당시 몇 차례나 중앙에 편지를 써서 당시는 대중의 혁명정서가 아직 고양되지 않았으며 국민당 정권도 속히 붕괴되지는 않을 것이기 때문에 객관적인 조건이 갖추어지지 않았다, 그런 상태에서 수시로 폭동을 일으키는 것은 단지 당의 역량만 더욱 약화시키게 되고 당이 더욱더 대중으로부터 유리되게 할 뿐이니 마땅히 정책을 바꿔서 일상생활 속에서 대중을 쟁취하고 대중을 단결시켜야 한다는 점을 지적했다. 당시 당 중앙은 보편적인 무장폭동이 기회주의를 시정하는 절대적으로 정확한 새로운 노선이며, 폭동의 조건을 헤아리고 그 성패를 따져야 한다고 주장하는 것은 기회주의라고 단정했다. 나의 의견에 대해서는 당연히 아무런 고려를 하지 않았을 뿐만 아니라 놀림거리로 삼아 도처에 선전을 하면서 이것이 내가 여전히 기회주의의 과오를 시정하지 못한 증거라고 말했다. 나는 당시 당 조직기율의 구속 때문에 부득이하게 소극적인 태도를 취할 수밖에 없었으며 적극적으로 조직을 초월해서 당 중앙의 해당정책에 대해 결연히 투쟁할 수가 없었다. 그리고 이것이 당을 붕괴의 길로 걸어가게 했다. 이것 또한 내가 책임져야 할 일이다. 그 후 제6차 대회를 거치면서도 나는 여전히 그릇된 견해를 품고 있었고 새로운 당 중앙이 수많은 현실에서 교훈을 얻어 스스로 각성하고 코민테른의 잘못된 노선에 무조건 맹종하지는 않을 것이라는 환상을 가지고 있었다. 나 자신도 혼자 계속 반대 의견을 내세우면서 당내의 분쟁을 일으키고 싶지가 않아 계속 소극적인 태도를 유지했다. 비록 6차 대회의 근본적인 노선에 대해서는 너무나 불만이 많았지만 장퀘이(蔣桂)전쟁과 오삼십 기념운동을 거치면서 당 중앙이 분명 도저히 깨뜨릴 수 없는 기회주의와 맹목적 행동주의를 스스로 바꿀 수는 없을 것이라는 것과, 아래로부터 위까지 당원 대중의 합법적이고 공개적인 토론과 자아비판이 없이는 심각하게 잘못된 지도부의 노선을 시정할 수가 없다는 걸 깊이 깨닫게 될 때까지는 그래도 그렇게 소극적인 태도를 유지했다. 하지만 당원 대중 모두가 조직기율의 구속과 억압하에서 한동안 '분노는 하지만 감히 말은 하지 못하는' 상황에서 나는 정말 무수한 동지들이 뜨거운 피를 흘려서 만들어진 당이 이렇게 장기적으로 심각하게 잘못된 노선하에서 파멸되고 침잠되어 가는 것을 차마 볼 수가 없었다. 그래서 부득이 떨쳐 일어나 8월 초부터 당에 대해 의견을 발표하는 것으로 나의 책임을 다하기 시작한 것이다. 지금도 어떤 동지들은 여전히 나에게 권고한다. "당 중앙의 사람들은 그들 소수 지도자들의 이익을 당의 이익이나 혁명의 이익보다 더 중요하게 생각하기 때문에 완강하게 자신들의 잘못을 끝까지 덮으려고 하지 절대로 동지의 비판을 받아들이지 않을 것이다. 당신처럼 이렇게 거리낌 없이 그들을 비판하면 그들은 그걸 빌미로 당신의 당적을 박탈하려고 할 것이다."라고. 나도 그것을 안다. 하지만 당을 사랑하는 나의 마음이 반드시 나 개인의 이익만을 돌보는 길로 가서는 안 된다고 나를 몰아간다.

코민테른과 당 중앙은 줄곧 지난 과오를 결산하는 일에 반대하다가 지금 내가 그들의 과오를 비판하는 걸 보면서 이제야 비로소 갑자기 생각이 난 것처럼 말한다. "자신이 중국대혁명 시기에 기회주의적인 지도의 과오를 범한 것에 대해 전혀 진정한 인식이 없고 과거 과오의 진정한 소재를 인식하려는 결심이 없어서 불가피하게 과거의 그릇된 노선을 계속할 수밖에 없다."고. 이 몇 마디 말은 바로 그들 자신에 대한 진실한 묘사이다. 사실상 내가 만약 양심이 어두워져서 계급의 이익을 고려하지 않고 그들의 더러움과 한통속이 될 수 있었다면, 그래서 과거 과오의 진정한 소재를 인식하려는 결의 없이 그들이 과거의 그릇된 노선을 계속하는 것에 부화뇌동했다면 그들은 반드시 또 나의 과거 기회주의의 붓과 입의 도움을 받아서 이른바 트로츠키주의자들을 공격함으로써 다들 한 마음으로 바라는 대로 자신들의 과오를 엄호하려고 했을 것이다. 더욱이 어찌 나를 제명하는 데까지 이르렀겠는가. 하지만 사회의 악한 세력과 투쟁하는 일에 반평생을 바쳐온 내가 어떻게 이렇게 흑백과 시비가 전도된 하류의 일을 하겠는가. 리리산은 말했다. "중국의 기회주의자(부록 주6)는 과거 대혁명 실패의 교훈을 정확하게 인식하고 싶어 하지 않으며 트로츠키의 깃발 아래 숨어서 자신의 과오를 가리려고 한다."고. 사실상 트로츠키 동지가 발표한 문건 안에서 나 개인을 책망한 내용은 스탈린이나 부하린이 한 것 보다 더 심하다. 하지만 나는 트로츠키가 나 개인을 책망했다는 것 때문에 그가 지적한 과거 대혁명 실패의 교훈이 백 퍼센트 정확하다는 것을 인정하지 않을 수는 없었다. 나는 차라리 어떤 동지의 어떤 엄중한 비판이라도 받기를 원하지 과거 혁명의 경험과 교훈이 그냥 묻혀버리기를 원하지 않는다. 나는 차라리 오늘 리리산 같은 소수의 사람들에 의해 당적이 박탈되기를 원하지 눈앞에서 당의 위기를 보면서도 그것을 구하려는 시도를 하지 않아서 장래에 당원 대중에게 비난을 받게 되기를 원하지는 않는다. 나는 차라리 마음 편하게 무산계급의 이익을 위해 몇 겹으로 에워싼 악한 세력의 핍박을 받기를 원하지 모든 부패하고 또 횡포한 관료분자들과 한패가 되기를 원하지 않는다!

동지들, 나는 당 중앙이 나를 제명시키는 것이 완전히 그들 소수의 사람들이 자신들의 과오를 엄호하려는 수단이라는 걸 안다. 이렇게 하면 내가 당내에서 의견을 발표하거나 정치문제에 대해 공개적인 토론을 하자고 주장할 수 없게 되며 뿐만 아니라 나를 제명시킨 것을 당원 대중들에게 보임으로써 다들 입을 열지 못하게 하려는 것이다. 나는 당원 대중에게는 절대로 나를 제명시키려는 뜻이 없다는 걸 안다. 내가 비록 당의 상층 소수 지도자들에 의해 제명된다고 해도 나와 당의 하층 대중들 사이에는 어떤 소원함이나 응어리도 없다. 당내의 모든 동지들이 시종 완강하게 스탈린파(코민테른과 중국)의 기회주의 정책을 따라가지만 않는다면 나는 여전히 당신들과 손잡고 무산계급을 위해 일할 것이다.

동지들이여! 친애하는 동지들이여! 지금 당의 과오는 지엽적이고 국부적인 문제가 아니라 과거와 마찬가지로 스탈린이 이끄는 코민테른의 총체적인 기회주의 정책이 중국에서 모습을 드러낸 것이다. 기꺼이 스탈린의 유성기 노릇을 하는 중공중앙의 책임자들은 지금까지 조금의 정치적인 자각도 없이 갈수록 시대의 흐름에 역행하는 일을 하고 있어 구제할 방도가 없다. 레닌은 소련 제10차 대회에서 이렇게 말했다. "당내에 근본적으로 다른 정치 의견이 있고 또한 달리 해결할 수 있는 방법이 없다면 그 작은 조직의 의견이 정당한 것이다."라고. 그가 당시 이끌었던 볼셰비키 운동은 바로 이런 이론 위에서 세워진 것이었다. 지금 우리 당은 위기인데도 당내에서 다른 방법(즉 당내의 합법적인 공개논쟁)으로 문제를 해결하는 것을 허용하지 않는다. 우리 모든 당원들에게는 당을 구해야 할 책임이 있으므로 마땅히 볼셰비키 정신과 정치노선을 회복해서 강고하게 일치단결함으로써 조금도 거리끼거나 감추는 것 없이 트로츠키 동지가 이끄는 코민테른 반대파 즉 진정한 마르크스레닌주의의 기치하에 서서 결연하게 양보 없이 중도에 타협하지 않으며 코민테른과 당 중앙의 기회주의자들과 끝까지 싸워야 한다. 스탈린 및 스탈린과 유사한 기회주의에 반대할 뿐만 아니라 지노비예프 등의 타협적인 태도에도 반대하면서, 이른바 '당의 범위를 넘어서는' 것을 두려워하지 말고 일체의 희생을 아까워하지 말고 당을 구하고 중국혁명을 구해야 한다.

이만
무산계급에 대해 경례!

천두슈(1929. 12. 10)

[부록]

주1) 스탈린이 "1905년 다수파의 정책은 정확했는가? 정확했다. 하지만 아직 무슨 소비에트 같은 것은 존재하지 않았다. 다수파의 정확한 정책이 있었는데도 1905년 혁명은 왜 여전히 성공할 수 없었을까? 이것은 봉건 잔여 세력과 독재정부의 힘이 노동자 혁명운동의 역량보다 더 강했기 때문이다. 중국공산당의 과거 정책이 무산계급의 전투역량을 제고시키지 못했으며 무산계급과 광대한 군중과의 관계를 친밀하게 만들지 못했고 대중들 사이에서 무산계급의 명성이 증대되지 못했다고 말할 수 있을까? 분명히 그렇게 말할 수는 없다."라고 말했다. 정확한 정책이 물론 승리를 보증하는 유일한 것은 아니지만 잘못된 정책은 실패를 보증하는 주된 원인이 된다. 만약 상인의 역량이 좀 더 강했다면 비록 정확한 정책이 있었어도 여전히 승리할 수 없었을 것이라고 생각한다면 러시아의 1905년 실패와 중국의 1927년 실패 및 모든 혁명적인 노동자운동의 실패는 정해진 운명인 것이다! 나는 스탈린이 중국 당을 위해 이런 변호를 하길 원하지 않는다. 나는 스탈린의 말로 나 자신을 변호하기를 더 원한다.

주2) 중국혁명의 현 단계는 반혁명시기이다. 현재 민주적인 반혁명운동은 단지 혁명의 가능성을 향해 나아가고 있을 뿐 혁명은 아니다. 개조

파의 장제스 타도운동은 단지 반혁명적인 국민당 내부에서의 갈등일 뿐 근본적으로 민주운동이라고도 할 수 없다. 민중운동이 고조되어 자산계급 국민당 정권을 총체적으로 타도하는 데까지 나아가야 비로소 혁명이라고 할 수 있다. 6차 대회에서 '중국혁명의 현 단계는 혁명의 단계'라고 했지만 실제로 그것은 장차 있을 3차 혁명에 대한 것이어야 한다. 그들은 지금 단계가 혁명의 단계라고 인정하기 때문에 사상적으로 혼란스러운 '중국혁명의 현 단계 강령', 즉 이른바 '중국혁명 십대 요구'라는 걸 만들어내게 된 것이다. 이것은 바로 기회주의와 맹목적 행동주의의 혼합물이다.

주3) 1917년 4월 보그다노프[15]를 우두머리로 하는 일부 다수파가 '모든 정권은 소비에트로'라는 구호를 내었을 때, 레닌은 오히려 공개적으로 그들이 이런 구호를 너무 빨리 내었다고 책망하면서 그들을 모험적이라고 말했다.

주4) 최근 코민테른은 훈령에서 중국혁명은 부흥의 기운이 이미 성숙해졌다고 말했다. 중공중앙이 처음 이 훈령을 받았을 때는 성숙이라는 두 글자가 혹시 번역상의 오류가 아닌가 싶어서 나중에 선전부에 제출해서 원문과 대조를 했는데 원문은 전혀 틀리지 않았다. 마찬가지로 장쑤 성 대표대회에서도 다수의 대표들이 성숙이라는 두 글자에 대해 일치하여 의구심을 표시하면서 무리 안에서 쟁론이 일어났는데 후에 중앙에서 출석한 위원이 극력 그것을 견지하면서 결국은 중국혁명 부흥의 기운은 이미 그들의 머릿속에서 성숙된 것으로 결정되어 버렸다. (아마도 그들은 개조파가 장제스를 타도하는 걸 혁명의 부흥이라고 생각했을 것이다.)

---

15) 보그다노프(Bogdanov, 1873~1928)는 소련의 철학자, 경제학자, 혁명가로 1903~1907년까지 볼셰비키 파의 적극적인 멤버로 당(黨) 중앙위원을 지냈으나 후에 반(反)레닌 클럽 전진파(前進派)의 지도자로 활약하다가 당에서 추방되었다.

주5) 제6차 대회에서 결정된 파산 노선은 흰 종이에 검은 글씨로 된 결의문에 다음과 같이 쓰여 있다. "중국혁명의 현 단계는 자산계급 민권(民權) 혁명이다", "노동자 농민의 민권독재체제를 실현하자.", "부농은 아직 혁명성을 잃지 않았다… 부농에 대한 투쟁에 박차를 가해서는 안 된다.", "혁명운동의 현 정세와 중국공산당 총 노선에서 혁명이 고조될 새로운 조짐이 이미 보인다… 한 성이나 혹은 몇 개의 성에서 혁명의 기운이 고조되고 소비에트 정권이 건설될 전망이 있다.", "새로운 혁명의 고조가 곧 도래할 것이다." 등등. 중앙이 충실하게 집행한 것은 바로 이런 파산된 노선이다. 항잉(項英), 리푸춘(李富春), 허멍슝(何孟雄) 등의 타협파는 6대의 결의안에는 문제가 없으며 단지 당 중앙에서 옳게 집행하지 못한 것이라고 생각한다. 이것은 이 타협파가 우리 반대파의 정치노선이 무엇인지를 이해하지 못하고 있다는 표현일 뿐만 아니라 코민테른의 직접적인 지도하에 있는 6대 정치노선이 무엇인지도 이해하지 못하고 있으며 그들 자신에게는 더더욱 아무런 노선이 없다는 걸 보여준다.

주6) 리리산 무리는 기회주의에 대해 발본색원의 자세로 당 전체가 기회주의의 노선상의 오류를 총체적으로 인식하게 되기를 원하지 않는다. 그들은 당의 선전기관과 권력을 이용해서 몇몇 개인을 기회주의를 조성한 상징으로 삼아 전당 동지들의 시선을 거기에 집중시킴으로써 군중심리를 형성하여 아주 자연스럽게 그들 자신은 거기에서 제외되도록 하려고 한다. 맹목적 행동주의에 대한 선전도 마찬가지이다. 다만 취치우바이(瞿秋白)만을 맹목적 행동주의의 상징으로 만들고 그들 자신은 거기에서 제외한다. 실은 한커우 시기에 취치우바이는 농민부(農民部)의 통고문에서 농민들의 '과열'운동은 부랑자들의 행동이라고 크게 나무라면서 각급 당부가 국민정부의 일반적인 정책을 고려하도록 명령했다. 마일사변 후 코민테른 대표 로이가 "국민당 중앙은 이미 반혁명화 되었다."고 한마

디 하자 리리산은 당장 얼굴을 붉히고 목소리를 높이며 항의했다. "로이 동지가 이런 말을 하는 것은 정말 중국당에 관(棺)을 보내는 것."이라고. 차이허산(蔡和森)은 우한 총규찰대의 무장을 스스로 해제해서 국민당 군대와의 충돌을 면하게 해야 한다고 극력 주장했다. 묻건대, 이런 것들은 모두 무슨 의식, 무슨 주의의 표현인가?! 양인(楊殷)과 루어치웬(羅綺園) 모두 직접 나에게 말한 적이 있다. "리리산이 광둥성 위원회의 책임을 맡고 있을 때 그가 보여준 맹목적 행동주의는 당 전체의 어떤 동지보다 더 심했다고."

52 중국 혁명의 앞날

中國將來的革命發展前途

협의위[1]의 제1차 강령 초안에 있는 "제3차 혁명은 처음부터 바로 사회주의적인 성격을 갖는다."[2]는 구절이 리우런징(劉仁靜) 동지[3]의 반박을 불러일으켰고, 이어 제3기 '시월의 길'과 23기 '우리의 말'에서는 모두 런징 동지의 반박에 대해 재반박을 가했다. 이렇게 열렬한 정치적 논쟁은 그것이 유치하든 심각하든, 또한 논쟁의 태도 안에 설령 여전히 비과학적인 방법이 들어 있더라도 그 자체가 우리 대오가 보여주는 가장 좋은 현상이라고 할 수 있다. 어쨌든 우리의 진보는 정정당당한 정치적 논쟁을 거쳐서 얻어지는 것이지 정치적인 상호비방을 통해 얻어지는 것이 아니며, 조직적인 음모나 궤계와 같은 농간은 더더욱 자살적인 행동

1) [원주] 1930년 10월 '우리의 말(我们的话)' '무산자사(无产者社)' '시월사(十月社)'와 '전투사(战斗社)'[자오지(趙濟) 등이 갓 조직한 지 얼마 안 되는 트로츠키파 소집단들로, 출판물 중에 『전투』라는 간행물이 있어서 이런 이름을 얻었다.]의 대표들이 협의위원회를 구성해서 네 파의 통일공작을 협의 결정했다.

2) 「중국공산당좌파반대파강령」(1931. 5. 1)에서는 신해혁명을 1차 혁명으로, 1925년부터 장제스의 4·12 쿠데타로 공산주의 운동과 노동운동이 좌절을 겪고 혁명의 기세가 꺾이게 된 1927년까지를 2차 혁명으로, 이후 무산계급이 정권을 획득하게 되는 세 번째 혁명을 '제3차 혁명'으로 지칭한다. 「중국공산당좌파반대파강령」(1931. 5. 1)은 1931년 5월 1일 상하이에서 개최된 중국공산당좌파반대파성립대회의 공식 문건이다. 이 글에는 이 공식문건의 초안을 둘러싸고 진행된 논쟁에 대한 천의 견해가 담겨 있다.

3) 리우런징(劉仁靜, 1902~1987)은 소련 레닌학원에서 수학했으며 중국공산당 간부로서는 최초로 트로츠키파가 된 인물이다. 중국 트로츠키파의 하나인 '시월사'를 조직했다.

이다!

나는 이번 논쟁이 시작될 때부터 '중국혁명의 성격에 관한 문제'와 같은 제목을 써서는 안 된다고 생각했다. 왜냐하면 이 문제는 우리 좌파반대파 안에서는 이미 토론해서는 안 되는 문제이며 사실상 여러 사람의 논쟁 문건 안에서도 중국이 장차 맞이하게 될 제 3차 혁명이 사회주의적인 성격을 갖는 것은 정론으로 누구도 부인한 적이 없기 때문이다. 단지 모두가 지엽적인 언어의 문제를 가지고 혹은 전체 혁명의 성질을 가지고 문제를 혼란스럽게 하지만 않는다면 내 생각에 쟁점은 아주 명확하다. "앞으로 혁명을 일으킬 수 있는 요소는 무엇인가", "처음부터 사회주의적인 성격을 가지는 것인가 아닌가", "최초의 단계에서는 여전히 민주의 시기를 거치는 것인가 아닌가", "언제 사회주의 정책의 길에 발을 내디딜 수 있을 것인가" 하는 문제들이다. 그러므로 지금은 단지 '중국의 혁명의 앞날'이라는 주제만으로 토론을 하려고 한다. 내 생각에 이런 질문들은 트로츠키 동지의 문건 안에서 이미 상당한 답을 얻고 있다.

1. "스스로 민주혁명을 완수하지 않았거나 완결 짓지 못한 국가는 지극히 중요한 특성을 가지고 있다…[4] 식민지국가는 토지문제가 첨예하고 민족적인 억압이 견디기 힘들기 때문에 무산계급이 비록 아직 유치한 단계에 있고 그 수가 소수라도 민족민주혁명의 기초 위에서, 순수하게 사회주의적인 기초 위에만 있는 선진국가의 무산계급보다 더 빨리 정권을 획득할 수 있다."(영구혁명론)

2. "혁명민주운동이 어떤 단계에 이르는 것, 즉 장제스도 이미 군사기구를 수중에 장악할 수 없게 되고 공산당원도 정권을 탈취할 수 없게 되는, 혁명 발전이 이런 과도적인 단계에 이르게 되는 것은 완전히 실현가

4) [원주] 생략부호는 본래 있는 것이다.

능한 일이다. 이때는 중국식의 이중정권이나[5] 새로운 '임시정부', 국민당과 제3당의 연맹 등이 탄생할 수 있다. 이런 정치 체제는 너무나 불안정하며 무산계급 독재에 이르는 작은 한 단계에 불과하지만 가능하긴 하다."(최근 중국좌파반대파에게 보낸 편지)

3. "제3차 중국혁명의 첫 번째 단계 안에서, 더욱 축소된 다른 형식으로 과거의 '전 인민 전선(全民戰線)'이 재연될 수 있을지 여부에 대해 말한다면, 이것은 가능하다. 하지만 이 시기에 중국 공산당은 단지 '사월대강(四月大綱)'을 민중의 면전에 제기하는, 즉 정권 탈취의 강령과 책략을 제시하는 것만 할 수 있을 것이다.(코민테른 강령 초안 비판)

4. "제3차 혁명은(비록 중국경제가 소련 보다는 좀 낙후되었지만), 러시아의 경우 시월혁명 후 반년간의 '민주시기'(1917년 11월에서 1918년 7월까지)에도 그런 건 있을 수 없었지만, 장차 시작되면 곧 결연하게 도시와 농촌 자산계급의 사유재산을 동요시키고 전복시키게 될 것이다.(상동)

중국혁명의 앞날에 대한 트로츠키 동지의 장기적인 예측과 역사적인 가정 가운데서 우리는 몇 가지 결론을 얻을 수 있다. 하나는, 민주혁명을 완수하지 못한 중국에서는 민주의 임무가 여전히 장차 제3차 혁명을 일으킬 수 있는 요소라는 것이다. 하지만 이 혁명의 요소 때문에 제3차 혁명의 성격을 여전히 자산계급민주혁명이라고 할 수는 없다. 뿐만 아니라 오히려 바로 이 요소 때문에 무산계급은 선진국에서보다 낙후된 국가에서 더 빨리 정권을 획득할 수 있다. 둘째, 낙후된 국가의 무산계급이 민

5) 러시아에서 1917년 2월 혁명으로 로마노프 왕조가 무너진 뒤 수백 년간 유지되어 온 짜아르 체제가 종결되자 과도기 정권의 정통성은 입헌주의자들이 주도하는 당파 간 연합체인 임시정부에 주어졌다. 그러나 공식적인 권력 대표는 임시정부였지만 실질적으로 그것을 능가하는 영향력을 행사한 것은 소비에트였기 때문에 이러한 상황을 '이중정권' 혹은 '이중권력'이라고 표현한다.

족민주혁명의 기초 위에서 정권을 획득할 수 있다면 장차 혁명이 고조되는 최초의 단계에서는 아주 짧은 기간 동안 민주의 시기와 이중 정권 수립의 가능성이 있다는 것도 부인할 수 없다. 우리는 스탈린파가 말하는 "자산계급 민주혁명이 사회주의 혁명으로 발전하려면 한 시대 전체가 필요하다"는 말에 반대하기 때문에 곧 전체 무산계급혁명이 발전하는 과정에서 어떤 작은 과도적 단계의 존재 가능성도 부인해서는 안 된다. 셋째, 무산계급 전위대는 혁명이 고조되는 최초의 단계에서 바로 정권탈취의 강령과 책략을 제시해야만 한다. 혁명 폭동이 승리하면, 곧 무산계급이 정권을 획득하게 되면 바로 민주의 임무를 완성하는 것과 동시에 사회주의 정책의 길로 들어서야 한다. 이것은 러시아의 시월혁명이 직후에 있었던 반년 동안의 '민주'시기에도 하지 못한 것이다.

이것은 중국의 혁명의 앞날에 관한 나의 예측과 견해이기도 하다.

이 때문에 나는 몇몇 동지들이 말하는 "제3차 혁명은 처음부터 바로 사회주의의 성격을 갖는다"는 객관적인 예측이 장래 상황의 전개에는 꼭 부합되지 않을 수 있다고 생각한다. 동시에 나는 런징 동지가 말한 것처럼 "무산계급 독재와 국민회의가 한 가지로 해결해야만 하는 임무는 바로 자산계급 혁명의 임무이다", "낙후된 국가에서 국민회의와 무산계급 독재의 관계는 외곽과 내실의 관계이다…[6] 진정한 국민회의는 반드시 무산계급 독재와 동시에 실현되며 후자는 제거되어야 할 외곽이다."(『내일』[7] 제3기)라는 식의 이야기도 옳지 않다고 생각한다. 트로츠키 동지는 러시아의 1905년 혁명에 대해 논하면서 "사회민주당의 직접적인 임무는 장차 민주혁명을 완수하는 것이지만 정권을 획득한 무산계급이 스스

6) [원주] 생략부호는 원래 있는 것.

7) [원주] 1931년 1월 1일, 리우런징 일인이 독자적으로 '내일사(明天社)'를 결성하고 『내일』을 창간함.

로를 민주 강령 안으로 제한해서는 안 된다. 그것은 사회주의 정책의 길로 달려가지 않을 수 없다."(자전)고 말했다. 무산계급 독재 자체는 사회주의적인 것이며, 국민회의는 어느 정도까지는 '인정하더라도' 자산계급 민주주의의 한계를 넘어설 수 없다. 양자 사이에는 근본적인 계급적 분기가 있는데 어떻게 그걸 단지 외곽과 내실의 관계라고만 말할 수 있겠는가!

런징 동지는 다른 글에서 "낙후된 자산계급 국가에서 민주의 임무는 우리 시대에 직접적으로 무산계급 독재로 인도된다. 하지만 무산계급 독재는 여전히 사회주의의 임무를 의사일정에 놓고 있다."는 트로츠키 동지의 말을 인용한 적이 있는데 이렇게 말하면 전혀 문제가 없다.

중국혁명은 "민주의 요구에서 시작해서 사회주의로 마무리된다."는 런징 동지의 이 결론은 옳다. 장팅(張霆) 동지도 "이것은 논쟁의 여지가 없는 사실"이라고 했다. 하지만 장팅 동지는 이어서 또 "우리가 리우런징 동지와 논쟁하는 것은 이 문제가 아니다, 이 사이에—민주의 요구에서 시작해서 사회주의로 마무리 되는 그 사이에—자산계급민주혁명의 단계라는 역사적인 시기를 거쳐야 하는지 아닌지가 문제다."라고 했고, 리우런징 동지는 이에 대해 거쳐야만 한다고 대답했다. 또 왕원웬(王文元) 동지[8] 같은 경우는 런징 동지가 "먼저 민주의 임무를 단독으로 해결하고 나서 사회주의의 길을 개척한다."고 주장했다고 말했다. 하지만 내가 본 런징 동지의 글 안에는 이런 말이 없다. 만약 런징 동지가 "무산계급 독재와 국민회의가 해결해야 하는 것은 같은 임무, 즉 자산계급 혁명의 임무이다.", "국민회의는 무산계급독재의 통속적인 공식이다."라는 등의 말과, 그가 시종 혁명의 길로 인도하는 보조적이고 임시적인 민주의 구

8) '시월사'의 일원.

호를 우리의 앞날의 목표나 목적으로 간주한 것에 근거해서 그가 민주투쟁을 소홀히 여기는 것에 반대하다가 다른 극단으로 가는 과오를 범했다고 비판하는 것이라면 그건 전혀 이유가 없지 않다.

장팅(張霆) 동지는 여전히 '제3차 혁명은 시작되면 바로 사회주의적인 혁명'이라는 주장을 견지하면서도 동시에 또 "우리는 확실히 말한다. 제3차 혁명이 시작되면 무산계급은 당장 정권 탈취 노선을 채택해야 한다."고 말한다. 왕원웬 동지도 최근에 "그러므로 나는 제3차 혁명이 시작되면 바로 사회주의 혁명의 방식을 취해야 한다고 말했다."고 했다. 라오타(勞他) 동지도 "결국 제3차 중국혁명이 '시작되면' 당장 결연히 무산계급 정권 탈취 투쟁을 전개해야 할 것인가 아닌가? 만약 해야 한다면, 혁명이 '시작되면' 바로 사회주의적인 것이다."라고 말했다. 그는 또 "만약 우리가 한편으로는 이 노선을 지지하면서도 혁명이 '시작되면' 또한 이 노선에 반대한다면 이건 너무나 우스꽝스럽고 불합리한 것"이라고도 했다. 동지들! 우리는 주의해야 한다. 객관적으로 자연스럽게 시작되면 '바로 해야만' 하는 것과 주관적으로 당의 노선이 시작되면 '곧 해야만' 혹은 '바로 해야만' 하는 것을 동일한 것으로 혼동해서는 안 된다. 어떤 문제에 대해 토론할 때 우리는 반드시 객관적인 예측과 주관적인 주장을 구분해야 논점의 혼란을 막을 수 있으며 더더욱 다른 사람의 객관적인 예측을 주관적인 주장이라고 비난하지 않을 수 있다. 만약 주관적으로, 즉 당의 노선상으로 그런 것이라면 지금 당장이라도 확실하게 말해야 한다. "우리 전략의 총 노선은 정권 탈취에 있다"고. 만약 단지 주관적으로만, 단지 당의 노선에 대해서만 말한다면 적어도 우리 당은 작년 6월 11일에 이미 결연하게 정권탈취 노선을 채택했다. 뿐만 아니라 그전에도 이미 이른바 '소비에트 정권'과 '홍군(紅軍)'이 있었다. 그렇다면 이제 사회주의 혁명이 시작된 지 이미 일 년이 넘은 것인가? 우리의 주관으로, 우리의 전략적인 총 노선으로는 당연히 정권탈취에 반대하지 않으며 당연히 소비에트 정권과 홍군에 반대하지 않는다. 하지만 그렇다면 우리 좌파반대파와 스탈린파 사이의 쟁점은 대체 어디에 있는가?

장팅 동지는 "중국의 제3차 혁명은 민주의 요구에서 일어난다… 이것은 논쟁의 여지가 없는 사실이다."라고 말했고, 왕원웬 동지는 "새로운 혁명운동은 비록 일정한 민주의 구호가 일으키지만"이라고 하고 또한 "대체로는 여전히 이 구호 하에서 정권을 탈취해야 한다"고도 말했다. 뿐만 아니라 라오타 동지도 "우리는 중국혁명이 '민주의 요구'에서 시작해야 한다는 점을 조금도 소홀히 여기지 않는다."고 했다. 그렇다면 나는 어떻게 다들 그렇게 생각하면서도 동시에 또 "시작되면 바로 사회주의적인 성격을 가진다."는 이런 객관적인 예측을 유지할 수 있는지 이해할 수가 없다.

가장 기이한 것은 장팅 동지가 "우리가 설령 □한[9] 자산계급과 연합하여 케렌스키 정부를 수립할 수 있다고 하더라도."라고 말하고, 왕원웬 동지도 "대체 앞으로 중국혁명의 발전 과정에서도 중국식의 케렌스키 정부가 나타날 수 있을 것인가? 우리의 대답은 가능하지만 반드시 그런 것은 아니며… 누구도 제3차 혁명 시기에 절대로 그런 것이 있을 수 없다고 말할 수는 없다."이다. 라오타 동지도 "앞으로의 중국 혁명 안에서 '소비에트의 기초 위에서 탄생한 러시아식의 케렌스키 정부가 탄생하기를' 요구하는 것은 불가능하다. 가능한 것은 맥도넬식의 정부[10]이다… 그것의 존재는 단지, 아주 짧은 시기에만… 바로 무산계급이 정권 탈취로 나아가는 작은 단계에서만 그럴 수 있다."고 말했다. 중국식의 케렌스키 정

9) 여기에서 '□한'으로 번역한 것의 원문은 '□然'이다.
10) 중국어로는 '麥克唐納尔式的政府'로 표기되어 있다. 지칭하는 내용을 정확하게 확인할 수 없다.

부도 좋고 맥도넬 정부도 좋지만 그것들이 사회주의적인 색채를 조금이라도 가지고 있다고는 말할 수 없다. 그것이 장차 중국혁명 안에서 생겨날 가능성이나 개연성을 절대로 부인할 수 없다면 설령 짧은 시기라도, 작은 단계라도 우리는 확실하게 "제3차 혁명은 시작되면 바로 시월 혁명, 즉 사회주의적인 혁명이다."라고 말할 수는 없는 것이다.

장팅 동지와 왕원웬 동지는 강령의 초안에 대한 토론에서 모두 "진정한 국민회의는 무장폭동을 통해서만 소집된다."는 구절을 넣을 것을 주장했다. (하지만) 무장폭동을 거행하는 때가 되면 그건 곧 혁명의 발전이 이미 최초의 단계가 아니라 최고의 단계가 된 것이다. 국민회의는 '진정'한 것이든 어느 정도의 것이든 간에 사회주의적인 것이라고는 말할 수 없는데 이렇게 말하면서 또 어떻게 '혁명이 시작되면 바로 사회주의적인 성격을 갖는다'고 할 수 있는 것인가?

반대파가 "중국의 제3차 혁명은 시작되면 바로 사회주의적인 성격을 갖는다."고 분명하게 말하는 것은 제3차 중국혁명이 총체적으로 사회주의적인 성격을 갖는다는 걸 부인하는 것과 같은 것인가? 나는 아니라고 생각한다. 혁명의 성격을 결정하는 것은 혁명의 시작을 이끌어내는 요소가 아니며 혁명 발전의 최초의 단계가 어떠한지에 있는 것도 아니고 또한 단지 혁명당이 취하는 노선에 따른 것도 아니다. 그것은 실제 투쟁의 발전이 어느 계급 정권에 이르렀는가에 달려 있다. 혁명의 핵심문제는 정권의 문제이다. 중국의 제3차 혁명은 무산계급 독재의 승리가 될 것인가 아니면 여전히 민주독재의 승리가 될 것인가, 이것이 제3차 혁명의 성격을 결정하는 유일한 관건이다.

"자산계급혁명이 시작되면 무산계급은 바로 정권 탈취의 문제를 자신의 어깨 위에 짊어지게 된다." 이것이 영구혁명 노선이다. 만약 누군가가 "사회주의혁명이 시작되면 무산계급은 바로 정권 탈취의 문제를 자기 어깨 위에 짊어지게 된다."고 한다면 이것은 '영구적'이라고 말할 수 없을 뿐만 아니라 너무나 우스운 것이 된다!

만약 누군가가 "무산계급의 정권 탈취 자체가 바로 사회주의혁명이다, 그래서 정권탈취의 혁명 폭동이 시작되면 그건 사회주의적인 성격을 갖는 것"이라고 한다면 이것은 물론 백분의 백 진리이다!

1931년 3월 15일 『무산자(無産者)』 제12기, 서명: 두슈(獨秀)

53 중국은 어디로 가는가?

中國將往何處去

중국의 절반, 특히 장강(長江) 유역에서 일어난 대수해는 현재 살아 있는 중국인들이 일찍이 본 적이 없는 대참사이다. 그러나 국민당정부의 구호금 마련 계획에는 부유한 계급에 대한 조치가 전혀 없고 게다가 입법원에서 통과된 팔천만 원의 공채에 대해서는 표면적으로는 어떻게 해서든 □[1]하는 것처럼 보이지만 사실상은 다른 속셈을 가지고 있다. 즉 오천만원으로 미국에서 물건을 사 와서 한편으로는 미 제국주의의 환심을 사고, 다른 한편으로는 쑹쯔원(宋子文)[2]이 또 그 속에서 한밑천 장사를 하려는 것이다. 장제스가 낸 구제금은 재정부에서 보관하는데 더 분명한 것은 군비로 지불될 것이니 사실상 수재민들에게 쓰이는 돈은 얼마일지 알 수가 없지 않은가?!

만보산(萬寶山)과 조선(朝鮮)의 참안[3]에 대해서도 국민당 정부가 형식적인 공문으로만 항의하고 자산계급이 우스꽝스러운 불매운동을 전개했을 뿐 반제국주의 민중운동은 국민당 군벌의 총검에 □당해 고개도 들 수가 없다.[4] 일본 제국주의는 거리낌 없이 점점 더 욕심을 부려 나가

1) 원문은 '勉强替□'. 본문에서 □로 표기한 것은 모두 원문을 따른 것이다.

2) 쑹쯔원(宋子文, 1894~1971)은 쑨원의 아내였던 쑹칭링의 동생이며, 장제스의 아내인 쑹메이링의 오빠로 당시 국민정부의 핵심인물 중 한 명이었으며 중국 4대 재벌의 한 사람이었다.

3) 1931년 동북삼성 침략을 위한 여론 조작의 목적으로 일본이 획책했던, 만보산에서 중국과 조선인 사이에 일어났던 9·18 충돌 사건을 가리킨다.

4) 원문은 被国民党军阀枪尖□□得抬头不起

무라 사건(中村事件)[5]을 빌미로 만주에 출병을 하려 하고 또한 지린(吉林)의 일본영사는 공공연하게 21개조 문제를 다시 제기하기에 이르렀다!(같은 날 『□□□』 하얼빈통신을 보라)

천재(天災)와 외환(外患)으로 이처럼 긴급한 상황이지만 국민당은 전혀 아랑곳하지 않는다. 그들의 난징 정부와 광둥 정부는 여전히 육해공군을 호남으로 이동시켜 전쟁을 벌일 생각만 한다. 호남 인민들이 수재로 죽지 않으면 포화 속에서라도 죽게 하려는 것이다.

천재와 외환으로 이처럼 긴급한 상황이지만 국민당은 전혀 아랑곳하지 않는다. 그들은 여전히 계속해서 장시(江西) 지역에서 농민들을 살해하고 있다. 그들 자신의 통계에 따르면 오늘은 몇 만을 죽였고 내일은 또 팔천 명을 죽인다. 토비가 된 집들이 온 산에 가득하고 흘린 피가 강을 이루고 버려진 시신이 칠팔천 구가 되며 부상당한 사람은 그 수를 알 수 없을 정도이다.(9월 12일 『신문보(新聞報)』를 보라.)

구휼이 이처럼 어려운데도 국민당 정부는 거액으로 미국에서 비행기, 포탄, 창과 대포를 사들여 장시, 후난 등으로 이동시키며 농민과 병사들을 잔혹하게 살해하고 있다!

이런 국민당 자산계급정권은 중국을 어디로 이끌어갈 것인가?

최근 상하이 『신보(新報)』에 「중국경제연구학사의 목전의 큰 책임(中國經濟學社當前之巨責)」이라는 필자 미상의 논문 한 편이 게재된 것을 보았다. 국민당 당원인지 아니면 준국민당 당원인지 하는 필자는 첫 단락에서 세계 자본주의의 현황과 그 전도(前途)에 대해 분석한 후 "자본주의는 아마도 제2차 세계대전 안에서 그 운명이 결정될 것이며 어쩌면 신세계

5) 1931년 6월 일본 참모부 대위 나까무라가 중국동북지역에서 간첩활동을 하다가 중국군에 체포되어 사형을 선고받자, 일본이 이를 빌미로 9월 18일 동북 선양(瀋陽)을 침공했던 사건.

가 바로 이때 허물을 벗고 새롭게 태어날지도 모른다."는 결론을 내리고 있다. 여섯째 단락에서는 중국 경제의 앞날, 즉 중국은 어디로 갈 것인지에 대한 분석을 하고 있는데 결론은 "그 낡은 궤도(자본주의)를 따라가면 몰락의 함정으로 되돌아가기에 족할 것이며…[6] 또한 소련 사회주의 경제 체제에 의존하는 것도 절대로 허용되지 않을 것이다. 쑨중산 선생이 이에 대해서는 일찍이 우리에게 광명한 대로를 밝혀 보여주신 적이 있으니, 안으로는 토지혁명으로 봉건 잔재를 제거하여 중국 경제가 큰 걸음으로 전진하게 하고 밖으로는 민족혁명으로 국제 자본주의의 속박을 타파하여 중국 경제가 자주자립을 하도록 하는 것이다, 그 귀결은 자본주의가 아니라 사회주의 민생주의 경제의 길이다."라고 말하고 있다.

이 말은 나도 다른 사람이 하는 걸 직접 들은 적이 있다. 바로 앞의 일단은 따이지타오(戴季陶) 선생이 그의 전반의 삶에서 말한 것이요, 뒤의 일단은 후반의 삶에서 말한 것이다.

지금 나는 이 필자에게, 또한 같은 의견을 가진 사람들에게 간단하게 답하려 한다.

첫째, 코민테른의 반역자들이 말하는 사회주의와 쑨중산의 민생주의는 모두 자본주의지 사회주의가 아니다. 사회주의는 공산주의의 초보적인 단계로 반드시 모든 사유재산을 몰수하여 사회의 공유로 귀결시켜야 한다.

둘째, 쑨중산의 민족주의는 단지 열강으로부터 중국 자산계급에 대한 양보를 얻어내려고 한 것이기 때문에 "민족혁명으로 국제 자본주의의 속박을 타파해서 중국 경제가 자주 자립하도록 하는" 것이 아니라 국제 자본제국주의가 공동으로 중국의 실업을 발전시키는 것을 환영하는 것이

6) [원주] 생략부호는 원문에 있는 것.

다. 그가 말하는 민권주의는 인민을 무시하는 것만으론 부족해서 반드시 고개를 숙여 국민당의 훈정을 받도록 해야만 비로소 자격을 갖출 수 있다고 한 것이며 그래서 우즈후이(吳稚暉)[7]는 공공연하게 인민을 '아또우(阿斗)'[8]이라고 비웃은 것이다. 그의 민생주의는 토지혁명을 주장하는 것이 결코 아니며 정치와 법률로 토지 문제를 해결하자고 주장하는 것이다. 게다가 "□자본제도는[9] 단지 점진적으로 변화될 수 있을 뿐 당장 전복시킬 수는 없다."고 말하고 있다.

셋째, 쑨중산의 삼민주의는 근본적으로 반동적인 것이며 덩옌다(鄧演達) 등이 말한 것처럼 장제스가 삼민주의를 배신한 것이 아니다.

넷째, 중국이 대내적으로는 토지혁명을 시행해서 봉건잔재를 제거하고 대외적으로는 민족혁명을 실현해서 국제 자본주의의 속박을 타파하려면 오직 무산계급이 도시와 모든 노동빈민을 지도해서 이 사명을 감당해야만 한다. 삼민주의, 즉 자본주의 국민당은 이미 봉건 잔재와 국제 자본주의 반혁명 진영의 내부에 서 있다.

다섯째, 중국의 무산계급혁명은 봉건잔재를 제거하고 제국주의의 속박을 타파함과 동시에 자산계급도 전복시켜야만 한다. 무산계급 혁명의 승리는 당연히 사회주의의 승리이면서 동시에 민주주의의 승리이기도 하다.

삼민주의가 곧 사회주의라는 이 기이한 견해 외에도 보편적으로 유행하는 또 하나의 견해가 있다. 그것은 곧 중국은 경제가 낙후되어 무슨 사회주의 혁명 같은 건 논할 수가 없다는 것이다. 『신사회(新社會)』 잡지

7) 우즈후이(吳稚暉, 1865~1953)는 리스청과 더불어 한때 무정부주의 운동을 했던 인물로, 1927년 무렵에는 장제스의 반공청당(反共淸黨) 운동을 지지했다.

8) '나약하고 무능한 인간'이라는 의미.

9) 원문은 '对□外资本制度'

의 기자가 중국 공산당의 혁명을 □ 혁명연금술이라고 비웃은 것 같은 경우가 그것이다.(□□□ 출판사의 『신사회』 잡지 제2기, 그들의 논조와 『중국경제학』□□□□□□의 저자의 논조는 너무 비슷해서 나는 그들이 같은 집단의 일원이 아닌가 의심스럽다.) 또 한 가지 극단적인 견해는 중국 경제가 이미 사회주의 혁명을 실행할 수 있을 정도까지 발전했다는 주장이다. 『중국경제연구』의 저자 런쉬(任曙) 동지가 그 예이다. 양자에게 공통된 근본적인 오류는, 양자 모두 순전히 경제만을 출발점으로 삼고 있지 정치투쟁은 출발점으로 삼지 않는다는 점이다. 양자 모두 국가사회주의에서 출발하지 전체 세계혁명의 관점에서 착안하지 않는다. 양자 모두 단계적 혁명론에서 출발하지 영구혁명론에서 출발하지 않는다.

지금 삼민주의, 곧 자본주의 정권인 국민당 정권에 대해 그것이 결국은 사회주의 경제로 귀결될 것이라고 말하는 것도 잘못이고, 거기에는 사회주의적 전망이 없다고 비판하는 것도 우스운 짓이다. 거기에는 자산계급 민주주의도 없다. 있는 것은 오직 군사독재와 훈정뿐이다. 쑨중산의 반동적인 오권(五權) 헌법은, 제정(帝政)시대의 어사(감찰원)와 과거제도(최근 고시원에서는 뜻밖에도 과거시험장에 시험관이 들어가고 합격자의 이름을 적은 방을 붙이고 과거를 쳐서 관리를 뽑는 성대한 의식을 거행한 바 있다.)를 부활시키고 각 학교에 일률적으로 '충효인애신의화평(忠孝仁愛信義和平)'의 여덟 자를 걸도록 지시하고 거기다 '인심을 바로잡고, 퇴폐적인 기풍을 구제하자(匡正人心挽救頹風)'는 걸 보탠 것이다. 이런 것 등등, 국민당은 선임 총리의 유훈인 '인애' '평화' 등을 붙잡고 무수히 많은 혁명적인 노동자, 농민과 청년 지사들을 살해하고 있다. 끊임없이 이어지는 내전 속에서 무수한 병사들과 평민들이 희생되었다. 만약 그들 안에서 내전이 그치지 않는다면 자본주의 발전도 지극히 제한될 수밖에 없을 것인데 그들은 장차 중국을 어디로 이끌고 가려는 것인가?

민중의 기상도 가라앉고 청년들은 활기를 잃고 봉건 잔재인 구세력과 구사상, 구도덕 및 일체의 반과학적인 미신은 여전히 중국 전체를 뒤덮고 있다. 국제 제국주의의 속박과 억압은 가중되고 대다수 인민은 가일층 가난해지고 있다. 이것이 이미 삼민주의 국민당 통치하에 있는 중국이 보여주는 분명한 모습이다!

역사적인 선례 안에서 보면 혁명이 실패하고 난 뒤에 1848년의 영국이나 독일처럼 반혁명적인 자산계급이 아직 경제를 발전시키고 정권을 공고화할 수 없다면 일련의 반동이 이어져 1848년의 프랑스처럼, 혁명적인 노동자만 제대로 설 수 없는 게 아니라 온건한 민주당도 제대로 설 수 없고 결국은 가장 반동적인 질서를 주장하는 당조차도 제대로 설 수 없는 상황이 된다. 중국에서 질서를 주장하는 당인 국민당 정권이 장차 혁명적인 민중에 의해 전복될지 아니면 북방의 지주자산계급을 대표하는 구북양(北洋)파에 의해 전복될지 아직 단정할 수 있는 분명한 증거는 없지만 이렇게 되든 저렇게 되든 민주주의의 세찬 격랑으로 남북 자산계급의 군사독재를 소탕하는 이 혁명의 기치는 여전히 지금 중국의 무산계급 및 그 정당이 분명히 확정해야 한다.

중국 자산계급을 대표하는 각 당파들은 북방의 장, 옌, 펑[10]이든 아니면 남방의 장제스, 후한민(胡漢民)이나 개조(改組)파인 제3당이든, 그들이 입으로 하는 말은 다소 다를지 몰라도 실제 행동은 똑같이 군벌이나 군벌 비서가 하는 짓들이고 똑같이 반민주주의적이며 똑같이 민주주의를 두려워한다. 중국 역사의 발전을 앞당기는 민주주의운동의 책임은 이미 무산계급에게 지워져 있다. 중국의 무산계급이 민주주의의 질풍노도 운동에 매진할수록 그들이 권리를 가지는 자리로 올라서게 될 가능성도

10) 북쪽 지역의 군벌 장쭤어린(張作霖), 옌시산(閻錫山), 펑위샹(馮玉祥)을 지칭한다.

높아진다. 민주주의 운동이 일보 전진하면 중국 자산계급 정권은 일보 동요하게 된다. 절대로 스탈린파가 말하는 것처럼 민주주의운동이 자산계급 정권을 공고하게 하는 것이 아니다.

자산계급 정부와 농민의 충돌, 자산계급 내부에서의 충돌이 이미 시작된 후남전쟁과, 전해지는 북방대변동 및 일본 제국주의의 만주 침공과 같은 사건들은 모두 중국 무산계급과 그 선봉대에게 민주주의운동을 발전시킬 최적의 기회를 제공하고 있으며 또한 오직 이 운동만을 발전시킬 기회라는 것이 분명하다. 이전에 스탈린파가 이것을 무시하고 무수한 기회를 놓쳐버렸던 것은 더없이 어리석은 일이었으며 지금 우리는 다시는 이 기회를 놓쳐서는 안 된다!

무산계급 민주주의운동은 소자산계급 민주파들이 했던 것처럼 단지 듣기만 좋은 텅 빈 명사들을 가지고 노는 것이어서는 안 되며 실질적인 내용이 있어야 한다. 국제 제국주의가 중국에서 누리고 있는 모든 특권과 권리를 취소하고 그것의 중국에 대한 구속과 억압을 타파한다, 토지혁명을 실행한다, 즉 지주의 토지를 빈농에게 돌려준다, 여덟 시간 노동제를 실행한다, 집회 결사 언론 출판 파업의 완전한 자유를 보장한다, 군벌전쟁을 중지하고 군사독재를 축출한다, 직접 평등 보통 선거와 무기명 투표로 국민회의를 소집하고, 대다수 인민을 대표하는 정권을 수립한다.

우리는 스탈린주의자에게 묻겠다. 국제 제국주의가 갈수록 구속과 억압을 더해가고 군사독재의 국민당 정권이 필사적으로 농민을 살해하고 노동자를 억압하며 인민의 모든 자유를 말소하고 끊임없이 전쟁을 일으키는 중국에서, 도시 소비에트조차 아직 없는 현재든, 그때는 이미 소비에트를 가지게 될 미래든 간에, 우리가 이런 구체적인 민주의 구호를 제기해서 민중을 결집시키는 정치투쟁을 소집하자고 제의하지 않는다면 대체 무엇을 제의해야 하는가? 소비에트가 이런 구체적인 민주의 구호하에서 정권 탈취의 투쟁을 수행하지 않고 설마 모든 사유재산을 몰수한다는 구호하에서 정권을 탈취한다는 말인가? 만약 장제스 정부가 남방의 개조파나 북방의 군벌에 의해 타도된다면 그들은 모두 '민주정치'나 '입헌정부' 같은 것들을 내세워 민중을 기만할 텐데 그럴 때 우리가 이런 구체적인 민주의 구호를 제기해서 그들의 가면을 벗겨내지 않는다면 또 무엇을 제기해야 하는가?

우리는 또, 자본주의에 대해서는 회의적이지만 쑨중산의 삼민주의에 대해서도 여전히 미련을 가지는 지식인들에게 묻겠다. 삼민주의는 중국을 장차 어디로 이끌어갈 것인가? 우리 공산주의자들은 장차 중국을 어디로 이끌어갈 것인가? 우리는 '혁명의 연금술사'인가 아닌가라고.

1931년 9월 13일

1931년 9월 28일 『화화(火花)』 제2기, 서명: 두슈(獨秀)

54 피압박국가의 무산계급은 애국운동을 지도해야 하는가

被壓迫國的無産階級應不應領導愛國運動

이번 반일운동 과정에서 우리 내부에서 있었던 항일구국 구호에 대한 토론은 우리가 선전활동 속에서 '구국'이나 '애국'같은 언어를 사용해도 되는가 아닌가의 문제로 발전되었다. 나는 언어의 사용은 부차적인 문제라고 생각한다. 근본적인 문제는 우리가 전략적으로 애국운동에 참여하고 또 그것을 지도해야 하는가 아닌가이다. 이 문제는 반드시 실제적인 토론을 해서 명확한 결론을 내려야 한다. 그렇지 않고 이래도 좋고 저래도 좋다는 식의 모호한 관념은 동지들을 미궁에 빠뜨리게 될 것이다. 이 문제에 대해 나는 아래와 같은 견해를 가지고 있다.

(1) 어떤 정책이나 구호라도 그것이 시간과 공간을 가리지 않고 일괄적으로 채택되거나 일괄적으로 거부된다면 모두 형식논리적인 관점에서서 변증법적인 마르크스주의를 조롱하는 셈이 된다. 예컨대 마르크스, 엥겔스와 레닌은 모두 민족주의운동에 대해 일찍이 찬성과 반대의 서로 다른 입장을 표명한 바 있으며 이것은 이미 마르크스주의의 ABC에 해당한다. 나중에 부하린도 공산주의운동 안에서 민족주의운동을 배제해서는 안 된다는 걸 인정하면서 그가 처음에 이 문제에 대해 레닌에게 반대했던 것의 과오를 인정했다. 마르크스, 엥겔스와 레닌 모두 식민지나 피압박 국가의 민족주의운동은 혁명적인 것이며 전 세계 무산계급에게

유리한 것이라고 생각했다. 우리는 세계혁명이라는 것이 선진국의 사회주의혁명[1]과 낙후된 국가의 민족혁명이 합류된 것임을 믿어야 한다.

(2) 트로츠키 동지가 자신이 쓴 '중국반대파의 임무'에서 우리에게 '국민회의 소집', '중국의 국가 독립 보장'과 같은 민주민족적 구호를 제시하고 있는 것도 바로 상술한 관점에서 출발한다. 만약 우리가 이 출발점을 부정한다면(피압박국가의 민주민족운동은 혁명적인 것이라는), 코민테른 좌파 반대파가가 우리에게 중 강령과 구호는 근본적으로 문제가 된다. 왜냐하면 만약 선진국에서 국민회의나 국가 독립과 같은 민주적이고 민족적인 구호를 제기한다면 그건 과녁 없이 화살을 쏘는 것처럼 실제 상황과는 완전히 동떨어진 목표를 설정한 꼴일 뿐만 아니라 반동적인 것이기도 하기 때문이다. 만약 우리가 제국주의가 스스로 중국에 대한 억압을 중단할 것이라는 환상을 가지거나 아니면 중국 자산계급이 스스로 민주체제를 채택하고 반제국주의 민족전쟁을 수행할 것이라는 환상을 가진다면 민주민족의 구호는 무산계급에 대해 전혀 혁명적인 의미를 가지지 못할 것이다.

(3) 제국주의와 중국의 관계에 대해 스탈린과 부하린이 내린 결론은 식민지국가의 자산계급은 제국주의의 억압 때문에 어느 정도까지는 혁명적이 된다는 것이었다. 트로츠키 동지가 내린 결론은 식민지 국가에서는 민족에 대한 억압을 견딜 수 없기 때문에 무산계급이 민족민주혁명의 기초 위에 선다면 순수하게 사회주의의 기초 위에만 있는 선진국가의 무산계급에 비해 더 빨리 정권을 획득할 수 있다는 것이었다. 이 두 결론의 분기점은 당연히 어떤 계급이 정말로 민족해방의 임무를 감당할 수

1) 원문에는 '社會革命'이라고 되어 있지만 의미상의 적절성을 고려하여 '사회주의혁명'으로 번역하였다.

있느냐 아니냐에 대한 판단에 있다. 우리 반대파는 물론 스탈린과 부하린의 판단에 동의할 수 없다. 중국에서 일어난 두 차례 혁명은 자본주의의 기본적인 이익에 대해서도 상당한 만족을 가져다준 적이 없기 때문에 중국의 자산계급은 과거에 왼쪽으로 선회한 적이 있으며 뿐만 아니라 지금도 왼쪽으로 선회해 있고(반일불매운동처럼) 앞으로도 또한 적지 않은 선회를 할 것이다. 하지만 자산계급은 몇몇 공산주의자들보다 더 잘 알고 있다. 만약 반제국주의적인 민족투쟁을 진정으로 수행하려고 한다면 그것은 반드시 혁명적인 대중의 수준을 끌어올려야 하는 것인데 그러면 당장 우선적으로 그들 자신에게 위협이 된다는 것을. 그렇기 때문에 우리는 확실히 말할 수 있다. 중국의 자산계급은 이미 민족해방의 임무를 감당할 수 없다는 것을. 그러므로 중국의 민족운동을 지도해서 민족해방을 완성시키는 일은 이미 무산계급 자신의 임무가 되어 있으며 다른 계급의 임무로 간주할 수 없다. 거기에 대해 자산계급 민족주의나 애국주의라는 조소를 퍼붓는 것은 더더욱 안 될 일이다. 이런 값비싼 조소의 결과는 오직 팔짱을 끼고 자신의 임무와 민족 지도의 지위를 순순히 다른 계급에게 넘겨주는 것 외에 다른 것이 아니다.

(4) 우리가 대중투쟁을 호소하고 그들을 지도하려면 일상적인 상황 안에서 특별히 활력 있는 구호를 찾아내는 것 외에도 대중들을 보다 광범위하게 불러 모아 전국적인 투쟁에 참여하고 혁명의 길로 나아갈 수 있도록 하는 총체적인 정치적 구호, 즉 정치적 기치가 있어야만 한다. 낙후된 국가에서 무산계급이 아직 유치한 단계에 있고 숫자도 비교적 적은 상황에서는 사회주의적인 것에는 부합되지 않는 민주적이고 민족적이며 정치적인 기치와 정치적인 구호를 채택할 수밖에 없다. 만약 사회주의의 기치를 사용하는 것에 대해서는 반신반의하면서 또한 민주적 민족적 기치를 활용하는 것에 대해서도 그다지 달갑게 여기지 않는 사람들이 있

다면 그들은 그럼 무슨 기치를 사용하자는 것인가? 그렇게 되면 필연적으로 어떤 기치도 없이 싸우는 난장판이 될 것이다. 스탈린파에게 개별적이고 구체적인 민주민족의 구호가 없었던 것이 아니다. 그들이 제국주의 전복과 토지혁명을 중국혁명의 양대 임무로 제시하지 않았던 것도 아니다. 이른바 '자산계급 민권혁명단계'라는 것을 그들은 각별히 중시했다. 하지만 그들은 명백하게 하나의 민주적 구호를 정해서 그것을 총체적인 정치적 구호로 삼고 모든 정치투쟁의 기치로 삼을 담력이 없었다. 실제 전략에서는 소비에트의 구호로 국민회의운동을 저지하고, 세계대전에 반대하고 소비에트 침공에 반대한다는 것으로 항일구국의 구호를 저지했다. 마치 민주민족주의의 구호는 그저 종이에만 써놓고 입으로만 말하면 되는 것이라고 생각하는 것처럼, 실제로 민주민족주의 운동이 일어나면 당장 왼편에서 그것을 향해 모략의 화살을 날렸다. 왜 이런 혼란스러운 일이 생긴 것일까? 근본적으로 민주민족주의운동이 피압박국가에서 가지는 필연성과 중요성에 대한 진정한 이해가 없기 때문이다.

(5) 이번 반일운동에서도 몇몇 반대파 동지들은 '민족주의', '애국운동'이나 '항일구국', '대일 선전 포고' 등의 구호에 대해 그것을 비하하는 논조를 드러냈다. 이런 논조를 드러낸 사람들이 단지 그런 어구들에 대해서만 불만을 가지는 것이 아니라면 근본적으로 그들의 극좌적인 입장, 즉 '노동자에게는 조국이 없다', '우리는 자산계급 국가를 사랑하거나 그것을 구제해서는 안 된다', '두리뭉실한 반일이나 대일 선전포고, 구국이나 애국은 모두 자산계급 민족주의지 우리 계급의 입장이 아니다'라는 생각 때문일 것이다. 이 한 무더기의 이론이 그들의 머릿속에서 장난을 쳐서 설령 그들이 아직 완전히 속 시원하게 그쪽으로 경도되지는 않았다고 해도 그들 안에는 많든 적든 깊든 얕든 확실히 이런 생각이 있다. 만약 이번 반일운동에서 이런 입장이나 이런 생각을 채택하는 것이 전략

적으로 정확하다면 우리의 강령과 민주적인 요구를 담은 구호들은 근본적으로 문제가 된다. 그러므로 이 문제는 우리가 심각하게 토론할 가치가 있다.

우리는 마르크스주의는 절대로 교조(教條)가 아니라는 점을 알아야만 한다. 어떤 정확한 이론도 만약 그것이 적재적소에 정확하게 사용되지 않는다면 모두 완전히 정확한 것은 아닐 수 있으며 심지어는 완전히 부정확한 것이 될 수도 있다. '노동자에게는 조국이 없다'는 말은 소극적으로는 일반적인 사실을 지적하는 말이다. 즉, 아직은 노동자들의 이익을 옹호하는 '국가기구'를 가져본 적이 없다는 의미에서 말이다. 그러나 이것이 어떤 조건하에서도 노동자들은 조국을 가지지 말아야 한다는 말은 아니다. 그러므로 보다 적극적으로는 노동자들을 불러 모아 그들로 하여금 자산계급의 수중에서 그들이 막 팔아먹으려는 국가를 회수해서 노동자의 조국을 건설하도록 해야만 하는 것이며 이런 의미에서의 구국이나 애국은 바로 자산계급의 매국과 대립되는 것이다. 피억압국가의 노동자계급이 이런 반외국제국주의와 반본국자본주의의 구국애국운동을 지도해서는 안 된다는 말인가? 그들에게는 자산계급과 같은 조국이 필요없다는 말인가? 통상 일본은 제국주의 국가다라고 말할 때처럼 반일이나 대일선전포고 같은 것은 그 대상이 일본의 전체 인민을 포함하는 것이 아니다. 중국 자산계급 신문들도 반일이나 대일선전포고를 일본의 전체 인민에 대한 것으로 해석한 적이 없다. 이른바 제국주의의 소련 침공에 대해서도 단지 그것이 소련 정부, 즉 무산계급 정권을 공격한다고 말하는 것이지 결코 소련 인민 전체를 포함해서 말하는 것이 아니며 최소한 소련 내의 자산계급 성원들을 포함하는 것은 아니다. 이런 것들은 단지 지나치게 자구에 얽매여서 생기는 문제로 사실상 논의할 가치가 없다. 그렇다, '구국', '애국', '민족주의'의 본질은 본래 자산계급적인 것이다. 그러나 이런 자산계급 민주혁명의 임무 역시 여타의 민주적인 임무와 마찬가지로 모두 무산계급이 완수해야 한다.

민족운동 안에서 어떻게 하는 것이 우리의 계급적인 입장인가에 대해서는 더욱더 정확한 이해—형식논리적인 이해가 아니라 마르크스주의적인 이해—가 필요하다. 일본 같은 제국주의 국가에서 노동자계급이 만약 중국을 압박하는 반혁명 전쟁 중에 '구국'이나 '애국' 같은 구호를 채택한다면 그건 직접적으로는 그들 국가의 자산계급 제국주의를 돕는 것이며 간접적으로는 전 세계 자산계급 제국주의를 돕는 것이 된다. 또한 직접적으로는 중국 노동계급의 혁명운동에 타격을 가하는 것이며 간접적으로는 전 세계의 노동자 혁명운동에 타격을 가하는 것이다. 게다가 그들 국가의 자산계급이 그들에 대해 가하는 착취와 억압을 가중시키는 것이기도 하다. 그러므로 그것은 곧 계급의 입장을 이탈한 것이다. 그러나 만약 중국의 노동자계급이 구국과 애국의 민족혁명 투쟁을 전개하면서 힘껏 일본 제국주의에 타격을 가한다면 전 세계 제국주의에 타격을 가하는 것과 다름없으며 특히 인도에 있는 영국 제국주의에 위협을 가하게 된다. 그것은 중국 노동자계급의 해방 투쟁 역량과 기상을 성장시키게 될 뿐만 아니라 일본과 조선의 노동자계급에게도 해방 투쟁의 기회를 주게 되므로 완전히 노동자계급의 이익에 부합되며 계급의 입장을 떠난 것이 아니다. 어떤 이는 반박하며 물을지 모른다. 중국의 노동자계급이 구국애국운동을 위해 노력해서 일본 제국주의에는 타격을 가한다고 해도 그것이 어떻게 본국의 자산계급을 돕는 게 되지 않겠느냐고? 나는 트로츠키 동지의 말을 인용해서 대답할 수 있다. "민주적인 혹은 민족적인 해방혁명운동은 자산계급에게 그 착취를 확대하고 강화시킬 기회를 줄 수 있다. 그러나 무산계급이 혁명 중에 하는 독립적인 행동은 자산계급을 두렵게 하고 그 어떤 착취의 가능성도 소멸시킬 수 있다."(『중국혁명문제』 제2집 11쪽) 나는 이렇게 구체적인 사례를 제시해서 분석을 해야만 한다고 생각한다. 그래야 비로소 이른바 계급의 입장이라는 것에 대한 논의 없이 진행되는 모호한 형식논리에 빠지지 않을 수 있을 것이다.

내가 정말 이해할 수 없는 건 우리가 이번 반일본제국주의 운동에서 채택한 항일구국과 대일선전포고의 구호를 그 자구에만 매달려 중상모략 하는 게 비로소 무산계급 입장이라고 생각한다는 점이다. 만약 사람들이 우리가 국민회의의 구호를 채택하는 걸 스탈린파가 민주주의자의 말투라고 비난하는 걸 보고 그걸 본받아서 우리가 항일구국의 구호를 채택하는 걸 민족주의자라고 나무라는 것이라면 이런 사회주의자들은 정자 안에 들어앉아서 중국의 무산계급이 민족민주 혁명의 기반 위에서 정권을 획득하기를 조용히 기다리게 한 후에 다시 그들에게 사회주의자의 원로원으로 나와 달라고 부탁하는 수밖에 없다.

(6) 또 어떤 동지들은 일반적이고 추상적으로 말할 때는 절대로 민주민족의 구호에 반대하지 않지만 '구국', '애국'이나 심지어는 '민족주의' 같은 것에 대해서도 그런 걸 구체적으로 거론하면 이런 어휘들에는 다 독소가 들어 있다고 비난하기도 한다. 이런 사람들은 근본적인 관점에서는 적어도 극좌의 입장에 가깝거나 아니면 입장이 없는 것이다. 나는 모든 민주 민족의 구호들에는 어느 정도의 독소가 담겨 있다고 생각한다. '민족주의'만이 아니라 '민주주의'에도 독소가 들어 있다. 예를 들면 형식적인 민주주의가 그렇다. 그러나 우리는 이것 때문에 민주주의에 대해 일반적으로 반대해서는 안 된다. 민족주의도 마찬가지이다. 문제는 어떤 구호 자체에 독소가 들어 있는지 아닌지가 아니라 어떤 상황에서 그것을 사용해서 어떤 기능을 발휘하게 하느냐 하는 것이다. 예를 들면 '구국', '애국'의 구호가 만약 1917년 러시아에서 쓰였다면, '평화'의 구호가 만약 지금의 중국에서 쓰인다면, 이는 똑같이 큰 독이 되고 특별한 독이

될 것이다. 국민당 당부(黨部)와 난징의 관료 심지어는 장제스까지도 모두 제국주의 반대와 민족해방을 이야기하며 왕징웨이나 쑨커는 더 크게 민주정치를 떠들어댄다. 하지만 절대로 이것 때문에 우리가 이런 어휘들을 기피하지는 않는다. 스탈린파는 개조파를 익숙하게 들먹이고 중화혁명당, 신중국 국민혁명당, 중국청년당에서 돤치뤠이, 옌시산, 펑위샹, 장제스에 이르기까지 모두 국민회의 소집에 찬성한다. 우리가 국민회의의 구호를 제기하면 그들은 우리도 곧 그들의 정치적인 맹우라고 말하겠지만 이것 때문에 우리가 이 구호들을 기피해서도 안 된다. 마찬가지로 '항일구국'이나 '애국', '대일선전포고' 등도 그것이 일반적으로는 자산계급, 특히 '중국 국가주의파'(즉 중국청년당)가 입에 달고 있는 말이라고 해서 그걸 우리가 이런 어휘나 구호들을 기피해야 할 이유로 삼을 수는 없다. 이런 허위적이고 심지어는 반동적이기까지 한 '애국자'들을 파산시키려면 우리가 구체적인 요구를 가지고 광대한 대중들을 이끌어 격렬한 구국애국투쟁으로 나아가야만 하는 것이지 '구국', '애국' 같은 어휘들에 대해 비난 몇 번 퍼붓는다고 될 일이 아니다.

우리는 물론 강령 안에서 총체적인 정치구호를 설정하고 그것을 정치투쟁의 기치로 삼아야 한다. 그러나 이것만으로는 전체 혁명 투쟁을 발전적으로 이끌 수 없다. 총체적인 기치하에서도 반드시 일상적인 상황 속에서 수시로, 특별히 활력 있고 생기 있는 구호들을 길어내야만 실제 투쟁 속에서 군중을 지도할 수 있다. 만약 우리가 비록 총체적인 차원에서는 민주의 구호(국민회의)를 채택했지만 일상적인 상황 속에서 특별히 제기된 민주민족의 구호(항일구국)는 배척한다면, 뿐만 아니라 특별히 이러한 민주민족의 구호가 제기될 때마다 그것을 배척한다면 총체적인 민주의 구호는 곧 우상으로 변질될 것이다!

(7) 물론 진보적인 노동자들 안에서 우리는 '구국'이나 '애국' 같은 명

사들에 대해 원칙적이고도 전략적인, 즉 무조건적인 채택도 아니며 무조건적인 거부도 아닌 정확한 해석을 해주어야만 한다. 그러나 이것은 노동자들의 교육의 문제지 일반적인 대중 선동의 문제는 아니다.

중국의 자산계급이 애국의 구호를 이용해서 소련에 대응할 때 우리는 그들이 제국주의의 주구이며 그것은 매국이지 애국이 아니라는 사실을 선포해야 한다. 그들이 이런 구호로 몽고에 대응할 때 우리는 그들이 이미 제국주의의 방식으로 약소민족을 억압하고 있으며 그것은 자기방어의 애국이나 구국이 아니라고 선포해야 한다. 이때도 자기방어의 애국구국의 구호가 몽고민족의 것이어야 한다는 것과 전혀 모순이 없다. 만약 누군가가 모순이 있다고 생각한다면 우리는 본래 형식논리적인 모순과 변증법적인 모순의 일치를 강요할 수는 없다.

(8) 마지막으로 한 가지 의견이 더 있다. 나는 민주주의 안에 물론 민족주의가 포함되지만 중국에서는 후자가 특별히 더 중요하다고 생각한다. 중국 역사에는 민족주의운동의 전통만 있지 민주주의운동의 전통은 없다. 현대에 와서도 민족주의운동이 민주주의 운동보다 훨씬 더 첨예하다. 그리고 그것은 오사운동이나 오삼십운동, 현재의 항일구국운동처럼 대부분 전국적인 운동이었다. 이 민족주의운동, 즉 애국운동의 전통은 농민이나 도시 소자산계급 군중만이 아니라 노동자들에 대해서도 흡인력을 가진다. "중국인으로서의 기상을 가져라", "외국인에 반대 한다", 이것은 오삼십운동 시기에 광대한 노동자 군중 안에서 자연발생적으로 생겨난 두 가지 보편적이고 강력한 구호였다. 당시에 만약 당이 혁명적인 정책을 가지고 있었다면 확실히 이런 애국의 구호하에서 노동자 소비에트가 솟아날 가능성이 있었다. 게다가 노동자 소비에트의 성격을 가지고 있고 광저우폭동에서 소비에트보다 더 많은 군중을 가지고 있었던 성향(省鄉)파업위원회는 바로 민족주의 운동 속에서 탄생한 것이다. 이

런 역사적인 경험과 교훈을 우리가 소홀히 여겨서는 안 된다. 과거 우리의 오류는 근본적으로, 단계론으로 영구혁명론을 대체한 것, 즉 민주민족주의와 사회주의를 두 단계의 임무, 두 단계의 혁명으로 양분해서 "지금은 그들(국민당)의 시대이고 우리의 시대는 미래에 있다"고 생각한 데 있다.(보로딘이 중국에 와서 우리와 처음 면담할 때 이런 근본적인 방침을 선언했고 게다가 이것이 모스크바의 입장이라고 말했다.) 이것은 본래 제2 인터내셔널의 모든 기회주의자들이 전통적으로 가지고 있던 관점이다. 우리가 지금 이 관점을 분쇄하지 않는다면 그건 절대로 좌파반대파[2]가 아니다. 옛 교훈을 무시하면 반드시 새로운 과오를 범하게 될 것이다. 중국 역사의 정치경제적 조건을 볼 때 전통적인 민족주의 운동 즉 애국운동은 앞으로도 여전히 중국 민족이 모든 제국주의의 속박과 억압에서 완전히 해방될 때까지 계속해서 일어날 것이다. 해방 투쟁, 특히 국제 제국주의가 중국의 무산계급 신정권을 에워싸고 공격하는 것에 대한 투쟁 속에서 '애국'이나 '조국 보위'는 더더욱 광대한 군중을 불러 모을 수 있는 유일한 구호이다. '애국'과 '민족해방'은 동일한 실질을 가지고 있으면서 단지 신구(新舊)의 차이만 있는 두 개의 명사이다. 옛 명사(애국)가 더 역사성이 풍부하고 군중들 사이에서 더 유행하기 쉽다. 뿐만 아니라 이미 군중들 가운데 보편적으로 깊이 침투하여 유행하고 있다. 우리가 군중들 안에서 유행하는 애국운동에 적극적으로 가담해서 지도해야 할 것인가 아니면 소극적으로 거기에 대해 비난의 화살만 쏘아야 할 것인가? 이것은 분명하게 결정해야만 하는 문제이며, 특히 일반적으로 군중 안에서 활동하는 동지들에게는 시급하게 결정을 기다리는 문제이다.

그러므로 나는 우리가 중국의 애국운동을 적극적으로 지도해야 하며

2) 트로츠키파를 지칭한다.

정권을 획득할 때까지 우리의 강령으로 애국운동을 지도하고 또한 그 내용을 충실하게 해야 한다고 생각한다. 우리는 애국운동에 대해 비난의 화살을 쏘아서는 안 되며 단지 꼬리처럼 참가해서도 안 된다. 그것을 지도해야만 한다. 중국의 민족해방을 완성하는 일은 이미 중국 무산계급 자신의 임무가 되었기 때문이다. 뿐만 아니라 순수하게 사회주의적인 기초 위에 있는 선진국의 무산계급보다 중국의 무산계급은 이 임무를 완성하는 투쟁의 기초 위에서 더 빨리 정권을 획득할 수 있기 때문이다.

1931년 11월 28일 『교내생활(校內生活)』 제1기, 서명: 두슈(獨秀)

55 국민회의 구호에 관해 논함

論國民會議口號

민주주의 제도는 멀리 씨족사회에서 이미 발생했으며 그 핵심은 대중이 대중의 일을 관리하는 것이다. 그때는 국가제도가 아직 생겨나지 않았기 때문에 추장과 군(軍) 수령의 권한은 다 아주 제한되어 있었고 모든 것은 '민회(民會)'(희랍의 agora, 로마의 Comitiacuriata)에서 결정했다. 그래서 후에 자산계급은 유럽에서든 아시아에서든 모두 한결같이 많든 적든 오래든 잠깐이든 민주주의를 군주나 귀족 독재에 반대하는 기치로 삼았던 것이다. 코민테른 제1차 대회에서는 "민주주의의 형태는 수천 년을 경과해왔다. 고대에 그 맹아가 생겨난 후 매번 한 계급에서 다른 계급으로 교체되어온 것은 모두 불가피한 필연적인 변화였다.", "고대 희랍의 공화국에서, 중세의 여러 도시에서, 자본주의가 발달한 국가들에서, 민주주의는 모두 형태와 정도가 달랐다.", "자산계급 의회제도나 자산계급 민주주의는 중세와 비교하면 말할 것도 없이 고도로 발전된 제도지만 무산계급 혁명 시기에는 불가피하게 근본적인 변화가 요구된다."고 선포한 바 있다. 우리는 이런 말들 속에서 두 가지 결론을 얻을 수 있다. 하나는 민주주의 사상은 고대사회부터 계급사회까지 전해져 온 것이며 다른 것들과 마찬가지로 계급의 영향을 받는 것이지 초계급적인 괴물이 될 수 없다는 것이다. 또 하나는 자산계급 민주주의는 무산계급 민주주의 앞에서 보면 협소하지만 중세의 제도에 비하면 고도로 발전되고 진보한 것이라는 점이다. 그렇기 때문에 레닌은 "노동자계급이 자본가계급에 반대하여 전개하는 해방투쟁 안에서 민주주의는 지극히 커다란 의미를 갖는다." "노동자 계급이 모든 정권을 탈취하는 투쟁이 아직 당면 과제가 되기 이전에는 반드시 자산계급 민주주의의 형식을 이용해야만 한다." "심지어는 소비에트 공화국이 승리하기 몇 주 전이나 심지어는 승리한 후에도 자산계급민주주의 의회에 참여하는 일은 혁명적인 무산계급을 방해하지 않을 뿐만 아니라 무산계급을 도울 것이다."라고 말할 수 있었다. 그래서 트로츠키도 "특정한 시기에 민주주의 구호는 환상이나 기만이기만 한 것이 아니라 역사의 동력이기도 하다"고 말할 수 있었다. 그러므로 우리도, 우리가 자산계급 민주주의에 반대하는 것은 오직 자산계급이 무산계급의 통치하에 있으면서 이미 파산한 민주주의(자산계급의)로 무산계급 독재를 비난하고 자산계급 정권을 회복하려고 기도할 때(바로 레닌이 말한 『무산계급혁명과 반역자 카우츠키』라는 소책자를 쓸 때와 같은)만이라고 말할 수 있다. 자산계급 통치, 특히 반혁명적이고 반민주적인 자산계급 군사독재하에서는 만약 누군가가 자산계급민주주의에 반대하거나 그것을 경멸한다면(위요우런[1]처럼) 그건 마르크스주의가 아니라 파시즘이며 자산계급에 반대하는 것이 아니라 자산계급이 더 흉포하게 가면을 벗고 무산계급을 박해하도록 돕는 것이다.

국민회의 혹은 국민입헌회의는 형식적인 민주주의, 즉 자산계급 민주

1) 위요우런(于右任, 1879~1964)은 1907년 무렵 〈신주일보(神州日報)〉, 〈민립보(民立報) 등을 창간하여 위안스카이에 반대하는 투쟁을 하였으며 푸단(復旦)대학(1905년), 상하이(上海)대학(1922년), 서북농림과기대학(1932년) 등을 설립하고 총장과 이사장을 역임하였다. 중국 근대 대학 교육의 기초를 놓은 인물로 평가받는다. 1922년에는 광저우에서 개최된 국민당 1차 전국대표대회에서 중앙집행위원으로 선출되기도 했다.

주의의 정치적인 표현이다. 반혁명적이고 반민주주의적인 자산계급 국민당이 정권을 잡아 자산계급 민주주의의 임무가 아직 완성되지 않은 중국에서 자산계급 민주주의의 임무는 이후 무산계급에 의해서만 완성될 것이다. 중국의 무산계급은 이 목적을 위해서 가장 철저하게 민주주의적인 국민회의를 총체적인 정치구호로 삼아 제기하고 이 구호를 실천하는 투쟁 과정에서 자산계급을 동요시키고 전복시키며 무산계급 독재정권으로 자산계급 민주의 임무를 철저하게 완성하는 것, 이것이 무산계급정당, 즉 중국공산당이 중국혁명을 지도하는 총체적인 전략이어야 한다.

무정부주의를 주장하는 사람들은 이 전략에 대해 당연히 찬성할 수 없다. 자산계급 민주정치제도에 대한 근본적인 태도의 차이 때문에 그들은 이미 마르크스주의자들과 반세기 이상 논쟁을 벌여왔다. 그런데 지금 자칭 마르크스주의자라고 하는[실은 반(半)바쿠닌주의자인] 스탈린파도 뜻밖에 이 전략을 비난한다. 그들은 자산계급 민주주의와 자산계급 정권을 절대로 분리할 수 없는 하나로 간주한다. 그래서 국민회의(즉 자산계급 민주주의 의회)의 구호를 제기하는 사람은 모두 자산계급을 옹호하고 국민당 정권을 옹호하는 사람이라고 한 가지로 욕을 하는 것이다. 하지만 실은 완전히 상반된다. 반혁명적인 국민당 자산계급 군벌정부는 그들 계급의 민주주의에 대해서도 너무나 두려워한다. 민주적인 국민회의에 대한 무산계급의 투쟁이 더 철저하고 결연해질수록 소자산계급 군중들이 더 무산계급 주변으로 모여 단결하게 되고 자산계급 독재는 그만큼 더 동요할 것이기 때문이다. 스탈린파는 직접선거와 무기명투표인 국민회의가 사실은 지주자산계급 독재에 '민주의 장식'을 더해주는 것일 수밖에 없다고 생각한다. 그러나 동방으로 갈수록 자산계급은 더 비열하고 거기다 지주까지 있는데도 '직접선거와 무기명 투표의 국민회의'가 그들 독재의 '장식'이 될 수 있을까? 스탈린파는 중국의 지주와 자산계급에 대해 아직도 환상을 가지고 있다. 그것은 그들이 이전에 국민당을 중국의 국민혁명을 지도할 수 있는 세력이라고 생각했던 환상이나, 왕징웨이(汪精衛)가 토지혁명의 지도자가 될 수 있다고 생각했던 환상과 그 황당한 정도에서 얼마나 차이가 날까? 그들은 "레닌은 사회민주주의(즉 공산주의) 무산계급의 구호는 국민회의가 아니라고 생각했다."고 말한다. 그들은 레닌이 시월혁명에서 승리한 후에 썼던 19조 「입헌회의요강(立憲會議提綱)」의 제1조 첫 구절에서 바로 "입헌회의 소집의 요구가 혁명적인 사회민주당의 정강에 들어가는 것은 절대적으로 당연한 것이다. 자산계급공화국 안에서 입헌회의는 민주주의의 최고 형식이기 때문이다."라고 한 말을 완전히 잊었다. 그들은 또한 우리가 '단독'으로 국민회의의 구호만을 제기한다고 반대한다. 하지만 사실 우리는 처음부터 '국민입헌회의', '여덟 시간 노동제 실행', '토지 몰수'와 '중국의 국가독립 보장'이라는 혁명적 민주주의의 요구를 담은 네 가지 구호를 동시에 제기했다. 뿐만 아니라 뒤의 세 가지 구호로 국민회의의 내용에 충실을 기하고자 했다. 그들은 이치가 궁색하고 말문이 막히자 기상천외하게 레닌이 입헌회의를 해산한 후 모든 마르크스주의의 반역자(특히 카우츠키)가 자산계급 민주주의를 옹호하고 자산계급의 입헌회의를 옹호함으로써 무산계급 독재정권에 반대하는 것에 반박을 가했던 말들을 가지고 와서, 반혁명적이고 반민주적인 국민당 자산계급 군사독재하에 있는 지금의 중국에서 민주적인 국민회의의 구호를 제기하는 것에 반대하는 데 이용한다. 이건 완전히 '주제와 동떨어진 이야기'이며 계급의 입장을 혼란스럽게 만드는 것이다!

"이 구호('국민회의'의 구호를 가리킨다)로 모든 지주자산계급을 조직하여 중국의 소비에트 정권과 소비에트 운동에 저항하려고 한다." 거칠고 불충실한 반(半)바쿠닌주의자 스탈린파가 우리에게 퍼붓는 이런 근거 없는 비난은 식자라면 한번 웃을 만한 가치도 없는 것이다. 만약 어떤 이가 '국민회의'는 물론 자산계급민주주의의 구호지만 그것이 혁명의 구호인지 아닌지는 자산계급 정권에 대한 입장이 어떠한지를 보아야만 한다고 말한다면, 이건 곧 만약 '국민회의'의 구호를 채택하는 것이 단지 군사독재에 반대하고 현 정권하에서 의회제도와 평화로운 발전만을 위해 투쟁하는 거라면 그건 바로 자유파 개량주의의 기도지만, '국민회의'의 구호를 채택하는 것이 단지 군사독재에만 반대하고 의회제도만을 위해 투쟁하는 것이 아니라 무장폭동으로 자산계급정권을 근본적으로 전복시키려는 전망을 위해 투쟁하는 것이라면 그야말로 무산계급 혁명주의의 전략이라는 것이다. 이런 이야기라면 나는 완전히 정확하다고 생각한다. 스탈린주의자와 국민회의의 구호에 반대하는 모든 사람들도 이런 관찰과 분석의 방법으로 우리의 전략이 정확한지 아닌지를 평가해야 온당하다.

트로츠키 동지는 우리에게 말했다. "인터내셔널 제6차 대회에서 과도적으로 혁명민주구호를 채택하는 일을 부결한 것은 중국공산당을 구호 없는 상태로 빠뜨리고 그로 인해 반혁명시대에 군중을 동원하는 일을 진행할 수 없도록 한 것이다.", "공산당은 보편적이고 평등하며 직접적인 무기명 선거권을 기초로 한 전권을 가진 입헌회의의 구호를 제기할 수 있고 또 제기해야만 한다. 이 구호를 선전하는 가운데서 공산당은 자연스럽게, 이런 입헌회의의 소집이 반드시 성공하지 못할 수도 있으며 만약 소집에 성공한다고 해도 물질적인 권리가 여전히 국민당 군벌 수중에 있다면 이 입헌회의는 여전히 아무런 힘을 발휘하지 못한다는 점을 군중들에게 설명해야만 한다. 그리고 이로 인해 우리는 다시 노동자 농민의 무장이라는 구호를 제기할 수 있게 된다.", "'국민회의'(혹은 '입헌회의')의 구호는 '여덟 시간 노동제', '토지 몰수', '중국 민족의 완전한 독립' 등의 구호와 밀접하게 연관되어 있다. 이런 구호들은 중국혁명이 민주주의 단계에 놓여 있음을 드러내준다. 국제정치에서 공산당은 소련과의 연합을 요구할 것이다. 이런 구호들과 정확하게 결합하고 각 구호들을 적시에 제기한다면 공산당은 지하에서 걸어 나와 대중과 결합할 수 있고 대중의 믿음을 얻어 이를 통해 소비에트 건립을 촉진하며 직접적인 정권 탈취 투쟁의 시대를 앞당길 수 있다.", "적어도 무산계급의 가장 선진적인 사람들이 국민회의로 가는 길은 군사독재에 반대하는 폭동과 민중에 의한 정권 탈취라는 과정을 거쳐서만 가능하다는 것을 이해시킬 수 있다.", "이 구호('전권을 가진 국민회의')하에서, 공산당 선봉대는 자신의 주변에 노동자들과 피압박도시 평민과 수백만의 빈농 등 광대한 군중을 단결시킬 수 있고 국내외의 억압자들에 반대하는 폭동을 생각할 수 있다."라고. 이런데도 아직 분명하지가 않은가? 무정부주의자와 반(半)무정부주의자들이 입에서 나오는 대로 지껄여대는 것 말고, 트로츠키 동지가 이런 지시에서 말하는 자산계급 민주주의 의회, 즉 국민회의라는 구호의 활용이라는 게 자유파의 개량주의와 어찌 근본적으로 다르지 않은가?

'국민회의'라는 동일한 구호를 채택하지만 정치노선은 근본적으로 다른 것도 결코 지금이 처음이 아니다. 이전에 레닌도 혁명의 고조기인 1905년에 소수파 심지어는 자유주의 자산계급과 함께 '국민입헌의회'의 구호를 채택한 적이 있다. 하지만 정치노선은 근본적으로 달랐다. 전자는 민중의 무장폭동으로 짜르 정부를 전복하고 혁명정부를 세움으로써 이 구호를 실현할 것을 주장했다. 하지만 후자는 짜르 정권하에서 입헌회의의 실현을 희망했다. 혁명의 고조가 없었던 1907년에 레닌과 소수파는 모두 그 '6월 3일의 의회제도'를 이용해야 한다고 주장했다. 하지만 소수파의 경우 그들의 정치 노선은 의회 활동을 붙잡고 혁명 활동을 포기하려는 것이었지만 레닌은 의회 활동을 이용해서 혁명의 임무를 도우려 했다. 그러므로 우리 좌파 반대파는 이 국민회의의 구호에 대해 극좌나 무정부주의자나 반무정부주의자들과 투쟁할 뿐만 아니라 우파나 소수파 개량주의자들과도 투쟁한다.

우리 좌파 반대파 내부에는 물론 국민회의라는 구호가 자산계급 민주주의의 것이라고 해서 근본적으로 그것에 반대하는 무정부주의자나 반무정부주의자는 없다. 이른바 '공개된 개량주의자'도 지금은 이미 없어졌다. 하지만 이른바 '형식적인 혁명가', 즉 민주주의가 "사회주의로 넘어가는 과도기에는 반드시 혁명이라는 폭력을 사용해야만 한다"는 걸 인정하는 사람들은, 그것이 의식적으로 명료한 것인지 모호한 것인지의 차이만 있을 뿐 여전히 너무나 많은 것 같다. 토로츠키는 "이 두 가지 의견 모두 민주주의와 사회주의를 전 세계 인민과 각국의 사회발전 과정에서 두 단계로 보며 이 둘을 완전히 분리시킬 뿐 아니라 아주 멀리 떨어져 있는 것으로 간주하는 것"이라고 생각했다. 곧 '형식적인 혁명가'와 '공개적인 개량주의자'가 근본적으로는 마찬가지의 단계론적 오류를 범하고 있다는 말이다. 이런 단계론적 관점에서는 자연히 민주주의를 사회주의와 병존할 수 없는 것으로 간주하며 자산계급 민주주의를 절대로 자산계급 정권과 분리될 수 없는 것으로 간주하게 된다. 또한 자연히 국민회의라는 구호는 혁명의 폭력을 사용할 필요가 없으며 이 두 혁명의 과도기에는 단지 자산계급 정권하에서 평화적이고 합법적인 운동을 좀 하는 것, 곧 부분적인 민주주의적 요구로서 출판이나 집회의 자유 등을 쟁취할 수 있는 것이라고 본다. 이런 형식적인 혁명가들은[민지에(民傑)나 샤오천(小陳), 라오타(勞他) 등의 동지들과 같이] 미래의 단계에 대해서는 '무장폭동'이나 '무산계급독재', '처음부터 바로 사회주의 혁명'과 같은 혁명적인 구호(바로 이 때문에 그들은 공개적인 개량주의자와는 다르다.)가 있을 것이라고 생각하지만 그럼에도 두 혁명 사이에 존재하는 현 단계와 같은 과도기에 혁명민주 구호인 '국민회의'를 외치는 것에 대해서는 그 인식이 개량주의자와 다르지 않다. 바로 트로츠키 동지가 스탈린주의자들에 대해 예측했던 것처럼 "소자산계급 민주정당의 꼬리를 따라가면서, 민주의 구호에 대해 비혁명적이고 타협적인 해석을 한다." 그래서 그들은 스탈린주의자들과 이구동성으로 "국민회의를 소집해서 민중정권을 실현"(런징)하는 것에 반대하며 "국민회의를 통해 무산계급 독재를 실현하자"(두슈)는 이야기에 반대한다. 이는 트로츠키 동지가 지시한 "낙후된 자산계급 국가에서의 민주의 임무(국민회의는 당연히 자산계급 민주임무의 하나이다.-두슈)는 우리 시대에 직접적으로 무산계급 독재를 이끈다."라는 이 중국 혁명의 연속성을 완전히 단절시키는 것이다! 어쩌면 그들은 우리가 "민주적인 국민회의 선거를 통해서 무산계급 정권이 실현될 수 있다"고 생각한다고 오해할지도 모르지만 그렇다면 이건 엄청난 웃음거리이다! 만약 정말 이런 오해가 있다면 그것도 단지 그들이 "혁명의 폭력을 통해 국민회의를 시행할 필요가 없다"는 평화적인 관점에서 출발한 데서 기인하는 것이다. "철저하게 민주주의를 시행하는 국민회의에 대한 요구를 제기함으로써 이에 수반되는 무장폭동으로 무산계급 정권을 구현하며 동시에 철저하게 민주주의적인 국민회의를 구현하자는 것"이 바로 나의 관점이다. 평화롭게 무산계급 정권을 구현하는 것은 국민회의를 통해서도 불가능할 뿐만 아니라 소비에트를 통해서도, 노동자 농민의 민주 독재를 통해서도 모두 불가능하다.

좌파 반대파가 왜 이 문제에 있어서는 스탈린주의자들과 같은 길을 걸어가는가? 이것은 마찬가지로 단계론의 오류를 범하고 있기 때문이다. 그들은 단계론적인 편견을 가지고 있기 때문에 "국민회의를 통해서 무산계급독재를 구현한다"는 것의 진정한 의미를 이해할 수 없으며 단지 국민회의를 '타파'하고 '파괴'하거나(민지에 동지) 국민회의를 '몰아내거나'(라오타 동지) 해야만 무산계급 독재를 실현할 수 있다고 생각한다. 트로츠키 동지는 말했다. "우리 당이 무산계급을 독재의 길로 이끌어갈 수 있는 것은 단지 당이 최대의 의로운 기개로 철저하고 무조건적인 민주주의의 실현을 구호와 요구로 요청하기 때문이다.", "모든 자산계급 혁명, 특히 민족해방혁명의 경험에 비추어보면 전체인민대표정치체제라는 사상이 가장 단순하고 가장 기본적이며 가장 광대한 군중을 불러 모을 수 있는 사상임이 입증된다. 통치력을 점유하고 있는 자산계급이 '전체 인민의' 요구를 억압할수록 무산계급 선봉대는 우리의 깃발 아래서 갈수록 더 단결하게 되고 인민 대중도 갈수록 무산계급 선봉대의 주위로 더 단결하게 되며 동시에 자산계급 국가와 싸워 이길 진정한 승리의 정치적 조건도 갈수록 더 성숙해진다."라고. 트로츠키 동지의 지시 안에서 민주주의 정치체제는 오직 실현을 요구할 대상이지 '타파'하거나 '파괴'하거나 '몰아낼' 대상이 아니다. 게다가 시월혁명의 경험으로 보면 결코 입헌회의를 '타파'하거나 '파괴'하거나 '몰아내'서 무산계급 독재를 실현할 수 있는 것이 아니며 무산계급 독재를 실현해야 비로소 입헌회의를 소집할 수 있는 것이다. 트로츠키 동지는 중국혁명의 앞날에 대한 예측에서도 "무산계급이 민주의 구호 아래서(토지나 국민회의나 기타)… 정권을 획득했을 때는 반드시 국민회의를 소집해야 한다… 즉 소비에트 정치체제는 국민회의의 정식 통과를 받아들여야 한다."고 말했다. 국민회의를 '타파'하거나 '파괴'하거나 '몰아내어' 무산계급 독재를 실현하자는 식의 말은 한 적이 없다. 만약 '타파'하거나 '파괴'하거나 '몰아내는' 것이 구체적인 자산계급 정부가 소집한 어용의 국민회의거나 아니면 무산계급 독재가 실현된 이후 의회제도의 최종적인 운명에 대해서라면, 그건 지금 우리가 논쟁하는 혁명 전략에서는 어떤 중요한 의미도 가지지 못한다.

이 밖에 츠성(赤聲) 동지가 말한 것처럼 "중국 민족의 완전한 독립과 토지혁명을 쟁취하는 것은 제3차 혁명 안에서 철저하게 해결될 것이며 현재 국민회의의 구호를 채택하는 전략은 공산당으로 하여금 지하에서 걸어 나와 대중과 결합하게 하는 것…"이다. 칭광(晴光) 동지는 츠성의 이런 논법에 반대하면서도 스스로는 '중국의 문제를 근본적으로 해결하는 것은 '국민회의'라는 것과 '중국의 모든 근본적인 문제는 국민회의 안에서 해결될 수 없는 것'이라는 이 두 가지 설 사이에서 동요하고 있다. 이러한 설들 역시 단계론에서 출발한 것이어서 더욱 혼란스럽다. 사실 '국민회의'나 '민족독립', '토지혁명'은 모두 자산계급 민주주의 임무의 하나이지 그 가운데 어떤 것은 현재 해결할 수 있고 어떤 것은 3차 혁명이 있어야 비로소 해결될 수 있고 한 것이 아니다. 또한 국민회의는 어떤 국민회의라도 '민족독립'과 '토지혁명' 같은 문제들을 해결할 수는 없는 것도 아니다. 반혁명적이고 반민주적인 국민당 자산계급 정권이기에 '민족독립'과 '토지혁명' 같은 민주적 임무를 해결할 수 있는 국민회의를 소집할 수 없는 것이다.

리우런징(劉仁靜) 동지는 단계론자들이 국민회의의 구호가 비혁명적이라고 해석하는 것에 대해서는 반대하지만 그 역시 또 다른 잘못된 길로 가고 있는데 곧 소위 "국민회의는 무산계급 독재의 통속적인 공식"이며 "우리가 요구하는 국민회의와 소비에트 정권은 같은 것"이라고 생각하는 것이다. 이것이 단지 말하는 방식의 차이일 뿐이며 실제는 그 자신이 말한 대로 "진정한 국민회의는 반드시 무산계급 독재와 동시에 실현된다."는 것이거나 또는 결국 그 자신의 해석처럼 "종전에 국민회의는 무산계급 독재의 통속적인 공식이라고 말했을 때 본래 내가 중시한 것은 단지 무산계급이 국민회의의 구호를 통해 정권탈취운동을 한다는 의미"라면 우리 사이에는 논쟁이 필요 없다. 하지만 문제는 이처럼 간단하지 않다. 근본적인 쟁점은 여전히 런징 동지가 가장 초기에 해결해야만 하는 자산계급 민주주의의 임무라는 것에 근거해서 결국은 국민회의와 무산계급 독재의 소비에트 정권 양자 사이의 계급성의 차이를 인정하지 않는다는 점에 있다. 설마 이 둘이 모두 자산계급 민주주의라는 것인가? 무산계급의 동력과 그것이 각 계급과 맺는 관계의 변화에 의해 형성되는 정권의 계급성이 그것이 초기에 해결해야만 하는 직접적인 임무와 뒤섞여서는 안 된다는 것은 가장 평범한 이치이다. 나는 런징 동지가 무산계급 독재의 소비에트 정권을 자산계급 민주주의로 간주한다고는 믿지 않는다. 하지만 그렇다면 설마 양자가 모두 자산계급 민주주의가 아니라는 것인가? 만약 우리가 자산계급 민주주의와 자산계급 정권을 절대 불가분인 하나의 것으로 간주한다면 이로 인해 어떤 국민회의라도 모두 자산계급 민주주의의 범위를 넘어서지 못하다고 생각한다면 무산계급이 국민회의의 구호하에서 투쟁하는 것은 단지 자산계급 통치의 정권을 실현하는 것일 수밖에 없다. 이것은 당연히 단계론의 오류이다. 그러나 무산계급 정권하에서 소집되는 국민회의라는 것 때문에 그것이 가지고 있는 자산계급 민주주의적 속성을 부정해서는 절대로 안 된다. 이런 부정은 마찬가지로 "자산계급 민주주의와 자산계급 정권을 분리할 수 없다"고 보는 그러한 관점에서 출발하는 것이다. 반혁명적이고 반민주주의적인 국민당 자산계급 통치하에 있는 중국에서 자산계급 민주주의의 임무는 비록 국민회의, 또는 민족독립이나 토지혁명 같은 것들이라도 모두 농후한 반(反)자산계급 반군사독재의 성격을 띠고 있다. 하지만 이것은 단지 장차 중국 무산계급 독재의 민주단계가 아주 빠르게 사회주의 단계로 넘어갈 수 있을 것이라고 가정하는 이유로 삼을 수 있을 뿐이다. 만약 어떤 사람이 이것 때문에 이런 임무들이 사회주의적이지 자산계급 민주주의적인 것이 아니라고 생각한다면 그건 절대로 마르크스주의적인 견해가 아니다. "제3차 중국혁명은 시작부터 사회주의 혁명이다"라는 식의 이야기를 하는 런징 동지는 물론 또한 '국민회의'나 '민족독립', '토지혁명'처럼 명백히 민주적인 임무를 모두 사회주의의 임무로 간주할 것이다. 런징 동지는 아마 양자 모두 단지 '맨 머리의' 민주주의이며 계급적인 차이가 없다는 식의 제3의 입장을 택할 수도 있다. 런징 동지가 분명하게 이야기한 적은 없지만 내가 생각하기에 런징 동지는 확실히 민주주의 위에 '자산계급적'이라는 형용사를 붙이는 것을 종종 혐오했던 것 같다. '민주주의는 자산계급적인 것이 아니라는'(대략 이런 의미의) 그런 이야기도 한 적이 있는 것 같고, 최근에 그는 또 자신이 이해하는 민주 구호의 내용은 자산계급 민주주의가 아니라 농민 민주주의라는 점을 분명히 하기도 했다. 그러나 실은 중국의 자산계급이 민주적이 아니라는 것과 역사적으로 자산계급 민주주의 제도가 존재했던 것은 별개의 사실이며, 모든 마르크스주의 문헌에서 '민주제도', '민주 임무', '민주구호'라고 말하는 것들은 모두 자산계급 민주주의를 가리키는 것이다. 우리는 계급사회 안에 초계급적인 민주주의가 있을 수 있다는 걸 상상할 수 없다. 우리는 또한 현대사회에서 자산계급 민주주의와 무산계급 민주주의 외에 또 다른 민주주의가 있을 수 있다는 것도 상상할 수 없다. 런징 동지는 온갖 방법으로 국민회의가 자산계급 민주주의 구호라는 것을 부정하며 회피하는데 바로 이 점에서 그는 비록 발표되는 형식은 다르고 어떤 때는 완전히 상반되는 경우도 있지만, 스탈린파나 샤오천(小陳) 동지 등과 근본적으로 마찬가지로 "자산계급 민주주의와 자산계급 정권은 분리될 수 없다"는 관점을 가지고 있다.

우리는 왜 이 두 가지 사이에서 계급적인 차이를 고수해야만 하는가?

이것은 결코 어휘의 사용이나 단순한 조직 형식 문제에 대한 논쟁이 아니며 양자는 각각 서로 다른 내용을 가지고 있기 때문이다. 즉 국민회의는 설령 무산계급 정권하에서 소집되는 국민회의라도 소자산계급 군중 특히 농민에 대한 타협을 배제할 수 없다.(그렇지 않다면 국민회의를 소집할 필요가 없어진다.) 그것은 절대로 공개적으로 착취계급의 참가권(보통선거제)을 박탈할 수 없다. 즉 착취자의 민주주의 범위 밖으로 완전히 벗어날 수는 없다. 그것은 단지 민주의 임무를 해결할 수 있을 뿐이다.(무산계급 정권하에 있기 때문에) 무산계급 소비에트 정권은 피착취자 대중의 민주주의이다. 그것은 착취계급의 민주주의에 비해 형식적으로 더 고도로 발전되어 있으며 그 성격에도 근본적인 변화가 있다. 그것과 농민의 관계는 새로운 형식으로 확정된다. 즉 중농은 제외하고 빈농이라도 "무산계급 독재의 철의 기율의 범위 내에 있는 노동자 농민 연합으로 귀속"되어야 한다. 그것은 단지 민주의 사명을 해결할 수 있을 뿐만 아니라 사회주의로의 전환을 가장 건전하게 보장할 수 있는 유일한 형식이다."(레닌) 만약 국민회의와 소비에트 정권이 같은 것이라면, 계급적인 의미에서나 역사적인 의미에서나 어떤 차별도 없다면 트로츠키 동지는 단지 이 이름만 다르고 실질은 같은 구호 안에서 더 회색적인 하나를 골라서 이것이 바로 혁명 과도기 혁명민주의 구호이다 라고 우리에게 말한 것에 불과하다! 그렇다면 이것 역시 너무 지나친 어린애 장난이 아닌가?

어쩌면 어떤 이는 우리 무산계급 당이 자산계급 민주주의의 구호를 채택한다면 그게 어찌 자산계급과 타협을 도모하는 것이 아니겠는가라고 물을지도 모른다. 우리는 아니라고 대답한다. 중국의 자산계급은 민주주의를 두려워한다. 우리가 자산계급 민주주의의 구호를 택하는 건 자산계급과 타협하는 것이 아니라 소자산계급 군중 특히 농민과 타협하는 것이다. 트로츠키 동지의 견해에 의하면 "민주주의 정치 형식에 관한 문제는 단지 소자산계급 군중과의 관계의 문제만이 아니라 아직 혁명적인 계급의식에 이르지 못한 노동자 군중과의 관계에 대한 문제이기도 하다." 이 말은 맞다. 농민뿐만 아니라 대부분의 노동자 역시 무산계급 소비에트 민주주의의 위대함을 미리 보지 못한다. 그들이 보는 것은 자산계급 민주주의에 대한 환상이다.(소위 소자산계급 민주주의라는 것이 바로 그들이 자산계급 민주주의에 대해 가지고 있는 고도의 환상의 표현이지 결코 자산계급 민주주의 외에 특별히 다른 무슨 소자산계급 민주주의나 혹은 농민 민주주의 같은 것이 있는 게 아니다.) 특히 이런 환상을 살아 있는 투쟁 경험으로 입증해본 적이 없는 농민들이 무산계급 독재에 선천적으로 찬성할 리가 없다.

이외에 우리가 국민회의는 자산계급 민주주의 구호라는 걸 또 반드시 부정하고 회피해야 할 무슨 이유가 있는가. 자산계급 민주주의의 구호를 택하면 반(反)자산계급 민주투쟁을 할 수 없다는 것인가? 역사적으로 (특히 프랑스 혁명사에서) 민중들이 민주의 요구를 실현하기 위해 자본주의 계급 정권에 반대하는 무장폭동을 일으킨 적이 없다는 것인가? '국민회의'만이 아니라 '민족독립'이나 '토지 몰수'와 '여덟 시간 노동제'와 같은 구호들도 자산계급 민주주의의 범위를 넘어서는 것들이 아닌데 그러면 그것들도 하나하나 부정하고 회피해야만 하는가?

이전에 어떤 이들이 '민주주의'라는 명사가 기회주의에 오염되어 있지 않은가 하는 우려 때문에 그것을 기피하고 '데모크라시'로 그것을 대신한 적이 있다. 또 어떤 이는 '자산계급 민주의 임무'라는 말을 기피해서 아무 수식이 없이 '민주의 임무'라는 것으로 그것을 대신하고 싶어하기도 했다. 하지만 이건 모두 눈 가리고 아웅하는 식이다! 우리는 이런 의식 없는 짓을 계속해서는 안 된다! 트로츠키 동지가 우리에게 지시한 말을 단단히 기억해야만 한다. "민주의 구호하에서 강력한 선동을 수행한다. 만약 우리가 여기에서 주도적인 위치에 서 있다면 스탈린 관료파는 낙오하고 후퇴하게 될 것이며 볼셰비키 레닌파는 단시간 안에 거대한 정치 역량으로 바뀔 것이다."

우리는 보통 선거, 전권을 갖는 국민회의와 같은 민주적 구호에 대해 지금까지 주도적인 위치에 서서 강력한 선동을 수행한 적이 없다. 업무를 게을리한 주된 원인은 아마도 여전히 우리 각자가 많건 적건 간에 스탈린 관료파의 선전과 비난의 영향을 받았기 때문일 것이다. 무자각적으로 사상적으로 그들 뒤에서 국민회의는 자산계급 민주주의 구호라고 경멸하는 그런 심리적인 암초 말이다. 런징 동지가, 제1 인터내셔널 시기에 바쿠닌파가 자산계급의 민주적인 요구를 담은 구호를 제기하자 스탈린주의자들이 그것을 반(反)마르크스주의적인 것이라고 경멸하고 저주했던 것에 대해 낡은 논조를 그대로 답습하는 것이라는 엄정하지 않은 비판을 했으면서도, 자신은 도리어 아주 계면쩍어하면서 국민회의가 자산계급 민주주의 구호라고 서둘러 부정하고 회피한 것, 이것이 바로 그 명백한 예증이다. 그는 국민회의의 구호가 무산계급 독재의 소비에트 정권과 분리되지 않아야만 우리가 그 구호를 채택할 수 있다고, 만약 우리가 자산계급 민주의 구호를 택한다면 그건 바로 좌파 반대파의 체면을 깎아내리는 일이라고 생각하는 것인가!

민주의 구호에 대해 취하는 이런 경멸과 태업(애국운동에 대한 경멸, 태업과 마찬가지로)의 상황이 계속되도록 그냥 내버려두어도 되는 것인가? 우리는 반드시 결연히 신속하게 이것을 바꾸어야만 한다!

1932년 10월 1일 『교내생활』 제4기, 서명: 두슈(獨秀)

56 변론서

辨訴狀[1)]

내 나이 향년 55세니, 약관의 나이부터 전제정치에 저항하고 북양군벌에 저항하고 봉건사상에 저항하고 제국주의에 저항하느라 분주히 뛰어다니면서 여기저기 호소하며 중국의 개혁을 도모해온 지 이제 삼십여 년이 된다. 전반기, 즉 '오사' 이전에는 지식인 쪽에 전념해서 활동을 했고 후반기에는 노동자 농민과 같은 인민 쪽으로 방향을 바꾸었다. 세계대전 이후 세계혁명의 대세와 국내 상황이 분명하게 보여주는 것들 때문에 이러한 전환이 불가피했다.

반식민지요, 경제가 낙후된 중국은 밖으로는 국제 자본제국주의에 묶여 있고 안으로는 군벌관료에게 묶여 있다. 민족의 해방과 민주정치의 성공을 바란다면 절대로 나약하고 타협적인 상층의 착취계급, 오로

1) [원주] 천두슈는 1932년 10월 15일 상하이에서 국민당정부에 의해 체포되었고, 1933년 4월 14, 15, 20일 장쑤고등법원 가(假)장닝(江宁)지방법원 형사 제2 법정에서 세 차례의 재판을 받았다. 천두슈는 세 번째 재판에서 범죄 증거에 대한 항변을 하면서 이 변론서를 썼다. 4월 26일 장쑤고등법원 형사 제2 법정에서 이른바 '민국에 해를 끼친 죄(危害民国罪)'로 13년 형을 판결 받았다. 천두슈는 판결에 불복하고 6월 15일 「항소장」을 썼고, 1934년 6월 30일 장쑤최고법원에서 징역 8년의 종심 판결을 받고 장쑤 제1 감옥에 수감되었다. 1937년 항일 전쟁이 발발하자 국민당 정부는 8월 21일 천두슈의 형을 삼 년 감형하고 석방하여 23일 출옥했다.

지 자기 처자식만 보호하려고 하는 그자들이 피로 자유를 사는 이 대업을 수행할 수는 없다. 뿐만 아니라 그들은 그들이 짓밟아온 하층민중이 떨쳐 일어나는 것을 제국주의나 군벌관료보다 더 싫어하기 때문에 또한 이런 대업의 완수를 바라지 않는다. 오직 가장 억압을 받으며 가장 혁명적인 노농인민과, 전 세계 제국주의와 군벌관료에 저항하는 무산계급세력이 일치 연합하여 혁명의 성난 물결을 이루고 그 속에서 대외적으로는 제국주의의 지배를 물리치고, 대내적으로는 군벌관료의 억압을 일소하는 방법밖에 없다. 그런 후에야 중국의 민족해방과 국가의 독립과 통일, 경제발전과 인민의 생활향상을 비로소 기대할 수 있다. 노농인민의 일반적인 투쟁과 중국민족해방투쟁은 이미 그 기세가 합쳐져서 나란히 나아가고 있으며 양자를 분리할 수 없게 되었다. 이것이 내가 '오사'운동 이후 중국공산당을 조직하게 된 원인이다.

공산당의 최종 목적은 물론 착취가 없고 계급이 없는, 사람마다 '각자의 능력을 다 발휘하고 필요한 것을 취하는' 자유로운 사회이다. 곧 모든 생산수단이 사회의 공유로 귀속되고, 사회의 공공기관이 민중의 필요에 따라 생산과 소비의 균형을 계산하여 계획적인 생산과 분배를 실행함으로써 사회의 물질생산력이 지금의 사유재산제와 자유경쟁의 자본주의 사회에 비해 더 고도로 발전하게 하고, 사회의 물질적 역량이 갈수록 각각의 필요를 채울 수 있을 정도까지 발전하게 하는 것이다. 그러므로 공산주의는 경제학적으로 볼 때 자본주의가 봉건제보다 우월한 생산제도인 것처럼 자본주의보다 더 고도로 발전된 생산제도이다. 이것은 결코 세상 사람들이 생각하는 것처럼 단순히 가난한 사람들이 부자들의 재산을 빼앗는 그런 것을 의미하지 않는다. 이런 생산제도는 또한 절대로 우리가 공상으로 만들어낸 것이 아니다. 경제가 낙후되어 있던 러시아에서 이미 초보적으로 시도되어 초보적인 성공을 거두었다. 전 세계의 자본주의 국가들 가운데는 경제공황의 심연에 빠지지 않은 나라가 없지만 소련만은 갈수록 번영하고 있어서 이 새로운 생산제도의 두드러진 효력은 모두가 다 아는 사실이 되었다.

전제정치를 전복한 혁명이 일어난 것은 중국이 소련보다도 7년이나 앞섰는데 지금 그 성패를 보면 거의 비교가 안 될 지경이니 그 이유를 깊이 생각해볼 만하다. 어떤 이는 공산주의가 중국에 적합하지 않다고 하는데 그건 망언이다. 이 최종적인 목적은 절대 하루아침에 이루어질 수 있는 것이 아니며 '평화적으로' 실현될 수 있는 것도 아니다. 이 목적을 실현하기 위해 그 길의 장애물들을 제거하는 것이 중국공산당의 당면 임무이다.

그 하나는, 제국주의에 저항하여 중국의 독립을 완성하는 것이다. 무릇 중국의 세관, 광산, 공장, 금융, 교통 등 경제의 명맥은 모두 직간접적으로 제국주의의 지배하에 있다. 혁명적인 행동을 취하지 않고는 우리를 통제하는 이런 족쇄들을 분쇄할 수 없으며 중국의 민족 산업은 발전의 가능성이 없다. 열강의 육해공군이 전국의 대도시를 위협하고, 일본은 더구나 무력으로 중국 영토의 오분의 일을 강점했는데 저항하지 않고 빈말로 속이기만 한다면 이는 모두 매국과 같은 죄를 범하는 것이다. 그러니 무슨 '민족주의' 운운할 수 있겠는가?

하나는, 군벌관료에 저항하여 국가의 통일을 실현하는 것이다. 무릇 군벌관료들이 제멋대로 내부 전쟁을 일으켜 경제를 파괴하고 제멋대로 각종 납부금과 세금을 증가시키고 공채를 발행하여 개인의 주머니를 불리고, 제멋대로 법률을 제정하여 인민의 자유로운 권리를 박탈하고, 제멋대로 자기사람을 임용하면서 인재들을 쫓아내거나 억압하고 정치의 효율성을 파괴하며 심지어는 제멋대로 아편을 재배하고 판매해서 인민에게 해독을 끼치기까지 한다. 이런 군벌관료 정치를 철저하게 청산하지 않고는 국가의 통일이나 국민의 힘 신장 같은 것은 모두 말할 수가 없다. 국가가 통일되지 않고 국민의 힘이 신장되지 않고, 국외적으로는 제국주의 통치가 무너지지 않고 국내적으로는 군벌 관료의 해악이 제거되지 않는다면 이른바 자본주의 경제의 독립적인 발전이라는 것 역시 잠꼬대 같은 소리가 된다. 중국은 결국 반식민지가 되고 결국 낙후되게 될 것이다.

하나는, 노동자 농민의 생활을 개선하는 것이다. 근대 산업 노동자와 그들이 이끄는 농민은 제국주의에 저항하는 주요 역량이다. 자본가, 지주와 그들의 정부는 물질적 정신적으로 노동자 농민을 억압할 뿐만 아니라 제국주의가 중국민족해방투쟁을 좌절시키는 칼날이기도 하다. 농업국인 중국에서 농민의 쇠락은 민족 멸망의 위기와 같다. 만약 지주의 토지를 몰수해서 가난한 농민들에게 돌려주지 않고 농민들이 종신토록 수고한 것들이 지주의 착취에 바쳐진다면 단지 농업의 쇠락과 농촌의 파산을 구제할 수 없을 뿐만 아니라 농민의 구매력이 갈수록 약해져 도시의 공상업에도 직접적인 영향을 주게 될 것이다. 설령 도시에서 자본을 가져와 농촌에 대출기관을 설립한다고 해도 농민에 대해서는 착취기관이 늘어나는 것에 불과하다.

하나는 철저하게 민주적인 국민입헌회의를 시행하는 것이다. 무릇 현인정치와 보육(保育)정책은 이미 근대국가에는 맞지 않으며 민주공화국에서는 존속될 수 없다. 북양군벌이 이미 없어졌으니 그것을 대신할 것은 마땅히 오직 인민의 권력이어야만 한다. 만약 여전히 현인과 보육을 숭상한다면 누가 현인이라서 스승 노릇을 감당하고 보육의 권리를 가지며 이것을 어떤 기준으로 하겠는가. 북양군벌이 다시 그것을 주관하게 될 것이다. 하물며 전에 없는 외환(外患)으로 시달리는 지금, 인민들에게는 조직이 없으니 힘이 없고 정치적인 자유가 없으니 책임감도 없고 또한 책임감을 부과할 수도 없다. 그러니 당장 전국의 인민에게 집회 · 결사 · 언론 · 출판 등의 완전한 자유를 실현하고 보통 선거로 전권을 가진 국민입헌회의를 수립해서 흉악한 매국노인 군벌관료들을 제재하고 모든 정권을 인민에게로 되돌리며 전국 인민의 역량을 결집해서 전국의 긴급한 문제들을 해결하지 않는다면 오늘날 어떻게 나라를 바로 세우겠는가!

무릇 이것은 중국 민족의 이익을 위한 것이며 국가 전체 인구의 대다수를 차지하는 노동인민의 이익을 위해 분투해야 할 대강을 말한 것으로 내가 이전이나 지금이나 전 중국에 공포해서 전국 대다수 인민들에게 찬반을 묻고 싶었던 일들이다. 공산당은 무산계급과 일체의 피착취 피압박 인민을 대표하는 정당으로, 그것의 성공은 다수 인민의 지지에 의존해야 하는 것이지 소수의 영웅주의를 숭상해서는 안 되며 음모자들의 집단에 의존해서는 더더욱 안 된다. 내가 이전에 행한 일들은 다 이런 것들이고 이런 뜻으로 한 것이며 지금과 장래에 생각하고 하려는 것 역시 이런 일들이고 이런 뜻이다. "나라를 위해 몸 바쳐 일하길 죽을 때까지 하려는 것[2)]!" 숨이 붙어 있는 한 나는 전국 인민이 외국 제국주의와 본국 독재자의 이중의 창검하에서 전전하며 비명을 지르는 것을 보고도 떨쳐 일어나 싸우지 않는 것은 차마 할 수가 없다.

지금 국민당 정부는 내가 시종 혁명에 몸 바쳐왔다는 것 때문에 나를 체포하고 또 검찰로 하여금 법원에 나를 '민국에 해를 끼치고' '나라를 배반'한 죄목으로 고소를 하게 했는데 나는 절대로 이것을 인정할 수 없다. 뿐만 아니라 정부가 고소한 내용은 내가 생각하고 행동한 것과는 완전히 상반된다. 나라란 무엇인가? 토지, 인민, 주권의 총화이다. 이것은 근대 자산계급 국가의 법학자들이 말하는 공통된 이론이지, 소위 '공산당

2) 원문은 "鞠躬盡瘁, 死而後已鞠."이다.

의 터무니없는 말'이 아니다. 그러므로 소위 '나라를 망하게 한 것'이란 언제나 다른 민족이 들어와 그 토지와 인민과 주권을 점거하는 것을 가리켜 하는 말이지 본국의 어떤 당파가 다른 당파의 정권을 전복시켜서 그것을 대신하는 것을 '나라를 망하게 한 것'이라고 할 수는 없다. '나라를 배신했다'는 것은 무엇인가? 평상시와 전시의 외환죄, 기밀누설죄 등이 나라를 배반한 죄상들이며 형법에서는 이들 모두에 대해 구체적으로 명시하고 있어서 절대로 추상적인 명사로 되는 대로 겨냥해서 적용할 수 있는 것이 아니다. 만약 정부와 국가 간에는 구분이 없으며 정권을 장악한 자가 곧 국가라고 한다면, 곧 프랑스 왕 루이 14세가 말한 것처럼 '짐이 곧 국가'라고 한다면 그건 말할 것도 없이 근대 국가의 법학자들이 이미 폐기해버린 것이다. 만약 야당이 국가에 충성하지 않고 인민의 자유와 권리를 침해하는 정부 여당에 저항하면서 그 정권의 전복을 주장하는 것을 곧 '나라를 배반'하는 것이라고 한다면 동서고금을 막론하고 혁명당 중에는 '나라를 배반'하지 않은 당이 없을 것이며 국민당 역시 '나라를 배반'한 적이 있으니 위안스카이가 일찍이 쑨원과 황싱(黃興)을 '국적(國賊)'이라고 한 것은 얼마나 적절한 말인가?! 민국이란 무엇인가? 민주공화국을 말하는 것이니, 곧 군주전제국과 구별되는 명칭이다. 구미 각국에서 전제정치의 전복은 유혈로 민주를 쟁취한 것인데 그 내용은 다른 것이 아니라 바로 헌법상의 집회 결사 언론 출판 신앙의 자유와 권리를 힘써 쟁취하고 '참정권이 없으면 세금도 내지 않는다.'는[3] 원칙을 실천한 것일

3) 원문은 "不參政,不納稅"이다. "대표 없이는 세금내지 않는다(无代表, 不纳税)"라고도 하며 "No taxation without representation"의 중역이다. 이 구호는 1750~1760년대에 제기되었으며 영국 의회에 대표 파견권을 주지 않으면 세금도 내지 않겠다는 의미로 당시 영국 식민지 국민들의 불만을 표출한 것이고, 미국혁명의 주된 원인의 하나가 되기도 했다.

뿐이다. 이것은 비단 민주공화국에서만 그런 것이 아니라 민주정치를 실시하는 군주국에서도 마찬가지이다. '민국에 해를 끼쳤다'는 것은 무엇인가? 공화정부가 인민의 자유를 박탈하고 인민의 참정권을 박탈한다면 그건 바로 공화제가 전제정치로 가는 첫걸음이다. 로마의 역사와 19세기 프랑스, 중화민국 초기의 역사가 모두 같은 교훈을 우리에게 남기고 있다. 설령 그렇지 않다고 하더라도 인민에게 권리와 자유가 없으면 크고 작은 무관의 제왕들이 도처에서 위세와 부를 마음대로 휘두르게 되고 법률은 단지 힘없는 백성들만 제재할 수 있게 되므로 문무고관들, 즉 혈통이나 신분을 논하는 자들은 공화의 이름을 걸고 실제로는 전제정치를 할 것이다. 실질은 없이 이름만 남은 공화라면 군벌의 괴수나 민중의 적도 '세 번 공화국을 만들었다'[4]고 자처할 수도 있으며 황당무계한 사람들은 또 그들을 '공화의 공신'이라고 부르기도 한다. 하지만 그 실질은 민권을 파괴하는 것이며 그 죄는 복벽(復辟)과 마찬가지로 민주공화국의 실질을 해치는 것이다. 만약 집회 결사 언론 출판 신앙 등의 인민의 자유와 권리를 쟁취하기 위해 노력하고, 철저하게 민주적인 국민입헌회의를 시행해서 군벌관료를 제재하려고 노력하는 것이 '민국에 해를 끼치는 것'이라면 소위 민국이라는 걸 어떻게 해석해야 할지 모르겠다.

국민당은 전국 인민의 고혈을 다 짜내 병사를 키우고 전국적인 군대를 보유해서 인민을 수탈하고 반대파를 살해하면서 일본의 국토 침략에 대해서는 시종 진정한 저항을 하지 않았을 뿐만 아니라 인민의 저항을 저지하고 인민의 조직을 파괴했으며 인민의 입을 막아 '조용히 지내

4) 원문은 '三造共和'이다. 돤치뤠이(段祺瑞)가 신해혁명 이후 1912년 청 황제의 폐위를 요구했던 사건을 '一造共和', 이후 복벽을 시도했던 위안스카이 사후 리위안훙을 대총통으로 세웠던 사건을 '二造共和', 1916년 다시 장쉰의 복벽 시도를 막고 펑궈장(馮國璋)을 총통으로 세웠던 사건을 '三造共和'라고 부른다.

며' '침착하게 대응'하도록, 즉 길들여진 양처럼 국민당의 지휘하에서 제국주의에 굴복하도록 했다. 그래서 전국이 도탄에 빠지는 지경에 이르렀는데도 사람들에게 일체 다른 말을 못하게 하고 집안에서는 다른 이야기를 못하게 했다. 나는 인민 스스로 조직과 무장을 확대해서 제국주의에 대해 민족해방전쟁을 수행하고 동북 문제를 해결하고 국가의 독립을 완성할 것을 주장했는데, 그렇다면 묻건대 누가 '나라를 배신한 것'인가!

국민당 정부는 당부(黨府)로 의회를 대체하고 훈정으로 민권을 대체하고 특별법[민국위해긴급조치법(危害民國緊急治罪法)과 출판법 같은 것]으로 형법을 대체하고 군법으로 보통 인민을 체포, 재판, 살해했으며 총검으로 인민의 자유와 권리를 없애버렸다. 그들은 인민 위에 높이 앉아서 자신들을 제갈량이나 이윤(伊尹)[5]으로 여기면서 인민들에게 아두(阿斗)[6]와 태갑(太甲)[7]을 위해 싸우라고 질책한다. 바야흐로 일본 제국주의가 '힘으로 사람을 굴복시키는' 정책으로 우리나라를 대하고 있고 국민당 정부도 또한 똑같은 태도로 국민을 억압하다가 최근에는 갑자기 공공연하게 '당 국가를 배반'한 죄를 씌워 한 신문기자를 처형한 상황이다. 그러나 나는 민주공화국의 실질인 인민의 자유와 권리를 위해 싸웠고, 전권을 가지는 국민입헌회의에서 보통선거를 실시하기 위해 싸웠으며 민주주의가 역사적으로 최고인 단계까지 확장되도록 하기 위해 투쟁하였다. 나는 민국을 찬탈해서 '당국'을 삼으려는 기도는 지금까지도 한 적이 없고 앞으로도 하지 않을 것이다. 그럼 묻건대, 누가 '민국에 해를 끼친 것인가?

5) 상(商) 왕조 시기의 유명한 정치인이자 사상가.

6) 촉한(蜀漢)의 황제 유비의 아들 유선(劉禪)으로 재위기간 동안 제갈량을 아버지로 모시며 보좌를 받았다.

7) 상(商)의 탕왕의 장손인 태정(太丁)의 아들이자 4대 군주로 즉위 후 원로인 이윤의 보좌를 받았다.

그러므로 나는 정부가 소송을 한 내용들이 내가 생각하고 행동한 것들과는 상반된다고 말하는 것이다.

공산당원이 되는 게 곧 범죄행위라고 한다면 프랑스나 영국이나 스위스 같은 서구의 민주국가들에서는 그런 경우가 거의 없다. 이런 나라들에서는 공산당원이라도 집회 출판 선거참여의 자유로운 권리를 가진다는 점에서는 일반 인민과 다르지 않다. 만약 인민이 정부나 정부의 어떤 개인에 대해 반대하는 것을 바로 유죄로 간주한다면 그건 이천 년 전 주(周)나라의 여왕(厲王)이 비방을 감시하는 무(巫)를 두었던 것이나[8] 진시황이 항간에서의 논의를 금하고 모여서 이야기하는 것을 처벌했던 것이나 그보다 더 심하게는 마음속으로만 불만을 가지고 있어도 처벌을 했던 한무제 시절의 이야기니 그때는 진실로 언론의 자유라고 할 만한 것이 없었다. 그러나 20세기 민주공화국에서 이런 괴이한 현상이 있어서는 안 될 것이다. 만약 공산주의를 선전하는 것이 곧 '삼민주의와 서로 용납되지 않는 주의를 선전하는 것'이기 때문에 '민국에 해를 끼치는'(〈민국위해긴급조치법(危害民國緊急治罪法)〉 제6조에서처럼) 것으로 간주된다면 이것은 바로 중세기 서구의 종교법정에서 이교도와 과학자들을 박해하던 것과 같은 수작이다. 그때는 정말 공인된 신앙의 자유가 없었기 때문에 그것이 가능했던 것이지 지금의 민국에서는 절대로 용인될 수 없는 일이다. 민국에서도 만약 이런 것이 용인된다면 그것은 일본 제국주의가 말하는 '중국은 근대국가가 아니다'라는 설이 무고함을 입증해주는 일이 될 것이다.

요컨대, 나의 평생의 언행은 광명정대하여 국민들에게 널리 알릴 수 없

8) 주나라 여왕이 무를 두어 백성들의 행동을 감시하게 하고 국정에 대해 논하는 것을 금하면서 위반하는 자는 살해했던 전제 공포정치를 일컫는다.

는 게 없으니 나는 진실로 무죄하며 죄라고는 중국 민족의 이익을 옹호하고 대다수 노동 인민을 옹호해서 국민당에게 미움을 산 것 뿐이다. 예전에 '바리새인들'이 로마를 원수로 삼지 않고 유대인들의 자유를 위해 분투하는 '열심당'을 원수로 여겼던 것처럼, 지금 국민당이 원수로 여기는 것은 제국주의가 아니고 군벌관료도 아니고 제국주의에 철저하게 반대하고 군벌관료에 반대하면서 시종일관 가장 철저하게 민족민주혁명을 위해 노력하는 공산당원이다. 일본 제국주의는 바야흐로 산하이관(山海關)을 탈취하고 러허(熱河)를 공격하지만 국민당 군대는 오히려 장시(江西)로 집결해서 공산당을 상대하면서 그들을 죽이고 가두고 그것도 부족해서 위안스카이의 낡은 지혜를 본받아 회유와 협박을 함으로써 그들을 자수와 자백으로 유도한다. 하지만 이런 방법으로는 절대로 진정한 공산주의자를 소멸시킬 수 없으며 단지 국민을 지도할 염치만 파괴할 뿐이다. 이런 무리들이 지금 손에 권력을 쥐고 반대자들을 박해하는 일을 얼마든지 하고 있지만 나는 오직 민족과 민중을 위해 모든 희생을 견디며 천하 후세의 평판을 기다리고 있다. 만약 강권 외에 또 소위 법률이라는 것으로 사람을 죄로 몰아넣고 나에게 '국가를 배반했다' '민국에 해를 끼쳤다'는 무고를 한다면 나는 단 일분도 쉬지 않고 다시 소리 높여 항의할 것이다. 법원이 만약 어느 특정한 세력의 말에 완전히 복종하지 않고 대내외적으로 어느 정도의 사법독립의 체면을 유지하려고 한다면 조금도 망설이지 말고 내게 무죄를 선고해야 하며 정부로 하여금 내게 구금기간 동안 입힌 경제적 신체적 손실을 배상하도록 판결을 내려야 할 것이다!

민국 22년 2월 20일 천두슈(陳獨秀)

「천두슈선생변론서(陳獨秀先生辯訴狀)」

57 항일전쟁의 의미

10월 6일 우창화중대학 강연

抗日戰爭的意義-十月六日在武昌华中大学讲演

전 국민이 요구하는 항일 전쟁이 이미 시작되었다. 왜 항전을 해야 하는가? 일반적으로 하는 말은 일본이 우리를 너무 심하게 억압했기 때문이라는 것이다. 이 말은 물론 맞지만 너무 피상적임을 면할 수 없다. 일반 민중, 특히 지식인들은 조금 더 깊은 의미를 명료하게 인식해야만 한다. 항전은 일시적인 감정에 기반한 것이 아니다. 거기에는 의미심장한 역사적인 의미가 있다.

19세기 말, 서구 자본주의의 발전이 최고 단계 - 제국주의에 이르렀을 때 각 자본주의 선진 국가들은 산업과 과학을 옆에 끼고 전 세계를 침략하고 정복하여 자신들의 식민지로 삼으려 했다. 이 시기에 전 세계 각 민족 가운데 스스로 산업과 과학을 발전시켜서 환경에 적응할 수 있었던 경우는 흥왕했고 그렇지 않은 경우는 쇠퇴했으니 이것이 근대사의 일반법칙이다.

자본주의는 동방에서는 발전이 비교적 늦었고 그로 인해 산업과 생활과 문화가 상대적으로 낙후되어 있었기 때문에 대부분 제국주의의 식민지가 되어 그들에게 노역을 제공하게 되었다. 동방에서 늦게 일어난 자본주의는 각국에서 발전이 불균형을 보이면서 결국 강약이 다르게 나타났다. 지금 중국과 일본 두 나라에 대해서만 말한다면, 일본은 도쿠가와(德川) 시대에 수구(守舊)와 양이(攘夷) 운동이 성행했었지만 운 좋게도 수구양이운동을 하던 유력한 사회적 인사들 가운데서도 구미 유학에서 돌아온 이들이 동분서주하며 외치고 다니는 사상의 영향을 받아 점점 수구양이가 방법이 아니라는 걸 깨닫게 된 이들이 생겨나게 되었고 이로 인해 그것이 메이지유신(明治維新)운동으로 바뀌게 되었다. 이때부터 산업과 과학을 숭상하는 광풍이 전국 상하에 몰아치게 되었고 그때부터 지금까지 6~70년간 줄곧 산업과 과학이 순조롭게 발전하면서 한 번도 반동세력의 저지에 직면한 적이 없었다. 그래서 비로소 지금의 강성함을 이룬 것이다. 중국은 어떤가? 중국이 과학과 산업을 제창한 시기는 일본의 메이지유신과 대략 비슷하다. 제1차 개혁은 곧 리홍장이 서양의 제도를 채용해서 부국강병을 시도한 것이었지만 불행히도 당시 민간에서의 도움이 없었고 구미 유학 후 돌아온 학생들도 전혀 힘을 발휘하지 못했다. 리홍장의 모든 조치와 계획들은 수구적인 청 조정의 저지에 부딪쳐 실패했고 중국 개혁의 첫 포성은 반향이 없었다. 이로 인해 갑오(甲午)년 일본과의 전쟁에서 패배하는 결과를 맞게 되었다.

전쟁 패배의 자극으로 무술유신(戊戌維新)운동이 일어났다. 캉유웨이, 량치차오가 이끄는 무술유신운동은 그 동력이 민간의 지식인들로부터 나왔고 그 이상은 서학을 유입하여 산업을 진흥시키고 행정제도를 개혁하자는 것으로 한때 전국을 진동시켰으며 그 의미는 리홍장 시대의 개혁보다 더 컸다. 이 운동이 만약 지금까지 순조롭게 발전했더라면 설령 군주입헌제 국가에 불과했더라도 산업과 과학의 발달, 국력의 강성함 등에서는 일본보다 못하지 않았을 것이다. 그러나 불행하게도 이 개혁은 다시 청조의 수구파인 서태후(西太后)파에 의해 파괴되어 실패하게 되었다. 이 두 번째 개혁의 실패는 경자(庚子)년의 권비(拳匪)사변[1)]과 8개국

1) 의화단 사건.

연합군의 수도 점령이라는 부정적인 결과를 낳게 된다.

경자년 전쟁 패배 후 중국은 제국주의 할거의 심연 속으로 더 깊이 빠져 들어가게 되었다. 배상금이 이자까지 해서 구억 오천만 냥이나 되었으니[2] 이런 막대한 숫자는 지금 들어도 놀랄 지경이지만 당시 국가경제와 국민 생활로서는 더더욱 감당할 수 없는 타격이었다. 그래도 그건 작은 일이었고 중국에 가장 치명적이었던 건 이전의 협정관세와 영사재판권 외에 다시 전국의 주요 철로 광산에 대한 권리와 내륙 하천 운항권, 중국 국경 내의 공장 설립권, 베이징, 톈진, 한커우, 상하이 주둔권 등이 추가된 것이다. 제국주의가 중국에서 누리는 이런 특권들 가운데는 중국의 주권을 파괴하지 않는 것이 하나도 없지만 신축(辛丑)조약은 불평등조약 중에서도 가장 불평등한 조약이라고 할 수 있다. 이후 중국은 경자사변 이전에 비해 더욱 분명하게 반(半)독립국가의 비참한 지경으로 빠져들게 되었고 이로 인해 국가경제와 국민생활은 갈수록 어려워졌다. 청조정의 무능함과 횡포함이 인민들 앞에 명백하게 드러나게 되자 배만(排滿)혁명론이 점차 고개를 들었고 군주입헌론은 점차 세력을 잃게 되었으며 이에 쑨원, 황싱이 이끄는 신해혁명이 일어나게 되었다. 신해혁명 초기에는 본래 주권회수, 국가의 독립과 통일의 완성, 산업과 과학의 발전에 대한 희망이 있었지만 불행하게도 다시 위안스카이를 우두머리로 하는 북양군벌의 반동으로 모든 것이 복고로 향하게 되었다. 이 혁명은 만청의 전제왕조체제를 전복시키는 데는 성공했으나 국가독립을 완성하여 부강을 이루는 대대적인 개혁에는 실패하고 말았다. 이로 인해 일본 제국주의의 21개조 요구와 위안스카이의 황제 참칭, 청조의 복벽, 남

2) 신축조약에서 청조는 45만 냥의 배상금을 연리 4%로 39년 동안 지불하는 열강의 요구를 수용하여 조약을 체결하게 되는데, 이 금액을 계산하면 총 9억 8천만 냥 정도에 달하는 것으로 추산된다.

북 전쟁 등 재난이 끊이지 않는 결과가 이어지게 된 것이다.

중국의 민족 산업은 유럽전쟁 기간에 약간의 발전이 있었고 다시 여기에 러시아 혁명의 자극과 혁명당의 노력, 노농인민의 분기가 보태져서 비로소 전국을 떠들썩하게 한 북벌(北伐)전쟁이 일어나게 되었다. 이 운동의 초기 기상 안에는 본래 신해혁명이 완수하지 못한 임무를 완성할 수 있는 어떤 것이 내포되어 있었지만 불행히도 다시 제국주의의 위협과 유혹으로 실패하게 되었고 이로 인해 '구일팔'[3]의 결과를 초래하였다.

이 육칠십 년 동안 일본에서는 산업과 과학이 줄곧 순조롭게 발전하면서 자본주의가 이미 높은 수준에 도달하게 되었다. 반면 중국에서는 개혁의 시도들이 매번 반동세력에 의해 좌절되어 자본주의는 지금까지도 여전히 가장 초보적인 단계에 머물러 있다. 무술유신시대에 장즈동(張之洞)이 '중학위체서학위용(中學爲體西學爲用)'[4]이라고 했던 반동이론은 위안스카이의 반동 시대와 량치차오의 과장된 선전을 거치면서 지금도 여전히 지식인의 두뇌를 지배하고 있다. 이들은 지금까지도 여전히 동방의 정신문명이 서구의 물질문명보다 우월하다는 생각을 하며 큰 칼 부대가 적의 기관총이나 대포에 저항할 수 있을 것이라는 생각을 한다. 이것이 바로 중국과 일본이 강과 약으로 나누어지게 된 이유이며, 일본을 두려워하는 자들과 주화파(실제로는 투항파)가 내세우는 이론과 실제의 근거들이다.

'구일팔'이 가져온 자극으로 전 중국에 반일 분위기가 가득 차게 된 상

---

3) 1931년 9월 18일 만주를 식민지화하려는 일본이 자기 관할의 만주 철도를 스스로 파괴하고 이를 중국인의 소행으로 몰아 만주침공의 빌미로 삼았던 사건으로 만주사변이라고도 칭한다.

4) 중국의 사상과 윤리를 중심으로 하되 부국강병을 위해 서양의 기술과학문명을 받아들이자는 '중체서용'의 주장이다.

황에서 정부도 지난 이삼 년 동안 군사적인 노력을 기울인 결과 지금의 항일전쟁이 일어나게 된 것이다.

이 항일전쟁은 일시적인 감정에 기초한 것이 아니며 민족적인 복수심에서 비롯된 것도 아니고 정의나 인도, 평화처럼 듣기 좋은 빈말들을 위한 것은 더더욱 아니다. 이것은 피압박민족이 제국주의의 억압과 구속에 저항하여 일으킨 혁명전쟁이다. 전쟁의 대상은 일본 제국주의뿐이며 또한 일본 제국주의자들만이지 일본 인민은 아니다. 왜냐하면 우리를 억압하고 구속하는 것은 일본 인민이 아니고 제국주의인 일본의 군벌정부이기 때문이다. 전쟁의 역사적인 의미는 바로 제국주의의 억압과 구속을 벗어나서 중국의 독립과 통일을 완성하고 반식민지 상태에 있는 산업을 민족 산업으로 발전시키며 중국의 정치경제가 부단히 자유롭게 발전할 수 있는 기회를 얻도록 하는 데 있다.

어느 민족에게나 국가의 독립과 통일을 완성하는 일은 반드시 경제적인 독립과 통일이 실현되어야만 가능하다. 경제가 낙후된 국가에서는 관세자주권을 위해 투쟁하고 보호정책을 채택해야만 유치한 단계에 있는 본국의 산업이 비로소 자본주의 선진국의 공산품과 경쟁할 수 있게 된다. 자유무역 정책은 산업이 고도로 발달된 국가에서 수출할 대량의 상품이 있는데 농산품은 부족할 때 채택할 수 있는 것이다. 유치한 단계에 놓여 있는 중국의 민족공업, 즉 방직이나 인조사, 성냥, 비누, 밀가루 공업 같은 것은 지금 반(半)독립국가의 처지에 있기 때문에 위에서 거론한 각 항목의 공산품들에 대해 관세보호정책을 채택하거나(현재 세관에서 세금을 늘린 항목은 단지 몇 가지 사치품들 만이어서 비록 정부의 재정 수입은 조금 늘릴 수 있을지 모르지만 위에서 거명한 공업에는 도움이 되지 않는다.) 덤핑 판매를 저지하지 않을 수 없다. 뿐만 아니라 각국이 중국 국경 내에서 공장을 개설할 권한과 항공 운항의 특권도 가지고 있기 때문에 이런 상황이 바뀌지 않는다면 자본경쟁의 원리에 의해서 중국의 민족공업은 영원히 일어설 수 없을 것이다. 이것이 중국이 반제국주의 국민혁명을 필요로 하는 근본적인 원인이다.

재작년 일본의 히로다(廣田)[5]가 왕정팅(王正廷)[6] 대사(大使)에게 말하기를 "중국은 농업국이고 일본은 공업국이니 양국이 각각 있는 것을 가지고 없는 것을 바꾸면서 손잡고 합작하면 공존 공영할 수 있을 것이다. 이 어찌 심히 좋은 일이 아닌가, 중국이 어찌 일본에 저항할 필요가 있는가?"라고 말했다. 우리의 대답은, 우리가 일본에 저항하는 것은 바로 우리도 공업국이 되고 싶지 다른 나라의 농노(農奴)가 되어 오로지 그들을 위해서 원료를 생산하는 일만 하고 싶지는 않기 때문이다, 오늘 일본군의 대포와 비행기가 우리를 폭격하는 것 또한 바로 우리를 굴복시켜 그들의 농노로 만들려고 하는 것이다라는 것이다.

이번 대일전쟁은 바로 육칠십 년 동안 진행되어온 개혁과 혁명운동의 연장선상에 있다. 제1차 리훙장의 개혁, 제2차 무술유신, 제3차 신해혁명, 제4차 북벌운동을 잇는 지금의 항전은 바로 제국주의에 대한 무장충돌의 단계, 곧 민족해방운동이 가장 첨예한 단계에 이른 제5차 운동이다.

두 제국주의 간의 식민지 쟁탈전쟁에서 양측 국가의 사회주의자들은 모두 본국의 침략행위에 반대하여 그것이 실패하도록 노력해야만 한다. 이런 전쟁은 단지 인민을 희생시키는 것일 뿐 아무런 진보적인 의미도 가지지 못하는 것이기 때문이다. 식민지와 반식민지에서 제국주의 침략

5) 히로다 고키(ひろた こうき, 1878~1948)는 일본의 제32대 수상으로 1929년 제국대표로 제10차 국제연맹대회 참석했다. 1935년 중국에게 항일활동을 중단하고 영미에 의존하지 말고 일본과 합작할 것을 주 내용으로 하는 '히로다삼원칙(广田三原则)'을 발표했다.

6) 왕정팅(王正廷, 1882~1961)은 민국(民国) 시기 장기간 외교관으로 활동했다. 특별히 체육 사업에 힘써 올림픽 중국개최를 위해 노력하기도 했다.

에 저항하는 전쟁, 피침략국의 인민들이 고개를 들고 일어나 그들을 약탈하는 강도들을 타도하는 전쟁이어야 바로 인류의 진보를 위한 전쟁이다. 그럴 경우 침략국의 사회주의자들은 물론 떨쳐 일어나 본국 정부에 반대해야 하며 피침략국의 사회주의자는 본국 정부의 지원을 받아 그것이 승리하도록 해야 한다. 이런 승리는 본국이 식민지 반식민지의 지위에서 벗어날 수 있게 할 뿐만 아니라 피침략국의 피압박인민으로 하여금 해방의 기회를 얻게 하는 것이기도 하다. 그러므로 이번 중국의 항일전쟁을 우리는 난징 정부와 도쿄 정부 간의 전쟁으로 보아서는 안 되며 피침략국인 중국 인민이 침략국인 일본 제국주의에 대해 수행하는 전쟁으로 보고, 기꺼이 매국노가 되려는 것이 아니라면 전 중국 인민이 모두 힘을 모아 항일전쟁을 지원해야 한다,

이번 항일전쟁이 가지는 중대한 의미를 절대로 대수롭지 않게 여겨서는 안 된다. 전쟁에서 승리하면 비단 일본 제국주의의 압박과 구속을 제거하게 되는 것일 뿐만 아니라 다른 산업선진국들도 더 이상은 중국인들을 압박해서 자신들의 농노가 되라고 요구할 수 없게 된다. 역사적인 경험에 비추어 보면 이전의 독일이나 이태리, 일본, 터키 등이 모두 대외전쟁에서 승리를 거둔 뒤에 외교적인 경로를 통해 독립국가가 필요로 하는 주권을 회수함으로써 반독립국의 지위에서 벗어났다. 중국에서 독일과 러시아 양국의 특권은 이미 폐기되었고 프랑스, 미국, 이태리, 벨기에 등의 나라는 우리와 관계가 비교적 적다. 중국에서는 오직 영국과 일본만 그 세력이 막상막하로 강하지만 영국인은 본래 진중하고 최근의 대외정책은 또 갈수록 보수화되어 이전의 영국에 비할 바가 아니다. 총명한 미국인은 일본에 비해 중국 국민이 전개하는 해방운동의 의미나 역량을 훨씬 더 잘 이해하고 있으므로 줄곧 만행을 저지르며 실패했던 일본의 전철을 밟지는 않을 것이다. 만약 중국의 항일 전쟁이 승리를 거두게

된다면 열강의 중국에서의 특권은 어쩌면 전쟁을 거치지 않고도 외교적인 경로를 통해서 순차적으로 회수될 수 있을지 모른다. 이것은 비교적 온건한 방법이지만 절대로 환상은 아니다.

만약 이번 전쟁에서 패배한다면 오직 망국의 노예가 되는 수밖에 없다. 그러므로 이번 전쟁은 중국인이 자유인이 되느냐 노예가 되느냐의 관건이다. 모든 중국인이 항전이나 태업에 그들이 할 수 있는 힘을 다하지 않는다면 그건 사실상 적을 돕는 것이며 소극적으로는 무형의 매국노가 되는 것이다!

어떤 이는 중국이 이처럼 크니 멸망하지는 않을 것이라고 하는데 이건 뭘 모르는 데서 나오는 말이다. 일본 제국주의자가 중국을 멸망시키기 위해서 중국 전체를 직접 관리하는 그런 어리석은 방법은 결코 택하지 않을 것이다. 그들은 남북을 분리시키는 수단으로 남북 간에 각양각색의 정치조직을 만들어내고 친일파를 괴뢰로 삼아서 간접적으로 중국을 통치할 것이다. 그렇게 하면서 괴뢰노릇을 하지 않으려는 사람들은 촨윈구이(川雲貴)[7]의 산중으로 내몰아 묘족(苗族) 형님의 동무가 되게 할 텐데 이것이 망국이 아니고 무엇인가? 일본 제국주의자들이 여러 괴뢰조직을 만드는 것은 그것이 그들을 분리시켜 조종하는 데도 유리하고 그들이 통일해서 역량을 강화하지 못하도록 하기도 쉽기 때문이다. 최근 푸이(溥儀)[8]가 베이핑[9]으로 옮겨 온다는 소문이 도는데 나는 이런 일이

---

7) 쓰촨(四川), 윈난(雲南), 궤이저우(貴州) 지방을 가리킴.

8) 푸이(溥儀, 1906~1967)는 청(淸)의 마지막 황제인 쉬안통제(宣統帝)이다. 신해혁명으로 청 왕조가 멸망한 후 1934년 일본이 세운 만주국 괴뢰정부의 황제가 되었다. 1945년 일본이 패전한 후 소련군에 체포되었다가 이후 다시 중국으로 송환되어 수감생활을 하다가 1959년 특별사면으로 석방되었다.

9) 베이징의 다른 이름이다. 1928년 중화민국 정부가 난징으로 천도할 때 베이징을 베이핑으로 바꾸어 행정구역을 개편하였다.

있을 거라고는 믿지 않는다. 일본이 하나의 괴뢰조직으로 전 중국을 통치하는 정책을 택하고 싶어 하지는 않을 것이기 때문이다.

만약 민중이 봉기하지 않는다면 정부의 군사력은 시종 고립된 위치에 빠지게 되어 부득이 중도에 굴복하고 화베이(華北)를 포기할 수밖에 없게 될 것이며 그렇게 되면 지금처럼 남방이 편안한 이런 국면도 잠시뿐이고 갈수록 전 중국은 멸망의 길로 들어서게 될 것이다.

투항파가 제시하는 유일한 이론적 현실적 근거는 중국이 군사적으로나 경제적으로나 그 역량에서 일본의 적수가 되지 못한다는 것이다. 그러나 그들은 일본이 모든 힘을 중국과의 전쟁에 쓸 수는 없다는 건 알지 못한다. 그들은 중국의 항일전쟁이 민족해방 혁명전쟁이기 때문에 단지 양측 정부 수중에 있는 군사적 경제적 역량만으로 최후의 승부를 가늠할 수 있는 건 아니라는 점은 더더욱 알지 못한다. 중국 정부가 가지고 있는 군사력과 재정에서의 약점은 전국 민중이 분기하고 전 세계 혁명국가의 혁명적인 민중(일본의 민중도 포함된다)이 지원함으로 보충될 수 있다. 만약 우리가 이런 역량의 보충을 간과한다면 투항파도 장황하게 할 말이 있을 뿐 아니라 주전파도 장차 동요하게 될 것이다. 그러므로 우리는 항일전쟁에서 먼저 항전의 진정한 의미를 깊이 이해해야만 한다. 그래야만 끝까지 불굴의 의지를 견지할 수 있을 것이다.

천두슈 『항일전쟁의 의미』,
1937년 11월 야동도서관(亞東圖書館) 간행

58 스안자전[1]

實庵自傳[2]

제1장 아버지 없는 자식

흄은 자전을 쓰면서 서두에서 이렇게 말했다. "누군가가 자신의 일생에 대해 쓰면서 너무 많은 말을 하면 결국은 허영을 면할 수 없다. 그러므로 나는 자전을 간단하게 쓰려고 한다. 사람들은 어쩌면 내가 자신의 일생에 대해 쓴다는 것 자체가 바로 허영이라고 생각할지도 모른다. 그러나 이 저술 안에는 나 자신의 저작에 관한 것 외에 다른 내용은 거의 없다. 나의 일생이라는 것도 대부분은 이 글을 쓰는 생애로 소모된 것이고 내 초반의 저작들이 이룬 성공이라는 것도 결코 허영의 대상이 될 만한 것은 아니다."라고. 지난 몇 년 동안 나에게 자전을 쓰라고 극력 권하는 친구들이 많았지만 망설이며 쓰지 않은 건 결코 무슨 허영을 면하기 위해서 그런 것이 아니었고 지금 쓰기 시작하는 것도 무슨 허영심 때문

1) 스안은 천두슈의 호이다.

2) [원주] 천두슈가 쓰촨(四川) 장진(江津)을 유랑할 때, 친필로 쓴 이 원고를 따이징눙(臺靜農)에게 준 적이 있다. 원고의 말미에 "이 원고는 1937년 7월 16일에서 20일까지 닷새 동안 난징 제일(第一) 감옥에 있을 때 쓴 것이다. 밤낮으로 적기가 포탄을 투하할 때 이것을 쓰면서 우울함을 달랬다. 지금 징눙 형에게 기념 삼아 드린다. 1940년 5월 5일 두슈, 장진에서."라고 적혀 있다.

은 아니다. 흄은 일생의 대부분을 글을 쓰는 데 보냈지만 나는 일생의 대부분을 정치활동을 하면서 보냈다. 내 대부분의 정치적 삶이 경험한 실패 또한 허영의 대상이 되기에는 부족하다. 내가 지금 쓰는 이 자전에서 내 개인에 관한 일은 흄의 말대로 '간단하게 쓰려고 노력할 것'이며 중심 내용은 내가 한평생 보고 들은 정치와 사회사상의 변동이 될 것이다. 이것을 내가 기억할 수 있는 한 최대한 기술해서 현대의 청년들에게 산 경험이 되게 하려 한다. 간단하게 쓰려고 노력하지는 않되 너무 생기 없는 정치경제 자료들을 남발하여 편폭을 늘리지도 않을 것이다.

자전을 쓰는 사람들은 관례상 모두 유년 시절부터 시작하지만 나는 유년 시절의 일은 거의 제대로 기억하는 것이 없다. 프랭클린의 자전은 처음부터 바로 "나는 늘 선인들이 남긴 모든 자질구레한 이야기들을 수집하는 걸 좋아했다. 당신들이 나와 함께 잉글랜드에 거주할 때 내가 친척과 옛 친구들을 두루 방문하느라 먼 길을 고생스럽게 다니던 일을 기억할 수 있다면 그 일의 목적이 바로 이것이었다."라고 시작한다. 하지만 나는 지금 이렇게 말할 수 없으며 이렇게 하기를 원하지도 않는다. 다만 유년 시절에 비교적 인상 깊게 남아 있던 몇 가지 일만을 개략적으로 기록하려 한다.

첫 번째 일은 내가 어려서부터 아버지 없는 자식이었다는 것이다.

민국 10년(1921) 내가 광둥에 있을 때 한번은 연회석상에서 진종밍(陳炯明)이 진지하게 물었다. "세간에서는 당신이 무슨 '아버지 타도 단체'를 조직했다고 하던데 그게 사실입니까?"라고. 나도 진지하게 대답했다. "내 아들이라면 그런 단체를 조직할 자격이 있지만 나는 그런 단체에 참가할 자격도 없소. 나는 어려서부터 아버지 없는 자식이었기 때문이오."라고. 당시 자리에 있던 사람들 중 어떤 이는 내 말을 듣고 크게 웃었고 어떤 이는 마치 내가 무슨 말을 하는 건지 모르겠다는 듯이 아니면 내가 말이 안 통하거나 동문서답을 한다는 듯이 눈을 부릅뜨고 나를 쳐다보았다.

내가 태어난 지 몇 달 뒤에 아버지가 돌아가셨다. 정말로 나는 어려서부터 아버지 없는 자식이었다. 내 기억으로 어렸을 때 우리 집은 안후이성(安徽省) 화이닝 현(懷寧縣)에 있었고 집에는 엄한 할아버지와 유능하며 자애로운 어머니, 그리고 아미타불 같은 큰형이 있었다.

일가친척들은 모두 이 할아버지를 '흰 수염 할아버지'라고 불렀다. 아이들이 울 때 흰 수염 할아버지 오신다라고만 하면 당장 울음소리가 그치고 감히 울지 못했으니 이 흰 수염 할아버지가 얼마나 엄하고 무서웠는지 짐작할 수 있다. 이 흰 수염 할아버지에게는 두 가지 괴벽이 있었는데 청결함을 좋아하는 것과 조용함을 좋아하는 것이었다. 집 안 어느 구석에 있는 의자나 탁자라도 깨끗하게 닦여 있지 않으면 우리 어머니와 손위 누이는 아주 절단이 났다. 할아버지는 집안 식구들이 걸을 때 나는 발소리도 허용하지 않아서 내 둘째 누이가 어렸을 때 무서운 줄 모르고 발소리를 내며 걸었다가 얼마나 심하게 맞았는지 모른다. 가령 외조모가 우리 집에 오셨다고 해도 그의 눈앞에서 지나가는 게 아니라면 도적처럼 살금살금 걸어갈 수밖에 없다. 왜냐하면 그가 아무것도 모르고 고함을 치고 나서는 고개를 내밀고 그게 외조모의 발소리라는 걸 인정하기는 쉽지 않을 것이기 때문이다. 그때 난 속으로 늘 도무지 이해할 수 없는 의문이 하나 있었는데 이렇게 깨끗하고 조용한 걸 따지는 할아버지가 아편을 피운다는 사실이었다. 집에서 불을 지피는 일은 제외하고도 할아버지는 수시로 거리의 가장 구질구질하고 시끄러운 아편굴에 가서 담배를 피워야 만족을 했는데 그럴 때 그렇게 깨끗하고 조용한 걸 따지는 그 성질은 어디로 간 것일까? 이 의문에 대한 답을 나는 그로부터 반세기가 지난 지금에 와서 비로소 얻었다. 첫째는 인간에게는 집단적인 본성이 있어서 담배를 피워도 집단으로 피워야 제 맛이 난다는 것이다. 하지만 이 답안은 좀 피상적인 것 같다. 좀 더 정치하고 오묘한 답은 아편굴에서는 아편을 데우는 예술을 서로 감상하면서 모두의 의식이 이 예술적인 경지를 함께 감상하는 데 깊이 빠져들어 그 세계 밖의 것은 다 잊어버리는 경험을 할 수 있기 때문이라는 것이다. 내가 이렇게 대답하면 다른 이들은 어쩌면 또 내가 농담을 한다고 생각할지 모른다. 하지만 내 친구 리우슈야(劉叔雅)만은 이 철학을 이해할 것이다.

여섯 살부터 일고여덟 살 때까지는 이 할아버지가 내게 공부를 가르치셨다. 나는 어렸을 때부터 조금 총명한 편이었는데 이 총명이 오히려 나를 고생스럽게 했다. 할아버지는 큰형의 공부에 대해서는 크게 주의를 기울이지 않고 오직 나에게만 집중을 하셨다. 내가 『사서(四書)』와 『오경(五經)』을 일 년 안에 다 마치지 못할까 봐 안달을 하시다가 그걸 다 마치고 나자 비로소 흡족해하셨다. 『사서』와 『시경(詩經)』은 그래도 나은 편이었다. 내가 가장 겁을 낸 건 『좌전(左傳)』이었다. 할아버지가 그래도 '삼례(三禮)'의 중요성은 모르시는 것 같아 다행이었지 아니었으면 내 어린 목숨이 날아갈 뻔했다. 내가 책을 못 외우면 할아버지는 성을 내며 때렸는데 그나마 그건 작은 일이었다. 할아버지가 정말 화가 나서 눈을 부릅뜨고 이를 갈며 사람들이 겁에 질릴 정도로 거의 발광하듯이 화를 낸 건 내가 아무리 지독하게 얻어맞아도 끝내 우는 소리 한 번 내지 않는다는 것이었다. 할아버지는 성을 내다가 마음이 상해서 "이 조그만 놈이 장차 자라서 어른이 되면 반드시 사람을 죽이고도 눈 하나 깜짝 안할 흉악무도한 강도 놈이 될 게다. 참으로 가문의 불행이로고!"라고 욕을 할 때가 한두 번이 아니었다. 어머니는 이 일로 얼마나 많이 눈물을 흘렸는지 모른다. 하지만 어머니는 나에 대해 결코 할아버지처럼 그렇게 비관적으로 이야기하신 적이 없고 늘 듣기 좋은 말로 나를 권면하셨다. "애야, 너는 열심히 공부에 힘쓰고 장차 공부를 잘 마친 뒤에는 반드시 거인(擧人)에 합격해서 아버지의 면을 크게 한번 세워 드려야 한다. 네 아버지는 평생 글공부를 하셨지만 거인이 되지 못해서 그게 평생의 한이셨단다!" 하고. 나는 어머니가 눈물을 흘리시는 걸 보면 그때서야 오히려 울음을 터뜨렸다. 그러면 어머니는 내 눈물을 닦아주시면서 "이 녀석이 괴짜는 괴짜라니까. 할아버지가 그렇게 때리셔도 울지 않던 녀석이 지금은 아무 이유 없이 울다니!" 하며 나무라셨다. 어머니의 눈물은 할아버지의 매보다 실제로 더 권위가 있어서 내가 열심히 공부하도록 하는 강력한 명령이 되었다. 매를 맞아도 울지 않는 아이들이 많지만 나중에 그 아이들이 출세는 못한다고 해도 그렇다고 꼭 강도가 되는 건 아니라는 걸 우리는 잘 안다. 할아버지의 나에 대한 예측은 분명히 맞지 않았다. 나는 나중에 결코 강도가 되지 않았을 뿐만 아니라 사람 죽이는 걸 가장 싫어하는 사람이 되었다. 나는 지금 시대에도 여전히 면할 수 없는 전쟁, 즉 혁명전쟁 중에 사람을 죽여도 그건 역시 잔인하고 야만적인 일이라고 생각한다. 그러나 전쟁은 그래도 진보적인 역할을 하지만 그 나머지 살인은, 정치적인 암살이나 법률이 선고하는 사형이라도 그건 인간의 잔인함과 야만성만을 조장할 뿐 어떤 좋은 영향도 미치지 못하니 다른 살인에 대해서는 더 말할 것도 없다.

아버지의 성격은 잘 모르지만 어머니는 아주 유능하고 의를 중시하며 재물을 아끼지 않고 약한 자들을 위해서는 기꺼이 나서는 성품을 가진 분이어서 일가친척들이 모두 어머니를 여장부라고 불렀다. 하지만 사실 어머니는 천성이 누구에게나 잘해주는 호인이어서 종종 간악한 것에 대해서도 관용하면서 엄격하고 단호한 태도를 보이지 못했다. 내 기억으로 어머니의 그런 약점을 충분히 잘 드러내주는 두 가지 일이 있었다.

할아버지뻘 되는 일가 한 분이, 화이닝 말로는 '후준(戶尊)'이라고 하는, 우리 문중의 최고 어르신이셨는데 우리 뤄수향(淥水鄕)[3]에서는 제법 명망이 있는 세도가로 사회의 자그마한 동량이었던 셈이다. 어머니도 그를 아주 존경했으니 우리 어린 것들은 더 말할 나위도 없었다. 어느 해(대략 광서 12년쯤) 홍수가 나서 광제(廣濟)둑이 파손되어 뤄수향(화이닝 현 동쪽마을) 전체가 물에 잠기게 되었는데 이 어르신이 울상이 되어 모친을 찾아와서는 향민들의 고통을 하소연하더니 이어 그의 가속들을 구제할 돈을 빌려달라고 했다. 어머니는 그를 아주 공손하게 대했지만 돈을 빌려주는 문제에 대해서는 끝까지 대답을 하지 않았다. 그 어르신이 가고 난 뒤 나는 어머니께 말했다. "우리 집안이 가난하긴 해도 수몰된 사람들보다는 처지가 나을 텐데 어째서 한 푼도 빌려주시지 않았는지요?" 하고. 어머니는 미간을 찌푸리며 한 마디도 하지 않았다. 난 어머니의 성품이 자신이 이야기하고 싶지 않으면 내가 아무리 다시 물어도 소용이 없다는 걸 알고 있었기 때문에 그저 속으로만 답답하게 여기고 있었다. 어머니는 종종 옷을 저당 잡혀서 사정이 급한 사람을 돕기도 하고 우리에게도 자주 가난한 사람을 무시해선 안 된다, 거지라고 욕을 해선 안 된다고 가르치셨는데 오늘 수몰된 일가를 위해서는 왜 돈을 빌려주시지 않은 걸까? 게다가 그분은 어머니가 줄곧 공경해온 어르신인데. 이 일이 있은 지 오륙 년 뒤에야 나는 비로소 여러 사람들의 입을 통해 이 어르신의 사람됨에 대해 알게 되었다. 종중과 마을에서는 다툼이 생기면 늘 그에게 일의 시비를 가려달라고 부탁을 해왔는데 그럴 때면 그의 시비판단은 아주 공평하게, 친소를 가리지 않고 일괄적으로 그가 받은 닭, 쌀, 생아편이나 그 지역에서 통용되는 돈의 액수를 기준으로 이루어졌다. 그렇

3) 뤄수는 중국 장시 성(江西省)에서 발원하여 후난 성(湖南省)으로 흘러들어 가는 강의 이름이다.

기 때문에 어떤 때는 그의 일가친척이 패소하고 외부인이 도리어 승소를 하기도 했는데 그러면 마을 사람들은 모두 이 세도가가 공평무사하다고 칭찬을 했다! 이 어르신에게는 이 밖에도 여론의 칭송을 받을 일이 하나 더 있었는데, 그건 매번 둑을 수리하고 구호품을 낼 때면 누구보다 열심을 내어 혹한이나 혹서도 아랑곳하지 않고 사람들을 위해 동분서주하며 임무를 다한다는 점이었다. 무릇 그가 감독한 제방 공사는 다른 사람들이 맡은 부분보다 더 부실했는데 아마도 만약 그가 성실하게 원래 정해진 자재를 가지고 공사를 했다면 그건 그 자체로 이미 그에게 손해가 되는 일인 데다 또 앞으로 구호물자를 내라고 할 기회도 잃게 되어 다시 또 손해가 되는 것이니 스스로에게 너무 미안한 일이 아닐 수 없다고 생각하는 것 같았다. 그제야 비로소 나는 어머니가 미간을 찌푸리면서 이야기를 하지 않으신 연유를 이해할 수 있었다. 하지만 어머니는 이미 이 어르신의 사람됨을 깊이 알면서도 여전히 그를 공경한 것이니 이것이 어찌 어머니의 약점이 아니겠는가?

또, 이 어르신 수하에 고용되어 있던 심부름꾼(그의 직무는 어르신의 명을 받들어 문중에서 불법을 행하는 자손들을 사당에서 처벌받도록 붙잡아 오는 일이다.)이 있었는데 저승사자(염라대왕의 심부름꾼)라고 불리기도 했던 그는 종종 우리 집에 와서는 저승에서 우리 조상을 만났는데 우리 조상이 돈이 없다고 하면서 자기더러 돈을 구해 종이 은전을 사서 그들을 위해 좀 태워달라고 한다고 말하곤 했다. 그러면 우리 어머니는 아주 공경스럽게 그를 대하면서 그를 대신해서 지전을 사주었다. 그 지전이 이 저승사자 선생을 위해 태워진 건 말할 필요도 없다. 그러나 이 저승사자 선생이 가고 나서도 어머니는 우리에게 그를 신임하지 않는 어떤 나쁜 말도 하지 않았다. 어느 날 그가 또 우리 집에 왔다가 저승세계에 갔다 오는 경험을 했는데[4] 입을 떡 벌리고 하품을 하더니 꼿꼿하게 침상으로 쓰러져서는 입으론 아무도 알아듣지 못하겠는 이상한 헛소리를 중얼중얼 지껄였다. 아마도 펑두 성(豊都省) 사투리인 것 같았다! 나는 화가 치밀어 올라서 밖으로 달려 나가 같은 집에 살거나 인근에 사는 열댓 명의 아이들과 약속을 하고 앞뒷문으로 뛰어 들어와 이구동성으로 어디서 불이 났다고 고함을 질러댔다. 그러자 이 저승사자 선생이 갑자기 내던 소리를 멈추더니 급히 선하품을 하고 저승에서 돌아온 것처럼 눈을 지그시 감은 채 "이편에서 무슨 불 같은 게 일었지?" 하고 물었다. 나의 어머니는 침상 옆에 서서 미소를 지으며 "네!" 하고 대답했다. 그는 이어서 "정말 대단하지, 내 그걸 저편에서 안 것이네." 하고 말했다. 나는 옆에서 허리를 숙이고 목을 움츠린 채 작은 손으로 입을 틀어막고 있었지만 하마터면 폭소가 터져나올 뻔했다. 어머니는 닭털 빗자루를 들고 나를 멀리 내쫓으시면서 억지로 웃음을 참으시며 "요 녀석들!" 하고 야단을 치셨다. 하지만 어머니는 여전히 술과 고기로 정중하게 이 저승사자 노인을 대접했고 게다가 돈까지 주어 그에게 종이 은전을 사도록 했으니 이것이 바로 우리 어머니가 간악한 것을 관용한 또 하나의 사례이다.

어떤 이는 나를 칭찬하면서 악을 원수 보듯이 미워한다고 하고, 어떤 이는 또 내 성질이 난폭하다고 비난을 하기도 한다. 하지만 실은 내 성질이 난폭한 건 그렇다고 쳐도 악을 원수 보듯이 미워한다는 건 꼭 그렇지 않다. 이 점에선 나도 어머니처럼 엄격하고 단호한 태도를 결여하고 있고, 어떤 때는 정말 간악한 것에도 관대한 편이다. 그래서 여러 번 큰일을 그르치기도 했고 나쁜 꼬임에 속아 넘어가기도 했다. 지금은 그런 것에 대해 잘 알면서도 여전히 그걸 철저하게 고치지는 못하고 있다. 그 주

4) 원문은 '과음(过阴)'으로, 이는 저승세계에 가서 죽은 이를 찾아오는 일을 말한다.

된 원인은 물론 정치적으로 엄격하고 단호하지 못한 것에도 있지만 어머니의 성격이 유전된 것도 영향이 있을 것이다.

다행히도 나는 과거(科擧)를 숭배하던 어머니의 생각에는 끝까지 영향을 받지 않았다. 하지만 이 문제로 우리가 앞 세대 사람들, 특히 신교육이든 구교육이든 어떤 교육도 받지 못한 아녀자들을 가혹하게 비판해서는 안 된다.

왜냐하면 그 시대 그 사회에서 과거는 단지 허영만이 아니라 실제로 이미 사회 전체의 일반적인 사람들의 현실적인 삶을 지배하는 것이었기 때문이다. 공명을 얻어야 높은 관리가 될 수 있고(그 시대에 재물로 관직을 얻은 양반(捐班)들은 사람들이 그다지 존중하지 않았고 높은 관직은 반드시 정도(正途) 출신이어야만 했다.[5] 서양박사(洋博士)는 아직까지 나타나지 않았다.), 높은 관직을 얻어야만 큰 부자가 될 수 있고 큰 부자가 되어야만 논을 사고 땅을 사서 지주가 될 수 있고(그때는 은행에 저금을 한다든가 장사를 해서 돈을 번다든가 하는 건 아직 발달되어 있지 않았다.) 큰 집을 짓고(양옥은 절대로 아니고) 농촌의 농민들을 억누르며 조상을 영화롭게 할 수 있었다. 그때는 누가 아들을 낳으면 장차 매판(買辦)[6]이 될 거라고 치켜세우는 말을 하기도 했지만 그건 단지 상하이 십리 양장(十里洋場)[7]의 작은 곳에서만 그런 거고 그 밖에 보편적으로 하는 덕담은 다 공부해서 과거에 합격하여 진사가 되고 장원급제하라는 것이었다. 시어머니가 며느리를 후하게 대하거나 박하게 대하는 것도 다 아들이 공명을 얻었느냐 못 얻었느

5) 청조의 관리 중 과거로 출세한 사람은 '정도'라 칭하고 재물헌납으로 관직을 얻은 경우는 '연납(捐班)'이라고 칭했다.

6) 원문은 '강바이두(剛白度)'로 청대에 외국인들에게 개방했던 통상지역에서 서양인들에게 고용되어 경영활동에 종사하던 중국인을 지칭하던 말이다. 영문 'comprador'의 번역으로 '장바이두(江擺渡)'나 '캉바이두(康白度)'라고도 한다.

7) 상하이 조계(租界)의 외국 상관들이 늘어서 있던 지역을 가리키는 말이다.

냐, 공명이 크냐 작으냐 하는 게 기준이었다. 사나이가 공명을 얻으면 시부모는 맨 위에 떠받들리고 공명을 얻지 못하면 하인들이 성질을 부려도 참아야 한다. 가난한 농민의 아들이라면 거인, 진사나 장원급제는 말할 것도 없고 수재(秀才)의 꿈도 감히 꿀 수가 없다. 있는 힘을 다해[8] 자식을 몇 년 동안 공부시켜서 어쨌든 백팔십 자를 써낼 수 있으면 이미 재자(才子)인 셈이고 만약 선생을 따라 과거를 보러 성안에 들어가서 얼렁뚱땅이라도 수백 자를 써서 대충 답안이라도 제출하고 나면 설령 일차 시험의 합격자 방(榜)에 이름이 없이 집에 돌아와도 남보단 출중한 셈이 된다. 흉악무도한 지주라도 이런 농가에 대해서는 대우를 달리 했기 때문에 당시 시골에서는 "고사장에 가서 방귀만 뀌어도 조상에게는 면이 선다."는 속담이 유행하기도 했다. 농민의 아들이라도 수재에 합격하면 단번에 출세를 하고 장차 토호열신이 될 기반을 세우고 한평생 먹고 살아도 다함이 없는 신분이 된다. 그러므로 도시에서든 시골에서든 여러 차례 과거를 보아도 합격하지 못하는 사람들은 왕왕 조상 묘의 풍수가 좋지 않음을 탓하면서 시신을 파서 이장을 하기도 했는데 이것이 바로 그런 성인의 무리들이 이름을 날려 부모를 드러내는 효도를 하기 위한 것이었다. 이런 사회적인 분위기 속에서 사람들, 특히 부녀자들이 머릿속에서 과거를 신성한 사업으로 여긴 것은 당연한 일이었다.

나의 어머니는 비록 아무런 교육도 받지 못했지만 당시의 전통에서 통속적인 교육의 표어였던 "충요예의(忠孝節義)"는 알고 있었다. 하지만 나는 어머니가 한 번도 이런 표어들을 가지고 우리를 교육한 적이 없는 것에 감사한다. 어머니가 우리에게 교육한 것은 과거시험을 보고 최소한

---

8) 원문은 '아홉 마리 소와 두 마리 호랑이의 힘(九牛二虎之力)'으로, 아주 애를 써서 어떤 일을 이루는 경우에 사용된다.

거인이라도 되어서 부친의 면을 세워드리라는 것이었다. 큰형이 수재에 합격했을 때 어머니는 너무나 기뻐하셨지만 나는 한편으로는 기쁘면서도 한편으로는 두려웠다. 기뻤던 건 어머니가 기뻐하셨기 때문이고 두려웠던 건 팔고문(八股文)을 외워서 과거를 치러야 하는 재난이 이제 내게 닥쳐오게 될 것이라는 것 때문이었다!

할아버지가 돌아가신 후 몇 분의 훈장님을 거쳤지만 모두 너무나 만족스럽지가 않았다. 열두세 살이 되었을 때 큰형이 내게 공부를 가르치기 시작했는데 큰형은 내가 팔고문을 싫어한다는 걸 알고는 경서를 복습하는 것 외에 새로 내게 『소명문선(昭明文選)』[9]을 가르쳤다. 처음 배울 땐 그것도 좀 머리가 아팠지만 나중엔 점차 그 맛을 알게 되었고 그때부터는 팔고문을 더 무시하게 되었다. 이 일은 아미타불인 큰형을 중간에서 아주 난처하게 만들었다. 한편으로는 어머니의 엄명을 받들어 내게 팔고문을 가르쳐 과거 볼 준비를 하도록 해야 했지만 다른 한편으로는 내가 이런 것들을 싫어한다는 걸 잘 알고 있었기 때문이다. 광서 22년(1896) 내가 열일곱 살이 된 해에, 현고(縣考)[10]가 있기 한두 달 전 큰형은 정말 더는 버티지 못하겠는지 하는 수 없이 내게 "시험이 이미 가까워졌으니 너도 팔고문을 좀 봐야지!" 하고 말했다. 나는 그때 한마디도 하지 않았는데 형은 내 성질상 대답을 하지 않는 건 결코 반대하는 게 아니라 수긍하는 거라는 걸 알고 있었다. 형은 기뻐하며 시험의 격식에 맞는 노덕(路德)[11]의 글을 꺼내 내게 해석을 해주었다. 나는 겉으로는 형의 해석을 듣는 척했지만 속으론 『소명문선(昭明文選)』 생각을 하고 있었다. 큰

9) 중국 남북조 시대에 남조(南朝) 양(梁)의 소명태자(昭明太子)가 편찬한 시문선집(詩文選集).

10) 현 단위에서 치러지는 과거시험.

11) 노덕(路德, 1785~1857)는 청대의 학자이다.

형도 이내 노덕의 글이 내 취향에는 그다지 맞지 않는다는 걸 알고는 다시 금황(金黃)과 원매(袁枚)[12]의 팔고문[13]을 꺼내 보여주었다. 나는 이 몇 사람의 글에는 조금 흥미를 느꼈지만 결국은 나와 도무지 맞지 않는다고 느꼈고 형도 정말 이 말하기 어려운 동생을 어찌할 할 방법이 없어 그냥 내버려두는 수밖에 없었다. 큰형은 비록 후덕하고 성실했지만 급하면 꾀가 난다고, 어머니께는 내가 너무나 열심히 팔고문을 공부하는 것으로 허위보고를 하는 수밖에 없었던 것 같다. 그건 이 시기 어머니의 희색이 만면한 표정에서도 알아차릴 수 있었다. 나 정도의 팔고문 수준으로는 현고나 부고(府考)에서 당연히 아주 낮은 등수를 받을 것이었다. 원시(院試)에서는 종사(宗師, 안휘어로는 학원(學院)을 종사라 부른다)[14]가 낸 문제의 제목이 무슨 '어별불가성식야재목(魚鱉不可勝食也材木)'으로 재답식(截搭式)[15]이었는데, 나는 이런 문제가 말도 안 되는 질문이라고 생각했기 때문에 역시 말도 안 되는 글을 써서 답을 했다. '문선(文選)'에 나오는 조수초목을 가리키는 모든 어려운 글자들과 『강희자전(康熙字典)』에 들어 있는 황당한 고문들을 그게 삼칠이 이십일처럼 앞뒤가 딱딱 맞는 것이든 아니면 소대가리랑 말주둥이처럼 앞뒤 문장이 연결이 되지 않고 앞뒤가 맞지 않는 것이든 간에 마구 주워다가 장황한 장문으로 채워 넣었다. 그리고는 막 시험도구를 정리하고 답안을 제출하려고 하는데 산

---

12) 원매(袁枚, 1716~1797)는 청대의 저명한 시인, 산문가, 문학평론가이다. 명대(明代) 공안파(公安派) 문인들의 주장이었던 "오직 성령만을 서술할 뿐 격식에는 구애되지 않는다(獨抒性靈, 不拘格套)"는 원칙을 계승하여 성령설을 제창한 것으로 유명하다.

13) 원문은 '제예(制藝)'로 팔고문을 가리킨다.

14) 종사(宗师)는 청(清)나라 때 조정에서 각 성에 파견되어 원시(院试)를 주관하게 했던 관리를 지칭한다.

15) 청대의 과거시험에서 경서의 어구를 끊거나 이어 붙이던 방식.

둥(山東) 출신의 키 큰 리종사(李宗師)가 친히 걸어오더니 내 답안지를 거둬 갔다. [그때 나는 다른 몇몇 사람, 그들은 동시(幼童試)나 현시, 부시에서 일등을 했거나 아니면 경전고문시험(經古試)에 제당(提堂)[16]으로 합격을 해서 종사가 쉽게 직접 답안지를 거둬 가도록 그의 책상 앞에서 면접시험을 보게 되었는데, 나는 동시도 보지 않았고 현시와 부시에서도 일등이 아니었는데도 시험장에 들어가 보니 답안지 위에 제당이란 글자가 찍혀 있어서, 내가 경전고문시험에 이미 합격했다는 걸 알았다. 말할 것도 없이 이것 역시 소명태자(昭明太子)[17]가 도와준 것이다.] 그는 내 답안지를 대략 두세 줄 정도 보더니, "멈추게, 황망히 가지 말고!"라고 말했다. 나는 그 말을 듣고 너무나 놀라 당장 무슨 화가 닥칠지 모른다는 생각을 하고 있었다. 그는 대충 전체 글을 다 읽고 나더니 눈을 부릅뜨고 나를 머리끝부터 발끝까지 한 번 보고는 몇 살이냐, 왜 동시를 보지 않았느냐고 물었다. 나는 금년 십칠 세라고 말했다. 그는 고개를 끄덕이며 "아직 나이가 젊으니, 돌아가서 열심히 공부하게, 열심히 공부해."라고 말했다. 나는 집으로 돌아와 내가 쓴 원고를 큰형에게 주었다. 큰형은 다 보고 나더니 미간을 찌푸린 채 한두 시간 동안 아무 소리도 하지 않았다. 내가 과거 시험을 본 건 본래 어머니 때문에 억지로 한 것이니 정식으로 한 것이라고 할 순 없었지만 이때 큰형의 그 실망스러운 표정을 보고 나니 조금은 난감한 마음이 들었다. 그런데 그 말도 안 되는 글이 말도 안 되는 대종사의 눈을 어둡게 해서 뜻밖에도 내가 일등으로 뽑히게 된 것이다. 이 일은 나로 하여금 더욱더 과거를 무시하게 만들었다. 합격

16) 청조의 과거시험은 각 지방에서 치르는 현시(縣試), 부시(府試)와 황제가 머무는 경성(京城)에서 치르는 원시(院試)로 이루어져 있다. '제당'이란 현시와 부시에서 이미 우수한 성적으로 합격해서 이제 경성에 들어와 황제가 직접 파견한 학정(學政)의 면전에서 치르는 원시를 볼 자격을 갖추었음을 말한다.

17) 앞에서 거론한 『소명문선』을 편찬한 소명태자는 소통(蕭統)을 가리킨다.

통보가 왔을 때 어머니는 기뻐서 거의 눈물을 떨굴 지경이었다. 화이닝 사람들에 대해 '식견이 낮다'고 비판하는 건 화이닝 사람도 인정한다. 누군가 운이 없는 일을 당하면 친구나 이웃들은 늘 하던 대로 그걸 실제보다 수십 배도 더 넘게 운이 없는 일로 여기고 누군가 조금 홍성하게 되면 그들은 그것도 실제보다 수십 배나 더 갖다 붙이려 한다. 우리 천씨 집안은 화이닝에서는 본래 작은 집안이어서 신사(紳士)들이 그때까지는 줄곧 대수롭지 않게 여겨왔다. 하지만 전체 문중 가운데 우리 아버지 때 수재가 하나 나왔고 숙부도 과거에 붙은 데다 이제 우리 형제까지 모두 청년 수재가 되자 우리 집안을 다른 눈으로 볼 뿐 아니라 여러 가지 신화까지 만들어졌다. 우리 집의 조상 무덤이 풍수가 얼마나 좋다는 둥, 성 밖 영강사(迎江寺)의 보탑(寶塔)이 천씨 집안의 조상 무덤 앞에 있는 붓 한 자루라는 둥, 내가 출세하기 전날 밤 어머니가 또 무슨 무슨 꿈을 꾸었다는 둥, 이런 류의 이야기들이 한두 가지가 아니었다. 그들은 정말 내가 나중에 그들이 상상하던 거인이나 진사나 장원급제자가 되지 않고 계속해서 그들의 간담을 철렁하게 하는 캉유웨이 당이나 역당이나 공산당이 될 것이라고는 전혀 생각지 못했을 것이다. 가장 재미있는 건 몇몇 부호들이 애비도 없는 이 가난한 녀석을 마음에 두고는 서로 앞다투어 어머니에게 내가 정혼을 했는지 물어봐 달라고 부탁을 했다는 것이다. 이것이 바로 어머니가 크게 기뻐하고 특별히 기뻐한 사회적인 이유였다. 어머니가 기뻐하시니 나도 물론 무척 기뻤다. 하지만 두려운 건 이듬해 장난(江南) 향시(鄕試)에서 다시 내게 닥쳐오게 될 재난이었다!

제2장 장난 향시

장난 향시는 당시 사회적으로 큰 사건이었다. 갑오(甲午)전쟁[18]에서 패배했지만 다들 여전히 꿈속에 있었다. 그래도 그때 내가 상상했던 재난은 나중에 고사장에서 겪었던 끔찍함에는 한참 못 미치는 것이었다. 게다가 나는 이 재난은 피할 수 없는 것이니 적극적으로 좀 열심히 해서 거인 시험에 합격해 어머니의 소원을 충족시켜드리고 그 후에 제대로 된 공부에 전념하는 게 낫겠다고 생각하고 있었다. 그래서 그 한 해 동안은 적지 않은 병치레를 하면서도 착실히 시험공부를 했다. 다행히 경의(經義)와 책문(策問)[19]은 조금 재미가 있었고 팔고문도 억지로 한 번은 보았다. 필사에 관해 큰형은 항상 내게 관각체(館閣體)[20]를 공부하라고 권했지만 나는 비첩(碑帖) 베끼는 걸 좋아했고 속으로 정말 우습다고 생각하면서 미리 생각을 정해놓았었다. 거인에 붙어서 일이 끝나기만 바랄 뿐 더 이상 올라가는 것에는 전혀 관심이 없는데 그 끔찍한 관각체는 배워서 무엇하겠는가! 우리 형제는 아주 사이가 좋았다. 비록 견해는 사사건건 충돌했고 나는 형의 말대로 하는 건 하나도 없었지만 태도만큼은 끝까지 부드러운 태도를 유지했고 입으로 형에게 반박해서 형제간의 감정을 상하게 하는 일도 하지 않았다.

대략 광서(光緖) 23년 7월의 일일 것이다. 나는 처음으로 부득불 모친의 곁을 떠나 난징(南京) 향시를 보기 위해 집을 나섰다. 동행한 사람은 큰형과 큰형의 선생, 큰형의 친구와 선생의 몇몇 형제들이었다. 증기선

18) 1894년 청일전쟁.

19) 문과(文科) 시문(試問)의 한 가지. 곧 시무책(時務策).

20) 관각체는 관청이나 과거에 사용되던 서사(書寫) 풍격을 말한다. 명대에는 대각체(臺閣體)라고 불렀다.

이 민간선보다 더 빨랐기 때문에 대부분 꼭 증기선을 타려고 했지만 당시 난징으로 향시를 보러 가는 사람들 가운데는 민간선을 타기를 원하는 사람이 많았다. 이건 절대로 국수(國粹)를 고수하기 위해서가 아니었다. 민간선을 타면 한몫 벌 수 있기 때문이었다. 뱃머리에 '장난향시어명(奉旨江南鄉試)'이라고 쓴 황색 깃발을 달고 가면 가는 길에 있는 검문소들이 비록 배 안에 밀매품들이 잔뜩 실려 있다는 걸 분명히 알아도 감히 나와 검문을 하지 못했으니 그들의 위세는 지금 밀매를 하는 일본인들보다도 더 당당했다. 우리 무리는 그래도 그런 식으로 횡재할 생각은 하지 않았으니 정인군자(正人君子)인 셈이었다.

우리 무리의 정인군자는 나를 제외하고는 모두 난징 향시에 갔던 적이 있었다. 나만 초행으로 난징에 와서 그 거대한 성문, 의봉문(儀鳳門)을 보니 정말 시골 촌놈이 처음 거리로 나온 것처럼 시야가 확 트여 지난날 자랑스럽게 생각했던 성도(省都)—주변이 아홉 리 열세 보에 불과한 안칭성(安慶城)이 갑자기 머릿속에서 아주 작은 산마을의 소도시로 변하는 것 같았다. 나는 당나귀 등에 타고 가는 내내 난징 성내의 집들과 거리는 얼마나 번화하고 아름다울지, 또 상하이의 성문은 또 얼마나 더 거대할지 하는 상상에 빠져 있었다. 일찍이 사람들이 상하이는 난징에 비해서도 몇 배나 더 시끌벅적하다는 소리를 들었기 때문이다. 하지만 성에 들어섰을 때 나는 실망했다. 성 북쪽에 있는 몇 갈래의 큰길은 제법 넓어서 정말 안칭에 비해 하늘과 땅 차이였지만 집들은 다 안칭처럼 왜소하고 누추했으며 성 북쪽 일대의 황량함은 안칭 성이나 그게 그거였다. 난징의 특색이라곤 그저 '크다'는 것뿐이었다. 하지만 집들이 비록 누추하긴 해도 마치 인혈(人血)을 쌓아 놓은 것 같은 양옥은 아직 없는 것 같았다. 성 안팎을 드나드는 유일한 교통수단은 어린 당나귀뿐이었다. 길을 달려가느라 당나귀 머리에 달린 방울이 내는 딸랑 소리가 네 개의 작은 발굽이 내는 타닥 소리와 어울려 당나귀 등에 타고 있는 사람에게는 모든 게 약간의 시적인 느낌을 자아내었다. 당시 난징에는 일꾼들이 끄는 인력거나 마차도 아직 없었으니 지금 광저우(廣州) 사람들이 '시내 호랑이(市虎)'라고 비웃고 난징 사람들은 '관짝(棺材)'이라고 저주하는 버스가 없었던 건 말할 것도 없었다. 성 남쪽 거리는 안칭이나 마찬가지로 협소했고 수만 명의 통곡 속에서 건설된 도로도 아직 존재하지 않았다. 갑오전쟁 이후 거액의 배상금을 지불했기 때문에 물가는 이미 날마다 높이 뛰는 데다 향시 때문에 난징의 인구가 일시적으로 만 명이 넘게 늘어나자 쌀 한 되에 칠팔십 전을 하고 돼지는 한 근에 백 전이나 했다. 사람들은 그때도 이미 고통을 겪고 있었지만 지금 돌아보면 그때 난징 사람들의 얼굴은 그래도 자유롭고 쾌활했던 셈이다. 적어도 사람을 만나면 그래도 서로를 소매치기나 스파이로까지 의심을 하지는 않았으니 말이다. 이것도 물질문명과 혁명이 빚어낸 죄악인가? 아니, 절대로 아니다, 여기에는 다른 이유가 있다.

우리 무리의 정인군자는 난징에 도착한 첫날 밤을 지인의 집 마루에서 보낸 뒤 다음 날 아침 일찍 일어나 세 사람은 짐을 지키고 나머지는 각자 거처를 구하러 나섰다. 남아 있던 세 사람 중 첫째는 큰형의 선생이었다. 그는 우리 무리의 정인군자 중 가장 우두머리였으니 당연히 황제가 친히 정벌에 나서서 존엄을 잃을 필요는 없었다. 둘째는 우리 큰형이었는데 말주변이 좋지 않아서 남았고, 어린 내가 그 일을 감당할 수 없다는 건 물론 더 말할 것도 없는 것이어서 남아서 짐을 지키는 세 번째가 되었다. 오후에 거처가 구해져서 당장 옮겨갔는데 집으로 들어서자마자 그 방을 구하러 갔었던 정인군자들은 모두 눈을 부릅뜨고 서로를 쳐다보며 이구동성으로 말했다. "이 집은 비싸기도 하고 엉망이네, 정말 속았어!" 나는 정말 영문을 알 수가 없었다. 그들이 방금 직접 와서 보고 온

집인데 어떻게 갑자기 속았다고 할 수가 있나? 사나흘이 지난 뒤 그들과 같은 집에 묵게 된 다른 수험 선생들이 나누는 대화 속에서 비로소 나는 그들이 속은 연고를 찾아냈다. 원래 우리 중 먼저 방을 구하러 이곳에 왔었던 정인군자들이 이 집을 찾았을 때는 분명히 주인집에 유난히 아리땁게 치장한 아가씨가 창문에 앉아 수를 놓고 있었는데 그들이 이사를 오자 그 선녀는 곧 청풍처럼 어디로 갔는지 알 수 없게 된 것이다. 나중에야 이런 미인계는 난징의 집주인들이 수험 선생들을 끌어들이기 위해 상습적으로 쓰는 수법이라는 이야기를 들었다. 속임을 당한 건 결코 우리 이 몇몇 정인군자만이 아니었다. 그렇게 임시로 청해 온 선녀들 중 어떤 이는 그들의 친척이고 어떤 이는 기생이었다. 수험 선생들이 속는 경우도 물론 많았지만 방주인들이 속는 경우도 없지 않았다. 만약 그들의 집안에 정말로 젊은 여성이 있다면, 만약 그들이 자칫 절인 생선이나 말린 돼지고기를 주방 안이나 처마 밑에 걸어놓았는데 이런 것들이 날개도 없이 날아가 버렸다면, 다행히도 모두 '독서인(讀書人)'이라는 이런 체면 있는 호신부를 가지고 있는 수험 선생들에게 집주인들이 감히 간음이나 절도의 죄명 같은 걸 갖다 붙일 수 있겠는가! 그들은 상점에 가서 물건을 살 때도 기회만 있으면 그 김에 뭘 좀 슬쩍해서 소매 속에 감추어 넣는데 가게 주인들이 그걸 보아도 감히 말을 못한다. 왜냐하면 그들은 입만 열면 "우리는 황제의 성지를 받들어 향시를 보러 온 것이니 당신들이 우리를 도적이라고 모멸하면 그건 곧 황제를 모멸하는 것이다!"라고 했기 때문이다. 하늘은 높고 황제는 머니 그들의 이 몇 마디 큰 소리가 꼭 상인들을 정말로 두렵게 만든 건 아니었을 것이다. 하지만 상인들이 가장 두려워한 건 그들의 수가 많다는 점이었다. 그들에게 원한을 살 말을 한 마디 해서 그들이 소란을 피우고 일단 싸움이라도 붙게 되면 길 가던 수험 선생들도 서로 아는 사이든 아니든 간에 다 나와 그들을 거들었다.

상인들은 그들이 나와서 싸움을 거드는 게 그들의 진짜 목적이 아니라는 걸 알고 있었다. 사람 많고 손 많은 혼란한 상황이 되면 상인들의 손실은 정말 더 커지고 그래서 설령 관아에까지 간다고 해도 사람 많고 세력도 큰 수험 선생들은 관에서도 당할 방법이 없었던 것이다. 난징에서 매번 향시가 열릴 때마다 일시적으로 인구가 만 명 이상 증가한다고 하니 한 사람이 평균 오십 원을 쓴다면 시 전체로서는 오십만 원의 수입이 생기는 것이다. 이 때문에 성 남쪽 곳곳에 임시 상점들이 생겨나고 특별히 장웬징(壯元境)[21] 일대의 상인들은 돈만 벌 수 있으면 모욕을 좀 당해도 그런 건 대수롭게 여기지 않았다. 그러나 문무(文武)를 모두 갖춘 수험 선생들이라도 낚시골목(釣魚巷)[22]에 가서 기생들을 희롱할 때만큼은 함부로 굴 수가 없었으니 오직 말끝마다 가난한 선비를 자칭하며 기생집에 가격을 깎아줄 것을 간청해야 했다. 그들은 그럴 때는 반드시 그래야만 비로소 독서인의 점잖은 기품을 잃지 않는 거라고 생각했는지도 모르겠다!

우리가 거처하는 방은 정말 비싸고 좋지 않았지만 내가 그들을 따라가서 덩달아 속임을 당한 건 그나마 작은 일이었다. 나를 가장 난감하게 만든 건 용변을 보는 문제였다. 지금 생각해도 머리가 아플 정도다. 집안에는 뒷간이 없었는데 남자들이 변소를 이용하는 게 익숙하지 않다 보니 대문 밖 길가의 공터가 바로 대소변을 해결하는 장소가 되었다. 내 기억에 당시 난징의 조금 외진 곳에는 대부분 집집마다 대문 밖 양쪽 공터에 모두 자그마한 금자탑들이 쌓여 있었다고 하니 단지 우리 숙소만 그런 건 아니었을 것이다. 비단 나의 큰형뿐만 아니라 바로 나의 사당 훈

21) 난징시 진회이구(秦淮区) 부자묘(夫子庙) 근처에 위치한 도로.

22) 난징시 진회이구(秦淮区) 건강로(建康路) 동남쪽에 위치한 지역.

장님도 본래는 입만 열면 공맹(孔孟)이고 정주(程朱)인 도학 선생이었다. 저 박학한 사당 훈장님은 송유(宋儒)의 어록을 몇 권이나 읽었을 뿐만 아니라 '남녀유별(男女有別)', '남녀 간에는 주고받음에 접촉하지 않는다(男女授受不親)'는 예교까지 다 알지만 날마다 그렇게 노변 공터에서 대변을 해결하면서 때로 아녀자가 길을 지나가면 그저 못 본 척하는 수밖에 없었다. 같은 집에 사는 어떤 황당한 인간들은 큰 소리로 예의, 염치, 정심(正心), 수신의 팔고문을 외우다가도 사이사이 여가에 수시로 문 앞을 내다보면서 멀리서 젊은 아낙들이 어슬렁거리며 오는 게 보이면 마치 급히 무슨 보물이라도 바치듯이 당장 용변을 보려고 바지를 내리곤 했다. 전혀 용변을 보지는 못하면서도. 나는 늘 날이 어두워지고 나서야 감히 용변을 보러 나갔는데 이로 인해 어떤 때는 발로 똥을 밟고 돌아오게 되어 그렇지 않아도 답답한 마음에 다른 사람의 조롱까지 받아야 했다. 그들은 내가 위선자라고, 왜 낮에는 용변을 보러 가지 않고 지금 변을 밟고 와서 방 전체에 악취를 풍기냐고 조롱하며 욕을 했다! '위선자'라는 말은 내게 맞는 말일 수도 있고 아닐 수도 있다. 나는 그때 사람 사는 일에 대해서도 알게 되었지만 자신의 몸도 심하게 해쳤다. 만약 여인과 잠을 잘 기회가 있었다면 아마도 사양하지 않았을 것이다. 하지만 그렇게 무분별하게 모르는 여자들에게 길에서 보물을 바치는 일은 아무래도 너무 한심하게 생각이 되었다.

팔월 초 칠 일에 우리는 시험을 보러 고사장에 들어갔다. 나는 시험 바구니[23]랑 서적, 문구, 식량, 밥을 지을 화로와 기름천을 등에 지고 가느라 이미 한평생 쓸 기력을 다 소진할 지경이었다. 만약 큰형이 내 대신

23) '카오란(考籃)'이라고 하며, 옛날에 과거를 볼 때 수험생이 시험장에 식사와 기타 필요한 물건을 담고 들어가던 대바구니를 말한다.

시험지를 받아다 주지 않았다면 나는 아마 사람들 속에 깔려 죽었을지도 모른다. 시험장에 들어서자마자 나는 놀라서 혼이 반 이상은 떨어져 나가는 것 같았다. 십여 장(丈) 길이의 골목마다 수십 개 혹은 백 개가 넘는 호사(號舍)[24]들이 늘어서 있는데, 호사의 크기는 지금의 경찰 초소와 비슷했지만 높이는 훨씬 낮아서 키 큰 사람이 안에서 서려면 고개를 낮추고 허리를 구부려야만 했다. 이게 바로 당시 과거 출신 어르신들이 맛보았다고 자랑하던 '낮은 방' 맛이었다. 낮은 방의 삼면에 있는 울퉁불퉁한 벽돌담은 물론 안팎 모두 석회칠을 한 적이 없었고 안에는 거미줄과 먼지가 가득했다. 나는 간신히 말끔하게 청소를 하고 들어가 앉아서 판자 하나를 들어다 앞에 놓고는 글자 쓸 판으로 삼았다. 잠을 자려면 거기 앉은 채로 자야 하는 건 말할 필요도 없었다. 한 줄의 골목 안에는 한두 간의 빈 호사가 있었는데 이게 바로 이 골목의 공중변소로, 고사장에서 통용되는 특별명칭으론 '시호(屎号)'라고 불렀다. 첫 번째 시험[25]을 보는데 만약 원귀(冤鬼)가 몸을 칭칭 감아서 답안지에 자신의 부도덕한 일을 쓰거나 혹은 먹통으로 더럽히지 않은 채 답안지를 제출하면 두 번째 시험장으로 들어가게 된다. 그때 만약 불행히도 그 '시호' 쪽에 앉게 되면 사흘 동안 괴상한 냄새를 실컷 맞고 거기다 또 사람들에게서 양심에 꺼리는 짓을 한 업보라는 소리까지 들어야 한다. 그해 난징의 날씨는 팔월 중순인데도 이상하게 더워서 사람들은 모두 햇빛을 가리려고 가져온 기름천을 내걸었다. 호사의 문들은 모두 높은 담을 빽빽하게 마주보고 있고 중간에는 간신히 사람 반만큼 지나다닐 만한 긴 골목 밖에 없었다.

24) 시험장 안에 늘어서 있는 번호가 붙은 간이 집.

25) 원문은 두장(头场)이다. 명, 청대의 과거에서 향시(乡试)나 회시(会试)는 각각 세 번의 시험을 치르는데 그중 첫 번째 시험을 가리킨다. 수장(首场)이나 초장(初场)이라고도 한다.

그 위로는 한 가닥 하늘만이 드러나 있었는데 다들 기름천을 내다 걸고 나면 이 한 가닥 하늘마저도 보이지 않게 되었다. 공기는 전혀 통하지 않는데다 사람들이 다들 맞은편 담에다 밥 짓는 화로를 걸쳐놓았기 때문에 모두들 밥을 짓기 시작하고 거기다 붉은 태양까지 하늘에 걸려 있으면 그 긴 골목은 곧 불타는 골목이 되었다. 밥을 짓고 요리를 하는 데 대해서는 나는 전혀 아는 게 없어서 아흐레 동안 보는 세 번의 시험 기간 내내 설익거나 아니면 푹 무르거나 고아 삶은 것 같은 국수를 먹었다. 가장 인상이 깊었던 일은 첫 시험을 볼 때 쉬주(徐州)에서 온 뚱뚱한 사람이 커다란 변발을 머리 꼭대기에 말아 올리고 전신에 실오라기 하나 걸치지 않은 채 발에는 다 떨어진 신발을 걸치고 손에는 시험 답안지를 받들고 불처럼 뜨거운 긴 골목을 왔다 갔다 한 일이다. 그는 왔다 갔다 할 때 고개를 상하 좌우로 흔들거리면서 이상한 소리로 자기 마음에 드는 문장을 길게 끄는 소리로 읽다가는 가장 마음에 드는 대목에 이르면 힘껏 허벅지를 치면서 엄지를 치켜 올리며 "됐어! 이번 시험엔 반드시 합격이야!"라고 고함을 질렀다.

이 '이번 시험에는 반드시 합격'이라는 선생을 나는 한두 시간 동안 멍하니 쳐다보았다. 그러나 이 한두 시간 동안 내가 본 것은 결코 그만이 아니었다. 그에게서 시작해서 모든 수험생들이 보여주는 괴이한 현상을 생각했고 그 괴이한 현상에서 시작해서 이런 짐승들이 뜻을 이룬다면 국가와 인민에게 얼마나 재앙이 될 것인가를 생각했다. 그리고 다시 그로 인해 이른바 인재 선발의 성대한 잔치라는 것이 정말, 몇 년마다 이런 원숭이들이나 아무 쓸데없는 짐승들을 데려다가 전람회를 여는 것밖에는 아무것도 아니라는 생각을 하게 되었다. 거기에서 다시 또 국가의 모든 제도들도 아마 다 이런 병폐를 가지고 있을 것이라는 생각을 하게 되었고 거기에서 다시 마지막으로는 량치차오 같은 사람이 『시무보

(時務報)』에서 한 말들이 어느 정도는 이치가 있다는 생각을 하게 되었다! 이것이 바로 그 괴이한 공부를 하다가 내가 캉유웨이, 량치차오파로 돌아서게 된 가장 큰 동기였다. 그 한두 시간 동안의 명상이 나에게는 이후 십여 년 간의 행동을 결정하는 시간이 되었다. 이번 향시는 애초에는 억지로 준비한 것이었지만 그 결과는 뜻밖에도 내게 각별히 유익한 것이 된 것이다!

1937년 11월 11일, 21일, 12월 1일

『우중풍(宇宙風)』 산문순간(散文旬刊) 제51, 52, 53기, 서명: 천두슈(陳獨秀)

59 항전과 건국

抗戰與建國

최근 '항전 건국'이라는 단어가 새로 눈에 띈다. 가히 먼 장래까지 내다보는 사려 깊은 생각이라 할 만하다. 다만 이에 대한 해석에는 각각 차이가 있으니 어떤 이는 항전 승리 후에 건국하는 것이라고 하고 어떤 이는 한편으로는 항전하면서 한편으로는 건국하는 것이라고 한다. 내 생각에는 이 두 견해가 다 절대적으로 옳다. 항전이 바로 건국사업의 일환이다. 또한 중국이 건국한 지는 이미 수천 년이 되며 민국이 세워진 것에서부터 논한다고 해도 27년 전 신해혁명에서 이미 근대국가 수립의 단서는 만들어진 것이다. 만약 건국이라는 걸 산업의 건설로 해석한다면 그건 정말 항전에서 승리한 후가 아니면 논할 수 없다. 내전이든 대외전쟁이든 전쟁은 모두 경제를 파괴하기 때문이다. 특히 대외전쟁이 일어나면 항구가 봉쇄되고 교통이 파괴되며 기계와 원료의 수입이 모두 곤란을 겪게 되기 때문에 본래 있었던 산업의 기초도 유지하기가 아주 어렵다. 그러니 대규모 민족 산업의 발전 같은 건 더더욱 잠꼬대 같은 소리가 된다.

건국, 즉 근대국가 수립의 총체적인 개념과 전후 출현하게 될 국가 형태에 대한 이해를 분명하게 하려면 우리는 먼저 우리가 현재 세계역사의 발전단계에서 어디에 처해 있는지를 분명하게 알아야 한다. 십오륙 세기에서 오늘날까지는 기본적으로 자산계급민주혁명의 시기이다. 파시스트 운동은 이런 시대의 대조류가 장차 다른 시대로 전환되게 되는 과정에서 잠시 존재하는 역류이다. 이 역류가 상징하는 것은 이전 시대가 완결되려고 하며 다른 새로운 시대가 도래하려 한다는 것이다. 이 앞선 오륙백 년간의 민주혁명 시기에 각국이 완성한 민주의 주된 사명은 민족국가의 독립과 통일, 입헌정치의 확립, 민족산업의 발전, 농민해방이다.

이 시대의 각 민족은 반드시 이런 민주의 사명을 완수해야만 비로소 낡은 봉건 경제와 정치를 파괴하고 비교적 높은 수준의 새로운 생산력과 새로운 정치제도를 전개하여 이른바 근대국가, 즉 많든 적든 민주제도를 시행하는 국가들을 이루어 내었다.

왜 국가의 독립과 통일이 필요한가? 비민주적인 외국 세력의 억압과 국내의 분열에서 벗어나지 않으면 일체의 정치 경제가 다 자유롭게 발전할 수 없기 때문이다. 왜 헌법정치를 수립해야만 하는가? 그렇지 않으면 정부의 권한을 확정하고 인민의 권리를 보장해서 전 인민의 지력(智力)과 도덕이 보편적으로 향상되도록 하고 그럼으로써 모든 국가의 역량을 증대시킬 수 없기 때문이다. 왜 산업을 발전시켜야 하나? 그렇지 않으면 국가의 물질적인 역량을 증대시키고 인민의 생활과 문화를 제고시킴으로써 민족문화가 가지고 있는 모든 면에서의 낙후성을 소멸시킬 수 없기 때문이다. 왜 농민을 해방시켜야 하나? 그렇지 않으면 봉건사회 세력을 근본적으로 분쇄하고 자국 산업의 국내시장을 번영하게 할 수 없기 때문이다. 이것이 바로 우리 건국의 총체적인 개념이다.

역사적으로 각 민족이 이런 민주의 임무를 완수할 수 있었던 동력은 절대로 처음부터 어떤 특정 계급에게 있었던 것이 아니다. 영국에서는 자산계급이 완수했고 프랑스에서는 소자산계급이 노동자와 연합하여 완수했으며 독일과 이탈리아에서는 자산계급이 지주, 귀족과 연합하여 완수했고 러시아에서는 무산계급이 농민과 연합하여 완수했다. 각국이 완수한 민주의 임무는 비록 정도에서는 차이가 있지만 근본적으로는 차이가 없으니 곧 일본처럼 낙후된 동방국가의 경우도 메이지유신 이래로 어느 정도는 민주의 임무를 완수하였기 때문에 간신히 근대국가가 된 셈이다.

중국의 신해혁명도 서구를 좇아 근대국가를 건설하려는 시도였다. 하지만 민국이 성립되고 헌법과 국회가 탄생했으며 민족공업도 발전의 싹을 틔웠지만 국내외의 거대한 장애세력으로 인해 이른바 민주혁명의 임무는 결코 진정으로 완수되지 못했다. 이로 인해 1925년에서 1927년까지의 제2차 혁명과 지금의 항일전쟁이 있게 된 것이다. 신해혁명, 북벌전쟁 모두 건국운동, 근대국가의 중요한 기본을 건설하려는 운동, 즉 국가의 독립과 통일을 달성하려는 민족운동이었다.

세계적인 역사 발전 과정에서는 민주혁명의 시대가 완결되어가지만 아직도 미완의 상태에 있는 동방의 중국에서는 민주의 임무가 완수되지 못했다. 즉 근대국가를 건립한다는 근본적인 문제가 아직도 해결되지 못했기 때문에 국내외에서 일어나는 어떤 사변들 속에서도 국가의 이런 근본적인 문제들은 모두 너무나 자연스럽게 전국 인민 앞에 제기되어 혁명의 효모 역할을 할 수 있을 것이다.

목전의 항일전쟁은 건국사업 가운데 주요하고 근본적인 사업이다. 국제적인 요인을 배제하고 국내의 사회 세력에 대해서만 말한다면 누구라도 실력과 결의로 이 전쟁을 지도해서 국가의 독립(즉 이전에 상실한 모든 주권을 회수하는 것)과 통일을 완수하고 또한 농민문제를 해결할 수 있다면 그는 무사히 정권을 장악해서 그것이 자본주의든 사회주의든 간에 그가 본래 주장하던 정치형태와 산업제도를 세워나갈 수 있을 것이다. 자본주의와 사회주의는 생산제도와 재산관계 모두 결코 혼합해서 병행할 수 없다. 사회정책은 결코 사회주의가 아니며 국가자본주의는 여전히 자본주의이다. 이 때문에 건설의 시기에 정권을 잡은 당은 자기가 옳다고 생각하는 것을 시행할 수밖에 없다. 야당이 언행이 일치되게 그 계급적인 입장을 완전히 포기하는 경우가 아니라면 대외전쟁 중에 계급성이 다른 당파와 협력할 수 있었던 것처럼 할 수는 없는 것이다. 이때 계급성이 다른 정당은 단지 재야의 반대파의 입장에 설 수밖에 없다.

만약 국내의 여러 세력이 모두 민주의 임무를 완수해서 근대국가를 수립할 능력이 없다면 중국은 외세의 견제를 받고 국내적으로는 분란을 겪는 국면에 처하게 되어 근대국가 수립의 과제는 국제적으로 거대한 변동이 일어나 파시스트가 붕괴되고 새로운 시대가 도래할 때까지 미루어질 수밖에 없을 것이다.

1938년 4월 25일 『정론(政論)』 순간(旬刊) 제1권 제9기, 서명: 천두슈(陳獨秀)

60 '오사' 운동의 시대는 지나갔는가?

"五四"運動时代過去了嗎?

어떤 이는 '오사'운동의 시대는 이미 지나갔다고 생각한다. 시대는 이미 저만치 앞에 있는데 사람들의 생각이 만약 '오사'운동 시대에 머물러 있다면 그건 너무나 낙후된 것이 아닐 수 없다는 것이다.

이런 견해는 정확한가? '오사'운동의 시대는 이미 지나갔는가에 대해 탐구하려면 '오사'운동의 시대가 어떠한 시대였는지를 분명히 해야만 한다. 또한 '오사'운동의 시대가 요구한 것이 무엇이었는지 지금도 아직 이런 요구들이 존재하는지를 구체적으로 지적해야 한다. 그래야만 '오사'운동이 대표하는 시대성과 시대가 지금은 이미 지나간 것인지 아닌지에 대해 눈감고 헛소리하는 일이 허용되지 않을 것이다.

'오사'운동의 시대가 요구한 것은

일본제국주의의 침략과 매국죄에 저항하는 것이다.

구 예교의 속박에 반대하고 사상해방과 여성해방을 제창하여 봉건잔재를 소탕하는 것이다.

과학을 제창하고 미신을 제거하며 공업을 건설하는 것이다.

고전문에 반대하고 구어체의 글을 제창하여 교육과 문화 보급의 도구로 삼는 것이다.

민권을 제창하고 관료정치에 반대하는 것이다.

이런 요구들이 지금은 이미 지나갔거나 아니면 완전히 지나가버렸나? '오사'운동 시대는 고립된 것이 아니고 신해혁명에서 오사운동으로, 오삼십운동으로, 북벌전쟁으로, 항일전쟁으로 이어지는 민주혁명운동 시대의 각 사건들을 총체적으로 포괄한다. 각 사건들은 참가한 사회세력의 범위나, 운동이 내건 요구조건의 깊이에서나 차이가 있지만 민주혁명이라는 시대적 성격에서는 결코 근본적인 차이가 없다. 그러므로 '오사운동'의 결함은 운동에 참가한 주된 세력이 주로 청년지식인들이었고 생산 대중은 없었다는 점이지만 이걸로 이 운동의 시대성이 이미 지나가버렸다고는 결코 말할 수 없다. 이 시대성은 지금 지나가버리지 않았을 뿐만 아니라 가까운 장래에도 민주혁명의 요구(민족독립 역시 민주혁명의 요구 중 하나이다.)를 떠나서는 어떤 혁명도 추진될 수 없으며 비교적 규모가 큰 운동도 일어날 수 없다. 정치경제의 발전은 혁명의 동력이 다른 것에 따라 그 형태도 달라질 것이지만 혁명을 추진해야 하는 역사적인 임무는 반드시 민주적이고 민족적인 요구이며, 이것은 중국의 역사발전 조건에 의해 결정되는 것이기에 사람들의 머릿속에 있는 환상으로 그것을 바꿀 수는 없다.

바로 그렇기 때문에 어떤 사람들은 입으로는 중국혁명은 자산계급 민주혁명의 성격을 가지는 것이라고 말하면서도 실제로는 이 역사적인 조건에 의해 결정되는 시대성을 전혀 진지하게 이해하거나 정확하게 파악하지 못한다. 그래서 '오사'운동의 시대는 이미 지나갔다는 생각을 하고 농촌 소비에트로 국민회의 운동을 저지한다는 황당한 정책이 나오고 자본주의를 초월한 소자산계급 사회주의의 환상을 가지고 '산 위의 마르크스주의(山上的馬克思主義)'[1]라는 우스운 일을 벌이고 농촌에 근거해서

1) 징강산(井岡山) 소비에트를 비롯하여 마오저뚱이 중심이 되어 농촌 산골 지역을 근

도시를 공략한다는 그릇된 노선을 취하게 되는 것이다. 또한 부농 타도에서 '토호열신을 돕는' 데로까지 나아가고 소비에트 정부에서 국방정부로, 프로문학에서 국방문학으로, 한 성 혹은 여러 성에서의 우선승리에서 민족통일전선으로 나아가는 것이다. 이 앞뒤가 뒤바뀐 혼란하고 질서가 없는 일련의 거대한 정책들이 모두 이 시대의 시대성을 제대로 이해하고 파악하지 못한 데서 말미암는 것이며 그것이 결국 좌우로 요동하면서 진퇴양난의 지경에 이르게 된 것이다.

지금이나 혹은 이미 지나가버린 것은 이런 정신이 혼미한 사람들이지 '오사'운동의 시대가 아니다. 지금 시대의 청년들은 이런 착오를 되풀이해서는 안 된다. 그러므로 나는 모두가 '오사'운동을 기억하는 오늘, '오사'운동의 구체적인 요구가 대변하는 시대성을 지적하지 않을 수 없다. 이것은 단지 '오사'운동의 의의만을 설명하기 위한 것이 아니다. 중요한 것은 오히려 청년들이 정치운동에 참가하는 거점, 즉 전혀 남김 없이 백분의 백의 역량으로 참가해야 할 민주민족 투쟁을 지적하기 위한 것이다. 이 거점을 견고하게 지키려면 반드시 이른바 '산 위의 마르크스주의'라는 혼란스러운 사상을 근본적으로 제거해야 한다. 왜냐하면 근대의 모든 거대한 운동은 필연적으로 도시가 농촌을 지도해야 하는 것이기 때문이다.

1938년 5월 15일 『정론』 순간(旬刊) 제1권 제11기, 서명: 천두슈(陳獨秀)

거지로 삼고 전개한 공산주의 운동을 가리킨다.

61 우리는 자본주의를 두려워해서는 안 된다

我們不要害怕資本主義

나라가 망하면 광산이나 철로나 면화 등 중요한 원료 산지를 잃게 되고 그것을 회복할 수 없을 뿐만 아니라 산업도 발전하기가 어렵다. 항전 기간 중에는 공장은 파괴되고 항구는 봉쇄되니 산업은 더더욱 말할 것도 없으며 그렇기 때문에 무슨 주의(主意) 같은 걸 이야기할 수도 없었다. 하지만 만약 우리가 한편으로는 항전건국을 소리 높여 외치면서도 한편으로는 의견이 분분해지는 걸 피하여 어떤 주의에 대해서도 논하지 말자고 한다면, 즉 우리가 대체 어떤 주의의 경제제도를 택해서 산업을 건설해야 할 지에 대해서도 이야기하지 말자고 한다면 그건 좀 이상한 일이다!

지금까지는 동방정신과 문화를 미신적으로 믿어온 사람이라도 불변의 사실이 주는 교훈으로 인해 지금은 공개적으로 산업의 발전에 반대하는 경우가 거의 없다. 이것은 중국에는 다행스러운 일이다. 하지만 어떤 경제제도를 채택해서 산업을 발전시킬 것인가? 자본주의 제도인가 아니면 사회주의 제도인가는 문제가 된다. 특히 진보적인 청년들의 마음속에서 이것은 불처럼 뜨겁게 해답을 기다리고 있는 문제이다. 본래 머리가 흐릿하고 또 편견을 가지고 있는 중늙은이들이라면 우리가 그들과 귀찮게 얽힐 이유가 없지만 순수한 청년들에 대해서는 그들을 지도할 책임을 방기해서 앞으로 나아가려는 그들의 마음이 사라지게 해서는 안 된다. 그렇다고 그들의 환상을 고려해서 해괴한 이론을 만들어내어 그들에게 영합하고 그들을 기만하면서 비위를 맞추려고 해서도 안 된다.

고대 사회를 제외하고 지금까지 우리에게 알려진, 점진적으로 진보해온 경제제도는 주로 세 가지밖에 없다. 봉건적인 것, 자본주의적인 것, 사회주의적인 것. 봉건경제제도의 특징은, 토지는 봉건 영주에게 속해 있고 농민은 토지에 속해 있고 노동자는 동업조합(行會)에 속해 있다는 것이다. 세계 각국에서 시행되는 봉건제도가 다 같지는 않지만 이 세 가지 근본적인 특징은 공통된다. 어떤 이들은 중국의 전자본주의적이고 낙후된 현상을 모두 봉건적이라고 부르는데 이것은 과학적인 표현이 아니다. 똑똑한 인류는 자신의 결함을 고쳐서 생활의 필요에 부응하기 위해 부득이 봉건제도가 가지고 있는 생산력에 대한 속박을 타파할 수밖에 없었다. 토지에는 매매의 자유를, 농민에게는 이동의 자유를, 노동자에게는 노동의 자유를 주게 된 것이다. 장기간의 투쟁을 거쳐서 전자본주의 시대에서 산업자본주의 시대에 이르렀고 자본주의 경제제도가 봉건 경제제도를 대신하게 되어 인류사회의 생산력은 진일보한 발전을 이루었다. 자본주의 경제제도의 특징은 '재산의 사유와 자유경쟁과 생산의 집중'이다. 이것은 본래 구속을 타파하고 전자본주의 시대의 낙후성을 구제하는 과정에서 자연스럽게 이루어진 발전의 결과이다. 자본주의 제도하에서 생산력은 대대적으로 발전했고 생산도 집중되었다. 다만 재산이 사유화되어 소수인의 수중에 집중되고 상품의 생산과 판매가 소수의 개인 자본을 위해 이루어지지 직접적으로 대중의 소비를 위해 이루어지지 않았다. 생산물의 분배도 재산의 유무나 빈부가 기준이 되었지 대중의 수요가 기준이 되지 않았다. 이로 인해 생산력과 구매력 사이의 불균형, 즉 허위적인 생산과잉의 문제가 생겨나게 되었으며, 그러자 생산을 제한하고 생산물을 파괴하고 시장과 원료를 쟁탈하고 식민지를 쟁탈하기 위한 전쟁이 이로 인해 일어나게 된다. 전쟁이 나면 부득이하게 군비를 확장하게 되며 이로 인해 인류의 에너지의 커다란 부분이 사람들을 돌보는 생활용품의 생산에 쓰이지 않고 사람을 죽이는 도구를 만드는 데 쓰이게 된다. 이것이 바로 자본주의의 제도적 결함이다. 똑똑한 인류는 이제 다시 자신의 결함을 수정하기 위한 방법을 모색한다, 즉 생산력과 사유재산제의 구속을 제거하고 국가의 계획생산으로 개인의 자유경쟁을 대신함으로써 사회의 생산력이 더욱 진일보하게 한다. 이것이 바로 사회주의 제도가 가지는 근본적인 의미이다. 생산의 집중이나 기술의 제고에 대한 사회주의의 요구는 자본주의와 동일하다.

이렇게 보면 사회주의는 생산력의 증가와 인류의 행복이라는 측면에서 모두 자본주의보다 더 나은 제도이며 그걸 따르는 건 더 상수(上手)인 것을 본받자는 것인데 우리는 왜 사회주의적인 제도를 택해서 산업을 발전시키면 안 된다는 것인가?

정말로 사회주의는 제도적으로 자본주의보다 낫다. 게다가 사회주의 운동이 자본주의와 거의 동시에 생겨난 세계 각국의 경우를 보면 자본주의가 일어난 곳에서는 거의 모두 사회주의운동이 바로 그 뒤를 따라왔다. 모든 국가들이 먼저 상대적으로 못한 자본주의 제도를 채택했다가 나중에 상대적으로 나은 사회주의 제도를 채택한 것은 다 사회 발전의 조건에 따라 그렇게 한 것이지 결코 인간의 주관적인 의지로 그렇게 한 것이 아니다. 멀리 16세기 네덜란드 혁명에서는 남부 각 성의 다수주민들이 혁명 기간 중에 몰수한 토지와 재산을 무보수로 빈민들에게 분배해줄 것을 요구했지만 이 요구는 삼급(三級)회의에서 거절되었다. 17세기 영국혁명에서는 국회의 다수당(독립파)에서 존 린번이 이끄는 '평등파'가 분리되어 나왔는데, 그들의 이론가 오버턴이 토지의 공동경작과 공동 소비 및 매매의 폐지, 화폐의 폐지, 고용의 폐지 등을 주장하자 정부는 그들을 공산주의자라고 불렀다. 18, 19세기 프랑스혁명 중에는 파리코뮌을 대표하는 소미시파, 허맥파와 사람들이 '미친 사람'이라고 불렀던 자크루, 마라 등이 있었는데, 그들은 부자들에게 소득세와 재산세를 걷고 공공 작업장을 조직하고 국가의 일부 재산을 재산이 없는 인민들에게 빌려주며 고리대금업자를 엄벌하고 각 시정부에서 식량을 염가로 인민들에게 팔 것을 요구했으며 뿐만 아니라 부자들에게 저항하는 새로운 혁명을 기도하기도 했다. 바뵈프나 당통 등이 조직한 '평등사'는 폭동의 수단으로 평등한 사람들의 공화국을 실현해서 자산계급의 공화국을 대체할 준비를 했다. 그들은 노동자혁명 독재정권을 수립하고 공화국 국민의 재산 분배를 주장하고 반드시 공산주의 코뮌의 모든 사원들(60세 이하의 노동인민)의 생활을 보장해야 한다고 주장했다. 리옹 노동자들의 폭동에서, 1836년에 성립된 블랑키와 바르베스가 이끄는 '계절협회'는 인간이 인간을 착취하는 것에 반대하고 사회적인 모든 불평등에 반대하며 혁명을 통해 독재정부를 수립하여 평등의 원칙을 실현할 것을 주장하였다. 하지만 이런 급진적인 소자산계급 사회주의운동과 폭동은 줄줄이 실패했으며 단지 자산계급 정권과 자본주의 발전을 위해 길을 열어주었다. 그러나 이것은 결코 자본주의가 본질적으로 사회주의보다 낫다는 걸 입증하는 것이 아니다. 사회의 역사적 발전과정에서 자산자, 소자산자와 노농 평민이 생활의 필요 때문에 일치해서 생산력의 증대를 긴박하게 요구했음을 입증해주는 것이다. 또한 구사회의 모태 내에서 이미 고리자본, 상업자본, 수공업 자본에 의해 자산계급의 우위가 형성되었음을 입증해주는 것이다. 당시에는 아직 집중된 대규모 산업이 없었고 이로 인해 일반 평민을 지도해서 사회주의 임무를 수행할 산업무산자계급이나 그 정당도 없었다. 그런 상황에서 혁명적인 소자산계급을 지도하는 급진세력들은 생산의 집중과 생산력 증대를 저해하는 '균등분배'나 '평등'의 환상에 빠져 있었던 것이다. 그들이 실패한 것은 본래 역사적인 필연이었으며 그들의 실패는 바로 사회의 진보이기도 했다. 비록 그들의 영용(英勇)한 투쟁은 지금까지도 사람들을 감복시키지만, 19세기 전반에 유럽 각국의 자산계급 통치는 점점 더 공고해져가고 자본주의의 죄악은 갈수록 표면화되었다. 그러자 소자산계급의 공상적 사회주의 유파들이 우후죽순처럼 생겨나기 시작했다. 특히 프랑스의 생시몽파, 푸리에파, 루이블랑파, 뿌르동파, 카베파. 블랑키파가 일시에 유럽을 풍미했다. 이런 파들은 자본주의를 강하게 비판한다는 점에서는 일치했지만, 소수 혁명가가 비밀리에 무장 그룹을 조직하여 폭동을 일으키고 정권을 탈취할 것을 주장했던 블랑키파나 이전의 바뵈프파를 제외한 나머지는 모두 평화의 선전자들로 통치자나 자선을 베푸는 자본가들이 그들의 주의 주장을 받아들여 평화롭게 사회주의로 나아갈 수 있기만을 희망했지 혁명투쟁이나 심지어는 노동운동에 대해서도 반대했다. 이들은 19세기 후반 과학적 사회주의의 선구였다는 점 외에는 당연히 어떤 성취도 이루지 못했다.

지금의 중국에도 모호하게 자본주의에 반대하고 사회주의를 좋아하는 청년들이 많은데 이건 일종의 진보라고 할 수 있지만 우리는 그들에게 경제발전이나 정치투쟁에 근거하지 않고 오직 자본주의에 대한 혐오의 감정만 가득한 소자산계급의 공상적 사회주의와 무산계급의 과학적 사회주의의 차이를 반드시 지적해주어야만 한다. 과학적 사회주의자가 보기에 자본주의는 그것의 공(功)이든 죄든 간에 결국은 인간 사회의 진화과정에서 반드시 거쳐야만 하는 과정이다. 그것이 없다면 소규모 생산자의 사회는 생산력의 발전이나 생산의 집중을 이룰 수 없다. 그리고 그 때문에 오직 무산자만 있을 뿐 산업무산자계급은 있을 수 없다. 자본주의는 절대로 사람들이 그것을 혐오한다고 해서 오지 않을 수 있는 것이 아니며 사회주의도 사람들이 그걸 좋아한다고 해서 올 수 있는 것이 아니다. 이것은 사회의 경제발전 조건에 의해 결정되는 것이며 인간의 노력이란 단지 그 오는 것을 조금 앞당길 수 있을 뿐이다. 19세기 말 러시아 소자산계급 국수주의자들은 러시아의 특수한 사정을 이유로 과학적 사회주의 이론을 부정하고 러시아가 농촌 공사(公社)제도에서 직접 사회주의로 나아가면서 자본주의 단계를 건너뛰어 그것의 해독을 면할 수 있을 것이라고 생각했다. 그 시기 러시아의 과학적 사회주의자들은 그것을 반동적인 사상으로 여기며 혹독한 비판을 가했다. 왜냐하면 이 사상은 전혀 현실성이 없으며 단지 러시아 사회의 비약적인 진화를 저해하기만 할 뿐이었기 때문이다. 레닌은 러시아의 국수주의자들에게 중국의 쑨중산 선생에게서 배우라고 권한 바 있다. 그는 쑨중산 선생이 중국의 자본주의를 발전시키기 위해 세운 산업계획이 혁명적이라고 생각했다. 나는 역사가 재연되지 않기를, 중산 선생의 신도들이 거꾸로 러시아 국수주의자들에게서 배우게 되지 않기를 바란다!

지금 우리가 자본주의에 반대하는, 복잡하게 얽혀 있는 견해들에 대해 논의할 필요는 없다. 그들은 절대로 진심으로 자본주의에 반대하는 것이 아니며 사회주의를 좋아해서 자본주의에 반대하는 것은 더더욱 아니기 때문이다. 그들은 입으로 말하는 것과 손으로 행하는 것이 달라서 내가 그저 원로 경제학자인 마인추(馬寅初) 선생[1]의 견해를 가지고 한번 이야기하는 것으로 충분하다. 마 선생의 취지는 중국은 러시아의 길을 걸어서는 안 되며 미국의 길을 걸어도 또한 병폐가 크고 너무나 위험

1) 마인추(馬寅初, 1882~1982)는 중국의 경제학자, 인구학자로 난징정부에서 입법위원을 맡았고, 중화인민공화국 성립 이후에는 중앙재경위원회 부주임, 난징대학 교수 등을 역임했다. 1957년 '신인구론'을 발표하여 우파로 타도 대상이 되었다가 1978년 11기 3중전회에서 명예 회복되었다. 중국인구학 분야의 일 세대 인물이다.

하다는 것이다. 그래서 마 선생은 출로가 없기 때문에 여전히 국가의 상업을 발전시키고 동시에 사영 산업을 허용하면서 그것을 적절히 통제할 것을 주장한 것이다. 이것이 바로 루즈벨트의 경제부흥계획의 골간이다. 하지만 루즈벨트의 계획이 이미 자본주의의 범주를 벗어났다고 생각하는 사람은 아무도 없으며 마 선생도 자본주의를 부정한 적이 없다. 하지만 마 선생은 주의해야 한다. 오늘날 중국은 절대로 미국과 비교할 수 없으며 게다가 세계적인 대세로 논하면 그 발전이 너무나 늦은 중국 자본주의는 앞으로도 미국의 19세기 말처럼, 추위와 굶주림으로 고통을 겪는 사람이 미래에 돈을 벌었을 때 자손이 그걸 남용하는 걸 막으려는 생각으로 조석으로 망설이게 될 리는 없다는 것을. 마 선생의 생각은 이것과 마찬가지로 기우라는 걸. 게다가 이 기우는 곧 장즈동(張之洞)의 '중학위체(中學爲體)'의 의견과 마찬가지로 중국 산업발전을 수십 년이나 저해하게 될 것이니 어찌 중국 민족이 이로 인해 봉변을 당하지 않을 수 있겠는가! 국가에 의한 산업발전은 중국에서 과거에 해온 것이며 앞으로도 부분적으로는 채택되어야 할 방법이다. 하지만 중국의 과거 경험과 일본 명치 초기 국영공업의 경험, 그리고 현재 중국의 상공부(招商局)와 민간기업(民生公司)의 성적을 대비해본 경험 등에 의하면 이 모두가 우리에게 국가가 산업을 경영하는 방식에 대해 지나치게 낙관하지 말 것을 경고하고 있다. 설령 국영 산업이 보편적으로 성공하더라도 꼭 자본주의의 범주를 벗어나는 것은 아니다. 사람들이 선망하는 소비에트 러시아의 국가공업에 대해서 말해보자. 시월혁명은 본래 정치적으로 성숙한 사건이었지 경제적으로 성숙한 사건은 아니었다. 레닌이 소련은 자산계급이 없는 자산계급 국가라고 말한 것이 이유 있는 것이었다면 우리도 소련의 국가 산업은 자산계급이 없는 자본주의라고 말할 수 있다. 소련은 비록 사회혁명을 거쳐서 재산관계를 바꾸고 국가의 계급성을 바꾸어서 명의상으로는 잉여노동이 노동자 자신의 국가로 귀속되게 되었지만 실제로는 일반 노동자보다 임금이나 생활에서 훨씬 더 부유한 고급 직원들과 기생적인 관료계층이 여전히 존재했으며 그러므로 사람이 사람을 착취하는 자본주의 제도에서 이미 벗어났다고는 말할 수 없다. 하지만 다른 나라에서 만약 누군가가 국가산업에 대해 그것이 곧 국가자본주의니 이미 자본주의의 범주에 속하는 것이라고 한다면 그건 더 피상적인 견해이다.

우리는 명목주의자들을 따라서 사회주의라는 말만 들어도 숙연하게 공경심이 일고, 자본주의라는 말만 들어도 뱀처럼 두려워하고 두더지처럼 혐오해서는 안 된다. 만약 중국이 지금 사회주의를 채택해서 산업을 발전시킬 수 있다고 감히 단언할 수 없다면 반드시 의연하고 결연하게 자본주의를 채택해서 산업을 발전시켜야 한다. 산업이 발전되어야만 비로소 구사회의 낙후성을 제거할 수 있고 새로운 사회를 위한 길을 개척할 수 있다.

우리는 세상물정에 어두운 선생들처럼 중국의 자본주의가 여전히 서구 진화의 낡은 길을 따라서 막다른 곳에 이르도록 해야 한다고 생각하지 않는다. 우리는 단지 자본주의가 중국의 경제발전 과정에서 반드시 거쳐야 하는 것이라면 와야 할 것은 빨리 오게 해야지 그것을 두려워해서는 안 된다고 생각한다. 나라를 위해 신중하게 그 길을 모색하는 사람이라면 "책임을 지면서 진실을 말해야" 한다. 조금의 허위나 억지 없이!

1938년 9월 15일 『정론』 순간(旬刊) 제1권 23기, 서명: 천두슈(陳獨秀)

62 시류에게 보내는 편지

給西流的信

시류 형(兄)께

일전에 부친 편지와 동봉한 차오린(超麟)[1] 형의 편지는 이미 다 보셨으리라 생각한다. 7월 21일 친히 쓰신 편지와 쇼우이(守一)[2] 형의 편지를 나도 벌써 다 읽었는데 병으로 일찍 답장을 하지 못하고 지금에서야 이렇게 쓴다.(이 편지도 이십여 일 동안이나 계속해서 겨우 썼으니, 정신이 온전치 않음을 가히 짐작하실 수 있을 것이다.) 많은 의문 없으시길!

보내준 편지에서 "그의 민주주의에 대한 이해와 세계정세에 대한 이해는 너무 낙관적이라 유치함을 면할 수 없는 것 같다."고 했는데, 이 두 가지가 바로 우리 논의의 쟁점이다. 하나는 세계대전 패전국에서 혁명이 일어날 것인가 하는 것이고, 또 하나는 민주주의를 수호해야만 하는가 하는 문제이다. 형이 그가 유치하다고(실은 반동이지만) 하면서도 그가 틀렸다고 하지는 않은 것은 스스로도 모순이라는 걸 느낄 것이다!

첫 번째 문제에 대해서 나는 아니라고 대답할 수밖에 없다. 특히 영국

---

1) 정차오린(鄭超麟, 1901-1998). 1919년 프랑스에서 '근공검학(勤工儉學)'으로 유학하고 조우언라이 등과 더불어 '소년중국당'을 조직하기도 했다. 1920년대 후반 중국 트로츠키파의 하나였던 '무산자파'에 속해있던 인물이다.

2) [원주] 왕쇼우이(王守一), 즉 왕판시(王凡西).

과 프랑스에서는. 이 점에서는 즈션(資深)[3]과 시즈(希之)[4]가 나보다 더 결연하게 영국과 프랑스에서 혁명 국면이 있을 수 있다는 걸 부정하고 있는데 그 이유는 (1) 각국의 혁명 역량이 이미 스탈린파에 의해 말끔히 제거되어 버렸고 (2) 각국의 자산계급은 1871년에서 1917년까지의 경험을 통해, 전쟁에 패배하고 나면 그 무력을 국내의 적이 이용하지 못하도록 차라리 모두 국외의 적에게 넘겨줄 것이기 때문이고 (3) 지금 독일의 무기와 전술, 정복지역 통치 방법은 모두 1871년이나 1917년에 영국과 프랑스의 정부군이 패배했을 때와는 비교가 되지 않는 수준이라서 민간에서 일시에 절대로 푸른 두건을 두르고 일어날 수는 없으며 (4) 독일은 아직 세계적인 패권을 얻지 못했기 때문에 독일이 전쟁에서 패배하면 전쟁은 당장 종결될 수 있고 나치가 패배하고 난 뒤에 그것을 잇는 정권이 여전히 파시즘 정권(이런 정세는 바로 영국이나 프랑스와 상반되지만)일 리는 없을 것이기 때문이다. 그때가 되면 사민당과 기타 자유파들이 고개를 들 텐데 그건 혁명운동이 시작되는 데는 유리하다고 할 수 있겠지만 히틀러가 독일에서 패배하면 곧 혁명이 일어날 것이라고 말하기는 어렵다. 혁명정당이 없다는 것과 상술한 이유들에 근거하여 우리는 이전에 믿었던 "제국주의가 유럽대전에서 패배하고 나면 곧 혁명이 일어나게 될 것"이라는 공식이 완전히 전복되었다고 말할 수 있다. 단지 공식만을 맹신하면서 역사적인 상황의 전개에 대해서는 눈을 감고 있는 사람들만 1917년을 꿈꿀 수 있고 이번 대전이 지난 번 대전의 재연이라는 말을 할 수 있을 것이다. 영국과 프랑스에서는 이미 혁명이 일어날 가망이 없는데 거기에서 패배주의전략을 택한다면 히틀러의 승리를 돕는 것 말고 무엇이겠는가? 역사는 중복될

3) [원주] 허즈션(何資深) 혹은 허즈위(何之瑜)라고도 함.

4) [원주] 우지옌(吳季嚴). 천두슈의 생질.

수 없지만 인간이 범하는 잘못은 재연될 수 있다. 이전에는 바이마르[5] 내각과 히틀러를 같은 것으로 생각해서 나치가 정권을 잡도록 도와주었고, 지금은 다시 나치 독일을 민주국가인 영국, 프랑스와 같은 것으로 보면서 히틀러가 민주 전통을 가진 프랑스를 정복하는 걸 돕고 있다. 나는 한 걸음 더 나아가 만약 사람들이 여전히 민주를 경시하고 독재를 숭배한다면, 쇼우이 형의 말처럼 "인간은 좋든 나쁘든 항상 파시즘과 사회주의 이 두 가지 독재 사이에서 선택할 수밖에 없을 것"이라고 생각한다. 바꾸어 말하면 독일과 러시아의 두 정치체제 사이에서만 선택을 할 수 있다는 것이다. 그렇다면 설령 영국이나 프랑스가 패배하고 그로 인해 혁명이 일어나게 된다고 해도 세계는 히틀러가 승리했을 때와 마찬가지로 더 암흑과 타락으로 빠져들 수밖에 없다. 비밀경찰[6]을 가진 소비에트 러시아 하나만 해도 이미 사람들을 질식시키기에 충분한데 거기다 비밀경찰을 가진 여러 개의 소비에트 프랑스, 소비에트 영국이 더해진다면 형은 견딜 수 있겠는가? 이렇게 되면 반드시 두 번째 문제에 대한 상세한 토론이 필요해진다. 쇼우이 형이 말한 것처럼 "우리의 견해가 서로 갈리는 주된 분야는 아무래도 민주주의에 관한 것이다."

두 번째 문제에 관해 나는 소비에트 러시아와 관련된 지난 이삼십 년간의 경험과 또 육칠 년 동안 심사숙고한 것에 근거하여 지금과 같은 견해로 결론을 내렸다. (1) 나는 대중정권이 아닌 정권은 당연히 대중민주주의를 실현할 수 없다고 생각한다. 만약 대중민주주의를 실현할 수 없

5) 원문에는 '白朗宁内阁'이라고 되어 있고, '白朗宁'은 총기설계로 유명한 미국인 브라우닝(1855~1926)의 음역으로 간주되지만, 글의 문맥을 고려할 때, 1919년 수립되어 히틀러의 나치 정권 시기까지 존재했던 바이마르 공화국(1919~1933)의 내각을 지칭하는 것으로 보아야 할 것 같다.

6) 원문에는 '格柏乌'로 되어 있으며, 스탈린 수하의 비밀경찰 체카(VCHK)를 지칭하는 말이다.

다면 소위 대중정권이든 무(無)계급독재든 반드시 스탈린식의 극소수 사람들의 비밀경찰 정치체제로 흐르게 될 것이다. 이것은 필연적인 추세이지 스탈린 개인의 심보가 특별히 나빠서 그런 것이 아니다. (2) 나는 대중민주주의로 자산계급 민주주의를 대신하는 것은 진보적이지만 독일이나 러시아의 독재로 영국이나 프랑스, 미국의 민주주의를 대신하는 것은 퇴보라고 생각한다. 직접적이든 간접적이든 의식적이든 무의식적이든 이 퇴보를 조성하는 사람들은 그들이 입으로 무슨 급진적인 말을 하든지 간에 모두 반동이다. (3) 나는 민주주의는 단지 추상적인 명사가 아니라 구체적인 내용을 가지고 있는 것이며, 자산계급 민주주의와 무산계급 민주주의는 그 내용은 대체로 동일하며 단지 시행 범위에서 넓고 좁음의 차이가 있을 뿐이라고 생각한다.(이전 편지와 뒤의 내용을 보시라.) (4) 나는 민주주의 안에는 물론 의회제도가 포함되지만 의회제도가 결코 민주주의의 전체 내용이라고는 생각하지 않는다. 수년 동안 많은 사람들이 민주주의와 의회 제도를 동일시하면서, 의회 제도를 배척하면서 동시에 민주를 배척했는데, 이것이 바로 소련이 타락하게 된 가장 큰 원인이다. 의회제도는 과거가 될 수 있고 역사의 잔영이 될 수 있지만 민주주의는 그렇지 않다. 소비에트제도에 만약 민주주의적인 내용이 없다면 그건 여전히 형식적인 민주주의 대의제이며 심지어는 러시아의 소비에트처럼 자산계급의 형식적인 민주주의 의회보다도 못하게 된다. (5) 민주주의는 고대 희랍과 로마에서부터 오늘, 내일, 모레에 이르기까지 매 시대마다 피압박 대중이 소수의 특권계층에 저항해온 기치였지 단지 어떤 특수한 시대에만 국한된 역사적인 현상이 결코 아니며 과거 일정한 시대의 자산계급 통치 형식이 절대로 아니다. 민주주의는 이미 시대가 지났다고 다시는 돌아올 수 없는 것이라고 말한다면, 마찬가지로 정치와 국가도 이미 시대가 지났다고 이미 사망했다고 말할 수 있다. 만약 민주주의가 단지 자산계급의 통치형식이며 무산계급 정권의 형식은 오직 독재지 민주주의여서는 안 된다고 말한다면, 스탈린이 범한 모든 죄악은 마땅한 것이 되며 레닌이 "민주주의는 관료제의 항독소(抗毒素)"라고 한 말은 쓸데없는 말이 된다. LT[7]가 소비에트와 노동조합과 당의 민주를 회복하기 위한 투쟁을 주장하는 것 역시 어제를 돌아오라고 하는 것이 되며 일반 백성들에게 역사의 잔영을 위해 피를 흘리라고 하는 것이 된다. 만약 무산계급 민주주의와 자산계급 민주주의가 서로 다른 것이라고 한다면 그건 곧 민주주의의 기본내용(법원 밖에서는 사람을 체포하거나 살해할 권한이 없음, 반(反)정부당파가 공개적으로 존재함, 사상 · 출판 · 파업 · 선거의 자유로운 권리가 있음 등)은 무산계급에게나 자산계급에게나 같은 것임을 전혀 이해하지 못하는 것이다. 만약 스탈린의 죄악과 무산계급 독재체제가 서로 무관한 것이라고, 즉 스탈린의 죄악은 시월 이래 소련제도가 민주제도의 기본적인 내용을 위반한 데서 비롯된 것이 아니라(민주주의를 위반하는 이런 제도들을 다 스탈린이 만든 것은 아니다.) 스탈린 개인의 심보가 특별히 나쁜 데서 기인한 것이라고 한다면 그건 완전히 유심론을 주장하는 사람들의 견해이다. 스탈린의 모든 죄악은 곧 무산계급 독재의 논리적인 발현이다. 묻건대 스탈린의 모든 죄악 중 어느 것이 시월 이후 소련에 존재해온 비밀정치경찰의 거대한 권력과, 당 밖에는 당이 존재할 수 없고 당 안에는 다른 정파가 존재할 수 없고, 사상 · 출판 · 파업 · 선거의 자유를 허용하지 않는 이러한 일련의 반민주적인 독재제도에 기대지 않은 것이 있는가? 만약 이런 민주제도들을 회복하지 않는다면 스탈린을 이어 일어나는 누구라도 '전제적인 마왕'이 되는 걸 면할 수 없을 것이다. 그러므로 소련의 모든 악을 스탈린의 죄로만 돌리고 소

7) 레온 트로츠키의 약칭.

련 독제체제의 악을 낳은 근원까지 소급하지 않는 것은 마치 스탈린만 제거하면 소련은 모든 것이 다 잘될 것이라는 것과 같다. 이렇게 개인에 대한 미신을 가지고 제도를 경시하는 편견은 공평한 정치가라면 가져서는 안 된다. 소련의 이십 년 동안의 경험, 특히 나중 십 년의 쓰디쓴 경험에 대해 우리는 마땅히 반성해야만 한다. 만약 우리가 제도적인 데서 결함을 찾아내고 거기서 교훈을 얻지 않고 단지 눈을 감고 스탈린만 반대한다면 끝까지 아무런 깨달음을 얻지 못할 것이다. 그렇게 되면 한 사람의 스탈린이 무너지고 나면 다시 무수한 스탈린이 러시아나 다른 나라에서 생겨나게 될 것이다. 분명히 시월 이후 소련의 독제체제가 스탈린을 만들어낸 것이지 스탈린이 있고 나서 비로소 독재체제가 생겨난 것이 아니다. 만약 자산계급 민주제도는 그 사회적인 동력을 이미 다 소진해버렸기 때문에 민주주의를 위해 투쟁할 필요가 없다고 생각한다면 그것은 곧 무산계급 정권은 민주주의를 필요로 하지 않는다는 말과 같으며 이런 관점은 천하의 후대 모두를 오도하는 것이 될 것이다! (6) 근대 민주제도의 내용은 희랍이나 로마에 비해 훨씬 더 풍부하며 시행 범위도 훨씬 광범위하다. 근대는 자산계급이 정권을 담당한 시대이기 때문에 우리는 그것을 자산계급 민주제도라고 부르지만, 실은 이 제도는 단지 자산계급에게만 환영을 받은 것이 아니고 수천수만의 민중들이 오륙백 년 동안 피를 흘리며 투쟁한 결과로 시행된 것이다. 과학과 근대 민주제도와 사회주의는 근대 인간 사회가 이뤄낸 천재적인 삼대 발명으로 지극히 소중한 것이다. 불행히도 시월 이후 경솔하게 민주제도와 자산계급 통치를 한가지로 전복시키고, 독재로 민주주의를 대체함으로써 민주주의의 기본적인 내용도 전복되었으며, 이른바 '무산계급 민주주의'나 '대중 민주주의'의 구호는 단지 실제적인 내용이 없는 공허한 명사로 자산계급 민주주의를 저지하는 허울뿐인 말이 되었다. 무산계급이 정권을 획득한 후에는 국유 대공업과 군대, 경찰, 법원, 소비에트 선거법이 생겨났는데, 손에 쥐어진 이런 이기로 자산계급의 반혁명을 진압하면 충분했지, 독재로 민주주의를 대체할 필요는 없었다. 독재제도는 날카로운 한 자루의 칼 같아서 오늘은 그걸로 다른 사람을 죽이지만 내일은 곧 그걸로 자신을 죽이게 될 것이다. 레닌은 당시에도 "민주주의는 관료제의 항독소(抗毒素)"라는 걸 알았지만 비밀정치경찰을 없앤다든지, 반대당파의 공개적인 존재나, 사상 · 출판 · 파업 · 선거의 자유 등을 허용하는 등의 민주제도를 채택하는 일은 진지하게 검토하지 않았다. LT는 독재라는 이 칼이 자신을 해치게 되었을 때야 비로소 당, 노동조합과 각급 소비에트에 민주주의가 필요하며 선거의 자유가 필요하다는 걸 깨달았지만 때는 너무 늦었다! 그 밖에 무지한 볼셰비키 당원들은 더욱더 독재제도는 하늘로까지 메고 가고 민주제도는 개똥만도 못한 것으로 욕을 해댔으니 이런 황당무계한 관점이 시월혁명의 권위를 뒤쫓아서 온 세계를 정복한 것이다. 최초로 이런 관점을 채택한 건 바로 무솔리니이며 두 번째는 히틀러이다. 독재제도를 제창한 본토인 소련에서는 그 근본의 변질이 더욱 심해져서 행하지 않는 악이 없었다. 이렇게 되자 독재를 숭배하는 무리의 자손들이 온 세상에 편만하게 되었으며 유럽에서 특히 그러해서 5대 강국에서 세 명의 독재자가 나왔다.(그러므로 동방에서는 민주주의가 필요하지만, 서구에서는 민주주의가 필요하지 않다는 말은 틀린 것이다.) 첫째는 모스크바, 둘째는 베를린, 셋째는 로마, 이 세 개의 반동 보루가 현대 세계를 새로운 중세로 바꾸어 놓았다. 그들은 생각이 있는 인간을 생각이 없는 기계나 소나 말로 바꾸어 독재자의 채찍에 따라 움직이게 만들려고 기도했다. 인류에게 만약 이 3대 반동 보루를 전복시킬 힘이 없다면 오직 기계나 소나 말이 될 수밖에 없다. 그러므로 지금 전 세계의 모든 투쟁은 반드시 이 3대 반동 보루를 전복시키는 것과 연계가 되어야만 의미가 있다. 그렇지 않으면 무산계급혁명이니 민족혁명이니 하는 것처럼 아무리 듣기 좋은 말이라도 모두 무의식적으로, 객관적으로는 이 3대 반동 보루의 세력을 공고하게 하고 확대하는 일을 돕는 것이 될 것이다. 만약 우리가 지금 이 3대 반동 보루를 전복시키는 것을 가장 우선적인 투쟁의 목표로 삼는다면, 첫째 영국, 프랑스, 미국의 불철저한 민주제도라도 그것이 보호되어야 할 가치가 있다는 점을 인정해야만 하며, 둘째 류런징(劉仁靜)의 파산 이론, 즉 어떤 시기 어떤 사건이라도 무산계급은 다른 계급과 함께 행동할 수 없다는 이론을 취소해야만 한다. 이 이론은 북벌전쟁이나 항일전쟁에서 모두 채택되어서는 안 되었으며 목전의 국제전쟁에서도 마찬가지로 채택되어서는 안 된다. 만약 이 이론이 채택되면 반동적인 영향이 있을 뿐이다. 창(昌) 형은 "전쟁이 진행 중인 지금, 민주주의와 파시즘 사이의 분명한 경계는 이미 소멸되었거나 소멸될 것이다."라고 말했는데, 이 말은 정말 해괴하다! (1) 정치제도 자체에서 민주주의와 파시즘의 완전히 다른 경계는 절대로 소멸될 수 없다. (2) 만약 그 경계가 소멸된다는 것이 영국, 프랑스, 미국 등 민주국가들이 갈수록 파시즘화되는 걸 가리킨다면, 설령 정말로 이와 같더라도 절대로 이것으로 우리가 독재를 환영하고 민주주의를 반대해야 할 이유를 삼아서는 안 된다. (3) 영국, 프랑스, 미국이 장차 파시즘화 될지 여부는 제3 인터내셔널과 제4 인터내셔널이 히틀러의 완전 승리를 도울지 여부에 달려 있다. 히틀러 군대가 어떤 지역을 치면 당연히 그 지역이 파시즘화되는 것이다. 그렇지 않다면 영국, 프랑스, 미국의 민주 전통은 쉽게 전복될 수 있는 것이 아니다. 만약 전시에 내각 권력을 강화하는 것을 파시즘화라고 간주한다면 그건 대체 파시즘이 무엇인지 모르는 것이다. (4) 만약 지금 민주국가와 파시즘 사이의 확연한 경계가 이미 소멸된 것으로 여긴다면 눈을 크게 뜨고 아래 대조표를 한번 보기 바란다.

(갑) 영국, 미국과 패전 이전 프랑스의 민주제도

(1) 의회선거에서 각 당(반(反) 정부정당을 포함하여)은 그 선거구를 독점하지만 각 당은 경선의 정강과 연설을 발표해서 선거구민의 요구에 부합되도록 해야 한다. 어쨌든 선거구민이 결국은 최후의 투표권을 가지고 있기 때문이다. 회의 시에는 상당한 토론과 논쟁이 있다.

(2) 법원의 명령 없이는 체포나 살인을 할 수 없다.

(3) 정부의 반대당파 심지어는 공산당도 공개적으로 존재할 수 있다.

(4) 사상, 언론, 출판에 상당한 자유가 있다.

(5) 파업 자체는 범죄행위가 아니다.

(을) 러시아, 독일, 이태리의 파시즘제도(소비에트 러시아의 정치제도는 독일과 이탈리아의 스승이니 한가지로 볼 수 있다.)

(1) 소비에트나 국회 선거는 모두 정부당이 지정한다. 회의 시에는 오직 거수만 있을 뿐 논쟁은 없다.

(2) 비밀정치경찰이 임의로 체포나 살인을 할 수 있다.

(3) 일국일당 체제로 다른 정당의 존재를 허용하지 않는다.

(4) 사상, 언론, 출판의 자유가 전혀 없다.

(5) 파업은 절대로 허용되지 않는다. 파업은 곧 범죄이다.

이 표에 근거하건대, 양자 사이의 경계가 영국, 미국 쪽에서 언제 소멸되었는가? 프랑스에서는 무엇 때문에 소멸되었는가? 각각의 코뮤니스트들은 이 표를 보고도 여전히 자산계급 민주주의를 저주하며 욕할 면목이 있을까? 종교식의 미신 시대는 마땅히 일찌감치 지나갔어야 한다, 모두 정신을 차려라! 앞으로의 혁명이 만약 여전히 "민주주의는 이미 시대가 지났고 무산계급 정권에겐 오직 독재만 있을 뿐 민주주의는 없다."고 생각한다면 그건 단지 비밀경찰이 온 인류를 유린하도록 내버려두는 것이다. 게다가 그런 혁명은 영국과 프랑스가 전쟁에서 패배한 후에도 발생할 수 없다. 당신들은 영국과 프랑스에서 패배주의 구호를 주장하는데 대체 그건 누구를 위한 것인가? 스탈린파는 아주 교묘하게 반제국주의 전쟁의 구호로 반파시즘 구호를 대체하는 일보를 내딛었고, 제2보는 곧 영국, 프랑스, 미국에 대해 비난의 화살을 퍼부어 파시즘을 엄호하는 것이다. 당신들은 그들과 같은 발걸음을 취하고 있다. 당신들의 제 2보는 포효(破曉)[8] 및 쇼우이와 나의 편지에 충분히 나타나 있다! 쇼우이 등의 세계대전에 대한 견해는, 소련의 성격에 대한 판단과 민주주의에 대한 태도에서 출발하는데 나는 두 가지 모두에서 그들과는 상반되는 생각을 가지고 있다. 하지만 우리 쌍방의 입장은 모두 일관된 것인데 당신만은, 세계대전에 대한 태도는 쇼우이 등과 동일하고 소련과 민주주의에 대한 입장은 나에게 더 근접한 것 같으니 이건 정말 불가해하다. 이 편지를 자오(趙)[9] 형과 쇼우이 등에게도 베껴서 전해 주고 원래 편지와 이전 편지들은 앞으로 출판할 예정이니 모두 내게 다시 돌려주었으면 좋겠다. 창 형의 편지를 첨부한다. 건강하시길!

아우 중백(仲白)

1940년 9월『천두슈의 최후 논문과 서신(陳獨秀最後論文和書信)』

---

8) [원주] '새벽을 깨우다'의 뜻으로 잡지명.

9) [원주] 趙濟를 가리킴.

63 나의 근본적인 생각

我的根本意見

(1) 어떤 시간, 어떤 공간에도 항상 혁명적인 국면이 있을 수는 없다. 가장 황당한 것은 반동적인 국면을 혁명적인 국면이라고 말하는 것이다. 즉 통치계급이 승리를 거두고 나서 안정 국면으로 들어서고 있는데 그 때를 붕궤해가는 국면이라고 말하고, 중간계급이 혁명계급을 떠나 방황하고 동요하는 것을 통치계급을 떠나 방황하고 동요하는 것이라고 말하며, 혁명계급이 패배한 후에 드러내는 울분의 정서를 혁명 정서의 고양이라고 말하는 것. 우리는 "인민은 가난할수록 혁명적이라"는 말도 안 되는 소리에 대해 반드시 반박을 해야만 한다. "압력이 커질수록, 반동의 힘도 커진다."는 물리적인 현상을 사회에도 적용할 수는 있지만 그건 반드시 피압박자가 충분히 떨쳐 일어날 수 있는 동력이 있다는 게 조건이 되어야만 한다.

(2) 무산계급 군중이라고 해서 어떤 시기라도 모두 혁명적인 경향을 가질 리는 없으며, 대규모 투쟁이 심각한 실패를 겪고 난 뒤나 사회경제적인 대공황이 있을 때는 특히 더 그러하다.

(3) 그 숫자가 사회적인 조건에 적합할 만큼 충분하지 않고 경제적인, 정치적인 조직이 없으면 무산계급은 다른 주민과 커다란 차이가 없다. 특히 십 년 동안 소비에트 관료주의 통치의 경험과 중일전쟁 및 이번 제

국주의 대전의 경험은 우리에게 지금 시대에 각국의 무산계급 역량을 과대평가할 수 없도록 하며, 경솔하게 "자본주의는 이미 마지막 날에 도달"했으니 전 세계를 흔들어놓을 만한 역량의 개입은 없다고 선포할 수 없도록 한다. 이번 대전은 물론 자본제국주의의 종결이 아니라 그것이 발전해서 도달한 두 번째 단계의 시작이다. 곧 다수의 제국주의 국가가 간단하게 양대 진영의 제국주의 집단으로 병합되는 것의 시작인 것이다.

(4) 소자산계급의 '집중'과 '통일'이 가지는 독단성과 무산계급의 '집중'과 '통일'이 가지는 자연성의 차이는 엄격하게 구별되어야 한다.

(5) 급진적이고 허위적인 소자산계급과 결연하고 솔직한 무산계급 사이의 차이는 엄격하게 구별되어야 한다.

(6) 지금은 결코 최후의 투쟁을 전개할 시기가 아니다. 낙후된 국가만이 아니라 구미 선진 국가의 경우도 마찬가지다. 만약 누군가가 자산계급이나 소자산계급에게는 이미 어떤 진보적 역할도 남아 있지 않다고, 그들은 이미 다 반동 진영으로 넘어갔다고 독단적으로 말한다면 그건 단지 앞으로 자산계급이 진보적인 역할을 보여줄 때 당장 그들에게 투항하는 결과를 낳게 될 씨앗을 심는 것일 뿐이다.

(7) 소비에트 러시아가 이십여 년 동안 남긴 교훈을 조금의 편견도 없이 깨달아야 하며 볼셰비키 이론과 그것의 지도적 가치에 대해서도 종교적이지 않은 과학적인 평가를 새롭게 내려야 한다. 모든 죄, 예를 들면 무산계급 정권하에서의 민주제도의 문제 같은 것들을 모두 스탈린에게만 귀속시켜서는 안 된다.

(8) 민주주의는 인류가 정치조직을 만들어낸 때부터 정치가 소멸될 때까지 사이에 존재하는 각 시대(희랍, 로마, 근대부터 미래까지)의 다수 계급 인민이 소수의 특권에 저항하는 깃발이다. '무산계급 민주'는 공허한 단어가 아니다. 그 구체적인 내용은 자산계급 민주와 마찬가지로 모든 공

민이 집회, 결사, 언론, 출판, 파업의 자유를 가질 것을 요구하는 것이다. 특별히 중요한 것은 당파(黨派)에 반대할 자유이다. 이런 것이 없다면 의회든 소비에트든 마찬가지로 아무 가치가 없다.

(9) 정치적 민주주의와 경제적 사회주의는 상호 보완적인 것이지 상충되는 것이 아니다. 민주주의는 결코 자본주의나 자산계급과 분리할 수 없는 것이 아니다. 무산계급 정당이 만약 자산계급과 자본주의에 반대하기 때문에 그래서 결국 민주주의에 대해서도 반대한다면, 설령 각국에서 이른바 '무산계급혁명'이 나타난다고 해도 민주제가 있어서 관료제의 해독제가 되지 못하므로 단지 세상에는 스탈린식의 관료 정권들만 나타나게 될 것이다. 그런 잔혹과 탐욕과 허위와 기만과 부패와 타락하에서는 절대로 어떤 사회주의도 만들어질 수 없으며 이른바 '무산계급 독재' 같은 것도 절대로 생겨날 수 없다. 그건 곧 당의 독재이고 결과적으로는 단지 지도자의 독재일 뿐이다. 어떤 독재도 잔혹, 은폐, 기만, 탐욕, 부패의 관료정치와 분리될 수 없다.

(10) 이번 세계 대전은 물론 양대 제국주의 집단이 전 세계 패권을 다투는 전쟁으로 소위 '민주, 자유를 위해 싸운다'는 건 당연히 겉옷일 뿐이다. 하지만 이것 때문에 영, 미와 같은 민주국가에는 그래도 어느 정도의 민주와 자유가 존재한다는 것까지 부정해서는 안 된다. 거기에 야당, 조합, 파업이 존재한다는 건 현물(現物)이지 수표가 아니다. 나치 첩자의 앞잡이가 아니라면 어떤 궤변으로도 그것을 부정할 수 없다. 우리는 미국이, 나치가 유태인을 대하는 방식으로 고립된 세력을 대한다는 말은 더더욱 들어본 적이 없다. 히틀러의 나치 도당은 독일을 통치하는 그 야만적이고 암흑적인 방법으로 전 세계를 지배하려 한다. 즉 중세의 종교법정보다 더 야만적이고 더 암흑적인 방법으로 전 세계를 지배하면서 전 세계에 그 주의만, 그 당만, 그 지도자만 있을 수 있게 하고 자기와 다른 어떤 것의 존

재도 허용하지 않으며 그것에 의해 정복된 나라 안에 있는 토착 나치나 각양각색의 토착 파시스트의 존재조차 허용하지 않는다. 히틀러 도당의 승리는 전 인류를 질식시킬 것이며 전 인류를, 생각하는 뇌와 자유의지를 가진 사람에서 생각하는 뇌도 없고 자유의지도 없는 소나 말 같은 기계로 바꾸어놓게 될 것이다. 그러므로 전 세계 각국의(독일도 당연히 포함되며) 양심 있는 진보적 인사들은 이 대전이 시작된 때부터 지금과 장래에 모두 '히틀러 나치 도당의 소멸'을 각 민족 공동의 총공격목표로 삼아야 한다. 다른 모든 투쟁은 단지 이 총목표에 대해 긍정적인 역할을 하고 부정적인 역할을 하지 않을 때만 비로소 진보적인 의미를 가진다. 히틀러의 나치가 일단 승리하게 되면 어떤 사회주의나 어떤 민주주의, 어떤 민족의 해방도 일체 논할 수가 없게 될 것이기 때문이다.

(11) 이번 제국주의 대전 기간 동안, 민주국가들에 대해서는 패배주의 전략을 취하고 국내에서는 혁명전쟁으로 세계 제국주의 전쟁을 대체한다고 하는 전략은, 입으로 내뱉는 말은 아무리 좌파적이라 해도 실상은 오직 나치의 승리를 돕는 것일 뿐이다. 예를 들어 영국인 자신의 제국주의 정부가 만약 혁명에 의해 전복된다면 그때 영국의 육해공군 세력은 반드시 분열되고 쇠약해질 것이며 새로운 혁명 정권이라도 절대로 단기간 내에 강력한 세력을 만들어내어 나치 군대가 영국의 런던을 침략하는 것에 대항할 수는 없을 것이다.(만약 '자신의 제국주의 정부가 패배하는 것이 틀림없이 더 손해가 적은 것'이라고 말한다면, 그럼 지금 나치에 의해 정복당한 체코인이나 프랑스인은 정말로 행운인가!) 시간의 문제를 무시하면 진리는 황당한 것으로 변하게 된다. 사람들이 중일전쟁이 제국주의 대전으로 인해 변질되었다고 생각하는 것에는 이유가 있다. 하지만 이것 때문에 중국에서 패배주의를 택해야 한다고 주장해서는 안 된다. 충칭(重慶) 정부가 훼멸되는 건 지금으로서는 독일, 이태리, 일본의 승리가 가속화되도록 돕는 것일

뿐 그 외에 어떤 다른 환상도 있을 수 없다. 우리는 또한 마찬가지 이유로 소련에서도 패배주의를 택해서는 안 된다고 주장한다. 비록 인류의 자유의 운명에서 스탈린 도당이 히틀러 도당보다 낫다고 믿을 만한 사실은 없다고 해도.

(12) 어떤 이유로도, 혁명의 기초를 마련하는 일, 즉 군중을 결합시키는 일이, 나치의 전체주의 통치하에서보다 어느 정도의 민주적인 성격을 가진 정부 아래서가 더 어렵다고 말할 수 없다. 또한 어떤 이유로도 나치의 승리가 독일 혁명운동이 실패하는 것보다는 더 유리하다고 말할 수 없다. 나치의 패권이 유럽에서 얼마나 오래 지속될 수 있을지는 아무도 그 운명을 헤아릴 수 없지만 만약 나치가 승리하고 나면 그 후에는 반드시 붕궤될 것이라는 생각으로 그것의 승리를 도울 구실을 삼는다면, 그런 커다란 희생과 그런 우스운 전략은 이전에 독일에서 국내 정변이 일어났을 때 스탈린이 '히틀러가 정권을 잡게 해라' '그가 정권을 잡으면 곧 패배하게 될 것이다'라고 선포했던 것과 다를 게 없다. 게다가 지금의 유럽은 중국의 전국시대나 유럽의 근대 초기와 마찬가지로 경제 발전을 위해 통일을 필요로 한다. 혁명의 통일이 아니라도, 나치 도당의 반동적인 통일이라도 실현될 수 있는 객관적인 조건을 가지고 있다. 그러나 이런 반동적인 통일로는 경제적으로 자본제도가 생산력에 대해 가지는 구속(사유재산제)을 동요시킬 수 없다. 유럽의 왕정 시기에 봉건제도가 생산력의 발전에 대해 가지는 구속(농노와 조합)을 동요시킬 수 있었던 것과 같은 진보적인 역할을 할 수가 없는 것이다. 또한 정치적으로 민주제도가 파괴되고 중세기의 암흑으로 다시 돌아가게 된다면 설령 그것이 아주 오래가지는 않는다고 해도 그것은 인류에게 가공할 재난과 이루 다 헤아릴 수 없는 손실이 될 것이다.

(13) 전쟁과 혁명은 진보해가는 국가에서라면 생산력 발전의 결과이면

서 그것이 다시 바뀌어 생산력 발전의 원인을 형성하게 되지만 쇠퇴해가는 국가에서라면 반대로 생산력이 더욱 쇠약해지고 국민의 품격이 더욱 타락하게—허황되고 탐욕스럽고 사치하며 구차하게 되고, 정치는 더욱 더 암흑적인 상황으로—군사독재화되도록 만들 것이다.

(14) 세계전쟁에서는 쌍방이 무기와 군사기술에서 대등한 국가일 때만 비로소 인구수나 국민의 기상이나 전쟁에 임하는 정신 같은 것이 승리와 패배를 결정하는 요인이 될 수 있다. 설령 국내전쟁에서라도 19세기에 신무기가 발명된 상황은 엥겔스로 하여금 부득불 시가전의 가치를 재고하지 않을 수 없게 했다. 만약 통치 진영이 내부에서 붕괴되는 것이 아니라면 20세기의 신무기와 새로운 전술의 발명은 부득불 민중폭동과 시가전의 가능성을 감소시키지 않을 수 없을 것이다.

(15) 제국주의가 식민지와 반식민지를 존재 조건으로 삼는 것은 자본주의 제도가 사유재산을 존재조건으로 삼는 것과 같다. 우리가 자본의 통치가 붕궤되지 않았는데 사유재산제도가 폐지될 수 있을 것이라는 환상을 가질 수 없는 것과 마찬가지로, 식민지 반식민지의 민족독립전쟁이 제국주의 국가(종주국과 종주국의 적대국가) 안에서의 사회혁명과 결합하지 않고도 승리를 거둘 수 있을 것이라는 환상을 가질 수는 없다. 오늘날, 영미와 독일의 양대 제국주의가 전 세계를 노예로 삼는 통치권을 서로 다투는 지금, 고립된 민족전쟁은 어떤 계급이 지도하든 완전히 실패하든가 아니면 주인이 바뀌든가 아니면 더 흉악한 주인으로 바뀌든가 하는 것일 뿐이다. 설령 비교적 개명한 노예주로 바뀌어 자신의 정치 경제적 발전에는 상대적으로 유리한 점이 있다고 해도 근본적으로 원래의 식민지나 반식민지의 노예적 지위를 바꿀 수는 없을 것이다.

1941년 11월 28일 『천두슈의 최후 논문과 서신』

64 피압박민족의 앞날

被壓迫民族之前途

피압박민족은 자본제국주의의 산물이다. 피압박노동자는 자본제국주의를 위해 상품을 생산하고 피압박낙후민족은 자본 제국주의를 위해 상품을 내다 팔고 원료를 생산한다. 이 둘은 자본 제국주의의 양대 기둥이다.

피압박민족이 자본 제국주의의 억압에 저항하고 전쟁까지 하게 되는 것은 당연한 일이며 비난할 게 없다. 이렇게 민족의 자유를 위해 전쟁을 하는 대투쟁이라면 누가 그것을 지도하든, 민족 안에서 진보적인 사람들이라면 마땅히 모두 지지해야 한다. 왜냐하면 자산계급이 지도하는 것뿐 아니라 설령 봉건 귀족이 지도하는 민족해방 투쟁이라도 자본제국주의를 타도한다는 진보적인 의미를 가지기 때문이다.

하지만 이 투쟁이 만약 민족투쟁의 범위 내로 제한된다면 그 앞날은 어떻게 될 것인가?

첫째, 국내적으로 말하면, 살아 있는 실제 경험이 우리에게 다음과 같은 것들을 말해준다. 전쟁은 민족의 낙후성을 감소시킬 수 없을 뿐만 아니라 증대시킨다. 정치사상과 학술사상이 이로 인해 후퇴하게 되는 건 차치하고 경제에 대해서만 말하더라도 전쟁이 지속되는 동안 불가피하게 취해지는 봉쇄와 통화 팽창은 사회적인 제제가 없고 정치적인 조직도 취약한 전시 상황 속에서는 너무나 쉽게 탐관오리나 악덕상인, 지주들이 매점매석을 하고 국난 덕에 횡재할 천재일우의 기회를 만들어주게 된다. 이로 인해 전방에서 피비린내 나는 항전을 하는 장병들과 후방에서 각고의 애를 쓰는 평민들은 추위와 굶주림의 고통 속으로 빠져들게 된다. 당신이 만약 그다지 평화적이지 않은 수단으로 이런 현상들을 제거하자고 주장한다면 누군가는 그건 민족투쟁의 범위를 벗어나므로 일치해서 바깥에 대항하는 민족전선을 파괴하는 것이라고 고함을 지를 것이다. 게다가 실제로도 이것은 정말 민족투쟁의 범위를 벗어나게 된다. 그러나 이런 현상을 제거하지 않는다면 이것이 바로 민족해방전쟁의 치명상이 되며 또한 이런 것은 선전이나 권고 또는 정부가 발행하는 종이쪽지 금령으로 제거할 수 있는 것이 아니다. 그러면 어떻게 해야 하나?

둘째, 국제적으로 말하면, 식민지와 낙후된 국가의 시장에 대한 각 파 제국주의의 쟁탈전이 첨예화되어 있는 지금, 간디의 말처럼 한 민족이 다른 강국의 도움에 의존해서는 자유를 얻을 수 없다는 생각, 이것은 백 퍼센트 맞는 말이다. 하지만 다른 강국의 도움 없이는 눈앞에 있는 강국의 억압에서 벗어날 수도 없으며 게다가 어떤 강국들은 당신이 의지 하든 하지 않든 강제로 와서 돕기도 한다는 것 역시 백 퍼센트 맞는 말이다. 그래서 네루에게는 출로가 없었다. 미국의 도움을 거절하자는 주장을 하지 않았던 걸 보면 그는 간디와는 어쩌면 조금 생각이 달랐던 것 같다. 미국 세력이 만약 인도로 들어온다면, 미국의 식민지에 대한 태도는 독일이나 이탈리아나 일본보다 나을 뿐만 아니라 영국보다도 나을 것이라는 걸 우리는 안다. 필리핀이 바로 그 본보기이다. 하지만 필리핀은 결코 하나의 독립국가라고 할 수 없다. 만약 인도인이 민족 독립을 이유로(물론 이 이유는 충분히 정당하다.) 영국 세력을 배척하고 새로운 주인을 일본으로 바꾼다면 그건 더 망하는 것이다. 간디와 네루가, 인도가 외국인의 억압을 받는 시대는 이미 지나갔다고 아무리 강조하며 선언했다고 해도, 내심으로는 그들도 스스로의 역량이 정말 영국을 따라가고 동시에 또한 일본과 독일을 격퇴시킬 만하다고는 생각하지 않았을 것이다. 결과는 단지 여전히 새로운 주인의 통치에 굴종하여 계속 비협력운동을 전개하는 것뿐일 텐데 이건 또한 어떻게 해야 하나?

그러므로 나는 자본 제국주의의 현 세계에서는 비교적 약소한 어떤 민족이 만약 문을 닫고 자기 민족의 힘에만 의지해서 일체의 제국주의의 침입을 제거하고 그렇게 함으로써 고립된 민족정책을 실현하려고 한다면 그건 가능성이 없는 것이라고 생각한다. 그럴 경우 유일하게 가능한 것은 오직 전 세계 피압박노동자들, 피압박낙후민족과 연합해서 모든 제국주의를 전복함으로써 분업 호조의 국제 사회주의 세계로 상품거래의 국제 자본주의 구세계를 대체하는 것이다. 그렇게 되면 민족 문제는 자연히 해결될 것이다.

나의 이런 견해에 대해 어쩌면 누군가는 두 가지 면에서 반박을 할지 모른다. 하나는 낙후된 민족이 어떻게 사회주의를 논할 수 있으며 또한 어떻게 다른 나라의 노동자나 다른 약소민족과 함께 연합할 수 있느냐는 것이며, 또 하나는 사회주의에 민족해방 문제가 포함되는지 여부이다.

첫 번째 반론을 제기하는 사람은 낡은 민족 개념에 눈이 어두워서 국제화라는 미래의 새로운 추세를 보아내지 못하는 사람이다. 낙후된 민족 자신의 경제적인 조건은 당연히 사회주의를 논할 처지가 못 되며 자본주의를 어떻게 발전시킬지에 대해서도 논할 게 못 된다. 오늘날 낙후된 민족은 자본주의를 발전시키든 사회주의를 발전시키든 모두 선진국에 의존하지 않으면 불가능하다. 민족에 대해 과대망상을 가지고 있는 사람이 아니라면 누구나 이런 운명을 알 수 있다. 최근 백 년 동안 자본

제국주의의 식민정책은 이미 여러 낙후된 민족의 만리장성을 파괴했고, 이번 세계대전 후에는 각 파의 제국주의 통치형식이, 식민정책에서 보다 집중적이고 보다 유기적인 국제집단 정책으로 바뀔 것이다. 이른바 대서양 헌장이나 태평양 헌장 같은 것들이 바로 이런 집단 운동의 시작이다. 만약 국제집단을 지도하는 사회주의 국가가 나치 패전 후의 독일에서 나오게 된다면 선진국이나 낙후된 나라는 오래지 않아 사회주의 연방으로 융합될 것이다. 즉 자본 제국주의가 이끄는 국제집단 안에서 낙후된 나라는 지도국과 전면적으로 합작하도록 유혹당하고 강요당할 것이다. 이런 불평등한 합작이라도 집단 내부에 있는 낙후된 민족들 각각에게 지도국의 노동인민과 상호 결합할 수 있는 기회를 줄 수는 있다. 이것이 바로 제국주의 강도(强盜)가 스스로 자기를 전복시킬 피압박자들의 대결집을 조성하는 것이다. 어떤 민족주의의 영웅도 이런 국제적인 집단화의 새로운 추세를 막을 수는 없으며 피압박민족 역시 이러한 국제적인 새로운 추세에 잘 적응해야만 장차 미래가 있다.

두 번째 반론을 제기하는 사람은 제2 인터내셔널 이론에 미혹된 것이다. 제2 인터내셔널은 단지 자본의 통제하에서 개량운동만을 꾀하기 때문에 피압박민족의 해방이라는 문제를 생각하지 못한다. 이는 그것이 자본 제국주의를 떠받치는 기둥의 하나이기 때문이다. 진정한 사회주의 운동은 근본적으로 국제 자본 제국주의의 통제를 전복시키려고 하는 것이다. 그러므로 제1 인터내셔널 이래로 '피압박 노동인민을 해방시키는 것'과 '피압박 민족을 해방시키는 것'이 이 운동이 내건 양대 기치였다. 사회주의 혁명이 성공하고 중도에 변질되지만 않는다면, 그것은 상품화폐경제나 국가제도와 장구히 병립할 수 없는 것인데 그렇게 된다면 또 무슨 피압박민족 같은 것이 존재하겠는가? 이건 단지 이론만이 아니다. 러시아 시월혁명의 경험이 보여준 현실이다. 시월혁명은 전 러시아의 절대

다수 인민들이 공산당의 '노동자 해방' '농민 해방' '약소민족 해방'이라는 3대 기치하에 결집함으로써 성공했다. 혁명이 승리하고 난 후 이 세 가지는 하나하나 다 실현되었으니 러시아 공산당이 공수표를 날린 것은 절대 아니다. 게다가 국외적으로는 제정 러시아시대에 피압박 국가에 대해 행한 불평등 조약의 자동 취소를 선언하였다. 제정 러시아가 피압박 국가에서 누리던 특수한 권리, 즉 조계나 영사재판권 같은 것들 하나하나의 파기를 선언한 것이다. 그래서 당시 전 세계의 노동인민과 전 세계의 피압박민족은 모두 모스크바를 전 세계 피압박민족의 등대로, 전 세계 혁명운동의 총 참모부로 간주했다. 만약 최근 소련이 중일전쟁과 이번 세계 대전 초기 폴란드와 히틀러에 대해 취한 정책에 근거해서 누군가가 사회주의 국가의 피압박민족 해방투쟁에 대한 태도에 의문을 제기한다면 그건 그 자신이 분명하게 알고 있지 못하기 때문이다! 어떤 이들은 우리가 지지하는 전반기 소련을 비방하고 어떤 이들은 우리가 통탄하는 후반기 소련을 치켜세우는데 이 둘은 완전히 다르다. 전반기 소련은 세계혁명의 입장에 서 있었고, 후반기 소련은 러시아 민족이익의 입장에 서 있었다. 소련의 지도자가 서유럽 혁명의 좌절 때문에 곧 중도에 변절하여 세계혁명을 중심에 두는 정책을 포기하고 러시아의 민족이익을 중심에 두는 정책으로 그것을 대신하게 된 것이다. 그러자 각 나라에서 명석한 분별력을 가진 사람들은 점점 더 회의하고 실망하게 되어 오늘에 이르게 되었다. 소련에 대해 사람들은 내심으로는 아직 약간의 희망을 품고 있다고 해도 실제로는 단지 그것이 세계 열강의 하나일 뿐이라고 생각할 수밖에 없다. 만약 소련이 사회주의 국가라고 강변한다면 그건 곧 사회주의를 모욕하는 것이 된다! 만약 러시아가 여전히 힘든 상황을 견디며 국제 사회주의의 입장을 표방했던 당시의 입장을 고수하고 있었다면 중일전쟁이 일어났을 때 마땅히 전력을 다해 중국을 도와야만 했다. 이것은 러시아가 영국이나 미국처럼 바깥에 서서 중국을 돕는 입장이어서는 안 되며, 중국의 대일항전 지도를 자기 책임으로 삼고 또한 출병해서 참전함으로써 소련과 중화민족의 존망을 연결했어야만 한다는 말이다. 그것이 바로 국제사회주의자의 태도이고 지도국의 태도인 것이다! 만약 그랬다면, 일본은 그렇게 쉽게 상하이와 난징을 점령하지 못했을 것이며 뒤늦게 장구평(張鼓峰) 사건[1]이 일어났을 때라도 러시아가 더 이상은 일본과 타협하지 않았더라면 우한도 절대 함락되지 않았을 것이다. 중러가 만약 오늘까지 줄곧 함께 항전을 해왔다면 일본이 남양(南洋)에서 횡포를 부리고 다니거나 필리핀, 말레이, 인도네시아, 버마의 방대한 약소민족들을 유린할 힘도 없었을 것이다! 나치군대가 폴란드에 진공했을 때 소련이 만약 여전히 국제 사회주의의 입장에 서 있었더라면 히틀러와 타협했을 리도 없고, 민주주의를 대표해서 피압박 피침략 민족을 지도하여 파시스트를 향해 진공하는 이 위대한 사업을 죽 쑤어서 남 주는 일이라는 식으로 말하지는 않았을 것이며, 파시스트와 작당하여 폴란드를 분할하는 일은 더더군다나 하지 않았을 것이다! 이때는 영불벨기에 연합군이 아직 붕괴되지 않았을 때이며 히틀러가 아직은 동서양전에서 모두 승리를 거둘 수 있다고 생각하지는 않았을 때이다. 고립된 폴란드가 전쟁에서 패배하여 동쪽 전선에 문제가 없어지자 히틀러는 영불벨기에 연합군을 격퇴시킬 힘이 생겼고 노르웨이, 네덜란드, 덴마크, 남슬라브, 희랍까지 이 일대 군소국들을 정복할 힘이 생긴 것이다.

러시아의 전후 입장의 차이와 그로 인해 생긴 결과의 차이가 드러나는 이 일련의 역사적인 사실들만 보아도 이미 국제 사회주의와 피압박민족

1) 장구평(张鼓峰) 사건은 1938년 7월 말 8월 초에 일본과 소련 양국 사이에서 장구평 고지를 둘러싸고 벌어졌던 군사충돌을 말한다.

의 관계에 대한 충분한 설명이 된다.

러시아도 유럽에서는 어쨌든 상대적으로 낙후한 민족인데, 완전히 민족적인 정책이 초래할 결과는 어떠한 것이었겠는가? 러시아는 자국의 안전을 도모해서 파시스트와의 타협으로 파시스트를 향한 진공을 대신했다. 그 결과 러시아와 독일의 전쟁은 히틀러가 유럽에서 고립되어 있을 때 시작된 것이 아니라 히틀러가 유럽 각국을 격퇴하고 난 후에 시작되었다. 러시아가 파시스트와의 타협의 대가로 얻은 폴란드의 절반과 발트해 3국은 여전히 히틀러의 소유이며 유럽과 러시아의 대부분의 토지와 인민도 파시스트 군대의 수중에 함락되었다. 만약 영미의 원조가 없었다면 모스크바조차도 지금까지 지킬 수 없었을 것이다. 러시아는 시종 자국의 안전만을 도모했기 때문에 시종 일본과의 전쟁을 피했고, 중국 공산당조차도 이로 인해 '돌아다니되 공격하지는 않는다(游而不擊)'는 오명을 얻게 되었다. 그 결과 내일의 일본은 여전히 히틀러와 협동하여 러시아를 칠 것이고 러시아 민족을 너무나 불안전한 위치로 빠뜨리게 될 것이지만 그때는 중국의 유력한 지원을 얻을 수 없게 된다. 왜냐하면 러시아가 이미 중국이 일본에 의해 쇠약해지는 걸 좌시했기 때문이다. 그러므로 어떤 낙후한 민족이라도 만약 민족정책으로 스스로를 제한한다면 반드시 고립에 빠지게 되고(민족정책은 사실상 바로 고립정책이다.) 미래의 희망이 없는 것이니, 소비에트 러시아도 예외일 수 없다.

1943년 5월 13일

해제

천두슈의 삶과 사유의 역정

심혜영

1. 1879-1913년: 초기 애국운동시기

천두슈는(이하 '천'으로 약칭) 1879년 음력 8월 24일 안휘성 안칭(安慶)에서 태어났다. 이름은 간셩(乾生), 자는 중푸(仲甫), 호는 스안(實庵)이다. 두슈(獨秀)란 필명은 고향의 두슈산(獨秀山)에서 따온 것이다. 세 살 때 부친 천옌중(陳延中)이 사망하여 어린 시절은 홀어머니 사씨(査氏)와 할아버지 밑에서 자랐다. 1930년대 중반 옥중에서 쓴 자전인 「스안자전」에서 천은 자신의 모친을 "아주 능력 있고 의를 중시하며 재물을 아끼지 않고 약한 자들을 위해서는 기꺼이 나서는 성품을 가진 분"이지만 "누구에게나 잘해주는 호인이어서 종종 간악한 것에 대해서도 관용하면서 엄격하고 단호한 태도를 보이지 못했던" 분으로 기술하고 있다. 부친 사후 천의 교육을 맡았던 할아버지는 천이 6-7세부터 사서와 오경을 암기하게 했는데 성격이 무척 괴팍하고 난폭한 성격이었던 것으로 보인다. 「스안자전」에는 할아버지와 관련된 흥미로운 일화들이 소개되어 있다. 천은 할아버지가 사망한 후에는 20세의 나이로 수재가 된, '아미타불 같은' 형에게서 사서오경과 팔고문을 배웠지만 『소명문선』이나 잡서에만 관심이 많았다. 1896년 17세에 안칭에서 보는 과거에 합격하여 수재(秀才)가 되었고 그 덕에 부친이 없는 한문(寒門)의 자식임에도 불구하고 동네 부호들이 앞 다투어 정혼을 하려고 하는 바람에 모친에게 큰 기쁨을 선사하게 되었다. 천이 내키지 않는 과거시험을 보고 또한 모친이 정해 놓은 전통 여성과 전통적인 방식의 혼인까지 수용한 것은 전적으로 모친에 대한 애정 때문이었다. 하지만 난징에서 열리는 장난(江南) 향시에서 벌어지는 광경을 직접 목도하고, 고시 현장의 너무나 비위생적인 풍경과 수험생들의 비정상적인 정신 상태에 충격을 받고 과거 제도의 치명적인 문제점 등을 절실히 깨닫게 된 뒤 캉유웨이, 량치차오파로 방향 전환을 결심하게 된다. 이상의 내용은 「스안자전」에 비교적 상세하게 기록되어 있다.

난징에서 돌아온 후 천은 모친이 정해준 가오샤오펑(高曉峰)과 결혼하고 저장 항저우의 신식학당인 구시서원(求是書院)에 입학하여 영어, 불어와 건축학, 조선술 등을 공부한다. 이해에 장남 옌녠(延年)이 출생한다. 이듬해인 1899년에 모친이 사망하자 천은 반청혁명운동에 뛰어든다. 이때 천의 나이는 만 스물이었다. 1900년 딸 위잉(玉瑩)이 출생한다. 1901년 청조에 반대하는 과격한 강연을 한 이유로 당국의 체포 대상이 되자 난징으로 잠시 도피했다가 다시 돌아와 혁명 활동을 계속한다. 이해에 차남 차오녠(喬年)이 출생한다. 1902년 무렵 다시 당국의 감시를 피해 일본으로 건너가 장지(張繼), 펑즈요우(馮自由), 쑤만수(蘇曼殊) 등과 함께 소년중국회(少年中國會)를 조직하고 혁명 활동을 전개한다. 이 시기에 「혁명군(革命軍)」의 작가 추룽(鄒容), 장지와 함께 당시 청조가 파견한 유학생감독관 야오위(姚昱)의 변발을 자른 사건이 유명하다. 이 사건으로 천은 일본에서 추방을 당하고 귀국 후에는 상하이로 와서 장지와 함께 장스자오(章士釗)를 도와 『소보(蘇報)』 편집 일을 맡았다.

1904년 '안후이애국회'를 조직해서 동북삼성에서의 러시아의 부당한 횡포에 저항하는 '러시아 반대(拒俄)운동'을 주도하고(「안후이애국회 연설」), 『안후이 속화보(安徽俗話報)』를 발간한다. 이때 천의 나이는 스물다섯이었다. 1905년 러일전쟁이 발발하자 친구 바이원웨이(柏文蔚)와 혁명기구인 악왕회(岳王會)를 조직하여 혁명운동을 전개한다. 같은 해 쑨원이 주도하는 중국동맹회(同盟會)가 도쿄에서 수립되었고, 악왕회의 대부분의 성원들이 동맹회에 가입했지만 천은 가입하지 않는다. 학자들 중에는 그 이유를 천이 동맹회가 표방하는 반만인종주의(한족주의)에 동의하지 않았기 때문으로 해석하는 이들도 있다. 이후 계속적인 반청 혁명활동으로 경찰의 지명수배 대상이 되자 이를 피해 1906년경 다시 일본으로 유학을 떠난다. 이때 도쿄에 약 2년간 거주하며 서구 사상에 심취했다.

1902년에서 1908년 무렵까지 여러 차례 일본을 오가면서 천이 했던 활동은 주로 잡지나 신문 발간을 통해 새로운 지식을 전파하고 단체를 조직하거나 강연활동을 하면서 애국사상과 혁명의식을 고취하는 일이었다. 천이 이 시기에 쓴 「안후이애국회 연설」, 「국어교육」, 「국가를 이야기함」 등에서 드러나는 '망국멸종(亡國滅種)'의 위기의식이나 애국적 열정은 당시 지식 청년, 특히 일본유학생 사회에 보편적인 것이었다. 한 가지 이 시기 천에게서 특징적인 것은 『안후이 속화보』 발간에서 발견되는 각별한 대중지향성이다. 당시 민중계몽과 반청 혁명의식 고취를 목표로 하는 백화신문은 상하이, 항저우 등 여러 지역에서 발간되고 있었지만, 다른 지역의 백화신문들이 주로 지식인만을 대상으로 하고 반청 혁명의식 고취에만 집중했던 것과는 달리 『안후이 속화보』는 독자 대상을 지식인뿐만 아니라 농부, 상인, 수공업자, 관료, 병사, 여성, 아동까지 그 지역 구성원 모두를 포괄하는 것으로 설정하고 그 내용도 독자층의 다양한 수요에 부응하기 위해 13개나 되는 항목으로 구성했다.(「안후이 속화보 발간취지」) 이것은 이후 천에게서 보다 더 뚜렷하게 드러나는 민권의식과 민중지향성의 단서를 미리 보여주는 것으로 해석할 수 있다.

1909년 귀국하여 고향에서의 일을 정리하고, 천은 처제인 가오쥔만(高君曼)과 상하이로 와서 동거를 시작한다. 가오쥔만은 본처의 배다른 자매였고 베이징에서 사범학교를 다니고 있던 신식여성으로 천보다 열 살 가량 아래였다. 당시 후스는 이 파격적인 사건을 '혼인혁명' '가정혁명'이라고 불렀다. 신해혁명 기간 동안 천은 주로 난징에서 반청혁명 활동에 가담한 것으로 알려져 있다. 하지만 이후 신해혁명이, 만주 황실을 타도하고 공화정의 간판을 내건 것 외에는, 사실상 중국전역을 끝없이 이어지는 군벌들의 패권 전쟁터로 만들었을 뿐, 중국사회를 바꾸는 데에는 실질적으로 아무것도 이룬 것이 없다는 판단을 하게 되고, 이러한 인식하에 근본적인 사회 변혁을 가능하게 할 새로운 실천적 방안을 모색하게 된다.

2. 1914-1918년: '정신계의 혁명' 시기

이 시기 천의 사유와 활동에 가장 큰 영향을 미친 사건은 신해혁명과 1차 세계대전의 발발이다. 신해혁명 이후 중국의 정치사회적 현실을 보면서 천은 단순한 정치체제의 변혁이나 상층 권력부의 정권교체만으로는 진정한 정치 혁명을 이룰 수 없다는 문제의식을 가지게 된다.(「우리의 마지막 각성」, 「신청년」) 그것은 실질적인 사회변혁을 가능하게 할 정치혁명을 일으키려면 사상, 윤리, 문화의 영역에서 근본적인 '정신계의 혁명'이 필요하다는 인식으로 이어진다. 한편 1차 세계대전의 발발은 국가와 애국에 대한 관점에도 결정적인 변화를 가져온다. 천의 최초의 정치평론이라고 일컬어지는 「애국심과 자각심」에서 천은 제국주의로 변해 자국의 국민들을 전쟁의 비참한 희생자로 내몬 독일과 오스트리아, 일본을 강하게 비판하면서 국가의 존재이유와 애국의 근거에 대해 근본적인 질문을 던진다. 천은 국가의 존재이유는 전적으로 국가가 국민의 권리와 행복을 보장하는지 여부에 달려 있으며, 그러한 국가의 존재이유를 모르고 하는 애국은 어리석은 행위라고 비판한다. 또한 국민을 전쟁의 비참한 희생자로 내몰거나 국민을 보호하기는커녕 괴롭히고 살육하는 나쁜 국가라면 차라리 없는 게 낫다는 과감한 주장까지 제기한다.

이러한 문제의식하에서 천은 1915년 '정신계 혁명'의 진지로 『신청년』을 창간하고, 베이징대를 근대적인 대학으로 개편하려는 야심찬 구상을 가진 총장 차이웬페이의 간곡한 청빙에 응해 1917년 초 베이징대 인문대학장으로 취임하면서 본격적으로 사상문화운동을 전개해간다. 이 시기 글들은 이러한 천의 문제의식과 실천적 관심을 중심에 두고 있다. 천은 정신계 혁명의 핵심적인 내용으로 개인의 각성과 자각을 통해 사회구조적 굴레와 사상적 문화적 맹목성을 벗어버리고 독립 자주의 인격을 확립하는 것을 제시하며(「문학혁명론」), 그러한 정신계 혁명을 수행할 주체로 '신청년'을 상정한다. 천이 말하는 신청년은 근대적 가치 구현의 실천적 담지자요, 새로운 사회를 만드는 시대적 사명을 담당할 주체로서 '생리적 심리적으로 완전히 새로운' 청년이어야 하며, 이들이 추구해야 할 가치는 과학과 민주주의요, 프랑스 근대문명이 구현한 평등, 박애, 자유이다.(「프랑스인과 근대문명」) 신청년이 마땅히 취해야 할 자세로는 진보적, 진취적, 세계적, 실리적, 과학적일 것을 제시한다.(「삼가 청년에게 고함」) 천은 또한 국가란 무엇인가와 더불어 도덕이란 무엇인가에 대해서도 질문을 던지며 근본적인 성찰을 요구하고(「애국심과 자각심」, (「공교

문제를 다시 논함」,「도덕의 개념과 그 학설유파」) 사상해방과 근대적 가치구현의 가장 큰 정치적 윤리적 장애물로 간주되는 공교 비판에도 적극적으로 나선다.(「공교문제를 다시 논함」,「구사상과 국체문제」) 이러한 시도들이 궁극적으로 의도하는 것은 앞서 말한 것처럼 전통사회 속에서 맹종의 대상이자 예속의 굴레가 되어온 국가와 도덕을 상대화함으로써 제도적 사상적 문화적 속박으로부터 개인을 해방시키고, 개인적 사회적 차원에서 근대적 가치를 구현한 독립적이고 자주적인 인격 주체를 세워나가는 것이었다.

천의 관심이 국가나 국민에서 독립된 개체로서의 개인으로 옮겨졌다는 점과 더불어, 이 시기 천의 사유에서 각별히 주목되는 것은 천이 선망한 서구 근대의 우월함이 서구 근대가 가진 경제력이나 군사력이 아니라 그 사회 구성원들이 누리는 근대적 보편 가치와 인권이라는 점이다. 천이 추구한 것은 근대화된 서구 강국의 힘이나 부가 아니라 근대적 가치와 문명화된 인민으로 구성된, 나라의 경계를 넘어서는 세계공동체의 이상이었으며, 이때의 '인민'은 집단주체로서의 국민이라기보다는 근대적 보편가치를 향유할 자유와 권리를 가진 개별 존재들의 집합을 가리키는 것이다.

천의 사유에서 드러나는 이러한 특징은 천이 초기에 비교적 많은 영향을 받았고, 여러 가지 점에서 천의 사상과 유사성을 드러내는 량치차오의 관점과 비교해 볼 때 그 차이가 선명하게 드러난다. 천이 계몽적 과제를 수행할 새로운 사회적 주체로서 '신청년'을 상정하고 진정한 근대정치체제의 수립과 운영이라는 정치혁명을 달성하기 위해서는 윤리적인 혁명이 반드시 필요하다는 주장을 한 점은, 중국의 문제가 특정 정부나 정권의 문제가 아니라 국가를 건설하고 운영할 수 있는 민지(民智)의 문제라고 보는 관점, 즉 민의 각성과 민지의 계발을 근대국가 건설의 관건으로 간주하며 새로운 집단주체로 '신민(新民)'을 제시하면서 신민이 갖추어야 할 덕목으로서 공덕과 사덕을 강조한 량치차오의 관점과 여러 가지 면에서 유사하다. 하지만 량의 경우는 부강한 근대국가 건설이라는 상위 목표하에서 그러한 국가를 구성할 새로운 국민을 양성하는 것이 하위 목표였다면 천의 경우는 국가의 구성원 한 사람 한 사람이 국민으로서의 권리와 행복을 보장받기 위해 그러한 것을 실질적으로 보장해 줄 수 있는 근대국가의 수립이 필요한 것이라는 관점에 서 있다. 량치차오가 부강한 국가 건설의 목표를 더 상위에 두고, 그것을 만들어내고 운영할 수 있는 집단주체로서 국민을 상정하고 있는 것과는 달리, 천두슈의 경우는 국민을 이롭게 하지 못하며 괴롭히는 국가라면 그런 국가가 왜 있어야 하나? 그런 국가를 왜 사랑하며 지켜야 하나의 문제를 제기하면서 국가와 애국을 기능주의적 관점에서 상대화하고 해체한다. 이러한 점은 천이 동시대의 다른 개혁적 지식인들과 마찬가지로 진화론적 세계관에 입각하여 서구근대를 단선적 진보의 모델로 삼고 있지만 진보의 핵심을 무엇에서 찾느냐 하는 점에서는 중요한 차이를 보이는 것과도 관련이 깊다.

천은 량을 포함한 여타의 개혁적 지식인들과는 달리 서구의 경제적 군사적 힘과 지배력에서 진보의 가치를 찾기보다는 서구가 가지고 있다고 생각한 사회문화적 수준, 정신의 선진성, 보편가치의 실현을 선망한다. 이 점은, 량이 영국이나 일본을 모델 국가로 거론하는 데 비해(『신중국미래기』) 천은 프랑스를 이상 국가로 삼은 데서도 발견된다. 량에게 영국과 일본이 대내적으로는 안정적 정치질서를 구축하고 대내외적으로는 국가의 힘을 과시하며 타국과의 관계에서 지배적인 위치에 있는 부강한 국가를 대표한다면, 천에게 프랑스는 자유, 평등, 박애의 이상을 간직하고 그것을 통해 근본적인 사회혁명을 이룬 성숙한 시민의식과 근대적 가치를 구현한 국가의 상징으로 간주된다. 천이 프랑스를 근대문명의 근원이라고 칭송하는 이유는 “그 다수의 마음속에 있는, 자유를 사랑하고 평등을 사랑하는 마음이 강한 나라와 강한 인종을 사랑하는 마음에 의해 배척되어, 평등과 박애와 자유를 사랑하는 마음이 천성 안에 뿌리를 내리고 그들의 풍속을 이루게 된” 나라이기 때문이다.(「프랑스와 근대문명」)

요컨대 이 시기 천의 관심의 초점은 국가나 국민보다는 독립자주의 인격을 갖추고 자유와 평등의 권리를 누리는 근대적 개인주체에 놓여 있으며, 그렇기 때문에 실천적인 관심의 초점은 그것을 실질적으로 가능하게 할 사회적 문화적 조건을 어떻게 형성해낼 수 있을 것인가에 있었다고 말할 수 있다. 자유, 민주, 과학, 독립, 자주, 자각, 평등, 박애 등 천두슈의 이 시기 글에서 빈번하게 등장하는 이런 어휘들은 천이 부러움의 눈으로 바라보며 갈망했던 근대적 삶의 조건들을 구성하는 핵심적인 요소들이다. 천의 이러한 성향은 오사시기에 세계주의적 지향과 결합되면서 정점에 이른다.

3. 1919 – 1920년: 오사운동 시기

1919년 초반에서 1920년 중반까지의 시기는 천이 북양군벌의 압력하에 베이징대 문과학장직을 사직하고, 다시 재야 운동가로 돌아와 활동을 시작하면서 결국은 마르크스주의로 방향전환을 결정하게 되는 시기이다. 이때 천의 나이는 마흔 전후였다. 일 년 반 남짓한 짧은 시간이지만 1919년 3월 만 2년간 재직하던 베이징대를 사임한 일, 오사운동을 주도한 일, 6월 10일 베이징시민선언을 배포하고 그 사건으로 체포되어 80여 일간 감옥에 갇혀 있었던 일 등 많은 사건들이 있었던 기간이다. 이 무렵 천은 연구실과 감옥을 '세계문명의 발원지'로 명명하며 "이 두 곳에서 발생한 문명이라야 비로소 참문명이며, 비로소 생명이 있고 가치가 있는 문명"(「연구실과 감옥」)이라는 내용의 단상을 발표했었는데 천의 수감으로 이 글은 더 유명한 글이 되었다. 출옥 후 천은 「공산당선언」을 비롯하여 중요한 마르크스주의 문건들을 접하게 되고 중국사회주의 청년단을 조직하는 등 마르크스주의자로서의 활동을 시작한다. 1920년 5월부터 천은 리다자오와 더불어 상하이를 비롯해서 우한, 베이징, 광저우, 후난, 창사 등에 공산주의소조를 결성하고 총지휘를 맡았으며, 비슷한 시기에 코민테른에서 파견한 보이틴스키와 마린 등을 만나 중국공산당 창당 문제를 논의한다.

이 시기 천의 사유와 활동에 영향을 미친 가장 중요한 사건은 오사운동이다. 오사운동은 한편으로는 독립자주의 인격과 과학, 민주주의의 기치를 내걸고 새로운 사조와 문화를 소개하면서 새로운 근대적 개인 주체를 양성하기 위해 '정신계의 혁명'을 펼쳐온 오랜 과정의 결실이라고 할 수 있다. 이 '정신계의 혁명'의 세례를 받은 청년 지식인들이 주축이 되어 중국의 독립과 자주를 해치는 국제사회의 강권적 횡포에 저항하는 운동을 일으키고, 그 파장이 상인, 노동자 등까지 광범위하게 참여하는 전국적인 운동으로까지 확산된 사건이었기 때문이다. 그러나 오사운동은 또한 그때까지 민중의 각성에 중점을 두고 추진해오던 신문화운동이 일대 방향전환을 맞는 계기가 되기도 한다. 천은 오사운동이 가지는 가장 중요한 의미를 무엇보다도 직접적인 행동으로 사회혁명을 추동한 민중의 거대한 힘에서 찾았다. 베이징대학생들이 중심이 되어 일어난 시위가 전국적으로 확산되고 대도시 노동자와 상인들이 파업과 철시를 통해 시위에 가담하는 모습을 목도하면서 천은 민중의 직접적인 행동의 가능성과 그것이 가지는 정치사회적 힘을 새롭게 발견한 것이다. 이때부터 천의 관심의 초점은 개인의 이성적 자각과 자주 독립적 인격을 강조하던 기존의 방향에서 무엇이 가장 깊은 내면에서부터 인간을 움직여 자발적이고 강력한 행동으로까지 나서게 하는 힘일까, 그러한 힘을 효과적으로 조직하고 동원하는 방법은 무엇일까에 대한 모색으로 옮겨진다. 이러한 문제의식은 천이 그때까지 이성과 과학의 대척점에 놓고 부정적으로만 평가했던 감정이나 종교의 사회적인 기능에 대해서도 적극적으로 재평가하는 입장의 변화를 일으킨다.(「신문화운동이란 무엇인가」)

오사운동과 더불어 이 시기 천에게 중요한 영향을 미친 대외적인 사건으로는 1차 세계대전 종결, 파리 강화회의에서 보여준 전승국들의 전후처리와 윌슨의 민족자결주의 실패, 소비에트 러시아의 카라한 선언, 레닌의 코민테른 결성과 조선독립운동 등을 들 수 있다. 오사운동의 직접적인 계기는 중국의 주권을 침해하는 일본의 21개조 요구에 대한 국민적 저항과 반발이었지만, 그 배후에는 1차 세계대전의 종결과정에서 서구 열강들이 보여주었던, 국가이기주의와 제국주의적 행태에 대한 강한 실망과 분노가 작용했다. 천은 당초 1차 세계대전을 공리가 강권을 이긴 것(1918,「매주평론」 발간사)으로 해석하며 전후 처리에 기대를 걸었지만 평화와 공의의 이상이 일본이나 독일 같은 전범 국가만이 아니라 거기에 저항해서 싸웠던 영국, 프랑스 등에 의해서도 철저하게 부정되는 것을 보면서 서유럽 국가들의 제국주의적 행태에 크게 실망을 하게 된다. 이러한 상황에서 제정 시대 러시아가 중국과 맺은 일체의 제국주의적 특권을 포기하겠다는 내용을 담은 카라한 선언의 발표는 다른 중국의 지식인들에 대해서와 마찬가지로 천에게도 사회주의 러시아를 새로운 기대와 희망의 눈으로 바라보게 하는 계기가 된다.

위의 두 사건만큼 많이 거론되지 않았지만 그 영향이 결코 그보다 적다고 할 수 없는 또 한 가지 중요한 사건이 조선독립운동이다. 천은 3월

23일자로 발표된 「조선독립운동감상」에서 "이번 조선의 독립운동은 위대하고 절실하고 비장하며, 또한 명료하고 정확한 관념을 가지고 있으며, 민의(民意)로 하고 무력으로 하지 않았다는 점에서 세계 혁명사의 신기원을 열었다."고 극찬한다. 천이 조선독립운동에 대해 베푼 찬사는 프랑스 혁명이나 러시아 혁명에 대한 칭송을 능가한다. 천은 일찍이 러시아 혁명을 18세기 프랑스의 정치혁명과 쌍벽을 이루는 20세기 사회혁명이라고 높게 평가한 바 있다. 하지만 그 글에서 천이 삼일운동에 대해 보여준 격정은 눈에 띄지 않는다. 게다가 특이한 것은 천이 조선독립운동에 대해서만 유독 "우리는 이에 대해 찬미와 애상과 흥분과 기대와 수치 등 갖가지 느낌을 가지게 된다", "조선민족의 이 영광스러운 행동을 보니, 우리 중국민족의 초라함에 대한 수치가 더욱 더 느껴진다"고 거듭 부러움과 자괴감의 소회를 피력하고 있다는 점이다. 왜일까? 필자는 그것이 천이 조선의 삼일독립운동에서 자신이 그때까지 가지고 있었던, 간절하지만 다소 막연했던 염원이 현실화된 모습을 발견했기 때문이 아닐까 생각한다. 천은 조선독립운동에서 무엇보다도 인민에게 명료한 관념이 있었다는 것과 그들이 명실상부하게 국가의 주인으로서 용기 있게 직접적인 행동에 나선 운동이었다는 점을 주목했는데 이것은 「오사운동의 정신은 무엇인가」에서 밝히고 있듯이 천 자신이 이 시기에 가장 염원했던 이상의 핵심적인 내용이었다. 이것 때문에 천이 여타의 세계적인 혁명들에 대해서도 표출하지 않던 강한 부러움과 함께 자괴감을 유독 조선독립운동에 대해서만 피력한 것이 아닐까. 이 조선독립운동에 학생과 더불어 기독교인들이 가장 많이 참가했다는 사실의 발견 이후 천의 기독교에 대한 관점에도 근본적인 영향을 주어, 천이 한때나마 열렬하게 기독교를 칭송하는 장문의 글을 『신청년』에 발표하게 한다.

이 시기 천의 글에서 발견되는 또 한 가지 특징은 천의 관심이 하층 빈민의 열악한 삶의 조건과 이를 개선시킬 수 있는 사회경제적 방안의 모색으로 이동한다는 점이다.(「빈민들의 울부짖는 소리」, 「민치 실행의 기초」) 「민치 실행의 기초」에서 천은 민주주의를 정치적, 민권적, 사회적, 생계적 민주주의의 네 가지로 분류한 듀이의 견해를 소개하고 이 네 가지 가운데 사회경제적 민주주의로 통칭할 수 있는 뒤의 두 가지가 더 우선적이라는 입장을 피력한다. 주목되는 것은 천이 여기에서 인민의 직접적인 참여를 각별히 강조하고 있다는 점이다. 천은 "민주주의 실현의 진정한 기초는 인민의 직접적이고 실제적인 자치와 연합"에서 출발해야 한다는 주장을 제기하며 "사람마다 모두 직접적인 의결권을 가지는" 소조직 지방단체의 자치와 동일업종연합의 결성을 제안한다. 이는 대의 민주주의, 당파적 정당정치, 소수가 지배권을 행사하는 정치에 대한 부정과 양면을 이루는 것으로, 진정으로 민을 위한 정치가 되려면 민에 의한 정치(民治)가 이루어져야 한다는 생각에 기초한 것이다. 흥미로운 것은 천이 인민의 직접적인 참여를 중시하는 이유가 그러한 직접적인 참여가 바로 민주시민으로서의 소양과 자질을 계발시키는 중요한 교육이 되기 때문이라고 생각한다는 점이다. 천은 "민주주의란 왜 좋은가? 그 자체가 바로 교육이기 때문이다."라고 말한다. 천의 민주주의에 대한 생각이 '민에 의한'에 더 방점이 두어지고 민을 명실상부한 정치적 주체로 세워나가는 일이 민주주의 제도 안에서의 직접 참여를 통한 실제 훈련이라고 생각하게 된 점은, 신문화운동 시기에 주로 민중의 사상 · 문화 · 윤리적 각성을 촉구하며 정신계의 혁명을 사회혁명의 관건이자 선결조건으로 보았던 것과 선명하게 비교된다.

이 시기 천의 글에서 나타나는 또 한 가지 특징은 탈국가적, 세계시민적 이상과 고도로 정감화된 낭만적 이상주의의 경향이다. 오사운동이 1차 세계대전 종결 후 서구 국가들이 보여준 제국주의적 행태와 일본의 21개조 요구에 맞선 민족주의적이고 애국적인 성격을 가진 저항운동인 것은 부인할 수 없지만 이것은 천이 생각하는 오사운동의 근본정신이 아니었다. 앞서 살펴 본 것처럼 천은 오사운동이 여타의 애국운동과 근본적으로 다른 이유는 그것이 학생들의 직접적인 행동과 희생의 정신에 기초한 것이었기 때문이라고 해석한다.(「오사운동의 정신은 무엇인가」) 이 두 가지는 천이 조선독립운동에서 가장 주목했던 것이기도 하다. 이 시기 천의 글에서는 또한 민족주의나 애국주의가 아니라 오히려 국가 간의 경계를 허물고 이룩되는 연합의 세계주의와 평화의 이상이 두드러지게 부각되어 있다. 천이 조선독립운동을 극찬하면서 '장차 독립자치의 영광을 누리게 될 조선'에 기대하며 당부한 것은 "국가가 아닌 세계 각 민족의 새로운 결합을 모색하고, 군대를 양성하고 탄알을 만드는 일을 영원히 하지 않는 침략주의의 폐기"였다.(「조선독립운동 소감」) 천은 일본상품배척운동을 펼치는 학생들에 대해서도 "일본 상품을 배척하고 조선독립을 요구하는 일이 만약 국가주의나 애국주의에 근거해서 하는 것이라면…… 그건 인류 진화의 역사에서 여전히 어둠의 운동이지 빛의 운동이 아니다…… 학생들은 마땅히 한층 더 심화된 깨달음을 가져야만 하며 애국심을 넘어서는 공공심(公共心)을 발전시켜야만 한다."(「학생들은 마땅히 일본 상품을 배척해야 한다」)고 호소했다. 베이징시민선언을 배포하다 구속되어 석방된 직후에 쓴 글인 「반농의 D---!시에 답함」이나 비슷한 시기에 쓴 「신청년선언」 「기독교와 중국인」 같은 글에서도 세계주의의 대동사상이나 형제애, 인류애의 정서가 한껏 고조된 낭만적인 정조 속에서 드러난다. 「신청년선언」에서 천은 "우리가 이상으로 삼는 새로운 시대, 새로운 사회는 진실하고 진보적이며 적극적이고 자유롭고 평등하며 창조적이고 아름답고 선하며 평화롭고 서로 돕고 사랑하며 즐겁게 일하면서 사회 전체가 행복한 그런 사회"라고 말한다. 「반농의 D---!시에 답함」에는 인류의 연합과 화해에 대한 갈망, 형제자매로서 동류인간에 대한 친선의 마음에 대한 강조, 창조의 신비와 은혜, 감사, 용서와 관용, 광명 등 종교적 색채가 농후한 표현 속에서 표명된다. 「기독교와 중국인」에서는 한 걸음 더 나아가 기독교에 대한 대대적 옹호와 더불어 아예 예수의 정감과 인격을 중국인이 수혈 받아야 요체라는 주장까지 제시한다. 천두슈의 이러한 사상적 정서적 경향은 신문화운동을 함께 추진해온 당시 개혁적 지식인들 내부에서도 상당히 파격적이며 돌출적인 것이었다.

오사운동 이후 시기는 흔히 천이 서구 민주주의에 기댄 개혁의 구상에서 마르크스주의 무산계급 혁명으로 방향을 전환한 시기로 설명된다. 신문화운동을 추진하던 1910년대 중후반까지 천은 사회주의를 서구 양대 문명의 하나로 간주하고, 러시아혁명에 대해서는 18세기 프랑스대혁명과 나란히 '인류사회 변동과 진화의 관건'이 되는 중대한 혁명이라는 평가를 내리긴 했지만 중국 사회의 변혁과 관련하여 사회주의를 수용하는 문제에 대해서는 적극적인 관심을 표명하지 않았다. 하지만 오사 이후 천은 점차 마르크스주의자로서의 지향을 분명히 해나간다.

흥미로운 점은 천이 기독교에 대해 열렬한 찬양과 기대를 표명한 시기와 마르크스주의를 선택한 시기가 무척 가깝다는 점이다. 천이 「기독교와 중국인」을 쓴 시기와 마르크스의 「공산당 선언」을 비롯하여 공산주의 관련 책자들을 접하면서 사회주의적인 혁명의 방식에 관심과 기대를 가지게 되는 시기는 거의 일치한다. 리다자오와 함께 열성적으로 중국공산당 소조를 건설한 것도 시기적으로 보면 불과 몇 달밖에 차이가 나지 않는다. 표면적으로는 가장 대립적인 위치에 있는 것처럼 보이는 기독교와 마르크스주의 사이의 간극을 천이 이렇게 쉽게 넘어설 수 있었던 이유는 무엇일까. 그것은 천이 생각한 기독교와 마르크스주의가 적어도 이시기 천이 가지고 있던 생각 안에서는 본질적인 유사점을 가지고 있었기 때문이 아닐까 생각된다. 천은 「기독교와 중국인」에서 기독교를 박애와 희생과 용서의 종교라고 설명하면서, 예수는 가난한 자들의 친구였다고 말했다. 기독교와 예수를 이런 관점에서 해석한다면 그것은 천이 이 시기에 각별한 관심을 기울이던 가난한 자의 사회경제적 처지와 고통, 사회경제적 민주주의를 더 우선적인 것으로 보는 인식과 충돌하지 않는다. 또한 인류의 하나됨과 연합을 강조하는 세계주의적 지향에서도 기독교와 마르크스주의는 상통한다. 살펴보면 신문화운동기 과학과 민주주의를 표방하던 천이 1920년 이후 마르크스주의를 선택하게 되는 것 역시 서구민주주의에 대한 포기로 해석하기는 어렵다. 그것은 한편으로는 중국사회의 변혁을 위한 운동의 방향을 「신청년」을 중심으로 한 정신계의 혁명에서 도시 노동자를 중심으로 하는 정치사회적 혁명운동으로 전환한 것이지만, 다른 한편에서는 개인의 인권과 자유, 독립 등의 보편가치를 더 중시하며 정치적 민주주의에 중점을 두었던 이전의 입장에서 그 중점이 인민의 생계와 생존의 보장에 더 중점을 두는 사회경제적 민주주의로 옮겨진 것으로 해석할 수도 있기 때문이다. 후자의 관점에서면 천의 민주주의에 대한 신념은 민주주의의 보다 온전한 실현을 위해 현실 안에서 우선순위와 강조점을 달리했을 뿐 일관된 것이다.

4. 1920-1929년: 중국공산당 시기

이 시기는 천이 '남천북리(南陳北李)'의 명성을 얻으며 리다자오와 더불어 중국 남부와 북부 일부 도시에 중국공산주의 소조를 결성하며 공산주의 활동을 전개해나가던 시기부터, 중국공산당을 창당하고 초기 5

년간 총서기를 연임하면서 중국공산당의 기초를 세우고 성장의 기반을 닦았던 시기, 1927년 당서기직에서 해임되고 1929년 마침내 당적까지 박탈당하게 된 시기까지의 근 십 년에 해당한다. 천의 나이 40대 전체에 걸쳐 있는 기간이다. 1919년 3월 모스크바에 세워진 코민테른의 지원하에 1921년에 상하이에서 중국공산당 제1차 전국대표대회가 열리고 천은 여기에서 당총서기로 선출되어 이후 5기 연임으로 총서기를 맡게 된다. 초기에는 천이 코민테른과의 관계에서 중국공산당이 조직적 재정적으로 종속되는 상황을 강하게 경계하는 입장이었고 코민테른도 천의 그러한 입장을 어느 정도는 수용하는 태도를 보였기 때문에 상대적으로 천이 지도력을 발휘할 여지가 더 컸던 것으로 보인다. 그러나 중국공산당의 역량과 국내적 기반을 너무 미약한 것으로 판단한 코민테른이 중국혁명의 주체를 공산당이 아니라 국민당으로 설정하고 그것에 기초하여 사실상 공산당이 국민당에 흡수되는 방식의 국공합작 방침을 결정하면서 중국공산당과 코민테른 사이의 갈등은 점차 심화된다.

한편 천이 중국공산당 총서기를 맡았던 1921년에서 1927년 초반까지 중국공산당과 중국의 노동운동은 천의 열성적인 지도하에 비약적인 성장을 이룬다. 앞서 살펴본 것처럼 오사운동 이후 천은 대도시들에서 분출된 노동운동의 역량을 목도하면서 이들이 가지고 있는 잠재력을 결집하여 사회변혁의 동력으로 이끌어내는 일에 큰 기대를 가지게 되었고, 중국공산당을 이끌면서 천의 이러한 기대는 실천의 장을 얻게 된 셈이다. 천은 개별 공장 단위뿐만 아니라 직능별 노조 결성과 노동자 총연합 및 파업 등을 지도하면서 중국공산당 조직과 노동운동의 발전에 열성을 기울이고 그 결실로 출발 당시 57명에 불과하던 중국공산당 당원의 수가 1927년 초반 무렵에는 5만 7천 명으로 천 배의 증가를 보이는 비약적인 성장을 이룬다.

그러나 한편 이 시기는 코민테른과의 관계에서 천이 지속적으로 갈등을 빚으면서 지도력의 위기를 겪어야 했던 시기이기도 하다. 갈등은 특히 1925년 쑨원의 사망 이후, 국민당 내의 공산당 세력과 노동운동의 급성장에 위협을 느낀 국민당 우파가 반공적 성향을 노골화하면서 심화된다. 쑨중산 서거 이후 국민당 내에서 좌파와 공산당원들에 대한 경계와 탄압이 강화되자 이러한 정치적 조류의 변화가 몰고 올 불길한 사태를 예감한 천은 국민당과의 협력방식을 당외 합작으로 전환하고 중국공산당이 독자적으로 무장해야 할 필요성을 코민테른 지도부에 여러 차례 건의하지만 천의 건의는 거부된 채 결국 중국공산당은 무방비 상태에서 1927년 4.12 쿠데타를 맞게 된다. 이 백색 테러 속에서 무수한 공산당원과 노동자들이 살해당하고 그동안 천이 중심이 되어 필사적으로 구축해 온 공산당 조직과 노동운동 조직도 거의 다 궤멸되는 참담한 상황을 맞이하게 된다. 천의 오랜 동지였던 리다자오와 천의 두 아들 옌녠과 차오녠도 이 시기에 체포되어 처형되고, 천 자신은 비밀리에 열린 8.7 회의에서 모든 실패의 책임을 뒤집어쓰고 우경기회주의자로 낙인이 찍힌 채 당서기직에서 해임된다. 하지만 당서기직에서 해임된 이후에도 천은 당원의 자격으로 당의 당면 사안들에 대한 제안을 중단하지 않는다. 특히 러시아의 관할하에 있던 중동로 문제가 국제적인 분쟁과 갈등의 빌미가 될 위험에 처하게 되자 천이 코민테른과 중국공산당 지도부에 전략적인 정책 수정의 필요성을 강하게 제기했고 이로 인해 당 중앙과의 갈등은 더욱 격화되어 결국 천은 1929년 말 당적마저 박탈당하게 된다.

이 시기 천은 마르크스주의자로서 걸어온 길에서 깊은 암흑기와 또 한 번의 전환기를 맞게 된다. 1921년부터, 더 길게는 1910년대 중반부터 쌓아온 모든 노력들이 물거품처럼 무너져버리는 실패의 경험을 하면서 천은 깊은 방황과 좌절 속에서 대체 이러한 상황이 초래된 이유는 무엇인지, 중국혁명은 어디로 가야 하는지에 대해 근본적인 질문을 던진다. 결국 천은 트로츠키의 문건을 접하면서 스탈린과 트로츠키 사이의 갈등과 스탈린 정책의 문제점, 중국혁명에 대한 관점의 차이, 중국혁명 실패의 원인 등에 대해 새롭게 정리할 수 있는 시각을 가지게 되고, 트로츠키파로 전향을 결정하게 된다. 천이 트로츠키에 특히 공감한 것은 중국혁명에 대한 관점과 프롤레타리아 국제주의이다.

천이 마르크스주의자로서의 삶을 시작한 때부터 트로츠키파로 전향하기 전까지의 글들에서 주로 다루어지고 있는 주제는 다음과 같다.

하나는 무정부주의와 국가사회주의, 연성자치론, 과학과 인생관 논쟁 등 당시 지식인들 사이에서 중국사회의 방향을 놓고 쟁점이 되었던 문제들에 대해 천이 마르크스주의자의 입장에서 적극적으로 개입하여 견해를 피력한 것이다. 1920년 9월부터 1921년 초까지 발표된 「정치에 관해 논함」「사회주의에 관한 토론」「사회주의 비판」 등에서 천은 중국 사회가 마르크스주의를 수용해야 할 필요성과 당위성을 역설한다. 천은 특히 당시 상당한 세력을 형성하고 있던 무정부주의와 국가사회주의를 토론과 비판의 주 대상으로 삼고 각각에 대해 국가의 기능적 유효성과 그것이 절대권력화될 위험에 초점을 맞추어 문제를 지적한다. 무정부주의에 대해 천은 국가의 기능에 대한 절대적 부정은 그러한 도구들이 억압적 지배자에게 독점되도록 만들 뿐이라고 비판하며 국가의 현실적 도구적 기능을 강조하고, 국가사회주의에 대해서는 국가가 공적인 유일한 자본가로서 사적 자본가들보다 더 독점적인 존재가 되는 구조 안에서는 정치권력뿐만 아니라 경제권력까지 국가가 독점하여 절대권력화될 수 있는 위험이 농후하다는 점을 지적한다. 특히 “중국의 문제는 절대적 빈곤이며 이를 해결하기 위해서는 절대적인 부의 증진이 우선되어야 한다”는 입장에서 자본주의를 통한 실업의 발전을 주장한 장둥쑨에 대해서는 중국에서 실업의 발전이 왜 자본주의가 아니라 사회주의를 통해 추진되어야 하는지, 중국에서 사회주의의 실행은 어떻게 가능하며 중국이 필요로 하는 사회주의는 어떤 사회주의인지 등을 놓고 논쟁을 펼친다.

당시 후스 등이 앞장서서 주장하면서 또 하나의 정치적 쟁점이 되어 있던 연성자치 문제에 대해서는 현실적으로 각 성별로 군벌들이 할거하며 다스리는 중국에서 연성자치의 주장은 군벌(독군)들의 분성(分省) 할거에 명분을 주고 그것을 합리화(조장)하는 주장이 될 뿐이라고 설명하며, 근대 민주정치의 기반 위에 세워진 통일된 중앙정권에 의해 이룩되는 평화가 '최대다수 사람들의 진정한 민의'라는 주장을 제기한다.(「연성자치와 중국의 정치적 상황」, 「본보 선언」) 「과학과 인생관 서문」은 1923년 봄 량수밍(梁漱溟)이 인생관을 논한 글에 대해 장쥔리(張君勱)와 띵원장(丁文江) 사이에서 벌어진 논쟁에 후스, 장둥쑨, 린수잉 등이 가담하면서 전국적인 범위로 확대되었던 과학과 인생관 논쟁의 서문을 천이 위촉받아 쓴 것으로 역시 유물론과 과학을 옹호하는 입장에서 자신의 입장을 피력한 것이다.

이 시기에 천의 글에서 비중 있게 다루어진 또 하나의 주제는 북벌과 국민혁명이다. 코민테른의 국공합작 방침이 결정된 후 천은 몇몇 동료 당원들과 함께 쑨원에게 보내는 공개적인 편지의 형식을 빌려서 북벌을 "낡은 방법과 낡은 군대로 새로운 중국을 건설"하려는, 말도 안 되는 방식으로 추진되는 국민혁명이라고 비난했다.(「천두슈 등이 쑨중산에게 드리는 편지」) 천의 북벌에 대한 비판은 쑨원의 국민당에 의해 추진된 신해혁명에 대한 부정적인 관점과도 맞물려 있다. 천은 신해혁명이 단순히 민족감정을 선동하기 위해 배만의 구호에만 집중했기 때문에 결국은 청 황실의 퇴위와 동시에 혁명운동이 중단될 수밖에 없었으며, 또한 단순히 군사행동에만 의존했을 뿐 민중적 역량의 기초 위에서 추진되지 못했기 때문에 중국역사를 삼십 년 동안이나 계속되는 군인들이 권력쟁탈전장으로 만드는 죄악을 범하게 되었다고 비판한다.(「27년 동안의 국민혁명이 남긴 교훈」) 「국민정부의 북벌에 관해 논함」에서 천은 같은 맥락에서 북벌이 전비 증액을 위해 평민을 수탈하고 인민의 자유를 박탈하는 등 민중의 편에서 추진되는 것이 아니기 때문에 중국민족혁명이라는 근대혁명으로서의 의미를 상실했다고 비판한다. 천이 신해혁명과 북벌에 대해 공히 신랄한 비판을 퍼부은 핵심적인 이유는 그것이 천이 생각하는 중국근대혁명의 세 가지 핵심을 모두 저버린, 즉 민의에 기초한 것도, 민을 위한 것도, 민에 의한 것도 아닌, 혁명의 외양만 가지고 있지 그 속은 전혀 새로운 것이 없는 낡은 혁명이었기 때문이다. 동료 당원들과 함께 신해혁명과 북벌에 대해 신랄한 비판을 개진한 천의 태도는 쑨중산의 심기를 심히 불편하게 만들었고, 이것은 당시 중국공산당 총서기였던 천두슈가 중국에 파견되어 있던 코민테른 대표의 만류로 국공합작 이후 최초로 열린 국민당 제1차 전국대표대회에는 정작 참석하지 못하는 사유가 된다. 지금도 광저우의 쑨중산 기념관에 쑨중산의 동상과 함께 서 있는 중국공산당 대표의 상은 천두슈가 아니라 리다자오이다. 쑨중산 기념관 전체에, 당시 공식적으로뿐만 아니라 실질적으로도 가장 중요한 중국공산당 지도자였던 천두슈의 존재는 달랑 사진 한 장으로만 남겨져 있을 뿐이다.

천은 이후 장제스에 의해 추진되는 북벌에 대해서도 다시, 북벌이 군사행동에만 전적으로 의존하면서 국민들을 강제 징발하거나 착취하는 등 민중의 삶을 파괴하는 방식으로 추진되고 있다는 점을 지적하면서, 광저우의 혁명정부는 이름은 혁명정부지만 실상은 반혁명적인 군대와 반혁명적인 관료, 반혁명적인 상인계급의 역량 위에 세워진 반혁명 정부라고 강도 높게 비판한다.(「국민당의 한 가지 근본문제」)

천의 이 시기 글에서 중요하게 다루어지고 있는 또 하나의 주제는 중동로 문제이다. 중동로 문제는 그동안 소련이 중국동북철로에 대해 가지고 있던 관할권을 중국정부가 회수하려고 하면서 중소 간에 갈등이 빚어지고 이것이 결국 1929년 군사적인 충돌로 귀결되면서 5개월이 넘는 기간 동안이나 전쟁이 지속되었던 사건이다. 1927년 7월과 8월에 연달아 보낸 「중공중앙상임위 동지에게 드리는 편지」 「중공중앙에 보내는 답신」에서 중동로 문제와 관련하여 천이 애초에 제기했던 문제는 중국공산당이 내건 '소련 옹호'의 구호가, 민족감정을 부추겨 정치적으로 이용하려는 우파들에게 악용됨으로써 반격을 당하기 쉬운 민감한 구호이기 때문에 중국공산당이 이미 그 지지 세력이 되어 있는 무산계급만이 아니라 일반 민중으로 그 기반을 확장하려면 전략적으로 대다수 중국민중이 호응할 수 있는 현실적인 구호를 내걸어야 한다는 것이었다. 핵심은 중국공산당의 혁명 활동이 민중적 기반을 잃지 않아야 한다는 것이었고, 제안의 초점은 주로 선전방법상의 문제에 국한된 것임을 누차 강조했지만 천의 이런 제의에 당 중앙과 코민테른은 냉담과 비난으로 일관한다. 이러한 당의 태도에 분개한 천이 다시 「중공중앙에 보내는 답신」과 「중공중앙에 보내는 편지」를 계속해서 발표하면서 천과, 코민테른의 지시하에 있는 중국공산당 지도부의 갈등은 점점 더 심각한 수준에 이르게 된다. 천은 당 중앙과 코민테른이 기회주의와 맹목적 행동주의의 심각한 오류를 범해 중국혁명에 치명상을 입혔으면서도 그런 정책적 과오에 대한 진정한 반성과 자아비판을 하지 않는 관료주의와 '명령주의'에 빠져 있으며, 이것은 레닌파의 무산계급 민주원칙을 파괴한 것이라고 혹독하게 비판하고, 리리산이 이끄는 중국공산당은 이에 대해 천의 공산당적을 박탈하는 것으로 대응한다. 당적을 박탈당한 직후 천은 1920년 창당 이래 1929년까지 공산당 총서기, 공산당원으로서의 자신이 수행했던 일들과 중공 중앙 및 코민테른에 의해 주도된 혁명의 수행과정, 그리고 그 사이에서 겪어야 했던 고민과 갈등의 내용을 상세하게 담은 장문의 글인「전당 동지들에게 알리는 글」을 발표한다. 여기에는 설립 초기에 취약함을 면치 못한 중국공산당을 이끄는 지도자로서, 현실 판단과 전략 수립에 있어서 거듭 자신의 소신에 반하는 코민테른의 비현실적인 명령을 수용할 수밖에 없었던 천두슈의 고뇌와 그로 인해 중국공산당의 정책이 좌충우돌하며 실패를 거듭할 수밖에 없었던 상황에 대한 안타까움이 상세하게 기술되어 있다.

5. 1929 - 1937년: 트로츠키파와 수감 시기

이 시기는 천이 트로츠키파로 전향하여 활동을 시작했다가 상하이에서 체포되어 사실상 활동이 종결되는 1929년 12월 이후부터 1932년 10월까지, 그리고 체포 이후 이심재판에서 8년을 선고받고 복역하다가 만 5년 만에 석방되어 출옥을 한 직후인 1937년 8월까지의 시기이다. 천이 트로츠키파로 전향을 결정하게 되는 시점은 대체로 당에서 제명된 전후로, 그 결정적인 계기가 된 것은 앞서 살펴본 것처럼 중동로 문제로 불거진 천과 당지도부 사이의 갈등으로 보인다. 1929년 스탈린이 트로츠키를 국외로 추방하면서 국내 트로츠키파에 대해서도 대대적인 탄압을 시작하자 레닌 학원 등 모스크바에서 유학하던 중국 트로츠키파들이 속속 귀국하게 된 것도 이 시기 천이 트로츠키파로 전향하는 데 영향을 미친 또 하나의 사건이다. 이들은 귀국하여 중국좌파반대파 조직을 결성하고 기관지를 발간하면서 중국혁명에 대한 트로츠키의 강령을 소개한다. 천은 이들이 가져온 문건들을 통해 소련 내에서 일어나고 있는 스탈린과 트로츠키의 대립, 코민테른과는 전혀 다른 중국혁명에 대한 트로츠키의 입장 등을 접하게 되고 결국 전향을 결정한 것으로 알려진다. 특히 트로츠키가 1927년 국민혁명 패배 이후의 중국 정세를 혁명의 저조기(과도기)나 부르주아의 상대적 안정기로 판단하여 맹목적인 행동주의를 삼가고 국민회의 개최 등을 중심으로 하는 민주적 요구를 통해 프롤레타리아를 방어하는 전략을 채택해야 한다고 주장한 점은 천의 입장과 상통하는 것이었다. 천은 코민테른과의 관계에서 지속적으로 갈등을 빚었던 중국혁명의 성격과 과제에 대한 자신의 판단이 이러한 트로츠키의 견해 안에서 강력한 지지를 얻고 있는 것을 발견하면서 더욱 트로츠키에게로 경도된 것으로 보인다. 1929년 가을 상하이에서 천은 입장을 같이하는 중공 간부들 수십 명과 더불어 무산자파를 결성하고 1930년 3월부터 기관지 『무산자』를 발간하면서 본격적으로 중국 내 트로츠키파인 중국좌파반대파로서 활동을 시작한다. 당시 중국 내의 트로츠키 조직은 무산자파 외에도 시월파, 우리말파, 전투사파까지 모두 넷이 존재했다. 이 네 파 간에는 제헌의회 문제, 다가올 혁명의 지도 계급문제 등 여러 가지 쟁점에서 이견과 갈등이 있었고, 게다가 유학생 출신의 트로츠키파들은 이전 중공 당총서기로서의 활동 경력을 문제 삼아 여전히 천을 불신하는 경향이 있었지만 서신을 통한 트로츠키의 강력한 권고와 지원으로 1931년 1월 천을 중심으로 하는 중국좌파반대파 통합조직이 결성된다. 그러나 어렵게 결성된 중국 내 트로츠키파 연합은 통합 대회 직후 국민당에 의해 조직이 적발되면서 구성원들이 대대적인 체포와 처형을 맞게 되고 천도 그 와중에 상하이에서 공안에 의해 체포되면서 중국 내 트로츠키 조직은 사실상 궤멸을 맞게 된다.

이 시기의 글들에서는 트로츠키파의 입장에 서게 된 천이 코민테른과 중공의 중국혁명 전략, 근본적인 방침과 태도에 대해 제기하는 문제들과, 다른 한편으로 중국혁명의 앞날과 국민회의 문제 등을 집중적으로 다룬 내용이 주를 이룬다. 「중국혁명의 앞날」은 트로츠키파 조직 통합대회를 앞두고 준비 과정에서 불거진 몇 가지 쟁점들에 대해 천이 쟁점의 성격을 명료하게 정리하고 쟁점에 대한 의견교류와 절충을 시도한 글이다. 「중국은 어디로 가는가」에서는 쑨원의 삼민주의와 오권헌법을 반동적인 것으로 비판하면서 중국 민주주의 운동의 책임은 이미 무산계급에게 지워져 있다는 '무산계급 민주주의 운동'의 문제를 제기한다. 천의 체포 전후로 쓰인 「피압박국가의 무산계급은 애국운동을 지도해야 하는가」와 「국민회의의 구호에 관해 논함」에서는 무산계급이 정권을 획득하고 사회주의 혁명으로 나아가는 과정에서 애국민족운동이 왜, 얼마나 중요하고 필요한지를 논하면서 민족민주혁명과 사회주의 혁명은 그 수행주체가 모두 무산계급이며 양자의 관계는 이분법적 단계론이 아니라 연속혁명의 관계라는 주장을 담고 있다. 후자의 글에서는 특히 민주주의 실현의 필요성과 중요성을 강조하면서, 중국의 무산계급은 자산계급 민주주의 완성의 사명을 지고 있으며 이것을 위해 가장 철저하게 민주주의적인 국민회의를 총체적인 정치구호로 삼아야 한다는 관점을 제기한다.

1932년 천의 체포 소식이 언론에 보도되자 국내외 저명인사들은 저마다 석방을 요구하는 성명을 발표하고 장제스에게 선처를 구하는 편지를 보내는 등 적극적인 구명활동에 나선다. 장제스도 공산당원을 즉결처분하던 당시의 관행에서는 극히 예외적으로 천을 군법재판이 아닌 일반재판에 회부함으로써 변론의 기회와 사형을 면할 가능성을 열어준다. 이 재판에서 천의 변호사로 나선 친구 장스자오의 변론과 천 자신이 쓴 「변론서」는 당시 명문으로 소문이 나 별도로 출간되기도 했다. 천은 이 변론서에서 본인에게 씌워진 죄목인 '민국에 해를 끼친 죄'를 조목조목 반박한다. 1심에서 15년, 2심에서 8년의 형을 선고 받고 1933년부터 시작된 복역생활 기간에 천은 국민당 정부하에서 권력을 가진 지인들의 배려로 감옥 밖에서도 누리지 못했던 여유로운 독서, 지인들과의 토론, 안정된 주식 제공의 혜택을 누린다. 천의 옥중생활은 1937년 중일 전쟁이 확대되면서 마감된다. 시안(西安)사변을 계기로 제2차 국공합작이 결성되고 전국민적인 항전이 요청되는 상황 속에서 정치범들이 속속 석방되면서, 안전을 염려하는 지인들의 적극적인 석방 노력으로 천도 1937년 8월 23일 사면 석방된다. 때 이른 석방으로 1937년 무렵 시작한 「스안자전」도 집필이 중단된다. 「스안자전」은 유년시절에서 장난향시를 치른 시기까지를 상세하게 적은 자전으로 이 시기 천의 개인적인 삶에 대한 정보를 담고 있는 거의 유일한 자료이다.

6. 1937-1942년: 장진에서의 만년

이 시기는 천이 출옥 직후 난징, 우한 등지에 머물면서 항일선전운동을 펼치다가 곧이어 충칭(重慶)의 작은 마을 장진(江津)으로 거처를 옮기고 거기서 생을 마감할 때까지의 기간이다. 출옥 직후 항전이 가지는 거국적인 의미를 정리하고 이념과 입장을 초월하여 전국민적인 항전을 독려하던 시기와 1938년 모든 정치적 조직과의 연결을 끊고 우한을 떠나 장진으로 내려가서 홀로 지내며 그때까지의 경험에 기초하여 마지막 생각들을 정리했던 시기로 크게 나눌 수 있다.

출옥 후 천 앞에는 여러 갈래의 길이 놓여 있었다. 천의 명망과 대국민적 영향력을 높게 평가한 국민당의 장제스는 쑹칭링을 통해 관직을 제의하면서 협력을 요청했고, 새로운 공산당 조직 건설의 제의나 잔류한 일부 트로츠키파의 조직 재건 요청도 있었지만 천은 모두 거절했다. 천은 당시 다수의 혁명적 지식인들이 택했던 연안 소비에트의 길도 택하지 않았고 당시 주미대사로 가 있던 친구 후스가 호의적으로 제안한 미국 생활도 사양했다. 중공에서도 초기에는 일부 인사들이 천의 복당을 추진했지만 천이 트로츠키파로서 범했던 과거의 과오를 인정해야 한다는 조건을 거부하면서 무산된다. 이후 중공은 이내 입장을 전환하여 천을 '왜구의 정탐'이나 '민족의 공적'으로 몰아세우는 공격을 하기도 했지만 천을 옹호하는 지인들의 해명과 반격을 받기도 했다.

결국 천이 택한 것은 자유의 길이었다. 천은 석방 후 잠시 난징에 머물다가 우한으로 옮겼다가 그해 겨울 다시 장진으로 거처를 옮긴다. 천의 장진행은 그가 어떤 조직이나 이념에도 구속되지 않고 어떤 정파 혹은 당파적 입장에서도 자유롭게 자신의 독자적인 생각을 정리하고 발표할 권리를 누리겠다는 선언적인 의미를 갖는 결정이라고 할 수 있다. 장진에서 천은 국민당 정부나 지인들을 비롯해 외부로부터 제안 받은 일체의 경제적인 지원을 거절하고 강연과 기고, 교육 활동 등에 종사하며 자립을 위해 노력한다. 하지만 극심한 경제적 어려움에 시달렸고 만년에는 중병으로 고생을 하다 1942년 5월 외롭게 임종을 맞이한다. 그의 장례식에는 천의 마지막 여인이었던 판란전과 막내아들 쑹넨 외에 동네 지인 몇 명만이 참석했고, 그의 사망 소식은 『대공보』에 실린 간단한 부고를 통해서만 세상에 알려진 것으로 전해진다.

천이 이 시기에 쓴 글들에서는 항일전쟁과 민주주의 그리고 피압박계급의 국제적 연대 문제가 주로 다루어진다. 전체적으로 보면 핵심에 놓인 것은 민주주의이다. 「항일전쟁의 의의」「항전과 건국」 등에서 천은 항일전쟁은 단순한 민족주의적 저항이 아니라 건국의 과제를 새롭게 수행해나가는 중대한 사건이자 기회라고 해석하면서 그 근본적인 의미를 '민주혁명의 과제'와 연결시킨다. 항일전쟁이 중국이 제국주의의 지배로부터 벗어나 독립하고 민족 산업을 발전시키고 민주적인 권리를 보장하는 등 그때까지도 미완의 상태로 남아 있는 민주 혁명의 과제를 완수할 수 있는, 새로운 중국을 건설하는 중요한 계기이자 역사적 전환점이 될 수 있다는 것이다. 그렇기 때문에 천은 항전을 당파를 초월하여 전중국 인민이 힘을 합쳐야 하는 문제라고 주장한다. 천은 또한 항전의 과정에서 중국의 무산계급은 일본의 피압박 노동계층과 연대하여 공동으로 제국주의에 대항해야 한다는 점을 강조한다. 이 무렵에 쓴 「오사운동의 시대는 지나갔는가?」에서 천은 '오사'운동 시대는 고립되어 있는 것이 아니라고 말하면서, 신해혁명에서 '오사운동', '오삼십운동으로, 다시 북벌전쟁과 항일전쟁으로 이어지는 전체 과정을 '민주혁명운동의 시대'로 총괄한다. 이 운동들은 각각 "참가한 사회세력의 범위나 운동이 내건 요구조건의 깊이에서는 차이가 있었지만 민주혁명이라는 시대적 성격에서는 결코 근본적인 차이가 없다."는 것이 천의 관점이다.

천이 장진으로 거처를 옮긴 이후 민주주의의 문제는 독재의 문제와 연결되어 보다 중심에 놓이게 된다. 천은 이 시기에 사회주의적 독재 권력이 결국 직면하게 될 부패와 타락, 탐욕과 권력남용의 문제, 그러한 정치적 악을 막는 '항독소'로서의 민주주의의 문제, 피압박민족의 해방을 위한 노동인민의 연대 문제 등을 집중적으로 제기한다. 천의 이러한 소신을 가장 뚜렷하게 보여주는 글이 「시류에게 보내는 편지」와 「나의 근본적인 견해」이다. 이 시기 천의 글쓰기에 중요한 영향을 미친 사건은 1939년 8월 소련과 나치 독일의 협정체결 및 2차 세계대전의 발발이다. 천은 소련이 독일과 상호불가침조약을 체결하고 파시즘 국가들이 무수한 인명을 희생시키는 파괴적인 전쟁을 위해 손을 잡는 모습을 보면서 파시즘과 스탈린 독재를 본질적으로 동일한 것으로 규정한다. 천의 시각에서 볼 때, 코민테른이 애초의 국제주의에서 이탈하여 스탈린의 국가주의적 독재체제로 변질되게 된 이유와 독일에서의 전체주의가 발흥하게 된 이유는 모두 민주주의의 중요성에 대한 인식과 민주주의를 구현할 제도적 장치의 결여이다. 그러므로 독일, 이탈리아의 파시즘이나 소련의 독재와 같은 전제정치의 악을 막을 수 있는 방법은 레닌이 말한 것처럼 '관료제의 항독소(抗毒素)'로서 민주주의를 보장하는 방법밖에 없다. 천은 독재를 막기 위한 제도적 실천 방안으로 대의제의 필요성을 언급하기도 하지만 각별히 강조하는 것은 자유민주주의의 기본 내용들이다. 천은 법원 밖에서는 사람을 체포하거나 살해할 권한을 가지지 못하는 것, 반(反)정부 당파가 공개적으로 존재할 수 있는 것, 사상 · 출판 · 파업 · 선거의 자유로운 권리가 있는 것 등을 기본적인 민주적 권리로 제시하며 이러한 민주적 권리는 무산계급에게나 자산계급에게나 절대적으로 보장되어야 하는 것이라고 주장한다. 천은 "만약 이런 민주제도들을 회복하지 않는다면 스탈린을 이어 일어나는 누구라도 '전제적인 마왕'이 되는 걸 면할 수 없을 것"이라고 경고한다.

같은 관점에서 천은 2차 세계대전의 발발을 제국주의 간의 충돌이 아니라 민주국가 진영과 전체주의 진영 간의 대결이라는 구도 속에서 해석하며, 그렇기 때문에 공산주의자를 포함한 모든 중국인은 이념적 당파적 차이를 초월하여 공동의 적인 전체주의 국가에 대항하여 싸워야 한다고 주장한다. 만년의 천의 소신을 집약적으로 드러내주는 글로 거론되는 「나의 근본적인 견해」에서 천은 정치적 민주주의와 경제적 사회주의는 상호 보완적인 것이지 상충적인 것이 아니라는 견해를 제시하며 당파(黨派)에 반대할 자유의 중요성을 각별히 강조한다. 이른바 '무산계급혁명'이 일어난다고 해도 당파에 반대할 자유를 보장하는 민주적 제도의 장치가 없다면 결과적으로 나타나는 것은 잔혹, 은폐, 기만, 탐욕, 부패의 관료정치와 분리될 수 없는 당의 독재이고 지도자의 독재일 뿐 어떤 진정한 사회주의도 만들어내지 못한다는 것이다. 「피압박민족의 앞날」은 천이 남긴 마지막 글이다. 천은 여기에서 전 세계 피압박 노동자들과 피압박 낙후민족이 연합해서 제국주의를 전복함으로써 건설하는 분업 호조의 국제사회주의 세계를 미래의 대안으로 제시하며 국제주의, 세계주의의 이상을 강하게 피력한다. 이 시기 글에 나타난 낭만적 이상주의는 1919-1920년 사유의 주조를 이루던 낭만적 이상주의와 세계주의를 다시금 연상시킨다.

천의 만년이 비록 가난과 병마의 고통에서는 자유롭지 못했지만 그가 남긴 마지막 글들에는 천이 한평생 어떤 이념이나 조직도 교조적으로 맹신하지 않고 부단히 던졌던 근본적인 질문들과 열정적으로 추구했던 가치들, 희생의 대가를 기꺼이 감수하며 감행했던 직접적인 행동의 흔적이 여전히 굴하지 않는 기상 속에 담겨 있다.

7. 맺음말

역자가 천에게 개인적으로 관심을 가지게 된 것은 1920년 2월 『신청년』에 게재된 「기독교와 중국인」, 그리고 조선삼일운동 직후에 발표된 「조선독립운동감상」을 통해서였다. 당시 기독교와 중국근현대문학작품 간의 관계를 다룬 연구서들을 읽다가 우연히 이 글을 발견하고 역자는 적지 않은 놀라움과 호기심을 느꼈다. 중국현대문학을 공부해온 시간이 결코 짧다고 할 수 없었지만 그때까지 천두슈와 기독교의 관련성을 언급한 글은 본 적이 없었고 역자의 생각에도 이 글이 쓰인 시기 전후의 천의 삶의 궤적이나 사상적 이력과는 쉽게 연결되지 않는 일종의 균열처럼 여겨졌기 때문이다. 하지만 이러한 호기심과 질문이 이후 역자가 천에게 각별한 관심을 가지게 되고 이 '균열'을 통해 그동안 가려져 있던 천의 문제의식이나 사유의 내용들을 새롭게 들여다보는 출발점이 되었다.

공인으로서의 천의 이름 앞에 흔히 따라붙는 수사는 위대한 사상가요, 혁명가이다. 천은 자신의 생전에 전개된 굵직굵직한 지적 실천적 논쟁들 가운데 적극적으로 개입하지 않은 경우가 거의 없을 만큼 당대의 지적 실천적 노력의 중심에 선 인물이었고, 중국현대사에 뚜렷한 족적을 남긴 사상문화운동과 오사운동을 주도하면서 거대한 정신계의 혁명을 일으켰으며, 사회주의 중국 탄생의 주춧돌이 된 중국공산당 창당과 초기 공산당의 기틀을 확립하는 일, 중국 노동운동의 조직과 역량을 비약적으로 성장시키는 일에서도 혁혁한 공적을 남겼다. 하지만 굳이 또 따지자면 천은 또 사상가로서도 혁명가로서도 적지 않은 결함을 가지고 있다. 천을 위대한 사상가라고 하기에는, 뚜렷하게 자기 사상이라고 내세울 만큼 독창적이고 체계적인 사상을 정립한 적이 없으며, 혁명가로서도 중국혁명의 성격이나 정세 판단 등에서 적지 않은 오류를 범했다. 무엇보다도 결과적으로 중국사회주의혁명을 성공으로 이끈 마오쩌둥의 노선을 천은 끝까지 인정하지 않았다.

사인으로서의 천의 삶은 어떠한가? 아들로서 남편으로서 아버지로서의 천은? 1930년대 중반 옥중에서 쓴 자전인 「스안자전」에 비추어 보면, 일찍 아버지를 여읜 천은 어머니에 대해 절대적인 애정을 가지고 순종했다. 천이 마음에도 없는 과거를 몇 차례나 보고, 또 얼굴 한번 제대로 보지 못한 전통여성과의 혼인까지 마다하지 않은 것도 다 어머니에 대한 순종의 마음 때문이었다. 천은 전통적인 아들로서의 장점과 단점을 모두 가지고 있었다. 남편으로서 천은? 천은 세 명의 여인과 사실상의 부부관계를 맺고 살았다. 첫 번째 아내는 어머니가 정해준 상대였던 가오샤오펑이다. 천은 가오샤오펑과의 사이에 삼남 일녀의 자녀를 두었지만 사실상 두 사람이 함께 지낸 시간은 거의 없다. 천이 혼례를 치른 직후부터 대부분의 시간을 반청혁명 운동에 종사하며 체포의 위협을 피해 이곳 저곳을 떠돌거나 일본으로 유학을 가서 보내야 했기 때문이다. 가오샤오펑과의 혼인관계는 1909년부터 천이 가오쥔만과 동거를 시작하면서 마무리된다. 가오쥔만은 가오샤오펑의 배다른 자매로, 천보다는 열 살가량이 어렸다. 당시 베이징 사범대를 다니는 신식여성으로 방학 동안 언니의 집을 드나들면서 천과 가까워진 것으로 알려져 있다. 가오쥔만이 천과 누린 평온한 생활도 1년이 채 못 된다. 이후 가오쥔만은 줄곧 혁명가로서 생계를 책임질 수 없는 불안정하고 위험한 생활을 하는 천과 함께 도망을 다니거나 체포되거나 하는 고통을 겪기도 했고 그렇지 않은 경우에도 가정을 꾸리는 일에 극심한 어려움을 겪었다. 가오쥔만은 형부와의 결혼이라는 치명적인 약점으로 고향 집에서도 냉대를 받았고 스스로도 언니에 대한 죄책감에 시달리며 힘겨운 삶을 살다가 1931년 난징의 한 빈민굴에서 가난과 질병 속에서 생을 마감한다. 천의 세 번째 아내는 천이 당적을 박탈당하고 트로츠키파로 활동하던 무렵에 만난 공장 노동자 출신의 판란전이다. 판란전은 천보다 스물아홉 살이 어렸고 결혼했던 경력이 있었다. 1932년 천이 체포되기 전까지 천의 신분을 몰랐지만 신분을 알고 난 뒤에도 줄곧 곁에서 옥바라지를 했고 만년에 가난과 질병에 시달리며 살아야 했던 기간 동안에도 천의 곁을 지켰다. 남편으로서 천에게 결코 좋은 평가를 내릴 수는 없을 것이다.

아버지로서의 천에 대해서는 더 정보가 없다. 가오샤오펑과의 사이에서 낳은 두 아들과는 엄마를 버린 아버지에 대한 분노와 미움을 간직하고 있었던 탓에 종종 갈등을 빚었던 것 같다. 두 아들은 한때 무정부주의 사상 쪽으로 기울었던 적이 있지만 후에는 중국공산당에 가입하여 함께 활동하다가 1927년 이후 국민당에 의해 희생된다. 천은 1930년대 중반 옥중에 있을 때, 죽은 두 아들에게 술을 올리며 통한의 눈물을 흘렸다고 한다. 천이 부정을 겉으로 드러낸 드문 일화이다. 천이 가오쥔만과 동거를 시작하던 해에 첫 번째 부인과의 사이에서 얻은 막내아들 쑹넨은 천의 임종을 지킨 유일한 아들이다. 가오쥔만과의 사이에는 딸과 아들을 하나씩 두었다. 아들에 대해서는 잘 알려진 바가 없고 딸은 중화인민공화국 수립 이후 미국으로 이민을 가서 어렵게 살다가 고독하게 생을 마감한 것으로 알려져 있다. 아버지로서의 천 역시 거의 낙제점을 받아야 할 것이다.

공인과 사인으로서 천의 삶이 겪어온 영욕의 과정을 돌아보면서, 그가 이룬 성취와 실패, 지적 통찰력과 실천적 추진력의 성과와 한계를 함께 보았다. 무엇보다도 역자에게 가장 소중하게 와 닿은 것은 천이 한평생 삶에서 보여주었던, 어떤 상황에서도 놓치지 않았던 삶에 대한 열정과 성실성, 신념을 위한 용기와 헌신, 그리고 현실에서의 참담한 실패나 동료집단 안에서 겪은 부당한 좌절의 경험 속에서도 잠시 뒤로 물러날지언정 그것 때문에 이상이나 신념 자체를 부정하는 현실적 패배주의나 허무주의로 빠지지 않을 수 있었던 강한 내면의 힘이었다. 천은 원칙에서는 확고했지만 현실적인 방법의 모색에서는 누구보다 유연했고, 시종 독립적인 사고와 강한 실천의지를 견지했지만 그것 때문에 독불장군이 되거나 맹목적 행동주의에 빠지지 않았다. 모두가 등을 돌리고 돌을 던지는 홀로의 자리에서 있으면서도 그것 때문에 집단의 힘에 위축되거나 굴종적인 자세를 취하지 않았고, 자신이 주도한 운동이 거대한 사회적 흐름을 만들어내었을 때도 중심의 자리에 함몰되어 근본적인 질문을 놓치지 않을 수 있었다. 만만치 않았던 긴 번역의 여정을 인내심이 부족한 역자가 중도에 그만두지 않고 그래도 끝까지 올 수 있었던 건 아마도 천의 삶이 전해준 이런 깊은 감동 때문이 아니었을까 싶다.

역자가 천의 1차 번역을 탈고하고 해제를 쓰기 시작한 시간은 '대한민국은 민주 공화국이다'라는 함성이 광화문 한복판과 전국 곳곳의 광장에서 내내 우렁차게 울려 퍼졌던 기간이다. 2016년 10월 말부터 시작되어 매주 토요일 열린 촛불집회들, 제6차 촛불집회의 결과 마침내 국회에서 탄핵소추안이 결의되고 특검의 수사가 시작되고 헌재에서 탄핵 심의가 진행되는 기간. 그럼에도 마지막까지 권력의 자리를 지키기 위해 촛불 민심과 힘겨운 샅바싸움을 하고 있는 정권. 다시 그것을 뒤로하고 새로운 촛불집회가 준비되고 있는 시점. 언론에서는 이 사건을 놓고 촛불 시민혁명, 대한민국 민주주의의 새 장을 연 역사적 사건, 누계 연인원 천만 돌파의 신기록 등을 연이어 특필하고, 전 세계가 경이의 눈으로 평화로운 촛불집회를 바라보면서 대한민국 시민혁명의 위대한 가능성을 이야기하는 시기. 이 시기가 역자에게는 천이 "위대하고 절실하고 비장하며, 또한 명료하고 정확한 관념을 가지고 있으며, 민의(民意)로 하고 무력으로 하지 않았다는 점에서 세계 혁명사의 신기원을 열었다."고 찬탄을 금치 못한 조선독립운동의 정신을 떠올려보고, 천이 "법률에도 호소하지 않고 특권세력을 이용하지도 않고 대표들에게 의존하지도 않으며 스스로의 힘으로 사회와 국가의 암흑에 맞서 희생을 감수하는 직접적인 행동"의 정신이라고 말했던 오사운동의 정신을 떠올려보면서, 천이 한평생의 이상으로 삼았던 독립자주의 인격과 진정한 민주주의, 평화로운 세계 시민공동체의 이상이 실현되는 민주공화국 대한민국의 복된 미래를 꿈꾸어보는 시간이었다.

번역 초고를 탈고하고 이후 수차례 교정지가 오가는 사이에 어느덧 촛불혁명은 해를 넘긴 기억이 되고, 새로 탄생한 '국민이 주인인 나라다운 나라'를 표방하는 정권이 출범 100일을 맞는 시점이 되었다. 새 정권이 출범해도 우리의 삶 구석구석에 쌓여 있는 오래 묵은 난제들은 산적해 있고, 잠정적인 정전상태의 한반도에서는 다시 한 번 군사적 긴장이 한껏 고조되어 있는 쉽지 않은 상황을 다시 통과하고 있다. 이 시기에 다시 함께 이상을 꿈꾸고 그것을 실천해가는 과정이 천이 말한 것처럼 맹목적인 애국심이나 서로를 가르는 분열의 마음이 아니라 그것을 넘어서서 '공공심'으로 이루어가는 '빛의 운동'이 되기를, 한반도의 평화와 동북아의 평화, 더 나아가 천두슈가 꿈꾸었던 평화로운 세계시민공동체의 이상이 이 땅에서 이루어지기를 간절히 염원하며 긴 번역의 여정을 마무리한다.

찾아보기

ㅂ

ㅅ

ㅊ

ㅋ

ㅌ

ㅍ

ㅎ